TEUFLISCHE PLÄNE

Die Liga der Schurken - Buch I

LAUREN SMITH

Übersetzt von
MARTIN WICK

ISBN: 978-1-952063-67-1 (E-Book-Ausgabe)

ISBN:978-1-952063-68-8 (Druckausgabe)

❧ I ❧

Vierte Regel der Liga

Wenn eine Lady verführt wird, darf jedes Mitglied der Liga sie umwerben, bis sie ihr Interesse an einem bestimmten Mitglied bekundet hat. Zu diesem Zeitpunkt müssen alle anderen davon absehen, ihr den Hof zu machen.

AUSZUG AUS *THE QUIZZING GLASS GAZETTE*, 3. APRIL 1820, *The Lady Society Column*:

LADY SOCIETY WURDE ANFANG DIESER WOCHE RECHT GUT unterhalten, als sie Zeugin eines weiteren verruchten Plans wurde, der von einem Mitglied der berüchtigten Londoner Liga der Schurken verübt wurde. Seine Lordschaft, der Duke von Essex, wurde dabei beob-

achtet, wie er eine höchst attraktive Witwe inmitten einer von Viscount Sheridan veranstalteten musikalischen Theateraufführung verführte.

Es scheint, als habe sich der Duke wirklich von seiner langjährigen Geliebten Miss Evangeline Mirabeau getrennt. Alle heiratswilligen Mütter stoßen einen kollektiven Seufzer darüber aus, dass Seine Lordschaft ein entschlossener Junggeselle ist, der nicht die Absicht hat zu heiraten. Schande über Seine Lordschaft, dass er kein Gentleman ist, mit dem Mütter ihre Töchter gefahrlos verheiraten könnten, und dass er sich einem solch verruchten Lebensstil hingibt.

Lady Society wird die Liga weiterhin mit dem größten Interesse beobachten …

❧

LONDON, SEPTEMBER *1820*

Irgendetwas stimmte hier nicht. Emily Parr erlaubte dem älteren Kutscher, ihr in die Stadtkutsche zu helfen, aber der seltsame Blick, den er ihr zuwarf, ließ ihr einen Schauer über den Rücken laufen. Als sie in das dunkle Innere des Fahrzeugs blickte, war sie überrascht, dass es leer war. Onkel Albert sollte sie zu gesellschaftlichen Anlässen begleiten, und wenn nicht er, dann doch sicher eine Anstandsdame. Warum war die Kutsche also leer?

Sie ließ sich auf dem Rücksitz nieder und ihre Hände umklammerten ihre Pompadourtasche so fest, dass sich die Perlenstickereien durch die Handschuhe in ihre Handflächen gruben. Vielleicht traf sich ihr Onkel mit seinem Geschäftspartner, Mr. Blankenship. Sie hatte Blankenship ankommen sehen, kurz bevor sie nach oben gegangen war, um sich auf den Ball vorzubereiten. Ein erneuter Schauer durchlief sie. Der Mann war eine lüsterne Kreatur mit tiefschwarzen Augen und Händen, die dazu neigten, zu frei herumzuwandern, wenn er in ihrer Nähe war. Emily war nicht sonderlich weltgewandt, denn sie war erst ein paar Monate zuvor achtzehn Jahre geworden, aber dieses letzte Jahr mit ihrem Onkel hatte ihr eine neue Seite des Lebens gezeigt, und nichts davon war gut gewesen.

Ihre Einführung in die Londoner Gesellschaft hätte eine wunderbare Erfahrung sein sollen. Stattdessen hatte alles mit dem Tod ihrer Eltern auf See begonnen und mit ihrem neuen Leben im staubigen Stadthaus ihres Onkels, das sie irgendwie an eine Gruft erinnerte, geendet. Mit einer unbedeutenden Bibliothek, ohne Klavier und ohne Freunde hatte Emily begonnen, in einen melancholischen Zustand zu gleiten. Es war entscheidend, dass sie eine gute Partie machte, und zwar schnell. Sie musste Onkel Alberts Welt entkommen, aber die einzige Möglichkeit, das zu tun, bestand darin, das Vermögen ihres Vaters legal zu erben.

Ein entfernter Cousin ihrer Mutter verwaltete das Geld treuhänderisch. Es war frustrierend, dass ein Mann, den sie nie kennengelernt hatte, die Fäden ihres Lebens in der Hand hielt. Auch Onkel Albert verachtete die Situation. Als ihr Vormund war er gezwungen, dem Cousin ihrer Mutter Rechenschaft abzulegen, was ihn zum Glück davon abhielt, für seine eigenen Bedürfnisse zu tief in ihre Konten einzugreifen. Ihr kleines Vermögen war das beste Druckmittel, das sie hatte, um potenzielle Verehrer zu ködern. Obwohl das Geld an ihren Ehemann gehen würde, hoffte sie, einen Mann zu finden, der sie genug respektieren würde, um nicht zu verschwenden, was rechtmäßig ihr gehörte. Aber ohne Anstandsdame zum Ball zu fahren, würde ihre Chancen bei der Suche nach einem Ehemann schmälern, denn es gehörte sich einfach nicht, allein dort einzutreffen. Es zeugte nicht nur schlecht von ihrem Onkel, sondern auch von ihrer finanziellen Situation.

So erleichtert sie auch war, dass weder ihr Onkel noch Mr. Blankenship sie begleiteten, so krampfte sich doch ihr Magen zusammen. Sie erinnerte sich an die kalte Art, mit der der ältere Kutscher sie angelächelt hatte, kurz bevor sie eingestiegen war. Die Kälte dieses Grinsens bereitete ihr ein wenig Unbehagen, als wüsste er etwas, was sie nicht wusste, und das ihn amüsierte. Es war albern, denn der alte Mann stellte keine Bedrohung dar. Aber sie konnte das Misstrauen nicht abschütteln, das sie durchströmte. Sie wäre für Onkel Alberts Anwesenheit dankbar gewesen, auch wenn es eine weitere Lektion darüber bedeutete, wie teuer es war sie zu versorgen und wie nett er gewesen war, sie aufzunehmen, nachdem das Schiff ihrer Eltern auf See verschollen war.

Der Kutscher war engagiert worden, um sie zum Ball nach Chessley House zu bringen, und nichts würde schiefgehen. Wenn sie sich das immer wieder sagte, würde sie es vielleicht bald selbst glauben. Emily konzentrierte sich darauf, was sie sich vom heutigen Abend erhoffte, in der Hoffnung, ihre Sorgen zu vergessen. Sie würde ihrer neuen Freundin Anne Chessley Gesellschaft leisten, ebenso wie Mrs. Judith Pratchet, einer alten Freundin von Annes Mutter, die sich freundlicherweise bereit erklärt hatte, Emily während der neuen Saison zu unterstützen. Es bestand durchaus die Möglichkeit, dass sie einen Mann kennenlernen und sein Interesse so weit wecken würde, dass er ihren Onkel um Erlaubnis bitten würde, ihr den Hof zu machen.

Emily lächelte fast. Vielleicht würde sie heute Abend mit dem Earl of Pembroke tanzen.

Gestern Abend hatte der gutaussehende Earl sie bei ihrer Vorstellung angelächelt und sie zum Tanz aufgefordert. Emily hatte vor Enttäuschung fast geweint, als sie ihm mitteilen musste, dass Mrs. Pratchet ihre Tanzkarte bereits gefüllt hatte.

„Ein anderes Mal also?", hatte der Earl gefragt, und Emily hatte eifrig genickt und gehofft, er würde sich an sie erinnern.

Vielleicht habe ich heute Abend ein bisschen mehr Glück. So hoffte sie verzweifelt. Emily war nicht so töricht zu glauben, dass sie eine echte Chance hatte, einen Mann wie den Earl of Pembroke zu heiraten, aber es war angenehm, von einem Mann seines Standes beachtet zu werden.

Einen Moment später hielt die Kutsche abrupt an und sie fiel fast von ihrem Sitz, ihre Gedankengänge wurden unterbrochen und ihre Tagträume verflüchtigten sich.

„He da, guter Mann!", rief ein Mann in der Nähe.

Emily bewegte sich zur Tür, aber das Fahrzeug schwankte, als jemand auf den Fahrersitz kletterte, und sie fiel auf ihren Platz zurück.

„Zwanzig Pfund für Euch, wenn Ihr den beiden Reitern da vorne folgt und tut, was wir verlangen", sagte der fremde Mann.

Nachdem sie ihr Gleichgewicht wiedergefunden hatte, riss sie die Kutschenvorhänge zurück. Zwei Reiter versperrten die dunkle Straße, mit dem Rücken zu ihr. Was war hier los? Ein ungutes Gefühl machte sich tief in ihrem Magen breit. Die Kutsche ruckte und setzte sich wieder in Bewegung. Aber wie sie befürchtet hatte, hielt der Kutscher nicht vor Chessley House. Stattdessen folgte er den Reitern, wie angewiesen.

Was war hier nur los? Eine Entführung? Ein Raubüberfall? Sollte sie den Kopf aus dem Fenster stecken und den Kutscher auffordern, anzuhalten? Wenn es ihre Absicht war, sie auszurauben, wäre es vielleicht eine schlechte Idee, sie zu fragen, was sie vorhatten... Warum sollten diese Männer sie mitnehmen, wenn es so viele andere Erbinnen gab, die noch schöner waren als sie, die in diesem Jahr in die Londoner Gesellschaft eingeführt wurden? Sicherlich war dies keine Entführung. Ihre Gedanken überschlugen sich, als sie versuchte, mit der Situation fertig zu werden. Was hätte ihr Vater in dieser Situation getan? Er hätte seine Pistole geladen und die Räuber abgewehrt. Da sie keine Pistole hatte, musste sie sich etwas Schlaues einfallen lassen. Konnte man mit diesen Männern überhaupt vernünftig reden? Das war unwahrscheinlich.

Emily biss sich auf die Unterlippe, während sie über ihre anderen Möglichkeiten nachdachte. Sie könnte um Hilfe rufen, aber eine solche Reaktion könnte die Situation noch verschlimmern. Sie könnte die Tür öffnen und sich auf die Straße werfen, aber das Hufgetrappel hinter der Kutsche machte diese Idee zunichte. Sie hätte Glück, den Sturz zu überleben, wenn sie es versuchte, aber die Pferde hinter der Kutsche ritten zu nah. Sie würde wahrscheinlich niedergetrampelt werden. Emily ließ sich mit einem zittrigen Seufzer gegen den Sitz zurückfallen und ihr Herz raste. Sie würde warten müssen, bis der Kutscher anhielt.

Eine gefühlte Stunde lang sah sie immer wieder nervös aus den Fenstern, um abzuschätzen, in welche Richtung die Kutsche fuhr. Inzwischen lag London weit hinter ihr. Nur Freiland erstreckte sich zu beiden Seiten der Straße. Hufgeklapper kündigte einen herannahenden Reiter an und ein Mann galoppierte auf einem geschmeidigen schwarzen Wallach am Fenster vorbei. Er war zu nah und das Pferd zu groß, als dass sie ihn gut hätte sehen können. Das glänzende Fell des Tieres reflektierte das schimmernde Mondlicht, als es vorbeitrabte.

Sie wusste durch die entschlossene Art, wie der Reiter im Sattel saß, dass er in dieses Geschäft verwickelt war. Wer bei klarem Verstand, außer vielleicht dieser fiese alte Mann Blankenship, würde sie entführen? Er wäre die Art Mensch, der sich auf so eine ruchlose Aktivität einlassen würde.

Neulich war er zum Abendessen ins Haus ihres Onkels gekommen und als ihr Onkel sich nur kurz abgewandt hatte, hatte Blankenship einen seiner dicken Finger um eine Locke ihres Haares gewickelt und so fest daran gezogen, dass sie fast aufgeschrien hätte. Er hatte ihr schreckliche Dinge ins Ohr geflüstert, finstere Dinge, bei denen ihr schlecht wurde, während er ihr sagte, dass er vorhatte, sie zu heiraten, sobald ihr Onkel zugestimmt hatte. Emily hatte ihn angestarrt und erklärt, dass sie ihn niemals heiraten würde. Er hatte nur gelacht und gesagt: „Das werden wir sehen, meine Liebe. Wir werden sehen."

Nun, sie würde nicht klein beigeben. Sie war keine Schachfigur, die man gefangen nehmen und ausliefern konnte. Sie würden kämpfen müssen, um sie zu bekommen.

Emily sah aus dem Fenster auf der anderen Seite, um die Reiter zu zählen. Zwei führten die Gruppe an der Spitze an, nur wenige Meter voraus. Zwei weitere flankierten die Kutsche auf beiden Seiten. Einer von ihnen ritt mit einem zweiten Pferd, das an seinem Sattel festgebunden war, wahrscheinlich für den Mann, der nun neben dem Kutscher ritt. Nicht die besten Aussichten. Aber vielleicht konnte sie die Männer austricksen.

Die Kutsche verlangsamte sich, dann kam sie sanft knarrend zum Stehen. Emily machte sich ein Bild von ihrer Situation. Sie kämpfte um Fassung, aber jeder ihrer Atemzüge war langsamer als der vorherige. Wenn sie in Panik geriet, würde sie vielleicht nicht überleben. Sie musste sich verstecken. Aber sie konnte rein körperlich nicht vor fünf Männern fliehen.

Ihr Blick fiel auf den Platz ihr gegenüber.

Vielleicht...

❦   2   ❦

Godric St. Laurent, der zwölfte Duke of Essex, lehnte sich in seinem Sattel zurück und sah zu, wie sich die von ihm inszenierte Entführung abspielte. Er bedeckte seinen Mund mit einer behandschuhten Hand und unterdrückte ein Gähnen. Die Dinge liefen reibungslos. Tatsächlich grenzte diese ganze Entführung an den Punkt, an dem es schon langweilig wurde. Sie hatten die Kutsche zehn Minuten vor der Ankunft in Chessley House abgefangen. Niemand hatte die Eskorte aus schwarz gekleideten Reitern beanstandet oder dass der Kutscher seine Route geändert hatte. Seltsamerweise hatte die junge Frau im Inneren der Kutsche keine Anzeichen von Widerstand oder Besorgnis gezeigt. Hätte sie nicht protestieren müssen, als sie merkte, was vor sich ging? Ein weiterer Gedanke ließ ihn hellhörig werden. War sie irgendwie aus der Kutsche geschlüpft, als sie an einer Ecke der Stadt angehalten hatten? Sicherlich nicht... man hätte sie gesehen. Wahrscheinlich war sie zu verängstigt, um etwas zu tun und daher die Stille im Inneren. Nicht, dass sie irgendetwas zu befürchten hätte, denn es würde ihr nichts passieren.

Er nickte seinem Freund Charles zu, der neben dem

Kutscher hockte. Ein Beutel mit Münzen klirrte, als Charles ihn in die wartenden Hände des Mietdroschkenfahrers fallen ließ.

Sie hatten die Hälfte der Strecke zwischen London und Godrics Stammsitz erreicht. Sie würden den Rest des Weges zu Pferd zurücklegen, wobei das Mädchen sich entweder mit ihm oder einem seiner Freunde ein Pferd teilen würde. Der Kutscher würde nach London zurückkehren mit einer Nachricht für Albert Parr und einer wilden Geschichte, die ihn von jeder Schuld entlastete.

„Ashton, bleib hier bei mir." Godric winkte seinen Freund heran, während die anderen in einiger Entfernung vorausritten, um auf sein Signal zu warten. Entführungen waren eine heikle Sache und es wäre besser, wenn nur er und ein weiterer Mann das Mädchen festhielten. Sie könnte einen hysterischen Anfall bekommen, wenn ihr die anderen drei Männer zu nahe kämen.

Er ritt zur Kutsche, neugierig, ob die Frau im Inneren mit seiner Erinnerung an sie übereinstimmte. Er hatte sie schon einmal von einem Fenster mit Blick auf die Gärten gesehen, als er ihren Onkel besucht hatte. Damals hatte sie in den Blumenbeeten gekniet und ihr Kleid war vom Unkraut jäten beschmutzt gewesen. Eine Arbeit, die eher von einer Bediensteten als von einer Lady von ihrem Rang ausgeführt werden sollte. Er war gerade bereit gewesen, sie aus seinen Gedanken zu verbannen, als sie sich umgedreht hatte, um sich im Garten umzusehen, einen Schmutzfleck auf der Spitze ihrer gekräuselten Nase. Ein Schmetterling von einer nahen Blume war über ihren Kopf geflattert. Sie hatte ihn nicht bemerkt, auch nicht, als er sich auf ihrem langen, gewundenen, kastanienbraunen Haar niedergelassen hatte. In seiner Brust hatte er einen seltsamen kleinen Ruck verspürt und sein Körper hatte sich vor Verlangen angespannt. Jede andere Frau, die so unschuldig war, hätte sein Interesse nicht geweckt, aber er hatte ein Kalkül in ihren Augen gesehen, eine verborgene Intelligenz, während sie in der Erde gegraben hatte. Miss Emily Parr war anders. Und anders war faszinierend.

Ashton übergab dem Fahrer den Lösegeldbrief für Parr und nahm eine Position nahe der Vorderseite der Kutsche ein. Godric hielt die Tür fest, öffnete sie und wartete darauf, dass das Geschrei losging.

Es kam keines.

„Ich bitte um Verzeihung, Miss Parr...“ Immer noch keine Schreie. „Miss Parr?“, Godric steckte seinen Kopf in die Kutsche.

Sie war leer. Nicht einmal ein feuerspeiender Drache als Anstandsdame war zu sehen, nicht dass er einen erwartet hätte. Seine Quellen hatten ihm versichert, dass sie heute Abend allein sein würde.

Godric blickte über seine Schulter. „Ash? Du bist dir sicher, dass das Parrs Kutsche ist?“

„Natürlich. Warum?“ Ashton sprang von seinem Pferd, marschierte hinüber und steckte seinen Kopf in die leere Kutsche. Er schwieg einen langen Moment, bevor er zurücktrat. Ashton legte den Finger an die Lippen und machte Anstalten, in die Kutsche zu steigen, als ihm ein Fetzten rosa Musselin ins Auge fiel, der unter dem Holzsitz hervorlugte. Er machte Godric durch Gesten verständlich, dass dieser von der Kutsche zurücktreten sollte und sprach mit gesenkter Stimme. „Wie es scheint, hat sich unsere kleine Hasenjagd in eine Fuchsjagd verwandelt. Sie hat sich in dem Hohlraum eines Sitzes versteckt. Schlaues Mädchen.“

„Unter einem Sitz versteckt?“ Godric schüttelte fassungslos den Kopf. Er kannte keine einzige Frau in seinen Kreisen, die so etwas tun würde. Vielleicht Evangeline, aber wenn man etwas über diese Frau sagen konnte, dann dass sie alles andere als gewöhnlich war. Ein Kribbeln der Erregung strömte durch seine Adern, bis in seine Brust. Er liebte eine Herausforderung.

„Lass uns ein paar Minuten warten und sehen, ob sie sich zu erkennen gibt.“

Godric blickte zurück zur Kutsche und Ungeduld kribbelte auf seiner Haut. „Ich will nicht die ganze Nacht hier warten.“

„Sie wird früh genug herauskommen. Warte kurz.“ Ashton ging zurück zur Kutsche und rief Godric mit bestürzter Stimme zu. „Verflixt und zugenäht! Sie muss herausgeschlüpft sein, bevor wir die Kutsche in Beschlag genommen haben. Lassen wir sie einfach stehen. Wir fahren morgen mit dem Kutscher zurück nach London.“ Ashton schloss die Tür mit einem lauten Knall und gab Godric ein Zeichen, zu ihm zu treten.

„Jetzt warten wir“, flüsterte Ashton. Er deutete an, dass er die linke Kutschentür bewachen würde, während Godric sich an der rechten Tür postierte.

❧

EMILY LAUSCHTE DEM TROMMELN DER SICH ENTFERNENDEN Hufe und zählte leise bis hundert. Ihr Herz klopfte in ihrer Brust, als sie daran dachte, was die Männer tun würden, wenn sie sie erwischten. Wegelagerer konnten grausam und mörderisch sein, besonders wenn ihre Beute wenig zu bieten hatte. Sie hatte keinen Zugriff auf das Vermögen ihres Vaters, was nur ihren Körper übrig ließ.

Eisiges Grauen ergriff Emilys Gedanken und lähmte ihre Glieder. Sie holte tief Luft, als die Angst sie übermannte.

Ich muss tapfer sein. Gegen sie kämpfen, bis ich nicht mehr kämpfen kann. Mit zitternden Händen drückte sie gegen die Klappe des Sitzes und zuckte zusammen, als sie mit einem lauten Poltern aufsprang. Nachdem sie herausgeklettert war, strich sie den Schmutz von ihrem Kleid und bemerkte einige Risse von dem rauen Holz der Innenseite des Sitzes. Aber die Risse in ihrem Kleid waren nicht von Bedeutung. Alles, was zählte, war das Überleben.

Emily blickte aus dem Kutschenfenster. Nichts bewegte sich in der Dunkelheit. Nur der schwache Schimmer des Mondlichts bedeckte die Straße mit milchigem Schein. Sterne blinzelten und flackerten am Himmel, blasse Lichter, fern und kalt. Ein Schauder durchlief ihren Körper und Emily schlang ihre Arme um sich selbst, weil sie sich so sehr wünschte, zu Hause zu sein. Sie vermisste ihr warmes Bett und das Gemurmel ihrer Eltern am Ende des Flurs. Es war eine Geborgenheit, die sie für selbstverständlich gehalten hatte. Aber sie konnte es sich nicht leisten, an sie zu denken, nicht während sie in Gefahr war.

Waren die Männer wirklich verschwunden? Konnte es wirklich so einfach sein?

Sie öffnete die Kutschentür und trat auf die unbefestigte Straße hinaus. Starke Arme schlossen sich um ihre Taille und rissen sie nach hinten. Der Aufprall auf einen harten Körper raubte ihr den Atem. Angst ließ ihr Blut in Wallung geraten, als sie sich gegen die Arme wehrte, die sie unerbittlich festhielten.

„Guten Abend, mein Liebling", murmelte eine tiefe Stimme.

Emily schrie, bevor sie auf die Hand biss, die ihren Mund bedeckte. Sie erkannte den Geschmack von glattem Leder der feinen Reithandschuhe, die ihr Entführer trug.

Der Mann brüllte und ließ sie fast fallen. „Verdammt!"

Emily rammte ihrem Angreifer einen Ellenbogen rückwärts in den Magen und begann, sich freizukämpfen, bis er ihren anderen Arm packte. Sie wirbelte herum und schlug ihm mit ihrer geballten Faust ins Gesicht. Der Mann taumelte einige Schritte zurück und machte ihr so den Weg frei, um ins Innere der Kutsche zu springen.

Wenn sie auf die andere Seite gelangen und rennen könnte, hätte sie vielleicht eine Chance. Sie krabbelte zur Tür, schaffte es aber nicht. Das Ungeheuer stürmte hinter ihr in die Kutsche. Als sie sich zu ihm umdrehte, wurde sie flach auf den Rücken gestoßen.

Sie schrie erneut auf, als er sich über sie legte.

Das schwache Mondlicht enthüllte seine leuchtenden Augen und seine starken Gesichtszüge.

Er ergriff ihre fuchtelnden Handgelenke und hielt sie über ihrem Kopf fest. „Haltet still!"

Emily wollte ihm die Augen auskratzen, aber der Mann war unerbittlich. Seine Hüften drückten gegen ihre und die Panik trieb sie auf eine neue Ebene des Schreckens. Ihre Ängste, gewaltsam entführt zu werden, wurden stärker, als sein warmer Atem über ihr Gesicht und ihren Hals strömte. Sie schrie auf und er wich von ihr zurück, als würde ihn das Geräusch verwirren.

„Ich werde Euch nicht wehtun." In seiner Stimme schwang ein leises Knurren mit, das sein Versprechen zunichtemachte.

„Ihr tut mir weh!" Sie mühte sich ihre Arme zu befreien, aber sein Griff blieb unnachgiebig.

Der Mann ließ etwas von ihr ab und Emily nutzte ihre Chance. Sie zog die Knie an und mit aller Kraft, die sie aufbringen konnte, trat sie zu. Ihr Angreifer stolperte durch die offene Tür und fiel auf den Rücken. Emily registrierte es kaum, bevor sie sich umdrehte und aus der anderen Seite der Kutsche platzte.

In dem Moment, in dem sie herauskam, stürzte sich ein anderer Mann auf sie. Um ihm zu entkommen, taumelte Emily mit dem Rücken gegen die Seite der Droschke. Anstatt sie zu packen, hielt er seine Arme weit ausgestreckt, um sie daran zu hindern, an ihm vorbeizuhuschen, so als würde er Vieh treiben.

„Ruhig, ganz ruhig", säuselte er.

Emily drehte ihren Kopf nach links und flehte um eine Idee, um ihren Angreifern zu entkommen, aber der Mann, den sie gebissen hatte, kam um die Kutsche herum und stürzte sich auf sie, drückte sie gegen den Wagen und hielt sie fest in seinen Armen. Sein massiver, muskulöser Körper ragte über ihr auf und sein Kiefer krampfte sich zusammen, als würde sie etwas

Dunkles und Wildes in ihm auslösen. Emilys Atem stockte und ihr Herz pochte heftig gegen ihre Rippen.

Der Mann keuchte und war ganz offensichtlich wütend. Die Intensität seines Blickes hypnotisierte sie, aber in der Sekunde, in der er blinzelte, brach der Bann und sie kämpfte mit aller Kraft, die sie aufbringen konnte.

„Cedric, ich brauche dich!“, rief der Mann über seine Schulter.

Ein weiterer Reiter trabte herbei und hielt einen silbernen Flachmann in einer Hand. Emily verstärkte ihre Bemühungen zu entkommen und stampfte auf den Spann des Stiefels ihres Entführers. Aber es war zu spät. Der Mann hielt ihr den Flachmann an die Lippen, aber als sie den Mund nicht öffnete, hielt er ihr die Nase zu, sodass sie gezwungen war, die Lippen zu öffnen, um zu atmen. Eine ekelhafte, bittere Flüssigkeit strömte ihre Kehle hinunter. Sie würgte, schluckte den Trank aber herunter.

Der bittere Geschmack in ihrem Mund ließ sie heftig erschaudern und eine Welle von Schwindel ergriff sie und ließ ihre Sicht verschwimmen. Der Boden unter ihren Füßen schien sich zu bewegen. Eine beängstigende Leblosigkeit stahl sich durch ihre Arme und Beine, und ihr Widerstand gegen den Mann, der sie immer noch festhielt, wurde schwächer. Wenn sie hier einen Moment lang Bewusstlosigkeit vortäuschte, wieder zu Atem kam und einen klaren Kopf bekam, konnte sie vielleicht weiter kämpfen...

Der Mann mit dem Flachmann trat zurück und Emily ließ ihren Körper schlaff werden. Ihr Entführer legte seine Arme um ihre Taille und Schultern, um sie an seinen Körper zu ziehen. Sie holte tief Luft, langsam und flach, um keine Aufmerksamkeit zu erregen. Der Mann, der sie festhielt, wartete, bis jemand einen Mantel ins Gras fallen ließ, bevor er sie sanft darauf niederlegte. Dann trat er weg, um mit seinen

Begleitern zu sprechen. Sie hatte insgesamt fünf Männer gezählt, bevor sie ihre Augen schließen musste.

Emily tat ihr Bestes, um stillzuliegen und flach zu atmen, während sie zuhörte, aber es war schwer, gegen die Panik anzukämpfen, die in ihr tobte, und gegen den Nebel, der sich langsam über sie senkte. Jeder Instinkt schrie danach, dass sie fliehen sollte, aber sie blieb still und betete, dass sie ihre Aufmerksamkeit gerade lange genug von ihr abwenden würden, dass sie aufstehen und weglaufen konnte.

Sie hörte eine Männerstimme und lauschte. „Na, das war doch gar nicht so schwer."

„Sagt mal, ist das ein Zigeunerkind? Ich dachte, wir entführen eine feine junge Lady der Londoner Gesellschaft", lachte ein anderer.

Emily bekämpfte den Drang zu knurren, trotz der Lethargie in ihrem Körper. *Verdammte, arrogante Papageien!* Die Wut fühlte sich besser an als die Angst, denn sie gab ihr ein wenig mehr Energie.

Was war in dem Flachmann gewesen, aus dem sie getrunken hatte? Ein Gift? Nein... das ergab keinen Sinn. Sie hatte schon einmal von diesem bitteren Geschmack gelesen... Laudanum! Neue Wut entfachte in ihr. Sie ließ sie von ihrem Kopf bis zu ihren Zehen fließen, und die Illusion von Stärke baute sich in ihren Knochen auf.

Eine weitere Stimme meldete sich zu Wort. „Charles, bezahle dem Kutscher eine Extragebühr für sein Schweigen. Lucien und ich werden uns um das Mädchen kümmern." Diese Stimme erkannte sie. Es war der Mann, den sie gebissen hatte. Er und die anderen schienen Gentlemen zu sein, wenn man sie überhaupt so nennen konnte.

Nachdem sie bei ihrem Onkel eingezogen war, hatte sie gelernt, nie dem Aussehen eines Mannes zu trauen. Schöne Kleidung machte keinen guten Mann aus.

Was sie noch mehr verwirrte war, was diese Schurken mit

ihr vorhatten. Sicherlich hatte Blankenship sie nicht angeheuert, um sie zu entführen. Er hätte Männer von geringerem Rang gewählt. Der Reithandschuh, in den sie gebissen hatte, war von feiner Qualität gewesen... zu fein für gewöhnliche Handlanger.

„Wie lange wird sie bewusstlos sein?", fragte einer der Männer.

„Schwer zu sagen... wahrscheinlich eine gute Stunde." Sie erkannte den Mann als denjenigen, der Cedric hieß. „Einer von uns wird sie zurück zum Herrenhaus tragen müssen."

Eine sanfte Hand strich Emily das Haar aus dem Gesicht. Dieselbe Hand wanderte hinunter zu ihrem Hals und streichelte ihre Haut, bevor sie ihren Arm berührte und dann an ihrer Taille entlang glitt. Ein Kribbeln der Angst wanderte unter ihre Haut. Sie kämpfte darum, dass sich ihr Atem nicht beschleunigte, aber ihr Herz flatterte wild. Als die Hand über ihre Taille strich, ging Emilys Atem schneller. Sie war in diesem Bereich sehr empfindlich und der federleichte Tanz der Fingerspitzen an ihrem Körper entlang, durch den Musselin hindurch, ließ sie ein Kichern schwer unterdrücken. Sie verfluchte es, dass sie so kitzelig war.

Die Hand würde zurückgezogen. Dann war die Hand genauso plötzlich wieder da und strich an ihrer Taille entlang, immer noch genauso sanft, bis sie in einen Anfall von keuchender Hysterie ausbrach.

„Sie ist wach!", rief ihr Entführer, der sie gerade berührt hatte, mit atemloser Stimme, als ob er gegen sein eigenes Lachen ankämpfen musste.

Emily stemmte sich auf ihre Hände und Knie. Sie hatte sich kaum bewegt, als ein Mann sie von hinten packte und sie zurück auf den Boden warf. Das Bisschen Kraft, das sie noch aufbringen konnte, verließ sie. Seine Knie umklammerten ihre Hüften und drückten sie auf den Boden. Emily schrie auf, als sein Gewicht auf ihr lastete. Er lockerte seinen Griff gerade genug, um sie zu Atem kommen zu lassen, aber nicht, um ihr irgendeine andere Freiheit zu gewähren.

„Hast du sie im Griff, Godric?"

Emily strampelte mit den Beinen und krümmte ihren Rücken. „Bitte! Tut das nicht, ich flehe Euch an!" Sie hasste es, zu betteln, aber es war ihre letzte Chance.

„Wir werden Euch nicht wehtun, Liebes." Der Mann auf ihr, Godric, fuhr mit einer großen Handfläche an ihrer Seite entlang und streichelte sie beruhigend.

„Lügner!"

Er verstärkte seinen Griff, als Emily um sich trat und gegen ihn ankämpfte. „Ich habe sie im Griff, aber beeil dich, Cedric! Sie bockt wie verrückt."

Cedric kniete sich neben ihren Kopf und brachte das Fläschchen an ihre Lippen, um ihr erneut Laudanum in die Kehle zu kippen. Emily versuchte, ihren Kopf zur Seite zu reißen, aber Cedrics andere Hand bedeckte ihren Mund und hinderte sie daran, die widerliche Flüssigkeit auszuspucken. Es war sinnlos, gegen ihr Schicksal anzukämpfen. Sie blickte ihn flehend an, da sie nicht länger mit Worten um Gnade betteln konnte.

„Es tut mir leid, meine Liebe. Wahrhaftig, das tut es." Die Aufrichtigkeit in Cedrics Stimme überraschte sie.

Wie konnte diese Aufrichtigkeit auf solche Brutalität folgen?

Er hielt ihr erneut den Flachmann an die Lippen. Sie schluckte schwer und hustete dann, als die Flüssigkeit sich einen Weg durch ihr Inneres brannte.

Ihr letzter Blick galt Cedric, dessen Stirn in Falten lag. Ihre Finger hinterließen Spuren in der kiesigen Erde der dunklen, leeren Straße, während sie darum kämpfte, bei Bewusstsein zu bleiben. Der muffige Geruch von Erde stieg in ihre Nase und vermischte sich mit der schweren Wärme des männlichen Körpers, der sie festhielt. Ihre Glieder wurden schwer und ihre

Augenlider flatterten. Sie wusste, dass sie es nicht mehr lange durchhalten würde. Godric streichelte sanft ihren Körper, als wolle er sie trösten, aber nur Verwirrung und Angst folgten ihr in die alles umfassende Schwärze.

❦

CEDRIC, VISCOUNT SHERIDAN, UMFASSTE DAS KINN DES Mädchens und neigte ihr Gesicht, um sie zu untersuchen. „Ist sie wirklich bewusstlos?"

Das Mondlicht umspielte ihren Körper und ermöglichte den Männern einen guten Blick auf ihr Opfer. Lange, dunkle Wimpern bedeckten ihre Porzellanwangen, die von einer rosigen Röte erfüllt waren.

„Es gibt nur einen Weg, das herauszufinden." Godrics Hände strichen über ihren Körper, kehrten mehrmals zu ihrer Taille zurück, wo er festgestellt hatte, dass sie kitzelig war.

Sie blieb schlaff liegen und reagierte nicht auf seine Berührung. „Sie ist definitiv bewusstlos", sagte er und stieg von ihr herunter.

Charles und Lucien ritten auf ihren Pferden herüber.

Charles gluckste. „Wie viele Lords, sagtet ihr, bräuchte man, um diese kleine Teufelin zu bändigen?"

Lucien Russell, der Marquess of Rochester, biss sich auf die Lippen, um sich ein Grinsen zu verkneifen.

„Mehr als wir vermutet haben", antwortete Ashton amüsiert und blickte auf Emily herab.

Godric nahm die schmutzige, aber umwerfende kleine Gefangene zu seinen Füßen in Augenschein. „Sie ist ganz und gar nicht wie ihr Onkel."

Verlangen brodelte tief in ihm. Seine Erinnerung an sie war dem Rätsel von Miss Emily Parr nicht gerecht geworden. Er konnte nicht vergessen, wie sie sich gegen ihn gewehrt hatte, selbst in den Tiefen ihrer Panik. Aber zu wissen, dass er sie erschreckt hatte, hinterließ eine Leere in seiner Brust, die er so noch nie gefühlt hatte. Er hatte erwartet, ihre Proteste zu ignorieren und sie wegzutragen. Was er nicht erwartet hatte, war, dass Emily sich tapfer gegen ihn wehrte und ihn mit dem Gefühl zurückließ, der Bösewicht zu sein.

Cedric stopfte die Flasche Laudanum zurück in seine Westentasche. „Hast du es dir anders überlegt?"

Godric stieß ein tiefes Lachen aus und zuckte mit den Schultern. „Gott, nein. Du kennst mich besser als das, Cedric. Sie gehört jetzt mir." Er blickte erneut auf Emily hinunter.

Er fühlte sich seltsam besitzergreifend Emily gegenüber, nicht dass er ein Recht dazu hätte. Dennoch verspürte er den plötzlichen Drang, das Mädchen in einen ummauerten Garten zu sperren. Oder sie in einen Turm zu sperren wie eine Prinzessin aus einem Märchen.

„Das Mädchen hat ihn in ihren Bann gezogen", sagte Lucien zu seinen Freunden.

Godric schloss Emily in seine Arme.

Er wusste, dass er für seine Freunde seltsam aussehen musste, weil er so vorsichtig mit Emily umging. Aber etwas an ihr brachte seinen Beschützerinstinkt hervor. Er sehnte sich nach sinnlichen Berührungen, dem Gefühl der Satinlaken auf seiner Haut, ihrem seidigen Körper unter dem seinen. Er hatte nicht vor, sie zu verführen, aber der Mut der kleinen Teufelin hatte ihn erregt. Sie würde eine wilde Bettgespielin abgeben. Seine Lippen verzogen sich bei diesem Gedanken zu einem Lächeln.

„Sie kann mit mir reiten", bot Charles hoffnungsvoll an.

„Ich würde sie eher einem betrunkenen Matrosen anvertrauen." Widerwillig reichte Godric Emily stattdessen an Ashton weiter.

Godric stieg auf sein Pferd und beugte sich dann hinunter, um sie in seine Arme zu schließen.

Er platzierte Emily seitlich auf seinem Schoß, einen Arm

fest um ihre Taille gelegt, ihren Kopf unter sein Kinn geklemmt, um sie ruhig zu halten.

Allein die Erinnerung daran, dass Emily ihn zweimal beinahe überlistet hatte, brachte Godric zum Lächeln. So viel Spaß hatte er schon lange nicht mehr gehabt. Hätte er seinem Drang, sie zu berühren, nicht nachgegeben, hätte er nie diese kitzlige Stelle an ihrer Taille gefunden und sie hätte sich vielleicht davongeschlichen, während er und die anderen sich unterhielten. Ashton hatte recht... sie war gerissen, eine Eigenschaft, die sie von ihrem Onkel geerbt haben musste. Aber ihre Schönheit? Das verblüffte ihn. Sie hatte nicht die geringste Ähnlichkeit mit dem schmächtigen Albert Parr.

Der Ritt zurück zu Godrics Landsitz dauerte eine Stunde. Sie hielten einmal an, um Emily erneut mit Laudanum zu betäuben, als sie sich wie ein schläfriges Kätzchen regte. Sie rieb ihre geballten Fäuste gegen seine Brust und vergrub ihr Gesicht in seiner Halsbeuge, was einen Schauer der Freude durch ihn hindurch sandte.

Godric versuchte, nicht an Emily zu denken oder darüber zu grübeln, ob ihre Lippen so süß schmeckten, wie sie aussahen. Er konzentrierte sich auf die Straße, die sich vor ihnen erstreckte, und auf sein Anwesen, das gleich dahinter lag.

Das Anwesen von St. Laurent bestand aus einem weitläufigen georgianischen Herrenhaus, das mit der Schönheit von Chiswick House konkurrieren konnte. Sein Vater und der Duke of Devonshire hatten einst eine freundschaftliche Rivalität in dieser Angelegenheit zutage gelegt.

Er musterte das Anwesen und versuchte sich vorzustellen, wie Emily es wahrnehmen würde.

Der Architekt hatte das Haus mit den sechs Elfenbeinsäulen an der Vorderseite – wie bei vielen der größeren palladianischen Häuser in England – gestaltet. Godrics Vorfahren hatten den oberen Teil des Anwesens aus schönem Quaderstein erbaut, während der untere Teil rustikal gestaltet war, was dem Anwesen eine gewisse Struktur verlieh, wie das Kleid einer Frau, das am Saum bestickt ist. Godric war überrascht darüber, dass er sich auf Emilys Anerkennung freute. Da sie für eine Weile hierbleiben würde, wollte er, dass sie Freude an ihrer Umgebung fand.

Kaum ritt Godric zu seinem Anwesen hinauf, erschien auch schon ein müder Bediensteter und rief nach einem Stallknecht. Der ältere Butler Simkins trat einen Moment später an die Tür und geleitete die Männer in die Eingangshalle, nachdem er sich um die Pferde gekümmert hatte.

„Eure Lordschaft, wir haben keinen Besuch erwartet." Simkins beäugte Godrics schlafende Gefangene mit offener Neugierde.

„Simkins, das ist Miss Emily Parr. Sie wird für eine Weile mein Gast sein. Mrs. Downing soll ihr ein Dienstmädchen zuweisen, das ihr beim Umkleiden hilft. Kümmere dich um sie, aber erlaube ihr nicht, das Haus zu verlassen."

„Natürlich. Sie wird wie eine Prinzessin behandelt werden."

„Verwöhne sie nicht, Simkins", befahl Godric, als er noch einmal recht über seine Anweisungen nachdachte. Sie sollte im Grunde in einem Käfig gehalten werden, und es wäre klug, diesen Käfig nicht zu vergolden, zumindest so lange nicht, bis sie verstand, dass er hier die Kontrolle hatte.

Ein unerwarteter Gedanke kam ihm in den Sinn. Sein Kammerdiener, Jonathan Helprin, musste von Emily ferngehalten werden. Sie war für jeden Mann die pure Versuchung und der junge Helprin war kein typischer Kammerdiener. Da er unter Godrics Dach geboren und aufgewachsen war, hatte der jüngere Mann einen scharfen Blick für die Damenwelt entwickelt, anstatt für Fragen der Mode und der Kleidung, so wie es im Interesse eines guten Kammerdieners liegen sollte. „Oh, und Simkins", erregte Godric die Aufmerksamkeit des Butlers. „Weise Mr. Helprin Aufgaben zu, die ihn weit weg von meinen Gemächern halten. Überhaupt weg vom Haus, wenn möglich.

Einer der Bediensteten soll sich in der Zwischenzeit um meine Bedürfnisse kümmern."

Der ältere Mann zögerte, offensichtlich verwirrt. „Ähm... ja, Eure Lordschaft. Ich werde dafür sorgen, dass Mr. Helprin anderweitig beschäftigt ist, während Euer Gast in der Residenz weilt."

„Ich danke dir."

Simkins begrüßte anschließend die anderen vier Männer, die Godric in die Haupthalle gefolgt waren. „Mylords."

„Simkins, du Teufel, wie geht es dir?", rief Charles und lachte. „Hast du mich vermisst?"

Simkins lächelte fast, behielt aber sein kontrolliertes Auftreten bei. „Es geht mir gut, Lord Lonsdale. Das Haus ist seit Eurem letzten Besuch viel ruhiger geworden und ich habe gut geschlafen im Wissen, dass ich keine weitere Rotte von Bediensteten brauche, um die Portweinflecken aus dem Teppich im Salon zu schrubben."

„Hm, Portwein klingt köstlich. Bring mir ein Glas, wenn du die Gelegenheit dazu hast, ja?" Charles grinste Simkins an, der den Kopf schüttelte und sich murmelnd von den Gentlemen verabschiedete.

Cedric wies mit dem silbernen Löwenkopf seines Gehstocks den Flur hinunter. „Komm, Lucien. Lass uns zum Feuer gehen und uns dort aufwärmen." Sie gingen davon und Charles stapfte hinter ihnen her.

Ashton folgte Godric die Treppe hinauf, Emily immer noch in seinen Armen. Godric wählte das Gemach neben seinem, das am häufigsten von einer Mätresse bewohnt wurde. Im Gegensatz zu anderen Gentlemen hielt er seine Mätressen schamlos auf seinem Anwesen, ohne Rücksicht auf den Klatsch, der daraus entstehen könnte.

Godric nickte mit dem Kopf zur Tür und deutete Ashton an, sie zu öffnen.

„Äh… du willst sie so nahe bei dir behalten?", erkundigte sich Ashton höflich.

„Ja. Sie wird wahrscheinlich immer wieder versuchen, wegzulaufen. Ich werde sie besser hören können, wenn sie so nahe bei mir ist."

Ashton schwang die Tür auf und gab den Blick auf ein Himmelbett frei, das mit einer blauen Tagesdecke und fliederfarbenen Vorhängen geschmückt war. Godric setzte Emily ab, hob ihren Kopf an und schob ein Kissen unter die schimmernden Locken ihres Haares. Ihre Haarnadeln hatten sich während ihres Kampfes gelöst und er fand, dass ihm das wilde Durcheinander ihrer Lockenpracht gefiel.

Ashton beäugte die Tür, die als Teil der Wand getarnt war, und Godric grinste.

„Ich weiß, was du denkst, Ash…" Die Tür führte direkt in sein Schlafgemach.

„Was du mit ihr machst, geht mich nichts an." Trotz seiner ständigen Versuche, seinen engen Freundeskreis unter Kontrolle zu halten, war Ashton kein Heiliger.

Mit einem Nicken entschuldigte sich Ashton und nur Godric blieb im Gemach zurück. Sein Blick schweifte über die hilflose junge Frau auf dem Bett. Schlamm und Dreck hatten den Musselin ihres Kleides befleckt. Staub färbte ihre Nase und Wangen. Auf den ersten Blick sah sie aus wie ein wildes Waisenkind, aber die Kurven ihres Körpers machten Godric schmerzlich bewusst, dass sie eine Frau war. Unfähig zu widerstehen, legte er seine Hände um ihr Gesicht und fuhr mit den Daumen über ihre Wangen, um den Schmutz wegzureiben. Ihre Haut war so weich. Emily regte sich leicht bei seiner Berührung und ihr Körper bewegte sich gegen seine rechte Hüfte, da er sich neben sie gesetzt hatte.

Emotionen, die er lange vergraben hatte, brodelten in ihm auf, schnürten seine Kehle zu und brannten in seiner Brust. Er war wieder ein Junge, hypnotisiert von der Anziehungskraft einer jungen Frau. Es war eine Zeit gewesen, die er nie wieder zurückgewinnen konnte, eine Unschuld, die ihm vor Jahren aus seiner blutenden Seele gerissen wurde.

Er stand auf und schritt zur Tür. Dort hielt er inne und erlaubte sich, mit den Augen die Form ihres Körpers nachzuzeichnen. Ein heftiges Gefühl der Sehnsucht überkam ihn. Godric wollte sie an sich binden, aber sie würde ihm alsbald wie Sandkörner durch die Finger gleiten.

Wie würde sie am nächsten Morgen auf ihn reagieren? Mit Groll und Abscheu, ohne Zweifel. Er hatte sie aus der Kutsche gezerrt, sie schlecht behandelt und sogar betäubt. Er war kein Held und eine Frau wie sie verdiente einen Ritter in schillernder Rüstung.

Er ruinierte alles, was er anfasste.

Godric ließ den Kopf sinken, als er die Tür schloss und zu seinen Freunden hinunterging.

❧ 3 ❧

Das Licht des frühen Morgens tanzte durch die fliederfarbenen Vorhänge und warf violette Schatten auf ihre Tagesdecke. Emily wachte auf, schmerzerfüllt und wund. Die Empfindungen verwirrten sie. Als sie sich in dem massiven Bett aufsetzte, glitt ihr Blick durch das Gemach, das elegant genug für eine Königin war. Für einen kurzen Moment, als sie sich der Schönheit der Einrichtung bewusst wurde, erfreute sie sich an der seltsamen, märchenhaften Umgebung.

Sie glitt vom Bett und näherte sich der holz- und goldverzierten Kommode, wobei sie vorsichtig am Griff einer Schublade zog. Diese glitt auf und enthüllte eine Sammlung von Unterkleidern, die so dünn waren wie gesponnene Seide. Emily betastete die Kleidungsstücke, seufzte und wandte sich ab, nur um sich selbst im Spiegel des Schminktisches zu sehen. Ein lautes Keuchen kam über ihre Lippen, als sie sich eine Hand vor den Mund schlug. Ihr Blick fiel auf ihre Augen, die weit aufgerissen waren, als sie den Anblick ihres schmutzigen und zerrissenen Kleides wahrnahm.

Erinnerungen durchfluteten sie, während der Schrecken sie

von neuem packte und ihre Selbstbeherrschung in tausend Stücke zerbrach. Wo war sie? Wo hatten diese Männer sie hingebracht? Emilys Hände zitterten, als sie versuchte, ihr zerzaustes Haar zu bändigen. Sie zog eine Grimasse.

Was soll ich nun tun?

Sie konnte kaum denken, während das dumpfe Pochen des Kopfschmerzes hinter ihren Augen aufflammte – ohne Zweifel eine Nachwirkung des Laudanums.

Ihr Kleid war nicht mehr zu retten, aber das spielte keine Rolle. Sie musste fliehen.

Emily stolperte durch den Raum, hielt aber inne, als sie ein himmelblaues Tageskleid aus Musselin bemerkte, das auf einem Stuhl lag, neben drei Petticoats, dunkelblauen Pantoffeln und einigen Haarbändern. Ein kleiner Brief war an das Kleid geheftet.

LIEBE MISS PARR,

ICH HOFFE, IHR HABT GUT GESCHLAFEN.
Ich habe mir erlaubt, dieses Kleid heute Morgen ändern zu lassen, nachdem Mrs. Downing Eure Maße erhalten hat. Bitte kommt zum Frühstück herunter, wenn ihr bereit seid.

MIT FREUNDLICHEN GRÜßEN
Mr. Simkins, Butler, und Mrs. Downing, Haushälterin
Seiner Lordschaft, Godric St. Laurent, dem Duke of Essex

EMILY STARRTE AUF DEN BRIEF.

Der Duke of Essex hatte sie überfallen? Ihr teuflischer Entführer war kein anderer als Godric St. Laurent? Wenigstens war sie nicht in unmittelbarer Gefahr, wie sie zuerst befürchtet hatte. Diese Männer waren Adelige und würden sie nicht ermorden oder ihr anderweitig Schaden zufügen wie die Wegelagerer, für die sie sie letzte Nacht gehalten hatte.

Ihre Freundin Anne Chessley hatte ihr viel über Godric und seine Freunde erzählt. Sie hatte sie *die Liga der Schurken* genannt, ein Name, den sie halb ängstlich und halb fasziniert geflüstert hatte. Sie waren Männer ohne Regeln und Moral, wenn man dem Klatsch und den Geschichten, die in der *Quizzing Glass Gazette* gedruckt wurden, Glauben schenken konnte.

Sie hatte gestern Abend auch den Namen *Ash* vernommen, höchstwahrscheinlich Ashton Lennox, ein reicher Baron. Die beiden anderen Männer waren zweifellos Lucien Russell, der Marquess of Rochester und Charles Humphrey, der Earl of Lonsdale. Emily schluckte ein bitteres Lachen hinunter. Welche junge Debütantin würde nicht von einem so romantischen Erlebnis träumen, von den fünf attraktivsten, reichsten, einflussreichsten und begehrenswertesten Männern in ganz England entführt zu werden?

Emily jedoch wollte nichts weiter als fliehen und nicht im Entferntesten daran denken, sich mit einem von ihnen einzulassen. Sie waren nicht die Art von Männern, die man heiraten sollte. Dennoch fragte sie sich, was für einen Ehemann der Duke of Essex abgeben würde. Ein guter Liebhaber, wenn das Geflüster stimmte, aber er würde wohl eher aus Zweckmäßigkeit als aus Liebe heiraten.

Nach einer anständigen Wäsche mit frischem Wasser aus dem Waschbecken zog sie das Kleid an, das Mr. Simkins ihr zur Verfügung gestellt hatte... ein schönes, einfaches Gewand, das vorne geknöpft wurde. Die Röcke waren hoch genug geschnitten, um die Spitzen ihrer Pantoffeln zu entblößen und die Ärmel bauschten sich an den Schultern leicht auf.

Emily rüttelte an der Türklinke, aber sie rührte sich nicht. Wie um alles in der Welt sollte sie nach unten kommen? Sie war eingesperrt. Gefangen. Ihr Körper spannte sich an, als eine Welle der Panik durch sie hindurch schwappte. Sie lief zu den Fenstern und drückte eines nach oben, aber es ließ sich nicht anheben. Zu ihrem Entsetzen stellte sie fest, dass ein paar Nägel tief im Holz steckten und es verschlossen. Verzweifelt suchte sie den Raum ab und entdeckte eine schmale, kaum erkennbare Tür links neben ihrem Bett.

Wo in aller Welt führt sie wohl hin? Vielleicht zu einem diskreten Eingang für die Bediensteten? Ich werde es erst wissen, wenn ich es versuche.

Der Griff gab nach und die Tür schwang nach innen in einen zweiten Raum.

An einer Wand stand ein massives Himmelbett. Ihr Blick blieb an dem Körper hängen, der sich in den Laken verfangen zu haben schien. Sie erhaschte einen Blick auf einen sonnengebräunten muskulösen Rücken und einen dunklen Haarschopf... der Duke. Er hatte sie in ein angrenzendes Gemach gebracht. Emily schlich leise zu seiner Tür. Auch diese war verschlossen. Sie eilte zu seinem Fenster, das sich, wie in ihrem Gemach, nicht öffnen ließ.

Sie kehrte zu seiner Tür zurück, drückte sich gegen das Holz und überlegte, ob sie um Hilfe rufen sollte. Ihre Lippen teilten sich und ein Schrei lag ihr auf der Zungenspitze, aber sie hielt inne. Sie war in seinem Haus, das voll war mit seinen Dienern. Hier würde sie keine Hilfe finden, nicht als eine Gefangene des Dukes. Wut ersetzte einen Teil ihrer Angst, zumindest vorübergehend.

„Oh, um Himmels willen", knurrte sie leise und wandte sich wieder Godric zu.

Ein ferner Goldschimmer auf der gegenüberliegenden Seite des Bettes, nahe der Wand, fiel Emily ins Auge. Sie schlich auf Zehenspitzen über den Holzboden zu ihm hinüber. Sein Atem ging leise und langsam, denn er schlief immer noch fest.

„Aha." Ein kleiner Schlüsselbund aus Messing, der mit einer

Lederschnur an Godrics Handgelenk befestigt war, schimmerte im Sonnenlicht. Emily überlegte, ob sie warten sollte, bis er von selbst aufwachte, oder ob sie versuchen sollte, jetzt zu fliehen und zu riskieren, ihn aufzuwecken, wenn sie versuchte, ihm die Schlüssel zu entreißen.

Die Hand mit den Schlüsseln lag auf der gegenüberliegenden Seite des Bettes, die sie nicht erreichen konnte, ohne sich über ihn zu lehnen. Um sie zu erreichen, musste Emily über ihn steigen. Ihr Puls schlug wild und ihr Blut rauschte in ihren Ohren, als sie versuchte zu akzeptieren, was sie würde tun müssen. Sie würde ihn berühren müssen... den Mann, der sie entführt und unter Drogen gesetzt hatte. Nicht nur anfassen, nein, sie würde über ihn steigen müssen... in sein Bett. Konnte sie das tun? Ihr Vater hatte sie immer eine mutige junge Frau genannt. Aber einem Mann so nahe zu sein, allein und mit ihm in einem Schlafzimmer eingesperrt, war etwas anderes. War sie mutig genug, die Schlüssel zu ergattern?

Ihre Augen schlossen sich und sie sammelte den Mut zusammen, den sie in der Nacht zuvor so leicht aufgebracht hatte.

Ich schaffe das. Ich muss es tun.

Sie hob ihre Röcke über die Knie und stellte einen Fuß auf das Eichenbettgestell, als sie vorsichtig darauf stieg. Sie versuchte, ihr Gewicht gleichmäßig zu verteilen. Das Letzte, was sie brauchte, war es, in sein Bett zu fallen und diesen Teufel zu wecken.

Godric war so groß, dass sie sehr vorsichtig sein musste, um die Schlüssel zu ergreifen, ohne auf ihn zu fallen. Emily hielt den Atem an und beugte sich vor. Ihre Brüste streiften seinen Rücken, während sie nach den Werkzeugen griff, die ihr ihre Freiheit verschaffen würden. Sie schob einen Finger unter das Lederband um sein Handgelenk und zog es zu sich heran, aber das Leder klebte förmlich an seiner Haut.

Sie würde ihn berühren müssen. Einen Moment lang konnte

sie nicht atmen. Die Luft in ihrer Lunge brannte und sie versuchte vergeblich, eine Alternative zu finden. Es gab keine. Sie brauchte die Schlüssel und die waren an dem Mann in diesem Bett befestigt.

Emily hob mit Daumen und Zeigefinger sein Handgelenk einen Zentimeter vom Bett, während ihre andere Hand die Schlüssel unter seinem Arm hervorzog.

Aber der Stoff ihres Kleides um ihre Knie begann zu rutschen. Die Schwerkraft arbeitete gegen sie und ihre prekäre Position half ihr auch nicht gerade. Noch eine Sekunde und sie würde...

Plumps!

Emily fiel auf Godrics Rücken und lag direkt auf ihm. Er stöhnte leise und rollte sich unter ihr auf den Rücken, aber sie rutschte über ihn, um auf ihm liegenzubleiben. Seine rechte Hand, an der nach wie vor die Schlüssel hingen, legte sich auf ihren unteren Rücken und streichelte sie durch den Stoff ihres neuen Kleides.

Emily atmete erschrocken ein. Sie lag ausgestreckt auf seinem Bauch und seiner Leiste, aber er schlief weiterhin tief und fest. Sie streckte sich und versuchte, sein Handgelenk zu ergreifen, ohne ihn aufzuwecken.

„Hmm... du freches Mädchen." Godrics Gesicht verzog sich zu einem verträumten Lächeln. „Evangeline, jetzt zappel doch nicht so."

Evangeline? Wahrscheinlich seine Geliebte. Emily runzelte die Stirn und griff wieder nach seiner Hand, aber ihre Bemühungen waren sinnlos. Godrics Hand wanderte über ihren Hintern und versetzte ihr einen spielerischen Klaps auf den Po.

Sie befreite sich aus seinen Armen. „Wie könnt Ihr es wagen!" Ihre Füße verhedderten sich in seiner Decke und sie stolperte zu Boden, als sie versuchte, aus dem Bett zu flüchten.

Godric blinzelte sie an. „Was zum... Miss Parr? Was in Gottes Namen, macht Ihr in meinem Schlafgemach?" Er schoss hoch, ließ sich dann aber wieder in die Kissen fallen und legte sich stöhnend den Unterarm über die Augen.

Emily flüchtete in die hinterste Ecke des Raumes, das Herz schlug ihr gegen die Rippen wie ein eingesperrter Vogel, der versuchte in die Freiheit zu entkommen. Seine Muskeln spannten sich an, als er sich erneut bewegte... wie ein großer, schlanker Panther. Eine Sekunde lang stellte sie sich den Schutz vor, den er ihr bieten könnte, sein Körper wie ein Schild, seine Muskeln geballt und die Unterarme angespannt. Dann erinnerte sie sich daran, wie er sie aus der Kutsche gerissen hatte und an die Gewalt des Kampfes zwischen ihnen.

„Lasst mich sofort gehen!"

„Ich halte Euch nicht fest", sagte er mit einem irritierten Knurren.

„Ich meinte, lasst mich frei. Mein Gemach ist verschlossen." Sie stampfte mit ihrem Fuß auf und funkelte ihn an, aber die Kraft ihres empörten Blickes entging ihm, denn er blieb flach auf dem Rücken liegen, die Augen geschlossen. „Ich verlange, sofort freigelassen zu werden!"

„Und ich verlange Ruhe und Frieden am Morgen", murmelte Godric im Halbschlaf.

„Nun?" Emily stampfte wieder auf den Boden auf, verärgert darüber, dass sie keine andere Möglichkeit hatte, seine Aufmerksamkeit zu erregen. Sie wagte nicht, näher an das Bett heranzutreten. Die Erinnerung an seinen Körper, der ihren in der vergangenen Nacht überwältigt hatte, ließ sie erneut vor Angst erzittern, aber sie war entschlossen, eine tapfere Fassade aufrechtzuerhalten.

Er warf seine Bettlaken von sich und setzte sich auf. Beim Anblick seiner nackten Brust fiel sie fast in Ohnmacht. Er lächelte und nahm sich Zeit, nach dem Laken zu greifen, um sich zu bedecken. Emily rang nach Luft und ihr Gesicht brannte vor Scham. Sah so ein halbbekleideter Mann aus? Er sah... unerschütterlich aus. Jeder stählerne Muskelstrang unter seinem Fleisch sprach von Gewalt und Gefahr. Ihre Kehle wurde trocken und sie leckte sich über die Lippen, während sie versuchte, ihr rasendes Herz zu beruhigen.

„Möchtet Ihr Euch zu mir setzen, Miss Parr?", fragte er und tätschelte das Bett neben sich.

Emily machte unwillkürlich einen Schritt zurück und ihre Schultern prallten gegen die Tür hinter ihr.

„Ich habe nur gescherzt." Ein leichtes Runzeln umspielte seine Lippen, als würde ihn ihre Reaktion verunsichern.

„Ein Scherz? Bitte, Eure Lordschaft, klärt mich auf, wie diese Situation auch nur im Entferntesten amüsant sein kann. Ich muss sofort zurück nach London und versuchen, den Schaden zu reparieren, den Ihr meinem Ruf zugefügt habt." *Meinem Leben.* Sie schlug die Hände zusammen und versuchte alles, um die Angst zu lindern, die unter ihrer Haut kribbelte.

„Ich fürchte, das ist nicht möglich." Seine Antwort ergab im ersten Moment keinen Sinn, denn sie hatte nicht erwartet, dass er ihr das Recht absprechen würde, zu gehen.

„Was? Warum nicht?"

„Weil ich Euch hierhergebracht habe, um Euch zu ruinieren."

Sie beobachtete die sture Haltung seines Kinns und seiner mattgrünen Augen, suchte nach irgendwelchen Anzeichen für seine Absichten.

„Nun gut, wenigstens seid Ihr ehrlich. Oder ist das wieder nur ein Scherz?" Sie konnte sich nicht vorstellen, wie sie ihren Ruf retten sollte, selbst wenn dies ein Scherz war.

Dann entdeckte sie den leichten violetten Bluterguss auf seiner Wange. Der Schlag, den sie ihm in der Nacht zuvor versetzt hatte, war so stark gewesen, wie sie gehofft hatte. Sie hatte noch nie jemandem wehgetan, aber er hatte es verdient – und noch viel mehr, sollte er es wagen, sie noch einmal anzufassen.

Ihre Situation war plötzlich glasklar und sie gefiel ihr kein bisschen. Wenn sie nach London zurückkehrte, würden sich nur die verzweifeltsten Glücksritter ihrer annehmen. Nach einem solchen Skandal hätte sie Glück, überhaupt irgendwo gesellschaftlich empfangen zu werden, geschweige denn einen anständigen Mann zum Heiraten zu finden. Aber dann wiederum... sie musterte Godrics Gesicht. Würde er das Ehrenhafte tun, nachdem sein Plan sie zu ruinieren erfüllt worden war? *Kann ich ihn überzeugen, zu seinen Taten zu stehen und mich zu heiraten? Entweder ich heirate ihn oder einen Glücksjäger.* Sie weigerte sich, Blankenship als Alternative in Betracht zu ziehen.

❧

MIT EINEM SEUFZER KLETTERTE GODRIC AUS DEM BETT, um sich anzuziehen. Emily trat zurück, war nun weit außerhalb seiner unmittelbaren Reichweite. Ihr Gesicht war kirschrot, als sie so tat, als würde sie sich von seinem nackten Körper abwenden. Es war ihr unschuldiger Glaube, dass sie sicher sein würde, wenn sie ihm aus dem Weg ginge. Wenn er es wirklich wollte, könnte er sie auf das Bett zerren und sie nehmen. Aber das machte wenig Spaß. Der Weg war das Ziel. Das war bei der Verführung einer Frau nicht anders.

Sie hörte auf zu zappeln und begegnete seinen Augen mit ihrem starken Blick.

„Warum wollt Ihr mich ruinieren? Es gibt viele andere junge Erbinnen mit mehr Geld. Habt Ihr vor, mich zu heiraten?" Sie hob eine goldbraune Braue, eine stumme Herausforderung, die er amüsant fand. Emily war ein freches und forsches kleines Geschöpf, das musste er ihr zugestehen.

„Rache ist mein einziges Interesse an Euch. Ist diese Antwort einfach genug? Euer Onkel ist an Eurer Situation schuld." Godric durchquerte den Raum, um sich das Gesicht zu waschen.

„Mein Onkel?" Emilys Augenbrauen zogen sich zusammen

und ihre Lippen öffneten sich, als ob sie tief in Gedanken über die Offenbarung war, als Druckmittel zu dienen.

Godric bückte sich, wusch sich das Gesicht im Waschbecken auf dem Nachttisch und trocknete sich dann mit einem Handtuch ab. Danach zog er sich einen Morgenmantel an.

„Euer Onkel hat eine große Summe Geld von mir geliehen und ich weiß aus zuverlässiger Quelle, dass er damit seine anderen Gläubiger bezahlt hat, anstatt es zu investieren. Mein Geld ist also verloren."

„Das erklärt immer noch nicht, warum ich hier bin." Sie biss sich auf die Unterlippe, ein Ausdruck von scharfer Intelligenz lag in ihren Augen. Es war eine Ewigkeit her, dass er wirklich in das Gesicht einer Frau geschaut und Intelligenz attraktiv gefunden hatte. Emily war beides. Hübsch und intelligent.

„Was sind Eure Absichten mir gegenüber?" Verzweiflung durchzog ihren Tonfall und lenkte Godrics Aufmerksamkeit auf sich.

Emily setzte sich auf die Kante seines Bettes und ihre Augen weiteten sich ungläubig. Godric verzichtete auf die Suche nach angemessener Kleidung, durchquerte das Gemach, nahm ihr Kinn in die Hand und neigte ihren Kopf zurück, sodass sie gezwungen war, zu ihm aufzuschauen.

„Ich muss Euch eine Weile hierbehalten, bis ich Euren Onkel gründlich vernichtet habe, dann werde ich Euch wahrscheinlich nach London zurückschicken. Solange Ihr hier seid, könnt Ihr gerne mein Bett mit mir teilen." Er tippte ihr mit einer Fingerspitze auf die Nase und versuchte, sie zu necken, aber seine Worte entlockten ihr nur ein tieferes Stirnrunzeln. Godric kniete sich vor sie. „Es wird Euch kein Leid geschehen, Miss Parr. Ihr habt mein Wort als Gentleman."

„Gentleman?", spottete sie. „Was für ein Gentleman Ihr seid. Frauen aus Kutschen zu zerren und sie unter Drogen zu setzen. Ihr habt nicht einen Funken Ehre. Ich weiß nicht einmal, was das mit meinem Onkel zu tun hat. Männer wie Ihr ruinieren Frauen wie mich und sehen nie zurück. Ich wette, Ihr leugnet es auch noch."

Er lachte. „Ich würde nicht im Traum daran denken, es zu leugnen. Ich bestehe jedoch darauf, dass Ihr versteht, dass ich Frauen nur zu einem bestimmten Zweck ruiniere, nicht zum Spaß." Er lehnte eine Hüfte an die Kommode neben dem Bett und beobachtete sie aufmerksam. „Ihr wisst sicher, wie leicht es für Euren Onkel wäre, Euch an einen Mann zu verkaufen, um seine Schulden zu begleichen. Nun, niemand wird Euch nehmen, wenn ich es zuerst tue."

Emilys Augen verfinsterten sich. „Ihr entehrt mich also, um meinem Onkel zu schaden?" Ihre Stimme stieg in der Tonlage, aber sie war nicht schrill. „Und nicht ein einziges Mal habt Ihr dabei an mich gedacht, nicht wahr? Ich bin eine unschuldige Partei in dieser Sache. Mein Onkel wird verlangen, dass Ihr mich heiratet, und dann werden wir aneinander gebunden sein."

Godric gab ein bellendes Lachen von sich. „Ash sagte, Ihr wärt clever. Mir war nicht klar, dass Ihr auch einen Sinn für Humor habt."

„Humor? Ich sehe darin überhaupt nichts Amüsantes. Ich hatte Ambitionen für die Ehe, ja, aber das beinhaltete nicht, jemanden wie Euch zu heiraten." Emily verschränkte die Arme vor der Brust.

„Miss Parr, ich bin nicht sicher, ob Ihr wirklich wisst, wer ich bin."

Godric sah ein Aufblitzen von Schmerz in ihren Augen. „Ich weiß, wer Ihr seid. Der Duke of Essex. Ein wahrer Teufel, zumindest sagen das die Ladies in London. Ihr bringt mit nur einem Blick Verderben über eine Frau."

„Nur ein Blick? Ich dachte, ich müsste wenigstens den Namen einer Lady aussprechen...", neckte er, aber sie lachte nicht.

Ein Hauch von Rosa erblühte auf ihren Wangen. Ihre Lippen öffneten sich weiter, und ihr Busen begann sich mit ihren beschleunigten Atemzügen zu heben und zu senken. Sie erinnerte ihn an einen aufgeschreckten Spatz, der einmal in sein Arbeitszimmer geflogen war. Er musste ihm zur Flucht aus dem Fenster verhelfen, bevor er sich in seinem Schrecken noch verletzte.

„Lasst mich eines klarstellen, Miss Parr. Ich habe mir mein Leben nie von der Gesellschaft und ihren Regeln diktieren lassen. Euer Onkel könnte versuchen, einen gesellschaftlichen Krieg gegen mich zu führen, um mich an Euch zu fesseln, aber wir werden niemals gemeinsam einen Fuß in eine Kirche setzen. Habt Ihr das verstanden? Jetzt schaut nicht so verdattert, meine Liebe. Ich bin ein großzügiger Liebhaber. Wenn sich herausstellt, dass wir zusammenpassen, nehme ich Euch zu meiner Geliebten. Ich bin nicht zu dauerhaften Beziehungen geneigt, aber ich würde Euch für den Rest Eures Lebens gut versorgen. Es ist nicht so schrecklich, die Geliebte eines Dukes zu sein."

Ihr weit entfernter Blick zeigt ihm, dass sie sich wünschte, an einem anderen Ort zu sein und ihr Ton war voller Resignation, als sie sprach. „Sind alle Männer so herzlos wie Ihr? Versteht Ihr nicht, was Ihr mir genommen habt? Ich muss heiraten. Meine Eltern sind tot. Ich hatte nur eine Chance auf Glück und Frieden, und Ihr habt sie in dem Moment zerstört, als Ihr mich mitsamt der Kutsche entführt habt." Ihre Augen füllten sich mit Tränen und eine Sekunde später stöhnte sie auf, ein leiser, kleiner Laut, bevor ihr Körper in unterdrückten, leisen Schluchzern bebte.

Godric blinzelte entsetzt. Alles in seinem Körper verkrampfte sich. Es war nicht das erste Mal, dass er eine Frau zum Weinen gebracht hatte, aber diese Tränen stammten nicht von einer wütenden Mätresse, sondern von einer jungen Lady, einer Unschuldigen.

Ohne einen weiteren Gedanken zu verschwenden, zog er sie in seine Arme. Ein heftiges Bedürfnis, sie zu beschützen, stieg in ihm auf und er schien sich nicht davon befreien zu können. Ihr Körper zitterte in seinen Armen und ihre Hände begannen seine nackte Brust, seine Arme und Hände zu erkunden. Es folgte ein schwaches Ziehen an seinem rechten Handgelenk und er zuckte erschrocken zurück, denn er erkannte erstaunt, dass sie den ledernen Schlüsselbund an seinem Handgelenk umklammerte. Er riss ihr die Schlüssel aus den Fingern und musterte ihr Gesicht.

Godric brach angesichts ihres wütenden Blicks in Gelächter aus. „Miss Parr, Ihr habt bemerkenswert flinke Hände. Oh, was ich Euch alles beibringen könnte..." Er wollte sie erneut in seine Arme schließen, aber sie duckte sich im letzten Moment weg.

Emily wich ein paar Schritte zurück, die Augen wachsam. Verschwunden war die Frau, die in seinen Armen geweint hatte. Eine ziemlich glaubwürdige List. Kluges Mädchen.

„Ich bezweifle ernsthaft, dass Ihr mir etwas Nützliches beibringen könntet, Eure Lordschaft." Sie vollführte einen oberflächlichen, spöttischen Knicks, bevor sie zurück in ihr Gemach eilte und die Tür hinter sich zuschlug. Das schabende Geräusch eines Waschtisches, der vor die Tür geschoben wurde, folgte Sekunden später. Er grinste und begann dann, leise zu pfeifen.

Sie konnte warten. Er brauchte nur ein paar Minuten, um die Kontrolle wiederzuerlangen, besonders unterhalb seiner Gürtellinie.

❧

„Was meint Ihr damit, sie wurde entführt?"

Thomas Blankenships Wut hallte von den Wänden in Albert Parrs Stadthaus wider. Albert saß an seinem Schreibtisch und rieb sich mit Zeigefinger und Daumen den Nasenrücken, während er sein Bestes tat, um vor seinem Geschäftspartner, einem Mann, dem er immer noch viel zu verdanken hatte, nicht die Fassung zu verlieren.

„Es steht alles in dem Brief." Er schob das Papier in Blankenship Richtung, der es umgehend ergriff. Der Mann stand mit geblähter Brust vor Albert, sein Doppelkinn wackelte ob seiner Aufregung, ein Anblick, der Alberts Angst hätte mindern sollen, aber das tat es nicht. Ganz im Gegenteil. Blankenship hatte den Dämon in seinem Inneren enthüllt, mit Klauen, speichelbedeckten Zähnen und kaltem Feuer, das in seinen schwarzen Augen loderte.

Albert seufzte. Gestern Abend war er in Chessley House angekommen, um Emily abzuholen. Die Tochter des Barons, Anne, hatte ihn darüber informiert, dass Emily nie angekommen war. Albert war sofort besorgt gewesen. Er hatte nicht gedacht, dass sie eine Gelegenheit verpassen würde, ihre Freundin zu sehen, aber vielleicht hatte er sich geirrt und Emily hatte beschlossen, sich gegen ihn aufzulehnen.

Vielleicht hatte sie beschlossen, Blankenship zu meiden und Zuflucht bei einer Freundin zu suchen. Nicht, dass sie viele hatte, zumindest keine, die er kannte.

Erst als er nach Hause kam, erschöpft und verärgert über Emilys Abwesenheit, hatte er die Wahrheit erfahren. Sein Butler hatte ihm einen Brief überreicht, den der Kutscher hinterlassen hatte, der angeheuert worden war, um Emily zum Ball zu fahren. Der müde Fahrer hatte bestätigt, dass fünf Männer sie entführt hatten, weigerte sich aber, weitere Details preiszugeben, wenn er nicht eine Belohnung erhielt. Albert hatte eine Grimasse gezogen und dem Fahrer mehrere Münzen in die knochigen Hände geklatscht.

Die Geschichte, die der Kutscher erzählte, war aberwitzig. Seine unschuldige Nichte hatte es geschafft, die Schurken zu überlisten und war zweimal fast entkommen. Als er die Geschichte gehört hatte, hatte sich Albert Emily als eine Art Heldin in einem großen Abenteuer vorgestellt. Es schien, dass sie mehr Charakterstärke besaß, als er ihr zugetraut hatte, aber sobald die Vorstellung aufhörte, amüsant zu sein, hatte sich Besorgnis in ihm breitgemacht.

Er hatte die schräge Handschrift des Briefes sofort erkannt, auch wenn der Brief in seinen Details vage und unsigniert gewesen war. Nach mehreren Begegnungen mit dem Duke of Essex war Albert mit dessen ungewöhnlicher Schreibweise vertraut geworden. Aber es war der Inhalt des Briefes, der ihn am meisten beunruhigte. Essex hatte erklärt, dass er von dem Geld wusste, das Albert gestohlen hatte, und dass er eine andere Art Rückzahlung in Kauf nehmen würde. Er meinte damit natürlich Emily.

Alberts Stirn legte sich in Falten, als er den Brief erneut las und Blankenship ignorierte, der wie ein eingesperrter Löwe hin und her schritt. Wenn Essex ihren Ruf besudelte, würde sie jedes recht haben, eine Heirat zu verlangen, und das würde bedeuten... Angst erfüllte seine Glieder. Wenn Essex in seine Familie einheiraten würde, wäre Albert für immer der Gnade dieses Mannes ausgeliefert. Vorausgesetzt, er bekäme den Duke auch nur in die Nähe der nächstbesten Kirche.

Nein, der Duke würde Emily nicht heiraten. Albert konnte ihn nicht zwingen und Essex wusste das. Emily war ruiniert und ohne sie hatte er keine Möglichkeit, seine Schuld an Blankenship zurückzuzahlen. Albert rang nach Atem, während er die Panik bekämpfte. „Lieber Gott."

„Was?", knurrte Blankenship.

„Nichts. Ich bin müde und diese Entführung hat mich aufgewühlt." Das Letzte, was er tun würde, wäre es, Blankenship seine Ängste einzugestehen. Alles hing davon ab, Emily mit ihm zu verheiraten. Das Nebengeschäft, das sie arrangiert hatten, würde sicherstellen, dass Emilys Erbe – Geld, das an die Reederei von Alberts Bruder gebunden war – an Blankenship gehen und alle Schulden von Albert getilgt werden würden.

Blankenship hielt inne. „Wie sicher seid Ihr, dass es der Duke of Essex ist, der sie festhält?"

Albert blickte auf seinen Schreibtisch hinunter und vermied das Funkeln in den Augen des anderen Mannes.

„Ich würde diese Handschrift überall erkennen."

Blankenship ließ dies auf sich wirken, bevor er antwortete. „Was würde ihn dazu veranlassen, sich ausgerechnet dieses Mädchen zu nehmen?"

„Ich schulde Essex zwanzigtausend Pfund. Er investierte es bei mir, aber die Investition ging schief. Ich benutzte sein Geld, um einen Teil meiner Schulden zu begleichen. Er hat herausgefunden, dass sein Geld weg ist." Albert kämpfte gegen den Drang an, seinen Kopf auf den Schreibtisch zu legen und still dort liegen zu bleiben, bis er starb. „Der Mann ist jähzornig und jetzt hat er Emily als Vergeltung entführt."

Blankenship las den Brief erneut und seine Wangen röteten sich vor Irritation. „Warum sollte ein Duke wegen einer so mageren Summe die Gerüchte der Londoner Gesellschaft riskieren? Er hat das Zehnfache in Investitionen gesteckt und sein Jahreseinkommen macht diesen Betrag fast lächerlich."

„Das ist genau die Art von Dingen, die er tun würde. Er ist einer dieser Schurken, dieser Gruppe, die sich jeden Monat im Berkleys Club trifft."

„Ja, ja, die Liga der Schurken, oder wie auch immer sie sich nennen. Verwöhnte Jungen, nichts weiter. Sie spielen keine Rolle. Ich will, dass das Mädchen zu mir zurückkommt. Sie gehört mir!", knurrte Blankenship mit solcher Bosheit, dass Albert in seinem Stuhl einen Fuß zurückrutschte.

„Wie soll ich sie zurückbekommen? Der Duke hat sie entführt. Ihr Ruf ist ruiniert, auch wenn er sie noch nicht angerührt hat."

„Verlangt, dass er sie sofort zurückschickt." Blankenship warf den Brief erzürnt auf Alberts Schreibtisch.

„Selbst wenn ich ihn zu einem Duell herausfordern würde,

würde er mich wahrscheinlich auslachen. Er hat jetzt, was er will und er wird sie nicht zurückgeben... nicht bevor er davon überzeugt ist, dass sie in den Augen der Gesellschaft nicht mehr zu retten ist."

„Wollt Ihr sie nicht zurückhaben?" Das gefährliche Glitzern in Blankenships Augen verunsicherte Albert. „Was ist mit unserer Abmachung? Eure Schulden bei mir wären beglichen, wenn das Mädchen mir gehört."

Albert hatte ihre Partnerschaft nicht bereut, bis jetzt. Etwas Böses, etwas Schwarzes und Grausames, schwebte im Blick des anderen Mannes und machte ihn nervös.

Während Essex als großartiger Verführer verschrien war, verdreckte Blankenship die Wände der Londoner Bordelle als der niederträchtigste Mann der Welt. Frauen kamen mit blauen Flecken und zerrütteten Seelen aus seinem Bett. Albert war kein Mann, der wegen ihres Bettsports über andere urteilte. Aber zu wissen, dass Emily eines von Blankenships ständigen Opfern sein würde, hatte ihn bis zum Punkt des Unwohlseins beunruhigt. Doch was sollte er tun? Die Schulden, die er hatte, könnten sowohl ihn als auch Emily innerhalb von Minuten auf die Straße befördern, wenn ihre Besitzer die Zahlung zurückverlangten. Wenigstens würde ihre Ehe mit Blankenship das Dach über ihren Köpfen bewahren.

Aber wenn Essex sie bei sich behielt, war es vielleicht für alle das Beste, auch für Alberts eigene Seele.

„Ich habe kein Interesse an ihrer Rückkehr. Ich war bereit, sie an Euch zu verkaufen, ja. Aber so wie ich das sehe, hat sie jetzt die Chance, einem Duke ins Auge zu fallen, entweder als Frau oder als Mätresse, und ich werde sie bald los sein." Es war die Wahrheit. Das Mädchen zu ernähren und zu kleiden war ein teures Unterfangen für einen verschuldeten Mann. Es war nicht so, dass er sie nicht mochte, aber er hatte kaum eine Wahl, wenn er die Gläubiger in Schach halten wollte.

„Ihr wollt Euch also nicht an die Behörden wenden? Sicherlich wird jemand bemerken, dass sie verschwunden ist. Diener reden nun einmal, Parr."

„Nicht meine. Und nein, ich werde nicht zu den Behörden gehen. Das Letzte, was ich tun möchte, ist es, Aufmerksamkeit auf mich zu lenken."

„Erlaubt mir, an Eurer Stelle zu handeln. Lasst mich auf Euren Wunsch hin die Behörden in Kenntnis setzten, um Essex zu konfrontieren und das Mädchen zurückzufordern. Sobald ich sie zurückgebracht habe, gehört sie mir."

„Und wenn sie nicht mehr als Jungfrau in Euer Ehebett kommt?"

„Dann wird sie nicht meinen Namen tragen, aber sie wird trotzdem mein Bett wärmen."

Albert schauderte vor Abscheu, als er Blankenships lüsternes Lächeln bemerkte. Er würde sie zweifellos genauso behandeln wie jede andere Dirne auf der Straße. Albert sorgte sich um das Schicksal seiner Nichte, aber seine eigenen Probleme überwogen bei weitem die ihren. Blankenship hatte den Ruf, Männer verschwinden zu lassen. Manche tauchten erst Wochen später mit dem Gesicht nach unten in der Themse wieder auf. Das Letzte, was Albert wollte war, wegen seiner Schulden zu sterben. Emily als Verhandlungsgegenstand zu benutzen, war der beste Zweck, dem sie dienen konnte. Mochte Gott ihm verzeihen.

„Gut, sie ist Euer Problem." Albert erhob sich mit einer Grimasse von seinem Stuhl und sah Blankenship mit direktem Blick an. Er wünschte, der Mann würde sein Arbeitszimmer verlassen und nie wieder zurückkehren. Es spielte keine Rolle, wohin er verschwand. Hauptsache fort von hier. „Würdet Ihr mich nun bitte entschuldigen? Ich habe noch etwas zu erledigen."

Blankenship stand stocksteif da, dann zog sich sein Mundwinkel nach oben. „Wenn ich sie nicht bekomme, bleiben Eure Schulden unbezahlt, Parr. Und Ihr wisst, was mit Männern passiert, die ihre Schulden nicht begleichen." Mit versteinerter Miene machte der ältere Mann auf dem Absatz kehrt und verschwand aus der Tür. Die ominöse Drohung trübte die Luft in Alberts Arbeitszimmer und er ließ sich in seinen Stuhl zurückfallen.

✤ 4 ✤

Emily brach auf ihrem Bett zusammen, ihr ganzer Körper zitterte. Ihr Gesicht brannte.

„Von einem Duke entführt."

Emily rieb sich die Schläfen, denn ihre Kopfschmerzen kehrten zurück. Es war ein Albtraum. Was hätte ihre Mutter in solch einer Situation getan? Sie hätte zusammengetragen, was sie wusste. Erstens, in den Augen der Gesellschaft war sie so gut wie ruiniert. Zweitens, sie war der Gnade eines Mannes ausgeliefert, der sie tatsächlich ruinieren wollte. Drittens, sie musste herausfinden, was sie mit den Tatsachen aus erstens und zweitens anfangen sollte.

Emily holte tief Luft, denn sie wusste, sie musste eine Entscheidung treffen. Sie könnte fliehen und zu ihrem Onkel und Blankenship zurückkehren oder hier bei Godric bleiben. Oder sie könnte darauf hoffen, dass sie eine Verbindung mit einem Mann eingehen konnte, der verzweifelt darauf aus war, ungeachtet ihres befleckten Zustands Zugang zu ihrem Vermögen zu bekommen. Nur eine dieser Optionen war wirklich attraktiv.

Godric. Die Vorstellung erschreckte sie, aber nur halb.

Denn die Idee erregte sie auch. Wollte sie mit jemandem zusammen sein, der sie trotz seiner gefälligen Gestalt durch seine Arroganz wütend machte?

Emilys Schultern sackten herab. Alles, was sie wollte, war es, Freiheiten zu haben, zu reisen und ihr Leben zu leben, hoffentlich mit einem Mann, der sie liebte, an ihrer Seite. Sie wollte die Kontrolle über ihr eigenes Schicksal und ihr eigenes Vermögen erlangen. Auch wenn ihr Erbe unter der Kontrolle ihres Mannes stehen würde, könnte sie, wenn sie Glück hatte, ein gewisses Mitspracherecht bei dessen Verwendung haben.

Wenn sie bei Godric bliebe, wäre sie seiner Gnade ausgeliefert. Er behauptete, er würde sie als Geliebte nehmen... falls sie harmonieren würden. Emily schnaubte. Sie bezweifelte, dass er die Sorte Mann war, die sich einer Frau gegenüber korrekt verhalten würde. Schließlich hatten er und seine Freunde sie entführt, und die Begegnung von heute Morgen hatte ihr Vertrauen in seinen guten Charakter nicht gerade bestärkt. Stattdessen hatte er sie in seine bösen Absichten eingeweiht. Wenn sie zurück nach London gelänge, könnte sie vielleicht bei Anne Zuflucht suchen und herausfinden, was sie tun sollte und wie sie vielleicht doch noch einen Ehemann finden könnte. Es war eine geringe Chance. Aber selbst wenn sie ruiniert wäre, hätte sie vielleicht doch die Möglichkeit, einen von ihnen zu verführen und ihn zu heiraten. Aber was war mit ihrem Onkel? Er würde sie lieber verkaufen, um seine Schulden zu bezahlen, wie Godric schon sagte. Welchen Mann sie auch immer finden würde, er müsste bereit sein, mit ihr nach Gretna Green zu reisen und dann dem Cousin ihrer Mutter gegenüberzutreten und zu beten, dass er ihr bei der Übergabe des Erbes keine Schwierigkeiten machen würde. Die ganze Sache bereitete ihr Kopfschmerzen.

Sie zuckte zusammen, als sich die Tür zu ihrem Gemach öffnete. Godric tauchte auf, die Schlüssel in der Hand, weitaus besser gekleidet als bei ihrer letzten Begegnung. Die plötzliche

Erinnerung an ihn in seinem Bett ließ ihr Herz hüpfen. Waren alle ruinierten Frauen so leicht durch den Anblick eines gutaussehenden Mannes abzulenken? Es irritierte sie, dass sie so von ihm beeinflusst wurde, obwohl er ihr bisher nur Ärger bereitet hatte.

„Hungrig?", fragte Godric und bot ihr seinen Arm an.

Emily schnitt eine Grimasse. Wie konnte er dastehen und so tun, als hätten sie nicht erst vor wenigen Minuten darüber gesprochen, dass sie seine Geliebte sein sollte, während er nur halb bekleidet war? Mit einem trotzigen Heben des Kinns marschierte sie in den Flur und auf die Treppe zu, während sie ihn ignorierte. Als sie unten ankam, blieb sie abrupt stehen. Sie hatte keine Ahnung, wohin sie gehen sollte. Sie wollte zur nächsten Tür eilen, aber Emily vermutete, dass sie keine zehn Meter weit kommen würde, bevor Godric sich auf sie stürzte.

Godrics Lippen zuckten leicht, zu faul, sein Lächeln zu vollenden. „Ich würde nicht versuchen zu fliehen, Miss Parr. Meine Bediensteten haben die strikte Anweisung, Euch mit allen Mitteln am Verlassen diesem Haus zu hindern."

Wie zum Beweis trat ein Diener aus einer nahen Tür und hielt inne, als er seinen Herrn sah. Als Godric leicht nickte, nahm sich der Mann einen Moment Zeit, um Emily zu mustern, als würde er ihre Stärken und Schwächen einschätzen, bevor er seinen Weg fortsetzte und durch die Tür am Ende des Flurs ging.

Emily seufzte und winkte mit einer Hand. „Bitte geht voran, Eure Lordschaft."

Godric grinste und schritt ohne einen Blick zurückzuwerfen davon, in der Erwartung, dass sie ihm folgen würde.

Es hieß jetzt oder nie. Emily ergriff ihre vielleicht einzige Chance und wirbelte nach links, auf eine große Tür zu, die keine zwanzig Meter entfernt war und nach draußen zu führen schien. Sie umklammerte ihre Röcke und sprintete darauf zu, das Blut pochte ihr in den Ohren. Plötzlich kippte sie nach vorne und fiel flach auf den Bauch.

Der kalte Steinboden biss in ihre Hände, als sie versuchte, ihren Sturz abzufangen. Etwas hatte sich an ihrem rechten Knöchel festgekrallt. Nach Atem ringend sah sie über ihre Schulter. Godric kauerte hinter ihr, ein wildes Glitzern in den Augen. „Ich dachte, ich hätte Euch vom Weglaufen abgeraten, Miss Parr." Godric lächelte, als würden sie ein Spiel spielen. Es machte sie wütend. Dies war ihr Leben, ihre Freiheit.

„Lasst mich gehen! Ihr habt kein Recht, mich hier gefangen zu halten." Emily trat mit ihrem freien Fuß nach seiner Hand, aber er fing ihn auf und zog sie daran auf dem Boden entlang, bis sie unter seinem Körper lag. Dann ließ er ihren Knöchel los und stützte einen Unterarm neben ihrem Kopf auf den Boden, seine andere Hand umfasste ihre Hüfte.

Emily lag still wie ein Reh in der Schlucht und nahm den Geruch des Mannes auf, dann konzentrierte sie sich auf ihren Gegenangriff. Sie spannte sich an, drehte sich auf den Rücken und verpasste ihm einen scharfen Schlag mit der Rückhand ins Gesicht.

Die Finger an ihrer Hüfte strafften sich. „Die Zeit, die Ihr hier verbringt, kann zivilisiert gestaltet werden oder auch nicht. Ich werde es Euch überlassen, aber Ihr sollt wissen, dass ich für jeden Akt der Missachtung meiner Autorität eine Gegenleistung von Euch verlange." Er knurrte. „Der Preis wird Euch wahrscheinlich nicht gefallen."

Sein Gesicht erhob sich über ihrem mit der schrecklichen Schönheit eines rachsüchtigen Gottes. Mit schmerzender Langsamkeit kesselte er sie ein, indem er seinen Körper benutzte, um sie stillzuhalten. Sie erschauderte, als seine Gliedmaßen mit den ihren aufeinandertrafen. Eis kämpfte mit Feuer auf ihrer Haut, während sie das Zittern der Angst bekämpfte. Es war, als stünde sie einem Löwen gegenüber... rohe Schönheit, außerordentliche Kraft und zweifellose Bedrohung... und doch konnte sie nicht wegsehen. Er würde sie verschlingen.

Emily kehrte in die Realität zurück und erinnerte sich daran, gegen ihn zu kämpfen. Seine Brust war jedoch eine Wand aus Stahl. Unerschütterlich wie ein Berg. Nachdem sie erkannte, dass ihren Bemühungen nichts gegen in ausrichteten, brannten ihre Augen vor Tränen. Sie konnte sich nicht befreien, nicht von ihm, nicht von diesem Ort.

Godric umfasste ihre Wange mit einer Hand und strich mit dem Daumen leicht über die Wölbung ihrer Unterlippe. Die Wärme seines Atems und der Hauch seines Duftes verwirrten ihre Sinne und ihre Vernunft, bis sie vollkommen durcheinander war. Angst loderte in ihr auf, wie eine Welle der Furcht, die sie zu überwältigen drohte.

Godric könnte sie hier sehr leicht nehmen, brutal und rücksichtslos, und sie hätte keine Möglichkeit, sich zu verteidigen. Sie musste etwas sagen, etwas um ihn zu beschwichtigen und sich selbst zu schützen.

„Es tut mir leid, ich wollte nicht...“

Ohne Vorwarnung landeten seine Hände auf ihrer Taille und seine Finger bewegten sich neckisch an der richtigen Stelle. Sie konnte nicht anders und brach in einen Kicheranfall aus, von dem sie sich wohl nie erholen würde. Aus reinem Instinkt heraus trat sie um sich und versuchte, seinen teuflischen Angriff auf ihre Schwachstelle zu stoppen.

„Stopp! Bitte!“, keuchte sie. „Bitte, ich flehe Euch an!“

Erst als ihr die Tränen in den Augen brannten und sie fast hysterisch vor Lachen war, hörte er auf. Die ganze Zeit hatte er mit einem wölfischen Grinsen über ihr geschwebt und sie mit seinen federleichten Berührungen gequält.

„Ich habe Euch gewarnt. Ich verlange einen Preis für alle Fehltritte. Ich werde nicht zögern, solche Waffen erneut einzusetzen.“ Er wackelte mit den Fingerspitzen sowie seinen Augenbrauen. Wenn er zu solchen Waffen griff, wenn es um sie ging, musste sie sich zurückhalten. Es war unmöglich, ihre Würde zu wahren und darauf zu bestehen, dass er sie wie die Lady behandelte, die sie war, wenn sie zu sehr damit beschäftigt war, zu lachen und nach Luft zu schnappen wie ein hilfloses Huhn.

Er ließ von ihr ab und half ihr auf die Beine.

„Sollen wir das noch einmal versuchen?" Seine Stimme war tief und heiser.

Musste er so groß und... so intensiv sein? Ihre Instinkte schrien immer noch, dass sie weglaufen sollte.

Benommen schenkte Emily ihm ein zaghaftes Nicken. Ihr Körper zitterte noch von den Nachwirkungen seiner Attacke.

„Möchtet Ihr mich zum Frühstück begleiten, Miss Parr?"

Als sie erneut nickte, legte er ihre Hand auf seinem Arm und führte sie ins Esszimmer.

Wenn sie ihm nicht entkommen konnte, konnte sie vielleicht eine andere Taktik versuchen. Emily glaubte an die Macht eines guten, soliden Gesprächs. Vielleicht konnte sie ihn zur Vernunft bringen, obwohl das so wahrscheinlich schien wie einen wütenden Stier davon zu überzeugen, nicht anzugreifen. Sie runzelte die Stirn und biss sich mit den Zähnen auf die Unterlippe.

„Warum in aller Welt runzelt Ihr die Stirn?"

Emily neigte ihren Kopf, in der Hoffnung, ihr Gesicht vor ihm zu verbergen. „Es ist nicht von Bedeutung, Eure Lordschaft. Ich bin müde von den Strapazen der letzten Nacht, das ist alles."

Sie hätte schwören können, dass er gestern Abend etwas von einer anderen Art von Anstrengung gemurmelt hatte, aber sie hatte keine Ahnung, was er meinte. Bevor sie wieder sprechen konnte, erreichten sie das Esszimmer.

Das morgendliche Sonnenlicht erhellte einen großen Raum mit einem Tisch, an dem leicht zwölf Personen Platz finden konnten. Die untere Hälfte der Wände war mit Kirschholzpaneelen getäfelt und die obere Hälfte war in einem warmen

Buttergelb gestrichen. An ihnen hingen riesige Porträts, auf denen dunkelhaarige Männer aus verschiedenen Epochen Emily anstarrten, wobei jeder von ihnen den Hauch eines verruchten Lächelns auf den Lippen trug.

Dieser Raum war anders als der Rest des Hauses. Er wirkte intimer und seltsam rustikal angesichts der hohen, breiten Fenster, die die Wand gegenüber dem Tisch bedeckten. Eine Fülle von Forsythien-Sträuchern reichte bis zur Hälfte jedes Fensters, aber was Emily besonders auffiel war, dass das leuchtende Gelb einen hellen Kontrast zu dem verschlungenen, smaragdfarbenen Efeu, der die Fensterränder säumte, bildete. Emily fühlte sich, als wäre sie in eine verwunschene Welt voller Blumen eingetaucht.

Anstatt deplatziert zu wirken, regierte Godric seine Ländereien wie ein Gott der Natur. Er prahlte aber nicht damit. Vielmehr waren seine Schritte anmutig, fast katzenhaft, als er Emily in das Esszimmer führte.

Emily erlitt einen seltsamen Moment des Stolzes bei dem Gedanken, dass ein Mann wie er ihr angeboten hatte, mit ihm ins Bett zu gehen. Er hatte mit vielen Frauen geschlafen, das taten solche Wüstlinge nun mal, aber trotzdem... er hatte sein Interesse an ihr bekundet. So töricht es auch war, sie genoss es, begehrt zu werden, bis sie sich daran erinnerte, dass sie sich gegen ihn und seine seltsame Schurkenbande behaupten musste.

Auf einer Tafel hinter dem Tisch hatte jemand eine Reihe von Früchten, Schinken, Rindfleisch und Eiern ausgebreitet. Drei Männer saßen an einem Ende des Tisches. Ein gutaussehender Mann mit roten Haaren und haselnussbraunen Augen las eine Zeitung und schenkte ihnen ein kalkuliertes Lächeln, als Emily und Godric eintraten.

Sie blickte an sich herunter und bemerkte, wie zerknittert ihr Kleid war. Wusste er, dass Godric sie direkt vor der Tür bis zur Unterwerfung gekitzelt hatte? Es ärgerte sie immer noch, dass seine Mittel, sie zu bändigen, so effektiv waren.

Der Mann, der die Zeitung hielt, erhob sich zusammen mit den beiden anderen Männern. Sie verbeugten sich alle höflich, als Godric ihr einen Platz gegenüber dem Mann zuwies, der seine Studien der *Morning Post* fortsetzte. Godrics Hände lagen schwer auf ihren Schultern und sie wusste, der Druck war eine klare Aufforderung, den Hintern auf dem Stuhl zu behalten oder die Konsequenzen zu tragen.

Der rothaarige Mann legte seine Zeitung beiseite und hielt Emily einen Korb mit Toast hin. „Guten Morgen, Miss Parr. Habt Ihr gut geschlafen?" Emily hielt den Kopf gesenkt, als sie ein Stück nahm, aber ihre Hand zitterte, als sie es auf ihren Teller legte. Die drei Männer tauschten Blicke aus und ein leises Gespräch entbrannte, dass den Raum erfüllte.

„Ja, danke. Ich habe recht gut geschlafen."

Emily wurde sich der Tatsache, dass sie allein mit vier mächtigen Lords in einem Raum saß, zunehmend bewusst. Der blasse blonde Mann zu ihrer Rechten war Lord Ashton Lennox, ein wohlhabender Baron. Sie hatte zwei Nächte zuvor einen flüchtigen Blick auf ihn erhascht, als Anne Chessley ihn ihr gezeigt hatte. Er hatte in der Nähe der Erfrischungen gestanden, ein Glas Wein in der Hand und sich mit einer reizenden jungen Lady unterhalten, einem Mädchen, dessen Vater einer der Besitzer von Drummonds Bank war. Es war ihre erste Soiree gewesen und sie hoffte, dass das Mädchen dem Mann nicht verfallen war.

Godric wählte den Platz zu ihrer Linken, während der dritte Mann, Cedric, sich neben den Mann mit der Zeitung setzte. Die Sitzordnung ergab eindeutig einen tieferen Sinn. Sie war völlig eingekesselt.

Ihre Hände ballten sich in ihrem Schoß zu Fäusten.

Atme, Emily. Atme. Sie atmete die duftende Luft ein und zwang ihren Körper zur Ruhe. Wenn sie nicht aus dem Raum fliehen konnte, würde sie so viel wie möglich über ihre Entführer erfahren. „Verzeiht, aber seid Ihr der Marquess of Rochester oder der Earl of Lonsdale?", fragte sie den vierten Mann leise.

Er hob eine Augenbraue.

Emily errötete, als alle Augen auf sie gerichtet waren.

„Gestern Abend hörte ich die Namen des Duke of Essex und des Viscount Sheridan. Seit ich mit Miss Chessley bekannt bin, kenne ich diese bereits Namen in Verbindung mit drei weiteren, nämlich dem Marquess of Rochester, dem Earl of Lonsdale und dem Baron Lennox. Ich entschuldige mich, wenn ich mich in meiner Annahme geirrt habe", sagte sie hastig, aber die haselnussbraunen Augen des Mannes funkelten.

„Ihr braucht Euch nicht zu entschuldigen, Miss Parr, Ihr habt ganz recht. Ich bin der Marquess of Rochester. Bitte sprecht mich mit Lucien an. Keiner von uns ist übermäßig vernarrt in unsere Titel, schon gar nicht in der Gesellschaft einer so reizenden Lady. Der Gentleman dort drüben ist Baron Lennox." Lucien deutete auf den Mann, der sie am Abend zuvor bei der Kutsche in die Enge getrieben hatte. „Lonsdale wird uns bestimmt noch mit seiner Anwesenheit beglücken. Apropos, Ash, würdest du hinaufgehen und ihn aufwecken? Es ist das Beste, wenn er aufsteht und sich bewegt, oder der Portwein der letzten Nacht wird ihn für den Rest des Tages unleidlich machen."

Ashton lächelte Emily freundlich an, bevor er sich entschuldigte und den Raum verließ. Es lag etwas Freundliches im Gesicht des Mannes, ein mitfühlender Blick in seinen hellblauen Augen, der ihr Hoffnung schenkte. Allerdings konnte sie nicht umhin, sich zu fragen, warum er Charles wecken musste, wenn das auch ein Diener hätte tun können.

„Ihr seid eine Freundin von Anne Chessley?", fragte Cedric.

„Ja. Sie war sehr nett zu mir, seit ich nach London gezogen bin, Mylord."

„Oh, ich bestehe darauf, dass Ihr mich Cedric nennt. Ich kann diesen Lord-Quatsch nicht ausstehen. Sagt, erwähnt sie mich oft?" Er wackelte mit den Augenbrauen und Emily musste sich ein Grinsen verkneifen. *Das ist der Mann, der dich betäubt hat, vergiss das nicht.*

Sah man von Godrics Arroganz und verschleierten Drohungen ab, schienen die anderen gar nicht so übel zu sein. Aber sie kannte ihren Ruf dank der *Quizzing Glass Gazette*. Sie hatten sich bereitwillig auf Godrics Plan eingelassen, sie zu entführen. Dennoch fühlte sie sich in ihrer Gegenwart sicherer als bei einem Mann wie Blankenship. Vielleicht lag es daran, dass sie alle von Natur aus charmant waren. Eine Eigenschaft, die ihre Pläne zweifellos förderte, Frauen in ganz London zu kompromittieren.

Es war offensichtlich, dass Godric das Sagen hatte, aber es schien, dass die anderen Männer sich nicht immer seinen Entscheidungen beugten. Mit etwas Überredungskunst, vielleicht ein oder zwei Tränen und ein Bisschen Betteln, könnte sie die anderen dazu bringen, einzusehen, dass das, was Godric getan hatte, falsch war und sie freigelassen werden sollte. Selbst Schurken mussten ein Herz haben... oder etwa nicht?

Lucien wandte sich erneut seiner Zeitung zu. „Übrigens, Godric, die Gazette erwähnte letzte Woche unsere Zeit in Covent Garden."

„Oh? Ich traue mich fast nicht zu fragen, wie unser Abend verlaufen ist." Godric holte das Tablett mit Kaffee und heißer Schokolade von der Tafel am hinteren Ende des Raumes. Emily sah ihm zu, wie er sich Kaffee einschenkte und ihn schwarz trank. Lucien ließ seinen Blick wieder zur Zeitung schweifen und überflog einen Artikel. „Sie haben von dem Vorfall mit den gestohlenen Schwänen gehört... aber sie haben sich in der Zahl der beteiligten Ladys geirrt. Sie haben unsere Anziehungskraft auf das schöne Geschlecht wieder einmal unterschätzt."

Die Männer am Tisch lachten alle über die Streiche, die sie

getrieben hatten. Emily war sich sicher, dass sie die Details nicht kennen wollte. Was auch immer Schwäne, Ladys und Covent Garden gemeinsam hatten, es würde sie wahrscheinlich schockieren.

Unbeeindruckt von diesem Themenwechsel verlangte Cedric erneut, von Annes Interesse an ihm zu erfahren.

„Anne hat Euch schon oft erwähnt." Das stimmte. Anne beschwerte sich ständig über Cedric, aber Emily wusste, dass sie seine Aufmerksamkeit eher mochte.

Cedric griff nach dem Obstteller. „Was sagt sie denn über mich?"

„Ihr könnt doch nicht erwarten, dass ich das Gelübde der Freundschaft breche?", fragte sie und weitete ihre Augen in gespielter Unschuld.

„Erwarten? Miss Parr, ich verlange es geradezu."

Emily stellte sich vor, dass niemand Cedric jemals etwas verweigert hatte.

Anstatt ihm sofort zu antworten, blickte sie erneut zu Godric. Sie rechtfertigte ihre Faszination, indem sie sich sagte, er sei wie ein Wolf. Man musste immer ein Auge auf die Kreatur haben, die einem am meisten schaden konnte.

Godric schenkte ihr eine Tasse Schokolade ein. Ihr Magen knurrte angesichts der dunklen Flüssigkeit, die in ihrer Tasse wirbelte. Er nahm ein winziges Porzellangefäß und öffnete es, um den gemahlenen Zimt zu präsentieren, den er darüber streute. Es war vielleicht die seltsamste und süßeste Geste, die ein Mann ihr jemals gemacht hatte, als ob es ein natürlicher Instinkt wäre, sich um ihre Bedürfnisse und Freuden zu kümmern.

Emily wandte sich erneut Cedric zu, der immer noch auf eine Antwort wartete.

„Eure Aufmerksamkeiten wurden gebührend zur Kenntnis genommen."

„Also bin ich erfolgreich in meinem Streben?"

„Ich würde nicht so weit gehen, das zu sagen, aber sie ist dankbar, dass Eure Aufmerksamkeiten andere entmutigt hat."

„Mit anderen Worten", mischte sich Lucien ein, „Sie würde eher dich abwehren als manch andere Männer in London."

Ein kleines Lachen entkam Emily und Lucien zwinkerte ihr zu. Sie hatte den Eindruck gehabt, dass er seine Zeitung las, aber er folgte der Unterhaltung am Tisch problemlos. Sie beschloss, dass sie ihn mochte. Schurke oder nicht, sie bewunderte seinen Humor.

Der Gedanke ließ sie erschaudern. Sie wollte weder Lucien mögen, noch wollte sie, dass ihre einzigen Momente der Freude in diesem Leben mit den Männern sein würden, die sie entführt hatten.

„Wenigstens habe ich mich nicht mit dem Junggesellendasein abgefunden, wie jemand anderes, den ich kenne." Cedric warf Lucien einen spitzen Blick zu. „Ich bin einfach sehr wählerisch."

Godric nahm Emilys Teller und füllte ihn mit ein wenig von allem, bevor er sich setzte und ihn vor ihr abstellte.

„Danke, Eure Lordschaft", sagte sie sittsam.

„Oh, kommt schon, wenn Ihr Cedric bei seinem Namen nennt, müsst Ihr mich Godric nennen." Das verführerische Glitzern in seinen Augen ließ sie vor Hitze erröten. Wie konnte dies derselbe Mann sein, der sie noch vor wenigen Minuten angeknurrt und sie ganz unter sich begraben hatte? Emilys Gesicht flammte vor Verlegenheit auf, aber niemand bemerkte es.

Dann meldete sich der Marquess zu Wort. „Und nennt mich Lucien. Ich mag es nicht, mich über meine neuen Freunde zu erheben."

„Vergiss es." Ashton kicherte, als er und Charles hereinkamen. Charles' Gesicht war von Müdigkeit gezeichnet, aber er war immer noch so gutaussehend wie die anderen mit seinem goldenen Haar und den grauen Augen.

„Guten Morgen, allerseits", murmelte Charles, als er sich auf Godrics andere Seite plumpsen ließ.

Ein Flackern der Besorgnis durchströmte Emily, als sie das Aussehen des Mannes betrachtete. Seine Kleidung war makellos, die hellbraunen Hosen saßen eng an seinen muskulösen Oberschenkeln und seine silberne Satinweste glitzerte schwach in der Morgensonne. Aber sein vom Schlaf zerzaustes Haar war ungekämmt, wie ein wilder Heiligenschein eines Schurkenengels. Die Winkel seiner Augen waren gekräuselt und seine Stimme klang rau, wie die eines Mannes, der sich heiser geschrien hatte. Irgendetwas stimmte hier nicht... sie konnte es spüren.

Der Raum schien erfüllt von Kameradschaft und einer Vertrautheit zwischen den Männern, die Emily als schön empfand, da es nur wahre Freundschaft vermochte, ein so vertrautes Gefühl zu erwecken. Für einen kurzen Moment vergaß sie die gefährlichen Umstände, die sie hierhergebracht hatten, und sie verlor sich in dem gemeinsamen Lächeln und dem neckischen Geplänkel dieser Schurken.

Wie würde es sein, zu ihnen gezählt zu werden, als gute Freundin? Als ihre Gefangene war sie sehr allein... wie ein hungriger Hund, der in einer Winternacht durch das Fenster eines Schlachthofs blickte. Die Kälte ihrer Situation stach tief in ihrer Seele. Emily neigte den Kopf und nahm einen Bissen von ihrem Frühstück.

Innerhalb weniger Minuten hatte sie gelernt, die Männer besser zu verstehen. Sie waren vernünftige Männer, auch wenn sie in Bezug auf Frauen verführerische Neigungen hatten. Wenn sie mit Logik an sie herantrat und für ihre Freiheit plädierte...

Wenn ich Godric erzähle, dass ich Onkel Alberts Geschäftsbücher beschaffen kann, könnte er sie vielleicht zum Magistrat bringen. Dann würde Gerechtigkeit einziehen und sie könnte zurück nach London gehen.

„Kaffee, Charles?" Bevor der Mann antwortete, schenkte

Godric ihm eine Tasse ein.

„Könnte mir jemand den Toast reichen?", bat Charles.

Cedric schob den Korb mit Toast in seine Richtung. Emily knabberte zunächst nur an ihrem Essen, aber bald überkam sie der Hunger und sie erfreute sich an allem, was ihren Teller füllte.

Dann erkannte Emily, was an dieser Mahlzeit so seltsam beruhigend war. Die fünf Männer waren so ungezwungen miteinander. Sie waren fast wie eine Familie. Was könnte diese fünf Männer so zusammengeführt haben?

Charles bestrich seinen Toast großzügig mit Himbeermarmelade, frohgemut wie ein Junge, der Kirschkuchen aus einer Küche stiehlt.

„Charles, du solltest mehr essen als nur Toast. Nimm etwas Obst." Ashton schob das Tablett mit Birnen, Äpfeln und Pflaumen an Emily und Godric vorbei.

„Gut, gut."

Es amüsierte Emily, wie sie Charles bemutterten. Ihr winziges Lächeln erregte Charles' Aufmerksamkeit.

„Ich hatte erwartet, dass sie sich alle um Euch reißen, Miss Parr, und ich so ihrer Verhätschelung für ein paar Tage entkommen könnte, aber Ihr habt mich enttäuscht", neckte er. „Schande über Euch." Die Augen des Earls leuchteten in einem blitzenden Grau, klar und tief in ihrer Intensität.

Emilys Wangen flammten auf, als Charles' Blick an ihrem Körper entlangglitt.

Luciens Stimme durchbrach die Spannung, die sich aufgrund von Charles' wanderndem Blick eingestellt hatte. „Möchtet Ihr, dass wir uns um Euch kümmern, Miss Parr? Vielleicht sollte das deine Aufgabe sein, Charles." Lucien duckte sich hinter seine Zeitung und wich nur knapp einem Birnenstück aus, das verdächtig nach dem aussah, das Charles zu essen begonnen hatte.

„Bitte, ich möchte nicht, dass sich jemand um mich sorgt",

erklärte Emily.

„Nun, wir werden uns um Euch kümmern, Miss Parr, denn ich fürchte, Ihr werdet einen dritten Fluchtversuch unternehmen", bemerkte Godric.

Emily richtete ihre Aufmerksamkeit wieder auf Godric. Sie hatte begonnen, die anderen Männer zu schätzen und ihre Gesellschaft zu genießen, trotz der Umstände. Godric jedoch... Dieser Mann verdiente eine weitere gut platzierte Ohrfeige. Das einzig Gute daran war, dass eine Heirat mit ihm ihren Ruin abmildern würde, vorausgesetzt, sie konnte ihn überhaupt zu einem solchen Schritt verleiten. Sie verengte ihren Blick und schürzte die Lippen, aber der Duke lachte ob ihrer schieren Frustration.

Ashton meldete sich zu Wort, seine blauen Augen starrten sie an. „Ein drittes Mal? Das heißt, sie hat es ein zweites Mal versucht?"

Emily starrte auf ihren Teller hinunter. Würde sie nun verspottet werden? Die Heiterkeit, die auf ihre Kosten ging, spornte sie an.

„Sie hat versucht, durch mein Schlafgemach zu fliehen, hat mir praktisch die Schlüssel vom Handgelenk gestohlen." Er klirrte mit den Schlüsseln, um die sie gekämpft hatten. Emily sackte vor Erleichterung fast zusammen, als Godric nicht erwähnte, dass er sie draußen im Flur zu Boden geworfen hatte.

Charles grinste in seine Kaffeetasse. „Ich wette, Ihr habt ihn damit geweckt."

Godric tat so, als würde er sich strecken und klopfte Charles kräftig auf den Rücken. Dieser verschüttete seinen Kaffee, und warf Godric einen schneidenden Blick zu.

„Manieren, Charles, Manieren", mahnte Ashton mit der Stimme eines Schulmeisters. „Nun, Miss Parr, könnten wir Euch bitten, von weiteren Fluchtversuchen abzusehen? Ich nehme an, Ihr wisst, warum Ihr hierhergebracht wurdet und dass Eure Flucht Eurem Ruf nur noch mehr schaden würde. Es ist das Beste, den Sturm auszusitzen und Godric zu erlauben, sich um Euch zu kümmern, während Ihr hierbleibt."

Emily knirschte vor Frustration mit den Zähnen. Die Männer hatten so getan, als wäre ihre Gefangenschaft die einzig vernünftige Lösung für das Problem und würden wahrscheinlich nicht auf ihre Bitten hören. *Ich muss meinen ursprünglichen Plan der Überredung verwerfen und mich auf den Krieg vorbereiten,* dachte sie. Dann hob sie ihr Kinn. „Verzeiht mir, Lord Lennox, aber es ist meine Pflicht, Euren Fängen zu entkommen und zu meinem Onkel zurückzukehren." Da, sie hatte es getan. Was auch immer kommen mochte, sie musste sich von Godric und seinen Freunden befreien.

„Unseren Fängen? Ihr haltet uns wirklich für Schurken, nicht wahr?" Godric lehnte sich vor und stützte einen Ellenbogen auf den Tisch ab, während er sie anstarrte. „Ich nehme an, das sind wir auch, richtig?" Die Idee schien ihn zu amüsieren und er lachte, der Klang war tief und voll.

Emily ließ ihren Blick auf das schneeweiße Tischtuch fallen und tat ihr Bestes, um nicht zu schreien. Sie wollte ihr Leben zurück, ihre Freiheit.

„Bitte... lasst mich einfach gehen." Emily biss sich auf die Lippe, als Godric ihr Kinn ergriff und ihr Gesicht zu seinem drehte. Die anderen beobachteten sie und Godric mit hellem Interesse. Ihre Wangen flammten auf.

„So einfach ist das nicht, meine Liebe."

„Weshalb nicht?" Emily schlug seine Hand weg und sprang von ihrem Stuhl auf. In Windeseile waren alle Männer im Raum auf den Beinen, beobachteten sie und warteten darauf, dass sie davonlief. Godric legte seine Hände auf ihre Schultern und drückte sie sanft zurück auf ihren Platz.

„Beruhigt Euch, meine Liebe. Euer Aufenthalt hier wird Euch gefallen. Ich verspreche Euch, dass Ihr uns mögen werdet."

Sie versuchten, sie zu beschwichtigen, aber sie ließ sich

nicht so leicht kontrollieren. Der Damm, der ihre flüchtigen Emotionen in Schach gehalten hatte, brach. „Euch mögen? Wie könnte ich irgendeinen der Gentlemen mögen? Ihr habt mich entführt! Soll ich etwa dankbar sein? Lachen, als wäre es ein Scherz? Nur indem Ihr mich hierhergebracht habt, habt Ihr mich kompromittiert! Habt Ihr wirklich nichts Besseres mit Eurer Zeit anzufangen?" Emily keuchte und vergrub ihr Gesicht in ihrer Serviette.

Tränen der Wut traten ihr aus den Augen. Ihr ganzes Leben lang war sie wohlerzogen gewesen, doch diese Männer brachten sie zum Weinen.

Ich bin kein Kind mehr. Ich bin eine erwachsene Frau. Sie bekämpfte ihr Zittern und tupfte mit der Serviette die verirrten Tränen ab, die ihre Wangen bedeckten. Sie musste ihren Zorn beherrschen, bevor sich die Situation noch verschlimmerte. Weinen, selbst aus Wut, würde ihr nichts nützen.

„Gebt nicht ihnen die Schuld. Gebt sie mir", sagte Godric. Der Druck seiner Hände ließ ein wenig nach.

„Es tut mir leid, Mylords." Sie strich sich mit einer Handfläche über die Wange, um die Tränen abzuwischen. „Aber Ihr müsst verstehen, dass ich mich nicht mit Gefälligkeiten abspeisen lassen werde. Ihr habt mir großes Unrecht angetan und ich werde es Euch nicht leicht machen. Ihr habt meinen Ruf zerstört und meinen Namen mit einem Skandal geschwärzt. Ich werde mich nicht zurücklehnen und Euch den Rest meines Lebens diktieren lassen."

Ihr Schwur wurde mit schockiertem Schweigen beantwortet, so wie sie es sich erhofft hatte. Emily war sich mehr als bewusst, dass sie naiv und in vielen Dingen unschuldig war, aber sie war keine Närrin. Es würde keine Möglichkeit geben, diesen Skandal unbefleckt zu überstehen und sie musste diese Männer dazu bringen, sie für den Verlust ihrer Zukunft zu entschädigen.

Niemand würde ihren Geist jemals brechen, schon gar nicht ein arroganter Duke.

Die Stille, die auf Emilys Worte folgte, hielt mehrere unangenehme Minuten lang an. Als Cedric vom Tisch aufstand, war sie erleichtert über die Gelegenheit, an etwas anderes als ihre aktuelle Situation zu denken.

„Die Sonne ist aufgegangen. Schönes Wetter zum Reiten." Cedric wich ein paar Bediensteten aus, die Teller vom Frühstückstisch abräumten. „Was dagegen, wenn ich mir ein Pferd leihe, Godric? Meines hat sich gestern Abend am linken Vorderbein verletzt."

Emily stand auf, als Ashton und Lucien sich verabschiedeten. Charles verschwand, aber erst, nachdem er ihr ein besonders teuflisches Grinsen zugeworfen hatte.

„Die Ställe sind immer für dich geöffnet, Cedric", antwortete Godric.

Emily erhob sich aufgeregt bei der Aussicht auf einen Ausritt. „Darf ich mit ihm gehen, Euer Lordschaft? Es ist schon ewig her, dass ich geritten bin." Die Erinnerung an ihren letzten Ausritt war noch immer bittersüß. Onkel Albert hatte ihr Pferd eine Woche nach ihrer Ankunft in seinem Haus verkauft, um eine Schuld zu begleichen. Sie erinnerte sich noch an den gut geölten Ledersattel und das raue Haar der Mähne ihres Wallachs. Sie vermisste das Reiten. Sie vermisste ihr altes Leben.

Godric verengte seine grünen Augen zu Schlitzen. Emily tat ihr Bestes, um nicht trotzig zu wirken. Er vermutete sicher, dass sie versuchen würde, zu fliehen. Das hatte er schließlich erst vor einigen Momenten gesagt.

„Meine Laune könnte sich bessern, wenn ich mich weniger wie eine Gefangene fühlen und etwas frische Luft schnappen könnte“, fügte sie hinzu.

„Ist das eine Entschuldigung für Euren Gefühlsausbruch?“, fragte Godric.

„Es ist so viel von einer Entschuldigung, wie Ihr bekommen werdet, solange ich in diesem Haus gefangen gehalten werde.“

„Ich nehme an, Ihr könnt reiten gehen, aber ich begleite Euch.“ Godric legte ihr eine strenge Hand auf eine Schulter.

Emily verbarg ihre Enttäuschung. Es wäre nahezu unmöglich, in Begleitung dieses Schurken zu entkommen. Und nun würden gleich zwei davon dabei sein? Dennoch, Gelegenheiten ergaben sich nur, wenn man sie suchte.

„Darf ich mich umziehen?“

Godric stimmte zu und begleitete sie zurück in ihr Gemach, während er draußen wartete. Emily kramte im Kleiderschrank und entschied sich für eine schöne hellblaue Glengarry-Reiterkluft. Spitze, Borten und gestickte Frösche schmückten die Jacke. Sie drapierte die Schleppe über einen Arm und gesellte sich wieder zu Godric in die Halle. Sein Blick schweifte anerkennend über sie. Obwohl sie seine Anerkennung nicht wollte, hob sie stolz ihr Kinn.

Gerade als Godric ihr seinen Arm anbot, nahm Emily zum ersten Mal die Schönheit des Hauses wirklich wahr. Statuen von Männern und Frauen in griechischen Gewändern schmückten die Nischen entlang der Halle, wie stille Wächter.

Emily starrte in das Gesicht einer schönen Marmorfrau. *Ich frage mich, was du während deiner Zeit hier alles gesehen hast.* Die Statue umklammerte den Saum eines Gewandes, das kurz davor war, ihr von der Brust zu rutschen. Die verführerische Schüchternheit in ihren Augen bezauberte Emily.

Godrics Schritte hallten auf dem Marmorboden wider und sein Lachen erfüllte die Halle, während er sie mit sich zog. „Was habt Ihr gerade betrachtet?"

Emily zeigte auf die Statue. „Sie."

Godric warf einen Blick über seine Schulter auf die Statue und grinste. „Als ich ein Junge war, habe ich sie immer angesehen und von hübschen Frauen geträumt. Das war, bevor ich erkannte, dass Frauen aus Fleisch und Blut unendlich viel besser sind." Sein Blick schweifte über ihr Gesicht und verweilte auf ihren Brüsten. Empörung kribbelte auf ihrer Haut. Sie war nicht von Natur aus gewalttätig, aber bei allem, was Godric tat, konnte sie sich kaum davon abhalten, ihn zu ohrfeigen.

Mindestens ein Dutzend Pferde befanden sich im Stall von Essex, allesamt feine Tiere, glänzend gestriegelt und eifrig, dem Stall zu entkommen. Emily war quasi auf dem Pferderücken aufgewachsen, erwähnte das aber nicht. Wenn Godric von ihrem Können wüsste, würde er sie womöglich im Haus zurücklassen. Sie würde vorsichtig sein müssen.

Der Wallach, ein Rotschimmel, vor dem sie stehenblieben, war ein schönes Tier, mit schlanken Knöcheln und starken Muskeln, die unter seiner Haut zuckten. Das war nicht das Pferd, das Godric in der Nacht zuvor geritten hatte. Er war ein schwarzer Monolith im Schein des abnehmenden Mondlichts gewesen, wie ein grimmiges Schlachtross aus dem Mittelalter. Der Wallach vor ihr besaß die federnden, spielerischen Züge der Jugend. Er beugte sich vor, streckte den Rücken, warf den Kopf hin und her, wie er es zweifellos auf den Feldern in der Wärme der Sonne zu tun wünschte. Godric hatte einen guten Geschmack, das musste sie ihm zugestehen.

Emily täuschte Schüchternheit vor, als sie die Hand

ausstreckte, um das Pferd zu streicheln. Er war ein neugieriges Geschöpf, aber wie alle Vollblüter zeigte der Wallach seine Arroganz. Seine dunklen, zimtfarbenen Augen starrten sie vorwurfsvoll an und doch konnte er nicht widerstehen, seine Nase gegen ihre Handfläche zu stupfen. Sie sprang theatralisch zurück, als er den Kopf hochriss und schnaubte.

Godric stand so nah, dass sie mit seiner harten Brust zusammenstieß. Er legte im Nu seine Hände um ihre Taille und bewahrte sie vor einem Sturz. Emily schluckte, als ihr bewusst wurde, wie klein sie im Vergleich zu dem Mann hinter ihr doch war. Sein Griff wurde fester, als sie Anstalten machte, sich aus seinen Armen zu befreien. Ihr Hintern streifte ihn. Erschrocken zuckte sie zusammen, aber sein Griff um ihre Taille lockerte sich nicht.

Seine Fingerspitzen glitten ihren Oberkörper hinauf bis zu ihren Brüsten. Sie wurden schwer und ihre Brustwarzen kribbelten, um dann gegen den Stoff ihres Kleides zu reiben. Sie waren empfindlich und schmerzten, aber sie verstand nicht, was die Ursache für diese Empfindung war. *Ich hasse diesen Mann. Er hat mich ruiniert.* Warum beschleunigte sich dann ihr Atem? Godrics Finger strichen über die Unterseite ihrer Brüste, was sie weiter erregte. Seine Berührung zog sie in seinen Bann, denn die Verlockung seiner Leidenschaft war wie eine Flamme, aber wenn sie ihm zu nahe käme, würde sie sich verbrennen. Sie hatten zwar Publikum, aber sie war sich sicher, dass er versuchen würde, sie hier in den Ställen zu verführen... vor seinem Freund. Sie zitterte vor Wut, aber auch vor einem fremden, ungewohnten Gefühl, welches der Erregung nicht unähnlich war.

Seine Wüstlingsmethoden verderben mich bereits. Sie nahm ihren Mut zusammen, ihm und seiner Berührung zu trotzen, als sie seinen Händen entglitt.

❧

FRUSTRIERT STARRTE GODRIC EMILY AN. HATTE SEINE Berührung keine Wirkung auf sie? Er ertappte Cedric dabei, wie er ihn aus dem Augenwinkel heraus ansah... zweifellos hatte er alles mit Argusaugen beobachtet. Sie tauschten schweigende Blicke aus und Cedric zuckte mit den Schultern, als wolle er ihm stumm sein Mitleid aussprechen. Es stimmte, es war sechs Monate her, seit er seine letzte Geliebte im Haus begrüßt hatte. Als die Blüte dieser Beziehung verdorrt war, hatte er sich für eine Weile vom schöneren Geschlecht abgewandt. Evangeline war wild im Bett gewesen, aber außerhalb des Schlafgemachs war ihre Persönlichkeit wenig einladend gewesen. Sie hatte ihre Beziehung wie ein Spiel gehandhabt, was Godric nicht gestört hatte, aber sie hatte auch das Personal mit Verachtung behandelt, was nicht fair war. Sie hatte sich grausam gegenüber Simkins verhalten, von dem sie glaubte, dass er für jemanden seines Ranges viel zu vertraut mit Godric umging. Das war unverzeihlich. Simkins war wie ein Lieblingsonkel, und jeder, der ihn grob behandelte, zog Godrics Zorn auf sich.

Emily war nicht wie Evangeline. Sie war nicht verwöhnt, was ihn nicht hätte überraschen sollen. Er erinnerte sich nur zu gut an die Verärgerung, die Parr darüber zum Ausdruck gebracht hatte, dass er sich nun um seine Nichte kümmern musste. Die Art, wie Parr Schulden angehäuft hatte, ließ es unwahrscheinlich erscheinen, dass er sich zuerst um Emilys Wohl und Komfort gekümmert hatte. Godric ärgerte sich bei dem Gedanken, dass Parr Emily etwas vorenthalten hatte.

Ich muss vorsichtig sein. Sie wird mich um ihre bezaubernden Finger wickeln und dann werde ich nie mehr frei sein.

Es stimmte. Godric hatte nie die geringste Neigung verspürt, sich um eine Frau zu kümmern, abgesehen von seiner Mutter, und schon gar nicht auf die Art, wie er sich um Emily sorgen wollte. Nein. Der Kauf von hübschen Juwelen und Kleidern für seine Geliebten sicherte ihm körperliche Vorteile, nicht aber Komfort und Fürsorge für die Lady. Aber mit Emily verhielt er sich bereits anders, denn hart mit ihr umzugehen, war kein angemessenes Verhalten, wenn er ihre Gefälligkeit wünschte.

Er wollte sicherstellen, dass ihre morgendliche Schokolade die richtige Temperatur hatte. Er wollte, dass sie die feinsten Seidenkleider trug, im weichsten Bett des Anwesens schlief. Godric wollte, dass sie sich sicher, warm und zufrieden fühlte.

Wenn sie glücklich war, würde sie vielleicht zu ihm kommen und sich von ihm in die Leidenschaft einführen lassen, die sie tief in sich vergraben hatte. Er wollte sie kennenlernen, sie besitzen. All das Feuer, das in ihren Augen aufblitzte, wenn sie dachte, er würde es nicht sehen, musste entfesselt werden.

Ich bin ein verdammter Narr. Ich verdiene solch eine süße Frau nicht.

Der dunkle Gedanke sickerte in seine Brust und verharrte tief in seinem Herzen. Er hatte nicht bemerkt, dass er dort Schmerz empfinden konnte, aber er fühlte ihn in eben diesem Moment.

„Darf ich sie reiten?", fragte Emily und zeigte auf den Wallach.

Godric verkniff sich ein Lächeln. „Ihr dürft *ihn* reiten."

Emily errötete und verbarg ihr Gesicht in ihren Händen. Cedric schüttelte nur mit stummer Heiterkeit den Kopf.

Frauen... sie wussten so wenig.

Der Stalljunge führte den rotbraunen Wallach für Emily aus seiner Bucht heraus. Godric und Cedric sattelten jeweils ihre eigenen Pferde. Er mochte es, auf sich selbst gestellt zu sein, zumindest in mancherlei Hinsicht. Er hatte nie um das verwöhnte Leben eines Dukes gebeten und seine Stallknechte wussten, dass sie ihm das Satteln seines eigenen Pferdes überlassen sollten, wenn er nichts anderes verlangte.

Godric demonstrierte, wie er den Wallach sattelte und Emily sah mit gespannter Aufmerksamkeit zu.

„Seht genau hin, Miss Parr. Der Sattel zeigt in diese Richtung. Ihr müsst darauf achten, dass dieser Gurt, der Riemen des Sattels, fest sitzt. Zieht kräftig daran und habt keine Angst, dem Pferd wehzutun. Das werdet Ihr nicht." Sein Unterleib zuckte erregt, als sie an ihrer üppigen Unterlippe knabberte.

„Wie soll ich ihn besteigen?" In dem Moment, als die Worte ihr über die Lippen kamen, sah Godric sich selbst Emily im Bett besteigen... Nein! Er durfte sich nicht hinreißen lassen, aber bei Gott, sie machte es ihm so leicht, den Kopf zu verlieren.

„Lasst mich", sagte er unwirsch. Er fasste sie an der Taille und hob sie auf den Sattel. „Ihr müsst ein Bein auf jeweils einer Seite des Pferdes haben, da ich keinen Damensattel besitze."

„Oh je, wie dumm von mir." Sie setzte sich breitbeinig auf das Pferd, was erforderte, dass sie ihre Röcke aus dem Weg hob, als sie es sich im Sattel bequem machte und ihre nackten Beine enthüllte. Jegliche rationalen Gedanken verließen Godrics Verstand und hartnäckige Erregung erfüllte ihn unterhalb seiner Taille. Alles, was er sich fragen konnte, war, wie ihre Beine so sonnengebräunt aussehen konnten. Was tat eine junge Frau der feinen Londoners Gesellschaft so oft, dass sie ihre Röcke hochheben musste? Godric unterdrückte ein Stöhnen.

„Ähm... Miss Parr, verzeiht meine Impertinenz, aber Euch fehlt es an gewisser Unterbekleidung." Seine Augen waren auf die glatte Haut gerichtet, die seinen Händen so nah war. Vielleicht würde sie es nicht bemerken, wenn er versehentlich ihr Bein streifen würde. Humor blitzte in Emilys violetten Augen auf, doch dann war er verschwunden, verdeckt hinter ihren weit aufgerissenen Augen.

„Oh, ich entschuldige mich. Meine Strümpfe wurden gestern Abend ruiniert."

Cedric lachte, als er sein eigenes Pferd neben ihnen zum Stehen brachte und ganz unverhohlen ihre Beine betrachtete, sehr zu Godrics Verdruss. „Entschuldigt Euch niemals bei zwei

Junggesellen, die es genießen, ein schönes Paar nackter Beine zu betrachten."

Godric warf seinem Freund einen finsteren Blick zu. Noch so eine Bemerkung und Cedric würde in Schwierigkeiten geraten.

⁂

DIE SEPTEMBERSONNE WAR WARM UND DER HIMMEL wolkenlos. Die Insekten zirpten und der Klang lockerte die Stille des Schweigens ihrer Begleiter auf. Es war ein schöner Tag zum Reiten... zum Leben. Weit weg von den stickigen Salons und den abendlichen Verabredungen in London atmete Emily das erste Mal seit dem Tod ihrer Eltern tief durch. Sie gehörte hierher, aufs Land, denn sie genoss die grünen Hügel und den endlosen blauen Himmel mehr als sie es sich eingestehen wollte.

Eine sanfte Brise strich über ihre Haut und hob ihr Reitkleid an, als das Trio am Rande von Godrics Ländereien entlang trabte. Emily blickte zurück und erkannte, wie weit sie schon geritten waren. Das Herrenhaus bildete in der Ferne einen steinernen Bestandteil der Umgebung. Godric erwischte sie dabei, wie sie die Aussicht bewunderte. Sie lächelte.

„Eure Ländereien sind weitläufig, Mylord." Sie seufzte bei dem bezaubernden Anblick der englischen Landschaft.

„Das ist nicht die einzige Sache, die weitläu...", begann Cedric, wurde aber unterbrochen.

Godric schlug mit dem Kolben seiner Reitgerte auf die Flanke von Cedrics Pferd. Das Tier schoss in einem wütenden Galopp davon, wobei Cedric Flüche ausstieß, sodass Emily sich fragte, was er wohl hatte sagen wollen.

Fünfzig Fuß vor ihnen wurde Cedric langsamer und blickte in ihre Richtung. Er ritt ein gutes Stück voraus und ließ Emily und Godric allein.

„Wie lange lebt Ihr schon bei Eurem Onkel, Miss Parr?"

„Ich... ich glaube, es würde mich nicht so sehr stören, wenn Ihr mich Emily nennen würdet, Eure Lordschaft. Ich mag es nicht, Miss Parr genannt zu werden." Es war natürlich unpassend, aber bei allem, was zwischen ihnen vorgefallen war, war Anstand die geringste ihrer Sorgen.

„Wie du wünschst, Emily, aber dann muss ich darauf bestehen, dass du aufhörst, mich Eure Lordschaft zu nennen." Die Sonne verblasste im Vergleich zu dem hellen Glanz seiner Augen und Emily stockte der Atmen.

„Ich bin vor einem Jahr zu Onkel Albert gezogen, nachdem meine Eltern gestorben waren."

„Ich hörte, dass sie verstorben sind. Darf ich fragen, wie?" Godric führte seinen schwarzen Wallach näher zu ihr. Ihr Reittier knabberte spielerisch an der vorderen Flanke seines Pferdes.

„Sie sind auf See verschollen. Mein Vater war auf dem Weg nach New York, um dort seine Reederei zu besuchen. Meine Mutter bestand darauf, ihn zu begleiten." Der Schmerz über den Verlust ihrer Eltern saß tief, ein Schmerz, den sie erst vor kurzem begraben hatte. „Ich war bei Freunden der Familie untergebracht, als ich die Nachricht erhielt. Am nächsten Tag kam mein Onkel, um mich abzuholen."

„Wie waren ihre Namen?"

Emilys Kehle schnürte sich zusammen. „Clara und Robert."

„Und du hast keine Geschwister?"

Sie schüttelte den Kopf. „Keine. Meine Mutter erlitt nach mir zwei Fehlgeburten. Danach haben sie aufgehört, es zu versuchen. Zu viel Schmerz." Warum sie solch intime Details mit einem Mann teilte, den sie kaum kannte, war ihr ein Rätsel.

Godric blickte weg. „Meine Mutter starb bei der Geburt, als ich noch ein Junge war. Das Baby verstarb mit ihr."

Es gab keine Worte, die den Schmerz über den Verlust eines geliebten Menschen, insbesondere eines Elternteils, lindern konnten. Man fühlte sich verloren, ohne Chance auf Rettung. Nichts konnte die beschützende Wärme und Sicherheit eines Elternteils ersetzen. Dessen beraubt zu werden, war wie der Verlust der eigenen Unschuld.

Godric ergriff erneut das Wort. „Du hast nicht wirklich getrauert, oder?"

Es war weniger eine Frage als vielmehr eine Feststellung. Wie seltsam, dass es so einfach war, mit Godric über ihre Tragödie zu sprechen. Er war ein Fremder und doch standen einige wenige Barrieren zwischen ihnen.

„Nein, habe ich nicht." Sie brachte ihr Pferd zum Stehen und hielt die Zügel locker in ihren Fingern, als das Tier den Kopf senkte, um einen Bissen Gras zu nehmen.

„Ich glaube, dass ein Teil von mir nie wirklich akzeptieren wird, dass sie fort sind. Es ist, als ob ich erwarte, dass sie jeden Moment mit einer Kutsche bei Onkel Albert vorfahren, um mich nach Hause zu holen." Emilys Stimme zitterte ein wenig.

Godrics Blick verdunkelte sich. Emily bemerkte die leichten Schatten unter seinen Augen. Hier draußen, unter der Sonne, sah er todmüde aus. „Du musst deine Mutter sehr geliebt haben."

„Ich habe sie so geliebt, wie ich noch nie jemand anderen geliebt habe." Er sprach so leise, dass seine Aussage mehr wie ein Gedanke wirkte, von dem er nicht bemerkte, dass er ihn laut ausgesprochen hatte, bis es zu spät war.

Mitleid erfüllte Emilys Herz. Zuvor hatte sie ihn verletzen wollen, so wie sie von seiner kalten, berechnenden Entführung verletzt worden war. Aber nun... in diesem Moment sah sie einen Mann, den das Leben tief verwundet hatte und sie wollte die Sorgen auslöschen, die seine Stirn in Falten legte. Er erinnerte sie an den verletzten Dachs, den sie und ihr Vater ein paar Jahre zuvor im Garten gefunden hatten. Er hatte sich ein Bein gebrochen und als sie versucht hatten, ihm zu helfen, hatte er sie gebissen. Godric war diesem Tier sehr ähnlich. Er war verletzt und schlug blindlings um sich, um sich selbst zu verteidigen.

„Ich kann mir vorstellen, dass sie dich genauso geliebt hat."

„Ich danke dir, Emily. Ich bin sicher, wo auch immer sie sind, deine Familie muss dich genauso vermissen."

Er meinte es ernst. Seine Aufrichtigkeit zeigte sich im Schimmer seiner Augen und dem Anheben seiner Lippen zu einem grimmigen Lächeln. Der Mann, der von unzähligen Sünden geplagt war, glaubte an den Himmel und an ein Leben nach dem Tod. Für eine Sekunde konnte sie nicht umhin, sich zu fragen, ob Schurken vielleicht erlöst werden konnten?

Godric überbrückte den Abstand zwischen ihnen und legte seine Hand auf ihre viel kleinere. Keiner von beiden hatte sich die Mühe gemacht, Reithandschuhe zu tragen. Seine bloße Hand umschloss die ihre. Die Wärme seiner Hand, die so viel größer war als ihre eigene, bot ihr einen Trost, den sie nicht erwartet hatte... Frieden, der sie an Abende mit ihren Eltern vor dem Kamin erinnerte, als sie über die Humorspalten in der Zeitung gelacht hatten. Godrics Daumen strich über die empfindliche Haut ihrer Handfläche, doch diese scheinbar unschuldige Berührung reizte ihren Körper mit einem Verlangen nach etwas, das sie nicht verstand. Mit dieser einfachen Wahrheit verflüchtigten sich alle Gedanken an ihren Onkel und ihre Eltern. Seine Berührung weckte in ihr den Wunsch, ihm bis ans Ende der Welt zu folgen, um zu sehen, wohin er sie führen könnte.

Aber sie konnte nicht zulassen, dass er dieses Spiel gewann, indem er sie mit zärtlichen Worten und Liebkosungen dazu brachte, sich ihm zu unterwerfen. Emily konnte es sich nicht leisten, auf diesen Mann hereinzufallen. Sie waren Welten voneinander entfernt. Es war unwahrscheinlich, dass er aus Liebe heiratete und sie wollte jemanden, der genauso stark lieben konnte wie sie. Sie konnte nicht bleiben, konnte nicht das Risiko eingehen, sich in ihn zu verlieben. Ihre Eltern hätten gewollt, dass sie überlebte und dazu musste sie diesem Duke entkommen und jemanden zum Heiraten finden.

Emily musterte das umliegende Land. Eine niedrige Steinmauer, etwa fünf Fuß hoch, erhob sich ein paar hundert Meter entfernt aus dem Boden.

„Was liegt hinter dieser Mauer?", fragte sie beiläufig und deutete in die Ferne.

„Ein Teich und ein oder zwei Wiesen, dahinter das Dorf Blackbriar."

Ein Dorf? Der Narr hätte ihr genauso gut eine Karte zur Flucht zeichnen können.

Godric richtete seine Aufmerksamkeit auf Cedric, der mit seinem Pferd auf dem Feld hin und her galoppierte.

Emilys Hand war immer noch fest in Godrics Griff verankert, was die Sache verkomplizierte. Vorsichtig löste sie ihre Hand aus seiner und er drehte sich um, um den Grund zu sehen, warum sie sich losgerissen hatte. Emily beugte sich vor und tätschelte den Hals ihres Pferdes.

„Er ist ein reizendes Geschöpf." Sie fuhr mit den Fingern durch die dichte Mähne ihres Wallachs. Sie brauchte nicht einmal aufzublicken, um zu wissen, dass Godric sie anlächelte.

„Stellst du gerade fest, dass du Pferde magst?"

„Oh, ja. Sie sind ein bisschen beängstigend, aber dieser hier ist so süß." Sie widerstand dem Drang zu lachen. Sie hatte noch nie in ihrem Leben Angst vor Pferden gehabt... gelegentlich vielleicht vor Ziegen, wenn diese schrecklichen Dinger am Saum ihrer Röcke zwickten, aber nie vor Pferden. Godric würde eine ziemliche Überraschung erleben.

Sie hob den Kopf, als wolle sie Cedrics Pfad über das Feld begutachten. Sie wartete auf den Moment, in dem Cedric nach rechts schwenkte, zurück zum Haus.

Ein Ausdruck des Schreckens und der Besorgnis überkam ihr Gesicht, und sie zeigte verzweifelt in Cedrics Richtung.

„Godric, pass auf! Wegelagerer!"

Godric spannte sich an und bäumte sich in seinem Sattel auf, um sich der Gefahr zu stellen.

Emily grub ihre Fersen in die Flanken ihres Pferdes und ritt in halsbrecherischem Tempo direkt auf die Mauer zu, in der Hoffnung, dass ihr Pferd sie überwinden konnte. Blackbriar lag hinter der Mauer. Sie würde Hilfe suchen oder sich verstecken, bis sie einen Weg nach London gefunden hatte.

⚜

GODRIC BRAUCHTE EINIGE SEKUNDEN, UM ZU REALISIEREN, was passiert war. Straßenräuber, natürlich.

Emily flog geradezu über das goldene Feld, eine kriegerische Maid auf dem Höhepunkt der Schlacht. Ihre gesenkte Körperhaltung und ihre natürliche Kontrolle über das Pferd waren offensichtlich. Das Mädchen war klüger als er gedacht hatte und er war ein Narr gewesen, als er ihr von Blackbriar erzählt hatte.

„Emily!", schrie er.

Sie steuerte direkt auf die Mauer zu und er wusste, das Pferd würde sie abwerfen, wenn sie nicht anhielt. Sie würde auf der anderen Seite im See landen, sich das Genick brechen oder ertrinken.

Er grub seine Stiefel in die Seiten seines Pferdes und zwang es so zum Handeln.

Augenblicke später war Godric ihr dicht auf den Fersen, nur zwanzig Fuß hinter ihr, sein schwarzer Wallach war der schnellste im Stall. Er schloss die Augen, als ihr Pferd die Mauer erreichte.

Mit einem anmutigen Sprung überwand sie das Hindernis und ein paar Sekunden später tat er es ihr gleich.

Emily hatte ihr Pferd besser unter Kontrolle, als er erwartet hatte. Sie hatte ihr Reittier ruckartig zur Seite gerissen und war nur knapp einem unschönen Ende in den Untiefen des Sees entgangen.

Godric hatte nicht so viel Glück. Sein Pferd geriet in Panik, als seine Hufe im weichen, schlammigen Gras des Seeufers landeten, und es sträubte sich, sodass es mit dem Kopf voran ins Wasser stürzte.

❧

EMILY VERLANGSAMTE IHR PFERD, ALS SIE EINEN WEITEREN Schrei vernahm, dieser war jedoch erfüllt von Angst. Sie drehte sich gerade noch rechtzeitig um, um zu sehen, wie Godric die Mauer überwand, aber von seinem Pferd geworfen wurde. Sein Körper schlug mit einem lauten Platschen auf der Oberfläche des Sees auf und er sank hinab. Sie hielt den Atem an und wartete darauf, dass er an die Oberfläche kam. Jeden Moment würde er prustend und gedemütigt auftauchen.

Nur tat er das nicht.

Angst erfüllte ihren Körper und sie wurde von Schuldgefühlen überwältigt, weil sie einen Mann wie ihn seinem Schicksal überließ. Er durfte wegen ihres leichtsinnigen Plans nicht sterben... das durfte er einfach nicht. Sie hatte begonnen ihn zu verstehen, nur ein wenig, aber sie wollte seinen Tod nicht auf ihrem Gewissen haben.

Emily warf einen panischen Blick in Richtung Blackbriar, fluchte leise vor sich hin und ritt zurück zum See. Sie weigerte sich, darüber nachzudenken, warum sie es tat, denn sie war Godric nichts schuldig.

Sie sprang aus dem Sattel und stürzte sich in an der Stelle in den See, die Godrics Aufprall am nächsten war. Der See war in der Nähe des Randes seicht, aber trüb. Sie konnte kaum die Konturen von Godrics weißem Hemd ausmachen. Emily schlang ihre Arme um seine Brust und stieß sich kräftig vom Grund ab, um an die Oberfläche zu gelangen. Godric lag schwer in ihren Armen, bewusstlos, aber sie gab nicht auf, mehr als dankbar dafür, dass sie eine gute Schwimmerin war. Als sie das Ufer erreichte, atmete sie schwer, während sie sich mit Godric im Schlepptau die schlammige Böschung hinaufkämpfte. Ihr Reitgewand erschwerte den Aufstieg und sie fühlte sich, als würde sie zusätzlich zu Godrics Körper einen Felsbrocken zurück ans Ufer schleppen.

Sie rollte ihn auf den Rücken und drückte ihren Kopf gegen seine Brust. Er atmete nicht.

„Oh, Gott, bitte sei nicht tot." Das Blut rauschte in ihren Ohren. Sie konnte kaum denken, als Panik sie erfüllte. Sie musste sich konzentrieren.

Es gab eine Sache, die sie versuchen konnte. Sie hatte einmal gesehen, wie ein Diener es getan hatte, bei einem Jungen, der in einen Teich gefallen war.

Sie hob Godrics Kinn an, drückte ihm mit einer Hand die Nase zu und umfasste sein Kinn mit der anderen. Ihr Mund bedeckte den seinen, während sie in ihn hineinhauchte und betete, dass es ihn wiederbeleben würde. Sie zog sich zurück, wartete eine Sekunde und versuchte es dann wieder und wieder. Beim vierten Mal rührte er sich und sie weinte fast vor Erleichterung. Er war am Leben.

Eine Hand erfasste ihr nasses Haar und hielt sie fest, sodass ihre Lippen aneinander gepresst waren. Godrics anderer Arm umklammerte ihre Taille und er zog sie auf seine Brust. Er küsste sie innig, bevor er sich auf die Seite drehte und sie förmlich unter sich begrub.

Emily ballte ihre Fäuste und schlug gegen seine Brust, während seine festen, aber weichen Lippen ihre erkundeten. Sein Geschmack verdrängte alles Bewusstsein jenseits des Gefühls seiner samtweichen Lippen. Es war eine hitzige Begegnung, aber mit einer verführerischen Intensität versehen, die sie nicht erwartet hatte.

Ein Moment der Klarheit brachte Emily zurück in die Realität. Sie versuchte, auszutreten und ihre Beine zu befreien, und Godric zog sich einen atemlosen Moment lang zurück.

„Ruhig, Liebes. Ich möchte mich nur bei meiner Retterin bedanken." Godric verzichtete auf weitere Worte und küsste sie unbarmherzig. Sie konnte ihn das nicht tun lassen. Er konnte nicht... konnte nicht... Emily keuchte an seinen Mund, als seine Hand die Unterseite ihres rechten Knies ergriff und die nackte Haut ihres Oberschenkels streichelte, während er seine Hüften tiefer in die Wiege zwischen ihren Schenkeln schob. Schübe lustvollen Schmerzes tanzten an ihren Beinen hinauf. Sie mussten aufhören, doch sie ertappte sich dabei, dass sie die Empfindungen, die seine Lippen und Hände erzeugten, weiter auskosten wollte.

Wellen der Lust schossen durch ihren Körper, so kraftvoll wie erschreckend. Ihr Körper bebte, als Verwirrung mit Verlangen kämpfte. Sie mochte den Mann nicht, aber seine Küsse, seine Liebkosungen fingen an, eine völlig wollüstige Wirkung auf sie zu haben. Diese Erkenntnis entlockte ihr ein winziges Wimmern und dem Mann auf ihr ein lustvolles Knurren als Antwort.

Die Welt um sie hörte auf zu existieren, bis auf das Rauschen des Blutes in ihren Ohren und ihre keuchenden Atemzüge. Ein. Aus. Ein. Aus. Die Symphonie von Seufzern und Stöhnen, die zwischen jedem Atemzug einen endlosen Walzer tanzte, machte ihr Angst. Der Versuchung, sich Godric hinzugeben, war nur schwer zu widerstehen. Noch eine Kostprobe und sie wäre für immer verloren, wenn sie sich nicht umgehend von ihm befreite.

Godrics Brust bebte, als er den süßen Geschmack ihrer Lippen genoss. Sie schmeckte nach Unschuld, wie feiner Brandy, machte ihn süchtig und berauschte seine Sinne. Freude erfüllte seinen Verstand und erwärmte sein Herz. Sie war zu ihm zurückgekommen, hatte ihn gerettet.

Ihre Hände umklammerten seinen Bizeps, ihre Finger

gruben sich immer tiefer in seine Haut, je mehr er sie küsste. Als er seinen Kopf anhob, um auf sie herabzublicken, keuchte sie und rieb ihre Hüften instinktiv an den seinen.

Er war wie gebannt von der zarten Röte ihrer Wangen und der leicht nach oben gezogenen Nase, die einen so schelmischen Charme ausstrahlte.

Dennoch spürte er, dass sie ihn ein wenig fürchtete.

Emily war noch nie mit einem Mann zusammen gewesen, war noch nie geküsst worden, bis er sie erobert hatte. Eine geübtere Frau hätte gewusst, was zu tun war. Er genoss die kleine Anleitung, die er ihr gegeben hatte. Die Versuchung, die sie darstellte, war zu groß, um ihr zu widerstehen. Er bewegte eine Hand nach oben, um ihre Wange zu streicheln und sein Daumen strich über die feine Kante ihres Kiefers. Rohes Verlangen brodelte in den violetten Tiefen ihrer Augen und ein Hauch von Frustration fügte einen Schimmer hinzu, der ihn lächeln ließ. Es gefiel ihr nicht, dass sie es genoss, ihn zu küssen.

Er fand ihre Reaktion faszinierend. Andere Frauen hätten ihn mit gesenkten Augenlidern angestarrt und seine Küsse langsam erwidert, oder in Evangelines Fall, ihn gebissen. Emilys Augen leuchteten und waren voller Verwunderung, die sich mit Zorn mischte. Ihre Lippen waren eifrig und ihre Hände erkundeten ihn ausgiebig, als sie über seine Schultern strich. Es war, als sei sie entschlossen, sich zu amüsieren, auch wenn sie ihn nicht mochte. Ihm gefiel ihr rebellischer Geist. Sie nahm sich von ihm, was sie wollte. Würde sie verlangen, dass er aufhörte, er würde es tun, selbst wenn es ihn umbrachte. Aber bis dahin würde er so viele Küsse von ihr stehlen, wie er nur konnte.

Godric wollte Tage mit ihr verbringen, ihre weichen Kurven erkunden und neue kitzlige Stellen an ihrem Körper finden. Er wollte vor dem Altar ihrer sinnlichen Unschuld niederknien und sie anbeten. Sie war genau das wollüstige, wilde Geschöpf, nach dem er jahrelang gesucht hatte. Er hatte sie endlich gefunden und er würde sie nehmen, unter sich haben, auf ihm, an der Wand, über das Bett gebeugt... Oh, die vielen Möglichkeiten.

Er hatte nicht gewusst, dass eine Frau so schmecken und sich so anfühlen konnte. Er fühlte sich wie ein verdammter Schurke, weil er sein Ertrinken vorgetäuscht hatte, aber er hatte sehen wollen, ob sie zurückkehren würde. Seine Freunde hätten sie in Blackbriar leicht genug finden können, denn keiner der Ladenbesitzer hätte ihre Anwesenheit vor ihm geheim gehalten, wenn er nach ihr gefragt hätte.

Aber sie war zurückgekommen. In der Sekunde, in der sie ihn aus dem See gezerrt hatte, hatte er sie mehr küssen wollen, als er jemals eine Frau geküsst hatte. Direkt am schlammigen Ufer, durchnässt und frierend. Er würde sie mit seiner Leidenschaft und seiner Dankbarkeit wärmen. Die nasse Haut ihres Schenkels war glatt. Die Muskeln dort spannten sich, als sie ihr Bein anwinkelte. Sie hatte die Beine einer geübten Reiterin. Herr im Himmel, wie gerne hätte er diese Beine um seine Taille gewickelt gespürt.

Bald, versprach er sich selbst. Er würde sie tausendmal nehmen, auf jede Art und Weise. Sie reiten, bis sie nicht mehr laufen konnte und sie dennoch bettelnd nach mehr in seinem Bett zurücklassen.

Ihre Berührungen und ihr Geschmack waren alles verzehrend. Der Rhythmus ihrer Atemzüge und das Gefühl ihrer Kurven unter ihm feuerten ihn an, aber dann hörte er durch den Dunst seiner Begierde hindurch Cedrics fernen Schrei der Besorgnis.

Es kostete ihn jedes Quäntchen seiner Willenskraft, Emily loszulassen. Sie blickte mit glänzenden Augen zu ihm auf, betäubt von dem Angriff auf ihre Sinne. Sie blinzelte langsam, als wäre sie noch immer im Sog eines verblassenden Traums verloren. Ihre Wimpern waren lang und bogen sich an den Enden leicht nach oben, und umrahmten perfekt die ausdrucksvollsten Augen, die er je gesehen hatte.

Seit Jahren hatte er einer Frau immer nur in die Augen gesehen, um zu erkennen, ob sie ihn in ihr Bett einlud und um zu erkennen, ob er ihr gefiel. Aber diese Frau unter ihm war anders. Ihre Augen enthielten eine andere Einladung. Sie lud ihn ein ihr Herz zu erobern und zu bleiben.

Wie beim Uppercut eines Boxers zuckte Godric bei dieser schmerzhaften Erkenntnis zusammen. Männer wie er wurden nicht sesshaft, kümmerten sich jenseits des nächtlichen Vergnügens nicht um Frauen.

Er tat dieser jungen Frau Unrecht, ruinierte ihre Unschuld und ihre Zukunft. Sie würde erwarten, dass er sie danach heiratete, aber das konnte er nicht. Heiraten war etwas für Narren, die an die Liebe glaubten. Er hatte seine Freunde vor der Torheit der Ehe bewahrt und nun genossen sie alle das Junggesellendasein. Mitglieder der gehobenen Gesellschaft heirateten aus politischen oder finanziellen Gründen, das wurde erwartet. Aber er weigerte sich, sich für immer an eine Frau zu binden, obwohl er sie nicht liebte. Er war ein abgehärteter, abgestumpfter Narr, der die Liebe mied. Er wusste, wie schwach sie ihn machte.

Emilys Tapferkeit und Schlagfertigkeit waren bewundernswert, aber sie verdiente einen Mann, der ihr ein würdiger Ehemann sein würde. Er konnte ihr nichts anderes geben als seinen Körper.

Der seltsame Drang, sein Verhalten zu rechtfertigen, ließ ihn nach einer Ausrede suchen.

„Wie ich schon sagte, du hast mir das Leben gerettet, Emily. Ich wollte mich einfach nur bedanken", erklärte er entschuldigend, während er sie auf die Füße zog.

Sie schwankte leicht und Godric streckte einen Arm aus, um sie um die Taille zu fassen. Er versuchte, nicht auf die üppigen Brüste hinunterzublicken, die sich gegen den dünnen, nassen Stoff abzeichneten, oder auf ihre Hüften, die durch das nasse Reitkleid, das sich an ihren Körper schmiegte, reichlich zur Geltung kamen. Cedric ritt bis zur Mauer und starrte beide mit schockierter Miene an.

„Was ist passiert, Godric? Ich habe Schreie gehört und dann gesehen, wie du mit dem Pferd über die Mauer gesprungen bist." Die Augen seines Freundes wanderten an Emilys Körper auf und ab, als er ihr einen Blick zuwarf, den Godric nur zu gut kannte.

„Cedric, könntest du Emily deinen Mantel leihen?" Godrics wirscher Tonfall unterbrach Cedrics unangemessene Aufmerksamkeit. Der Mann riss sich den Mantel vom Leib und warf ihn über die Mauer. Godric fing ihn auf und legte ihn um Emilys Schultern.

„Warte hier. Ich führe unsere Pferde zurück auf die andere Seite", wies Godric sie an. Er wusste, dass sie gehorchen würde, denn ihre Augen waren immer noch weit aufgerissen.

Cedric trabte an der Mauer entlang, um Godric zu helfen, die Pferde hinüberzuführen, aber als die beiden allein waren, verlangte er zu wissen, was geschehen war.

„Sie lenkte mich ab und stürzte sich über die Mauer. Ich dachte nicht, dass sie es schaffen würde, aber sie tat es, und zwar besser als erwartet. Mein verdammtes Pferd hat mich direkt ins Wasser geworfen."

„Geht es dir gut? Ich habe euch beide aus den Augen verloren."

„Mir ging es die ganze Zeit über gut. Die arme Emily. Sie dachte, ich wäre ertrunken und wollte mich mit ihren süßen Lippen wieder zum Leben erwecken", erklärte Godric und lachte leise.

„Du wirst ihr doch nicht sagen, dass du ein ausgezeichneter Schwimmer bist?"

„Das Wasser war seicht und sie dachte, ich wäre bewusstlos. Außerdem wäre es mir lieber, sie würde glauben, dass sie mich gerettet hat. Sonst bekomme ich für das, was ich danach getan habe, sicherlich eine Ohrfeige."

„Oh, Godric, willst du damit sagen... das arme Mädchen. Sie wird nie wieder deine wertlose Haut retten. Sag mir, dass du es nicht zu weit getrieben hast."

„Ein paar harmlose Küsse. Vielleicht ein paar nicht ganz so harmlose Zärtlichkeiten", gab er zu. Aber er bereute es nicht. Jeden Kuss, jede Sekunde, in der Emily ihn berührte, erweckte den Geist des Mannes erneut zum Leben, der er einmal gewesen war und das konnte er nicht bereuen.

Früher schätzte er Küsse, zählte sie wie ein junger Mann und wartete atemlos darauf, die Frau wiederzusehen, die solche romantischen Vorstellungen in ihm geweckt hatte. Seine erste Liebe, eine Müllerstochter aus Blackbriar, Annabelle, hatte ihn gelehrt, wie man Küsse genießt. Sie hatte ihn verführt, ihn in die Welt der Sinnesfreuden eingeführt, aber sie hatte es langsam getan, die Freude an der Jagd und der Herausforderung perfektioniert. Seitdem war alles, was überstürzt war, es nicht wert gewesen.

Er wollte das Gleiche mit Emily... die geduldige Jagd, die stetige Vorfreude, während er sie verführte. Jeder Kuss, den er von ihren willigen Lippen stehlen würde, wäre ein süßer Sieg. Liebe schien der nächstlogische Schritt, was in überraschte. Sie schien mit dem Wunsch Emily zu erobern einherzugehen, anstatt ein eigenständiges Phänomen zu sein, wie er immer geglaubt hatte.

Emily lehnte sich gegen die Steinmauer und schien zu frösteln, als die leichte Brise ihre nasse Haut kühlte.

Sie zitterte auch aus anderen Gründen. Als Godric seine Hände auf sie gelegt hatte, seinen Mund auf ihren, seinen Körper auf ihren, hatte sie sich selbst verloren. Für ein paar kurze Momente hatte sie vergessen, wie wütend sie war und wie sehr sie sich um die Rettung ihres ruinierten Lebens sorgte.

Sicher in seinen Armen und vertieft in seinen Kuss, erkannte sie mehr als die zärtliche Zuneigung, die ihre Eltern geteilt hatten. Nein, er entzündete ein Feuer in ihr, das sie verbrennen würde, sollte sie sich dem Verlangen hingeben. Als er sie geküsst hatte, waren sie Mann und Frau, nicht Lord und Lady.

Dieses gefährliche Spiel der Flucht und Verfolgung hatte ihre Überlebensinstinkte geweckt. Wäre Cedric nicht aufgetaucht, hätte Godric sie vielleicht genommen, dort auf dem grasbewachsenen Ufer des Sees. Der Gedanke ließ sie erröten.

Die Männer kehrten mit den Pferden zurück und sie verbarg ihre Emotionen hinter einem Ausdruck der Unschuld, den sie sich im Leben mit ihrem Onkel angeeignet hatte.

Der Gedanke ließ sie erschaudern.

Was hatte ihr Onkel getan, als er ihr Verschwinden entdeckte? Hatte er dem Himmel gedankt oder war er in Panik zur Bow Street gerannt? Emily konnte sich keine der beiden Möglichkeiten vorstellen.

Tränen brannten in ihren Augenwinkeln. Sie wollte nicht zugeben, wie sehr sie im letzten Jahr gelitten hatte, aber das hatte sie, denn das Leben mit einem desinteressierten Onkel tat schrecklich weh. Niemand verdiente es, bei einer Familie zu leben, die ihn nicht liebte oder sich nicht um ihn kümmerte.

Emily beeilte sich, ihre Tränen wegzuwischen, als die Männer auf der gegenüberliegenden Seite der Mauer zum Stehen kamen. Godric streckte ihr beide Hände entgegen und sie ergriff sie, überrascht von der Leichtigkeit, mit der er sie über die Mauer und auf seinen Schoß zog.

„Lass mich auf mein Pferd..." Sie griff nach den Zügeln ihres Pferdes, aber Godrics Griff festigte sich um ihre Taille.

„Wenn du glaubst, ich lasse dich nach deinem kleinen Abenteuer jemals wieder allein auf ein Pferd steigen, irrst du dich."

„Aber..."

Godrics eiserner Griff verankerte sie fest auf seinem Schoß, während er sein Pferd vorwärtstrieb.

„Ich denke, es ist an der Zeit, dass wir einige Grundregeln für deine zukünftigen Fluchtversuche festlegen. Alles, was du zur Flucht benutzt und wobei du scheiterst, wird als Privileg gestrichen, insofern verbiete ich weitere Reitausflüge und Fluchtversuche nach Einbruch der Dunkelheit. Es ist zu gefährlich für dich." Sein herablassender Ton gab ihr das Gefühl, ein ungezogenes Kind zu sein. *Warum habe ich ihn nicht einfach ertrinken lassen?*

„Godric." Sie stützte sich gereizt gegen seine Brust, als sie in Richtung des Herrenhauses ritten. „Ich gehe zu Fuß, wenn ich muss, danke. Es gibt keinen Grund, mich festzuhalten." Die Hand, die ihre Taille hielt, glitt tiefer und zwickte sie in den Hintern. Sie erstarrte und ihre Augen brannten wie Feuer.

„Au!"

„Du hast mir fast das verdammte Genick gebrochen und ich wäre fast ertrunken."

„Du hättest mir nicht hinterherjagen sollen", schoss Emily zurück.

„Wenn ich dir eine Woche lang den Hintern versohlen will, werde ich das tun und kein Mensch hier wird einen Finger regen, um dir zu Hilfe zu kommen", knurrte Godric.

Emilys Schultern sackten herunter und sie wurde still. Sie hatte nie dazu geneigt, zu schmollen, aber heute war ein guter Tag, um damit anzufangen.

Ja, sie schmollte weiter in königlicher Manier, bis die Pferde den Eingang des Anwesens erreichten. Godric schien den finsteren Blick, den sie ihm zuwarf, nicht zu bemerken. Er griff lediglich nach ihr, zerrte sie vom Pferd und warf sie über seine Schulter wie einen Sack Korn. Er unterdrückte ein Lachen, als sie vor Überraschung aufschrie.

Den Rest seiner barbarischen Behandlung ertrug sie in würdevollem Schweigen, auch wenn das Gelächter und der Spott der anderen sie hundertfach mehr beschämte.

„Was zum Teufel ist passiert, Godric? Ihr seid beide nass!", ertönte Luciens Stimme.

„Emily unternahm einen weiteren Fluchtversuch."

Lucien blickte finster drein, fischte eine Münze aus seiner Tasche und reichte sie Charles.

„Gut gemacht, Miss Parr, auf Euch kann man sich verlassen. Ihr macht mich reicher als die Wetten während eines Pferderennens." Charles verbeugte sich, als er die Münze einsteckte. „Wenn Ihr einen weiteren Fluchtversuch nach dem Abendessen arrangieren könntet, wäre ich Euch sehr dankbar."

Emily öffnete den Mund, um etwas zu erwidern, aber Godric tätschelte ihr zweimal den Po. Sie wehrte sich, aber die beleidigende Hand ließ sich einfach nicht vertreiben.

„Sie wird dir nicht den Gefallen tun, nicht nachdem sie mich fast ertränkt hat."

„Oh, lass mich raten... sie hat versucht, nach Frankreich zu schwimmen?", erwiderte Charles selbstgefällig.

„Bring sie nicht auf dumme Gedanken, Charles", rief Godric über seine Schulter hinweg und ging weiter. Die anderen schlossen sich ihm an.

Emily war es leid, die Parade der glänzend geputzten Stiefel kopfüber zusehen. Sie legte ihre Hände auf Godrics Rücken und versuchte, sich hochzudrücken. Ashton und Charles stolzierten direkt hinter ihr und beide grinsten. Charles' Augen verweilten auf ihren Brüsten, die unter ihrer nassen Kleidung besonders vorteilhaft zur Geltung kamen.

Charles lachte über den feurigen Blick, den sie ihm zuwarf. „Sag uns, Emily. Was war dieses Mal dein Plan?"

Der plötzliche Drang, dem goldhaarigen Earl eine Ohrfeige zu verpassen, flammte in ihr auf. Also tat sie es... ein lockerer Schlag mit der Faust, aber Charles wich ihr flink aus und weiteres Gelächter folgte auf ihre Kosten.

„Reizt sie nicht. Das liebe Mädchen war mutig genug, über die verdammte Mauer zu springen", sagte Cedric, der vor Godric herging.

„Du machst Witze! Das letzte Mal, als ich diesen Sprung versuchte, fiel ich in den See." Charles' Tonfall war von Bewunderung erfüllt. Emily ließ sich davon nicht beirren. Sie würde sich für seine Anzüglichkeiten an dem Earl rächen.

„Das ist genau das, was mir passiert ist, aber nicht unserer lieben Emily. Oh nein, sie hat sich die Mühe gemacht, zurückzukommen und mich zu retten, als ich hineingefallen und fast ertrunken wäre."

„Aber du bist ein...", begann Charles, bevor ihm jemand auf den Fuß trat und er vor Schmerz aufschrie.

Was wollte er sagen? Neugierde durchbrach Emilys Tagträume. Es schien, als hätte Charles sagen wollen, dass Godric ein guter Schwimmer sei. Wenn das stimmte... Sie ballte ihre Hand zur Faust und schlug Godric auf den Po. Er belohnte sie, indem er zusammenzuckte, und ihr daraufhin ebenfalls auf den Hintern schlug. Emily wollte jedem einzelnen von ihnen den Schädel einschlagen. Ihr verletzter Stolz lähmte fast ihre Fähigkeit, ihre Gefühle zu kontrollieren und zu verbergen. Sie mochte es nicht, wenn die anderen über sie lachten, nicht, wenn sie um ihre Freiheit kämpfte.

Ashton lächelte sie an. „Emily, ich beglückwünsche dich zu deinem Mut. Wäre da nicht meine Loyalität zu Godric, würde ich dir Glück für deine zukünftigen Fluchtversuche wünschen. Mögen sie so gerissen sein wie deine bisherigen."

Kein Hauch von Spott spiegelte sich in seinem Tonfall wider... vielmehr verströmten seine Worte eine sanftmütige Freundlichkeit. Es spielte keine Rolle. Er ist war einer von ihnen. Keinem von ihnen konnte man trauen.

„Und meinem Geldbeutel zuliebe kann der nächste Versuch gerne *vor* dem Abendessen stattfinden und nicht danach", fügte Lucien hinzu, als ob er ihr beweisen wollte, dass er auf ihrer Seite war.

Godric ging in eines der vielen Zimmer im Erdgeschoss, hob sie von seiner Schulter und drängte sie in einen großen Sessel. Sie klammerte sich an Cedrics Mantel, um ihren feuchten Körper vor den vielen männlichen Blicken zu schützen. Es schüchterte sie ein, dass sie alle um ihren Sessel herumstanden und auf sie herabstarrten. Sie ließ sich tiefer in den Sessel sinken, zog ihre Knie an ihre Brust und wandte ihr Gesicht ab. Ihre nasse Kleidung ließ sie sich klamm und unbehaglich fühlen.

„Schmoll nicht, Emily." Ashton strich ihr das feuchte Haar aus dem Gesicht. „Dafür bist du viel zu hübsch."

Die Demütigung kratzte an ihr und zerbrach ihr Selbstvertrauen. Was hätte die Flucht schon bewirkt? Jetzt nach London zurückzukehren, hätte nichts gebracht. Nur die Verzweiflung, etwas zu tun, irgendetwas, um die Kontrolle über ihre Situation wiederzuerlangen, trieb sie an.

Sie ließ ihren Kopf gegen die Lehne des Sessels fallen und musterte Godric. Er hatte versprochen, dass sie in Sicherheit sein würde. Aber es war schwer, ihm zu vertrauen, wenn er nur dastand und sie mit halb gesenkten Augenlidern beobachtete. Seine Augen schienen sich jedes Mal in einen anderen Grünton zu verwandeln, wenn sich seine Stimmung änderte. Widerwillig gab sie zu, dass sie diese kleine Tatsache an ihm faszinierte.

„Wir haben dich gewarnt, dass die Flucht aussichtslos ist. Sei nicht böse auf uns, wenn wir recht behalten." Godric drehte ihren Sessel so, dass er dem Kamin zugewandt war. Die anderen ließen ihn mit ihr allein, während sie an einem Tisch auf der gegenüberliegenden Seite des Raumes Platz nahmen.

„Ich *war* bereits geflohen. Du hast mich mit einem Trick dazu gebracht, zurückzukehren", erwiderte Emily und starrte ihn vorwurfsvoll an.

„In der Tat. Und nun wärme dich auf. Ich werde Mrs. Downing Bescheid geben, dass du frische Kleidung zum Wechseln brauchst." Er griff über die Rückenlehne ihres Sessels und rieb ihre Arme auf und ab, um sie ein wenig zu wärmen. Diese Berührung war anders als alle anderen zuvor. Sie löste weder berauschende Begierde aus, noch machte sie Emily wütend oder ängstlich. Er bot ihr mit einer simplen Berührung Wärme und

Geborgenheit und sie konnte sich nicht entscheiden, wie sie sich dabei fühlen sollte.

Es war die Art von Tat, die ein guter Ehemann an den Tag legen würde, der seine Frau versorgte, bis es ihr gut ging. Emily schloss ihre Augen, unfähig, den Tagtraum einer Ehe mit Godric zu bekämpfen. Doch als sie nach dem Kaleidoskop des Lichts griff, das sich in ihrem Kopf manifestierte, zerschmetterte die Realität es. Eine Heirat mit ihm wäre eine Katastrophe. Einerseits behandelte er sie voller Ehrfurcht und dann verhielt er sich wie ein Grobian. Seine Stimmungsschwankungen bereiteten ihr Kopfschmerzen und er war viel zu arrogant für ihren Geschmack. Sie konnte keinen Mann heiraten, der zu viel von sich hielt, denn das war kein leicht zu ertragender Charakterzug.

Emily entspannte sich und sank tiefer in den Sessel, wobei sie versuchte, ihr Zittern zu kontrollieren. Das Klirren von Gläsern, die mit plätschernden Flüssigkeiten gefüllt worden, erregten ihre Aufmerksamkeit. Godric stand mit dem Rücken zu ihr, während er einen Drink zubereitete. Erschöpft leistete Emily wenig Widerstand, als er zu ihr zurückkehrte und ihr das Glas an die Lippen hielt.

„Trink das."

„Was ist das?", murmelte sie um den Rand des Glases herum.

„Nur ein Schluck Brandy. Er wärmt dich von innen."

Emily sah durch ihre dunklen Wimpern zu ihm auf, auf der Suche nach einem Zeichen, dass er ihr etwas Böses wollte. Aber sie konnte nichts in den unergründlichen Tiefen seiner Augen erkennen.

„Komm schon, Liebes. Trink es, für mich", ermutigte er sie, während er sich tief über ihren Sessel beugte. Seine Fingerknöchel strichen über ihre Wange und schoben eine nasse, verirrte Haarsträhne aus ihrem Gesicht.

Emily trank, hustete vor Schreck über das plötzliche

Brennen in ihrer Kehle und stürzte den Rest des Glases mit einem Keuchen hinunter. Godric klopfte ihr leicht auf den Rücken, als sie den Hustenreiz unterdrückte.

„Gütiger Himmel, so schmeckt also Brandy?" Sie hatte ihn noch nie probiert und fand ihn viel zu bitter. Sie würgte und rümpfte die Nase, als sie erschrocken feststellte, dass es einen nur allzu vertrauten Nachgeschmack hatte.

„Gut gemacht, meine Liebe." Er beugte sich vor und strich ihr mit den Lippen über die Stirn.

Emily seufzte schwer. Lethargie erschwerte ihre Glieder, als Godric sich zu den anderen Männern am Tisch gesellte. Lucien erzählte von ihren verschiedensten Freunden in London. Die Wärme des Feuers und Cedrics Mantel um sie herum entspannten Emily. Ihre Augenlider wurden schwer und fielen schnell zu. Sie hoffte, dass sie nicht von Godric träumen würde, aber sie wusste, dass es so sein würde, als weiche Lippen erneut über ihre Stirn strichen und der Schlaf sie übermannte.

❧ 6 ❧

Schuldgefühle erfüllten Godric, als er das Laudanum in Emilys Brandy geschüttet hatte. Er wollte ihr vertrauen, ihr die Freiheiten ermöglichen, nach denen sie sich sehnte, aber sie war geflohen. Er konnte sie nicht gehen lassen, nicht bevor sein Rachefeldzug vollendet war. Selbst dann würde Godric noch nicht bereit sein, seine faszinierende kleine Gefangene freizulassen. Es amüsierte ihn, zu sehen, wie sie ihre eigene Sinnlichkeit entdeckte, obwohl er wusste, dass ihn das nicht gerade in ein gutes Licht rückte. Er musste Emily überreden, ihn zu wollen, und sich ihr nicht aufdrängen. Aber nichts davon hatte mit seiner Rache an Albert Parr zu tun.

Sobald sie dem Schlaf erlegen war, rief er zur anderen Seite des Raumes, wo seine Freunde versammelt waren. „Ash, kannst du mir helfen?"

„Um was geht es?", fragte Ashton, erhob sich vom Tisch und kam herüber.

Godric berührte Emilys Wange, ihre Haut zart, wie die eines Kindes. „Emily?"

Sie rührte sich nicht.

Ashton hob eine Augenbraue. „Hast du ihr etwas gegeben?"

„Ein wenig Laudanum mit ihrem Brandy. Bitte such Mrs. Downing und lass sie saubere Kleidung für Emily und meinen Morgenmantel und Hausschuhe bringen.“

Ashton ging und kam bald darauf mit Mrs. Downing zurück, die Godrics großen roten Samtmantel und warme Hausschuhe in der Hand hielt. Die ältere Haushälterin war für ihn eher wie ein geliebtes Kindermädchen, und ihr scharfer, missbilligender Blick gab ihm immer das Gefühl, ein ungezogener Jüngling zu sein. Trotzdem sagte sie nichts, als sie ihm die frischen Kleider überreichte.

„Vielen Dank, Mrs. Downing.“ Godric nahm die Sachen entgegen, und er und die Haushälterin machten sich an die Arbeit.

Godric hob Emily vom Sessel, während Mrs. Downing sie aus ihren nassen Kleidern schälte.

Godrics Herz blieb an Emilys wunderschön geformten Kurven hängen. Er wurde steif bei dem Gedanken, jeden Zentimeter von ihr zu lecken, an ihren Hüften zu knabbern und die cremigen Wölbungen ihrer Brüste zu streicheln. Ihre üppigen Kurven zu erkunden...

Ein lautes Husten und Mrs. Downings vorwurfsvoller Gesichtsausdruck unterbrachen Godrics Tagtraum. Als er sich wieder aufrichtete, streifte er ihr ein Nachthemd über und steckte ihre Arme durch die Ärmel, bevor er seinen Morgenmantel um Emily legte. Die Haushälterin zog Emilys schlammige Reitstiefel aus und steckte ihre Füße in Godrics Abendpantoffeln, die an ihren zierlichen Füßen so groß wie Blumentöpfe schienen. Wenigstens würden sie ihre Füße warm halten.

„Benötigt Ihr sonst noch etwas, Mylord?“, fragte Mrs. Downing.

„Nein, danke.“

Sie nickte und verabschiedete sich.

Emily rührte sich nicht, bis Godric eine Decke um sie legte.

Selbst dann seufzte sie nur und kuschelte sich tiefer in den Sessel. Er hatte nicht erwartet, dass er Emilys Entführung so sehr genießen würde. Auch hatte er nicht erwartet, so angetan von ihr zu sein. Seine ursprüngliche Absicht war es gewesen, ihrem Onkel die Möglichkeit zu verderben, sie an den höchstbietenden Freier zu verkaufen, um seine Schulden zu begleichen. Aber nun war Emilys Verführung unendlich viel persönlicher geworden. Seine Lust siegte über die Rache, auch wenn beide Wünsche zum selben Ziel führten.

Godric fürchtete, er könnte ebenso sehr Emilys Gefangener werden, wie sie seine Gefangene war. Seine Gefährten zeigten bereits Anzeichen, dass ihre rebellische Art sie bezauberte. Er wollte nicht daran denken, was passieren würde, wenn sie beschlossen, dass sie Emily genauso sehr wollten wie er.

Sie durfte nie herausfinden, wie viel Macht sie unbewusst ausübte, denn es war genug, um die Liga der Schurken mit ihrer Süße und Vitalität zu Fall zu bringen.

◈

EMILY ERWACHTE UND STELLTE ÜBERRASCHT FEST, DASS SIE nur mit einem Nachthemd, einem riesigen Morgenmantel und zu großen Pantoffeln bekleidet in ihrem Zimmer lag. Sie sprang auf, als ein schlankes Dienstmädchen mit roten Locken, die ihrer Haube entkamen, durch die Tür eilte und begann, ein Bad einzulassen.

Bald ließ sich Emily unter die heiße Oberfläche des Badewassers sinken und musterte ihre Gefährtin. Das Dienstmädchen, Libba, war anfangs schüchtern gewesen, aber Emily hatte ein Talent dafür, das Vertrauen derer zu gewinnen, die sie umsorgten. Gespannt hörte sie Emilys Beschreibung ihrer Entführung zu.

„Wie romantisch!", seufzte Libba und ließ ihre Wimpern flattern.

Emily konnte nur lachen. „Romantisch? Ich wurde entführt! Es war furchtbar, als all diese Männer mich wie ein ungezogenes Kind behandelt haben.“

„Darüber würde ich mich nicht beschweren, Miss. Ich würde meine Seele dafür geben, von dem schneidigen Lord Lonsdale genommen zu werden. Ich fing an, für Seine Lordschaft zu arbeiten, als ich erst sechzehn war. Als ich ihn zum ersten Mal sah...“ Libba kicherte, bevor sie ihre geröteten Wangen bedeckte. „Sagen wir einfach, ich hätte mich gefreut, wenn er sich so sehr für mich interessiert hätte.“

„Das sagst du in diesem Moment. Wir werden sehen, wie du dich fühlst, wenn fünf Männer deinen Ruf ruiniert haben, nur weil einer von ihnen sich für etwas rächen will, mit dem du nichts zu tun hattest.“ Emily erhob sich aus dem Bad und wickelte ein Handtuch um sich. „Es ist frustrierend und macht mich fuchsteufelswild.“

„Seine Lordschaft behandelt Euch sehr zärtlich, nicht wahr?“

„Wovon sprichst du?“ Emily konnte nur an die wilde Umarmung am See denken, an den grausamen Kniff in den Hintern und die Androhung einer Tracht Prügel. Zärtlich? Godric war alles andere als zärtlich.

Libba zeigte auf den Morgenmantel und die Pantoffeln, die Emily neben dem Bett abgelegt hatte. „Seine Lordschaft hat sie Euch angezogen, als Ihr geschlafen habt. Das ist die persönliche Nachtkleidung meines Herrn.“ Libbas Miene verriet ihr, was das Dienstmädchen zusätzlich andeutete.

Emily sank auf den Stuhl des Frisiertisches und fühlte sich plötzlich sehr klein, auf eine für sie ungewohnte Weise.

Godric hatte sie nackt gesehen? Er hat ihren Körper gesehen, während sie wehrlos gewesen war? Glaubte dieser verfluchte Mann, er hätte ein Recht darauf, sie so zu sehen, nur weil er sie ein paar Mal geküsst hatte? Nun, mehr als ein paar

Mal, und es waren sehr innige Küsse gewesen, dachte Emily grimmig. Aber trotzdem...

„Glaubst du... Er würde doch nicht erwarten, dass ich... Er kann meine Gunst nicht kaufen!"

Libba wurde blass, als sie Emilys Andeutung verstand. „Er würde sich Euch nie aufdrängen, Miss. Ich schwöre es. Er ist ein guter Mann."

„Würde ein guter Mann eine junge Frau entführen und ihre Zukunft zerstören, Libba?" Sie versuchte zu vergessen, wie leicht sie auf seine Berührung und seinen Kuss reagierte.

Das Dienstmädchen plapperte davon, dass sie sich keine Sorgen machen müsse und dass sich am Ende alles zum Guten wenden würde, ohne sich der Realität der Situation bewusst zu sein. Emily kleidete sich in eines der neuen Kleider, die Simkins in London bestellt hatte. Libba hatte ein neues Paar weißer Strümpfe sowie frische Petticoats und ein Hemd bereitgelegt, alles aus teurem Musselin genäht und weniger bescheiden als ihr Kleid.

Das Gefühl von frischer Unterwäsche und einem neuen blauen Kleid machte den entscheidenden Unterschied. Es stellte ihr Selbstvertrauen wieder her, obwohl es am Abend zuvor sehr gelitten hatte. Anstatt ihr Haar hochzustecken, wies sie Libba an, es im Nacken zu sammeln und mit einem Band zu befestigen. Ihre Augen funkelten wie ein Paar lilafarbener Edelsteine, als sie sich zufrieden im Schminkspiegel betrachtete.

„Ihr seid ein Anblick jugendlicher Frische, Miss!", rief Libba und lächelte. „Blau steht Euch sehr gut, es ist die Lieblingsfarbe meines Herrn. Er wird höchst erfreut sein!"

Emily runzelte die Stirn. Sie hatte kein Verlangen danach, Godrics Lieblingsfarbe zu tragen. Das Letzte, was sie brauchte, war, dass er ihr Verhalten als Ermutigung ansah.

Aber bevor sie sich für ein anderes Kleid entscheiden konnte, platzte Charles in ihr Gemach, ohne jeglichen Anstand oder Vernunft, was sowohl Emily als auch ihr Dienstmädchen zu einem Protestschrei veranlasste.

„Bist du schon fertig, Em…" Er hielt inne und seine Augen weiteten sich. „Verdammt nochmal! Was würde ich nicht dafür geben, dich in mein Gemach zu zerren. Was sagst du, Emily? Hast du Lust auf ein Mittagsschläfchen? Es würde sich lohnen!"

Er durchquerte den Raum und nahm sie in seine Armen, wie ein verrückter Wirbelwind in Menschengestalt.

Emily kam schlagartig wieder zu sich, befreite eine Hand und gab ihm eine Ohrfeige. „Lass mich los!"

Trotz des roten Flecks, der auf seiner rechten Gesichtshälfte prangte, grinste Charles sie weiter an. „Wenn du denkst, dass ich dich unten jemand anderem übergebe, liegst du falsch. Ich will dich küssen, Emily", erklärte Charles. „Und ich neige dazu, zu bekommen, was ich will."

Trotz seiner Sticheleien erkannte sie ein teuflisches Glimmen in seinen Augen und befürchtete, dass seine Annäherungsversuche eine Art Konkurrenzkampf zwischen den Männern widerspiegelten. Das war das Letzte, was sie wollte… eine Trophäe für diese erwachsenen Jungs zu werden, um die sie kämpfen können. Es war erniedrigend. Andererseits… wenn sie diese Erkenntnis zu ihrem Vorteil nutzen könnte, würde sie vielleicht einen Weg finden, sie gegeneinander auszuspielen. Nun, da sie Charles ihre volle Aufmerksamkeit schenkte, wurden seine Wangen rosig und seine grauen Augen sanken zu Boden.

„Ähm, Emily, tust du mir den Gefallen und erzählst Godric nicht, dass ich dich küssen wollte?"

Sie berührte nachdenklich ihr Kinn. „Ich frage mich, wie er wohl darauf reagieren würde? Er scheint ein wenig temperamentvoll zu sein."

Er zuckte schelmisch mit den Schultern. „Die meisten Frauen freuen sich über, nun… meine Aufmerksamkeiten."

Libba schien neben dem Earl förmlich in Ohnmacht zu

fallen. Manchmal fragte sich Emily, ob es überhaupt noch Hoffnung für die Mitglieder ihres Geschlechts gab.

„Wie ich euch verflixten Männern immer wieder zu sagen versuche, ich bin nicht wie die meisten Frauen!" Sie schob sich an ihm vorbei und ging zur Tür hinaus, wobei sie Libbas verlegenes Kichern ignorierte.

Emily bahnte sich ihren Weg in den Speisesaal, Charles dicht auf ihren Fersen. Sie hoffte, dass die verschleierte Drohung, ihn vor Godric bloßzustellen, ihn gezüchtigt hatte.

Ashton und Lucien standen an den Fenstern und unterhielten sich angeregt. Sie sahen sie stirnrunzelnd an und blickten dann zu Charles hinüber. Lucien öffnete den Mund, hielt aber inne, als Godric und Cedric zu ihnen in den Raum traten.

Godric warf einen Blick auf Emily und ließ seine Augen dann zu Charles wandern. Seine Augen glühten förmlich und sie war sich sicher, dass sein Blick einen Stein hätte schmelzen lassen können. Charles hob trotzig sein Kinn.

Ashton unterbrach ihren stillen Krieg. „Emily, darf ich dir eine etwas merkwürdige Frage stellen?"

Sie nickte.

„Sprichst du zufällig Griechisch?"

Emily schaffte es, ihre Reaktion zu verheimlichen, um die Wahrheit zu verbergen, denn sie sprach diese besondere Sprache, ebenso wie Latein, tatsächlich fließend.

„Nein", log sie. Ashton wandte sich an seine Freunde und brach in fließendes Griechisch aus. Sie folgte der daraus resultierenden Diskussion mit Leichtigkeit. „Charles, was hast du mit ihr gemacht?"

Charles blickte schuldbewusst zu Godric und dann auf den Boden.

„Ich bat darum, sie zu küssen. Sie hat mich geohrfeigt. Ich schwöre, es wird nicht wieder vorkommen."

„Hört sich an, als würdest du dein Fingerspitzengefühl verlieren", scherzte Lucien.

„Ich habe mich ein wenig gehen lassen, aber es ist nichts passiert. Sie ist hinreißend."

Godric schlug mit der Faust auf den Tisch. „Nichts passiert? Du kannst so etwas nicht verlangen und erwarten, dass es ihr nicht schadet!"

Emilys Teetasse klapperte heftig und der Tee ergoss sich auf den Tisch. Heuchler. Sie warf Godric einen besorgten Blick zu. Aber keiner der anderen beachtete sie.

Cedric sprach mit leiser Stimme. „Godric... Ich will nicht des Teufels Advokat spielen, aber du hast heute Morgen mehr als nur ein paar Küsse gefordert, wenn ich mich recht erinnere."

Ganz genau. Hitze erfüllte Emilys Gesicht, aber sie bemerkten es nicht.

„Wenn ich sie will, Cedric, dann gehört sie mir!", rief Godric. „Es ist mein Geld, das ihr Onkel gestohlen hat, also kann ich es gleichermaßen zurück stehlen!"

„Aber Emily hat dein Geld nicht gestohlen", sagte Lucien hart. „Du hast sie ruiniert, allein schon indem du sie hierher-gebracht hast. Du musst sie nicht noch verführen. Wir sind keine arabischen Scheichs, die Sklavinnen in ihren Harems halten."

Ashton räusperte sich und brachte den Raum zum Schwei-gen. „Es ist offensichtlich, dass wir alle ein Interesse an Emily haben, das über die momentane Situation hinausgeht. Ich rate dazu, dass wir unsere Handlungen sorgfältiger überdenken und versuchen, mit unserem oberen Verstand zu denken und nicht mit unserem Unterleib. Wenn möglich." Er warf Charles einen bedeutungsvollen Blick zu. „Es ist an der Zeit, dass wir uns an Regel vier unseres Kodex halten. Wenn ein hier anwesender Mann Emily haben will, muss er sie überzeugen, ihn zu wählen. Sobald er sie erobert hat, darf kein anderer mehr versuchen, sie zu umwerben. Es wird keine gewaltsam gestohlenen Küsse mehr geben, nicht einmal von dir, Godric. Ich spreche ein Machtwort."

Sein Befehl ließ Emily sich fragen, ob er vielleicht wirklich der heimliche Anführer der Gruppe war. Vielleicht hatte der Adel tatsächlich keinen Einfluss auf die Innenpolitik der Liga.

„Aber, Ash...", protestierte Charles, „Du kannst nicht erwarten, dass wir sie nicht anfassen. Sie ist so..."

„Unwiderstehlich?", sagte Godric düster. „Wer zum Teufel hat hier die Kontrolle, du oder deine Lenden?"

„Ja, sie hat uns alle verzaubert, aber wenn sie das wüsste, könnte sie es gegen uns verwenden. Also sage ich es noch einmal. Wenn ein Mann sie will, muss er sie richtig verführen. Wenn sie sich seinen Avancen widersetzt, hat er die Pflicht, seine Werbung einzustellen."

„Und alle weiteren Diskussionen in dieser Angelegenheit...", fügte Lucien hinzu, „werden auf Griechisch geführt."

„Entschuldigt, meine Herren", sagte Emily auf Englisch und zog damit alle Blicke auf sich. „Ist alles in Ordnung? Ich habe das Gefühl, ich habe etwas Ärger verursacht." Die Spannung im Raum löste sich und die Männer warfen ihr sorglose Blicke zu.

„Ganz und gar nicht, Emily", antwortete Lucien. „Wir haben Charles lediglich gesagt, dass er seine Handlungen nicht wiederholen darf... es sei denn, du wünschst es, natürlich."

Charles grinste.

„Ich..." Ihr Gesicht erhitzte sich und sie wandte sich verlegen ab. „Ich bin mir nicht sicher, was ich mir wünsche. Ich habe noch nie solche Aufmerksamkeiten erfahren, bis ich gegen meinen Willen hierhergebracht worden bin. Ich finde das alles sehr überwältigend." Die schuldbewussten Blicke auf ihren Gesichtern bewiesen, dass sie ihr glaubten. Ausgezeichnet. Sie hatte eine Chance, zu entkommen. Ihr war nie bewusst gewesen, wie überzeugend weibliche Reize sein konnten, bis diese fünf Männer versucht hatten, sie zu umwerben. Dummköpfe.

„Dann muss ich mich für mein impertinentes Verhalten

entschuldigen, Emily", sagte Charles und neigte respektvoll den Kopf.

„Entschuldigung angenommen." Sie erlaubte Godric und Charles, ihr ein spätes Mittagessen zu servieren und tat so, als würde sie ignorieren, dass selbst das zu einem Wettbewerb geworden war. Wie komisch es war, dass sie sich zwei Tage zuvor nicht hätte vorstellen können, dass ihr einmal fünf schelmische Lords aus der Hand fressen würden. Emily lächelte, während sie aß, und sah zu wie sich die fünf Männer ihr eigenes Grab schaufelten.

SIE GEHÖRT MIR. ICH WERDE SIE BEKOMMEN.

Thomas Blankenship stieg die Stufen zu seinem Stadthaus hinauf und kochte vor Wut. Er wusste, was dieser Narr Parr vorhatte. *Er will mich gegen Essex in einem geheimen Bieterkrieg ausspielen. Nun, ich werde dieses Spiel nicht mitspielen. Sie gehört mir.*

Er schlug mit der Faust gegen die Tür, anstatt den Klopfer zu benutzen.

Sein verhutzelter Butler, Baltus, erschien an der Tür. „Willkommen zurück, Sir."

Blankenship knurrte nur und stapfte an ihm vorbei in die Halle. Er fuhr aus seinem Mantel und warf ihn dem Bediensteten zu, der an der Treppe wartete.

„Bring mir Brandy in mein Arbeitszimmer, Baltus."

Das schummrig beleuchtete Arbeitszimmer spiegelte den Rest des Hauses wider. Jahrelanger Dreck überzog die Fenster und den Kamin. Staub bedeckte die Bücher in den Regalen und Tintenflecken besprenkelten den abgenutzten Teppich unter seinem Schreibtisch. Er hatte mehr als genug Geld, um sein Haus sauber und in gutem Zustand zu halten, aber er mochte den symbolischen Verfall seiner Wohnräume. Es erinnerte ihn an sein eigenes Leben und spornte ihn an, härter für das zu kämpfen, was er begehrte. Nämlich Emily Parr.

Blankenship warf sich in seinen Stuhl und schloss die Augen. Seine Wut war eine lebende, atmende Kreatur, die sich tief in seine Brust gegraben hatte. Ihre blutigen Klauen zerrten an seinen Eingeweiden und ihre glänzenden schwarzen Augen starrten in seine Seele. Er forderte die Bestie heraus und drängte sie an einen dunklen Ort in seinem Kopf. Er hatte immer noch die Kontrolle, zumindest noch für eine kleine Weile.

Der Butler kam mit einer Karaffe voll Brandy herein, goss ein Glas ein und stellte es auf den Schreibtisch.

„Kann ich Euch außerdem noch dienlich sein?", fragte Baltus keuchend.

„Nein."

Blankenship schlang eine Faust um das Kristallglas und wirbelte den bernsteinfarbenen Inhalt herum. Die satte Farbe glich Emilys Haar. Seine Gedanken drifteten zurück zu dem Mädchen. Er musste sie besitzen. Ihre Mutter hatte sich seinem Griff entzogen, aber Emily würde ihm nicht entkommen.

Vor neunzehn Jahren, mit Ende dreißig, war er noch auf der Suche nach einer Braut durch die Gesellschaft gestreift. Aber die einfältigen, zarten Rosen der Londoner Gesellschaft hatten ihn nicht beeindruckt, bis er Clara getroffen hatte.

Clara Belarmy. Witzig, intelligent und ein wahrer Diamant der ersten Klasse. Mit kastanienbraunem Haar und Augen von der Farbe saftiger Pflaumen. Sie war einzigartig.

Er hatte sie geliebt, wie jeder andere Mann auch. Er hatte ein Vermögen für Blumensträuße für sie ausgegeben, und weit mehr als eine dieser furchtbaren Quadrillen mit ihr getanzt. Doch sie hatte nie in seine Richtung geblickt. Sie war meist mitten während des Balls verschwunden, um bei diesem jungen, idealistischen Narren Robert Parr zu sein.

Dennoch hatte Blankenship die Hoffnung gehegt, dass sie ihn angesichts seines Reichtums als Ehemann in Betracht ziehen würde. Er war auf ihrer Türschwelle aufgetaucht, mit dem Ring seiner Mutter, der nur für sie bestimmt war. Clara hatte keinen Besuch empfangen und der Butler hatte ihn abgewiesen. Aber als er am Fenster, das zur Straße hinausblickte, vorbeigekommen war, hatte er Clara in Roberts Armen liegen gesehen, die sich wild geküsst hatten.

Er wusste, welche Art von Frau ihre Reize dem ersten willigen Mann schenkte. Eine Hure.

Danach ließ er die Ballsäle Londons ganz und gar hinter sich. Er konzentrierte sich auf seine Geschäfte und schadete allen Investitionen, die Robert Parr tätigte, was das junge Ehepaar dazu zwang, aufs Land zu ziehen, wo die Lebenshaltungskosten nicht so hoch waren.

Aber das war nicht genug gewesen. Er wollte Clara so sehr verletzen, wie sie ihn verletzt hatte.

Die Nachricht von ihrem und Roberts Tod hatten ihn innerlich zu Eis erstarren lassen. Er knirschte bei der Erinnerung mit den Zähnen. Ohne das Feuer des Hasses, das ihn antrieb, hatte sein Leben keinen Sinn. Er hatte eine geladene Pistole in seinem Arbeitszimmer in die Hand genommen, bereit, die Kugel in sein Hirn zu treiben.

Aber dann hatte er von Emily erfahren.

Wie Clara das Mädchen geheim gehalten hatte, wusste er nicht. Aber als er hörte, dass das Mädchen bei ihrem Onkel eingezogen war, musste er sie sehen.

Er begann, Albert in seinem Club zu besuchen und ihn zu überreden, Kredite für Investitionsmöglichkeiten aufzunehmen. Es war nur allzu leicht, Albert davon zu überzeugen, bei ihm zu investieren und noch leichter, seine Pläne zu durchkreuzen. Parr war bald gezwungen gewesen, Emily als potenzielle Braut anzubieten, um seine Schulden zu begleichen. Innerhalb weniger Tage hatte er sich eine Einladung in Parrs Residenz gesichert.

Schließlich hatte Blankenship einen Blick auf sie erhascht, wie sie an einem Tisch in der kleinen Bibliothek saß, ihr Haar unbedeckt, sodass es in wilden Wellen über ihre Schultern hing. Sie hatte ganz und gar wie das wollüstige Geschöpf ausgesehen, nach dem er sich in seinem Bett sehnte.

Für eine Sekunde flammte seine jugendliche Sehnsucht nach ihrer Mutter in ihm auf, wie ein entfernter Stern, bevor sein Herz erneut erkaltete.

Sie war genau wie ihre Mutter. Lästig.

Frauen wie sie gehörten in die Knie gezwungen.

In seinem Arbeitszimmer verzogen sich Blankenships Lippen zu einem trägen Lächeln. Bald würde sie ihm gehören. Emily würde die schönsten Kleider tragen, die teuersten Juwelen. Die Londoner Gesellschaft würde wissen, dass er ihr Herr war, und mit ihr an seiner Seite würde er die Aristokraten in ihre Schranken weisen.

Jede Nacht würde er Emily die Kleider vom Leib reißen, sie über die nächstgelegene harte Oberfläche beugen und sie nehmen, bis sie um Gnade bettelte. Er würde sie ihren feurigen Geist beibehalten lassen, nur um die Dinge interessanter zu machen. Ihre Aufmüpfigkeit zu bestrafen, wäre äußerst erregend. Emily unter seiner Kontrolle zu haben, würde den Schmerz über den Verlust ihrer Mutter lindern. Es war nur fair.

Er ergriff seine schmerzende Erregung und stöhnte bei dem Gedanken daran, seine Hände in Emilys Haar zu vergraben, um sich in ihren Mund zu zwingen und zu ergießen. Ihr Körper wäre ein Zufluchtsort für seine eigenen Sehnsüchte und würde die Jahre der Unzufriedenheit wettmachen, die er mit anderen Frauen hatte verbringen müssen, obwohl er stets nur Clara gewollt hatte. Wenn er es sich nur genug wünschte, würde Emily zu Clara werden, sie würden zu ein und demselben

Geschöpf verschmelzen und sein Hunger nach Lust und nach Clara würde endlich gestillt werden.

Visionen von Clara suchten noch immer seine Träume heim. Er hatte sich nicht immer danach gesehnt, zu verletzen, zu bestrafen. Hätte er nur Clara gehabt, wäre er sanft zu ihr gewesen, hätte sich um sie gekümmert. Aber sie hatte ihn abgewiesen, diesen jungen Bock geheiratet und damit Blankenships Träume zerstört.

Emily war der Preis der Rache für seine zerstörten Träume. Sie würde für den Verrat ihrer Mutter bezahlen. Sie würde seine Gören gebären, den Fortbestand seines Namens sichern und sich bei der feineren Gesellschaft einschmeicheln, damit er sich mit deren Reichtum die Taschen füllen konnte.

Er nippte an seinem Glas Brandy und lehnte sich in seinem Stuhl zurück.

❧

DAS MITTAGESSEN WAR EINE VIEL RUHIGERE ANGELEGENHEIT als das Frühstück.

Charles' Wunsch, sie zu küssen, hatte ein neues Problem in den Vordergrund gerückt und die Herren waren immer noch dabei, sich mit der Gefahr zu arrangieren, die sie für sie darstellte. Sie dachte über diese amüsante Form des Schicksals nach, als sich eine Hand unter dem Tisch auf ihrem Knie wiederfand, schwer und besitzergreifend, während sie ihren Oberschenkel hinauffuhr, wobei sie sanft ihr Kleid mit hochzog.

Die aufsteigende Röte in ihrem Gesicht ahmte die Hitze nach, die zwischen ihren Beinen entsprang.

Ihr gesenkter Blick wanderte in Godrics Richtung. Seine rechte Hand war auffallend abwesend vom Tisch.

„Geht es dir gut, Emily?", fragte Lucian beiläufig. „Du siehst ein bisschen errötet aus."

Emily schob ihre Schüssel mit Suppe von sich weg.

„Ich glaube, die Suppe hat mich etwas überhitzt." Sie versuchte, nicht in Godrics Richtung zu sehen.

Die Hand, die innegehalten hatte, während sie Lucien antwortete, begann sich auf ihrem Oberschenkel auf und ab zu bewegen. Die Finger gruben sich in den zerknitterten Stoff ihres Kleides, suchten nach nackter Haut und wurden schließlich fündig. Das Gefühl war so überwältigend, dass sie kaum ihre Teetasse halten konnte, ohne zu zittern. Sie wagte nicht zu versuchen, Godrics Hand zu verscheuchen.

Ihr einziger Gedanke war Godrics Körper und sein Mund auf ihrem, der sie in süßer Qual küsste, wie er es an jenem Morgen am See getan hatte. Würde sie jemals diese Erinnerungen hinter sich lassen? Wollte sie das überhaupt?

In dem Moment, als das Mittagessen vorbei war, sprang Emily von ihrem Stuhl auf und alle fünf sahen besorgt zu ihr auf.

„Entschuldigt mich!", rief sie und hastete zurück in ihre Gemächer. Es war der einzige Ort, an dem sie sich sicher genug fühlte, um sich zu verstecken, während sie gegen das unwillkommene Verlangen ankämpfte, das sie für ihren Entführer hegte.

Sie kletterte in das massive Bett und rollte sich auf einer Seite in der Nähe des Kopfteils zusammen, während sie ein Kissen an ihre Brust drückte. Die Hitze hatte sich in ihrem ganzen Körper ausgebreitet und sie brauchte einen Moment allein, um ihre Kontrolle wiederzuerlangen.

Ashton erschien in der Tür und seine breiten Schultern füllten den Rahmen aus.

„Ist mir nicht einmal ein Moment der Ruhe vergönnt?", fragte sie.

Der Raum schien zu schrumpfen, als er hereinschlich. Jede seiner Bewegung, war anmutig und doch spürte sie, dass er jede Handlung genau plante. Er näherte sich ihrem Frisiertisch und ließ einen Finger über die Holzoberfläche gleiten, bevor er auf eine silberne Haarbürste stieß. Er hob die Bürste hoch und betrachtete sie intensiv.

Er war der geschliffenste der Schurken, doch trotz all seiner kaum verborgenen Stärke, erkannte sie seine Schwäche. Seine Augen, die Art, wie sein Blick weicher wurde, wenn er sie anblickte.

Als hätte er ihre Gedanken gespürt, setzte Ashton die Bürste ab und lehnte sich lässig an den Bettpfosten am Fußende des Bettes. Er verschränkte die Arme und starrte sie an, eine stumme Herausforderung, keine Drohung.

„Ich werde nicht die Flucht ergreifen", sagte sie. Jedenfalls nicht in eben diesem Moment.

Ashtons Mundwinkel wölbte sich nach oben. „Dafür bist du zu clever." Aber er blieb trotzdem an ihren Bettpfosten gelehnt stehen und betrachtete sie. Sie seufzte schwer.

„Ich bin überrascht, dass du mich noch nicht nach ihm gefragt hast", sagte Ashton kryptisch.

„Von wem sprichst du?"

„Godric."

„Oh, du musst meine Ungewandtheit entschuldigen." Ihr Ton war ruhig, aber sarkastisch. „Meine gewöhnliche Neugierde verblasst, wenn ich gegen meinen Willen festgehalten werde."

Ashton ignorierte den Sarkasmus. „Möchtest du etwas über ihn erfahren?"

„Ja." Sie wünschte, sie hätte nicht geantwortet. Das Letzte, was sie brauchte, war, dass Ashton glaubte, sie wäre an Godric interessiert, denn wenn er es Godric erzählte, würde sie sich noch stärker gegen seine amourösen Annäherungsversuche wehren müssen.

„Godric hatte ein schweres Leben, obwohl er ein Duke ist. Seine Mutter starb, als er kaum sechs Jahre alt war."

„Das hat er mir erzählt", warf Emily ein.

„Ich bezweifle, dass er dir alles erzählt hat." Es folgte eine

Pause, als ob Ashton Godrics Schmerz spürte. „Ihr Tod erschütterte seinen Vater so sehr, dass er sich dem Alkohol zuwandte. Er war ein herrischer Mann, wenn er zu tief ins Glas geblickt hatte."

„Hat er Godric geschlagen?" Emily setzte sich auf und blickte zu Ashton hinüber, ihre Frustration und Verwirrung völlig ausgelöscht. Godrics tragisches Leben fesselte sie.

„Oft. Godric war mehr mit dem Rohrstock vertraut als jeder andere junge Mann, den ich in Eton kannte. Er lachte immer, wenn seine Professoren ihm mit Prügeln drohten."

„Aber ich habe Godrics Rücken gesehen. Er hat keine Narben."

„Schläge mit dem Rohrstock hinterlassen keine offenen Wunden auf der Haut, wenn sie gut geführt werden, sondern nur blaue Flecken und gebrochene Knochen. Godrics Vater war ein Meister."

Sie erschauderte vor mitfühlendem Schmerz bei Ashtons Worten. Sie selbst war nie geschlagen oder gar verprügelt worden. Emily war ein braves Kind gewesen, größtenteils. Aber als sie neun Jahre alt war, hatte sie die Prügelstrafe eines Nachbarjungen miterlebt und seine Schreie hallten noch immer in ihren Albträumen wider. Sie konnte sich nicht vorstellen, wie der große, muskulöse Duke als kleiner Junge verprügelt worden war. Wie war es für ihn gewesen? Dass sein einziges verbliebenes Elternteil in Verzweiflung und Wut über den Verlust der Frau, die sie beide liebten, um sich schlug?

Emily hatte das Glück gehabt, nie einen solchen Missbrauch erfahren zu haben. Zu erfahren, dass Schmerz und Folter Godrics Kindheit geprägt hatten, schmerzte sie in den Tiefen ihrer Seele. Sie hasste es, dass Godric so gelitten hatte, wie es kein Kind sollte.

„Wie ist es dann möglich, dass er von sanfter Natur ist, zumindest die meiste Zeit über?", fragte sich Emily laut.

„Er hat viel von seiner Mutter in sich, mehr Mitgefühl als

Grausamkeit. Er hätte ein Rohling werden können wie sein Vater, aber stattdessen wurde er ein Anwalt für diejenigen, die missbraucht werden. Du hast seine Zärtlichkeit hautnah miterlebt."

Sie ignorierte seine Worte und versuchte, das Thema zu wechseln. „Warum habt ihr mich dann entführt? Wo war sein Mitgefühl, als ihr mich alle gepackt und zu Boden gerissen habt und mich mit diesem schrecklichen Laudanum betäubtet? Das war grausam, sehr grausam. Warum hat er meinen Onkel nicht einfach zur Rede gestellt?"

„Er hat keine Beweise für das Verbrechen deines Onkels, außer dem Verlust seines Geldes. Soweit ich es verstehe, gab er deinem Onkel die Vollmacht, auf das Anlagekonto zuzugreifen."

„Darf ich fragen, wofür diese Mittel gegeben wurden?"

Ashton schenkte ihr ein teuflisches Lächeln, das von Belustigung zeugte. „Es ist nicht so schrecklich, wie du es dir vielleicht vorstellst. Er hat mit deinem Onkel Geld in eine Silbermine investiert, die es gar nicht gibt."

„Kann er das denn nicht beweisen? Ich meine beweisen, dass keine solche Mine existiert?"

„Es gibt ein Grundstück, auf dem früher Silber abgebaut wurde, aber es ist nicht mehr rentabel. Die Investitionspapiere sind an dieses Land gebunden. Der einzige Beweis liegt in der Geldsumme, die Godric deinem Onkel gezahlt hat und der Tatsache, dass sie komplett verschwunden ist."

Emily lehnte sich an das Kopfteil des Bettes. Die Erinnerung an die Bücher ihres Onkels schoss ihr durch den Kopf. Sie hatte die Zahlen selbst gesehen – das Verbrechen, von dem Ashton sprach. Er beobachtete sie genau, seine blauen Augen suchten nach dem Grund hinter ihrer Reaktion. „Du weißt nicht zufällig mehr darüber als wir bisher annahmen?"

Das Problem war, dass Emily nicht wusste, ob ihr Wissen ihrer Sache helfen oder sie behindern würde. „Ich bin eine Frau,

Ashton. Ich habe keinen Kopf für Zahlen oder Geschäfte, aber ich erinnere mich daran, dass mein Onkel die Mine einmal beiläufig gegenüber einem seiner Freunde erwähnte. Ich bin schockiert über den Zufall, das ist alles."

„Ich habe oft die Erfahrung gemacht, dass Frauen exzellente Geschäftsleute abgeben. Frauen sind oft viel mehr von Konkurrenzdenken getrieben, wenn es um Märkte und Geldsysteme geht, als manche Männer." Er hatte einen seltsamen Ausdruck im Gesicht, als er dies sagte. Ein berechnender Schimmer, der seine ohnehin schon leuchtend blauen Augen noch mehr zur Geltung brachte, erfüllte seinen Blick. Hatte er eine andere Frau im Sinn, eine andere Geliebte?

Emily lächelte innerlich. *Lord Lennox, auch Ihr habt Geheimnisse.*

„Ashton, wenn Godric Beweise für die Veruntreuung meines Onkels hätte... würde er mich dann gehen lassen?"

Bevor Ashton antworten konnte, stürmten Lucien und Cedric in den Raum.

„Schnell, schnapp dir Emily! Wir müssen sie verstecken!", rief Cedric keuchend.

Emily nahm den Anblick der beiden abgehetzten Herren wahr. Die Brust beider Männer hob und senkte sich schnell und dies zeigte ihr, dass sie gerannt waren, um hierherzukommen. War etwas passiert? Wenn sie sie verstecken wollten, musste jemand auf dem Anwesen angekommen sein und sie wollten nicht, dass man sie sah.

Ich muss denjenigen finden, der gekommen ist und um Hilfe rufen!

Sie kletterte vom Bett, ging auf die andere Seite in die Nähe des Fensters und versuchte, sich den drei Männern zu entziehen.

„Was ist hier los, Lucien?", verlangte Ashton zu wissen.

„Ein Magistrat und ein weiterer Mann reiten die Straße herunter und werden jeden Moment vor der Tür stehen. Godric glaubt, dass Parr die Behörden informiert hat und sie Emily zurück nach London bringen wollen."

„Endlich!", rief Emily, ein wenig zu triumphierend. Immerhin waren es drei Männer, die sich anschickten, sie zu verstecken. Sie warf sich unter das Bett, gerade als Cedrics Arme sich dort schlossen, wo sie kurz zuvor noch gestanden hatte. Auf dem Bauch krabbelnd, bewegte sie sich weiter unter das Bett und betete, dass sie außer Reichweite war.

Luciens gut polierte Stiefel tauchten vor ihr auf, die von Ashton auf der anderen Seite des Bettes.

Sie war umzingelt.

„Komm schon, Emily, wir haben keine Zeit für so etwas!", knurrte Cedric, während seine Hände an ihren Knöcheln zogen.

Emily trat nach ihm, näherte sich währenddessen aber zu sehr Luciens Seite des Bettes. Er schnappte sie und zog sie wie ein Kätzchen am Genick darunter hervor. Eine Staubwolke wirbelte auf und sowohl sie als auch Lucien mussten niesen. Fast ließ er sie los, als der Niesanfall seinen Körper in Beschlag nahm, aber er fing sich zu schnell.

„Kannst du nicht einmal einen halben Tag lang sauber bleiben?", fragte Lucien und drückte sie auf das Bett.

Emily trat ihm hart in den Magen. Er krümmte sich mit einem schmerzhaften Stöhnen, umklammerte seinen Unterleib und gewährte ihr den erhofften Freiraum. Sie rutschte vom Bett und stürmte zur Tür. Sie musste die Treppe hinunter und den Magistrat erreichen. Er würde sie aus dieser verrückten Situation befreien und sie zurück nach London bringen. Vielleicht könnte Anne ihr helfen, die Ehe mit einem Mann zu arrangieren, der sich nicht um Skandale kümmerte.

Sie nahm zwei Treppenstufen auf einmal und kam kurz vor der Eingangstür zum Stehen. Ihr Herz schlug ihr bis zum Hals, etwa genauso laut wie das Stampfen der Stiefel hinter ihr.

Godric trat aus seinem Arbeitszimmer in die Halle, denn

zweifellos hatte er den Aufruhr gehört. Sein Blick fiel auf sie, dann auf die Männer, die die Treppe hinunterstürmten und dann auf die unbewachte Eingangstür. Das Blut wich aus seinem Gesicht.

„Nein! Emily, nein!"

„Oh, zum Teufel mit euch!" Sie wandte sich um und schlang ihre Finger um den Türöffner. Sie riss sie weit auf, sodass sie gegen die Wand krachte und einen Spiegel in der Nähe zum Klirren brachte. Der Hauch frischer Landluft war eine Wohltat für ihre Sinne.

Zwei Gestalten zu Pferde trafen in der Nähe ein. Eine davon, da war sie sich sicher, war der Magistrat.

„Hier! Ich bin hier!", rief Emily und wedelte mit den Armen, um ihre Aufmerksamkeit zu erregen. Einer der Männer, ein eher rundlich aussehender Mann, setzte sich aufrechter in seinen Sattel und beugte sich vor, um sie besser zu erkennen. *Ich würde diesen Mann überall erkennen*, dachte Emily erschrocken. Sie stürzte zurück ins Haus und prallte gegen Godrics starke Brust. „Schnell! Ich muss mich verstecken, er ist hinter mir her."

Godric starrte wütend und verwirrt auf sie herab. „Jetzt willst du dich auf einmal verstecken? Vielleicht bin ich zu sehr damit beschäftigt, eine Reisetasche zu packen, da du mir so höflich mitgeteilt hast, dass ich mich zum Teufel scheren soll."

„Hör auf, so stur zu sein und hilf mir, mich zu verstecken, sonst bekommen wir beide ernsthafte Probleme."

Godric griff über ihre Schulter und schlug die Eingangstür zu. „Wer ist hinter dir her?"

„Ich habe keine Zeit für Erklärungen. Kannst du einen Ort finden, um mich zu verstecken oder nicht?", beharrte Emily.

Er deutete auf die Treppe. „Hier entlang."

Sie kehrten in ihr Gemach zurück, wo sich der Rest der Liga ihnen anschloss.

„Ihr müsst Emily verstecken. Ich glaube, sie wurde gesehen.

Ich muss mich um den Magistrat kümmern." Godric schlenderte davon und warf einen finsteren Blick über seine Schulter. Emily schluckte.

„Verdammte Scheiße", murmelte Ashton. „Na gut, hat jemand einen Plan?"

„In der Tat, den habe ich." Lucien zog Emily zu dem riesigen Kleiderschrank in ihrer Kammer.

Er war nur zur Hälfte mit Kleidung gefüllt und am Boden war noch viel Platz. Sie würden sich leicht verstecken können.

„Hinein mit dir, ich leiste dir Gesellschaft." Er setzte sich auf den Boden des Schranks und zog sie auf seinen Schoß, bevor die anderen die Tür schlossen und sie in Dunkelheit hüllten.

GODRIC KONNTE ES NICHT FASSEN.

Dieser Mann, Thomas Blankenship, besaß tatsächlich die Frechheit, mit einem Vertreter des Gerichtshofes bewaffnet in sein Haus zu kommen.

Was Blankenship nicht wusste, war, dass Mr. John Seaton, der Magistrat, Godric und seine Familie seit Jahren kannte. Tatsächlich hatte Godrics Vater die Position des Magistrats abgelehnt, als die Krone sie ihm angeboten hatte und empfahl Seaton an seiner statt.

Godric bat Simkins, die beiden Männer in den Salon zu führen, während er mit seinen Freunden sprach.

„Ihr drei geht sofort in Emilys Gemach und sorgt dafür, dass jedes Kleidungsstück, jeder Strumpf, unter die Treppe gebracht und bei den Dienstmädchen versteckt wird. Ich will keinen Beweis, dass sie jemals hier gewesen ist. Schickt mir ihr Dienstmädchen. Sie soll eines von Emilys Kleidern anziehen. Ich brauche eine Erklärung, falls sie Emily gesehen haben."

Ashton, Charles und Cedric nickten, dann liefen sie schnellen Schrittes erneut die Treppe hinauf.

Godric blieb allein zurück, die Fäuste an seinen Seiten geballt. Es war an der Zeit, sich mit dem Magistrat und Blankenship auseinanderzusetzen.

Seaton, der Magistrat, war ein gebückter alter Mann, der die feinen Züge eines Landedelmannes besaß. Er warf Godric einen entschuldigenden Blick zu und Godric versicherte ihm mit einem Nicken, das er ihm den Besuch nicht übelnahm, bevor er seine Aufmerksamkeit dem anderen Mann zuwandte.

Thomas Blankenship war groß, aber sein großer Körperumfang und sein saures Gesicht nahmen ihm jede Chance auf ein anständiges Aussehen. Tiefschwarze Augen und eine scharfe Habichtsnase trugen zum räuberischen Aussehen des Mannes bei, was Godric verunsicherte. Blankenship war älter, vielleicht in seinen Sechzigern, aber die Macht, die er ausstrahlte, beunruhigte Godric.

Godric bedeutete ihnen, dass sie sich setzen sollten. „Was führt Euch hierher, meine Herren?" Der Magistrat ließ sich dankbar in den nächstgelegenen Sessel fallen. Blankenship jedoch beobachtete Godric einen Moment lang, musterte ihn, bevor er sich schließlich setzte.

„Ich bitte um Verzeihung, Eure Lordschaft. Ich wollte Euch nicht stören, schon gar nicht hier..."

„Es ist kein Problem, Mr. Seaton."

„Dieser Mann, Mr. Blankenship, besteht darauf, dass Ihr eine junge Lady gefangen haltet. Ich habe mich geweigert, mir solchen Unsinn anzuhören und er sagte, er würde trotzdem hierherkommen. Ich komme nicht in der Funktion meines Amtes hierher, sondern lediglich, um Euch zu versichern, dass ich weiß, dass seine Behauptungen unbegründet sind. Ich werde keine Nachforschungen oder Durchsuchungen in diesem Haus anstellen."

„Wie ist der Name der Lady?"

„Er sagt, ihr Name sei Emily Parr.“

„Wer?“ Godric verbarg seine Reaktion auf Blankenships Anschuldigung. Ein besitzergreifender Blick hatte sich auf dem Gesicht des Mannes breitgemacht, ein Blick, der Godric gar nicht gefiel.

In welcher Beziehung stand Blankenship zu Emily?

„Miss Emily Parr. Sie ist die Nichte eines Gentlemans namens Albert Parr. Ich glaube, wenn meine Angaben richtig sind, kennen sich die Gentlemen?“

„Ah, Parr. Ja. Ich habe mit ihm Geschäfte gemacht. Allerdings habe ich ihn seit ein paar Monaten nicht mehr gesehen.“ Godric streckte seine Beine aus und versuchte, ruhig und gefasst zu wirken. „Ihr sagt, Ihr seid wegen seiner Nichte hier? Was ist mit ihr passiert?“

Blankenship saß auf der Kante seines Sessels. Ein dunkler Schatten zog über sein Gesicht. „Spielt nicht den Narren, Essex! Ich weiß, dass Ihr sie entführt habt. Wir sahen sie aus der Tür kommen, sie schrie und winkte uns zu.“

„Sir!“, schnauzte der Magistrat. „Haltet Euch in Gegenwart Seiner Lordschaft zurück.“

„Warum, zum Teufel, sollte ich Parrs Nichte entführen wollen? Was soll ich mit ihr anfangen? Ich habe keinen Nutzen für ein junges Weibsstück, das gerade erst der Schulbank entwachsen ist. Ich muss gewiss keine Lady entführen, wenn ich eine begehre.“

„Ihr habt sie entführt, weil Ihr glaubt, dass Parr in Eurer Schuld steht. Wir haben das Mädchen selbst gesehen und ich habe dem Richter Euren Brief gezeigt.“

„Meinen Brief? Seaton, wovon spricht der Mann?“ Godric lachte leise, aufrichtig amüsiert.

Mit einem müden Seufzer zog Seaton einen Brief aus seiner Tasche und reichte ihn Godric.

Er las den Zettel, den er geschrieben hatte und unterdrückte ein Lächeln. „Das ist nicht meine Handschrift.“

„Natürlich ist sie das", beharrte Blankenship. „Parr hat Eure Handschrift erkannt."

„Nun, das lässt sich leicht aus der Welt schaffen. Kommt, ich zeige es Euch." Godric stand auf und ging schnell zu einem Schreibtisch in der hintersten Ecke. Seine Besucher folgten ihm.

Er schnappte sich ein Blatt Papier und füllte seine Schreibfeder mit Tinte. Den Federkiel geschickt mit der rechten Hand haltend, kritzelte er ein paar Sätze, streute Sand auf das Papier und reichte es dem Magistrat.

Seaton zückte sein Monokel und legte beide Werke nebeneinander. „Mr. Blankenship, seht selbst. Diese Handschrift ähnelt überhaupt nicht dem Brief, den Ihr mir übergabt."

„Blödsinn!" Blankenship riss dem Magistrat die beiden Papiere aus der Hand und verglich sie.

Godric kämpfte gegen das verschlagene Lächeln an, das seine Lippen umspielte. Er hatte natürlich beide Schriftstücke verfasst. Den echten Brief mit seiner linken Hand und den letzteren mit der rechten. Als Kind hatte er nur wenige Freunde gehabt. Um sich zu beschäftigen, hatte er gelernt, mit beiden Händen zu schreiben. Das Resultat waren zwei sehr unterschiedliche Schreibstile. Keiner seiner Gäste wusste, dass er seine Briefe an Parr immer mit der linken Hand schrieb... etwas, das er in seiner normalen Korrespondenz nicht tat. Parr hatte er nie ganz getraut und deshalb hatte er nie viele Beweise in Form von Briefen hinterlassen.

„Aber... das ist nicht möglich. Ich weiß, dass Essex den Brief an Parr verfasst hat. Er trickst uns aus. Er hat einen Diener, der ihn für ihn geschrieben hat." Blankenship warf beide Zettel zurück auf Godrics Schreibtisch.

„Mr. Blankenship, ich glaube, es ist Zeit für Euch zu gehen. Ihr habt Seine Lordschaft genug gestört und als Magistrat sage ich Euch, dass es hier nichts zu sehen gibt." Seaton legte Blankenship eine Hand auf die Schulter, aber der Mann stieß ihn weg.

„Ich bin nicht zufrieden. Wir haben beide das Mädchen auf der Straße gesehen. Ich weiß, dass es Miss Parr war. Ich möchte jeden Raum in diesem verdammten Haus sehen.“

Godric stieß einen dramatischen Seufzer aus. Er könnte den Mann einfach wegschicken, aber er würde ihm lieber einfach die Gemächer zeigen und es hinter sich bringen. Er wollte nicht, dass der Mann in seinem Haus oder in der Nähe herumschlich. „Wenn dies Eure Sorge um die Lady lindert, dann zeige ich Euch gerne mein Haus. Ich wage zu behaupten, dass Ihr enttäuscht sein werdet. Ich bin sicher, sie ist nur weggelaufen.“

Die drei Männer verließen den Salon.

„Weggelaufen? Das kleine Ding würde nicht wissen, wohin sie gehen soll.“ Blankenship runzelte die Stirn. „Außerdem würde sie niemand aufnehmen.“

Godric blickte finster drein. Blankenship sprach, als hätte Emily keinen einzigen intelligenten Gedanken in ihrem Kopf. Emily war die klügste Frau, die er kannte und besaß Wissen, das zwei Köpfe füllen könnte.

„Hier entlang, meine Herren“, sagte Godric und bedeutete beiden Männern, ihm zu folgen, während er sie durch das Haus führte. Er öffnete jede Tür, aber hinter keiner fanden sie eine Spur von Emily. Ihre Kammer war makellos gereinigt worden. Emilys Dienstmädchen, das ein ähnliches Kleid wie ihre Herrin trug, saß auf dem Bett und las in einem Buch. Das Dienstmädchen errötete, als Godric und die beiden Männer sie in ihren Studien unterbrachen.

„Ah, Liebes, da bist du ja. Es tut mir leid, dass ich dich verärgert habe, wir dürfen uns nie wieder streiten.“ Er beugte sich vor, um dem Dienstmädchen einen Kuss auf die Hand zu drücken und sie neigte verschämt den Kopf. Godric wandte sich wieder den beiden Männern zu.

„Entschuldigt, meine Herren, dies ist meine liebe Freundin

Libba. Sie ist die Lady, die Ihr bei Eurer Ankunft gesehen habt. Ich fürchte, wir hatten einen Streit. Aber es ist alles in Ordnung." Godric warf dem Dienstmädchen einen liebevollen Blick zu. „Du solltest in die Küche gehen. Die Köchin bereitet die Pasteten vor, die du so gerne magst."

Das Dienstmädchen entkam dankbar den wachsamen Blicken der drei Männer und verließ das Gemach.

Als sie ihre Inspektion beendet hatten, schien der Magistrat überzeugt, dass Blankenship reif für das nächstbeste Irrenhaus war.

„Ich begleite Euch hinaus. Ich muss mich heute um Immobilienangelegenheiten kümmern und meine Pächter besuchen. Ich kann es nicht länger hinauszögern."

„Natürlich, Eure Lordschaft." Seaton trat nach draußen und nahm die Zügel seines Pferdes von dem wartenden Stallknecht entgegen.

Blankenship wirbelte herum, um Godric gegenüberzutreten und kam ihm dabei für seinen Geschmack viel zu nahe.

„Ich weiß, dass Ihr sie entführt habt. Aber wisset dies. Sie gehört mir. Parr hat sie mir überlassen. Ich werde sie finden und sie dafür bestrafen, dass sie sich hier bei Euch versteckt hat."

„Ihr würdet eine Frau dafür bestrafen, dass sie das Haus verlässt?"

„Ich würde sie dafür bestrafen, dass sie versucht hat, mir zu entkommen. Das Mädchen gehört vor mir auf die Knie und ich werde ihr Manieren beibringen, bald. Und Ihr, mit all Eurer verdammten Arroganz und Eurem Stolz... Euch werde ich zunichtemachen, bevor ich mich ihr widme."

Godric lachte schallend. „Mich zunichtemachen? Ihr, mein lieber Freund, habt keine Ahnung, mit wem Ihr es zu tun habt. Eure Unverschämtheit wird nur noch von Eurer Dummheit übertroffen. Ihr seid es, der sich Sorgen um seine Existenz machen sollte. Ich habe schon mächtigeren Männern den Gar ausgemacht, nur weil sie mein Anwesen betreten haben. Selbst wenn ich Miss Parr hätte, würde ich sie hierbehalten, nur um Euch zu verärgern, nun, da Ihr Euer wahres Inneres präsentiert habt."

Aber Blankenship ließ sich nicht so leicht einschüchtern. „Ihr solltet vielleicht Euren Freund Lord Rochester fragen, was mit Lord Pitherington passiert ist. Schreckliches Pech kann selbst den Mächtigsten von uns widerfahren. Behaltet das im Hinterkopf."

„Und Ihr erinnert Euch an das Folgendene... ich mag keine Männer, die Frauen missbrauchen. Wenn Ihr mir droht, droht Ihr vier weiteren Männern, die Euch in Sachen der Intelligenz, Macht und Vermögen weit überlegen sind. Sollte ich ihnen von Euren voreiligen Worten erzählen, wacht Ihr morgen früh vielleicht nicht mehr auf. Ich wünsche Euch einen guten Tag." Godric überbrachte seine Drohung mit einem so bedrohlichen Knurren, dass Blankenship zurücktaumelte und dann zu seinem Pferd eilte, ohne sich ein weiteres Mal umzusehen.

„Angenehme Reise!", rief Godric, als die Pferde vom seinem Anwesen trabten und eine Staubfahne hinter sich zurückließen.

„Große Güte. Ein Glück, dass wir ihn los sind", sagte Ashton hinter ihm. Alle anderen, außer Lucien, waren bei ihm.

„Ist sie nun in Sicherheit?", fragte Charles.

Godric drehte sich zu seinen Freunden um. „Ich wünschte, ich könnte eine fröhlichere Botschaft überbringen, aber ich fürchte, dass Lady Emily weiterhin in Gefahr schwebt. Wir sind nicht die einzigen, die ein Interesse an ihr haben. Aber ich vermute, dass sie unser Interesse der Alternative vorzieht."

Nur ein winziger Lichtstrahl drang durch das Schlüsselloch des schweren Holzschranks.

Emily versuchte, still zu halten und sich auf die Geräusche des Herrenhauses zu konzentrieren. Einige Minuten später öffnete sich die Tür zu ihrem Gemach und Godric trat ein, gefolgt von Blankenship und dem Magistrat. Emily biss sich so fest auf die Lippe, dass sie Blut schmeckte. Der Geschäftspartner ihres Onkels bewegte sich durch das Zimmer und ließ seinen Blick durch den Raum gleiten. Sie hielt den Atem an, aus Angst, er könnte ihr panisches Schnappen nach Luft hören. Schließlich war die Inspektion des Gemaches beendet und die Männer wandten sich ab. Erleichtert ließ sie sich gegen Lucien sinken.

„Mein Gott, das war knapp", murmelte Lucien. „Aber sie könnten zurückkommen. Halte weiter still."

Nach einer Viertelstunde wurden die Stimmen von Godric und Ashton draußen im Flur lauter. Lucien lockerte seinen Griff um Emily, als die Schranktür aufschwang. Ashton und Godric starrten die beiden eine Sekunde lang an, bevor Godric sie aus Luciens Schoß riss und sie über seine Schulter warf. Traurigerweise gewöhnte sie sich langsam an diese Behandlung. Es schien einfacher für ihn zu sein, sie herumzutragen, denn er traute ihr offensichtlich nicht zu, von einem Ort zum anderen zu gehen. Aber sie war keine Reisetasche, die von einem Diener herumgekarrt werden musste.

„Gute Idee mit dem Kleiderschrank, Lucien. Der eine Kerl wollte unbedingt jeden Raum sehen." Godric verlagerte ihre Position über seiner Schulter und sie stöhnte vor Unbehagen.

„Du kannst mich jetzt herunterlassen", forderte sie, wurde aber ignoriert.

„Danke", sagte Lucien hochnäsig. „Ich bin bekannt dafür, dass ich gelegentlich Geniestreiche spiele. Also, wer war der andere Kerl? Das war doch nicht Parr, oder?"

„Er stellte sich mir als Mr. Thomas Blankenship vor. Angeblich sind er und Parr Freunde."

Blankenship. Warum war er hier? Warum war ihr Onkel nicht gekommen, um nach ihr zu suchen? Sie erstarrte, zu verängstigt, um sich zu bewegen. Wahrscheinlich hatte er ihren Onkel überredet, sie ihm zu überlassen... ein Gedanke, der so abscheulich war, dass ihr schlecht wurde. Emily schnaubte.

„Blankenship?", knurrte Lucien. „Dieser Teufel schuldet mir dreitausend Pfund. Er gehört zu einer Gruppe von Investoren, die ein Stück Land von mir gekauft haben, aber nie ihre Schulden tilgten."

„Weißt du etwas darüber, was mit Lord Pitherington passiert ist?", fragte Godric. „Ich habe natürlich von dem Unfall gelesen, aber Blankenship hat angedeutet, dass mehr dahintersteckt."

Luciens Stirn runzelte sich. „Ja. Der Mann ist Anfang des Jahres an seinen Schulden zugrunde gegangen. Einige meiner Interessen waren mit seinen verknüpft und ich habe ebenfalls ein kleines Vermögen verloren. Es gab Geflüster über Blankenships Rolle in dieser Angelegenheit. Pitherington... nun... er hat sich eine Pistole in den Mund gesteckt, als er nicht zahlen konnte, fürchte ich. Es wurde als Unfall gemeldet, der Familie zuliebe."

„Nun, er klingt wie ein absolut fantastischer Kerl... wir sollten ihn in unseren Club einladen", schlug Godric sarkastisch vor.

Die Nachricht, dass jemand Blankenship so sehr hasste wie sie, erfreute Emilys Herz. *Der Feind meines Feindes ist mein Freund... hoffe ich*, dachte sie grimmig.

Trotz der Tatsache, dass Godric sie immer noch über seiner Schulter trug, redeten die Männer weiter, als ob sie nicht existierte. Mit einem irritierten Grunzen stieß sie sich von seinem Rücken ab, um sie daran zu erinnern, dass sie weiterhin anwesend war. Godric bewegte sich schnell und ließ sie auf Luciens Bett fallen.

„Was hatte Blankenship hier zu suchen?", fragte Ashton. „Warum ist Parr nicht gekommen, um seine Nichte zu befreien?"

Godric zuckte mit den Schultern.

„Ihr wollt wissen, warum Blankenship gekommen ist?", fragte Emily hasserfüllt. „Vielleicht solltet ihr in Erwägung ziehen, die einzige Person hier zu fragen, die tatsächlich involviert ist?" Die Männer sahen sie nun überrascht an.

„Kennst du den Mann?", fragte Lucien.

„Oh, ja. Ich kenne ihn. Er ist verachtenswert. Er spukt in den Hallen meines Onkels herum, seit ich bei ihm eingezogen bin. Er hat sogar..." Sie verschluckte sich an ihren Worten, so wütend war sie.

„Er hat sogar, was?" Godrics Augen blitzen so scharf wie Jadedolche.

„Er hat sich sogar Freiheiten mit meiner Person genommen, Freiheiten, die ich ihm nicht gewährt habe und auch nie gewähren werde. Er hat mir den Hof gemacht, mit der Absicht, mich zu heiraten. Mein Onkel denkt, ich wüsste das nicht, aber so viel ist mir klar. Ich bin nicht dumm."

Alle drei Männer sahen zurecht entsetzt aus. In diesem Moment traten Charles und Cedric zu ihnen in Luciens Gemach. Charles musterte ihre Mienen und seine Augen weiteten sich.

„Was ist passiert? Ist jemand gestorben?"

„Möglicherweise...", murmelte Godric leise in Gedanken versunken.

Lucien schnitt eine Grimasse. „Uns geht es gut", sagte er. „Wir haben nur ein paar unangenehme Nachrichten erhalten."

„Oh?" Cedric hielt seinen Stock wie ein Schwert und seine Hand ruhte fest auf dem silbernen Löwenkopf.

„Anscheinend glaubt Mr. Blankenship, dass er einen Anspruch auf meine Emily hat", erklärte Godric angewidert.

Emily errötete bei Godrics besitzergreifendem Ton.

„Oh, um Himmels willen, hör auf, von mir zu sprechen, als wäre ich eine Zierde für dein Regal." Dennoch, zu Godric zu gehören, war ein Gedanke, der sie innehalten ließ.

„Was? Diese alte Kröte? Warum sollte er...", begann Charles, aber Cedric klopfte ihm mit der Spitze seines Stocks auf die Schulter. Charles beschloss, nicht zu Ende zu sprechen.

„Ja, er ist eine gemeine Kröte und ich hasse ihn", fauchte Emily mit solcher Abscheu, dass ihre Entführer besorgte Blicke austauschten.

„Und du hasst uns nicht gleichermaßen?", fragte Lucien und bemerkte ihre Auslassung.

„Welchen Grund sollte ich wohl haben, einen von euch zu hassen? Abgesehen davon, dass ich entführt worden bin, meine ich natürlich." Sie erlaubte sich ein kleines, zögerndes Lächeln. „Ich nehme an, ich kann euch zumindest tolerieren." Es machte wenig Sinn, dass sie ihnen so sehr vertraute, wie sie es tat. Sie konnte es sich kaum selbst erklären, geschweige denn den fünf Männern im Raum. Natürlich war der ältere Mann, der sich ihr bis auf einen Fuß genähert hatte, während sie sich im Schrank versteckt hatte, eine sehr viel schlimmere Alternative.

„Nun, unabhängig davon, wie du unsere Handlungen auffassen magst... dich hier zu behalten, war eine höchst amüsante Herausforderung", sagte Godric und lachte.

Emily verengte ihre Augen zu Schlitzen. „Ich bin froh, dass mein Wert darauf beruht, wie sehr ich dich amüsiere."

„Nun", seufzte Ashton, „wenigstens sind wir einer möglichen Katastrophe entgangen. Ich nehme an, wir sind nun sicher genug, um unseren Tag fortzusetzen." Die anderen stimmten zu.

„Ich habe noch etwas zu tun. Emily, du wirst mich begleiten."

Dieser Befehl ließ sie stutzen, aber sie protestierte nicht. Diesen Streit würde sie nicht gewinnen.

Godric begleitete Emily die Treppe hinunter und befahl ihr, sich auf ein rotes Samtsofa zu setzen, während die anderen im Haus verschwanden. Sie nutzte die Gelegenheit, um das Arbeitszimmer zu betrachten, das reich mit Bücherregalen und seltsamen Schmuckstücken ausgestattet war. Er musste um die Welt gereist sein. Über den Stühlen hingen Aquarelle von fernen Orten. Ungewöhnliche Gegenstände wie Elefantenstoßzähne, die zweifellos aus Afrika stammten, waren daneben aufgehängt worden.

Godric saß am großen Rosenholzschreibtisch und blätterte durch seine Papiere und Briefe.

Sie beneidete ihn um die Freiheit, aufzustehen und wegzugehen, nicht nur vom Sofa... sondern auch, um Abenteuer zu erleben. Wenn sie gezwungen würde, Blankenship zu heiraten, würde sie nie wieder eine Chance haben, irgendein Abenteuer zu erleben.

Sie musterte erneut die Wände und bemerkte ein kleines Porträt einer Frau mit rabenschwarzem Haar, die auf einer Schaukel saß. Der Schnitt ihres Kleides war so alt, dass Emily wusste, dass das Porträt vor Jahren in Auftrag gegeben worden sein musste. Betörende Augen funkelten sie aus den Tiefen des Gemäldes heraus an. Godrics Augen, abgesehen von der Farbe.

„Godric...", flüsterte sie. Er sah sie misstrauisch an. „Ja?"

„Wer ist die Lady auf diesem Porträt?" Emily lehnte sich auf die Armlehne neben seinem Schreibtisch. „Ist es deine Mutter?"

Godrics Blick verfinsterte sich. „Ja."

„Sie ist sehr schön." Emily sah, wie sehr der Sohn der verstorbenen Duchess of Essex nach ihr kam. Godric hatte die herbe Schönheit einer griechischen Skulptur, aber jede harte Kante hatte eine Spur sanfter Schönheit an sich, die er nur von seiner Mutter geerbt haben konnte. Kein Wunder, dass er sie in seinen Bann zog. Ashton hatte recht gehabt. Godric hatte die Kraft seines Vaters, aber die Sanftheit und das Mitgefühl seiner Mutter.

Godric erhob sich von seinem Stuhl und ging zu dem Porträt hinüber. „Sie war eine großartige Frau. Sie hat nie ein böses Wort geäußert oder die Hand gegen mich erhoben. Ich..." Emotionen trübten seine Stimme. „Ich bin jeden Abend nach dem Essen auf ihren Schoß geklettert, und sie hat mir vorgelesen. Sie roch immer nach Flieder. Sogar jetzt erfüllt der Duft weiterhin ihr Gemach."

Emilys Brust verengte sich um ihr Herz. Er war in Erinnerungen versunken. Sie erkannte es an der Art, wie seine Augen sanft in die Ferne blickten.

„Und dein Vater?" Sie hatte Angst, den Bann zu brechen, aber sie wollte ihn besser kennenlernen.

„Er liebte sie auf eine Weise, wie er mich nie geliebt hat. Ich weiß noch, wie sie zusammen tanzten. Wenn meine Mutter ihren jährlichen Ball abhielt, schlich ich mich aus meiner Kinderstube und sah zwischen den Spindeln der Treppe zu. Meine Mutter schwebte förmlich über den Boden und ihre Augen leuchteten vor Lachen. Und Vater? Er hielt sie fest und lächelte, als hätten sich die Wolken gelichtet und die Sonne wäre zum Vorschein gekommen. Sie konnten stundenlang Walzer tanzen, sich in eleganten Kreisen drehen, und ich sah zu, hingerissen von diesem Anblick."

„Es tut mir leid, dass sie so früh von uns gegangen sind", gestand Emily. Die Gedanken an ihre eigenen Eltern brachen ihr das Herz und kämpften darum, an die Oberfläche zu drängen. Sie atmete tief ein und stärkte sich gegen den Schmerz des Verlustes und der Erinnerung.

Godric lachte, aber es enthielt keine Fröhlichkeit. „Wir sind nun beide Waisen, nicht wahr?"

„Ich nehme an, das sind wir." Ein leichter Schauer lief über ihre Haut. Ihr war bis zum gegenwärtigen Zeitpunkt nicht bewusst gewesen, dass sie etwas gemeinsam hatten. Ein langer Moment des Schweigens verging, aber schließlich seufzte Godric und kehrte an seinen Schreibtisch zurück. Sein müder Gesichtsausdruck schmerzte sie. Sie hatte ihn nicht verletzen wollen, indem sie sich nach seiner Mutter erkundigte. Emily stand auf und ging auf seine Bücherregale zu.

„Ist das der langsamste Fluchtversuch der Welt? Wenn ja, soll ich Tee bestellen, bevor ich dich diesmal verfolge?"

Sein Sarkasmus verletzte ihren Stolz. „Ich möchte einfach nur ein Buch zum Lesen finden. Es würde mir helfen, die Zeit zu vertreiben."

Sein Blick hielt dem ihren stand. Sie ließ ihren Blick ihre ehrlichen Absichten widerspiegeln und hoffe, er erkannte, dass sie in diesem Moment nicht weglaufen würde. Sie wollte wirklich nur lesen.

Ihre Mutter hatte ihr beigebracht, Bücher und das Lesen zu lieben. Als Kind war sie ein wildes kleines Ding gewesen. Ihr Vater hatte ihr jede knabenhafte Belustigung gegönnt, vom Reiten über das Klettern auf Bäume bis zum Fischen. Aber so sehr sie es auch geliebt hatte, einen Barsch zu fangen und ihn mit ihrem Vater ins Boot zu ziehen, etwas geradezu Magisches hatte sie überkommen, wenn sie mit ihrer Mutter gelesen hatte.

Sie hatten sich auf die abgenutzte Chaiselongue gekuschelt, sich einen der größeren Bildbände über die Naturwissenschaften gesucht und hatten die Darstellungen vieler exotischer Kreaturen studiert. Für einen Moment verlor sich Emily in dieser Erinnerung, wurde aber mit einem stechenden Schmerz in der Brust in die Gegenwart zurückgerissen.

Godric kam herüber zu einem Regal auf der rechten Seite seines Schreibtisches und wählte ein Buch für sie aus. Alle ihre Sinne schärften sich, als er sich neben sie auf die Kante des Sofas setzte. Godric legte ihr das Buch in den Schoß, dann nahm er ihre Hände in seine.

Ihre Augen schlossen sich für den kürzesten Moment, während sie seine Berührung genoss. Godric streichelte ihre Handgelenke und blickte auf sie herab.

„Emily, ich verlange eine Bezahlung für diese Freiheit. Solltest du dich weigern, nehme ich das Buch und stelle es zurück ins Regal." Er streckte die Hand aus und strich ihr eine lose Haarsträhne hinters Ohr. Seine Finger verweilten nahe der empfindlichen Stelle unterhalb ihres Ohrs. Ein erregtes Kribbeln schoss ihr den Rücken hinunter, während sie seine Berührung genoss.

Emily biss sich auf die Unterlippe. Welche Bezahlung würde er für ein so kleines Vergnügen verlangen? Sie befürchtete, dass sein Preis etwas sein würde, das sie ohne zu zögern zahlen würde. Seine Augen ruhten wie grüne Smaragde auf ihr. Aber sie spürte bereits seine Hände auf ihren Schultern. „Wie hoch ist dein Preis?"

Sein Blick fiel direkt auf ihre Lippen, und die ihren taten dasselbe. Die feinen Linien, die seinen Mund umrahmten, wurden oft tiefer, wenn sie ihn frustrierte. Es war eine seiner Schwächen... diese Kälte, die seine sinnlichen Züge so abweisend wirken lassen konnte.

„Ich möchte, dass du mich küsst." Seine Stimme war nur ein heiseres Flüstern.

Aber seine Formulierungen ergaben keinen Sinn. Sie sollte ihn küssen?

„Ich habe dich bereits geküsst, aber du hast den Kuss nie erwidert. Ich will deine volle Hingabe."

❧

„Aber ich weiss nicht das Geringste über das Küssen." Bis zu diesem Zeitpunkt hatte sie nur den Rausch der Empfindungen genossen, die er ihr aufdrängte... nichts beigetragen, nur genommen. Aber es war unpassend, so offen über körperliche Intimität zu sprechen.

Godric lächelte nur sanft. „Mit genug Übung wirst du es lernen. Ein paar Minuten mit mir als deinem Tutor und du wirst eine Meisterin werden." Sein Griff wurde fester, als ob ihr Gespräch ihn erregt hätte.

„Einen Kuss? Mehr verlangst du nicht von mir?"

„Es ist ein Kuss, aber du kommst nicht mit einem frommen Kuss auf die Wange davon, Emily. Ich verlange einen richtigen Kuss."

„Du verlangst...?"

„Ich bitte darum", korrigierte er.

„Du beanspruchst einen Kuss oder wirst mir mein Buch verweigern. Das klingt immer noch wie eine Forderung."

„Herr im Himmel, Frau, du strapazierst meine Geduld." Er schien ein Lächeln zu unterdrücken.

Konnte sie diesen Pakt mit dem Teufel akzeptieren? Godrics Küsse raubten ihr die Vernunft. Aber wenn sie nicht bewies, dass sie ihn übertreffen konnte, selbst bei einem Kuss, dann würde er gewinnen. Doch diese Tat ging über ein Spiel hinaus. Ihn zu küssen war eine Mutprobe, die sie annehmen wollte. Sie sehnte sich danach, ihm zu zeigen, dass sie eine Frau war, die ihn begehrte und dass sie so gut küssen konnte wie jede andere Frau, mit der er bisher zusammen gewesen war. Andererseits...

Ihr Herz klopfte in ihrer Brust, als sie antwortete. „Dann bin ich einverstanden. Ein Kuss." Sie fühlte sich genötigt, ihm ihre Hand auszustrecken, um ihren Handel zu besiegeln, aber sie wusste, dass er nur lachen würde, also unterließ sie es.

Emily nahm das Buch in ihrem Schoß und legte es beiseite. Godric stützte seine Handflächen auf seine muskulösen Oberschenkel. Er überließ ihr die Kontrolle, erlaubte ihr, zu handeln. Aus irgendeinem Grund ermutigte und erregte sie das, und sie fand die Courage, nach oben zu greifen und sein Gesicht in ihre Hände zu nehmen.

Der Hauch eines Bartes, der die Kanten seines Kiefers beschattete, lag rau unter ihren Handflächen. Ihre Haut kribbelte und ihr Atem beschleunigte sich. Seine Augen fixierten die ihren und woben mit ihrer Magie einen Zauber um sie. Er war zu weit weg, denn sie wollten ihn spüren, näher bei sich haben. Ihre Fingerspitzen glitten in seinen Nacken, um sich um beide Seiten seines Halses zu schlingen, sodass sie seinen Mund mit dem ihren beanspruchen konnte. Er neigte den Kopf und die Sehnen seines Halses spannten sich unter ihren Händen, vibrierten vor Spannung und Energie, die sich auf einen einzigen Ort konzentrierte... seinen Mund.

Kurz bevor sie sich küssten, tanzte sein warmer Atem über ihre Lippen und vermischte sich mit ihrem eigenen. Die Intimität dieses Augenblicks versengte sie innerlich. Kein Wunder, dass Frauen so oft kompromittiert wurden, es war unmöglich, so etwas zu widerstehen. Die erregten Atemzüge, dieser köstliche Moment direkt vor einem Kuss.

Godrics Lippen trafen ihre in einer weichen, nachgiebigen Begegnung aus sachter Hitze. Er reagierte nicht sofort, sondern ließ sie seinen Mund widerstandslos erkunden. Sie wurde mutiger, wollte mehr von ihm, als sie wirklich verstand. Sie ahmte einige Bewegungen nach, die er bei ihrem letzten Kuss angewendet hatte. Ihre Zunge neckte seine Lippen, lockte ihn, seinen Mund für sie zu öffnen, und als er es schließlich tat, durchfuhr ein Kribbeln des Triumphs ihren Körper.

Sie gab sich ihren rein körperlichen Trieben hin, die ihre Sinne erfüllten. Das männliche Aroma von Sandelholz und Gewürzen, das nur ihm eigen war, prägte sich in ihr Gedächtnis ein. Emilys Herzschlag wurde schneller, als seine Zunge schließlich mit ihrer tanzte, aber er drang nicht in sie ein, wie er es am See getan hatte. Es schien, als wolle er sein Versprechen halten und sie das Tempo ihres Kusses bestimmen lassen.

Sie fuhr mit den Fingern durch das Haar in seinem Nacken, zerzauste die dunklen, glänzenden Strähnen und genoss die Atemlosigkeit, die es in Godric auslöste, als sein Mund sich mit ihrem vereinte. Er zitterte unter ihrer Berührung und Erregung durchströmte sie, als sie entdeckte, dass sie eine Schwäche in ihm gefunden hatte.

Ashtons Erzählungen über Godrics Misshandlungen durch die Hand seines Vaters fügten ihrem Kuss eine Zärtlichkeit hinzu, die sie nicht erwartet hatte. Sie richtete sich auf, drückte ihre Brust gegen seine und schlang ihre Arme um seine Schultern, um ihn fest an sich zu pressen. Sie sprach ohne Worte und sagte ihm, dass sie sich wünschte, sie könnte die dunkelsten seiner Erinnerungen auslöschen.

❧

ALS EMILYS KUSS SICH VERÄNDERTE, ERSCHÜTTERTE ES Godric bis ins Mark. Er fühlte etwas, das über Neugier und Unschuld hinausging. Ein Sturm von Emotionen ging von ihr aus... Zärtlichkeit, Beschützerinstinkt, Wildheit, aber auch eine andere Emotion, eine, die tiefer als die sieben Weltmeere war.

Etwas unmöglich Wundervolles entstand zwischen ihnen in diesem atemlosen Moment, aber es erschreckte ihn. Sein Herz pochte schmerzhaft in seiner Brust, als ihre Fingerspitzen wieder seinen Nacken streichelten. Sein Körper spannte sich vor Verlangen an, aber ihre Lippen brachten ihn zum Schweigen.

Sie milderte seinen Impuls, sie mit urwüchsiger Kraft zu nehmen. Ihre Zunge erkundete seinen Mund und sie presste ihren Körper auf eine Weise an ihn, die trösten und nicht verführen sollte. Ohne es zu bemerken, schlossen sich seine Hände um ihre Taille und seine Finger gruben sich in ihren unteren Rücken, um sie näher an Godric zu ziehen. Wie konnte ein Kuss beruhigen und gleichzeitig erregen? Das war ihm noch nie in seinem Leben passiert, und es machte ihm Angst. Er musste sich von Emily befreien, musste die unsichtbaren, hauchdünnen Fäden durchtrennen, die sein Herz mit ihrem verbanden. Er konnte dies nicht tun, konnte sich nicht in sie verlieben. Es war falsch. Sie waren falsch füreinander.

Er griff nach oben, löste ihre Hände um seinen Nacken und nahm seine Lippen von ihren, um außer ihrer Reichweite zu sein. Emilys Augen flatterten auf, so erschrocken wie ein Schmetterling, der von einem unerwarteten Luftzug erfasst wurde.

Er wollte sich entschuldigen, aber es fehlten ihm die Worte. Ihr Kuss hatte ihn sprachlos gemacht. Er war gefährlicher, als sie ahnte. Der Kuss hatte ihn erschüttert, seine Seele entblößt. Wenn sie ihn jemals wieder so küssen würde, wäre er verloren...

„Godric?" Besorgnis zeichnete sich auf Emilys schönem Gesicht ab.

Es musste etwas getan werden, bevor Godric sich in dem Sturm verlor, der sich in ihren violetten Augen zusammenbraute. Bevor er versuchen konnte, sie zu beruhigen und in die Behaglichkeit ihres Kusses zurückzukehren.

„Es tut mir leid. Ich hätte ein Kind nicht bitten sollen, mich zu küssen." Er stand auf, drehte ihr den Rücken zu und ließ sie mit ihrem Buch allein im Raum zurück.

❦ 8 ❦

Ein Kind? Godrics Worte hatten sie verwundet wie ein teuflischer Schmerz, der sie mitten in die Tiefen ihrer Seele getroffen hatte. Tränen stiegen ihr in die Augen und sie vergrub ihr Gesicht in ihren Händen, brennend vor Scham.

Sie sah auf, als sie das Geräusch von Schritten, gekleidet in weiche Stiefel, auf dem Teppich vernahm.

Ashton stand in der Tür, die Augen dunkel wie Saphire. Er kam ohne ein Wort zu ihr. Leise Schluchzer durchzuckten ihren Körper, als Ashton sie dicht an seine Brust zog und festhielt.

Wie konnte Godric ihr einfach so den Rücken kehren? Er dachte, sie sei noch ein Kind? Nach all dem? Sie war eine Frau, mit dem Herzen einer Frau und dem Stolz einer Frau, und sie versuchte zu lernen... sie wollte alles über ihn wissen... aber er hatte den ersten wahren Kuss, den sie je jemandem gegeben hatte, verschmäht.

Emily verfluchte ihre Dummheit, ihren Glauben, dass sie von einem Mann wie Godric begehrt werden könnte. Sie war die letzte Frau auf Erden, die jemand wie er jemals lieben würde.

Liebe... Wollte sie, dass er sie liebte?

Liebte sie ihn? Wann hatten sich ihr Ärger und ihre Frustration in etwas Tieferes und spürbar Weicheres verwandelt? Mochte Gott ihr beistehen, sie konnte ihn nicht lieben.

Aber sicherlich konnte nur Liebe solchen Schmerz verursachen.

ASHTON WAR SICH NICHT SICHER, WAS ZWISCHEN SEINEM Freund und Emily vorgefallen war, aber ihre Tränen bewegten ihn mehr als alles andere in den letzten Jahren.

Seit Emily in ihr Leben getreten war, erwachten Bestandteile seiner Seele zum Leben, die er längst für tot erachtet hatte. Der Drang sie zu beschützen und den Mann, der der Grund für ihre Tränen war zu bestrafen, selbst wenn es Godric sein mochte, der den Preis dafür zahlte, war stark. Sie alle hatten geschworen, für ihr Wohlergehen zu sorgen, und dazu gehörte in seinen Augen auch dies.

Trotz ihres zarten Alters war Emily eine starke Frau, und bis zu diesem Augenblick hatte er sie noch nie weinen sehen. Godric musste etwas Schreckliches getan haben, um sie so untröstlich zu machen.

„Beruhige dich, Liebes, es ist ja gut." Sie verstummte, als sie seine Worte vernahm. „So ist es gut. Kannst du mir sagen, was passiert ist?" Ashton umfasste ihr Kinn und neigte ihren Kopf, sodass sie ihm ins Gesicht sehen musste.

„Ich weiß nicht, ob ich es sagen kann..." Ihre Wangen erwärmten sich mit einer sanften Pfirsichröte.

„Bitte, Emily. Ich will nicht, dass du wieder verletzt wirst, also muss ich wissen, wovor ich dich schützen muss."

Emily atmete langsam und bebend ein. „Ich habe Godric gefragt, ob ich ein Buch lesen darf. Er sagte, wenn ich das wollte, müsste ich ihn zur Bezahlung küssen."

Aufsteigende Wut verfinsterte Ashtons Herz.

„Aber ich bin nicht sehr gut darin, und er sagte, er würde es mir beibringen."

Ashtons Feindseligkeit wuchs.

„Hat er... hat er dich gezwungen? Ist er grob gewesen?", fragte er mit gefährlich ruhiger Stimme.

Emily schüttelte den Kopf.

„Warum weinst du dann?"

„Es war das, was er hinterher zu mir sagte... Er sagte, er hätte ein Kind nicht bitten sollen, ihn zu küssen. Ein Kind!" Sie vergrub ihr Gesicht wieder an seiner Brust.

Ashton war verwirrt. Er konnte nicht verstehen, was schiefgelaufen war. Was konnte Godric dazu bringen, etwas so Seltsames zu sagen? Frauen waren von Natur aus gut im Küssen und lernten schnell. Nur Männer brauchten Übung, um diese Kunst zu beherrschen.

Es gab keinen Grund für Godric, so etwas Grausames zu sagen. Nicht, wenn sie getan hatte, worum er sie gebeten hatte. „Emily, sieh mich an, Liebes."

Sie gehorchte.

„Was hast du getan, als du ihn geküsst hast? Kannst du mir das sagen?" Vielleicht konnte er erraten, was seinen Freund aus der Fassung gebracht hatte.

„Ich habe ihn einfach geküsst. Ich dachte daran, was du mir über ihn erzählt hast, über seine Kindheit und seinen Vater, und ich küsste ihn. Habe ich das falsch gemacht?"

Die Schatten unter Ashtons Augen hellten sich ein wenig auf. „Ich bin sicher, das hast du nicht."

„Warum hat er sich dann so verhalten?"

Ashton legte einen Finger an ihre Lippen. „Ich glaube, du hast etwas mit Godric gemacht, was noch niemand zuvor getan hat. Es hat ihn verängstigt. Er braucht Zeit, um seine Gefühle zu ordnen. Kannst du geduldig mit ihm sein?"

„Aber was habe ich denn getan?"

„Du weißt es wirklich nicht, meine Liebe?"

Emily schüttelte den Kopf.

„Du hast ihn aus der Tiefe deines Herzens geküsst."

Ihre Brauen zogen sich zusammen, als sie über seine Antwort nachdachte. „Küsst nicht jeder so?"

Es schmerzte ihn zu erkennen, dass sie so süß und unschuldig war, wie sie erschien. Kein Mann unter diesem Dach war eines solchen Herzens wie dem ihren würdig. Ashton hielt ihre Hände zusammen und küsste sie sanft, bevor er sprach.

„Wenn jeder so küssen würde wie du, würden Männer ihre Geliebten nie verlassen, um in den Krieg zu ziehen, Väter würden ihre Kinder nie schlagen und Ehefrauen würden sich nie Sorgen um untreue Ehemänner machen, weil es keine gäbe. Mehr von uns sollten mit dem Herzen küssen. Egal was Godric gesagt hat, erinnere dich an Folgendes. Was du ihm mit deinem Kuss gezeigt hast, ist unbezahlbar."

Und Emily hatte Ashton daran erinnert, dass er einmal etwas mehr vom Leben gewollt hatte. Er dankte ihr im Stillen für diese Erleuchtung, indem er sie auf die Stirn küsste. Dann half er ihr auf und begleitete sie aus Godrics Arbeitszimmer und zurück in ihr Gemach.

„Ich habe eine Angelegenheit mit Godric zu klären. Darf ich dich bitten, bis morgen hier zu bleiben? Charles hat das Doppelte unseres bisherigen Betrages gewettet, dass du vor Sonnenaufgang entkommst, und ich würde ihn sehr gerne verlieren sehen."

Es war nicht das erste Mal, dass ihre Fluchtversuche mit Sport verglichen wurden, aber so, wie Ashton es sagte, brachte es Emily zum Lachen. „Tatsächlich haben wir darüber gesprochen, dir morgen einen zehnminütigen Vorsprung zu geben", fügte er hinzu.

„Wirklich?"

„Oh, ja. Zu Fuß, versteht sich. Dann setzen wir die Hunde auf dich an und folgen zu Pferde, um dich zu jagen."

„Das kann nicht euer Ernst sein."

Ashton grinste. „Natürlich nicht. Aber es hat dich zum Lachen gebracht. Gibst du mir nun dein Ehrenwort als Tochter eines Gentlemans, nicht vor morgen zu fliehen?"

Emily nickte, müde von dem emotionalen Ansturm, den sie erlitten hatte, aber erwärmt von Ashtons seltsamem Humor. „Bei der Ehre meines Vaters."

„Danke." Er strich ihr über das Haar und drückte seine Lippen auf ihre Stirn, bevor er sie allein ließ. Er hielt an der Tür inne und beobachtete sie, als sie sich auf ihr Bett fallen ließ und still dalag.

„Ich muss immer aus den Tiefen meines Herzens küssen...", murmelte sie, nachdem er gegangen war.

❧

GODRIC STÜRMTE IN DEN RAUM, DER MIT ALLEM, WAS MAN zum Boxen brauchte, ausgestattet war, und in dem sich Charles und Cedric getroffen hatten, um sich ein wenig zu prügeln. Charles, ein erfahrener Boxer, liebte es, ein paar Runden im Ring zu stehen, wenn er in London war. Natürlich waren die Ringe, in denen Charles sich oft wiederfand, oft weniger seriös. Obwohl er stundenlang in Jackson's Salon trainierte, bevorzugte er die raueren Ringe, in denen er sich bewähren konnte.

Cedric tänzelte rückwärts, als Charles angriff. „Godric? Du siehst mörderisch aus."

„Hat die kleine Göre dir die Laune verdorben?", scherzte Charles, während er einen lockeren Schlag in Cedrics Richtung schwang, der ihn jedoch um einige Zentimeter verfehlte.

Godric riss sich die Weste vom Leib und begann, die Ärmel hochzukrempeln. Er nickte Cedric zu, der aus dem Ring in einer Ecke des großen Freizeitraums trat.

„Halt die Klappe und kämpfe gegen mich, Charles."

Charles grinste, immer bereit, Godric Manieren beizubringen, wenn sich die Gelegenheit ergab.

Sie waren erst ein paar Minuten dabei, als Ashton und Lucien hereinkamen, beide sichtlich aufgebracht. Lucien sah nervös aus, während hinter Ashtons Augen Kalkül brannte.

Godric war so erschrocken, diesen Ausdruck zu sehen, dass Charles ihn unvorbereitet erwischte und ihm einen Haken verpasste. Ashton zog seine Jacke und Weste aus und reichte sie Lucien, während er seine Ärmel hochkrempelte.

In diesem Moment wurde Godric klar, dass niemand bei Emily war.

„Moment mal... wer bewacht Emily?"

Lucien antwortete. „Sie ist in ihrem Gemach. Sie gab Ash ihr Wort, dass sie heute nicht mehr fliehen würde."

„Und du hast ihr geglaubt?", rief Godric. „Sie könnte jetzt schon meilenweit weg sein!"

„Wenn sie es versprochen hat, dann glaube ich ihr", sagte Lucien mit einer Kälte in seinem Blick, die Godric noch kleinmütiger machte als zuvor.

Ashton, der ihn schweigend anstarrte, trat zum Ring und sprach zu Charles. „Was dagegen, wenn ich übernehme?"

„Nein, das geht nicht!" Godric wollte sich nicht mit Ashton prügeln, solange er so aussah, als wolle er ihn zermalmen. Er wusste nicht einmal, woher die Wut seines Freundes rührte. Godric hatte jedes Recht, auf Emily wütend zu sein... für das, was sie sich getraut hatte zu tun, und für das, was er deswegen empfand. Was war Ashtons Ausrede?

Charles sah zwischen Godric und Ashton hin und her, und da er wusste, dass jeder Ort im Moment besser war als dieser hier, verbeugte er sich und verließ den Ring.

„Hast du Angst vor einem kleinen Wettkampf, Godric?" Ashtons Worte waren neckisch, aber Godric hörte die unterschwellige Drohung.

„Du hast mich noch nie im Ring besiegt, Ash. Heute wird es nicht anders sein." Es wäre schade, aber er würde seinem Freund die Nase blutig schlagen, um seinen Standpunkt zu beweisen.

„Gut. Freut mich, das zu hören." Das kalte Lächeln auf Ashtons Gesicht versprach Schmerz. Er hob die Fäuste und wartete auf Godric.

Godric tänzelte ein paar Schritte nach rechts und Ashton spiegelte seine Bewegung, als er nach links auswich. Und so begann es. Aber anstatt defensiv zu boxen, wie er es normalerweise tat, schien Ashton begierig darauf zu sein, Godric mit jedem Schlag zu treffen. Er erwischte ihn unvorbereitet und Ashton landete einen Schlag in seinen Magen. Godric krümmte sich vor Schmerz.

Doch Ashton wartete nicht darauf, dass Godric sich aufrichtete, bevor er erneut angriff und ihn so hart schlug, dass Godric mehrere Schritte zurücktaumelte. Charles wollte eingreifen, aber Lucien hielt ihn mit einer Hand zurück.

Godric steckte Ashtons Grausamkeit weg und schlug zurück. Er schlug mit der linken Hand einen Haken und traf Ashton am rechten Auge. Bis zum nächsten Morgen würde es schwarz werden. Aber sein Hochgefühl war nur von kurzer Dauer, denn Ashton revanchierte sich.

Der Kampf dauerte weitere fünf Minuten. Ashton kämpfte wie ein Besessener. Sein unerbittliches Streben zermürbte Godric. Keiner der anderen mischte sich ein. Manche Dinge konnten eben nur im Ring geklärt werden.

Godric taumelte wieder zurück und fand endlich seinen Atem.

„Verdammt, Mann, warum bist du so schlecht auf mich zu sprechen?"

„Warum?" Ashton unterstrich das Wort mit einem Schlag auf Godrics Wange. Blut tropfte von Godrics aufgespaltener Lippe. „Wenn ich jemals herausfinde, dass du diese liebe Frau dazu gebracht hast, auch nur eine weitere Träne zu weinen, dann, Godric, so helfe mir Gott ..."

Ashton sprach mit so viel Gift, dass Godrics Fäuste sich vor Erstaunen senkten. Ashton haute ihn mit einem Aufwärtshaken um. Godric kippte nach hinten und landete mit einem lauten Stöhnen auf der Matte. Ashton senkte seine Hände, um sich die blutigen Knöchel an seiner Hose abzuwischen.

„Nun, ich denke, mein Standpunkt ist jetzt klar." Er atmete ein paar Mal tief durch, ging auf Godric zu und hielt ihm die Hand hin.

Dieser ergriff sie und Ashton zog Godric auf die Beine.

„Ich habe verstanden, mein Freund. Ich habe ihr einen großen Schaden zugefügt und musste an meinen Schwur erinnert werden."

Ashton legte ihm zustimmend eine Hand auf die Schulter. „Tut mir leid, Godric, aber ich wusste, dass es keinen anderen Weg gab, zu dir durchzudringen."

„Beantworte mir nur eine Frage. War ich heute abgelenkt oder hast du mich im Ring immer geschont?"

„Ich fürchte, das wirst du nie herausfinden." Er machte auf dem Absatz kehrt und nahm seine Kleidung von Lucien entgegen. Als sie sich abgekühlt hatten und vollständig angezogen waren, wandte sich Ashton wieder an Godric.

„Nun, da diese Angelegenheit hinter uns liegt, glaube ich, dass du einer gewissen Lady einen großen Stapel Bücher und eine Entschuldigung schuldest."

„Sie erzählte dir von..."

Ashton lächelte. „Sie hat mir alles erzählt. Sie ist so traumatisiert von deiner Grausamkeit, dass sie davon überzeugt ist, dass sie eine erbärmliche Küsserin ist. Du weißt, das ist das Schlimmste, was Männer wie wir einer Frau antun können. Wir sind vielleiht Wüstlinge, aber keine Bastarde. Wir streben danach, Frauen zu lieben, nicht sie zu verschmähen."

„Was in aller Welt hast du mit dem süßen Frauchen nur gemacht?", verlangte Cedric zu wissen.

Als Godric nicht antwortete, seufzte Ashton. „Godric hat einen Kuss verlangt, und als sie seiner Bitte nachgekommen ist, hat er es gewagt, sie zu verhöhnen. Es sagte ihr, sie würde wie ein Kind küssen. Du kannst dich glücklich schätzen, wenn sie dir jemals verzeiht."

Scham erhitzte Godrics Gesicht, aber er erinnerte sich daran, dass er ihr und sich selbst zuliebe weggegangen war. Er konnte nicht zulassen, dass Emily sich in ihn verliebte, aber das war genau das, was ihr Kuss ihm prophezeite.

Als hätte er seine Gedanken gelesen, legte Ashton eine Hand auf Godrics Schulter. „Ich glaube, sie hat Gefühle für dich, Godric."

Die Männer verließen den Boxraum und bewegten sich in die Haupthalle. Simkins ging an ihnen vorbei und erstarrte beim Anblick seines zerschundenen und blutigen Herren. „Eure Lordschaft?"

„Keine Sorge, Simkins, wir hatten nur ein bisschen Spaß."

„Sehr gut. Ich werde ein Dienstmädchen schicken, um aufzuräumen." Simkins blickte über Godric hinweg in den Boxraum. „Vielleicht wären zwei besser? Und einen der größeren Wischeimer?" Er verbeugte sich und verließ die Halle.

Godric entschied, dass Ashton recht hatte. Für diesen einen Kuss hatte Emily einen Stapel Bücher verdient.

❧

EMILY SAß ZUSAMMENGEKAUERT AUF DER FENSTERBANK, ALS jemand an ihre Tür klopfte.

„Herein." Ihr Blick war auf die Gärten unter ihr gerichtet. Das undeutliche Abbild ihres Gesichts spiegelte sich in der dicken Glasscheibe. Emily legte ihre Hand auf das Glas und ließ die Wärme der Sonne ihre kühle Handfläche erwärmen. Einen

Moment lang verlor sie sich in diesem Gefühl und ließ alles andere hinter sich, bevor die Welt von ihr verlangte, sich ihr erneut zu stellen.

„Emily?" Godrics Stimme erklang wie eine verbotene Symphonie. Sie drehte den Kopf gerade so weit, dass sie ihm ihr Profil präsentieren konnte, aber sie sah ihn nicht an. Sie konnte es nicht ertragen. Sie wollte ihn für seine Sturheit verachten.

Ihn zu lieben, wäre der größte Fehler meines Lebens. Er würde mir das Herz brechen. Ich würde alles verlieren.

„Emily, ich habe dir etwas mitgebracht." Ein Rascheln ertönte hinter ihr und einige Gegenstände fielen auf ihr Bett. Die Tür fiel ins Schloss, als Godric sie zuzog.

„Bitte, geh einfach", sagte sie. Aber ihr Herz schmerzte, denn sie wollte ihn anflehen, zu bleiben, seine grausamen Worte zurückzunehmen.

„Wenn es das ist, was du willst..."

Sie nickte.

„Aber ich muss dir erst noch etwas sagen. Würdest du mich bitte ansehen?" Schritte kamen näher und sie atmete diesen Duft ein, der so einzigartig nach ihm roch. Er kam dicht hinter ihr zum Stehen.

Emily drehte sich um und ihre Lippen teilten sich vor Entsetzen über sein zerschrammtes und blutendes Gesicht.

„Godric, du bist verletzt!" Sie griff nach seinem Gesicht, berührte es aber nicht, aus Angst, ihm noch mehr zu schaden. Er tätschelte ihre Hände, und sie zuckte zusammen, als sie seine geprellten Knöchel bemerkte. Eine Sekunde lang sprach keiner der beiden. Etwas zwischen ihnen hatte sich verändert. Sie war gezwungen zuzugeben, dass sie sich um ihn sorgte, und er zeigte eine Zärtlichkeit, die sie ihm nicht zugetraut hatte. Seine Augen trafen die ihren und ein Funke sprang zwischen ihnen über. Röte erhitzte ihre Wangen.

„Was ist passiert?"

„Ashton und ich hatten eine Diskussion. Eine ziemlich gründliche.“

Er küsste ihre Hände und ließ sie los, dann zeigte er auf das Bett. Ein Stapel Bücher war zu einem literarischen Haufen zusammengefallen. Es mussten mindestens acht sein. Ihre Neugierde übermannte sie. Emily kletterte auf das Bett, um die Titel zu studieren. Es war ein unerwartetes Vergnügen, festzustellen, dass er ihr mehr mitgebracht hatte, als sie verlangt hatte. Emily wagte es nicht, ihn anzusehen, ihre Augen waren immer noch rot von der Last ihrer Tränen. Stattdessen richtete sie ihre Aufmerksamkeit auf die Geschenke, die er ihr mitgebracht hatte, und darauf, was sie bedeuten könnten.

✦

ALS SIE VOLLER FREUDE AUF DAS BETT KLETTERTE, WOLLTE Godric sie am liebsten von hinten packen. Sie sah unwiderstehlich aus, als ihre losen Haarlocken im Nacken wippten und ihr Gesäß verführerisch in der Luft schwebte. Sie bewegte sich mit der Anmut einer Waldnymphe. Er wusste, dass sie eine verspielte Bettpartnerin sein würde, begierig und reizvoll in ihren Momenten der Verzückung. *Was zum Teufel ist nur los mit mir?*

Er kämpfte gegen den berauschenden Drang des Verlangens an und konzentrierte sich auf sie. Emilys Hände streichelten die Einbände der einzelnen Bücher, ihre Augen schweiften über die Auswahl, ohne ihm Beachtung zu schenken. Godric fürchtete, er würde den Moment ruinieren, wenn er sich zu ihr gesellte, aber er beschloss, das Risiko einzugehen. Er ließ sich auf die Kante des Bettes neben ihr fallen, während sie die Bücher in verschiedene Stapel sortierte.

„Ich habe von allem ein Bisschen mitgebracht. Ich war mir nicht sicher, was du bevorzugst.“

Emily schob ihre Röcke um ihre Knie hoch, während sie ihre Beine kreuzte, um bequemer zu sitzen.

„Philosophie, Kunst, gotische Liebesromane, Naturwissenschaften." Sie musterte die Stapel mit solcher Freude, dass Godric fast erwartete, draußen Schnee fallen zu sehen, denn ihre Augen leuchteten wie die eines Kindes zu Weihnachten. Er wünschte sich in diesem Moment, er wäre ein Dichter oder ein Künstler, so verzweifelt war er, die Schönheit von Emilys Seele einfangen zu wollen. Sie blickte auf und hielt seinem Blick stand, als eine entzückende Röte ihre Wangen färbte. Im Nachmittagslicht konnte er die schwachen Sommersprossen auf ihrem Nasenrücken ausmachen. Die meisten Frauen hätten sie mit Puder abgedeckt. Nicht Emily, nein, sie trug sie ohne einen Gedanken daran zu verschwenden, was die gesellschaftliche Norm war. Er bewunderte das an ihr. Sie hielt sich nicht mit dem auf, was andere Frauen als Makel angesehen hätten.

„Ich bin fasziniert von deiner Wahl. Wie kommst du darauf, dass ich mich für Wissenschaft oder Philosophie interessieren würde?"

„Du wirkst auf mich wie eine intellektuelle Leserin, nicht wie eine Lady, die zu frivoler Lektüre wie Büchern über Nähen oder Manieren neigt."

„Manieren?", spottete Emily. „Eine ziemlich kühne Behauptung, Eure Lordschaft. Das sind alles ausgezeichnete Wahlmöglichkeiten. Aber du hast mir zu viele mitgebracht." Sie schob sie alle weg, bis auf eines. „Homers gesammelte Werke: Ilias und Odyssee."

Godric beugte sich vor und schob ihr die zur Seite gelegten Bücher erneut zu. „Betrachte den Rest als Vorspiel zu meiner Entschuldigung." Er legte eine Hand an ihr Kinn und strich mit seinem Daumen darüber.

„Deine Entschuldigung?"

„Ja, ich entschuldige mich nicht nur für das, was ich vorhin gesagt habe, sondern für alles... die Entführung, den See und das Laudanum. Für alles." Er meinte es ernst. Ihr wehzutun lag nicht in seiner Natur. Er konnte es nicht ertragen, sie leiden zu sehen. Sie schwächte seine Entschlossenheit, Rache für die Taten ihres Onkels zu verlangen, und er sollte sie wegschicken, bevor sie sein zurückgezoges Leben zerstörte. Aber der Gedanke, sie nicht zu sehen, war ebenso unerträglich. Sie schmiegte sich in seine Liebkosung, wie eine Katze, die Zuneigung suchte. Diese einfache Handlung erfüllte ihn mit einer heißen Lust.

„Du musst dich nicht für alles auf einmal entschuldigen." Ihre Wimpern flatterten, als sie ihn ansah, ein geheimnisvolles Lächeln auf den Lippen.

„Ich habe dir also nicht Unrecht getan mit meinen Taten?" Er lachte.

„Nicht alle deine Handlungen waren unrecht." Sie betrachtete das Buch, das sie in der Hand hielt, schlug dann die Seiten auf und seufzte.

„Es tut mir leid. Ich vergaß, dass du Griechisch nicht lesen kannst." Godric griff nach dem Roman, den sie in der Hand hielt. Während der Titel übersetzt war, war der Text selbst komplett auf Griechisch.

„Das ist eine meiner Lieblingsgeschichten. Mein Vater hat sich nie für Romane interessiert, aber er liebte die Klassiker und hat mir diese oft vorgelesen." Sie hielt es ihm hin. „Würdest du es mir vorlesen?"

„Aber du wirst es nicht verstehen können. Ich nehme an, ich könnte es für dich übersetzen." Neugierig nahm er ihr das Buch ab.

„Ich kenne die Geschichte auf Englisch auswendig, und wenn du sie mir auf Griechisch vorliest, kann ich mir die Handlung vorstellen und ihr folgen. Betrachte es als einen weiteren Teil deiner Entschuldigung."

Godric streckte sich auf dem Bett aus, und Emily gesellte sich zu ihm, schmiegte ihren Körper an seinen und legte ihren

Kopf auf seine Schulter. Er öffnete das Buch auf der ersten Seite, holte tief Luft und begann zu lesen.

Die nächste Stunde verging im Licht der warmen Sonne und unter dem Gemurmel einer fremden Sprache. Er war wieder ein Kind, schwelgte in der Freude an einer gut erzählten Geschichte und dem Trost von Emilys Anwesenheit. Er schätzte die unschuldige Behaglichkeit ihres Kopfes auf seiner Schulter und drückte sie an sich, indem er einen Arm um ihre Taille legte.

Als er einen guten Punkt erreicht hatte, um zu unterbrechen, markierte er die Stelle mit dem lilafarbenen Lesezeichen aus Satin, legte das Werk beiseite und wandte seine Aufmerksamkeit Emily zu. Wie lange war es her, dass er mit einer Frau Zeit verbracht und einen intimen Moment geteilt hatte, der nicht mit dem Ablegen ihrer Kleidung endete? Zu lange. Dieser Moment enthielt eine Fülle, eine Reife, die ihm ein bodenloses Gefühl von Frieden vermittelte. Aber etwas so Großartiges und bezaubernd Vollkommenes konnte nie von Dauer sein.

Er hatte sie nicht verdient.

Er war der Liebe nicht würdig, besonders nicht Emilys Liebe.

Sie würde zu ihrem Onkel zurückkehren und mit diesem schrecklichen Blankenship verheiratet werden, nur um eine Schuld zu begleichen. Sicherlich musste es einen Weg geben, sie vor einem solchen Schicksal zu bewahren, aber es fiel ihm keiner ein. Es war unmöglich, sie zu seiner Mätresse zu machen. Sie würde ihn für unwürdig halten und ihre Enttäuschung würde ihn umbringen. Durfte er sie heiraten? Ihr ein Leben in Ungewissheit und ohne Liebe bieten? Godric zwang sich, nicht mehr an so etwas Erbärmliches zu denken, und versuchte, seine Gedanken in eine andere Richtung zu lenken.

„Sollen wir zum Essen gehen?", fragte er und sein Atem wirbelte ihr Haar auf.

Sie neigte ihr Gesicht nach oben und ihre Lippen streiften

seine so leicht, dass es eher an eine Ahnung als an einen Kuss erinnerte. „Ja."

Emily entzog sich aus seinen Armen und in diesem Moment sprang Godrics Herz ihr nach. Was, wenn sie sein wäre, nicht nur in diesem Augenblick, sondern für immer?

Eine starke Sehnsucht nagte tief an seiner Seele und er sehnte sich nach einem solchen Leben. Die Verzweiflung, die darauf folgte, verlangte von Godric, den ungewohnten Drang, gleichzeitig zu wüten und zu weinen, zu unterdrücken und sich erneut zu beherrschen.

Er musste immer noch sicherstellen, dass sie sich nicht in ihn verlieben würde. Das sollte nicht allzu schwer sein... er musste nur er selbst sein.

❧ 9 ❧

Bereit, nach dem Essen in ihre Gemächer zurückzukehren, erhob sich Emily von ihrem Stuhl. „Habe ich Eure Erlaubnis, mich zurückzuziehen, Eure Lordschaft?"

Godric packte ihren rechten Arm und zerrte sie auf seinen Schoß. Sie hätte sich wehren sollen, das wusste sie, aber sie fand es fast unmöglich, den Willen aufzubringen, um sich aus seinen Armen zu winden. Es schien, als hätte ihr Herz schließlich beschlossen, gegen ihren Verstand zu kämpfen.

„Wirst du in deinem Gemach bleiben, wie du es versprochen hast?"

„Ich verspreche, dass ich heute Nacht nicht fliehen werde." Sie versuchte, sich von seinem Schoß zu erheben. „Ich habe mein Wort gegeben."

Er knurrte leise, packte sie am Nacken und brachte ihren Mund zu seinem. Er küsste sie roh, fast primitiv, und seine Zunge drang in ihren Mund. Ihr Körper schmolz förmlich unter seiner feurigen Leidenschaft.

Ashton räusperte sich.

Emily riss ihr Gesicht weg, peinlich berührt, dass er sie vor den anderen so behandelte. Sie versuchte, Godric zu ohrfeigen, aber er fing ihre Hand auf.

„Ich hatte schon genug blaue Flecken für einen Tag. Ich werde nicht zulassen, dass du mich schlägst. Merk dir das, Emily."

„Ich bin nicht irgendein dahergelaufenes Flittchen. Du kannst mich nicht einfach so anfassen."

„Da hat sie recht", sagte Ashton und gluckste in sein Weinglas.

Godric ignorierte ihn, denn seine volle Aufmerksamkeit galt ihr. Ihre Hand war immer noch erhoben und er hielt sie noch immer zurück. Da lag etwas in seinem Blick, eine Wildheit, geboren aus seinem Wunsch, sie zu nehmen.

„Darf ich nun gehen, Eure Lordschaft?"

„Ich erlaube es." Sie wollte sich losreißen, aber er verhinderte es. „Wenn du mir noch einen Gutenachtkuss gibst."

Er schenkte ihr ein selbstgefälliges Grinsen und nun wollte sie ihn wirklich schlagen. Emily begann ihre verwirrten Empfindungen zu verachten, wenn es um Godric ging.

„Nun gut, obwohl Ihr meiner Meinung nach heute schon viel zu viele Küsse bekommen habt, Mylord."

Sie beugte sich vor, um seine Stirn zu küssen. Er ergriff ihr Kinn und brachte ihren Mund weiter nach unten, um seinen zu treffen. Ihre erhobene Hand fiel auf seine Schulter, als er mit seiner Zunge erneut in ihren Mund eintauchte. Die Welt verblasste, wenn er sie so küsste. Verflucht sollte er sein.

Godrics Griff um ihre Taille wurde fester, aber das trug nur dazu bei, sie in die Realität zurückzurufen, und sie befreite sich aus seinem Griff.

„Gut, dann geh."

Die Art, wie er sie behandelte, bestärkte sie nur in ihrer Überzeugung, dass sie nie mehr als eine Mätresse sein würde, ein Körper, der sein Bett wärmte. Er respektierte sie nicht so, wie er eine Ehefrau respektieren würde. Andererseits gab es keine Garantie dafür, dass er eine Ehefrau respektieren würde. Sein Ruf war überschattet von Geschichten darüber, wie er verheiratete Frauen verführt hatte. Offensichtlich kümmerte er sich nicht um die Unantastbarkeit der Ehe. Das bedeutete, selbst wenn er jemanden wie sie heiratete, würde er höchstwahrscheinlich seine Affären fortsetzen. Dieser Gedanke war ekelerregend.

Aber etwas regte sich am Rande der vielfältigen Möglichkeiten. Was, wenn... was, wenn sie ihn dazu bringen könnte, sich in sie zu verlieben? Wenn sie einen Weg fände, ihm klarzumachen, dass sie nicht wie andere Frauen war, sondern dass sie perfekt für ihn war. Sie könnte durchaus mit einem Mann zusammen sein, der sie wirklich wollte.

Auf dem Weg zu ihrem Gemach kam sie im Flur an Simkins vorbei. „Mr. Simkins? Könnt Ihr mir bitte ein Dienstmädchen schicken, das mir beim Entkleiden hilft?"

„Ich werde Mrs. Downing jemanden hochschicken lassen", antwortete der Butler, und Emily dankte ihm.

Ihr Gemach war dunkel im trüben Abendlicht, als sie an ihrem Frisiertisch saß und ihre nächsten Schritte plante. Die Frage war: Wie verführte man einen Meisterverführer? Die Jagd. Er liebte die Jagd, und wenn sie ehrlich war, genoss sie sie auch. War das also die Antwort auf ihre Frage?

Minuten später klopfte Libba und trat mit einem breiten Lächeln auf den Lippen ein. „Guten Abend, Miss."

„Libba, bitte nenn mich Emily. Ich wünsche mir, dass wir Freundinnen werden." Sie drehte sich auf ihrem Stuhl und lächelte das Dienstmädchen an.

„Aber das wäre nicht angemessen, Miss."

„Es gibt nichts an dieser Situation, was angemessen wäre, Libba. Bitte, lass uns Freunde sein. Ich habe hier niemanden, mit dem ich reden kann."

„Reden? Das kann ich sicherlich, Miss... Emily. Und jetzt lasst mich Euch aus diesem Kleid befreien." Libbas Hände waren flink, als sie Emily half, sich ihrer Kleider zu entledigen und in ein weißes Nachthemd aus Musselin zu schlüpfen, das wie die Blütenblätter einer Mondblume über ihre Waden glitt. Das feine Kleid umschmeichelte ihre Figur mehr, als ihr lieb gewesen wäre.

In der Nähe einer Frau ihres Alters fühlte sich Emily wohler. Sie grinste das Dienstmädchen an.

„Welche Neuigkeiten gibt es von unten? Ich würde gerne mehr über deinen Herrn und seine Freunde hören."

Libbas Wangen röteten sich. „Nun, ich habe von Bethany gehört, die es von Jonathan, dem Kammerdiener Seiner Lordschaft, gehört hat, dass Lord Lennox den Herrn wegen einer Beleidigung, die er heute Nachmittag gegen Euch begangen hat, fürchterlich geschlagen hat."

„Aber... willst du mir damit sagen, dass sie um mich gekämpft haben?" Sie erinnerte sich an Godrics geprellte Knöchel, sein zerschlagenes Gesicht und seine aufgeplatzte Lippe. Sie hatte Ashtons blaue Flecken an den Knöcheln und sein blaues Auge nicht vergessen, aber es war klar, dass Ashton als Sieger den Ring verlassen hatte.

„Jonathan sagte auch, er habe gehört, wie Lord Lennox gedroht hat, Seine Lordschaft zu töten, wenn er Euch jemals wieder zum Weinen bringt!"

„Wirklich? Das scheint ein bisschen übertrieben zu sein, aber Ashton ist süß."

Libba gluckste. „Alle diese Männer sind in Euch vernarrt. Ihr solltet aufpassen, sonst wird Seine Lordschaft seinem Wunsch freien Lauf lassen, dass Ihr sein Bett teilt, nur damit die anderen Euch nicht mehr umgarnen."

„Danke für die Warnung, Libba." Das hatte sie nicht bedacht. Wenn sie die Männer gegeneinander ausspielte, könnte sie schneller in Godrics Bett landen, als ihr lieb war.

„Ich werde mich nun zurückziehen." Libba schenkte ihr ein verschwörerisches Lächeln, bevor sie ging.

Erneut allein, ging Emily zum Fenster hinüber und blickte nach draußen. Unter ihr dehnte sich der Garten aus. Ein Labyrinth aus Hecken und blühenden Sträuchern klammerte sich trotz des nahenden Herbstes noch an seine vollen Blütenblätter.

Ein weinumranktes Spalier war sechs Fuß unterhalb ihres Fensters errichtet worden, und neben dem Spalier erkannte sie im Erdgeschoss ein Fenster.

„Bewunderst du die Aussicht, oder denkst du an Flucht?" Godrics Stimme drang hinter ihr durch den Raum. Ihr Blut erhitzte sich schon beim Grollen seiner sinnlichen Stimme.

Wie lange hatte er ihr zugesehen? Sie versuchte sich ihre Überraschung nicht anmerken zu lassen und vermied es, sich zu ihm umzudrehen. Er bewegte sich allzu ruhig, sie würde sich merken müssen, wozu er fähig war.

Diesmal tappte er barfuß über den Boden.

„Ich habe ein Versprechen gegeben, falls du dich erinnerst. Ich habe die Aussicht bewundert, es sei denn, das ist nicht erlaubt?" Sie drehte sich zu ihm um.

„Das ist erlaubt, solange die Bewunderung der Aussicht nicht dazu führt, dass du aus dem Fenster springst. Dein Gemach liegt zu hoch, um einen sicheren Sprung zu wagen. Es wäre eine schreckliche Art, sich deine schönen Beine zu brechen", erklärte Godric in einem spöttisch-tragischen Ton.

„Ein paar gebrochene Knochen könnten mir meine Freiheit wert sein." Sie hob ihr Kinn und unterdrückte den Drang zu lächeln.

„Ich würde gerne sehen, wie weit du mit gebrochenen Beinen kommst. Ziemlich schmerzhaft, wie ich höre." Er starrte sie ernst an.

„Ist... ist das eine Drohung, Eure Lordschaft?"

„Was?" Seine Augen weiteten sich. „Nein! Natürlich nicht. Ich würde nie... Ich wollte dich nur beschützen...", sagte er, brach aber ab, als sie leise lachte. Sie machte sich über ihn lustig.

Godric schmunzelte und kam auf sie zu. Er hatte seit dem Abendessen ein paar Schichten an Kleidung eingebüßt. Verschwunden waren die Weste, die Stiefel und die Krawatte. Er stand in ihrem Schlafgemach, nur mit einer Hose und einem weißen Hemd bekleidet, dessen Ärmel bis zu den Ellenbogen hochgekrempelt waren. Er trat an sie heran und lehnte sich lässig ein paar Zentimeter von ihr entfernt an die Wand, wobei er ihren Körper von Kopf bis Fuß musterte.

Mit erröteten Wangen erinnerte sie sich daran, dass sie nichts weiter als ein Nachthemd trug. Ihre Hände flogen über ihre Brust, als sie ihm den Rücken zuwandte.

„Wendet Eure Augen ab, Sir!"

Er gehorchte nicht. „Hat lange genug gedauert, bis du es bemerkt hast... und darf ich sagen, dass der Blick auf Eure Rückseite genauso reizvoll ist wie der von vorne, Mylady", säuselte er, trat einen Schritt näher und fuhr mit einem Finger die Kurve ihrer Wirbelsäule nach.

Emily unterdrückte ein erregtes Zittern. „Du hast vorhin sehr deutlich gemacht, dass du kein Interesse daran hast, ein Kind zu küssen. Und wenn ich das bin, dann verspotte mich nicht mit Drohungen deiner Lust." Ihre Gereiztheit war zurückgekehrt und drohte, aus ihrer Brust zu entweichen.

Ihre barsche Antwort brachte Godrics Temperament an die Oberfläche. „Verdammt nochmal, Emily, ich habe mich entschuldigt!"

Sie wirbelte zu ihm herum und stieß ihm einen Finger gegen die Brust. „Und ich habe deine Entschuldigung akzeptiert, aber das bedeutet nicht, dass du deine Meinung ändern und hier hereinspazieren kannst, wann immer du willst."

„Und wie ich das kann!" Er packte ihre Handgelenke mit einer Hand und zwang sie über ihren Kopf, während er sie mit der Kraft seines Körpers gegen das Fenster drückte.

„Lass mich los oder ich schreie!" Sie versuchte, seinem Griff um ihre Handgelenke zu entkommen, aber seine Hand umklammerte sie fest und drückte sie gegen das Fenster, über ihrem Kopf.

„Schrei doch. Ich fordere dich heraus. Wer wird dir zu Hilfe eilen?"

In nur wenigen Stunden war er vom Prinzen zum Schurken geworden. Sie war nicht verängstigt, nur wütend. Er dachte, er hätte ein Anrecht auf sie, aber nach der Art, wie er sie in seinem Arbeitszimmer behandelt hatte, verdiente er keine Kooperation, es sei denn, er kroch auf den Knien zu ihr und bat um Entschuldigung... für mindestens eine Stunde.

Sie spannte sich an, als er sich gegen sie presste. Seine andere Hand grub sich in der Nähe ihrer Oberschenkel in ihr Hemd und zog es hoch, damit er einen muskulösen Schenkel zwischen ihre Beine schieben konnte. Emily kämpfte darum, ihre Knie zusammenzuhalten, aber er war zu stark.

„Oh!", keuchte sie, als er seinen Schenkel hart gegen den weichen, schmelzenden Kern zwischen ihren Beinen presste. Ihr Kopf fiel zurück gegen das Fenster, während ihr Körper zitterte.

„Godric, bitte... bitte, ich..." Sie versuchte zu sprechen, aber er war nicht in der Stimmung zuzuhören. Sie war sich nicht einmal sicher, was sie zu sagen versuchte. Er drückte seinen Mund rau auf ihren, unnachgiebig und entschlossen. Er presste sie gegen das Fenster, seine Stirn gegen ihre gedrückt, während er tief einatmete.

„Wäre es so schlimm für dich, einfach deine Zeit hier zu genießen? Warum suchst du ständig nach Wegen, um zu entkommen?"

Er hob seinen Blick und traf ihren. Sie waren sich so nah, die Körper fast ineinander verschlungen. Die Hand, die ihre Handgelenke über ihrem Kopf festhielt, straffte sich ein wenig, als er sein Körpergewicht verlagerte und versuchte, noch näherzukommen.

„Lass mich dir einen Grund zeigen, zu bleiben...“

Godric knabberte an ihrem Kiefer, bis seine Lippen ihren Hals fanden, und pflanzte mit seinen schwachen Küssen Samen der Hitze. Emily hob ihr Kinn, was Godric einen besseren Winkel verschaffte, um sie mit dem Gefühl seiner weichen Lippen auf ihrer Haut zu quälen. Seine Erregung grub sich in ihren Bauch, worauf sie mit einem scharfen, pochenden Bedürfnis zwischen ihren Schenkeln reagierte.

„Das ist nicht fair. Du lenkst mich ab“, keuchte sie, als er eine Brust durch ihr dünnes Hemd hindurch erfasste und mit ihrer hervorstehenden Brustwarze spielte.

„Nichts im Leben ist fair, meine Süße. Sollen wir weitermachen?“ Er schnippte mit dem Kopf in Richtung der Tür, die zu seinem Schlafgemach führte. Diese leichtfertige Geste tötete all das hilflose Verlangen, das ihr bis zu diesem Zeitpunkt die Sinne vernebelt hatte.

„Nein“, erwiderte sie entschlossen und erwartete, dass er sie loslassen würde. Als er das nicht tat, sah sie zur Tür ihres Schlafgemachs und fragte sich, wie lange jemand brauchen würde, um sie aufzubrechen, falls sie verschlossen war.

„Nein? Bist du dir sicher?“ Er hob erneut seinen Schenkel zwischen ihre Beine und erhöhte den Druck auf ihre erregte Mitte. Sie unterdrückte ein Stöhnen, als er es wieder tat, diesmal schneller. „Ich sagte... bist du dir sicher?“ Ein schiefes Lächeln erfüllte seine Lippen, als ihm klar wurde, dass er ihr die Fähigkeit genommen hatte, einen klaren Gedanken zu fassen und sie konnte nicht anders, als zu stöhnen. Seine Hand auf ihrer Brust glitt an ihrem Bauch entlang hinunter zum Scheitelpunkt ihrer Schenkel und bauschte den Stoff ihres Nachthemdes um ihre Hüften. In dem Moment, als seine Finger die erregte Stelle zwischen ihren Beinen erreichten, schrie sie auf, so laut, dass ihre Stimme den gesamten Raum erfüllte.

Ihr Schrei brachte Godric zur Vernunft. Sofort ließ er sie los und trat zur Seite, als auch schon Ashton in den Raum platzte. Er warf einen Blick auf die Szene und sprach auf Griechisch zu Godric.

„Ich dachte, du hättest dich unter Kontrolle. Du hast gesagt, du könntest damit umgehen." Ashton machte einen Schritt auf Godric zu, der sich mit den Händen durch das Haar fuhr.

„Sie... ich habe mich vielleicht nicht so gut unter Kontrolle, wie ich dachte."

Ashton betrachtete Emilys fest verschlossenes Fenster und ihren unbekleideten Zustand mit zusammengekniffenen Augen. „Hat sie sich dir widersetzt?"

„Nein, hat sie nicht...", log Godric.

„Ich war nicht mit seinen Annäherungsversuchen einverstanden", betonte Emily in fließendem Griechisch.

Beide Männer starrten sie mit offenem Mund an.

„Du hast uns angelogen, als du sagtest, dass du kein Griechisch verstehst?", fragte Godric.

„*Erre Es Korokas!*" fuhr sie ihn an. Scher dich davon.

Godric ergriff ihren Arm und riss sie an seine Brust. „Worüber hast du noch gelogen?"

Ashton machte einen bedrohlichen Schritt nach vorne, die Hand erhoben, als wolle er sagen, *Nein, Godric, lass sie gehen.* Aber er schien seine eigenen Probleme mit ihrer Täuschung zu haben. „Emily, du hast mich angelogen, die einzige Person in diesem Haus, die sich für dich gegen Godric eingesetzt hat. Ich habe um die Wahrheit gebeten und du zahlst es mir mit Lügen heim?"

„Das war, bevor ich einem von euch vertraute... als ich mich noch in Gefahr wägte."

Ashtons Augen waren so dunkel wie das Meer bei Nacht. „Hast du tatsächlich jemals gedacht, dass du wirklich in Gefahr bist? Wir wollten nie, dass du dich so fühlst."

„Ihr habt mich entführt, mich unter Drogen gesetzt. Was habt ihr erwartet? Ihr seid vielleicht nicht meine Feinde, aber verzeiht mir, wenn ich diese Handlungen nicht als die von Freunden betrachte." Ihre Augen brannten, aber sie weinte nicht. „Was würdet ihr an meiner Stelle tun?"

„Hast du... hast du mich heute Nachmittag angelogen, als du mir dein Wort gegeben hast?"

„Nein. Das war die Wahrheit, bei der Ehre meines Vaters, wo auch immer er auf dem Meeresgrunde sein mag. Ich werde nicht versuchen, heute Nacht zu entkommen."

Ashton schwieg für einen ewig langen Moment.

„Ich glaube dir. Aber ich kann nicht länger zwischen dir und Godric stehen, jedenfalls nicht heute Nacht. Bitte... ruf nicht mehr nach mir." Ashton drehte sich um und verließ den Raum, dann schloss er die Tür hinter sich.

Emilys Knie zitterten. Ihr einziger Beschützer hatte sie im Stich gelassen.

Godric schob sie mit einem Ruck in Richtung der kleinen Tür, die zu seinem Zimmer führte. Emily grub ihre Fersen in den Boden und versuchte vergeblich, ihn aufzuhalten.

„Nur zu, kämpfe gegen mich! Ich nehme deine Wut und verwandle sie in Leidenschaft!" Godric warf sie zu Boden und verschloss die kleine Tür, um sie in seiner Kammer einzusperren.

Würde er sie wirklich zwingen? Sie hatte seine Grausamkeit nicht erwartet, Godric hatte sich verändert. Dies war nicht der Mann, der ihr heute Nachmittag vorgelesen hatte.

Der Duke ergriff ihre Oberarme und riss sie auf die Beine. Sie sah ihn an, kalt und unbeirrt, selbst als sie in seinen Armen zitterte.

„Nur zu, Godric. Worauf wartest du noch? Beweise mir, was für ein Mann du bist. Beweise mir, dass du genauso bist wie Blankenship." Seine Finger gruben sich in ihre Arme.

„Ich bin nicht wie dieser alte Kretin, hörst du?"

„Mich mit Gewalt zu nehmen, würde dich in den Augen des Gesetzes und Gottes mit ihm gleichsetzen."

Godrics Ausdruck veränderte sich. „Dich mit Gewalt nehmen? Emily... du magst im Moment zittern und verwirrt sein, aber das ist Verlangen, keine Angst. Blankenship könnte niemals diese Gefühle erwecken, die du in diesem Moment verspürst."

Sie wusste, dass er die Wahrheit sprach.

„Der Mann, den ich will, ist der Mann, der mir heute Nachmittag die Odyssee vorgelesen hat." Sie milderte ihren Tonfall. „Finde diesen Mann und ich überlege es mir noch einmal."

Seine Augen stachen so tief wie die Dornen von englischen Rosenstöcken. „Es gibt eine Dunkelheit in mir, die ich nicht immer bekämpfen kann." Seine Stimme war kaum mehr als ein Flüstern, als ob er es selbst nicht ganz verstehen würde.

Emily sah, dass ein Verständnis in Reichweite war. „Ich bitte nicht um einen Heiligen, Godric. Ich bitte um Zeit... Zeit für uns beide, um zu verstehen, was wir füreinander empfinden und was wir wollen."

Sein Griff um ihre Arme lockerte sich und er ließ sie schließlich los. „Wie kommt es, dass du so jung und doch so weise bist?"

„Ich wurde von zwei liebevollen Eltern aufgezogen, die mich gut erzogen haben."

„Du gibst also zu, dass du noch mehr Lügen erzählt hast?"

„Ja, ich bin sehr, sehr gut ausgebildet. Ich spreche fließend Griechisch und Latein. Das mit dem Latein wusstest du nicht, also sage ich es dir jetzt, in gutem Glauben. Ich habe mein ganzes Leben lang Pferde geritten und bin eine ausgezeichnete Schwimmerin."

Daraufhin gestand Godric ebenfalls ein paar seiner Lügen. „Was das angeht... ich habe mein Ertrinken im See vorgetäuscht." Er wartete darauf, dass sie in einen Wutanfall ausbrechen würde, aber das tat sie nicht. „Du hast es gewusst?"

„Dein Eifer nach deiner Genesung hatte mich misstrauisch gemacht. Menschen, die fast ertrunken sind, sind normalerweise nicht so lebhaft." Sie seufzte und lehnte sich zurück, um sich auf die Kante seines Bettes zu setzen.

Er trat herüber und setzte sich, dann schob er lässig seine Hand über ihre und verschränkte ihre Finger miteinander. Er hob ihre nun miteinander verbundenen Hände und hielt sie an seine Brust. Dies war kein Versuch der Verführung. Irgendwie hatten sie inmitten dieser Geständnisse eine Art von Verständnis erreicht.

„Schläfst du heute Nacht mit mir?", fragte er. Emily begann den Kopf zu schütteln, aber er fügte hinzu: „Nicht so wie du denkst. Nur schlafen, das ist alles. Lass mich dich einfach nur halten. Ich möchte dich atmen hören, deine Wärme spüren. Bitte..."

Emily nickte zustimmend, obwohl sie es nicht beabsichtigt hatte. Wie schaffte er es nur immer wieder, sie zu überzeugen?

Er umfasste ihre Schultern und zog sie auf der Bettkante näher zu sich. Er drückte seine Hüften an sie und forderte ihren überraschten Mund zu einem Kuss heraus, einem langen, forschenden Kuss, der keine Ähnlichkeit mit dem von zuvor hatte.

Ashtons Worte hallten in Emilys Kopf wider und sie ließ die Emotionen, die sie zurückgehalten hatte, noch einmal durch sich hindurchströmen. Er legte seine Arme um ihren unteren Rücken und drückte sie fest an sich, bevor er innehielt.

„Es wird eine Weile dauern, bis ich mich an diese Art des Küssens gewöhnt habe", murmelte er gegen an ihren Lippen.

Emily lächelte fast. „Vielleicht kann ich mich an dich gewöhnen, wenn du dich an mich gewöhnst." Sie dachte an seine raue Liebkosung mit dem dunklen Feuer in seinen Augen, und ihr wurde klar, dass sie diese Verbindung wollte, egal wie überwältigend Godric war.

„Es scheint, dass wir beide etwas lernen werden."

Godric hob sie in seine Arme und legte sie auf der anderen Seite des Bettes ab.

Emily spürte ein kurzes Aufflackern von Besorgnis, aber Godric schloss nur seine Augen. „Gute Nacht, meine kleine Füchsin."

Sie lag noch eine ganze Weile wach, bevor sie sich auf die Seite rollte, um es sich bequem zu machen. Sie fühlte sich seltsam beschützt und schlief ein.

☙❧

WEIT NACH MITTERNACHT WACHTE GODRIC AUF, WEIL Emily im Schlaf sprach. Sie bewegte sich unruhig, ihr Gemurmel war leise und kläglich.

„Hört auf... bitte. Ich flehe Euch an... lasst mich in Ruhe..." Godrics Magen drehte sich angesichts der Hilflosigkeit, die er in ihrem Tonfall hörte, um. Sie träumte, und er hoffte bei Gott, dass es sich dabei nicht um ihn handelte.

„Emily?" Er bewegte sich hinüber, um ihre Schultern zu berühren. Sie zuckte zurück und schlug nach ihrem unsichtbaren Angreifer. „Emily!"

„Eher sterbe ich, als dass Ihr mich anfasst!", knurrte sie. Godric löste fast seinen Griff um sie, aber er wollte sie aus diesem Traum wecken.

„Emily, ich bin es, Godric. Bitte, wach auf..." Er schlang seine Arme um sie und schob sie quer über das Bett, um sie tiefer in seine Umarmung zu ziehen.

„Godric..."

„Ja, ich bin es. Du bist in Sicherheit." Er küsste ihre Lippen, wollte sie so küssen, wie sie ihn im Arbeitszimmer geküsst hatte. Er wollte ihr versprechen, dass ihr nichts zustoßen würde. Ihre langen, dunklen Wimpern schimmerten, als sie ihre Augen öffnete. „Emily? Bist du wach?"

„Ich bin... warum..." Sie starrte verwirrt auf seinen Mund

und ihre süße Zunge schoss heraus, um ihre Lippen zu befeuchten.

„Du hast im Schlaf geredet. Von wem hast du geträumt?"

„Blankenship. Er verfolgt mich, sogar in meinen Träumen."

Godric atmete erleichtert aus.

„Dachtest du, ich hätte von dir geträumt?"

„Nach meinem Verhalten habe ich befürchtet, dass das der Fall sein könnte." Sein Eingeständnis erfüllte ihn mit Sorge. In der Dunkelheit seines Gemachs und mit der Wärme ihres Körpers in seinen Armen, wollte er nur die Wahrheit zwischen ihnen aussprechen.

„Du würdest mich nie wirklich verletzen, Godric, das weiß ich jetzt. Aber ich werde nicht kapitulieren." Emily hielt inne, als ob ihr ein Plan in den Sinn gekommen wäre. „Ich könnte aber einen Kompromiss eingehen."

Godric war aufrichtig überrascht. „Wie lauten deine Bedingungen?"

„Ich kann versprechen, dass ich zwischen zehn Uhr abends und sechs Uhr morgens nicht flüchten werde. Auf diese Weise bekommen du und deine Freunde euren Schönheitsschlaf, ohne Angst vor Störungen."

„Schönheitsschlaf? Na warte, du kleine..." Er gab ihr einen Klaps auf ihren Hintern und sie stieß ein scheinbar entrüstetes Keuchen aus.

„Und du erwartest von mir, dass ich zustimme? Was bekomme ich im Gegenzug?" Seine Hand glitt tiefer hinunter über die Kurve ihrer Hüfte. Er genoss den atemlosen Seufzer, der ihrem Mund entkam, als er seinen Griff anspannte.

„Du bekommst deinen Schlaf und ich verspreche dir acht Stunden ohne Flucht. Das ist ein fairer Handel", sagte Emily.

Er stöhnte. „Und sechzehn Stunden, in denen du die Flucht ergreifen kannst."

„Nun, wenn du darauf bestehst, ein Pessimist zu sein... das ist nicht mein Problem."

Godric rückte näher und drückte sich an sie. „Schlaf jede Nacht bei mir. Versprich es mir und ich werde deinen Bedingungen zustimmen.“

„Mit Schlafen meinst du unschuldiges und harmloses Schlafen, nebeneinander, in einem Bett?“

Der schelmische Schimmer, der sich mit dem Mondlicht in ihre Augen mischte, faszinierte ihn.

„Hm... ja, aber wenn du willst, dass sich die Dinge ändern, bin ich bereit, behilflich zu sein.“

„Daran habe ich keine Zweifel“, murmelte Emily, gähnte und hielt sich mit der Hand den Mund zu. Sie versuchte, sich auf den Rücken zu rollen, aber Godric drehte sie so, dass ihr Körper sich an seinen schmiegte. Er vergrub sein Gesicht in ihrem Haar, denn der Duft, der davon ausging, war angenehm und blumig wie ein Garten. Der lange zurückliegende Tag, an dem er sie zum ersten Mal gesehen hatte, kehrte zu ihm zurück... die Erinnerung an die Frau, die im Garten kniete, Blumen um sie herum, ein Schmetterling tanzte um ihren Kopf, während sie Unkraut jätete. Godrics Lippen zuckten. Er fühlte sich wie dieser Schmetterling, der den Trost ihrer Gegenwart suchte.

„Ich kann nicht glauben, dass ich diesem Wahnsinn zustimme, aber...“ Ihre Stimme war kaum zu hören.

„Gib mir genügend Zeit, und du wirst nie mehr gehen wollen.“ Er küsste die weiche Haut an ihrem Nacken, und sie seufzte, kurz davor, erneut einzuschlafen. Godric wollte sie so sehr, aber er behielt die Kontrolle und zählte auf Griechisch von hundert rückwärts. Ekato, eneida enia, eneida okto, eneida efta...

10

Godric hatte den wunderbarsten Traum überhaupt. Emily lag zusammengerollt in seinen Armen und fand Wärme und Schutz vor ihren Albträumen. Er hatte selten mit seiner früheren Geliebten, Evangeline, geschlafen. Sie war zwar eine verruchte Verführerin im Bett, aber eine schreckliche Partnerin, um nachts neben ihr zu schlafen. Sie trat, schnarchte und klaute zu oft die Bettdecke, als dass er das Erlebnis genießen konnte.

Sein Traum war zu real und perfekt. Es war nichts Fleischliches an dem Akt, nur die Behaglichkeit von Emilys Körper, der mit seinem verschlungen war. Ihr Gesicht war in die Beuge zwischen seinem Hals und seiner Brust gepresst, ihr Körper lag halb auf ihm und sie schlief mit jener katzenhaften Anmut, die nur Frauen besaßen.

Die Locken ihres Haares fielen wie ein rostroter Wasserfall über sein Kissen, und das Sonnenlicht glitt in verlockenden Mustern über ihre ungezähmten Wellen. Einer seiner Arme war um ihre Taille geschlungen und hielt sie fest. In seiner Traumwelt gehörte Emily ihm. Sie gehörte niemandem sonst, und er musste sie mit niemandem teilen.

Leider wollte Emily nicht zu ihm gehören. Warum musste sie so verdammt unabhängig sein? Wenn sie sich ihm nur hingeben würde, könnte Godric sie zur zufriedensten Frau der Welt machen. Er würde ihr die teuersten Kleider, die reichsten Juwelen und alle Pferde kaufen, die sie je begehren könnte. Er wollte sie mehr als alles andere in seinem Leben.

Er wünschte sich, sie würde ihn nicht mit solcher Entschlossenheit bekämpfen. Emily schien nicht besonders auf ihre Tugend bedacht zu sein. Es war ihre Freiheit, an die sie sich klammerte. Er hatte sie in seinem Herrenhaus eingesperrt, und der Gedanke irritierte ihn. Selbst wenn es ein Käfig war, war es nur ein vorübergehender, und ein vergoldeter, luxuriöser noch dazu. Warum konnte sie nicht glücklich sein?

Emily würde nie zufrieden sein, solange sie nicht die alleinige Kontrolle über ihr Schicksal hatte. Aber als junge, unverheiratete Frau hatte sie keine Chance. Ein Mann hielt die Zügel über ihr Schicksal in der Hand, die Frage war nur, welcher.

Aber wenn sie ihm die Kontrolle überlassen würde, würde er versprechen, sie glücklich zu machen.

Godric war noch in Gedanken, als Emily zu erwachen begann. Ihr Atem beschleunigte sich und ihre Brust hob sich schneller unter seiner Handfläche. Ihre Beine spannten sich leicht an, als ihre Muskeln zum Leben erwachten. Emily stützte ihr Kinn auf seine Brust, während ihre Augen aufgingen.

„Guten Morgen, Emily." Er strich ihr das lose Haar aus dem Gesicht, vertieft in den Anblick ihrer flatternden Wimpern und der geschürzten rosa Lippen. Ihr verschlafener Ausdruck wärmte ihn bis in die Zehenspitzen, als sie sich an ihn schmiegte.

Sie wurde rot und schloss die Augen. „Ich habe tatsächlich hier geschlafen, nicht wahr?"

„Es muss dir nicht peinlich sein. Genieß die Tatsache, dass wir eine unschuldige Nacht miteinander verbracht haben. Das ist etwas, das ich noch keiner anderen Frau garantieren konnte."

Eine ihrer Brauen wölbte sich. „Liegt das daran, dass ich keine Versuchung bin, oder daran, dass du etwas Selbstbeherrschung gelernt hast?"

„Daran, dass ich dich genug respektiere, um mein Versprechen nicht zu brechen. Aber jetzt bist du wach, also ist alles möglich, meine Liebe."

„Was willst du damit sagen?" Sie begann, sich von ihm zu entfernen.

„Ich darf sechzehn Stunden lang versuchen dich zu verführen, um dich von der Flucht abzulenken." Godric umklammerte sie fest und rollte sich auf die Seite, um ihren Körper mit seinem zu bedecken. „Lass mich dir einen Guten-Morgen-Kuss geben, Emily... nur einen Kuss?" Solch einen Moment hatte er noch nie mit einer Frau geteilt, aber er wollte es mit Emily. Er wollte mit seinen Fingern in ihr vom Schlaf zerwühltes Haar fahren und federleichte Küsse auf ihre Augenlider drücken.

Die Augen weit aufgerissen, errötete sie, nickte aber. „Ein... ein Kuss, Godric", flüsterte sie.

Sie brauchte ihn nicht zweimal bitten. Sein Mund fand den ihren, als seine Hand unter ihr Nachthemd glitt. Die köstliche Hitze ihrer Haut unter seiner Handfläche verdoppelte das Pochen zwischen seinen Beinen. Er betete, dass er sich lange genug zusammenreißen konnte, um für ihr Vergnügen zu sorgen.

❦

EMILY ZUCKTE ZUSAMMEN, ALS GODRICS HAND ZWISCHEN ihren Schenkeln hinaufglitt. Seine Finger berührten ihre empfindlichen Falten und streichelten das heiße, feuchte Fleisch. Als sein Daumen über ihre geschwollene Knospe strich, zuckte sie zusammen. Das Gefühl erschreckte sie. Es war fast zu viel für sie.

Eine süße Spannung baute sich an der Stelle auf, wo er sie

berührt hatte, die die raue Besessenheit von Godrics Mund auf ihrem widerspiegelte.

Sie konzentrierte sich auf die Bewegung seiner Zunge in ihrem Mund und versuchte, sie zu imitieren, das wilde Spiel zu lernen, das er ihr beibringen wollte. Aber sie wurde von der harten Länge abgelenkt, die sich gegen ihre rechte Hüfte drückte.

Seine Finger strichen weiter sanft über ihren empfindlichen Schamhügel.

„Bist du bereit für mich?", flüsterte Godric gegen ihren Mund.

„Was? Nein..." Sie versuchte, es zu leugnen.

Seine Lippen verzogen sich zu einem Lächeln und er versenkte seine Zähne in ihrer Unterlippe.

Emily wimmerte und drückte sich gegen ihn. „Bitte..."

„Bitte, was?"

Sie schluckte ein leises Schluchzen hinunter, während sich die Spannung zwischen ihren Beinen weiter aufbaute. „Ich weiß es nicht..."

Godrics andere Hand griff in ihr Haar und zog ihren Kopf zurück. Er entblößte ihren Hals, als sein Mund zu ihrem Nacken wanderte, und seine Finger weiter an ihrer zarten Knospe rieben. Emily konnte ihre Hüften nicht davon abhalten, in kleinen Kreisen gegen seine Hand zu rollen. Ihr Blut schoss ihr zwischen die Beine, als der Druck und das Kribbeln sich in erregte Stöße der Lust verwandelten. Es war, als würde sie auf einer Schaukel höher und höher zu schwingen, bis sie schließlich dem atemberaubenden Fall erlag. Sie schrie auf.

Sein Lachen wärmte ihren Hals. Seine Küsse kehrten zu ihren erschrockenen Lippen zurück, als er seine Hand zwischen ihren Beinen zurückzog und sie auf ihre nackte Hüfte legte. Die Berührung war sowohl besitzergreifend als auch süß. Sein Daumen fuhr in winzigen Kreise auf ihrer Haut knapp unterhalb der Taille hin und her, und sie widerstand dem Drang, zu lachen, denn er kitzelte sie.

Godric rieb seine Wange an ihrer, seine Bartstoppeln kratzten auf ihrer Haut. „Wie hat dir dein kleiner Kuss gefallen?"

Emily atmete seinen Duft ein, völlig befriedigt. „Es hat mir sehr gut gefallen, aber ich glaube, Ihr habt geschummelt, Eure Lordschaft." Mit einer solchen Antwort verschaffte sie ihm einen Vorteil, aber im Moment konnte sie nicht klar genug denken, um zu lügen.

„Ich kann nicht leugnen, dass Betrug im Spiel war." Dieser Teufel hatte die Frechheit, ihr zuzuzwinkern. „Jeden Abend und jeden Morgen werde ich dich küssen, Emily."

Emily öffnete den Mund, aber er drückte ihr einen Finger gegen die Lippen. „Nun protestiere nicht. Du wirst jede Nacht sicher in meinen Armen einschlafen. Ich kann genug Selbstbeherrschung aufbringen, um aufzuhören." Er setzte sich auf und ließ sie los. Emily hätte sich vom Bett erheben sollen, aber sie konnte nicht. Ihre Beine würden nachgeben, und sie würde direkt wieder in seine Arme fallen.

Er schmunzelte. „Ich war mir sicher, dass du aus meinem Bett fliehen würdest, sobald ich dich aufstehen lasse."

„Ich... ich sehe keinen Grund zur Eile." Emily versuchte, ihre Unsicherheit zu verbergen. Sie zerrte ihr Nachthemd herunter, um sich zu bedecken, und sah ihn an, in der Hoffnung, er würde gehen.

Nach dem, was sie gerade erlebt hatte, brauchte sie etwas Zeit allein, um ihre Gedanken zu ordnen.

❧

GODRIC ERLAUBTE EMILY, IN IHR EIGENES GEMACH ZU gehen. Er schloss seine Tür, um ihr etwas Privatsphäre zu gönnen.

Auch wenn er seine eigene Erleichterung nicht gefunden hatte, so war es doch ein Vergnügen zu wissen, dass er der erste Mann gewesen war, der Emily auf diese Weise berührt hatte. Es gab ihm Auftrieb, als er sich für den Tag anzog und sich auf den Weg in den Frühstücksraum machte. Er traf Simkins auf dem Flur und gab ihm die Anweisung, ein Dienstmädchen zu Emily zu schicken.

„Ich hoffe, Miss Parr geht es gut?"

Godric entging die Sorge im Gesicht des älteren Butlers nicht. „Ja, es geht ihr gut. Ich nehme an, du hast sie letzte Nacht schreien gehört. Nun, sei unbesorgt, Simkins. Der Lady geht es gut."

„Das ist gut, Eure Lordschaft. Ich vertraue darauf, dass ihr nichts zustoßen wird." Hinter dem Ton des Butlers verbarg sich eine sanfte Ermahnung. Nur Simkins konnte in diesem Tonfall mit ihm sprechen, ohne dafür gezüchtigt zu werden.

„Ich kann nicht versprechen, dass sie es nicht wieder tun wird. Ihr Temperament und ihr Streben nach Unabhängigkeit machen sie zu einem streitlustigen Geschöpf. Sag den anderen Bediensteten, sie sollen nicht zu ihr gehen, außer Libba, die sich um ihre persönlichen Bedürfnisse kümmert. Emily ist meine Sache."

„Aber, Eure Lordschaft..."

„Kein Aber, Simkins. Wenn Emily schreit, dann bekommt sie, was sie verdient, im Guten wie im Schlechten." Godric war in diesem Punkt fest entschlossen. Emilys Verführung erforderte eine tägliche Dosis Verruchtheit. Er wollte nicht, dass sie einen klaren Kopf bekam. Logik ruinierte immer die besten Momente der Leidenschaft.

„Sehr wohl, Eure Lordschaft. Lord Sheridan und Lord Lonsdale sind gestern Abend nach London geritten und heute früh zurückgekehrt. Ich glaube, Lord Sheridan wollte mit Euch über ein Geschenk sprechen, das er für Miss Parr mitgebracht hat."

„Was zum Teufel treibt er für ein Spiel?" Ungeachtet der

vierten Regel der Liga der Schurken brachte der Gedanke, dass irgendein Mann versuchte, Emily mit Geschenken zu umwerben, sein Blut zum Kochen. „Versucht er etwa, mich auszustechen? Ich habe ihr einen verdammten Schrank voller Kleider gekauft."

„Vielleicht, Eure Lordschaft, solltet Ihr abwarten und dann sehen, was es ist."

Lächelte Simkins, als er ging? Godric blickte finster drein, als er dem Butler in den Frühstücksraum folgte. Cedric, der bereits aß, schien immer noch von grenzenloser Energie besessen zu sein, obwohl er nur ein paar Stunden geschlafen hatte.

„Hat Simkins dir von meinem Geschenk für Emily erzählt?" Ein irritierend hoffnungsvoller Schimmer in Cedrics braunen Augen ließ Godric deutlich unbehaglich werden.

Godric verschränkte die Arme vor der Brust. „Was hast du für sie gekauft?"

„Einen Welpen. Es ist ein englischer Foxhound."

Godric wusste nicht, ob er lachen sollte oder nicht. „Einen Hund? Was soll ihr ein Foxhound nützen? Sie wird nicht auf die Jagd gehen." Was sollte ein Mädchen mit einem Welpen anfangen, noch dazu mit einem Jagdhund? Zogen die meisten Frauen nicht Katzen vor? Ein Kätzchen wäre eine klügere Wahl gewesen, um die junge Lady zu umwerben. Andererseits war Emily nicht wie die meisten Frauen, wie sie immer wieder gerne betonte.

„Ich weiß, was du denkst, Godric, aber das ist mehr als nur ein Geschenk. Der Hund wird bellen und kläffen und ihr nachlaufen. Sie wird aufhören zu fliehen, da sie den Hund nicht zurücklassen werden will."

Godric dachte darüber nach. „Da könntest du recht haben, Cedric."

„Wunderbar!" Cedric sprang eifrig von seinem Stuhl auf. „Darf ich ihn in den Salon bringen, wenn sie herunterkommt?"

„Ich nehme an, das sollte möglich sein." Godric nahm Platz und begann, sich sein Frühstück zusammenzustellen, als Cedric verschwand.

Ashton trat ohne ein Wort an den Tisch. Es beunruhigte Godric zutiefst, die sonst so lebhaften Augen seines Freundes so gedämpft und dunkel zu sehen, abgesehen von seinem strahlenden Veilchen.

„Ash?", fragte Godric.

Ashton setzte seine Kaffeetasse ab, faltete die Hände und sah zu Godric auf. „Und?"

„Und was?"

„Hast du zu Ende gebracht, was du mit Emily angefangen hast, oder hast du in deinem schwarzen Herzen etwas Gnade gefunden?"

Die Anschuldigung seines Freundes verletzte ihn, aber ähnlich wie bei ihrem Boxkampf wusste er, dass er es verdient hatte. „Ash, ich habe ihr nichts getan, nachdem du weggingst. Es gab ein bisschen Geschrei, das gebe ich zu, aber ich habe mich beruhigt. Oder besser gesagt, sie hat mein Temperament abgekühlt."

„Warum fällt es mir schwer, das zu glauben?", murmelte Ashton.

„Ich schwöre es. Sie ist immer noch so unschuldig wie an dem Tag, an dem sie geboren wurde... nun, mehr oder weniger."

Ashtons Augen verengten sich. „Schwöre es mir auf die Steine des Magdalene College." Die Steine ihres Colleges in Cambridge waren das Fundament der Liga der Schurken. Ein Schwur auf sie war gleichbedeutend mit einem Schwur auf die Bibel.

„Ich schwöre es."

Ashtons Schultern sackten vor Erleichterung nach vorn. „Gott sei Dank. Ich habe die ganze Nacht wachgelegen und mir Sorgen gemacht, dass ich das Falsche getan habe, als ich sie bei dir gelassen habe. Du hattest dieses Funkeln in deinen Augen."

„Sie hat mich in Rage gebracht, aber genauso schnell wieder beruhigt. Wir haben eine Abmachung getroffen."

„Oh?" Ashton schob ein Tablett mit Toast in Godrics Richtung.

„Emily hat geschworen, dass sie zwischen zehn Uhr abends und sechs Uhr morgens keine Fluchtversuche unternehmen wird."

„Und was hat sie von dieser Vereinbarung?"

„Mein feierliches Versprechen, sie zwischen diesen Stunden nicht zu verführen. Den Rest des Tages ist sie jedoch Freiwild."

„Meine Güte, Godric, du bist aus diesem Handel als Sieger hervorgegangen, nicht wahr?" Ashton hatte wieder seine gewohnte, fröhliche Miene aufgesetzt.

Die Tür zum Frühstücksraum öffnete sich ein weiteres Mal, als Lucien hereinschlenderte, Emily an seiner Seite. Ashton und Godric standen auf, als sie neben Godric Platz nahm. Ihr grünes Kleid, im Farbton von Sommergras, ließ ihre lilafarbenen Augen aufleuchten. Die Ärmel des Kleides legten sich locker um ihre Schultern und sammelten sich am Rücken in sanften Falten, die nicht so streng wirkten, wie es bei anderen Kleidern der Fall war. Es brachte Emilys natürliche Schönheit zur Geltung, indem es ihre Kurven betonte. Ihr Dienstmädchen hatte Emilys Haar zu einem lockeren Zopf zusammengebunden, der von grünen Bändern zusammengehalten wurde, und es hochgesteckt.

„Und, hatten alle einen schönen Abend? Ich dachte, ich hätte die Geräusche einer Party gehört..." Lucien beobachtete Emily und Godric, während er sich neben Ashton auf die andere Seite des Tisches niederließ. „Wenn ich es nicht besser wüsste..." Ashton gab ihm einen scharfen Tritt, und Lucien zuckte zusammen. „Ich bin soeben darüber informiert worden, dass es mich nichts angeht."

Emily griff nach einem Teller in der Nähe von Ashtons Ellenbogen. Er reichte ihn ihr sofort und sie errötete. Godric bemerkte ihren Blick und erhob sich vom Tisch, wobei er Luciens Blick auffing.

„Lucien, hast du mit Cedric gesprochen? Ich dachte, wir könnten nachsehen, was aus ihm geworden ist... und Charles wecken, der zweifellos noch schläft." Godric ging auf die Tür zu.

Lucien seufzte und folgte ihm. „Ich nehme an das könnten wir."

„Darf ich... darf ich Euch um eine Audienz bitten, Mylord?" Emily versuchte, ihre Stimme am Zittern zu hindern, aber es gelang ihr nicht.

„Natürlich, Miss Parr", antwortete Ashton ebenso förmlich.

Sie biss sich auf die Unterlippe. Ashton musste sie hassen, denn er weigerte sich, sie bei ihrem Vornamen zu nennen.

„Mylord, wegen letzter Nacht..." Sie schluckte schwer. Sie hasste es, sich zu entschuldigen, besonders für etwas, von dem sie glaubte, dass sie es richtig gemacht hatte. Aber eine Entschuldigung war ihr neuer Freund ihr wert. Irgendwo zwischen ihrer Entführung und diesem Moment hatte sie den kühlen, gefassten Baron liebgewonnen. Er war freundlich und zuvorkommend und hatte ihre Ehre verteidigt.

„Bitte, Miss Parr, sorgt Euch nicht um eine so kleine Sache." Sein Ton war beruhigend, aber sie musste ihn verstehen. Sie musste wissen, dass er sie nicht wieder im Stich lassen würde.

„Es... es tut mir leid, dass ich Euch angelogen habe. Ich hätte das nicht tun sollen."

Ich sollte sie allesamt hassen. Ich sollte ihnen den Tod wünschen für das, was sie getan haben. Aber die Wut wollte nicht eintreten. In der kurzen Zeit, in der sie in ihrer Gesellschaft war, war sie seltsam glücklich gewesen. Godric hatte ihr Leidenschaft gezeigt, die anderen Kameradschaft. Sie konnte nicht zulassen, dass Lügen – selbst Lügen, um ihre Freiheit zu sichern – ihre Bindung zu ihnen zerstörten. Wie so etwas möglich war, wusste sie selbst nicht.

„Miss Parr, ich bin es, der um Vergebung bitten muss. Ihr habt getan, was notwendig war, um sich vor skrupellosen Wüstlingen zu schützen." Ashton schob seinen Stuhl zurück und ging zu ihr hinüber. Er nahm ihre Hände zwischen die seinen und drückte sie an seine Brust. „Ich hätte unter denselben Umständen nicht anders gehandelt. Ich wage sogar zu behaupten, dass ich noch schlimmer gehandelt hätte."

„Dann... dann seid Ihr nicht böse, Mylord?"

„Miss Parr..."

„Bitte, nenn mich nicht so. Nenn mich doch einfach Emily!"

„Emily, ich habe dir in dem Moment vergeben, als ich gestern Abend dein Gemach verlassen habe."

Ihr Herz hämmerte in ihrer Brust, und sie sah ihn verwirrt an. „Warum warst du dann heute Morgen so still?"

„Ich fürchtete, du würdest mir nicht verzeihen, dass ich dich im Stich ließ. Hat er dir etwas angetan?" Ashton zog Emily auf die Beine und drehte sie herum, als ob er sie auf offensichtliche Anzeichen von Verletzungen untersuchen wollte, aber es gab keine.

„Er hat furchtbar geschrien, aber er hat mir nichts getan. Mylord..."

„Ashton."

„Ashton, wenn du mich jemals wieder nach der Wahrheit fragst, sollst du sie bekommen."

Ashton lächelte. „Ich habe nur eine Frage, meine Liebe."

„Ja?"

„Wie viele andere Sprachen beherrschst du?"

Emily wurde von einer Welle des Glücks überwältigt. Er schätzte ihre Intelligenz, obwohl es ihr Onkel nicht getan hatte. „Ich spreche fließend Griechisch und Latein. Und ich habe passable Kenntnisse in Französisch, Deutsch und Spanisch."

„Nicht italienisch?" Seine Lippen verzogen sich zu einem schiefen Lächeln.

„Italienisch? Nein, ich nehme an, es ist dem Lateinischen

ähnlich genug, dass ich etwas davon verstehen könnte, aber nicht genug, um es fließend zu sprechen.“

„Ah, gut, eine Sprache, die ich nutzen kann, um mich im Geheimen mit den anderen auszutauschen, wenn es nötig ist.“ Ashton knuffte sie leicht unter dem Kinn, als Godric und Lucien zum Frühstück zurückkehrten.

Emily nahm die heiße Schokolade an, die Godric ihr wieder einmal servierte, ließ sich in ihren Stuhl sinken und genoss das dunkle, exotische Aroma ihres Getränks. Die Freundlichkeit, die hier an den Tag gelegt wurde, war aufrichtig, und aufgrund des Verhältnisses zwischen ihnen verzieh sie widerwillig die Entführung und alles, was danach gefolgt war.

Trotz der manchmal rauen Behandlung war Emily in der Obhut der Liga immer noch besser aufgehoben als unter der erdrückenden Herrschaft ihres Onkels... oder, noch schlimmer, dem Schicksal, dem sie in Gesellschaft seines Geschäftspartners ausgesetzt sein würde.

❧

Nach dem Frühstück stand Emily auf, aber Godric legte ihr eine Hand auf den Arm.

„Bleib noch. Cedric kommt bald herunter, und er hat ein Geschenk für dich.“

Lucien und Ashton sahen beide überrascht auf.

Emilys Augen füllten sich mit schüchternem Unglauben. „Cedric hat mir ein Geschenk mitgebracht?“

„Ja, das hat er.“ Godric rang sich ein Lächeln ab, aber nicht ohne Schwierigkeiten.

Es war seltsam, dass er über Emilys freudige Aufregung verärgert war. Godric wusste, dass ihr Onkel nicht gerade zuvorkommend gewesen war, wenn es darum ging, sie zu versorgen, aber er hatte begonnen, zu bemerken, wie schlecht Albert sie im letzten Jahr behandelt hatte. Die junge Frau verdiente eine feine Garderobe und bestickte Umhänge, keine fadenscheinigen Kleider oder abgenutzte Pantoffeln. Er sollte froh sein, diese kindliche Neugierde in seiner Emily aufflammen zu sehen. Aber sie war nicht durch eines seiner Geschenke zustande gekommen.

Fünf Minuten später trat Charles ein, gefolgt von Cedric, der eine große blaue Hutschachtel in den Händen trug. Charles schenkte Emily ein schelmisches Grinsen, die fast von ihrem Stuhl kippte.

Sie sah zu Godric. Er nickte und sie sprang auf.

Cedric verbeugte sich, hielt ihr die große Schachtel hin und stellte sie zu ihren Füßen ab. „Ein Geschenk für dich, mein Kätzchen." Die Schachtel zitterte und Emily wich zurück. Godric legte einen Arm um ihre Taille, um ihr zu versichern, dass sie in Sicherheit war.

„Hat es sich gerade bewegt? Was hast du mir mitgebracht?" Ihre Hände ruhten leicht auf Godrics Arm.

Godric legte seine Lippen an ihr Ohr. „Öffne sie und finde es heraus."

Die Männer beobachteten fasziniert, wie sie die lose Schnur löste, die den Deckel der Schachtel hielt.

Der Deckel sprang auf und der Kopf eines Welpen lugte heraus, eine blaue Satinschleife um seinen Hals. Sein Schwanz wedelte so stark, dass sein kleiner Körper zitterte. Das Fell des Welpen war weiß und die Ohren ein warmes Rotbraun. Seine Schnauze war ebenfalls weiß und verjüngte sich zu einer eleganten Nase zwischen seinen pelzigen Augenbrauen. Der Welpe war viel zu pummelig, aber er würde zu einem schlanken, flinken Jagdhund heranwachsen.

Emily sagte kein Wort, aber sie fuhr sich mit den Fingern über die Augen, um ihre Tränen aufzuhalten. Godrics Freunde reagierten entsetzt auf ihre Reaktion.

„Du magst sie nicht?" Cedric kniete ihr gegenüber, die

Fäuste auf seinen Oberschenkeln geballt, als kämpfe er gegen eine Welle der Frustration und Enttäuschung an.

„Sie nicht mögen?" Emily nahm den wedelnden Welpen in die Arme und gab ihn Godric, der kaum Zeit hatte, den Welpen zu ergreifen, bevor sie Cedric umarmte.

Godric hasste es, dass sie einen leichten Kuss auf Cedrics Wange presste. Der arme Kerl wurde tief rot, als sie ihn losließ und ihr Geschenk von Godric zurückforderte. Die rosafarbene Zunge des Welpen leckte über ihr Kinn, als sie ihn an ihr Gesicht hielt. Noch nie in Godrics Leben war er eifersüchtig auf einen Hund gewesen.

Cedric wuschelte mit der Hand durch das Fell des Welpen. „Sie ist ein englischer Foxhound. Sie wird täglich viel Bewegung brauchen, aber sie wird die beste Jägerin und der treueste Begleiterin sein, den du je haben wirst."

„Du bist ein wahrer Schatz, meine kleine Penelope." Emily gab dem Welpen einen Kuss auf den Kopf.

„Penelope?", fragte Charles.

Emily warf Godric einen schüchternen Blick zu. „Ja, Odysseus' treue Frau."

Er blinzelte überrascht. Sie hatte einen Namen aus der Geschichte gewählt, die sie gestern Nachmittag zusammen gelesen hatten. Eine seltsame Wärme breitete sich in seiner Brust aus.

„Willst du mit ihr spazieren gehen?", fragte Cedric.

„Darf ich, Godric? Bitte?" Emily löste eine Hand von Penelope, um an Godrics Ärmel zu zerren.

„Wenn Cedric und Charles sich dir anschließen." Sie sah das Zwinkern nicht, dass er Cedric zuwarf, als sie sich gemeinsam über das gelungene Geschenk freuten.

Der Welpe hatte Emilys Drang zu fliehen gebremst. Es war klar, dass sie es nicht ertragen würde, ihre Penelope zurückzulassen. Der Welpe zappelte in Emilys Armen, und sie sah ihren Hund so glücklich an, dass Godric ihr noch tausend weitere kaufen wollte, um sicherzustellen, dass dieser Blick niemals verblassen würde.

Andere Frauen wären vielleicht nicht so sehr in Freude über ein so einfaches Geschenk versunken… sie hätten sich Juwelen und Kleider gewünscht, aber Emily schätzte Bücher und treue Tiere, nicht funkelnden Schmuck und feine Seidenkleider.

„Sollen wir gehen?", fragte Cedric und mit einem erfreuten „*Ja*" von Emily verließen die drei den Frühstücksraum.

Lucien und Ashton blieben und richteten ihre Aufmerksamkeit auf Godric.

Lucien grinste. „Überlass es Cedric, Emilys Zuneigung zu kaufen und sie zum Bleiben zu überreden." Die anderen schmunzelten.

„Ja, ich frage mich, ob er diesen kleinen Trick schon bei Anne Chessley ausprobiert hat", überlegte Ashton.

„Er müsste dieser Frau ein Pferd kaufen, ein gutes, bevor sie ihn auch nur ansatzweise ernst nehmen würde", meinte Godric.

Sie lachten über die Vorstellung, dass Cedric versuchen würde, eine Frau, die mehr als er über Pferde wusste, zu umwerben, indem er ihr eines kaufte. Das würde sicherlich in einer Katastrophe enden.

„Nun zu dringenderen Angelegenheiten, fürchte ich", sagte Godric. „Ich muss zurück nach London, zumindest für den Rest des Tages."

„Oh?" Ashtons Brauen wölbten sich. Godric verstand die Reaktion seines Freundes. Er hasste es, Emily allein zu lassen.

„Ja, ich muss ein paar Dinge mit meinen Immobilien in Ordnung bringen. Ich muss zu meinem Anwalt, und ich dachte, ich könnte Albert Parr einen diskreten Besuch abstatten."

„Was willst du ihm denn sagen?", fragte Lucien.

„Du solltest vorsichtig sein, Godric, jetzt, wo Blankenship uns auf der Spur ist", warf Ashton ein. „Die beiden versuchen sicher zu beweisen, dass du Emily entführt hast. Halte alles, was du über Emily sagst, wage. Wir dürfen keinen weiteren, unerwarteten Besuch vom Magistrat riskieren."

Godric zupfte an den Rändern seiner Weste, schon beim bloßen Gedanken an diesen Mann gereizt. „Ash, wäre es eine schreckliche Zumutung, wenn ich dich bitten würde, mit mir zu kommen? Da ich weiß, wie Blankenship in diese Angelegenheit verwickelt ist, fürchte ich, dass ich jemanden brauchen könnte, der mir hilft, mein Temperament zu zügeln."

„Ja, natürlich werde ich mitkommen. Lucien, würdest du hier bitte die Leitung übernehmen? Wir alle wissen, wie impulsiv Charles ist und dass Cedric sich so leicht ablenken lässt. Ich denke, wir wären alle gut beraten, ihnen unter diesen Umständen nicht unseren Schatz anzuvertrauen. Emily wird einen dritten Widersacher brauchen, sowohl um ihretwillen als auch um unserer selbst willen."

„Du glaubst doch nicht, dass sie weglaufen wird? Jetzt, wo sie den Hund hat?"

Sowohl Godric als auch Ashton nickten.

„Sie wird es versuchen, oder sie wird zumindest Pläne schmieden. Es liegt in ihrer Natur." Godric hatte nicht ignoriert, was sie ihm letzte Nacht gesagt hatte. Ihre Freiheit war für sie lebenswichtig. Nein, der Hund würde Emilys Fluchtpläne nicht ausmerzen, lediglich abwandeln.

„Ich werde auf alle drei aufpassen."

Godric nickte. „Ausgezeichnet. Erwarte uns erst spät zurück. Wir werden wahrscheinlich das Abendessen verpassen. Oh, und Lucien, erinnere Emily an ihr Versprechen, zwischen zehn und sechs Uhr hier zu bleiben."

„Du hast diese kleine Füchsin dazu gebracht, ein paar Bedingungen zu akzeptieren?", fragte Lucien belustigt. „Hast du Daumenschrauben oder die Streckbank benutzt?"

Godrics Ausdruck verfinsterte sich.

„Erinnere sie einfach an unsere Abmachung, bevor du sie allein lässt, aber ich muss diese Warnung aussprechen...",

Godric und die beiden anderen Männer gingen in die Haupthalle hinaus, „...lass Emily vor zehn Uhr nicht eine Minute lang aus den Augen.“

„Mach dir keine Sorgen.“ Lucien klopfte Godric auf die Schulter. „Sie wird hier sein, wenn du zurückkommst.“

„Das sollte sie besser sein, denn wenn sie es nicht ist, dann ist die Hölle los.“

11

Der Tag war außerordentlich schön. Der sonnige Himmel war strahlend blau und eine leichte Brise wehte über das Anwesen. Emily beugte sich hinunter und streifte mit ihrer Hand durch das kniehohe seidige Gras. Cedric und Charles flankierten sie auf beiden Seiten und redeten miteinander, während Emily ihrer Unterhaltung lauschte. Penelope, die nicht an einer Leine angebunden war, lief einige Meter vor ihr. Der kleine Welpe beschäftigte sich damit, durch das hohe Gras zu springen und herumzutollen. Emily lächelte über die schwarze Nase des Welpen, die auf den Boden gerichtet war. Sie schnüffelte und hüpfte dann über das Gras, nur um wieder mit dem Schnüffeln fortzufahren.

„Also...", begann Cedric, „...sagte ich zum Scheich, ich wette achthundert Pfund, dass ich dieses Blatt gewinnen kann, und der Scheich, dieser hochmütige Bastard, antwortete, ‚Lasst uns die Wette auf etwas Wertvolleres abschließen. Wie würden Euch ein paar Araberstuten gefallen?' Und ich sagte ihm, ich würde die Wette annehmen."

„Sind das die Stuten, die von Anne Chessleys Hengst gedeckt werden sollen?"

„Genau die beiden!", sagte Cedric und lachte.

„Du hast also die Pferde vom Scheich gewonnen?", fragte Emily erstaunt. „War er nicht wütend?" Sie stellte sich vor, wie Cedric das Siegerblatt spielte. Dann malte sich den Blick des Scheichs aus, dessen Augen aufflammten, als er seine Pferde verlor.

Cedric schwang seinen Gehstock tief über das Gras, während er schlenderte.

„War er wütend? Was für eine Frage. Natürlich war der Mann wütend! Aber ich habe offen und ehrlich vor den Augen von einem Dutzend Gentlemen gewonnen. Ehrlich gesagt, wissen Ausländer nicht, wie man Whist spielt. Sie sind viel zu impulsiv und angeberisch."

Ein schiefes Lächeln umspielte Charles' Lippen. „Ich nehme an, er war vernarrt in seine Pferde?"

„Er liebte ihre Ahnentafel", stellte Cedric klar. „Die Stuten stammten beide von seinem besten Hengst, einem Araber namens Firestorm. Selbst ich konnte es mir nicht leisten, ein Kaufangebot für sie zu machen."

Emily war voller Ehrfurcht. Sie hatte einmal auf einem Jahrmarkt einen Araber gesehen, der Sprünge vollführte, auf dem Boden herumtrampelte und tänzelte. Sein Fell war weiß gewesen, wie der erste Schneefall.

Anders als bei den meisten Pferden wölbte sich die Nase der Araber am Ende ein wenig. Ihre Schönheit war verführerisch und geheimnisvoll, und ihre schlanken Beine verliehen ihnen einen Hauch von Zartheit, während sie gleichzeitig voller Kraft strotzten. Ihr einzigartiger Körperbau trug auch zu schnellen Läufen bei.

„Warum gibt es nicht mehr reine Araber in England? Ich habe in meinem Leben erst einen gesehen." Viele Engländer rühmten sich, feine Araber zu besitzen, aber diese Pferde waren über unzählige Generationen in England gezüchtet worden. Es war selten, dass Araber, die aus dem Nahen Osten kamen, an englischen Ufern gesichtet wurden.

„Die Scheichs bewachen ihre Pferde wie eifersüchtige Ehefrauen ihre Männer. Es wurden ihretwegen schon Menschen getötet."

„Ich bin ziemlich überrascht, dass der Scheich dich lebendig hat gehen lassen", sagte Charles.

„Er ließ mich den Kartenraum verlassen, aber er sagte mir, eines Tages würde ich einen schrecklichen Tod sterben und er würde seine Pferde zurückbekommen."

Emily keuchte, aber die Männer kicherten nur. Emily sah nichts Humorvolles in einer Todesdrohung.

„Was hast du geantwortet", fragte Charles.

„Ich sagte ihm, wenn er sich für ein ehrliches Kartenspiel rächen wolle, solle er sich anstellen, bis er dran sei, denn ich habe schon viel Schlimmeres mit schlaueren Männern gemacht." Wenig auf der Welt machte diesen beiden Männern Angst.

„Aber das meinst du sicher nicht so, Cedric. Du hast deine Schwächen, wie alle Männer. Aber du bist auch gütig. Du würdest keinem Menschen etwas antun, der es nicht verdient hat." Emily hoffte, dass es der Wahrheit entsprach. Sie wusste, dass sie zu Freundlichkeit fähig waren, aber eine schelmische Neugier trieb sie dazu, zu erfahren, ob diese beiden Männer ihre verruchte Vergangenheit zugeben würden.

„Willst du also behaupten, dass Frauen keine Fehler machen?" In Cedrics Augen lag ein fröhliches Funkeln.

„Hm. Ich weiß von einer Schwäche, die sie hat..." Charles wirbelte herum und packte Emily um die Taille, kitzelte sie, sodass sie sich in Kichern und Keuchen auflöste.

„Wir versuchen, nett zu dir zu sein, Kätzchen, weil du so hilflos und süß bist."

Cedric verschränkte die Arme und lachte, als sie sich bemühte, Charles zu entkommen.

„Oh, Hilfe! Cedric, mach, dass er aufhört!" Sie versuchte, sich zu befreien, aber Charles wollte nichts davon wissen. Cedric verpasste Charles einen gut platzierten Schlag mit seinem Stock auf die Rückseite seiner Beine. Emily riss sich los und rannte zu Cedric, den sie als menschlichen Schutzschild benutzte, während Charles sein Bestes tat, um sie wie eine Raubkatze zu verfolgen.

„Genug!" Cedric wich Charles' Händen aus und wehrte Penelope ab, während der Welpe sich dem Spaß anschloss. Schließlich lenkte Charles ein und ließ Emily zu Atem kommen.

Cedric streckte eine Hand aus. „Komm mit, Emily." Sie lehnte sich gegen ihn, legte ihre Hand in seine und lachte, als Charles eine amüsante Geschichte über seinen letzten Boxkampf erzählte. Es war ein perfekter Tag. Fast. Nur eine Sache fehlte. Eine Person.

⁂

Whitechapel war eine verachtenswerte Gegend. Tagsüber bevölkerten Karren und Menschen, die billige Waren verkauften, die Straßen. Nachts verwandelte sich die Gegend in einen Zufluchtsort für Prostituierte, Ausgestoßene und Mörder. Seitenstraßen durchzogen das Gebiet und webten ein tödliches Labyrinth aus Schmutz und Gefahr.

Blankenship hielt sich in den Schatten. Obwohl er ein großer Mann war und mehr als in der Lage, sich in einem Kampf zu verteidigen, hatte er nie geglaubt, dass ein solcher Kampf fair sein sollte. Er hielt seine Hände in seiner Jacke versteckt, die Finger um eine von Manton hergestellten Pistole geschlungen.

Ein lauter Schrei von oben war seine einzige Warnung, auszuweichen, als ein Nachttopf über ihm geleert wurde. Er trat in das gelbliche Licht einer Laterne und stieß mit einer zerlumpten Hure zusammen.

„Lust auf eine schnelle Nummer, mein Lieber?" Das bemalte Gesicht der Frau war eine Maske aus Krankheit und Not. Blankenship fluchte und duckte sich zurück in den Schutz der Schatten. Etwas zappelte unter seinem Stiefel. Er trat zur Seite und eine Ratte ergriff die Flucht. Er bog in die Dorset Street ein, die Finger um den Griff seiner Pistole gekrümmt, als er sich einer Taverne namens The Black Boar's Head näherte.

Der Fetzen Pergament in seiner Tasche, den er heute Nachmittag erhalten hatte, hatte den Namen dieser Taverne und eine Zeit für ein Treffen enthalten. Jemand hatte gewusst, dass er Hilfe brauchte, um an das Parr-Mädchen heranzukommen. Man hatte ihm vorgeschlagen, sich hier zu treffen, um eine Alternative zu den legalen Mitteln zu besprechen, die er versucht hatte in Anspruch zu nehmen, die aber fehlgeschlagen waren. Er war zu verzweifelt, um nicht alle Methoden auszuprobieren, selbst wenn es bedeutete, hier einen Fremden zu treffen.

In dem Moment, in dem die Tür aufschwang, überfiel ihn der Geruch von Gin und ungewaschenen Körpern. Seine Augen tränten und Blankenship verlor fast den Inhalt seines Magens.

Er wich einer Reihe von Mägden aus, deren Brüste fast aus ihren dünnen Musselinmiedern purzelten. Solche niederen, schmutzigen Kreaturen übten auf ihn keinen Reiz mehr aus. Er sehnte sich nach weicher, cremiger Haut, goldglänzendem Haar und blassrosa Lippen.

Er sehnte sich nach Emily Parr.

Blankenship wollte sich gerade an einen Tisch in der Nähe der Tür setzen, als ihm etwas ins Auge fiel. Im hinteren Teil des Lokals lümmelte ein gut gekleideter Mann an einem Tisch, eine Hand um ein Glas Gin geschlungen. Die andere Hand war in das verworrene Haar einer Frau gekrallt, während er ihren Kopf über seinem Unterleib auf und ab bewegte. Blankenship unterdrückte ein Stöhnen, rutschte unbehaglich hin und her und rückte seine Hose zurecht. Sein größter Wunsch war es, Emily vor ihm knien zu sehen, ihre Lippen um seine Länge geschlungen. Sie würde ihn so tief nehmen, dass sie würgen musste.

Der Mann am Tisch wölbte seine Hüften als er Erleichterung fand und schob die Frau von sich. Sie wischte sich den Mund mit dem Handrücken ab und schlich sich in eine Ecke. Der Mann hielt Blankenships Blick stand, knöpfte seine Hose zu und lächelte. Es war ein kalter Ausdruck, fast wie gefrorenes Metall. Mit einer eitlen Handbewegung deutete er Blankenship an, er solle sich ihm anschließen.

„Ihr habt mich beobachtet."

Blankenship konnte seinen finsteren Blick nicht verbergen. „Ihr habt eine aufmerksamkeitserregende Darbietung geboten."

Der Mann lachte erneut. Sanft, aber gefährlich. „Setzt Euch. Ich glaube, Ihr braucht meine Hilfe."

Der Stuhl, auf dem Blankenship Platz nahm, knarrte. „Ihr wart es also, der mir die Nachricht sandte, nicht wahr? Wer seid Ihr?" Er musterte den Fremden. Seine langen Finger waren manikürt, sein Haar frisiert, seine Kleidung tadellos. Ein Lord vielleicht?

„Hugo Waverly."

Er hatte den Namen schon einmal gehört, konnte sich aber nicht daran erinnern, wo.

„Welches Interesse habt Ihr an meinen Angelegenheiten?" Seine Hand ruhte immer noch auf der Waffe, die in seinem Mantel steckte.

Waverly richtete kalte braune Augen auf ihn. „Wir haben einen gemeinsamen Gegner, vermute ich?"

Blankenships Bauchgefühl spielte verrückt. Jeder Mann, der von seinen Affären wusste, war eine Bedrohung, doch ein Mann wie dieser könnte tatsächlich ein potenzieller Verbündeter sein.

„Ich nehme an, Ihr meint den Duke of Essex?" Blankenship lehnte sich in seinem Stuhl zurück und verschränkte die Arme vor der Brust. „Was habt Ihr gegen ihn?"

„Es ist etwas Persönliches. Es genügt zu sagen, dass ich gerne helfen würde. Ich kenne da einen Mann." Waverlys Finger tanzten auf seinem Glas, während er es vor sich schwenkte, die Augen auf Blankenship gerichtet. „Er ist hochqualifiziert. Hat Augen und Ohren überall. Er hat sich auf heikle Rückholaktionen spezialisiert. Wenn Ihr ihn gut bezahlt, kann er zurückholen, was rechtmäßig Euch gehört." Waverly lächelte. „Und ich werde das Vergnügen haben, zu wissen, dass Essex etwas genommen wurde... etwas, das er liebt."

„Glaubt Ihr, dass er sie liebt?"

„Ich weiß nichts von einer Frau." Sein durchtriebener Blick traf Blankenships. „Meines Wissens nach handelt es sich um ein veruntreutes Stück Eigentum, mehr nicht. Essex denkt, dass er Anspruch auf dieses Eigentum hat, und wir beide wissen, dass es nicht seines ist. Das ändert nichts an der Tatsache, dass er sich um das Wohlergehen dieses... Eigentums schert."

„Wer ist dieser Mann?"

Waverly griff in seine Tasche und zog einen schmales Stück Papier heraus. Er schob es über den Tisch. Blankenship nahm es, starrte auf den Namen und die Adresse.

„Ich sollte hinzufügen, dass es noch jemanden gibt, den Ihr nützlich finden könntet. Jemand, der mit den Gewohnheiten von Essex bestens vertraut ist. Sie müssen nur die Lady-Society-Kolumne der *Quizzing Glass Gazette* konsultieren, um ihre Identität festzustellen."

Zufrieden stand Blankenship auf, um zu gehen.

„Blankenship?"

Seine Schultern strafften sich, aber wandte sich erneut zu Waverly um.

„Essex hasst es besonders, wenn die Dinge, die ihm wichtig sind, zerstört werden."

NACHDEM GODRIC SEIN TREFFEN MIT SEINEM ANWALT beendet hatte, gingen er und Ashton zu dem kleinen Juwelierladen in der Regent Street, den er in seinen früheren Jahren häufig besucht hatte. Godric begutachtete die glitzernden Schmuckstücke in der Auslage... er grübelte, begutachtete, debattierte innerlich. Nach intensivem Studium entschied er sich für einen goldenen Kamm mit einem Schmetterling, mit einem opalfarbenen Körper und perlmuttfarbenen Flügel.

Emily erinnerte ihn an einen Schmetterling. Sie flog jedes Mal in die Freiheit, wenn er versuchte, sie zu fangen, aber wenn er ganz, ganz stillsaß, belohnte sie ihn mit den bezauberndsten Küssen, die nur für ihn bestimmt waren.

Godric strich mit dem Daumen über den glatten Opal und die Perle und stellte sich vor, wie sie sich in die Wellen ihres kastanienbraunen Haars schmiegte. Er würde den Moment auskosten, in dem er den Kamm nachts herausnahm, wenn sie in sein Bett kletterte. Ihr Haar würde in einem Wasserfall aus Farben über ihre Schultern fallen.

Er benahm sich wieder wie ein junger Mann, unsicher, wie er eine Frau gewinnen konnte. Wie viele Jahre waren vergangen, seit er und seine Freunde über den besten Weg, das Herz eines Mädchens zu erobern, sinniert hatten?

Godric wählte eine Haarbürste aus, die zu dem Kamm passte, dann übergab er dem Ladenbesitzer ein ledernes Hundehalsband mit einer silbernen Namensplatte, um es für Penelope gravieren zu lassen. Als die Sachen fertig eingepackt waren, verließen er und Aston den Laden.

Es war an der Zeit, Albert Parr einen Besuch abzustatten.

Parrs fahlgesichtiger Butler ließ sie mit dem steifsten und unwillkommensten Verhalten ins Haus. Er trat lediglich für sie zur Seite und führte sie dann den Flur hinunter. Godric runzelte die Stirn, während er die ungepflegte Umgebung wahrnahm. Er fuhr mit einem behandschuhten Finger am nächsten Geländer entlang, und seine Stirn legte sich in Falten angesichts des grauen Staubflecks, der nun seinen Handschuh befleckte. Das Haus war nur ein paar Straßen von der Park Lane entfernt, doch es war klar, dass die Beschäftigung und Beaufsichtigung von Bediensteten nicht Albert Parrs Hauptanliegen war.

„Arme Emily", murmelte Ashton leise. „Nicht gerade ein warmer Ort zum Leben."

Godric knurrte. „Meine Emily gehört in einen Palast, mit Seidenlaken und tausend Dienern."

Ashton zog eine Augenbraue zu ihm hoch. „Du meinst, sie gehört an einen Ort wie Essex House?"

Godrics dachte schweigend über die Bemerkung nach. „Für den Moment, ja."

„Warum nicht länger? Sagen wir... für immer?"

„Was soll ich mit ihr machen, Ash?"

„Umwerbe sie. Sie wird nicht lange eine ungepflückte Frucht bleiben, mein Freund. Wäre es dir nicht lieber, du würdest sie in das Spiel der Liebe einführen, anstatt ein Schurke wie Blankenship? Sie verdient einen Mann, der zärtlich und leidenschaftlich ist."

„Aber was dann? Ich habe ihren Ruf ruiniert. Soll ich sie heiraten und glücklich bis ans Ende meiner Tage leben? Du weißt es doch besser." Die Menschen, die er liebte, hatten ihn entweder verlassen oder betrogen. Beides wollte er mit Emily vermeiden.

„Ist es nicht das, was bekehrte Wüstlinge und Schurken tun sollten?"

„Wer hat behauptet, ich wäre bekehrt?"

Ashton lächelte nur.

Keiner der beiden Männer sagte etwas, als der Diener sie in Parrs Arbeitszimmer führte. Emilys Onkel – der Mann sah aus wie ein Wiesel – las über seinen Schreibtisch gebeugt einige Briefe. Er blickte auf und sah dann zweimal hin, bevor er sich sicher war, wer ihn da besuchte.

Anstatt einen Duke und einen Baron mit gebührender

Ehrerbietung zu behandeln, erhob sich Parr widerwillig.

„Warum habt Ihr so lange gebraucht?“

Godric starrte ihn an, bis der Mann hinzufügte: „Eure Lordschaft.“

Godrics Hände ballten sich an seinen Seiten zu Fäusten. Er hatte das seltsame Gefühl, dass mit ihm gespielt wurde. „Ich würde gerne mit Euch über meine Investition sprechen.“ Er und Ashton näherten sich Parrs Schreibtisch und sahen ihn mit einem finsteren Blick an, der jeden anderen Mann in die Flucht geschlagen hätte.

Parr lehnte sich in seinem Stuhl zurück und musterte sie. „So nennt Ihr also meine Nichte, Eure Lordschaft?“

„Oh? Ihr habt eine Nichte?“ Godric lächelte, aber die Wärme des Lächelns erreichte seine Augen nicht. „Ashton, hast du das gehört? Parr hat eine Nichte. Wie schön.“

„Ihr seid ein schrecklicher Lügner, Eure Lordschaft. Ich weiß, dass Ihr es wart, der Emily hat entführen lassen.“ Er trat einen Schritt nach rechts, als wollte er um den Schreibtisch herumgehen, besann sich dann aber eines Besseren. „Mr. Blankenship hatte noch kein Glück dabei, sie zu finden, wie ich hörte. Aber ich bin sicher, Ihr habt sie in Euren Keller oder vielleicht in einem Schrank eingesperrt. Ich kann mir vorstellen, dass Ihr keine Bedenken hattet, dies zu tun.“ Parrs dünne Lippen verzogen sich zu einem Lächeln. Es war genauso kühl wie Godrics.

„Wo ist mein Geld?“

„Euer Geld ist weg. Ich habe alles ausgegeben, um meine Gläubiger zu befriedigen, wie Ihr bereits wisst. Es gibt in diesem Haus nichts mehr, was Ihr pfänden und verkaufen könntet, sonst würde ich es Euch geben. Außerdem schulde ich Mr. Blankenship noch mehr als Euch. Emily war mein letzter Verhandlungsgegenstand. Aber das wusstet Ihr natürlich auch, deshalb habt Ihr sie entführt.“

„Sie ist kein Gegenstand, um den man feilschen kann. Sie ist eine Frau!“ Godric knallte seine Hand flach auf Parrs Schreibtisch. Ashton legte ihm eine beruhigende Hand auf die Schulter.

„Wenn sie nichts zum Feilschen ist, warum habt Ihr sie dann entführt? Da ich mich bei der Nutzung Eurer Investition arglistig verhalten habe, sollten wir wenigstens jetzt ehrlich zueinander sein und zugeben, dass diese Unehrlichkeit auf Gegenseitigkeit beruht“, erwiderte Parr.

Godric wollte über den Schreibtisch springen und das Leben aus Parr herauswürgen. Aber er musste mit seiner eigenen Schuld kämpfen. Es stimmte. Er war nicht besser als Parr. Es war ihm völlig egal gewesen, dass sein Handeln Emilys Ruf zerstören würde. Er hatte damit gerechnet. Er hatte darüber gelacht, weil er es für ein Spiel gehalten hatte.

Er war genauso ein Schurke wie ihr Onkel.

Ashton mischte sich ein. „Mr. Parr, wie gefestigt ist der Anspruch von Blankenship auf Em... äh... Eure Nichte?“

Parrs geschäftliches Auftreten kehrte zurück. „Er ist unangreifbar. Ich habe sie ihm angeboten und im Gegenzug erlässt er all meine Schulden. Er stimmte zu, seinen Teil der Abmachung zu erfüllen und sie zu heiraten. Es sei denn, sie ist keine Jungfrau mehr.“

„Und dann wäre sie frei?“ Wenn dem so war, hatte Godric den Sieg wieder vor Augen.

„Nein. Sollte sie ihm befleckt in seine Hände geraten, würde er sie als seine Mätresse nehmen.“

„Und Ihr habt dem zugestimmt?“ Das Blut wich aus Godrics Gesicht, nicht vor Entsetzen, sondern vor Wut.

Parr blickte zu Boden, nicht mehr in der Lage, seine Schuldgefühle zu verbergen. „Ich habe es getan... und es war ein Teufelszug. Aber welche Wahl hatte ich denn? Wenn Blankenship die Zahlung meiner Schulden verlangt, würde mich das vernichten. Ich bin nicht ohne Mitgefühl für das Mädchen, aber wenn Ihr Blankenship so gut kennen würdet wie ich, würdet Ihr meine Handlungen verstehen."

„Sein Einfluss ist uns nicht fremd", antwortete Ashton.

„Wirklich? Der finanzielle Ruin seiner Feinde ist nur ein Teil des Rufes dieses Mannes."

„Und was ist mit Emily? Hat sie kein Mitspracherecht in dieser Sache?", warf Godric ein.

„Sie wird tun, was nötig ist. Wozu ist sie sonst gut?"

Godric verpasste ihm einen rechten Haken und Parr fiel in seinem Stuhl zurück. Er hielt sich den Mund zu und blickte Godric verängstigt an.

„Dazu wird es nicht kommen."

Parr tastete seine Zähne mit der Zunge ab und Godric sah Blut aus seinem Mund fließen. „Oh? Und wie wollt Ihr das anstellen?"

„Emily ist nicht länger Eure Angelegenheit. Ihr werdet sie nicht nutzen, um Eure Schulden zu begleichen."

❧

ALBERT GENOSS DEN SCHMERZ, DENN ER WUSSTE ER HATTE den Schlag verdient. Aber er empfand auch Genugtuung. Essex hatte Emily, und mehr noch... sie hatte sein Interesse geweckt. Wer wusste, wie lange der Duke sich an ihr erfreuen würde, aber zumindest stand sie im Moment unter seinem Schutz. Blankenship würde kaum einen Weg finden, an sie heranzukommen. Vielleicht war es das Beste, was Emily passieren konnte. Blankenship könnte ihn nicht dafür verantwortlich machen. Vielleicht konnte er es zu seinem Vorteil nutzen und seine Nichte an die Güte erinnern, die er ihr als ihr Vormund erwiesen hatte. Vielleicht würde Essex Alberts Schulden für seine Bemühungen, sich um Emily zu kümmern, vergeben.

Der Schlag auf seinen Kiefer bewies, dass Emily in weitaus besseren Händen war als in seinen. Ein Mann schlug andere

Männer in der höflichen Gesellschaft von London einfach nicht, es sei denn, seine Emotionen übermannten ihn.

Albert lächelte, zuckte kurz zusammen und lächelte dann erneut. Es schien, als würde Emilys süßes Temperament sich auszahlen. Aber um ihretwillen hoffte er, dass Blankenships Ambitionen nicht so obsessiv waren, wie sie zu sein schienen.

⚜

JIM TANNER ERKUNDETE DIE DUNKLE STRASSE, DIE VOR IHM lag. Es war eine seiner vielen cleveren Routen in St. Giles, auf denen er sich in der undurchdringlichen Dunkelheit verstecken konnte, um allen auszuweichen, die ihn verfolgten. Es war auch der perfekte Ort, um einen neuen Kunden zu treffen. Der Abend rückte näher und die Schatten legten sich über das Labyrinth der Gasse. Sie verdunkelten die Fenster der Pfandhäuser und Hütten der Londoner Unterschicht. Er hatte seine Kontakte spielen lassen und man hatte ihm eine Nachricht zukommen lassen, dass ein Mann ihn großzügig bezahlen wollte, um eine junge Lady aus den Fängen einer Gruppe gefährlicher Adliger zu befreien. Die Aussicht hatte ihn so fasziniert, dass er zustimmte, den potenziellen Kunden eine Stunde nach Sonnenuntergang zu treffen.

Scharrende Schritte in der Dunkelheit vor ihm ließen ihn nach der Klinge greifen, die er in seinem Mantel versteckt hielt.

„Sind Sie das?", erklang eine tiefe, grollende Stimme aus der Dunkelheit. „Ich habe die Informationen und eine Anzahlung mitgebracht." Die Stimme wurde zu einem rauen Flüstern, als ein großer, breiter Mann in das Licht einer verblassten Laterne trat, die nur wenige Schritte entfernt leuchtete.

Tanner zeigte sich und genoss das Keuchen und den Schock seines potenziellen Kunden. Er hatte nur einen Meter entfernt gestanden und der Mann hatte ihn nicht bemerkt.

„Ihr braucht meine Dienste also, um eine Lady zu akquirieren?", fragte Tanner beiläufig.

„Ja. Sie ist derzeit auf dem Anwesen des Duke of Essex versteckt. Fünf Männer bewachen sie zu jeder Zeit", erklärte der Mann, während er Tanner ein Stück Pergament mit einer Wegbeschreibung zum Anwesen überreichte.

Tanner las, was auf dem Papier geschrieben stand, riss es dann in Stücke und warf es in eine Pfütze. Die Tinte verschwamm sofort und wurde unleserlich.

Er war dem Duke of Essex noch nie über den Weg gelaufen, aber er war sich sicher, dass er wie jeder andere aufgeblasene Aristokrat war. Gelangweilt, reich und mit viel zu viel Macht bedacht.

Als junger Mann hatte Tanner Loyalität gegenüber diesen Männern empfunden, besonders gegenüber seinem Herrn, einem Vicomte mittleren Alters. Als Lakai hatte er sich um jedes Bedürfnis des Mannes gekümmert, ohne für seine harte Arbeit besondere Freundlichkeit oder gute Behandlung zu erwarten. Er war stolz, sehr stolz auf die Pflichten, die er für seinen Herren erledigte.

Zumindest bis sein Herr Tanners Liebste entdeckt und sie vergewaltigt hatte. Lacy. Tanners Blut kochte noch immer bei der Erinnerung. Er hatte sie über das Bett seines Herrn gebeugt vorgefunden, die Röcke um die Hüften gebauscht. Sie hatte alles ertragen, was sein Herr ihr angetan hatte. Sie hatte nicht protestiert, aber keine Frau im Dienst eines Adligen tat das jemals. Sich ihrem Herrn zu verweigern, war ein Grund zur Entlassung.

Seine Wut hatte Tanners gesunden Menschenverstand zerstört. Er hatte seinen Herren getötet, den Mann mit bloßen Händen umgebracht und war dann geflohen. Jetzt, sieben Jahre später, hatte er sich als professioneller Auftragsdieb etabliert... einer der besten. Seine flinken Hände und seine Fähigkeit, von allen ungesehen zu bleiben, ein Überbleibsel seiner Zeit als Lakai, rentierten sich für ihn sogar noch mehr, da er sich auf die Beschaffung von Gegenständen, die von gut zahlenden Kunden gewünscht wurden, spezialisiert hatte.

Der Mann, Thomas Blankenship, war in der Tat in der Lage, ihn gut zu bezahlen. Seine Quellen hatten es bestätigt, obwohl sie auch davor warnten, dass er gefährlich und trügerisch war.

„Ich will fünfhundert Pfund bei Auslieferung des Mädchens. Nachdem man die Pläne eines Dukes vereitelt hat, muss man eine Zeit lang aus England verschwinden.“

Sein Kunde schnaubte und warf ihm einen Lederbeutel zu. „Hier ist ein Hunderter im Voraus, wie Sie in Ihrem Brief gefordert haben.“

Tanner fing den Beutel auf und prüfte das Gewicht. „Gut. Hier kommt, was Ihr für mich tun müsst. Ich brauche jemanden, der sich Zugang zum Inneren von Essex' Anwesen verschaffen kann. Einen Freund, einen Vertrauten, einen Diener, irgendjemanden, dessen Loyalität Ihr Euch erkaufen könnt, damit er das Haus betritt und mir Details über Tagesabläufe und Gewohnheiten des Duke liefert. Das sind Dinge, die ich nicht erfahren kann, aber wissen muss, um in den Besitz Eures Eigentums zu gelangen.“

Blankenship trat nachdenklich von einem Fuß auf den anderen, nickte dann aber. „Ich kenne da jemanden.“

„Ausgezeichnet. Schickt die Informationen an die Adresse, an die Ihr Eure letzte Nachricht überbringen ließet. Sie wird mich erreichen.“ Er wartete, gespannt darauf, was sein Kunde tun würde. Der Mann nahm offensichtlich nicht gerne Befehle entgegen, aber für das Geld, das er bezahlte, war es besser, Tanner seine Arbeit ungestört machen zu lassen.

„In Ordnung. Ich werde Ihnen schreiben, wenn ich die gewünschten Informationen eingeholt habe.“

Die beiden Männer schüttelten sich nicht die Hände. Aber

ihre Blicke begegneten sich und sie besiegelten das Geschäft mit einem simplen Nicken. Mit einem leisen Lachen steckte Tanner sein Geld ein und schlüpfte in die Dunkelheit der unheimlichen Gassen von St. Giles.

❧

EMILY WANDTE SICH VOM FENSTER AB. „WANN WERDEN Ashton und Godric aus London zurückkehren?"

„Irgendwann spät am Abend", erklärte Lucien. „Er sagte, dass sie das Abendessen verpassen würden."

Emilys Miene verdunkelte sich.

Sie vermisste Godric, vermisste die erhitzten Blicke, die Zärtlichkeit seiner Lippen, das Gewicht seines Körpers auf ihrem, diese Hände, die sie in den Wahnsinn trieben. Aber sie vermisste auch das reiche Timbre seiner Stimme, die Art, wie er sich um jedes ihrer Bedürfnisse kümmerte. Sie vermisste sogar sein Verlangen, neben ihr zu schlafen, nur um sie atmen zu hören.

„Freust du dich auf seine Rückkehr?"

Emily nickte. Eine dunkle Leere hatte sich in ihrem Herzen breitgemacht. Trotz der angenehmen Zeit, die diese Männer ihr verschafften, blieb diese Dunkelheit in Bezug auf ihre Zukunft. Ein Zittern erschütterte ihren Körper, als Panik und Furcht sie zu übermannen drohten.

„Kopf hoch, meine Süße." Lucien strich mit einer Hand über ihre Taille und kitzelte sie ein wenig.

Unfähig, es zu verhindern, entkam ihr ein kleines Lachen. Sie errötete. „Es ist ungalant, meine Schwächen so gegen mich zu auszuspielen."

„Dann ist es ein Glück, dass ich mich nicht oft zu den Gentlemen Londons zähle."

Simkins betrat den Raum und kündigte das Abendessen an.

Emily ließ sich im Esszimmer zwischen Lucien und Charles nieder, Cedric saß ihr gegenüber. „Darf ich eine Frage stellen?"

„Das kommt darauf an." Luciens Augen funkelten. „Wir haben nicht vor, dich mit Geschichten über unsere legendären Abenteuer in den Armen unserer Mätressen zu verwöhnen. Wir plaudern nicht über unsere Bettgeschichten."

Charles warf ihm einen überraschten Blick zu. „Ich dachte, das wäre genau das, was wir tun."

„Nun, aber nicht mit anderen Frauen im Raum." Lucien rollte mit den Augen, als wäre er am Ende seiner Geduld.

Cedric zuckte mit den Schultern. „Meine Mätressen fragen immer mit großer Neugierde nach meinen vergangenen... äh... Indiskretionen."

„Ich kann nicht glauben, dass *ich* ausnahmsweise die Stimme der Vernunft bin", sagte Lucien. „Emily ist eine anständige Lady. Keiner von euch wird ein Wort sagen, oder ich werde euch die Ohren langziehen."

Emily kicherte. „Ich wollte nur fragen, wie es kommt, dass ihr alle Freunde geworden seid? Dazu gehören doch sicher keine Geschichten über eure Liebhaberinnen?"

Cedric und Charles tauschten einen amüsierten Blick aus.

„Nein, nein, unser erstes Treffen war mehr Abenteuer als Romantik", antwortete Lucien.

„Wirst du mir davon erzählen?"

Charles antwortete. „Wir sollten dir diese Geschichte erzählen, wenn wir alle anwesend sind. Aber vielleicht können wir dir erzählen, wie wir alle Godric zum ersten Mal getroffen haben. Das ist eine Geschichte für sich."

„Das wäre wunderbar!" Es gab nichts, was sie mehr liebte als eine gute Geschichte, und die fünf Männer, in dessen Gesellschaft sie sich aufhielt, waren der Mittelpunkt vieler Artikel in der *Quizzing Glass Gazette* gewesen.

„Dann sollte ich zuerst anfangen, dir von einer Begegnung

zu erzählen." Cedric beendete sein Abendessen und sah sich am Tisch um, um die Zustimmung der anderen zu erhalten. „Ich habe Godric als Erster getroffen, 1807, als er und ich siebzehn waren. Ich überredete ihn, sich aus den Schlafsälen des Magdalene College zu schleichen. Wir aßen in einem örtlichen Pub zu Abend und gerieten in eine Schlägerei mit einem Oberstufenschüler namens Hugo Waverly wegen einer Frau. Ich schlug Waverly blutig und nahm seinen Gehstock, denn es ging um eine Ehrensache." Cedrics Finger schlangen sich sanft um den Stiel seines Weinglases.

Emilys Blick fiel auf den silbernen Löwenkopf des Gehstocks, den er gegen den Tisch gelehnt hatte. „Ist das sein Stock, den du immer bei dir trägst?"

Er hielt ihn Emily hin, die ihn nahm und ihn vorsichtig begutachtete, als hielte sie ein kostbares Artefakt aus längst vergangenen Zeiten in den Händen. „Ja", sagte er.

Sie spürte an Charles' angespanntem Gesichtsausdruck, dass es noch etwas gab, das sie ihr nicht mitteilten. „Hat Hugo Waverly jemals Rache an euch geübt?"

Charles ließ die Weinflasche fallen, die er gerade untersuchte. Sie schlug mit einem üblen Krachen auf dem Boden auf und ein Spritzer karmesinroten Weins ruinierte seine Kleidung. Er kniete sich schleunigst hin, um die Scherben aufzusammeln.

„Charles, geht es dir gut?"

Lucien kniete nieder, um ihm zu helfen.

„Also, was ist mit Hugo Waverly passiert?" Irgendetwas an seinem Namen, oder vielleicht seine Erinnerung, hatte Charles zu dieser Reaktion veranlasst. Es war klar, dass hinter dieser Geschichte weit mehr steckte als nur eine Schlägerei und der Erwerb dieses Stocks. Es hatte Gründe gegeben, und die Begegnung hatte Konsequenzen gehabt.

„Es ist, wie du vermutetest. Er schwor, Rache an uns zu nehmen." Cedrics Antwort wich ihrer Frage aus, aber sie wusste, dass sie nichts mehr über den mysteriösen Schurken hören würde.

Sie reichte den Stock zurück und ein schüchterner, wehmütiger Seufzer entkam ihren Lippen. „Solche Abenteuer hätte ich auch gern erlebt."

Die Münder der Männer standen offen, als ob ihre Ankündigung ein Schock für sie gewesen wäre.

„Wie in aller Welt nennst du deine momentane Situation, Emily? Ist dies kein Abenteuer? Du wurdest entführt, wehrst täglich die Annäherungsversuche von schamlosen Wüstlingen ab... Nichts davon ist etwas für schwache Nerven", sagte Cedric mit mildem Amüsement.

„Ich weiß... aber ich bin nicht wirklich in Gefahr, oder?" Sie fuhr mit einer Fingerspitze über die Oberfläche des weißen Tischtuchs und unterdrückte ein Schaudern. „Abgesehen von Blankenships Besuch auf Godrics Anwesen."

„Seit du hier angekommen bist, hast du unsere Leben mehr als einmal in Gefahr gebracht. Du reitest wie eine Amazone und springst über Mauern, als wärst du dafür gemacht. Das soll schon etwas heißen", meinte Lucien.

Emilys Stirn runzelte sich enttäuscht. Es hatte keinen Sinn, diesen Männern zu erklären, dass sie sich nach Reisen in fremde Länder sehnte, danach, Sehenswürdigkeiten zu erkunden und nach Kunst, die noch nicht von Malerhänden geschaffen wurde. Es gab so vieles, was ihr fehlte.

Wenn ihr Onkel sie mit Blankenship verheiratete, wäre ihr Leben vorbei.

Emily unterdrückte ein Gähnen und fragte sich, wann Godric zurückkommen würde. Das Gespräch beim Abendessen hatte sie nur für kurze Zeit abgelenkt.

„Es ist spät. Vielleicht solltest du dich für die Nacht zurückziehen, Emily", schlug Cedric vor.

„Ich nehme an, du hast recht. Ich bin erschöpft." Sie bückte sich, um Penelope in ihre Arme zu nehmen, die zu ihren Füßen schlief. Der kleine Hund leckte ihr das Kinn und zappelte aufgeregt. Emily konnte nicht anders, als sich von solch unschuldiger Zuneigung trösten zu lassen. Cedric begleitete sie die Treppe hinauf, eine schattenhafte Erinnerung an ihren Status als Gefangene.

„Du hast deine Bücher und Penelope. Wirst du für den Rest des Abends zurechtkommen?“

„Ja.“

„Also gut, Kätzchen. Ich lasse Simkins Schüsseln mit Futter und Wasser für Penelope hochschicken.“

„Und ein Körbchen? Braucht sie nicht eines zum Schlafen?“

„Ich werde dafür sorgen, dass sie alles hat, was ihr kleines Herz begehrt.“

„Danke, Cedric.“

„Gern geschehen. Wir sind unten, falls du etwas brauchst.“

Als sie schließlich allein war, ließ sie sich mit Penelope auf dem Schoß auf ihrem Bett nieder und zog einen der Romane von ihrem Beistelltisch. *Lady Viola und der schneidige Duke.* Sie wollte eine aufregende Geschichte lesen.

Als sie über die mutige Heldin und ihre erste Begegnung mit dem schneidigen Helden las, sah sie Godric vor ihrem geistigen Auge, und ihr Herz schmerzte. Dachte er in diesem Augenblick an sie, oder eroberte er die Herzen der Ladys von London? Was, wenn sie einschlief, bevor er zurückkam? Würde er trotzdem kommen, um sich seinen Gutenachtkuss abzuholen?

Sie hätte nicht hoffen sollen, dass er es tun würde, aber Gott steh ihr bei, sie wollte es. Sie wollte, dass er in ihr Gemach stürmte und sie wie besinnungslos küsste. Godrics Kuss war wie ein Lauffeuer auf einer trockenen Wiese, und sie sehnte sich nach seinem Inferno wie nach nichts anderem. Es war Wahnsinn, ihn so sehr zu wollen. Natürlicherweise erkannte sie die Gefahr, die er für ihr Herz darstellte, und doch konnte sie ihm scheinbar nicht widerstehen.

Emily ließ sich auf ihr Bett fallen und träumte von Godric.

Penelope rollte sich an ihrer Brust zusammen und die braunen Augen des Hundes wurden schläfrig, als sie einschlief. Emily blieb in diesem entzückenden Zustand des teilweisen Wachseins und stellte sich Godrics Hände auf ihrer Haut vor, seinen Mund auf ihrem, sanfte Worte der Liebe, die ihr Ohr kitzelten. Aber es waren Träume und nichts weiter.

❧ 12 ❧

Godric hatte sich noch nie so sehr darauf gefreut, nach Hause zu kommen.

Er trieb seinen Wallach so hart an, dass Ashton ihm zweimal über das Donnern der Hufe hinweg zurief, er solle langsamer werden, sonst würde sein Pferd noch ein Hufeisen verlieren. Und dann würden sie sich wirklich verspäten. Der Ausflug hatte länger gedauert als geplant, und sie würden erst eine Stunde nach Mitternacht auf dem Anwesen ankommen.

Emilys Geschenke waren in einer Tasche seines Reitmantels verstaut, und er war verzweifelt darauf aus, sie zu sehen, sie in seinen Armen zu halten, sie zu küssen, sie zu kitzeln, nur um ihr atemloses Lachen zu hören. Er hungerte danach, ihre Lippen zu schmecken, zu sehen, wie ihre Augen vor Entzücken funkelten oder in der ersten Röte der Leidenschaft glühten. Er wollte mit ihr auf Griechisch sprechen, um zu sehen, wie viel sie wirklich wusste. Er sehnte sich danach, ihren Verstand zu testen und ihre Lippen zu schmecken. Sie war ein Rätsel, eine Frau, wie er sie noch nie zuvor getroffen hatte.

Das perlmuttfarbene Mondlicht brach über den bleichen Steinen des fernen Herrenhauses und verhöhnte ihn wie eine

Fata Morgana in der Wüste. Würde Emily auf ihn warten? Godric hoffte es. Er wollte sie in sein Bett bringen und ihr einen Gutenachtkuss geben, und zu seiner Überraschung war sein Verlangen danach nicht rein fleischlich.

Wie um alles in der Welt war er dazu gekommen, sich um diese junge Frau auf eine Weise zu kümmern, wie er sich nie um irgendjemanden kümmerte, außer um seine engsten Freunde?

Ashton hatte recht behalten. Sie hatte ihn verzaubert, und er hoffte, dass der Zauber für immer anhielt.

Als er mit Ashton das Herrenhaus erreichte, überließen sie ihre Pferde einem Stallknecht und gingen hinein. Ein Diener hatte Kerzen brennen lassen und die Halle war still. Goldenes Licht erhellte den Weg zum Salon. Zigarrenrauch wehte durch den Flur, und erreichte schließlich Godric und Ashton.

Emily war nicht bei ihnen. Selbst Schurken wie sie rauchten nie in der Gegenwart einer Lady.

Godric und Ashton gingen auf den Salon zu und fanden Cedric, Charles und Lucien in Ohrensesseln in der Nähe des Feuers sitzen. Eine graue Wolke aus Zigarrenrauch schwebte über ihren Köpfen, während sie in gedämpftem Ton sprachen und Karten spielten.

„Ihr seid wieder da." Cedric sah erleichtert aus.

„Es scheint, man hat uns vermisst", sagte Aston leise, Sorge erfüllte seine Stimme.

Godric mochte das plötzliche Aufflammen von Panik in seiner Magengrube nicht. War Emily etwas passiert?

„Ich habe fast Angst zu fragen, aber wo ist Emily?" Godrics Herz schlug wie wild in seiner Brust.

„Mach dir keine Sorgen, Godric. Sie ist in ihrem Gemach und schläft. Schon seit zehn Uhr."

„Gott sei Dank. Entschuldigt mich." Godric wünschte den anderen eine gute Nacht, verzweifelt bemüht, sich zu versichern, dass Emily noch hier war, noch immer sein.

Er sprintete die Treppe hinauf, verlangsamte seine Schritte

aber vor Emilys Tür. Er prüfte den Türgriff ihres Gemachs. Die Tür war nicht verschlossen. Diese Idioten! Sie konnte sich ohne ihr Wissen hinausgeschlichen haben.

Strahlen des Mondlichts erhellten Emilys Kammer. Die dunkle Gestalt der jungen Frau lag umrissen auf dem Bett. Sie war noch vollständig bekleidet und sah aus, als wäre sie vor Erschöpfung zusammengebrochen. Hatte sie vorgehabt, aufzubleiben, und war eingeschlafen? Ein Flackern der Hoffnung brannte in seiner Brust. Er wollte, dass es so war.

Godric zögerte, bevor er den Mut aufbrachte, einzutreten und die Tür zu schließen. Er griff nach unten, zog seine Stiefel aus und stellte sie neben der Tür ab.

Sanft tappte er zum Bett und beobachtete Emilys schlafende Gestalt. Mit einem zärtlichen Ausdruck auf ihrem Gesicht schien sie von glücklicheren Tagen zu träumen. Er beugte sich vorsichtig zu ihr hinunter und strich mit seinen Lippen über ihre, um sie nicht zu wecken, aber sie regte sich trotzdem.

„Godric?", murmelte sie, ihre Augen noch immer geschlossen.

„Ja?" Er kniete neben dem Bett, als sie ihre Augen öffnete.

„Du bist wirklich zurück?"

„Natürlich, meine Liebe. Ich wohne hier, weißt du?"

Sie versuchte, nicht zu lachen. „Wirklich? Ich hatte ja keine Ahnung." Sie blitzte ihn mit einem schelmischen Lächeln an. „Ich wollte wach sein, wenn du zurückkommst, aber ich muss wohl eingeschlafen sein." Sie streckte eine Hand aus, um seine Wange zu berühren.

Godric presste seine Lippen auf die Mitte ihrer Handfläche und küsste sie. „Was hast du gemacht, während ich weg war?" Er wollte alles wissen, was sie tat und ob sie ihn vermisste. Er hatte jede Minute gehasst, die sie getrennt verbracht hatten, und er wollte, dass Emily ihm versicherte, dass es nicht nur ihm so gegangen war.

Er verschränkte seine Arme auf der Bettkante und stützte sein Kinn darauf, während sie ihm von ihrem Tag erzählte, wobei sich seine Brust mit einer seltsamen Wärme füllte. Emily war oftmals ein offenes Buch, aber heute Abend waren ihre Augen wie geheimnisvolle Teiche. Er versank immer mehr in ihren Tiefen, gefangen von den wundersamen Gefühlen, die sich darin spiegelten.

Sie rümpfte die Nase, lächelte aber dann. Ihre Hand spielte abwesend mit seiner Krawatte, während sie ihn ansah, mit großen Augen, dunkel wie Diamanten, verschleiert von mitternächtlichen Schatten.

„Und du? Wie war deine Reise nach London?" Ihre Frage entlockte Godric ein Lächeln.

„Angenehm genug, aber..."

„Aber?"

Aber ich habe dich furchtbar vermisst, wollte er sagen, doch die Worte blieben stecken und erstarben irgendwo zwischen seiner Kehle und seinen Lippen.

„Es ist nichts Nennenswertes vorgefallen. Ich habe dir ein paar Geschenke gekauft, während ich dort war. Möchtest du sie sehen?"

„Geschenke?" Ein Lächeln erblühte auf ihrem Gesicht. Es war unwiderstehlich bezaubernd und raubte ihm den Atem. Er hatte den ganzen Tag darauf gewartet, dass sie ihn so ansah, als sei er auf einem weißen Pferd zu ihr geritten, bereit, um ihr Herz zu kämpfen.

Aber Godric wollte sich nicht trauen, die Gedanken in ihren Augen richtig zu interpretieren. Er wollte, dass es wahr wäre, aber wie konnte sie ihn wollen? Ihn, den Mann, der ihr so viel genommen hatte?

„Natürlich habe ich dir Geschenke mitgebracht. Cedric darf doch nicht den ganzen Ruhm einheimsen."

Er zog die Pakete aus seiner Tasche und Emily nahm sie an sich. Godric setzte sich zu ihr auf das Bett. Sie wickelte das dunkelviolette Papier ab und fand die ersten beiden Gegenstände, die Bürste und den Kamm, die mit Schmetterlingen verziert waren. Das Perlmutt der Schmetterlingsflügel spiegelte das Mondlicht, und der Opal schimmerte dunkel, wie das Meer zu Mitternacht. Sie strich mit einer Fingerspitze über die Oberfläche des Schmetterlings auf dem Kamm und wandte ihr Gesicht Godric zu, ohne zu merken, wie nah er ihr war. Ihre Nasen berührten sich und sie lächelte, bevor sie ihm einen Kuss auf die Wange gab. Ein Schmetterlingskuss, so sanft, dass er sich fragte, ob er ihn sich nur eingebildet hatte.

„Sie sind so schön. Ich habe noch nie etwas so Schönes besessen. Danke."

Godric errötete. Er hatte noch nie eine Frau gesehen, die einfache Geschenke mit solcher Ehrfurcht und Freude entgegennahm. Er hätte Evangeline die Kronjuwelen vor die Füße werfen können, und sie hätte nicht die gleiche Dankbarkeit gezeigt. Der Gedanke demütigte ihn auf eine Weise, die er nicht für möglich gehalten hatte.

„Ich habe sie selbst ausgesucht. Die Schmetterlinge haben mich an dich erinnert."

Sie küsste seine andere Wange und sah durch flatternde Wimpern zu ihm auf. „Erinnere ich dich an einen Schmetterling?"

„Ja, das tust du. Du bist schön, geheimnisvoll, verführerisch, leicht zu fangen, wenn man ein ausreichend großes Netz besitzt..." Seine Stimme war tief und heiser, während er auf ihre Lippen starrte.

„Godric, ich glaube, du versuchst mich zu verführen." Ihre Worte waren neckend, aber die Hitze in ihren Augen war nicht gespielt.

„Immer, meine Liebe. Immer." Seine Lippen waren den ihren so nahe. Er sehnte sich danach, sie zu küssen. Er musste sie küssen. Er musste sie mit dem Licht des Feuers in seinem Herzen blenden, so wie sie ihn mit dem ihren geblendet hatte.

„Wirst du mir einen Gutenachtkuss geben?" Ihre Frage war unschuldig, aber ihr Ton enthielt etwas Geheimnisvolles.

„Noch nicht." Er deutete auf das Päckchen in ihren Händen. „Es gibt noch ein weiteres Geschenk."

Emily ergriff die Verpackung, riss sie auseinander und fand das Lederhalsband mit dem eingravierten silbernen Namensschild.

„Penelope", las sie in einem aufgeregten Flüsterton und sprang vom Bett.

Sie durchquerte das Gemach und trat zu dem Körbchen neben ihrem Frisiertisch. Das Hündchen schlief tief und fest und nahm die Welt um sich herum nicht wahr. Emily schob das Halsband unter ihren Kopf und befestigte es um ihren Hals. Sie schloss die Schnalle und tätschelte Penelopes Kopf, bevor sie wieder zu Godric hinüberkam.

„Ich bin mir sicher, dass sie morgen früh über alle Maßen erfreut sein wird, wenn sie aufwacht."

Godric lachte fast. „Ich kann mir vorstellen, dass sie das sein wird." Er stand auf und nahm Emily am Arm.

„Sollen wir ins Bett gehen, meine Liebe?"

Ein Anflug von Panik trübte ihr schönes Gesicht.

„Was hast du?"

Emilys Wangen röteten sich. „Ich..."

Aber Godric erkannte ihre Angst und versuchte, sie zu beruhigen.

„Wir werden schlafen, und sonst nichts. Ich mag dich zu sehr, um die heutige Nacht für etwas anderes zu nutzen, als dich in meinen Armen zu halten." Er meinte es ernst. Aus der Tiefe seines schwarzen Herzens. Heute Nacht wollte er sie von seinen ehrbaren Absichten überzeugen.

Ehrbare Absichten. Was war das für ein Wahnsinn, der seine Seele wie Quecksilber durchströmte? Godric war nicht fähig zu lieben. Wie oft hatte sein Vater ihm das gesagt? Er sagte ihm, wenn er zur Liebe fähig wäre, wäre seine Mutter nie gestorben.

Rational gesehen wusste Godric, dass sein Vater versucht hatte, seinen eigenen Kummer zu lindern, indem er ihm die Last ihres Todes aufbürdete, aber er konnte nicht anders als zuzustimmen. Wäre er älter oder stärker gewesen, hätte er in die Stadt reiten können, um den Arzt zu holen, während Vater sich um sie gekümmert hatte. Aber er hatte es nicht getan. Er hatte sich im Esszimmer versteckt, die kindlichen Knie unter sein Kinn geklemmt, und hatte die Schreie seiner Mutter mitangehört. Und dann die gefürchtete Stille, die noch heute in seinen Ohren schallte.

Es war meine Schuld. Immer meine Schuld.

Vielleicht war er zur Liebe fähig, aber er hatte sich zurückgehalten, weil das Risiko zu groß war. Er hatte seine Mutter verloren, seinen Vater, das Geschwisterchen, das nie die Chance bekommen hatte, seinen ersten Atemzug zu tun. Was, wenn er Emily verlieren würde? Sein Inneres zuckte bei dem Gedanken zusammen. Er durfte sich nicht um Emily sorgen, durfte nichts für sie empfinden. Es war besser so.

Aber es war alles eine Lüge. Er empfand alles für sie, was ein guter Ehemann für seine geliebte Frau empfinden sollte.

❧

EMILYS SORGEN VERSCHWANDEN IM SOG DER AUFREGUNG, als er sie durch die Nebentür in sein Schlafzimmer führte. Er schlug die Decke seines Bettes zurück, hinderte sie aber daran, hineinzukriechen. Seine Hände fielen schwer auf ihre Schultern.

„Lass mich dich ausziehen." Seine Stimme klang rau und tief.

Emily hätte ablehnen sollen, aber sein schwermütiger Blick raubte ihr die Sprache.

Sie blickte in die Augen dieses fesselnden Marodeurs, der zum Duke ihres eigenen Romans geworden war.

Godric deutete ihr Schweigen als Zustimmung und drehte sie um, während er ihr Kleid aufschnürte. Es fiel zu ihren Füßen.

Geschickt wie ein geübter Harfenspieler lösten seine Finger ihr Mieder und befreiten sie aus dessen Griff.

Emily zitterte, nervös, ob der Intimität, die sie teilten, während er sie entkleidete. „Habt Ihr viel Übung darin, Ladies zu entkleiden, Eure Lordschaft?" Sie merkte sofort, was für eine dumme Frage das war.

„Du kennst meinen Ruf, Liebes." Sie atmete tief durch, um zu antworten, aber er fuhr fort. „Aber ich habe mich noch nie so sehr darüber gefreut, jemanden zu entkleiden."

Emily war sich sicher, dass sie gleich zu einer Pfütze zerfließen würde.

Er beugte sich vor und küsste sie hinters Ohr, knabberte an der Stelle, an der ihre Schulter auf ihren Hals traf. Sie sackte hilflos in seine Umarmung. Godric fing sie auf, bevor sie zu Boden stürzte.

„Ruhig. Wir sind noch nicht fertig." Er führte sie zum Bett und sie setzte sich auf die Bettkante.

Sie war bis auf ihr Unterkleid und ihre Strümpfe vollkommen entkleidet.

Godric kniete vor ihr und tätschelte seinen rechten Oberschenkel. „Stell deinen linken Fuß hier drauf."

Sie tat, was er von ihr verlangte, und wurde fast ohnmächtig von dem Hunger, der sie ergriff, als seine Hände zu ihrem Oberschenkel hinauf wanderten, das Strumpfband lösten und den oberen Teil des Strumpfes ergriffen. Er ließ ihn ihr Bein hinuntergleiten und presste leichte, heiße Küsse auf jeden Zentimeter Haut, den er entblößte, bis er ihren Fuß ganz freigab. Dann wiederholte Godric das Ritual mit ihrem rechten Bein.

Er schob seine Hände wieder an ihrem Bein hoch und rückte ihr Unterkleid aus dem Weg, damit er sich nach vorne beugen konnte, um sie auf die Innenseite ihres Beins zu küssen, in der Nähe ihres Knies.

Emily zitterte. Sie neigte nicht dazu, in Ohnmacht zu fallen, aber als Godric an ihrer Haut knabberte und sie mit der Zunge berührte, geriet sie ins Schwanken.

„Geht es dir gut?"

Sie lachte leise. „Wenn du mich weiter so küsst, vergesse ich bestimmt meinen Namen..."

„Das ist ein Zeichen dafür, dass ich alles richtig mache", neckte er. „Ich glaube, du hast für heute genug gehabt. Selbst ich bin nicht so niederträchtig, heute Nacht mehr zu verlangen." Godric ging zurück in ihr Gemach und kam mit ihrem Nachtkleid zurück. Emily drehte sich um, zog ihr Unterkleid aus und streifte sich ihr Nachtgewand über den Kopf. Als sie sich wieder umdrehte, sah sie Godric, der sie mit geballten Fäusten beobachtete.

Er nickte in Richtung seines Bettes. „Rein mit dir, bevor ich es mir anders überlege und wir heute Nacht doch nicht nur nebeneinander schlafen."

Sie schlüpfte zwischen die Laken und sah fasziniert zu, wie er sich entkleidete.

„Werde ich dich jemals ausziehen dürfen?"

Er starrte einen langen Moment lang auf das Bett, ein unleserlicher Ausdruck in seinen Augen. „Morgen Abend." Er entblößte seine Brust, zog seine Reithose aus und zog sein Nachtgewand über. Emily, die sich plötzlich unsicher fühlte, rutschte von ihm weg, als er sich zu ihr unter die Decke gesellte, aber die Matratze gab durch sein Gewicht nach und sie rollte in ihn hinein.

„Also, was den Gute-Nacht-Kuss angeht..." Er schloss sie in seine Arme und küsste sie.

Emily wollte nicht, dass dieser Kuss jemals endete... die sanfte Bewegung ihrer Lippen, der Tanz ihrer Zungen, die angestrengten Atemzüge, die sie in der stillen Dunkelheit teilten.

Selbst wenn sie das Bett nie wieder verließe, würde sie zufrieden bis ans Ende ihrer Tage leben, solange er sie weiter so küsste.

Godric schmiegte ihren Körper an seinen, während er sie mit feuriger Intensität und Leidenschaft küsste. Sie zu entkleiden, war eine schlechte Idee gewesen. Alles, woran er denken konnte, war der Geschmack ihrer Haut, die zittrigen Seufzer, die sie ausstieß, während er jedes Kleidungsstück einzeln entfernt hatte. Es war ihr Geschenk an ihn gewesen, und sie war sich dessen nicht einmal bewusst gewesen. Nun lag Emily in seinen Armen, und küsste ihn mit ihrem süßen, unerfahrenen Mund. Er konnte es kaum erwarten, ihr all die Dinge beizubringen, die ihn seine jahrelange Erfahrung gelehrt hatte. Würde sie es mögen, wenn er seinen Mund zwischen ihre Beine bewegte? Würde sie das Gleiche mit ihm machen wollen? Es wäre herrlich, wenn sie ihn auf diese Weise foltern würde. Verzweifelt zügelte er seinen Hunger und konzentrierte sich auf ihren weichen, eindringlichen Mund, der seinem mit wilder Hingabe begegnete.

Was hatte Ashton ihm gesagt? Emily küsste ihn aus tiefstem Herzen.

Könnte er das auch tun? Heute Abend wollte er es versuchen...

Ich habe dich heute vermisst, ich habe an nichts anderes gedacht, ich... ich glaube, ich liebe...

Der letzte Gedanke war unaufgefordert gekommen, aber er war zu schwach, um zu leugnen, was sich so stark und wahr anfühlte. Er wollte sie für sich beanspruchen, aber sie auch beschützen. Er würde alles tun, um sie zu schützen, genauso wie sie war. Süß. Unschuldig. Und die seine.

War er, Godric St. Laurent, endlich ein verliebter Narr geworden? Mochte Gott ihm beistehen.

DIE VERGOLDETE STANDUHR IN DER OBEREN DIELE SCHLUG sieben und weckte Godric. Das Feuer knisterte, Zweige und Holzscheite knackten. Er lag auf dem Rücken und hatte Emily, die immer noch schlief, an seine Seite gezogen. Das Gefühl von ihr in seinen Armen war wunderbar. Sie schmiegte sich perfekte in seine Arme. Er wollte sie öfter halten, sie nahe bei sich haben, um den blumigen Duft ihres Haars einzuatmen, ihre samtige Haut unter seinen Händen zu spüren.

Sie könnten immer so sein, erkannte er. Er und Emily könnten auf diese Weise alt werden und Jahre damit verbringen, sich gegenseitig zu erforschen. Er sehnte sich nach dieser flüchtigen, unmöglichen Zukunft. Etwas zu wollen, zu wissen, dass man es haben könnte, und wenn man es hat, es zu verlieren... Er war nicht bereit dafür, würde vielleicht nie bereit sein. Aber was konnte es schaden, wenigstens für ein paar Tage so zu tun, als hätte er was er wollte? Godric schob eine Hand unter die Decke, suchte den Saum ihres Nachtkleides. Seine Finger trafen auf nackte Haut in der Nähe ihrer Waden, und er schob den Stoff hoch, sodass seine Hand ihre Hüften berühren konnte. Emily drehte ihren Kopf ein wenig, wachte aber nicht auf. Sie kuschelte sich an seine Brust und Godric unterdrückte ein Stöhnen.

Diese Frau zu verführen war ein ärgerlich langsamer Prozess, aber er wagte nicht, es zu überstürzen. Er wollte Emilys erstes Mal auskosten und sich ohne Zweifel sicher sein, dass sie von seinen Händen gut und wahrhaftig befriedigt wurde. Er hatte sich zu sehr an die köstlich rauen Stöße gewöhnt, bei denen er seine primitiven Triebe entfesselte und seine Geliebte von ihren eigenen Hemmungen befreite, aber mit Emily würde das erst später kommen. Die eigentliche Frage war, ob er sich beim ersten Mal zurückhalten konnte. Das Letzte, was er wollte, war es, sie zu verletzen.

Godric rollte sich auf die Seite, Emily zugewandt, während er seine Hand weiter nach oben bewegte, um die glatte

Rundung ihres Hinterns zu umfassen. Die seidige Haut unter seiner Handfläche erregte ihn. Er rieb seine Hand über ihrem Gesäß auf und ab und genoss das kleine Schnurren der schläfrigen Lust, das aus ihrer Kehle drang. Godric presste seine Hand fester auf ihr Hinterteil und drängte sie dazu, sich an ihn zu schmiegen.

Sie regte sich, drängte ihre Hüften gegen seine und ließ zu, dass seine Erregung sich zwischen ihre Beine schmiegte. „Hmm...“

Godric rieb seine Hüften gegen ihre, simulierte den Druck und den Rhythmus, den er sich vorstellte, als ob er tatsächlich in ihr wäre. Er wurde beinahe wahnsinnig, als er seine Erektion an ihrer zunehmenden Feuchtigkeit rieb. Endlich wachte sie auf. Er küsste ihre offenen Lippen und brachte damit jeden Protest zum Schweigen, den sie aufbringen würde. Emily hob ihre Arme, aber er drückte sie in die Kissen auf beiden Seiten ihres Kopfes, als er sie bestieg. Sie hatte nicht vor zu entkommen, noch nicht. Godric drückte ihre Knie auseinander und glitt zwischen ihre Schenkel. Er hielt in seinem Kuss inne und sah sie an.

„Godric, was machst du da?“, fragte Emily atemlos.

„Ich versuche, dir – unter starkem Verlust meiner eigenen Befriedigung – beizubringen, wie es sich anfühlt, sich zu lieben.“ Er küsste erneut ihre Lippen, ließ seine Zunge langsam in ihren Mund gleiten und drängte sie gegen ihre, bevor er sich zurückzog und an ihrer Unterlippe knabberte.

„Du gibst wohl nie auf, oder?“ Sie versuchte, irritiert zu klingen, aber sie erlag bereits ihrer Lust.

„Ich bin ein St. Laurent. Wir geben nie auf, wenn wir uns vorgenommen haben, etwas zu haben. Und ich will dich, Emily. Ich will dich so sehr, ich bin verzweifelt. Lehne dich zurück und genieße das Gefühl.“ Er hoffte, sein dominanter Ton würde sie zur Unterwerfung bewegen. Ihre Lippen öffneten sich, und die dunklen Wimpern flatterten gegen ihre Wangen. Er drückte seine Hüften gegen ihre. Emily stöhnte, ein leiser, tiefer, wilder Laut, der ihn jenseits aller Vernunft erregte.

„Spürst du, wie sehr ich dich will? Wie sehr ich dich brauche, Emily?" Er strich mit seinen Lippen an ihrem Kiefer entlang hinunter zu ihrem Ohr. Dann biss er in ihr Ohrläppchen und küsste die weiche, empfindliche Haut dahinter.

„Ja..." Ihre Stimme war kaum mehr als ein ersticktes Keuchen, als er sich gegen sie presste. Sie wölbte ihren Rücken, ihre Beine schlossen sich um seine Hüften.

Behalte die Kontrolle, verdammt nochmal! Aber als er ihr nächstes Stöhnen vernahm, verlor er erneut fast den Verstand. Er bewegte sich gegen sie und sie erreichte in seinen Armen mit einem lauten Schrei der Überraschung ihre Erlösung. Er verströmte seinen Samen auf ihrem Nachtgewand wie ein unerfahrener Jüngling. Emily lag schlaff und nach Atem ringend unter ihm und starrte verwundert zu ihm auf.

Godric versuchte, sich zu beruhigen, aber sein ganzer Körper war schwach von den wogenden Nachwirkungen seiner Erlösung.

„Verdammt nochmal."

„Was hast du gesagt?" Emily stützte sich auf ihre Ellenbogen. „Du zitterst."

Sie hatte keine Ahnung. Er verlor nie die Kontrolle. Was für ein Mann war er, wenn er nicht besser als ein einfacher Junge mit seinem ersten Mädchen umgehen konnte? Der Duke of Essex, der seinen Warnschuss vor Emilys Bug abfeuerte. Gott, wenn seine Freunde das je herausfänden, würde er nie wieder etwas anderes zu hören bekommen. Godric versuchte, sich loszureißen, aber er wollte seine Verlegenheit verbergen und floh regelrecht aus ihren Armen. Er stützte die Ellenbogen auf die Knie und neigte den Kopf, um sich mit den Fingern durch die Haare zu fahren. Emily bewegte sich auf ihn zu, aber er winkte ab.

„Godric, was ist los?"

„Nichts. Geh, bevor die Dienstmädchen nach dir suchen.“ Er versuchte, nicht kalt zu klingen, aber es gelang ihm nicht.

„Habe ich... habe ich etwas falsch gemacht?“ Sie griff nach ihm, aber er erhob sich und eilte zu seinem Kleiderschrank, um seinen Morgenmantel zu holen.

„Godric?“ Ihre Augen quollen über vor Tränen.

Er fluchte leise und kam zu ihr zurück, umfasste ihr Gesicht und küsste sie zärtlich.

„Du warst perfekt, Emily. Es liegt an mir. Es ist... kompliziert. Geh nun und zieh dich an, wenn du willst.“ Er zeichnete ihre Lippen mit einer Fingerspitze nach.

„Du bist nicht böse?“ Das Stocken ihrer Stimme machte ihm nur allzu bewusst, wie sein Verhalten auf sie wirkte. Sie wusste nichts über Männer, und sie würde nicht verstehen, dass er auf sich selbst wütend war und nicht auf sie.

„Ich werde böse werden, wenn du weinst, meine kleine Furie.“ Er ließ seine Hände auf ihre Taille fallen und kitzelte sie, bis sie hilflos lachte.

„In Ordnung! In Ordnung, ich ergebe mich“, keuchte sie.

„Und nun geh zurück in dein Gemach.“ Er erhob sie vom Bett, klopfte ihr auf den Hintern und drängte sie in Richtung Tür. Sie ging, sah aber zu ihm zurück, ihr Gesicht eine Mischung aus Emotionen, die er nicht entschlüsseln konnte. Hinter ihren Augen loderte Neugierde, als hätte sie gespürt, dass sie ihn irgendwie erobert hatte. Gott stehe ihm bei, wenn sie jemals herausfände, wie recht sie hatte. Er hätte lachen können. Emilys Einfluss auf ihn war so stark, dass er allem zustimmen würde, was sie von ihm verlangte. Was für ein erschreckender Gedanke... zu wissen, dass er ein Gefangener ihrer Küsse und ihrer Berührung war, obwohl er noch nie von der Güte einer anderen Person abhängig gewesen war.

EMILY SCHLOSS DIE TÜR ZU IHREM GEMACH, LEHNTE SICH gegen den Rahmen und holte tief Luft. Ihr Körper kämpfte noch immer mit kleinen Zuckungen der Lust. Fühlte es sich so an, Liebe zu machen? Was für ein sündiger Gott war Godric, wenn er ihr dieses Gefühl geben konnte, ohne in ihr zu sein? Emily fröstelte. Sie hatte sich in den letzten paar Tagen zu sehr verändert. Ihr Widerstand bröckelte. Schon nach ein paar hitzigen Küssen und verruchten Liebkosungen hatte sie jedes Quäntchen Selbstbeherrschung verloren.

Es war nicht fair, dass sie sich so leicht in ihn verliebte, dass sie sich freute, wenn er ihren Namen aussprach, dass sie hoffte, dass er in einem bestimmten Moment an sie denken würde. Für Godric Gefühle zu entwickeln, war eine gefährliche Schwäche. Sie musste ihren Stolz zurückgewinnen, ihr inneres Feuer neu entfachen, wenn sie diese Gefangenschaft überleben wollte. Sie würde sich nicht zu einer bedeutungslosen Geliebten reduzieren lassen, die man beiseiteschob und vergaß, wenn man mit ihr fertig war.

Ihre Gedanken spielten noch einmal durch, was sie gerade getan hatten, wie er über ihr gezittert hatte, wie er sich zurückgezogen hatte wie ein wildes Tier. Die Verletzlichkeit in seinem Blick hatte ihr etwas unglaublich Wichtiges gezeigt. Er hatte auch die Kontrolle verloren... so wie sie. War das möglich? Hatte sie ihn dazu gebracht, sie so sehr zu wollen, wie sie ihn wollte? Würde es ausreichen, um ihn dazu zu bringen, sich in sie zu verlieben und sie zu heiraten? Wenn es überhaupt möglich war, musste sie vorgehen, wie bei einem Schachspiel... passiv, doch mit einer gewissen subtilen Aggression. Dann die notwendigen Opfer bringen, um ihn Schachmatt zu setzen.

Es klopfte leise an ihre Tür und Libba trat ein. „Guten Morgen, Libba.“

„Guten Morgen.“ Das Dienstmädchen ging, um ein Kleid für sie auszusuchen und gesellte sich dann zu Emily an ihrem Frisiertisch. Sie musterte das Dienstmädchen im Spiegel.

Emily sah Libba zu, wie sie ihren Frisiertisch aufräumte. „Was hat dich dazu gebracht, nach St. Laurent Manor zu kommen? Um zu arbeiten, meine ich. Ein Dienstmädchen zu sein, war doch sicher nicht dein Traum, oder?"

„Ich bin im Dienst aufgewachsen, aber ich habe immer davon geträumt, Sängerin zu werden. Mama sagt, ich habe eine wunderbare Stimme."

„Würdest du für mich singen?"

Libba lachte. „Vielleicht später, Miss."

„Warum bist du also hierhergekommen? Warum hast du dich dafür entschieden, für Seine Lordschaft zu arbeiten?"

„Meine Mutter war Dienstmädchen einer Gräfin. Sie hat mich dazu erzogen, in den Dienst zu gehen, seit ich fünf Jahre alt war."

Emily wusste nur zu gut, wie es war, eine Welt zu betreten, die ganz anders war, als man es sich vorstellte. Manchmal war es beängstigend, eine bekannte Umgebung zu verlassen. Bei ihrem Onkel einzuziehen, war beängstigend gewesen. Aber Godrics Welt war ein Traum, wie kein anderer.

Sie streckte die Hand aus, um Libbas Arm zu berühren. „Ich bin froh, dass du hier bist."

„Ihr seid sehr freundlich. Keine anderen Mätressen Seiner Lordschaft war je so freundlich zu mir."

„Mätresse? Aber ich bin nicht... ich meine, wir haben nicht... nun, nicht wirklich. Nicht so, wie du meinst. Ich meine..." Die Vermutung ließ ihr Herz härter schlagen. Sie konnte nicht seine Geliebte sein... seine Frau, ja, aber eine Geliebte... nein. Das konnte sie nicht zulassen.

Libba errötete und zeigte auf die Tür und ein Paar schwarze Stiefel... Godrics Stiefel.

„Es tut mir leid, Miss. Ich habe die Stiefel Seiner Lordschaft gesehen und gedacht..."

„Vergiss es, Libba. Dieser Mann hat die schreckliche Angewohnheit, seine Kleider abzulegen und sie dort zu lassen, wo er sie nicht lassen sollte. Es ist keine Überraschung, dass er sie in meinem Gemacht vergessen hat." Es würde nicht leicht sein, den Duke dazu zu bringen, sie mehr zu schätzen als eine Mätresse. Um ihn dazu zu bringen, sich genug in sie zu verlieben, um sie zu heiraten, musste sie herausfinden, was ihn bewegte.

13

Nicht Godric, sondern Ashton wartete vor Emilys Tür, um sie zum Frühstück zu geleiten. Heute sah der Baron überaus elegant gekleidet aus, in einem dunkelblauen Mantel, graugelben Reithosen und einer makellos gebundenen Krawatte.

Er lächelte und reichte ihr seinen Arm. „Emily."

„Guten Morgen, Ashton." Sie konnte dem Drang nicht widerstehen, zurückzulächeln.

Mit Ashton fühlte sie sich wie eine Königin. Es war schade, dass Charles dieser subtile Charme fehlte. Er wäre wirklich gefährlich für jede Frau der Londoner Gesellschaft, wenn er diese Fähigkeit innehätte.

Sie ging mit Ashton hinunter in den Speisesaal, wo nur Cedric anwesend war. Er erhob sich, verbeugte sich und setzte sich wieder hin, als sie ihren Platz einnahm.

„Lucien und Charles sind vor etwa zehn Minuten nach London geritten. Ich glaube, sie werden erst heute Abend zurückkehren", erklärte Ashton.

„Kommt Godric zum Frühstück herunter?" Sie konnte die Spannung, die zwischen ihnen herrschte, nicht vergessen. Emily hatte das unangenehme Gefühl, dass er versuchen würde, ihr aus dem Weg zu gehen.

„Ja, er versucht, seinen alten Jagdmantel zu finden."

„Einen alten Jagdmantel? Hat er den keinen neuen?" Jeder vernünftige Mann hatte mindestens einen Mantel für die Jagd.

„Doch, natürlich hat er das", antwortete Cedric. „Er versucht, einen für dich zu finden."

„Für mich?" Sie war hocherfreut, dass man sie auf einen solchen Ausflug mitnehmen würde, bei dem Frauen normalerweise nicht willkommen waren.

„Ja, Kätzchen. Du kommst heute mit auf unseren Ausflug. Was glaubst du, warum dein Dienstmädchen ein Kleid aus karierter Baumwolle und schwarze Stiefel für dich herausgelegt hat?", fragte Cedric mit einem kleinen Lächeln auf den Lippen.

Emily blickte an sich herunter. Sie stellte kaum noch Fragen, wenn die Dienstmädchen Kleidung für sie aussuchten. Sie war für einen Tag des Wanderns gekleidet, nicht des Reitens.

„Wir jagen also keine Füchse?"

Ashton lachte. „Herr, nein, du bist der einzige Fuchs, den wir in letzter Zeit gejagt haben. Wir wollen etwas weniger Lästiges, also wird unsere Beute aus Fasanen bestehen."

Emily setzte sich auf die Kante ihres Stuhls. „Werde ich einen schießen dürfen?"

Cedrics Brauen hoben sich überrascht. „Ich hätte dich nie für eine Jägerin gehalten, Emily."

„Es scheint, ich höre nie auf, dich zu verblüffen. Werde ich schießen dürfen?"

„Wenn du glaubst, dass wir dumm genug sind, dir eine Schusswaffe zu geben..."

„Ich habe schon einmal eine angefasst! Ich weiß, wie man jagt."

Ashton verschränkte die Finger. „Unsere Befürchtung ist nicht, dass du nicht mit einer Waffe umgehen kannst, sondern..." Die unausgesprochenen Worte verrieten seine wahre Sorge. Es ging nicht um die Fasane.

Emily beäugte die Männer vorwurfsvoll. „Glaubt ihr wirklich, ich würde euch erschießen? Irgendeinen von euch? Nun, vielleicht Charles, aber nur, wenn er wieder versucht, mich zu kitzeln."

Cedric setzte sich in seinem Stuhl auf und lehnte sich zu ihr. „Du wirst die Verantwortung für Penelope übernehmen. Sie muss lernen, die Fasane zu apportieren, wenn wir sie geschossen haben. Es ist am besten, wenn sie jung damit anfängt."

„Ich nehme an, das macht mir nichts aus." Emily knabberte an einem Gebäckstück. Dass sie ihr Vergnügen einschränken würden, aus der albernen Angst heraus, sie würde sie erschießen, irritierte sie. Nun, vielleicht war es gar nicht so albern. Der Gedanke, dass sie draußen im Gras mit fünf Männern saß, die ihre Arme zur Kapitulation erhoben hatten, zauberte ein Lächeln auf ihr Gesicht.

Ein paar Minuten später gesellte sich Godric zu ihnen, der in seiner Jagdjacke und seinen Hirschlederhosen sehr männlich aussah. Er hielt ihr einen schwarzen Mantel hin.

„Es ist mein alter Mantel, Emily. Lass mich ihn dir anziehen."

Emily stand von ihrem Stuhl auf und steckte ihre Arme in den Mantel, den er für sie hielt. Dann drehte er sie um, damit er ihn zuknöpfen konnte. Sie wollte seine Hände wegschlagen und es selbst tun, aber sie wusste, dass sie diesen Kampf verlieren würde.

„So." Er klopfte ihr so grob auf die Schultern, dass Emily taumelte. Die Jacke hing lose über ihre Schultern und verbarg ihre Figur.

Godric drückte sie zurück in ihren Stuhl und nahm neben ihr Platz. „Und jetzt iss dein Frühstück."

Emily spürte, wie ihr eine kindische Erwiderung auf der Zunge lag, aber ausnahmsweise beherrschte sie sich.

Nachdem alle gegessen hatten, holten Ashton und Cedric die Gewehre, während Godric mit Emily in der Halle wartete. Er schien sich über irgendetwas unschlüssig zu sein, aber schließlich sprach er.

„Weißt du, ich glaube, ich habe meinen Guten-Morgen-Kuss noch nicht von dir erhalten." Seine Augen wurden heiß, als er sie von Kopf bis Fuß musterte.

„Du irrst dich. Du hast mir heute Morgen eine ganze Reihe von Küssen gestohlen." Irgendetwas in seinem Gesicht hatte sich verändert, der dunkle Teil in ihm schien zurückgekehrt zu sein und bedeutete ihr, das er versuchte, die Kontrolle wieder-zuerlangen. Das konnte sie nicht zulassen, nicht wenn sie wollte, dass er sich in sie verliebte.

„Der heutige Morgen war eine Einführung in eine andere Art von Vergnügen."

„Nun, ich hasse es, dich zu enttäuschen, Godric, aber du hast keinen Anlass mehr." Emily machte einen großen Schritt zurück, um sich aus seiner unmittelbaren Reichweite zu entfernen.

Er trat einen Schritt auf sie zu.

„Das ist das Schöne daran, dich gefangen zu halten. Ich muss mir keine Gedanken über Anlässe machen."

Oh? Er dachte, sie würde einfach so aufgeben. Das Spiel nicht mehr spielen? Nun, er würde sich seine Küsse verdienen müssen. Sie unterdrückte ein Grinsen und sah sich in der Halle um. Könnte sie es die Treppe hoch in einen Raum schaffen, um ihm zu entgehen? Nein, er würde sie auf halbem Weg nach oben einfangen.

Sie rannte los und dachte nur daran, die erste Tür zu errei-chen, die sie finden konnte, sein Arbeitszimmer. Sie schlug die Tür zu, drehte den Schlüssel im Schloss und stemmte sich gegen die Tür.

Godric schlug von der anderen Seite dagegen. „Emily, mach sofort die Tür auf! Ich bin nicht in der Stimmung, dich zu jagen."

Sie schnaubte. „Aber es ist so ein schöner Tag für die Jagd, findest du nicht?" Sollte er doch machen, was er will.

„Simkins, hol mir den Ersatzschlüssel!"

„Oh, verflixt." Sie sah sich um. Ein Schiebefenster. Der Blick hinaus offenbarte einen kleinen Seitengarten am linken Ende des Anwesens.

Sie schob das Fenster hoch, bis die untere Hälfte weit offenstand, nahm ihre Röcke in eine Hand, setzte sich aufs Fensterbrett, zog die Beine hoch und ließ sich über den Rand in ein Blumenbeet fallen.

Emilys Hoffnungen, Godric ungesehen zu entkommen, wurden jedoch allzu schnell zunichtegemacht. Ein Gärtner kümmerte sich mit einer Schere um eine Reihe von Eibenbüschen in der Nähe... ein umwerfend gutaussehender junger Mann in seinen frühen Zwanzigern. Er fuhr sich mit der Hand durch das sandfarbene blonde Haar, das Schatten über seine Augen warf, während er auf die Büsche starrte, an denen er arbeitete. In der Hoffnung, sich vorbeischleichen zu können, setzte sie sich in Bewegung, aber er drehte sich gerade um, als sie ihren Fuß hob. Sein Blick begegnete ihrem, eine betörende smaragdgrüne Falle, mit der sie bestens vertraut war.

Ihr Magen krampfte sich zusammen, als ihr klar wurde, dass dieser Mann mit Godric verwandt sein musste. Dieser Mann vor ihr war eine goldhaarige Replik Seiner Lordschaft.

Aber Godric war doch Einzelkind.

Der Mann ließ seine Schere fallen und zog seine Gartenhandschuhe aus. „Ihr solltet nicht allein hier draußen sein. Seine Lordschaft wird schon nach Euch suchen."

„Ich... ich wollte ein bisschen frische Luft schnappen."

Er studierte sie mit amüsiertem Interesse... seine Augen im gleichen betörenden Grün wie Godrics. Ein entfernter Cousin, vielleicht? Sicherlich waren sie miteinander verwandt.

„Frische Luft, was? Hättet Ihr nicht einfach durch die

Vordertür gehen können, wie eine anständige junge Lady? Aus den Fenstern des Arbeitszimmers zu huschen, ist höchst verdächtig."

Sie winkte lässig mit der Hand. „Oh, das ist der letzte Schrei in London, das versichere ich dir. Ausgezeichnete Art für Bewegung zu sorgen, wenn man nicht im Hyde Park spazieren gehen kann."

Der Mann lächelte. „Der letzte Schrei, ja? Wie dem auch sei, ich fürchte, ich muss Euch zu Seiner Lordschaft zurückbegleiten."

Er hätte einfach ihren Arm nehmen und sie höflich zu ihren Entführern zurückbegleiten können, aber das tat er nicht. Stattdessen packte er sie um ihre Taille und hievte sie über seine Schulter. Es schien, dass sie auch das gemeinsam hatten.

„Gütiger Himmel! Lass mich sofort runter! Ich versichere dir, dass es nur ein Spiel ist, das ich mit Seiner Lordschaft spiele. Er hätte mich auch so früh genug gefunden."

„Da bin ich mir sicher, Miss. Trotzdem..."

Er sprach sogar wie Godric. Wenn nicht sein sandblondes Haar wäre, hätte sie geschworen, dass... aber das war unmöglich.

Der junge Mann trug sie zur Vorderseite des Anwesens. Cedric und Ashton warteten bereits auf sie, die Waffen in der Hand.

Cedric gluckste. „Guten Tag, Jonathan. Ich nehme an, wir sind doch auf Fuchsjagd."

„Und ein Jagdhund hat sie bereits eingefangen", fügte Ashton hinzu.

Emily wusste, dass sie den Schurken einen hervorragenden Blick auf ihren Hintern und ihre strampelnden Beine bot. Jonathan legte eine feste Hand auf ihr Hinterteil und Emily knurrte entrüstet. Würde denn kein Mann auf dieser Welt sie mit dem Respekt behandeln, den sie verdiente?

„Lass mich sofort herunter!" Emily ballte eine Faust und hieb sie auf Jonathans eigenes Hinterteil. „Wie gefällt dir das?"

Jonathan zuckte vor Schreck zusammen. „Ihr seid hitzköpfig!"

Ashton lachte. „Du hast ja keine Ahnung."

Obwohl er ein Bediensteter war, schien er mit Godrics Freunden wohlbekannt zu sein, sogar noch mehr als Simkins. Emily merkte sich, diese Tatsache später näher zu erkunden.

„Wie hast du die Füchsin erwischt?" Cedric trat hinter Jonathan hervor und sah sie an. Emily runzelte die Stirn, als ihr das Blut in den Kopf schoss.

„Sie kletterte aus dem Arbeitszimmerfenster Seiner Lordschaft."

Wie gerufen, kam Godric um die Ecke gestürmt. Zweifellos war er aus demselben Fenster geklettert. Erleichterung milderte die Wut in seinen Augen.

„Ah, Helprin, du hast sie gefunden. Ich war mir nicht sicher, wie weit sie gekommen war."

„Nicht weit. Sie hat sich kaum gewehrt. Sie stand nur da und starrte mich an." Jonathan schob Emily von seiner Schulter und übergab sie in Godrics wartende Arme.

Godric hielt sie fest an seine Brust gepresst, während sie sich von all den lächelnden Männern abwandte. Sie hatten wieder einmal ihren Stolz verletzt, und die Dinge verschlechterten sich weiter.

Godric löste ein aufgewickeltes Seil von seinem Arm.

Cedric und Ashton hielten sie fest, während Godric sie fesselte. Mit einem komplizierten Knoten um ihre Taille fand Emily sich an Godric gefesselt wieder, nur durch sechs Fuß Seil getrennt. Seine Freunde ließen sie los. Sie zupfte an dem Seil und sah dann zu Godric auf. Ihr Mangel an Belustigung war offensichtlich.

„Das ist überhaupt nicht demütigend", sagte sie, ihre Stimme tropfte vor Sarkasmus.

„Schmoll nicht, Emily. Du kannst nicht vor mir weglaufen. Ich bekomme immer, was ich will, und es ist an der Zeit, dass du das akzeptierst."

„Wenn wir schon über Dinge reden, die wir lernen müssen zu akzeptieren, dann solltest du auch akzeptieren, dass ich nicht kuschen und in deinen Armen dahinschmelzen werde, wann immer du es befiehlst! Ich habe Besseres mit meinem Leben anzufangen, als dein Spielball zu sein!"

Godric schien nicht im Geringsten beunruhigt zu sein. Er packte sie an den Armen, zerrte sie an seine Brust und bedeckte ihren Mund mit seinem. Godrics Zunge schoss geradewegs zwischen ihre Lippen, und Emilys Körper reagierte wie immer... mit weichen Knien und einer inneren Hitze, die sich dem rationalen Denken völlig entzog. Verdammt sollten ihre Sinne sein.

Sie war nur noch auf den Beinen, weil Godric ihre Arme fest im Griff hatte. Sonst wäre sie zusammengebrochen wie ein neugeborenes Fohlen.

„Was sagtest du darüber, nicht in meinen Armen zu schmelzen?"

Schemenhaft erinnerte sich Emily an ihr Publikum. In Godrics Augen zu starren war, als würde man von einer Wiese aus hohem Gras verschluckt werden, ein persönliches Paradies für sie allein.

„Ich..." Zusammenhängende Worte zu formen war ihr nicht möglich. Godric lächelte schelmisch, wie eine Katze, die Milch geleckt hat. Sie sträubte sich vor Empörung. Er genoss es, ihren Widerstand zu untergraben. Wenn er vorhatte, mit ihr zu spielen, sie einfach nur zu benutzen, wie er es mit allen Frauen tat... nun, das würde nicht passieren.

„Du fesselst mich wie einen Hund an einer Leine und nimmst dir dann, was du willst, ohne Rücksicht auf meine Gefühle. Rühr mich noch einmal ohne meine Erlaubnis an...", ihre Stimme wurde zu einem eisigen Zischen, „...und du wirst ein Körperteil verlieren, das dir verdammt wichtig zu sein scheint. Denk darüber nach. Ich habe nicht darum gebeten, hier zu sein. Ich bin keine leichte Beute, und wenn du mich wie eine solche behandelst, ist das erniedrigend."

Godric blinzelte. Mit dieser Reaktion hatte er eindeutig nicht gerechnet. „Aber, Liebes..."

„Nennt mich nicht Liebes, Eure Lordschaft." Mithilfe ihres Zeige- und Mittelfingers deutete sie eine Schere an, die sich zu seiner Taille sinken ließ und dann schloss, als würde sie etwas schneiden. „Ich werde Euch kastrieren wie ein Pferd, wenn Ihr mich weiterhin so behandeln."

Ihre Worte hätten vielleicht mehr Eindruck gemacht, wenn die anderen Schurken nicht so laut gelacht hätten.

„Sind wir bereit zum Aufbruch?", fragte Cedric. „So sehr ich auch einen guten Kuss genieße... wenn ich nicht daran beteiligt bin, verliere ich das Interesse. Wir vergeuden den Tag damit, euch beiden dabei zuzusehen, wie ihr den ganzen verdammten Spaß für euch beansprucht."

Godric musterte Emilys Gesicht einen Moment lang, dann strich er ihr eine lose Haarsträhne von der Wange. „Wir sind bereit, Cedric. Geh voran."

Die Jagdgesellschaft brach auf. Penelope hüpfte vor ihnen her, ihre unbedarften Instinkte leiteten sie. Cedric, der eifrigste Jäger, wiegte sein Gewehr in der Armbeuge und betrachtete die Wiesen und Wälder. Sie kletterten über die Steinmauer und gingen in den Wald hinein. Das Wetter war schön. Eine kühle Brise zerrte spielerisch an Emilys losem Haar.

Sie hatte Godrics Schmetterlingskamm nicht benutzt. Libba hatte ihr geraten, dass er nicht zu ihrem Outfit passen würde. Und sie hatte recht gehabt, aber Emily hatte ihn bei sich, um sich später die Haare hochzustecken.

Als sie hinter Godric und Ashton herging, steckte Emily ihn in ihr Haar. Sie zog ihn aus der versteckten Tasche ihrer Röcke und raffte ihr Haar zu einem lockeren Knoten zusammen, dann schob sie die Zähne des Kamms hinein, um ihn zu sichern.

Godric ging vor ihr her. Das Seil zog sich plötzlich zwischen ihnen straff, bevor sie ihn einholen konnte, und riss sie nach vorne. Er wirbelte herum, gerade noch rechtzeitig, um sie aufzufangen, als sie auch schon in seine Arme stolperte.

Er zog sie mit Leichtigkeit an seine Brust und bewahrte sie so vor einem bösen Sturz.

„Was hattest du vor, kleine Füchsin? Wolltest du mir schon wieder entwischen?"

„Und dir einen Grund geben, mich zu jagen? Auf gar keinen Fall." Sie hoffte, er würde den Kamm bemerken, aber sie wollte ihn nicht darauf hinweisen. Sie wollte sein übergroßes Selbstbewusstsein nicht noch weiter aufblähen.

Ashton ging an ihnen beiden vorbei. „Das ist ein schöner Kamm, den du da im Haar trägst, Emily." Er beeilte sich, zu Cedric aufzuschließen.

Godric packte Emilys Arm und drehte sie um. „Den hattest du nicht im Haar, als wir aufbrachen."

Emilys Augenlider senkten sich. „Libba sagte, er passe nicht zu meinem Outfit, aber ich hatte mit Wind gerechnet, also habe ich ihn mitgenommen."

Godric lächelte mit solcher Wärme und solchem Stolz, dass es Emily die Sprache verschlug. Er ergriff erneut ihre Taille und zog sie an sich. Sein Körper war warm und hart, anders als die kalte Luft, die um sie herumtanzte, sich bewegte und mit ihrem Haar spielte. Emily störte es überhaupt nicht.

„Du findest immer Wege, um zu bekommen, was du willst, auch wenn du weiterhin so tust, als ob du es nicht willst." Er gluckste.

„Kleine Siege, Eure Lordschaft, sind es nicht wert, gezählt zu werden."

„Alles, was Ihr tut, Mylady, ist es wert, anerkannt zu werden."

Er machte keine Anstalten sie zu küssen, wie sie es von ihm erwartet hatte. Er bewegte lediglich seine Hände über ihrer losen Jagdjacke auf ihrem Rücken auf und ab.

Sie zitterte ob seiner Berührung.

„Ist dir warm genug, mein Schatz?"

„Es ist mir warm, wenn du mich berührst." Als sie merkte, dass sie zu viel zugegeben hatte, fügte sie hastig hinzu: „Das heißt, wenn ich berührt werden möchte."

„Hmm, das werde ich mir merken." Er löste seinen Griff um ihre Taille und legte einen Arm um ihre Schultern, während sie hinter den anderen hergingen.

Emily erkannte, dass Godric keine Waffe trug. „Schießt du heute nicht?"

„Ich muss nicht jagen. Ich habe dich doch schon gefangen." Er küsste ihr Haar.

„Es ist höchst unfair, dass Penelope frei herumläuft, während ich angeleint bin."

Godric überdachte ihre Worte. „Du hast recht. Cedric, binde den Welpen an, damit er nicht abhaut." Er blickte wieder zu Emily. „So, meine Liebe, die Fairness ist wiederhergestellt."

Cedric grummelte. „Würdet ihr beide bitte aufhören, euch wie ein Taubenpaar aufzuplustern? Ihr verscheucht die Fasane."

„Eifersüchtig, Sheridan?" Es war das erste Mal, dass Emily einen der fünf Männer einen anderen beim Nachnamen nennen hörte. Es klang wie eine Herausforderung zwischen Schuljungen, die sie fast zum Lachen brachte. Männer würden auf einer gewissen Ebene immer Jungen blieben, so viel änderte sich nie.

„Eifersüchtig auf dich?", fragte Cedric und schnaubte. „Glaubst du, ich will ständig einer kleinen Füchsin wie ihr hinterherlaufen und sie fesseln? Bestimmt nicht, St. Laurent. Das ist viel zu viel Arbeit. Keine Frau ist das wert."

Emily hob ihre Röcke an, als sie über einen großen Stein trat. „Nicht einmal Anne Chessley?"

Cedric erstarrte, seinen Fuß auf einen umgestürzten Baumstamm gestützt, und betrachtete Penelope.

Der Hund schnüffelte an der Öffnung des hohlen Baumstammes und tauchte dann hinein.

„Penny, komm zurück!", befahl Cedric und zerrte an ihrer Leine.

Der kleine Hund kroch unter dem umgefallenen Baumstamm hervor und sah wachsam und bereit aus.

„Penny, sitz." Sie setzte sich gehorsam und wedelte mit dem Schwanz. Ihr energisches Schwanzwedeln wirbelte einige Blätter auf und brachte Emily zum Lachen.

„Braves Mädchen." Cedric zog einen Hundekuchen aus seiner Tasche und warf ihr ein Stück zu. Penelope fing den Krümel auf und leckte sich über ihre kleine Schnauze.

„Sie lernt sehr schnell. Du solltest keine Probleme mit ihr haben, Emily."

„Cedric, du hast meine Frage nicht beantwortet."

„Das hatte ich auch nicht geplant."

„Aber..."

„Nein, Emily." Er überprüfte überschwänglich seine Waffe, sprang über den Stamm und lief voraus. Emily beobachtete seine sich schnell entfernende Gestalt mit Enttäuschung.

Ashton beugte sich vor, um Penelopes Kopf zu streicheln. „Er ist ein bisschen stur, wenn es um Frauen geht."

„Wirklich? Als er mir erzählte, wie er Godric getroffen hat..."

Godric und Ashton sahen sie an.

„Er hat dir diese Geschichte erzählt?" Godrics Gesicht wurde rot. Emily konnte sich ihr Grinsen nicht verkneifen. Es war schön, ihn zur Abwechslung einmal in Aufruhr zu sehen.

„Oh, ja. Er hat mir erzählt, dass du dich mit einem Oberstufenschüler wegen einer Frau gestritten hast."

Godric stolperte, fing sich aber schnell wieder. „Hat er das?"

Emily dachte an den Mann mit dem Rohrstock. „Kanntest du Waverly gut?"

„Hugo war ein älterer Schüler und ein unangenehmer Kerl, um es mal freundlich auszudrücken", erklärte Ashton. „Er hat uns eine Menge Ärger gemacht, aber wenn er nicht gewesen wäre, hätten wir Charles nie kennengelernt."

„Wie genau habt ihr Charles kennengelernt?"

Godric und Ashton lachten. Ihre Reaktion enthielt keinen Humor, nur eine seltsame Kälte.

Ashton antwortete vage. „Was war das für eine Nacht. Es genügt zu sagen, dass wir ihn aus einer ziemlich heiklen Situation gerettet haben, in die ihn Waverly gebracht hat. Indem wir ihn retteten, wurde die Liga gegründet."

„Oh, aber du musst mir mehr als das erzählen, Ashton!" Emily zerrte an seinem Ärmel, verärgert darüber, dass er ihr vorenthielt, was sicher eine großartige Geschichte sein würde.

„Vielleicht beim Abendessen. Es ist besser, wenn Charles dabei ist. Es ist schließlich mehr seine Geschichte als unsere."

Vor ihnen lag ein weiterer Baumstamm. Ashton schritt lässig darüber. Emily versuchte, ihre Röcke zu heben, aber Godric hob sie einfach in seine Arme und trat über den Baumstamm, bevor er sie wieder auf ihre Füße stellte. Sie schüttelte ihre Röcke aus und versuchte, wieder etwas Würde zu erlangen, aber keiner der anderen hatte es bemerkt. Sie nahmen ihre Jagd sehr ernst.

Weit voraus ertönten Schüsse, als Cedric einen Fasan erlegte. Emily, aufgeschreckt durch das Geräusch, trat einen Schritt näher an Godric heran. Sie hatte keine Angst vor Waffen, aber die ersten Schüsse, wenn der Schütze außer Sichtweite war, hatten etwas an sich, das sie nervös machte.

„Du kannst mir wohl doch nicht fernbleiben, was?"

„Um ehrlich zu sein, eignen sich deine Größe und dein Körperbau hervorragend für einen Schild, hinter dem ich mich verstecken kann."

Ashton kicherte, aber Godric erholte sich schnell wieder und legte einen Arm um ihre Schultern, sodass sie sich an seine Seite schmiegen konnte.

„Cedric ist ein guter Schütze. Er wird mich nicht treffen, egal wie sehr du dir wünschst, dass seine Kugel mein schwarzes Herz durchbohrt.“

Sie schenkte ihm ein verruchtes Lächeln. „Wenn er es schaffen würde, deinen Hintern zu treffen, wäre das gut genug für mich.“

„Vorsicht, Liebling, mein Temperament ist heute außer Kontrolle.“

Sie hatte eine Erwiderung parat, aber Schweigen war wohl das Beste.

„Na, sieh mal einer an.“ Ashton zeigte auf Penelope. Da sie zu klein war, um ihre Beute zu tragen, hatte sie den Fasan mit sich geschleppt und knurrte vor Anstrengung. Cedric folgte dem Hund und warf einen finsteren Blick in Emilys Richtung.

„Hier, Penelope.“ Emily klopfte sich auf ihre Oberschenkel. Der Hund ließ den Vogel fallen und lief zu ihr, die hellen Augen starrten Emily aufmerksam an. Es sah eher so aus, als würde sie lächeln, mit ihrer winzigen rosa Zunge, die zwischen ihren weißen Zähnchen hervorlugte.

„Braves Mädchen.“ Emily hob den Hund in ihre Arme, streichelte ihn und setzte ihn wieder ab.

Ashton hob den Fasan auf und ließ ihn in einen Jutesack fallen.

Cedric warf einen mürrischen Blick auf Penelope. „Die kleine Penny hier ist genauso eigensinnig wie ihre Herrin. Sie hat sich aus meinem Griff befreit und sich dann geweigert, den Vogel, den ich geschossen habe, zu mir zurückzubringen.“ Er fuhr fort, den Hund mürrisch anzustarren, allerdings ohne echte Bosheit in seinem Blick.

Godric grinste. „Sie ist treu. Das kann man ihr nicht vorwerfen.“

Cedric runzelte die Stirn, als er seine Waffe nachlud. Emily dachte sich, dass die Zeit, die beim Laden einer Waffe ins Land ging, einer der Gründe war, warum Cedric gelernt hatte, ein guter Schütze zu sein. Ein Mann konnte alt werden, während er seine Waffe nachlud.

„Ich denke, ich werde mein Glück versuchen." Ashton hob seine Waffe an und ging davon. Penelope folgte ihm auf den Fersen.

Nun allein mit dem Duke, dachte Emily über eine andere Sache nach.

„Godric, darf ich dir wohl eine Frage stellen?"

Er nickte.

„Wie stehst du zu Mr. Helprin?" Sie formulierte die Frage vorsichtig, für den Fall, dass sich die Antwort als beunruhigend erweisen sollte.

„Jonathan? Er ist mein Bediensteter."

„Bediensteter? Ich habe noch nicht gesehen, dass er dich bedient..."

Godric hielt inne und umfasste ihre Schultern. „Warum das plötzliche Interesse an meinem Diener? Du denkst doch nicht etwa daran, mich eifersüchtig zu machen, oder?" Er grinste, aber seine Augen funkelten kühl.

Sie konnte nicht widerstehen, ihn zu necken. „Würdest du eifersüchtig werden? Ich nahm an, dass du dir keine Sorgen machen würdest, wenn ich meine Aufmerksamkeit auf einen anderen lenke. Du hattest schließlich hunderte von Geliebten."

„Wage es nicht, darüber Witze zu machen, Em." Er knurrte förmlich, als er zum ersten Mal ihren neuen Kosenamen benutzte. „Ich will nur dich. Ich habe keine anderen Frauen."

Er machte ihr keine Liebeserklärung, versprach ihr zwar keine dauerhafte Beziehung, aber es war ein Anfang.

Emily lehnte sich an ihn und umarmte aus einem Impuls heraus seine Taille.

„Würdest du mich nun losbinden? Ich bin nicht im Geringsten geneigt, wegzulaufen."

„Nein. Ich mag es, wenn du an mich gebunden bist." Seine Worte schienen mit einer tieferen Bedeutung gefüllt zu sein.

Der Wald war still und schön. Eine Vorahnung erfüllte sich in die Luft und den Wald, als ob ein schlafender Gott in einem Baum in der Nähe verweilte. Die Bäume seufzten und schwankten durch den Sog der Brise. Magie überzog den Waldboden und Blätter fielen alle paar Augenblicke in einem Sturm aus Gold und Rot zu Boden.

Alles war perfekt. Emily besaß einen treuen Hund und schritt in der Gegenwart eines Mannes, der sie nicht von seiner Seite lassen wollte, wenn auch auf eine viel zu wörtliche Weise. Die Gesellschaft ihrer neuen Freunde erfüllte sie mit einem inneren Frieden und einer freudigen Inbrunst, die sie noch nie zuvor erlebt hatte. Worte waren unnötig. Stattdessen sprach sie zu Godric mit einem Lächeln und nahm seine Hand in ihre.

Das Leben mit ihrem Onkel war einsam gewesen. Es hatte keine Witze, kein Lachen, nicht einmal Tränen gegeben, nur schreckliche Stille und das Kratzen von Federkielen auf Papier. Warum konnte die Zeit nicht einmal für ein paar Tage stehenbleiben? Oder gar ein paar Wochen? Sie könnte für immer hier bleiben, wenn sie mit Godric und den anderen zusammen war.

„Worüber denkst du nach?", fragte Godric. Emily riss sich aus ihren Gedanken und versuchte, die plötzliche Melancholie abzuschütteln.

„Ach, nichts." Sie versuchte, die Spuren ihrer Tränen wegzuwischen.

Godrics Stirn runzelte sich. „Bist du unglücklich? Tut das Seil dir weh?"

Der fürsorgliche Tonfall stand so im Widerstand zu seinen vorherigen Worten, dass es sie zum Lachen brachte, aber es kam als Schluchzen heraus. „Unglücklich?"

Er massierte ihre Taille, aber sie schüttelte den Kopf und

wandte sich beschämt ab. Sie stolperte über einen abgebrochenen Ast, aber Godric fing sie auf. Er zog sie ganz in seine Arme und hielt sie fest an seine Brust gedrückt.

„Was... was kann ich für dich tun?" Er konnte nicht wissen, was sie wollte oder brauchte, aber seine Absichten erwärmten ihr Herz.

„Bitte, Godric, halte mich nur einen Moment lang in deinen Armen." Ihre Lippen streiften seine Kehle, als sie sich an ihn schmiegte.

Er führte sie zurück zum nächstgelegenen Baumstamm und setzte sich hin, wobei er sie in seinem Schoß wiegte. Von dem Moment an, seit ihre Eltern verschollen waren, hatte niemand sie gehalten, sie getröstet. Sie war in den Haushalt ihres Onkels gezwungen worden, während ihr Herz immer weiter verdorrte und abstarb.

Godric bot ihr zwar keine Liebe, aber zumindest kümmerte er sich um sie, und das war für sie tausendmal wichtiger als alles, was ihr Onkel ihr geboten hatte.

In diesem Moment brauchte Emily Godrics Wärme, seine Stärke, seine Umarmung mehr als die Luft in ihrer Lunge.

Schließlich traf es sie. Ihre Eltern waren tot, und sie würden nie wieder zurückkehren. Sie war allein.

Tränen liefen über ihre Wangen. Heiße, beißende Tränen. Aber sie ließ sie fallen, ließ sich von ihnen mitreißen. Bald genug trockneten sie, und sie war leer, ein Geist ihrer selbst.

„Emily, geht es dir gut?" Godrics warme Lippen streichelten ihr Ohr.

„Ich bin... es wird schon wieder. Es tut mir leid, dass ich geweint habe. Es muss lästig sein, mir zuzuhören."

„Das Einzige, was mich aufregt, ist zu wissen, dass ich dich zum Weinen gebracht habe."

„Du? Oh, Godric, das war es nicht. Ich habe an meine Eltern gedacht und musste einfach weinen. Es ist mir endlich klar geworden, dass meine Eltern tot sind... dass sie nie wieder zurückkommen." Ihre Stimme zitterte. „Ich kann nicht anders, als mich zu fragen, wie ihre letzten Momente waren. Meine Mutter hat nie schwimmen gelernt. Sie muss solche Angst gehabt haben." Emily konnte nicht atmen, als sie an das kalte, dunkle Meer dachte. Ihre Brust wurde eng und machte es schwer, zu denken.

„Atme, Emily. Atme." Godric schlang ihr seine Arme enger um ihren Körper, als er sie näher an sich zog. Anstatt sich erdrückt zu fühlen, erfüllte seine Umarmung sie mit Stärke. Sie genoss das Gefühl seines Mundes an ihrer Schläfe, als er sie küsste. Emily atmete langsam und schmerzvoll ein, bevor sie erneut ihre Augen öffnete.

„Mein armer Liebling", murmelte er zwischen sanften Küssen, die von ihrer Schläfe zu ihrer Wange wanderten. Er streichelte sie im Nacken, und sein Duft strömte ihr in die Nase. Er beruhigte sie, war verträumt und doch verlockend.

„Ich weiß, was ich tun kann, damit du wieder lächelst."

„Was? Nein, nicht das!"

„Oh, doch."

Emily schlang abwehrend die Arme um sich, aber es war zu spät, denn Godric begann bereits sie zu kitzeln. Binnen Sekunden begann sie zu Lachen und konnte nicht aufhören. Es war zu seltsam, um es zu verstehen, aber sie und der berüchtigte Duke of Essex waren miteinander vereint, lachten und neckten sich. Es war genau so, wie sie sich immer die Liebe zwischen zwei Menschen vorgestellt hatte.

Die stürmische Leidenschaft in seinen Augen wurde weicher, als sie ihn anlächelte. „Komm. Wir sollten die anderen einholen."

Emily kletterte von seinem Schoß.

Sie begannen tiefer in den Wald zu schreiten, und ohne Aufforderung legte Godric seine Hand in ihre, verschränkte ihre Finger miteinander, als hätte die Welt sie füreinander bestimmt.

14

Thomas Blankenship stand im Salon des Stadthauses von Evangeline Mirabeau und bewunderte die Frau. Sie lehnte sich auf einer Chaiselongue zurück und betrachtete ihn mit verschleiertem Blick. Ihre Augen hatten ein ungewöhnliches, reiches, honigfarbenes Haselnussbraun und ihre Kurven konnten einen Mann leicht um den Verstand bringen. Sie hatte große Brüste und wohlgeformte Beine, die durch ihr Musselinkleid in einem hellen Blau zum Vorschein kamen. Ihr hellblondes Haar fiel in perfekten Locken über ihren Nacken und Rücken.

Blankenship lächelte. Es überraschte ihn nicht, dass diese Kurtisane ein Jahr lang die Geliebte des Duke of Essex gewesen war, wenn nicht sogar länger. Wenn Blankenship nicht einen solchen Hass gegenüber Huren gehegt hätte, wäre er versucht, seine Begierde zwischen den Schenkeln dieser Frau zu stillen. Evangeline hatte den Körper einer Sirene, die Männer dazu verlockte, gegen die Felsen im Meer zu prallen und unterzugehen, aber ihr fehlte Emilys Unschuld und ihr süßes Wesen. Er sehnte sich danach, musste darin baden, es die Bestie besänftigen lassen, die in seinem Inneren wütete.

„Monsieur Blankenship, wir sind uns noch nicht begegnet, nicht wahr?", sagte Evangeline in einem beschwingten, schwülstigen französischen Akzent, der die meisten Männer in ihren Bann geschlagen hätte. Sie musste Essex in seinem Bett auf eine Weise unterhalten haben, wie es die unschuldige kleine Emily Parr nie tun könnte, es sei denn, der Duke nahm sich die Zeit, sie zu unterrichten. Blankenship hoffte gewiss, dass er das tat. Es würde seine eigene Inanspruchnahme umso süßer machen.

„Nein, Miss Mirabeau, wir hatten noch nicht das Vergnügen. Aber wir haben einen gemeinsamen Bekannten, den Duke of Essex."

Evangelines Augen verengten sich zu Schlitzen. „Oh? Und wie habt Ihr Seine Lordschaft kennengelernt?" Ihre Worte kamen so freundlich aus ihrem Mund wie das Gift einer Viper. Der Duke hatte diese schöne Frau verärgert und Blankenship würde von seiner Dummheit profitieren.

„Unsere Wege haben sich gekreuzt, als er etwas gestohlen hat, das mir gehört."

Sie lachte, ihre Stimme klang heißer. „Seine Lordschaft und stehlen? Unmöglich, Monsieur. Was immer er will erlangt er entweder durch Charme oder Geld. Stehlen? Mais non."

„Ah, aber er hat sich verändert, Miss Mirabeau. Aus diesem Anlass bin ich zu Euch gekommen."

Evangeline hob eine Hand, um müßig ihre Nägel zu betrachten, aber die schwache Röte in ihren Wangen verriet ihr Interesse. „Pourquoi? Ich war in den letzten sechs Monaten nicht bei Seiner Lordschaft. Was hat er Euch gestohlen, Monsieur?"

„Eine junge Lady."

Essex' ehemalige Geliebte erstarrte.

„Ja, er hat mir eine junge Lady gestohlen."

„Eine junge Lady?"

„Ja. Sie heißt Emily Parr, und ihr Onkel steht in meiner Schuld, ebenso wie in der Schuld Seiner Lordschaft. Essex beschloss, Miss Parr zu entführen, da sich ihr Onkel weigert, ihn zu bezahlen. Da sie mein Eigentum ist, will ich sie zurückhaben."

Evangeline stützte die Hand auf ihre Hüfte und glättete dabei die Seide an ihren Seiten.

„Woher wisst Ihr, dass er das Mädchen entführt hat?"

„Er hat ihrem Onkel einen Brief geschrieben." Blankenship trat an sie heran und reichte ihr ein Stück Papier, das sie sofort studierte.

„Das ist Godrics Handschrift, geschrieben mit seiner linken Hand. Ein Schuljungentrick, den er gerne anwendet."

„Ja. Ich habe den Magistrat zu seinem Anwesen begleitet, aber wir konnten sie dort nicht finden. Diese Kerle müssen sie versteckt halten."

„Diese Kerle?" Evangeline hob fragend eine Augenbraue.

„Die Liga der Schurken", erklärte er und unterdrückte den Drang, auszuspucken. „Sie sind bei ihm."

„Sie sind bei ihm? Dann ist es keine Überraschung. Diese Männer sind einander gegenüber überaus loyal." Ihr spöttischer Ton und das Aufflackern von Bitterkeit in ihren Augen waren eine angenehme Überraschung.

Sie würde eine ausgezeichnete Verbündete sein.

„Was wollt Ihr von mir, Monsieur?"

„Ich möchte, dass Ihr mir helft, Miss Parr zu retten. Es würde Euch die Chance bieten, Essex zurückzugewinnen."

„Ihn zurückgewinnen? Ich habe ihn doch nie verloren!"

„Ah, ja, natürlich." Er widerstand dem Drang zu lächeln. Sie hatte ihre Schwäche offenbart. Ihr Stolz.

Evangeline schmollte einen Moment, bevor sie erneut sprach. „Was ist das für ein Plan, von dem Ihr sprecht?"

„Ich gebe Euch einen Brief, der in der Handschrift Seiner Lordschaft geschrieben ist und Euch auf sein Anwesen einlädt, um Zeit mit ihm zu verbringen. Er deutet darin an, dass er keine Befriedigung bei Emily findet. Ihr werdet meinen

Verdacht bestätigen, dass Emily dort ist und mir einen Brief per Boten an diesen Namen und diese Adresse schicken. Es sollte Essex' Verdacht nicht erregen, falls er Eure Korrespondenz überwacht. Teilt mir alle Einzelheiten über ihren genauen Aufenthaltsort im Haus mit, wo sie festgehalten wird, die Routinen der Bediensteten, alles, was Ihr mir sagen könnt, das mir dabei helfen wird, sie wiederzuerlangen."

„Und wenn Ihr wisst, dass sie dort ist?"

„Ich habe einen höchst gefährlichen Mann in meinen Diensten, der vor nichts zurückschrecken wird, um das Mädchen zurück zu bekommen. Vorausgesetzt, der Duke und seine Freunde bescheren ihm keinen Ärger, sollte ihnen nichts geschehen. Sobald ich das Mädchen in meinen Besitzt gebracht habe, ist Essex frei und kann von Euch bezaubert werden." Blankenships Lächeln übermittelte keinerlei Wärme.

Ein Hauch von Misstrauen verriet die Französin. „Dieser angeheuerte Mann... Würde er Godric töten?"

„Wenn Essex versucht, ihn davon abzuhalten, das Mädchen zurückzubringen, dann ja. Er ist sehr geschickt. Ich habe noch mehr Männer, die ihn ebenso rücksichtslos in ihren Mitteln unterstützen." Sollte ihr jemand die Information entlocken, wäre es besser, wenn sie Godrics Männer in dem Glauben ließ, er hätte eine kleine Armee zur Verfügung.

Einen Moment lang sprach Miss Mirabeau nicht. Er hatte keinen Zweifel, dass sie sich immer noch um Essex sorgte. Dies machte es nur wahrscheinlicher, dass sie seiner Sache helfen würde, wenn sie ihren Geliebten verschonen und ihn zurückgewinnen wollte.

„Euer Plan ist lächerlich. Seine Lordschaft wird wissen, dass er diese Notiz nicht geschrieben hat. Wie soll ich mein plötzliches Auftauchen erklären?"

„Sagt ihm, dass es ein Streich gewesen sein muss, der Euch gespielt wurde. Zeigt ihm den Brief, sagt, dass Ihr Euren Bediensteten Urlaub gegeben habt und es umständlich wäre, so bald nach London zurückzukehren. Er ist ein Gentleman und wird Euch sicher bleiben lassen. Ich werde Euch für diese kleine Mission großzügig entlohnen.“

Gier leuchtete in ihren Augen auf. „Wie großzügig, Monsieur?“

„Sehr großzügig.“

Sie ergriff den Scheck, den er ihr hinhielt und ihre Augen weiteten sich angesichts der Summe. „Monsieur!“ Sie lächelte breit, aber gleichzeitig war es gar kein Lächeln.

„Mehr folgt, wenn Ihr die Mission erfolgreich ausgeführt habt“, fügte er hinzu.

„Betrachtet uns als Partner.“

Bald würde Emily erneut in Parrs Haus sein und Evangeline zurück in Essex‘ Bett. Blankenship würde Parr gnädig seine Schulden erlassen, sobald Emily ihm gehörte. Er würde Emily haben, und Essex wäre aus dem Weg geräumt.

❧

DIE JAGDGESELLSCHAFT HATTE FAST DEN RAND DER GÄRTEN erreicht, die Säcke voller Fasane, als Emily über einen losen Stein stolperte und sich den Knöchel verstauchte. Die Männer drehten sich auf ihren Schrei hin um. Es tat teuflisch weh und sie konnte sich ein Wimmern nicht verkneifen. Godric begutachtete die Verletzung sofort und schob ihre Röcke hoch. Er berührte ihren strumpfbedeckten Knöchel mit sanften, aber entschlossenen Fingern.

„Tut das weh?“

Emily antwortete, indem sie zusammenzuckte. Sie kämpfte darum, aufrecht stehenzubleiben, um zurück zum Anwesen zu gehen.

„Sei nicht albern. Ich werde dich tragen.“ Godric schob einen Arm hinter ihren Rücken und den anderen unter ihre Knie, bevor er sie anhob. Penelope folgte dicht hinter ihm und wimmerte leise. Ashton und Cedric gingen voraus und halfen, das Gartentor und die Tür zum Herrenhaus zu öffnen.

„Eure Lordschaft! Was ist passiert?" Simkins näherte sich, sein faltiges Gesicht vor Sorge verzerrt.

„Emily hat sich den Knöchel verstaucht. Lass unser Abendessen in meine Gemächer bringen. Ich will nicht, dass es sich verschlimmert."

Simkins blickte von ihr zu Godric und sagte: „Natürlich, Eure Lordschaft", bevor er sich entfernte.

„Was ist denn los?", rief eine vertraute Stimme von der Treppe aus. Charles und Lucien waren aus London zurückgekommen, wie es schien.

„Wann seid ihr zurückgekehrt?", fragte Ashton.

„Vor einer halben Stunde. Simkins sagte uns, ihr wäret auf der Jagd." Lucien musterte Emilys Knöchel besorgt.

„Einen seltsam aussehenden Fasan hast du da, Godric. Hast du ihr ins Bein geschossen?", fragte Charles, so forsch wie immer.

„Wohl kaum. Ich bin auf dem Weg zurück in den Garten über einen Stein gestolpert", antwortete Emily.

„Du bist nicht weiter verletzt?", fragte Lucien.

Cedric hob Penelope in seine Arme, die nun an Charles' Stiefeln schnüffelte. „Sie hat sich den Knöchel verstaucht."

Godric ignorierte das Gespräch und trug Emily die Treppe hinauf. Er legte sie auf sein Bett und löste das Seil von seiner Taille, aber er befreite sie nicht. Er nahm das lose Ende des Seils und knüpfte denselben komplizierten Knoten um seinen Bettpfosten.

„Godric, ganz ehrlich, ist das denn nötig?"

Godric nahm ihr Kinn in eine Hand und neigte ihre Lippen zu seinen, als er sie küsste.

„Es ist noch nicht zehn Uhr und ich halte nichts davon, ein Risiko einzugehen, wenn es um dich geht. Ich werde bald zurück sein." Er küsste sie noch einmal, streifte ihre Lippen, neckte ihre Zunge mit seiner, bevor er sie schließlich allein ließ.

Emily rieb sich den Knöchel und drehte ihn langsam ein paar Mal in jede Richtung, um sich durch den Schmerz zu arbeiten. Als Kind war sie oft mit dem Knöchel umgeknickt. Der Schmerz hielt nie lange an. Sie bemerkte, dass die Steifheit bereits nachließ.

Godric tat gut daran, sie zu fesseln, war aber töricht zu glauben, sie sei machtlos. Emily betrachtete den Knoten des Seils um ihre Taille. Es war ein mehrschlaufiger Knoten, den sie mit der Zeit lösen würde. Ein paar Minuten lang kämpfte sie damit und schaffte es, ihn zu lösen, aber als draußen Schritte zu hören waren, ließ sie schnell die Hände in den Schoß fallen. Godric, Simkins und Libba trugen zwei Tabletts mit Essen, eine Flasche Wein und ein paar Gläser. Das Dienstmädchen zwinkerte Emily verschwörerisch zu, als sie und Simkins wieder gingen.

Godric schob eines der Tabletts näher an Emily heran und deutete auf die Speisen, bevor er das Seil an ihrer Taille löste. Sie nahm an, dass er nun, da er zurückgekehrt war, selbst auf sie aufpassen wollte.

„Hasensuppe, Lerchenspeise und...", er grinste und deutete auf die kleine gekühlte Schale mit einem silbernen Deckel, „...Ingwereis."

„Eiscreme?" Emilys Magen knurrte. Eiscreme war eine Delikatesse, die sich nur diejenigen leisten konnten, die ein Eishaus hatten.

Godric lächelte. „Vielleicht hätte ich dich früher mit Eiscreme bestechen sollen, damit du dich wie eine gute Gefangene verhältst."

Emily griff nach der kleinen Schale, begierig darauf, sich die kühle Leckerei auf der Zunge zergehen zu lassen. Godric schlug ihre Hand mit einem Schnalzen weg.

„Du musst zuerst den Hauptgang essen. Simkins würde mir

den Kopf abreißen, wenn er erfährt, dass du mich überredet hast, dich zuerst dein Dessert essen zu lassen."

„Würde er das?" Das konnte sie sich nicht vorstellen.

„Nein, er würde mich nur enttäuscht ansehen, was noch schlimmer ist."

„Kann man dich wirklich mit Eis um den Verstand bringen?" Sie wölbte ihre Lippen zu einem kleinen, aber anzüglichen Lächeln. Sein erwiderndes Grinsen brachte ihr Inneres fast zum Schmelzen.

„Du wärst überrascht."

Godric reichte ihr ein Messer, eine Gabel und einen Löffel. Emily lächelte reumütig, als er ging, um die Tür zu seinem Gemach zu schließen und zu verriegeln, und sie gemeinsam einsperrte.

„Werde ich hier in deinem Bett essen?"

„Wir werden gemeinsam in meinem Bett essen", korrigierte er sie, während er sich neben sie setzte.

„Aber..."

Es war zu intim, zu süß, eine Mahlzeit so privat mit ihm teilen. Emily wich vor ihm zurück, weil sie wusste, dass sie die Kontrolle verlieren würde, wenn er sie berührte. Ein Teil von ihr wollte das Essen vom Bett werfen und stattdessen ihn schmecken. Die andere Hälfte wusste, dass sie mit jedem Moment, den sie mit ihm verbrachte, einen Schritt näher daran war, ihr Herz zu verlieren.

„Iss, meine Liebe, sonst bekommst du kein Eis."

Emily seufzte und machte sich über die Suppe und die Lerchenspeise her.

Godric aß ebenfalls und die Stille war erstaunlich angenehm. Es war eine schlichte Freude, ihn so nah bei sich zu haben... gemeinsam in einem Raum nebeneinander zu existieren.

„Wie geht es deinem Knöchel?" Godric stellte sein Tablett auf dem Boden ab und griff nach ihrem Bein. Er schob ihre

Röcke bis über ihr Knie nach oben. Ein Schauer lief Emily über den Rücken.

„Es ist schon viel besser. Ich denke, es wird bald wieder in Ordnung sein. Ich habe mich als Kind oft verletzt. Ich konnte nie lange stillsitzen. Meine Mutter sagte, ich sei ein ziemlicher Wirbelwind. Deshalb hat sie angefangen, mich in all diesen Sprachen zu unterrichten." Emily ließ sich zurück in die Kissen des Bettes sinken und entspannte ihre Schultern. Erinnerungen an ihre Kindheit entfalteten sich wie bunte Fahnen im Wind.

Godrics Handfläche bewegte sich über ihr Bein, während er ihr beim Reden zuhörte. Emily wusste, dass sie sich schämen sollte, weil sie sich von ihm so kühn berühren ließ, aber sie hatten schon so viel miteinander getan, dass sie sich nicht dazu durchringen konnte, einer so einfachen, süßen Berührung zu widerstehen.

„Lernen war der einzige Weg, wie sie mich ruhig halten konnte. Wir haben uns stundenlang in der Bibliothek verkrochen und Geschichten in anderen Sprachen gelesen. Sie forderte mich heraus und belohnte mich, wenn ich etwas gut gemacht habe." Emily lächelte. Dass ihre Mutter sie hatte überredeten können, wenigstens für eine Stunde im Haus zu bleiben, damit sie lesen konnte, war ein Wunder. „Wir haben uns immer vor Vater versteckt, wenn er mittags kam, um uns zu suchen. Ich werde nie vergessen, wie wir uns unter dem Tisch an der Tür versteckten und uns an ihm vorbei zur Tür hinausschlichen. Er kam ins Esszimmer und fand uns schon beim Essen. Ich glaube nicht, dass er je herausgefunden hat, wie wir das gemacht haben. Mutter war so schlau." Sie kämpfte gegen die Tränen, die ihr in die Augen stiegen.

„Ich kann mir vorstellen, dass sie eine wunderbare Frau war." Godric streichelte wieder Emilys Bein, spielte mit dem Saum ihres Strumpfes in der Nähe ihres Knies, als ob er ihn ihr am liebsten ausziehen würde. Emily spürte, wie sich ihr Atem beschleunigte, aber sie bemühte sich, ruhig zu bleiben.

„Sie war eine großartige Frau. Mein Vater sagte, dass die Welt mehr Frauen wie sie bräuchte. Er wollte, dass ich stets so intelligent handele wie sie." Tränen tanzten in Emilys Augen, aber sie brannten nicht. Es waren Tränen der Freude und Akzeptanz, weil sie sich an glücklichere Tage erinnerte. Würde sie sich jemals wieder so fühlen?

Godric raubte ihre Aufmerksamkeit, als er sie auf seinen Schoß zog, die Schale mit dem Eis in die Hände nahm und ihr einen Löffel an die Lippen führte. Er hatte seine Krawatte und Weste abgelegt. Sein weißes Hemd schmiegte sich dicht an seinen Körper und er stützte sein Kinn auf ihre Schulter, während er ihr beim Essen zusah. Auf seinem Schoß zu sitzen, ihn zu spüren, während er sie festhielt, vermittelte Emily ein Gefühl der Verwunderung.

„Ich möchte alles über dich wissen, Emily. Erzähl mir die Geschichte deines Lebens."

„Die Geschichte meines Lebens? Da gibt es nicht viel. Ich habe mehr Zeit damit verbracht, von einem Leben zu träumen, das noch zu leben ist, als es tatsächlich zu leben. Mein Vater war nicht ehrgeizig und empfand keine Liebe für die Stadt. Wir fuhren selten nach London und ich habe nie einen Fuß außerhalb englischen Bodens gesetzt. Meine Eltern hingegen waren oft weg. Mein Vater war Teilhaber einer Reederei und er reiste zu den verschiedenen Häfen, um zu sehen, wie das Geschäft lief. Er nahm meine Mutter mit... sie waren so verliebt."

Das Lächeln ihres Vaters, wie er ihre Mutter beobachtete, während sie ihren Reisemantel anlegte, blitzte durch ihren Kopf. Sie erinnerte sich an den Hauch von weichen Lippen auf ihrer pausbäckigen Kinderwange, als ihre Eltern zu ihrer gemieteten Kutsche gingen und sie zurückließen, während sie sich an Mrs. Danvers' Röcke klammerte. Wenn sie nur gewusst hätte, dass dies ihre letzte Reise sein würde. Als ihre Eltern zum letzten Mal weggefahren waren, war sie tief im Wald hinter ihrem Haus gewesen, um Wildblumen und Vögel für einen

Aufsatz zu skizzieren, den sie gerade schrieb. Sie war eine Stunde zu spät gekommen, um sich zu verabschieden, und dieser Gedanke versetzte sie stets in Unruhe.

Emily hätte ihre Seele gegeben, um die Zeit zurückzudrehen und sich zu zwingen, das Skizzieren für einen anderen Tag aufzuheben und früher nach Hause zu kommen. Sie hätte ihre Mutter festgehalten, sich an ihren Vater geklammert und sie angefleht, nicht zu gehen. Man wusste nie, welche Fehler man beging und welchen Preis man dafür zahlen musste, bis es zu spät war.

Godric schien ihre dunklen Gedanken zu erraten und strich ihr eine Haarsträhne aus dem Gesicht. „Du würdest gerne verreisen?" Mit seiner freien Hand tauchte er seinen Löffel in ihre Schüssel und stahl ihr das Eis.

„Mehr als alles andere möchte ich..."

„Was wünscht du dir?"

„Es ist albern."

Godric ließ seinen Löffel los, um ihr mit dem Handrücken über die Wange zu streichen. „Sag es mir."

Es war so einfach, nachzugeben, sich allem hinzugeben, was er von ihr verlangte, wenn er sie so berührte. „Mein Vater hat mir seinen Anteil an der Firma als Erbe hinterlassen. Dazu gehörte eine ordentliche Summe Geld, die bei meiner Heirat an meinen Mann gegangen wäre. Ich hatte gehofft, jemanden zu heiraten, der mir erlauben würde, meinen Anteil an der Firma zu übernehmen und die Bücher zu führen. Ich könnte reisen, die Welt sehen, wenn ich die Gelegenheit dazu hätte. Wäre es nicht herrlich, eine Gelegenheit zum Leben zu haben? Ich möchte im Mittelmeer baden, ich möchte die ägyptische Sonne auf meiner Haut spüren, und ich möchte in den Pyrenäen einen Schneeball werfen. Ich möchte indische Currys kosten und die Tempel des Orients sehen..."

Godrics Blick wurde weicher.

„Das sind keine albernen Wünsche." Godrics Hand an ihrer

Wange wanderte ihren Hals hinunter und seine Fingerspitzen zogen eine sanfte Linie hinunter zu ihrem Schlüsselbein. Emily wünschte sich in diesem Moment nichts sehnlicher, als ihre Träume mit ihm zu teilen.

„Vielleicht nicht, aber ich bin dumm, weil ich hoffe, dass sie jemals wahr werden." Sie setzte ihren Löffel und ihre Schüssel ab.

Als ihr klar wurde, dass er sie nicht loslassen würde, ließ sie sich wieder in seine Arme sinken. Er schlang seine Arme um sie, vergrub sein Gesicht in der Beuge zwischen ihrem Hals und ihrer Schulter, und presste seine Lippen auf ihre Haut. Emilys Kopf fiel zurück gegen seine Schulter, als er seinen Mund ihren Hals hinauf zu ihrem Ohr bewegte und an ihrem Ohrläppchen knabberte. Sie seufzte, ein Hauch von Wärme umgab ihren Körper. Sie hätte in den Schlaf gleiten können, so sicher in seinen Armen. Die Standuhr in der Halle schlug neunmal. Das ferne Leuten weckte Godric und er ließ sie von seinem Schoß aufstehen.

„Ich muss hinuntergehen und nach den anderen sehen. Ich bin bald zurück und dann gehen wir zu Bett." Er wartete nicht auf ihren Protest, sondern ließ sie allein sitzen und warten.

Die fünf Männer standen um den Billardtisch im Salon. Cedric führte gerade seinen Stoß aus, während Lucien und Charles den anderen von ihrer Zeit in London erzählten.

„Wir sind Blankenship im Hyde Park begegnet", sagte Charles und schwenkte ein Glas Brandy.

Ashtons Augen blitzten. „Wirklich?"

„Ja, ich habe mir die Zeit genommen, ihn an seine Schulden bei mir zu erinnern", sagte Lucien. „Wie es scheint, ist er ziemlich clever in seinen Finanzpraktiken. Er nimmt Investitionen von Männern wie mir und benutzt sie, um Männer wie... Albert Parr unter Druck zu setzen. Ich habe mich heute umgehört, und es scheint, dass es hier und da Hinweise gibt, die darauf hindeuten, dass Blankenship der Drahtzieher hinter Parrs Geld-problemen ist."

Godric nahm einen Queue von dem Holzständer an der Wand und gesellte sich zu seinen Freunden. „Ich frage mich, ob Blankenship Parr in den Bankrott getrieben hat, nur um Emily zu bekommen…" Er betrachtete den Billardtisch und sah dann Lucien an. „Wie kam es zu Blankenships Schulden?"

Lucien ließ sich mit seiner Antwort Zeit. Als er zwei Kugeln versenkt hatte, beantwortete er Godrics Frage. „Ich habe ihn nur einmal getroffen. Ich habe ihm eines meiner kleineren Grundstücke in Frankreich verkauft, das Häuschen in der Nähe des Château de Chenonceau."

Charles seufzte wehmütig. „Ich mochte den Ort sehr…"

„Nun, Blankenship hat die Urkunde dafür. Aber er hat mir nur die Anzahlung gegeben." Luciens Gesicht verfinsterte sich, seine Züge wurden kühl. „Er hat mir den Restbetrag für das Grundstück noch nicht geschickt."

Godric hatte fast Mitleid mit Blankenship. Wer es wagte, Lucien um etwas zu betrügen, konnte am falschen Ende einer Duellpistole landen.

„Du glaubst doch nicht, dass er versuchen wird, dich zu betrügen?", fragte Ashton.

„Nein, ich bin viel zu vorsichtig, um in solche Fallen zu tappen, ebenso wie er zu vorsichtig ist, um dabei erwischt zu werden. Er verzögert die Zahlung einfach bis zum letztmögli-chen Moment, um Zinsen zu bekommen."

„Was hat er im Hyde Park gemacht?", fragte Godric, als er an der Reihe war. Er ergriff seinen Queue, führte seinen Stoß durch und verfehlte das Loch um einen Zentimeter. Seine Gedanken waren entschieden woanders, und sein Spiel litt darunter.

„Wir sind uns nicht sicher. Er wirkte furchtbar selbstgefäl-lig, als er uns sah, dieser Mistkerl", knurrte Charles.

Godric unterdrückte ein Lachen. Sie alle hassten Blankenship, weil dieser glaubte, Emily gehöre ihm. Godric versuchte, sich nicht mit dem Gedanken zu beschäftigen. Es erinnerte ihn nur an sein eigenes, wenig respektvolles Verhalten.

„Das verheißt nichts Gutes. Ich sorge mich um seine Absichten, seit er mit dem Magistrat hierhergekommen ist", erklärte Ashton.

„Er wird nicht ruhen, bis Emily ihm gehört", sagte Cedric.

„Dann wird er in der Tat ein sehr müder Mann sein." Godric kämpfte gegen den Drang an, durch die Flure des Hauses zu schreiten, bis seine ganze Energie verbraucht war. „Wir müssen wachsam sein", sagte er, und die anderen stimmten zu.

Cedric grinste. „Aber abgesehen von der Begegnung mit Blankenship habt ihr euch doch sicher gut amüsiert?"

„Das haben wir in der Tat! Lucien hat ein ziemliches Händchen dafür, Frauen auszusuchen, die gerne experimentieren. Sie hatten diese prächtigen Spielzeuge, importiert aus..."

„Ähem", räusperte sich Ashton. „So sehr wir alle die Geschichten über deine und Luciens Verderbtheit genießen, Charles, es gibt eine unschuldige junge Lady unter diesem Dach, die nicht hören sollte, wie du mit deinen Eroberungen prahlst."

Godric unterdrückte ein Lachen, aber seine Gedanken waren wieder bei Emily. Er hatte sie in seinem Gemach zurückgelassen, unfähig, sich ihr noch einen Moment länger anzuvertrauen. Aber er suchte nicht nur sein Vergnügen mit ihr. Er wollte ganz der ihre sein, mit Körper und Seele. War er jemals mit einer Frau auf diese Weise zusammen gewesen? Wenn ja, musste es Jahre her sein. Er legte seinen Queue auf den Tisch und zog damit die Aufmerksamkeit der anderen Männer auf sich. Die Zeit des Wartens war vorbei. Er wollte sie, und wenn er mit seinen Kenntnissen über Frauen richtig lag, wollte sie ihn genauso sehr.

„Entschuldigt mich. Ich muss nach Emily sehen."

„Natürlich musst du das...", sagte Charles und gluckste. „Ich kann mir vorstellen, dass du die ganze Nacht nach ihr sehen musst."

Godric ignorierte das Lachen seiner Freunde, das ihm folgte, als er den Raum verließ.

EMILY LAG AUSGESTRECKT AUF DEM BAUCH UND LAS EINE Sammlung von Aufsätzen über Philosophie, als Godric eintrat. Ihre Augen hoben sich von den Seiten, als er die Tür schloss und sich mit verschränkten Armen zurücklehnte. Eine dunkle Braue hob sich, ebenso wie ein Mundwinkel. Ihr Herz machte einen Sprung. Sie hatte den Drang, zu flüchten und sich im Unterholz zu verstecken, wie ein aufgeschrecktes Rehkitz. Die Glut zwischen ihnen hatte viel zu lange unter der Oberfläche geschwelt und würde nun endlich zu einem Feuer entfacht werden. Es würde kein Zurück mehr geben. Vertraute sie ihm?

Ja. Und zwar weit mehr, als sie es zugeben sollte, aber es war zu spät, den Teil ihres Herzens infrage zu stellen, der sich ihm bereits hingab.

„Komm zu mir, mein Schatz." Wie eine Schlange, die ihr im Garten Eden einen Apfel anbot, versprach sein Ton, sie in all die Dinge einzuführen, die eine unschuldige junge Frau nicht wissen sollte.

Das Buch fiel ihr aus den Händen und sie richtete sich auf. Ihr Verstand trübte sich vor berauschendem Verlangen. Er musste genauso verzweifelt sein wie sie. Emily ließ die Beine über die Bettkante baumeln und lehnte sich zurück, die Hände hinter sich auf das Bett gestemmt, das Kinn hocherhoben, und warf ihm einen Blick zu, von dem sie hoffte, dass er die Einladung erkannte, die sie andeutete.

„Wenn du mich willst, dann komm."

Das wölfische Funkeln in seinen Augen verriet ihr, dass er

wusste, dass sie versuchte, die Situation zu kontrollieren. Schließlich stieß er sich von der geschlossenen Tür ab und trat zu ihr.

Godric umfasste ihr Kinn mit einer Hand, seine Augen huschten zu ihren Lippen. „Emily, du machst mich wahnsinnig."

„Denkst du, das ist einfach für mich? Du weißt, wie ich mich fühle, aber für dich ist die Entscheidung leicht und ohne Konsequenzen. Für mich? Ich gebe so viel auf, um mit dir zusammen zu sein. Bitte sag mir, dass du das verstehst." Sie wollte nicht betteln, aber das Zittern in ihrer Stimme verriet sie.

„Das tue ich." Godric bewegte seine Hände von ihren Schultern zum Ausschnitt ihres Kleides und packte es am Kragen. Mit einer schnellen Bewegung riss er es in zwei Teile, schob es von ihren Armen und warf es zur Seite. Es flatterte zu Boden, ein weißes Symbol für ihre Kapitulation und Unschuld.

„Du wirst diese Entscheidung nie bereuen. Ich schwöre es." Seine Stimme klang rau, als er ihre Schultern umfasste.

„Godric..." Sie versuchte, eine Hand auszustrecken, um ihn zu zügeln. Sein ganzer Körper zitterte, als seine Finger schnell ihr Mieder lösten.

„Kein Wort mehr, Füchsin. Der Jagdhund ist hier und es gibt kein Entkommen." In ihrem Kopf blitzte das Bild eines rothaarigen Fuchses auf, der zwischen den Zähnen eines Hundes gefangen war. Für ihn war sie immer noch ein Fuchs, den er gejagt und gefangen hatte.

Godrics Hände wanderten hinunter zu ihren Füßen, lösten die Schnürung ihrer Stiefel und ließen sie zu Boden fallen. Als Nächstes zog er ihr die Strümpfe aus. Emily lag still da und sah zu, wie er die Haken ihres Rocks löste, bevor er ihn zu Boden gleiten ließ. Er trat zurück, zog langsam sein Hemd aus und warf seine Stiefel beiseite. Er begann, seine Reithose auszuziehen, hielt aber inne, als sie sich unruhig auf dem Bett bewegte.

„Hast du Angst vor mir?"

Emily glaubte, einen Hauch von Besorgnis in seinem Tonfall zu erkennen. *Natürlich fürchte ich dich. Du übernimmst die Kontrolle über alles, verlangst, dass ich dir alles gebe, nicht nur meinen Körper.* Angst tanzte durch ihr Inneres und zog sie mit sich. Ihre Atmung wurde flach, ihr Herz klopfte in einem unsicheren, schwachen Rhythmus. Würde er sie aus Versehen verletzen?

Er hatte sie mit Gewalt aus ihrer Kutsche geholt und sie festgehalten. Aber im Laufe ihrer gemeinsamen Tage hatte er auch eine Sanftheit gezeigt, die er nicht hatte verbergen können. Würde der herzlose Wüstling oder seine verletzte Seele Besitz von ihr ergreifen?

Der entschlossene Blick in seinen Augen sagte ihr, dass der Wüstling die Kontrolle hatte, aber der Schatten der sanften Seele lugte unter seinen langen, dunklen Wimpern hervor.

Jeder Rest ihrer Ängste verblasste, aber eine nervöse Anspannung, die ihr ebenso berauschend vorkam, nahm ihren Platz ein. Sie wusste nicht, wie sie mit Godric als Liebhaber umgehen sollte.

„Ich... ich habe keine Angst." Ihr eindringlicher Tonfall überzeugte weder ihn noch sie selbst.

⚜

GODRIC NAHM EMILYS ERSCHEINUNG IN SICH AUF. SIE WAR ein bezauberndes Geschöpf in einem leichten, hauchdünnen Unterkleid, die Haare hochgesteckt. Er griff nach ihr, aber nur, um ihren Haarkamm zu entfernen, und ihn auf den Nachttisch zu legen. Ihr Haar fiel ihr in lockigen Wellen über die Schultern. Er fuhr mit den Händen hindurch und bewunderte dessen Seidigkeit.

Sie hypnotisierte ihn wie eine antike Göttin. Er war schon mit einigen der schönsten und begehrtesten Frauen in ganz England zusammen gewesen, aber noch nie in seinem Leben hatte ihn eine Frau so gefesselt. Es hatte alles mit der Art zu tun, wie sie seinen Namen flüsterte, mit der Art, wie sie lächelte, und mit den Dingen, die ihr durch den Kopf gingen, während sie von ihren Träumen sprach. Sie war nicht nur ein warmer Körper in seinem Bett. Emily war unendlich viel mehr für ihn. Sie war real.

Er bewegte seine Hände nach oben, um ihr Gesicht zu umschließen, dann neigte er ihren Kopf zurück und eroberte ihren zitternden Mund. Dann zog er sie näher zu sich.

Er hielt sie fest, ihre Wärme erregte und beruhigte ihn zugleich. Das Letzte, was er wollte, war, sie zu verängstigen, und doch war er hier und zerriss ihre Kleidung und knurrte wie ein verdammter Wolf. Sein Bedürfnis, sie zu nehmen, sie zu der seinen zu machen, setzte sich schnell über seinen rationalen Verstand hinweg. Aber seine Handlungen waren auch in seiner neuen Angst verwurzelt, Emily zu verlieren. Es war ihm unmöglich geworden, ohne sie auszukommen. Godrics Arme legten sich fester um sie, als würde sie nicht mehr unter seinem Schutz stehen, wenn er sie loslassen würde.

Der Duft ihres Haares, wie frisch gepflückte Blumen, umhüllte ihn, beruhigte ihn. Sie war hier, in seinen Armen, in Sicherheit.

„Hab keine Angst", murmelte er. Sein Mund strich entlang ihres Kiefers zu ihrem Hals.

Emily seufzte, schlang die Arme um ihn und versuchte, ihn näher an sich zu ziehen. Er nutzte ihre Ablenkung und schob ihr Unterkleid hoch, küsste sie weiter, bis der dünne Stoff in der Nähe ihres Halses war, dann zog er ihn ihr über den Kopf. Ein Keuchen kam ihr über die Lippen, als sie versuchte, ihre Brüste zu bedecken. Godric ergriff ihre Handgelenke und ließ sie langsam mit dem Rücken auf das Bett sinken. Er hielt ihre Handgelenke in der Nähe ihrer Taille gefesselt.

„Godric... ich glaube, ich bin noch nicht bereit dafür."

„Ich würde dir nie wehtun, mein Liebling. Bitte glaube mir." Er drückte ihr einen sanften Kuss auf den Mundwinkel, um sie zu necken. Godric wollte nur, dass sie in Sicherheit war, dass sie glücklich war. Er würde es nicht wagen, sie zu verletzen. Er wollte sie niemals verlieren.

EMILY WAND SICH IN WACHSENDER LUST, ALS ER SEINE Hüften in die Wiege ihrer Schenkel drückte. Sein Mund senkte sich auf ihren. Die Hitze seines Kusses jagte ihr einen Schauer über den Rücken. Sie hörte am Tonfall seiner Stimme, dass er ihr nicht wehtun würde, aber ihr Herz weigerte sich, das zu glauben.

„Bitte, Emily, vertrau mir, dass ich mich um dich kümmern werde. Ich brauche dich."

Emily drückte gegen seine Brust. „Du willst meinen Körper."

Godric zog sich zurück, seine smaragdgrünen Augen ließen sie im endlosen Meer ertrinken. „Es ist mehr als das. Es war schon immer mehr zwischen uns. Vom ersten Moment an wusste ich, dass du mir gehörst, mit Leib und Seele. Für immer."

Er wickelte eine lose Locke ihres Haares um einen Finger und liebkoste die schimmernde Welle in einer Mischung aus Verspieltheit und Zärtlichkeit, die Emily aus der Fassung brachte. „Du hast mich verzaubert, Emily. Ich stehe unter deinem Bann und möchte nie wieder erwachen. Verweigere mir nicht das Recht, dich zu verehren, meine Göttin." Er besiegelte seine Bitte mit einem sanften Kuss und ließ sie verzweifelt nach mehr verlangen.

Ihr Körper erwachte zum Leben. Jeder Nerv, jeder Muskel zuckte in Erwartung des Vergnügens, das sie gleich erleben sollte. Es war ein Geschenk, nach dem sie nicht zu fragen wagte. Alles, was jetzt zählte, war Godric. Die Kraft seines

Körpers, der Tanz ihrer Zungen und das Verlangen, das sich zwischen ihren Beinen aufbaute, war alles, das sie fühlte.

Godric schmiegte seinen Körper an ihren, beugte sich vor und presste sich an sie. Emily hatte Mühe zu atmen, ihre Lippen waren immer noch seine Gefangenen, als er erneut seinen Mund über ihren schob. Seine Zähne knabberten an ihren Lippen, während seine Hände die Länge ihrer äußeren Oberschenkel hinaufglitten. Als er schließlich auf ihre Brüste hinunterblickte, stöhnte er beim Anblick der rosigen Brustwarzen, die sich für ihn aufstellten.

„Ich habe schon so lange darauf gewartet, dich zu schmecken." Er zog eine Spur von Küssen von ihrem Hals hinunter zu ihren Brüsten. Als er eine Brustwarze in den Mund nahm, wölbte sich Emily ihm entgegen, als es ihr ein heftiges Kribbeln über den Rücken schickte.

Sein Mund umschloss ihre Brustwarze, seine Zunge umspielte die erigierte Knospe, bis Emily ihre Hände in Godrics Haaren vergrub und ihn aufforderte, weiterzumachen. Godric ließ von ihrer Brust ab und griff nach oben, um ihre Hände zu fangen und sie neben ihren Hüften zurück auf das Bett zu legen.

„Ich werde dir noch nicht geben, was du begehrst."

„Nein?", keuchte sie.

Er gluckste, als er ihr Schlüsselbein küsste. „Nein. Es ist an der Zeit, dass ich dich für deine Fluchtversuche bestrafe."

Seine Zunge schnippte heraus und leckte über ihre Haut. Emily stöhnte auf. „Wenn das eine Bestrafung ist, dann lass mich andere Sünden beichten, damit ich auch für diese büßen kann." Sein hitziges Lachen fesselte sie mit seiner brennenden Süße.

Godric bewegte seinen Mund hinunter zwischen das Tal ihrer Brüste, vorbei an ihrem Bauch und zu dem dunklen Dreieck zwischen ihren Beinen. Er rutschte vom Bett und kniete sich zwischen ihre Beine, wobei er seine Schultern benutzte, um ihre Knie auseinander zu schieben, während er ihren rechten Innenschenkel küsste. Emilys Sicht verschwamm, als er sich langsam zu ihrem feuchten Kern bewegte.

❧

„GODRIC…", WIMMERTE SIE, ALS SICH SEIN MUND ENDLICH zwischen ihren Schenkeln bewegte. Während seine Zunge sündige Muster auf ihrem pochenden Fleisch zeichnete, stöhnte sie erneut seinen Namen. Er knurrte und liebte den Klang seines Namens, als dieser verzweifelt über ihre Lippen drang.

Godrics Hose war so gespannt, dass er kaum denken konnte. Er wusste, dass er nicht mit Emily schlafen sollte. Er musste aufhören, sie zu schmecken, musste aufhören, bevor er zu weit ging und sich tief in ihr vergrub. Sie war eine Jungfrau, eine Unschuldige, und ihr erstes Mal würde schmerzhaft sein. Sie brauchte die ruhigen, süßen Küsse eines Liebhabers, nicht die Gewalt eines besessenen Mannes. Godric war kurz davor, die Kontrolle wiederzuerlangen, als Emily laut aufstöhnte und ihn somit aufforderte, weiterzumachen.

Er knabberte an der empfindlichen Knospe ihrer Erregung und keuchte selbst, als sie vor Lust aufschrie. Godric ließ ihre Hände los, als er aufstand, um sich aus seiner Hose zu befreien. Wenn er nicht bald in sie dringen würde, würde er sich verlieren, wie er es am Morgen getan hatte.

Ihre Augen weiteten sich, als er seine Hose von seinen Hüften stieß und völlig nackt vor ihr stand.

Emily starrte auf seine Erregung, die Augen glühten vor Faszination. „Godric, wirst du…"

„Emily, ich weiß, dass es wehtun wird, aber ich werde so sanft sein, wie ich kann." Seine Stimme war angespannt, als er zärtlich ihre Knie spreizte.

Emily zappelte, als er sich über sie beugte. „Versprichst du es?"

„Ich verspreche es." Er hatte noch nie in seinem Leben ein Versprechen so ernst gemeint.

Godric ließ seine Hände unter ihren Po gleiten und hob ihre Hüften an. Mit einer langsamen Bewegung stieß er tief in sie hinein. Ihre Jungfräulichkeit riss unter der Wucht seines Eindringens. Emilys scharfer Schmerzensschrei folgte der Wölbung ihrer Hüften, als sie versuchte, sich loszureißen, aber diese Bewegung trieb ihn nur noch tiefer in sie.

Godric erstarrte beim Klang ihres Schmerzes.

„Soll ich aufhören?" Seine Stimme war rau und klang angespannt in seinen eigenen Ohren.

Sie küsste ihn auf den Kiefer und hob ermutigend die Hüften. „Nein, hör nicht auf."

Er beugte sich hinunter und fing ihren Mund in einem tiefen Kuss ein. Ihre Anspannung ließ nach. Er drängte sie, sich mit ihm zu bewegen und sich seinem schaukelnden Rhythmus anzupassen. Schon bald verlor er sich in dem engen Zusammenpressen ihrer inneren, heißen Wände und dem Heben und Senken ihrer Brüste, während sie atmete und jedes Mal ein leises Wimmern über ihre Lippen drang. Ihre Beine bewegten sich nach oben, um seine Oberschenkel zu umschlingen, während er am Rand des Bettes stand, sich über sie beugte und in sie eindrang. Noch nie zuvor hatte er sich von einer Frau so verzehrt gefühlt, so verzweifelt, dass er seine Seele in den Kern ihres Wesens einbrennen wollte.

Mein. Du bist mein, sagte er im leidenschaftlichen Spiel seiner Zunge gegen ihre, als seine Hände ihre Hüften fester umklammerten und sich ihre Brüste an seinem Oberkörper rieben.

EIN KARMESINROTES MEER DER LUST UMHÜLLTE EMILY, ALS Godric immer tiefer in sie eindrang. Jedes Mal, wenn er sich zurückzog, spürte sie die Tiefe ihrer eigenen Leere. Nur Godrics zurückkehrende Stöße linderten den Schmerz. Nichts existierte, besaß Form oder Materie, außer dem Zusammenkommen ihres Körpers mit Godrics. Sie spannte ihre Beine an, forderte ihn für sich ein, während ihre Zunge sich in seinen Mund kämpfte und sie den Ingwer von ihrem Eis und den Brandy schmeckte, den er vor nicht allzu langer Zeit genossen hatte.

Die Blitze des anfänglichen Schmerzes verwandelten sich in Blitze der Lust. Sie steuerte auf eine Klippe zu, und wenn sie erst einmal gefallen war, würde es keinen Weg mehr zurück zur Vernunft geben. Das Vergnügen dieser Vereinigung zwischen ihnen war genauso schön wie es verheerend war.

„Nimm mich tiefer in dich auf", flüsterte er in ihr Ohr, während seine Zähne ihren Hals streiften.

Emily stemmte ihre Hüften so fest sie konnte gegen seine. Er drang so tief er konnte in ihren Schoß und der Druck stieß sie über den Rand der Klippe. Emily schwamm an dem unbekannten Ufer des Verlangens und genoss den scharlachroten Sonnenuntergang, der ihre Welt in Schattierungen von Feuer und Lust tauchte. Godric war bei ihr, streckte seine Hand nach ihr aus, um sie zu ergreifen und sie für immer zu seiner Frau zu machen.

Sie war sein. Feuer schoss von dem Punkt aus, an dem sie verbunden waren, durch ihren Körper und überwältigte sie wie krachende Wellen. Emily schrie erneut auf, dieses Mal vor ungeheuerlicher Lust. Godric stieß noch zweimal zu, härter als zuvor, und brach mit einem Stöhnen auf ihr zusammen.

Sie kämpfte darum, ihren Atem wiederzuerlangen. Seine Hitze breitete sich tief zwischen ihren Beinen aus, als er ein paar Zentimeter aus ihr herausglitt, bevor er wieder in sie drang. Emily stöhnte auf und ihre inneren Wände krampften sich um ihn, hießen ihn immer noch willkommen. Ihre Körper waren feucht, als er sich an sie schmiegte und ihren Hals küsste. Emily schlang ihre Arme um seinen Körper, die Muskeln seines Rückens bewegten sich mit jedem seiner Atemzüge unter ihren Händen. Er griff unter sie und hob sie ein wenig an, schob sie weiter zurück auf das Bett, damit er neben ihr liegen konnte.

Als er schließlich von ihr herunterglitt, zitterte Emily und versuchte, sich wieder mit ihm zu verbinden, wollte von ihm gehalten werden. Godric zog sie an sich, seine Hände streichelten ihren Rücken, ihren Po, ihre Schenkel, glitten dann zurück zu ihrem Haar, das er aus ihrem Gesicht strich, damit er sie küssen konnte. Emily lehnte ihre Wange an seine Brust, genoss seine Wärme und den gleichmäßigen Schlag seines Herzens.

„Geht es dir gut, Emily?" Besorgnis ließ seine Stimme heiser klingen.

Sie schloss die Augen und genoss die Wärme seiner Haut unter ihrer Wange. „Ja." Sie liebte es, seinen Atem zu spüren, zu wissen, dass das Leben ihn durchflutete und dass er ihr gehörte und ihr allein, wenn auch nur für kurze Zeit.

Er küsste ihr Haar. „Ich wollte dir nicht wehtun, mein Liebling. Das erste Mal ist immer schmerzhaft, ich hätte sanfter sein sollen."

„Pst..." Sie hob eine Hand, um seinen Mund zu bedecken. Er küsste zärtlich ihre Fingerspitzen und sie lächelte.

„Und wenn man bedenkt, dass du mich bestrafen wolltest..." Emily stieß ein leises, heißeres Lachen aus, das sein Verlangen erneut weckte.

„Bring mich nicht in Versuchung, noch kreativer zu werden. Lucien hat ein paar faszinierende Ideen aus dem Fernen Osten mitgebracht, bei denen es um Fesseln mit Streifen aus roter Seide geht..."

„Das würdest du nicht wagen!" Ihr Kopf schnappte hoch,

ihre Augen verdunkelten sich, und sie keuchte, als er sie zwickte. Sie schlug eine locker geballte Faust auf seine Brust.

„Du Schurke!", zischte sie, aber ihre Augen leuchteten belustigt.

„Ich habe nie behauptet, etwas anderes zu sein." Emily entspannte sich, schmiegte sich an ihn und nahm seine Wärme in sich auf. Anstatt sie weiter festzuhalten, löste Godric sich und zog die Bettdecke zurück.

„Komm unter die Decke", flüsterte er. Er deckte sie zu und begann, sich selbst anzuziehen. Sie sah zu ihm auf, die Decke fest an ihr Kinn gezogen. Er hatte gerade eine Frau aus ihr gemacht, und doch ließ er sie allein zurück.

„Wohin gehst du?" Das Zittern in ihrem Tonfall beschämte sie.

„Nach unten. Ich bin gleich wieder da." Er warf sich sein Hemd über und wartete auf ihre Antwort.

Emily öffnete den Mund, aber die Standuhr in der Halle draußen läutete.

„Ah, zehn Uhr." Er beugte sich vor und küsste sie auf die Stirn.

Eine Minute lang lag sie still in seinem Bett. Sie wollte lachen, vor Freude schreien. Sie hatte sich noch nie so wunderbar gefühlt. Eine Zeit lang waren sie und Godric ein zusammenhängendes Lebewesen gewesen, ohne Ende und Anfang. Er hatte sich in ihr verloren, und sie sich in ihm. Sobald sie das begriffen hatte, wurde ihr noch etwas Wichtigeres klar. Sie wollte ihn nie verlassen.

Ich liebe ihn... Die Erleuchtung brachte sowohl Erregung als auch Herzschmerz mit sich.

Sie war in einen Mann verliebt, der ihre Liebe nie erwiedern würde. Er war nicht der Typ, der liebte. Männer wie er taten das nie.

Ihr Plan, ihn zu verführen, wurde immer wichtiger. Sie

musste das Unmögliche schaffen und sein Herz gewinnen. Nur so konnten sie beide glücklich werden.

Emily kuschelte sich tiefer in die Decke, Godrics Duft umwehte sie und tröstete sie, während sie von diesem Einssein träumte.

❧ 15 ❧

Godric kehrte in den Salon zurück, wo er seine vier Freunde übermäßig interessiert an ihrem Billardspiel vorfand. Sie blickten ihn an, dann sahen sie alle schnell weg, und eine Minute lang sagte keiner ein Wort.

Charles warf seinen Queue achtlos auf den Tisch und ruinierte das Spiel, als er die Kugeln damit durcheinander warf. „Verdammt nochmal, wenn niemand fragt, dann werde ich es eben tun. Also, wie war's?"

„Wie war was?", fragte Godric und täuschte Unschuld vor.

„Wir alle wissen, dass du und Emily..." Für einen Mann, der nie sprachlos war, fehlten Charles jetzt eindeutig die Worte. „Nun, du weißt schon... Oh, um Gottes willen, wir haben Ohren, Mann!"

Cedric zischte: „Großer Gott, willst du, dass wir erschossen werden?"

Godric war nicht im Geringsten verärgert. Tatsächlich fand er es eher amüsant... diese Vorstellung, wie seine Freunde wie Schuljungen im Flur herumkrabbelten, nur um einen Blick durch das Schlüsselloch zu erhaschen... Wie sollte er da nicht lachen?

„Es wird niemand erschossen, es sei denn, einer der Männer hier wagt es, sie jetzt zu verführen. Denkt an Regel Nummer vier. Sie hat sich für mich entschieden. Ist das klar?"

Alle nickten.

„Du hast ihr doch nicht wehgetan?", fragte Ashton nach einem Moment, sein Gesicht ein wenig gerötet.

Cedrics Miene spiegelte Ashtons Besorgnis, während er sich gegen den Billardtisch lehnte.

„Es geht ihr gut. Ich war nicht so sanft, wie ich hätte sein sollen... aber ich weiß, wie man eine Frau vom Schmerz ablenkt und ihn durch Vergnügen ersetzt. Sie war mutig, meine Emily."

Er hatte in seinem langen Leben der Eroberungen nur mit zwei Jungfrauen geschlafen. Sie hatten beide die ganze Zeit geweint und seitdem hatte er den Unschuldigen abgeschworen. Kein Mann verbrachte gern die ganze Nacht damit, eine Frau zu überreden, ihn wieder zu akzeptieren.

Aber Emily war ihm mit überraschender Leidenschaft begegnet, einer Leidenschaft, die mit seiner eigenen konkurrierte.

Ashton fixierte ihn mit seinem Blick. „Sie liebt dich, Godric. Eine verliebte Frau kann mehr Schmerz und Leid ertragen als der stärkste Mann. Ihre Herzen sind einzigartige Dinge, stark und treu, aber anfällig für eine große Schwäche."

Die plötzliche Wärme in Godrics Brust überraschte ihn. Emily liebte ihn. Es gefiel ihm, zu wissen, dass sie ihn liebte. Er kämpfte darum, seine Fassung zu bewahren. „Und welche Schwäche wäre das?"

Ashton runzelte die Stirn. „Ihr Herz ist leicht zu brechen, wenn die Lady nicht im Gegenzug geliebt wird. Du musst sie von ganzem Herzen lieben, Godric, oder du hast ihr ein großes Unrecht angetan."

Godric seufzte und fuhr sich mit einer Hand durchs Haar. „Du magst recht haben, Ash. Ich habe sie auf jeden Fall entjungfert und sie verdient es, dass man sich um sie kümmert. Wir können sie sicher nicht zu ihrem Onkel zurückschicken."

Luciens Gesicht verfinsterte sich. „Dann könnten wir sie genauso gut gleich Blankenship überreichen."

„Dann ist es also abgemacht. Am Ende der Woche werde ich nach London zurückkehren, um Parr mitzuteilen, dass Emily nicht mehr ihm gehört. Ihr Verbleib in meinem Haus begleicht all seine Schulden und jeder Kontakt zwischen uns wird abgebrochen."

„Und was ist mit Emily?", fragte Cedric.

„Ich werde sie hierbehalten."

„Ist das klug?", fragte Lucien.

„Sie wird an ihre Ehre gebunden sein. Außerdem bezweifle ich, dass sie versuchen wird, von hier fortzugehen. Nicht nach dem, was heute Abend passiert ist." Godric versuchte, sich zurückzuhalten, aber seine Lippen verzogen sich trotzdem zu einem Lächeln.

„So gut war es also, ja?", gluckste Charles.

Godric schüttelte den Kopf. „Als ob ich dir das sagen würde." Was ihr an Erfahrung fehlte, machte sie mit Selbstvertrauen und Enthusiasmus wett.

Er fragte sich, ob dieses Gefühl, das in seinem eigenen Herzen so schwer fassbar war, ihre gemeinsamen Momente mit Feuer und Zärtlichkeit erfüllt hatte. Er hatte ein Leben des Vergnügens gelebt, und in diesem Leben hatte die Liebe keine Rolle gespielt. Seine Geliebten genossen ihn, während er sie genoss, aber mehr war nicht drin.

Emily jedoch... sie war etwas ganz anderes.

„Godric, du wirst dich das nächste Mal vorsehen, nicht wahr?", fragte Ashton nach einer Minute. „Ich würde es hassen, wenn Emily in so jungem Alter mit einem Kind belastet werden würde."

Godric zuckte zusammen. Daran hatte er gar nicht gedacht.

Oh, Gott! Sie könnte in diesem Moment schwanger sein, weil er sich nicht beherrschen konnte.

„Ich werde die nötigen Vorkehrungen treffen." Es gab ein paar Möglichkeiten, aber die beste war ein Pariser, ein alter Favorit von ihm. Das nächste Mal würde er vorbereitet sein. Natürlich würde der nächste Monat nervenaufreibend werden, während er zu Gott betete, dass das erste Mal mit Emily nicht in einer Katastrophe endete.

Noch während er das dachte, wusste er, dass ein Kind, das aus diesem einen Moment wundersamer, zärtlicher Freude geboren werden könnte, ein wunderschönes sein würde. Mit seinem dunklen Haar und den ausdrucksvollen violetten Augen seiner Mutter. Ihre Kitzeligkeit. Seine Kühnheit. Was für ein Kind das sein würde. Das Bild dieses bezaubernden, noch nicht existierenden Kindes schockierte ihn. Ein Kind? Irgendwann würde er einen Erben brauchen.

Er musste seine Gedanken von Emily und diesem imaginären Kind befreien. „Sollen wir ein neues Spiel beginnen?" Die anderen Männer gesellten sich zu ihm an den Billardtisch.

Als Godric schließlich in sein Schlafgemach zurückkehrte, trug er eine schlafende Penelope unter einem Arm und ihren Korb im anderen. Er stellte den Korb neben seinem Nachttisch ab und bauschte die Decken für das Hündchen auf, bevor er es absetzte. Penelope leckte ihm zufrieden die Hand ab.

„Braves Mädchen." Er streichelte ihren schlanken Kopf und kraulte sie hinter den Ohren. Ihre Augen fielen zu, und Godric zog sich schnell aus und ließ seine Kleidung in einem unordentlichen Haufen am Fußende des Bettes fallen, bevor er unter die Decke schlüpfte. Sein Körper erwärmte sich sofort, als er mit Emily in Berührung kam.

„Godric...", murmelte Emily, als sie sich auf die Seite drehte, um ihn anzusehen.

„Ich bin hier, Liebling." Er schob seine Arme um ihre Taille und zog sie an sich. Sie seufzte, zufrieden wie Penelope, im

Halbschlaf. Er nutzte die Gelegenheit und küsste ihre Lippen. In der Dunkelheit, mit ihren miteinander verschlungenen Körpern, mit keinem Zeugen außer dem Mondlicht, hielt er sich fast für fähig, sie zu lieben. Emily schien seine Gedanken zu lesen, als er ihre Lippen freigab und ihren Hals küsste.

„Ich liebe dich", flüsterte sie und sprach mit einem dunklen Prinzen aus ihren Träumen. Sie schien keine Antwort zu erwarten.

„Ich weiß", flüsterte er, als sie in seinen Armen einschlief. Godric folgte ihr wenig später ins Land der Träume, an einen Ort, der von Feldern voller exquisiter Schmetterlinge umgeben war. Er konnte nicht einen Einzigen fangen...

❧

EMILY WACHTE IN EINER NEUEN WELT AUF.

Ihr Körper war träge und locker, erfüllt von einem neuen Verständnis für sich selbst. Es existierte keine Barriere mehr zwischen ihr und dem schwer fassbaren Zustand der Weiblichkeit. Der Mann, der alles verändert hatte, lag neben ihr, seine Haut warm an ihrer. Bisher hatte sie sich immer nur peinlich berührt und schüchtern gefühlt, wenn es um ihren Körper ging, aber Godric hatte jeden Teil von ihr gesehen und geschmeckt. Sie hatte die Leidenschaft in der Zärtlichkeit seines Kusses und den verletzlichen Schimmer in seinen Augen gespürt.

Emily steckte ihr Haar im Nacken locker hoch, als sie sich näher an Godric schmiegte. Seine Brust hob und senkte sich in einem tiefen Schlummer und sie konnte ihm nicht widerstehen, so entblößt wie er in diesem Moment war.

Sie küsste sein Kinn und wanderte mit ihren Lippen seine Brust hinunter, bis sie seine linke Brustwarze erreichte, die sie mit ihrem Mund neckte. Godric stöhnte erschöpft auf, als sein schlafender Körper darauf reagierte.

Emily schob ein Knie zwischen seine Beine und seine Männlichkeit verhärtete sich an ihrem Oberschenkel.

Sie saugte fester, bevor sie sich seinen Oberkörper hinunter küsste.

Eine Hand umklammerte ihr Haar und hielt ihren Mund an seinen Körper gepresst. Er war nun definitiv wach. „Was hast du vor, kleine Füchsin?"

„Ich dachte, ich sollte dich wecken. Ich wünsche mir meinen Guten-Morgen-Kuss."

„Deinen Kuss? Mein Liebling, wir sind jetzt weit über Küsse hinaus." Sein heiserer Ton entfachte ein prickelndes Feuer zwischen ihren Beinen.

Er wartete nicht auf eine Einladung, sondern zog sie hoch und rollte sie unter sich. Während er ihren Mund in einer zärtlichen, sündigen Verführung einfing, griff er mit seinem linken Arm nach der kleinen Schublade auf seinem Nachttisch.

„Was machst du da?", fragte sie zwischen zwei Küssen.

Seine Hand kehrte zu ihren Körpern unter der Bettdecke zurück. „Mach dir keine Sorgen, Liebling. Ich beschütze dich, das ist alles."

Die Hitze des nächsten Kusses raubte ihr jeden rationalen Gedanken.

Einige Zeit später lagen sie und Godric keuchend in den Armen des anderen, während die Lust ihre Glieder durchflutete. Godrics Körper zitterte und Emily bettete seinen Kopf an ihre Brust und streichelte sein Haar. Sie konnte nicht umhin, die tiefen Brauntöne zu bewundern, die das Morgenlicht in seiner dichten Mähne einfing.

„Warum zitterst du?"

„Dich zu lieben..." Godrics Stimme war kaum mehr als ein Flüstern.

„Ja?" Sie küsste sein dunkles Haar und atmete seinen maskulinen Duft ein.

„Ich fühle mich wieder wie ein Junge."

Emily war sich nicht sicher, was sie davon halten sollte. „Ist das... eine gute Sache?"

„Es ist eine wunderbare Sache, Emily. Jede Liebkosung, jeder Kuss... es fühlt sich neu an. Ich hätte nie gedacht, dass ich noch einmal so fühlen könnte." Godric stützte sich auf seine Ellenbogen, immer noch tief in ihr, die Verbindung zwischen ihnen intensiv. Seine langen Wimpern legten sich wie Fächer über seine Wangen, als er die Augen schloss. Das Geständnis schien ihn zu überraschen, ihn verletzlich zu machen. Sie kannte diesen gequälten und zögernden Blick nur zu gut.

„Emily, es gibt etwas, das ich gerne mit dir besprechen würde." Er zog sich sanft zurück und setzte sich dicht neben sie.

„Um was geht es?" Misstrauen trübte die sonnige Wärme in ihrem Herzen.

„Wegen dieser neuen Entwicklung..." er fuhr mit der Hand über die zerknitterten Bettlaken, „Es kommt nicht infrage, dich zu deinem Onkel zurückzuschicken. Davon will ich nichts hören. Aber du musst selbst entscheiden, was du nun tun willst."

Emily setzte sich auf und zog das Laken hoch, um sich zu bedecken. „Willst du mich wegschicken?" Der Kummer legte sich wie eine dicke Wolldecke über sie und erdrückte sie beinahe.

„Was?" Seine Brauen zogen sich zusammen. „Dich wegschicken? Bist du verrückt? Ich möchte, dass du hierbleibst, dass du bei mir bleibst. Du brauchst dich nie wieder mit deinem Onkel zu beschäftigen." Er streichelt ihre Wange mit seinem Daumen. Diese Geste beruhigte sie, aber ihre Brust kribbelte immer noch in Erwartung des Todesstoßes, von dem sie wusste, dass er ihr eines Tages zugefügt werden würde.

„Du willst, dass ich hier bei dir bleibe? Für wie lange?" Sie brauchte eine Antwort, auch wenn sie schmerzhaft war.

„Ja." Die erste Frage beantwortete er, ohne zu zögern, aber

bei der zweiten Frage nahm er sich Zeit. „Du kannst so lange bleiben, wie du willst, sobald die Sache mit deinem Onkel geregelt ist."

Emily versuchte, das Brennen der Tränen in ihren Augen zu unterdrücken. Er bot ihr weder Heirat noch Liebe an, sondern nur Zeit. Wenn das alles war, was sie von ihm haben konnte, würde sie es nehmen... für den Moment.

Ich werde morgen über die Konsequenzen nachdenken.

„Dann werde ich bleiben." Ihr Einverständnis brachte ihn dazu, sich erneut mit begierigen Küssen auf sie zu stürzen.

Die Standuhr draußen schlug neun Mal. Die Morgenstunden glitten dahin, während sie sich in seinen Küssen verlor.

„Was ist mit dem Frühstück?", fragte sie etwas später, vor Befriedigung benommen.

„Frühstück?" Godrics Hand zeichnete Muster auf ihrem Schlüsselbein nach. Sie lehnte sich mit dem Rücken an seine Brust. Ein Arm lag um ihren Oberkörper geschlungen, während seine Finger über ihre Haut tanzten. Sie beobachtete, wie einer davon ein ausgeprägtes Muster nachfuhr, immer und immer wieder.

„Was machst du da?"

Seine Lippen verzogen sich zu einem Lächeln an ihrer Wange.

„Ich schreibe meinen Namen auf deine Haut."

„Wenn du Anspruch auf mich erhebst, dann verdiene ich einen fairen Austausch." Emily ergriff seine Hand und drehte seine Handfläche nach oben, bis sie ihr zugewandt war. Sie hielt seine Hand still und zeichnete mit dem rechten Zeigefinger ihren eigenen Namen in einer unsichtbaren Signatur, dann führte sie seine Handfläche an ihre Lippen und besiegelte ihren Namen mit einem Kuss. Godric bedeckte ihre Hand mit seiner und schmiegte ihre gepaarten Hände an ihre Taille. Die sanfte Stille zwischen ihnen war angenehm und geheimnisvoll. Außer Godric gab es nichts anderes, womit sie sich befassen wollte.

Gab es jemals einen schöneren Moment als diesen? In seine starken Arme geschmiegt, fühlte sie sich selbst stark. Sie konnte nicht anders, als sich vorzustellen, wie das Leben mit dem gut aussehenden, grüblerischen Duke of Essex sein könnte, der nur für sie ein Lächeln zeigte. Der sie zum Lachen brachte oder ihr so viel Vergnügen bereitete, dass sie aufschrie. Jeder Atemzug, jeder Kuss, den sie miteinander teilten, band ihr Herz mit Fäden an ihn. Sie würde immer diesen kosmischen Sog zu ihm spüren und in die Schwerkraft seines Wesens gezogen werden. Was auch immer sonst geschah, dieser Moment, dieser perfekte Augenblick, würde immer existieren. Eine sonnige Erinnerung, gebadet in Liebe und verschlossen in ihrem Herzen. Es würde nie genug sein, aber sie würde alles hinnehmen, was auf sie zukam, bis es zu Ende war.

Das Knurren von Emilys Magen durchbrach die Stille.

„Oh, Gott! Frühstück! Du musst am Verhungern sein!“ Godric stieg aus dem Bett und zog sich eilig an. Emily sammelte ihre zerrissenen Kleidungsstücke ein und ging in ihr Gemach.

Als sie endlich im Speisesaal ankamen, beendeten die anderen gerade ihre Mahlzeit. Emily erkannte sofort ihre wissenden Blicke und errötete, die Augen auf den Boden gerichtet, als sie sich an ihre Lustschreie erinnerte. Das ganze Herrenhaus musste sie und Godric gestern Abend gehört haben... und heute Morgen.

Godric begrüßte sie ohne einen Hauch von Verlegenheit. „Guten Morgen.“

„Morgen.“ Lucien hatte seine übliche Zeitung aufgeschlagen, aber er klappte sie über seine Finger zurück und warf ihr und Godric einen Blick zu, bevor er das Zeitungspapier erneut hochklappte. Emily stellte fest, dass Lucien weniger an seiner Zeitung interessiert war als daran, seinen Gesichtsausdruck zu verbergen. Sie hatte ein Grinsen erahnen können, bevor die Zeitung ihr die Sicht versperrte.

Charles unterdrückte ein Gähnen und fuhr sich mit einer Hand durch das zerzauste blonde Haar. Er war so ein merkwürdiger Mann. Seine Kleidung war immer ordentlich und gepflegt, aber Charles selbst war immer verschlafen und zerknittert, als wäre er gerade erst aus dem Bett gestiegen.

Cedric beschäftigte sich anderweitig, indem er Penelope mit Krümeln von seinem übrig gebliebenen Toast fütterte. Ein Diener musste gekommen sein und die Kleine geholt haben, bevor sie und Godric erwacht waren.

Ashton betrachtete Emily mit demselben intensiven Blick, mit dem sie die anderen musterte. „Du siehst heute Morgen sehr hübsch aus, Emily."

Das Kompliment überraschte und erfreute sie. „Ich danke dir."

Ashton lächelte, dann drehte er sich zu Godric um und sprach auf Italienisch. Verdammt sei der Mann. Was auch immer Godric antwortete, schien Ashton zu beruhigen und die anderen zu amüsieren, außer Cedric. Er schaute mehr als einmal mit einer Mischung aus Mitleid und Sorge in ihre Richtung. Emilys Magen knurrte. Sie aß ihr Frühstück, aber das Kauen wurde zu einer Aufgabe. Aus dem Augenwinkel heraus beobachtete sie, wie Godric mit seinen Freunden sprach und aß.

Nachdem weiter nichts Beunruhigendes geschehen war, entspannte sie sich.

Cedric lehnte sich in seinem Stuhl zurück. „Godric, ich frage mich, wie wohl das Angeln in deinem See ist? Lohnt es sich, um diese Jahreszeit einen Versuch zu unternehmen?"

„Es ist Monate her, dass ich dort war, um zu angeln. Tob dich aus und nimm ruhig die anderen mit." Godric legte seine Hand auf Emilys Knie unter dem Tisch. Wollte er, dass sie auch mitkam?

Emily biss sich einen Moment auf die Lippe und überlegte,

was seine Berührung bedeutete, bevor sie sprach. „Darf ich auch mitgehen? Als Kind habe ich es geliebt, zu angeln.“

Cedric und Charles tauschten amüsierte Blicke aus. Godrics Hand über mehr Druck auf ihr Bein aus.

„Darf ich, Godric?“

„Du willst den Tag mit Angeln verbringen?“ Unmut verdüsterte seine Augen.

„Nun, wenn es dir lieber ist, dass ich nicht...“ Sie wünschte, sie würde Männer besser verstehen. Sie waren so verschlossene, zurückhaltende Wesen und völlig unberechenbar in dem, was sie wollten. Sie waren frustrierend.

„Lass sie mitkommen, Godric. Frische Luft ist gut für eine Frau wie Emily“, sagte Cedric.

„Hast du wirklich Lust, mehrere Stunden in einem Boot in der Sonne herumzusitzen?“ Godrics Augen weiteten sich vor Unglauben.

„Du wärst doch mit mir dort, oder?“ Emily legte unter dem Tisch ihre Hand leicht auf seine. „Und wenn du hineinfällst und so tust, als würdest du ertrinken, kann ich so tun, als würde ich dich erneut retten.“

Godric seufzte überstimmt und warf Cedric einen eher missmutigen Blick zu. „Dann gehen wir eben angeln. Gebt mir eine Stunde in meinem Arbeitszimmer. Ich muss mich um ein paar Dinge kümmern.“ Godric erhob sich vom Tisch und ließ Emily mit den anderen vier Lords allein.

Emily trank ihre heiße Schokolade aus, bevor sie aufsprang, um Godric zu folgen.

❧

Charles erhob sich, bereit, ihr zu folgen, aber Ashton legte ihm eine Hand auf den Unterarm.

„Bleib ruhig, Charles. Sie wird nirgendwo hingehen.“

„Wie kannst du dir da sicher sein? Der kleine Kobold hat

uns in den letzten Tagen ganz schön auf Trab gehalten! Woher willst du wissen, dass sie es nicht noch einmal versucht?"

„Es ist offensichtlich, dass du noch nie verliebt gewesen bist. Emily will Godric nicht aus den Augen lassen. Sie hängt jetzt mehr denn je an ihm."

Charles setzte sich wieder hin. „Willst du damit sagen, dass sie nicht weglaufen will, weil sie in ihn vernarrt ist?"

„Manche Menschen verbringen ihr ganzes Leben damit, sich zu verlieben, immer und immer wieder. Andere verlieben sich nur einmal. Dann ist es der echte Funke der Liebe und keine vorübergehende Schwärmerei. Was Emily gegenüber Godric gezeigt hat, ist nicht nur simple Verliebtheit." Ashton seufzte und nahm einen großen Schluck von seinem Kaffee. „Und das ist es, was mich beunruhigt."

Er betete zu Gott, dass Godric wusste, was er tat. Wenn Emily körperlich oder seelisch zu Schaden käme, würde es sie alle verletzen.

Der Gedanke, dass die berüchtigte Liga der Schurken vom Glück einer jungen Frau abhing, war beunruhigend.

❧

EMILY HIELT AN DER OFFENEN TÜR ZU GODRICS Arbeitszimmer inne. Er saß an seinem Schreibtisch und blätterte in Büchern und Briefen. Sie nutzte die Gelegenheit, um sich seine Gesichtszüge einzuprägen, sie auf die Leinwand ihres Geistes zu malen und sie in ihr Herz einzubrennen. Die Art, wie sein dunkles Haar in seine Augen fiel, diese starken Hände, die die Papiere hielten, die schlanken, muskulösen Beine, die ausgestreckt und an den Knöcheln gekreuzt waren. Sie wollte kein Detail vergessen.

Mit einem zaghaften Schritt überschritt sie die Schwelle des Arbeitszimmers. Der Holzboden knarrte. Godric blickte zu ihr auf, lächelte und nahm seine Arbeit wieder auf. Eine andere

Frau hätte sich vielleicht darüber geärgert, dass sie nicht angesprochen worden war. Aber Godrics höfliche Akzeptanz ihres Eindringens hatte eine ganz andere Bedeutung. Es zeugte von Vertrauen. Sie wollte den Moment nicht ruinieren, indem sie lästig war oder ihn ablenkte. Sie wählte ein Buch aus dem Regal, eine botanische Abhandlung über die in Kent heimischen Pflanzen, und ließ sich auf der Couch neben ihm nieder.

Nach einer Viertelstunde blickte sie auf Godric, der mit stummem Knurren die Zähne zusammenbiss und auf ein Buch starrte. Emily senkte ihr Buch und stand von der Couch auf, trat hinter Godric und las, was ihn verärgert hatte. Es war ein unordentliches Buch mit Konten, sehr schlecht geführt und verwirrend. Aber Emilys scharfes Auge fand die Stelle sofort, an der die Zahlen falsch berechnet waren.

Sie legte eine Hand auf seine linke Schulter und ihre Finger gruben sich in sein Hemd. „Oh, je. Kann ich dir helfen?"

Er drehte überrascht den Kopf, als wäre er sich ihrer Anwesenheit gar nicht bewusst gewesen.

„Was?"

Sie deutete zu den Büchern. „Führst du all deine Bücher auf diese Weise?"

„So wurde es mir beigebracht."

„Aber es ist so verwirrend, wie du deine Zahlenspalten aufgebaut hast."

Godric grinste. „So macht man Geschäfte, Darling."

Diesmal wölbte sie eine Braue. „Ja, ich weiß, ich habe es schon gesehen. In Unternehmen, die gescheitert sind. Die Struktur ist falsch. Es ist ein Wunder, dass ich den Buchungen überhaupt folgen kann."

„Du kennst dich mit Buchhaltung aus?"

„Ja, in der Tat, das tue ich. Möchtest du, dass ich die Fehler für dich behebe? Ich kann sie in einem neuen Buch berichtigen, wenn du eines übrig hast."

Er starrte sie an. „Du meinst das ernst?"

„Ich habe meinem Vater bei seiner Buchhaltung geholfen." Emily verscheuchte ihn von seinem Stuhl und setzte sich, zog das Hauptbuch näher heran und nahm das leere Buch zur Hand, als er es ihr brachte. Sie blätterte das alte Buch auf die erste Seite zurück und begann mit seiner Buchhaltung. „Zahlen sind viel weniger verwirrend, wenn man sie richtig anordnet", sagte sie. „Die Summen addieren sich dann sozusagen von selbst."

In weniger als einer Stunde hatte sie alle Rechenfehler korrigiert und auch die schwächeren Investitionen hervorgehoben, die er getätigt hatte, einschließlich des Minenplans ihres Onkels. Godric lehnte sich neben ihr an den Schreibtisch und beobachtete sie.

„Gerade als ich überzeugt war, dass ich alles über dich weiß, überraschst du mich erneut." Er wickelte eine Locke ihres Haares um seine Finger, sein Blick war warm auf ihr Gesicht gerichtet.

Emily strahlte. „Dann bist du mit mir zufrieden?" Sie wollte sichergehen, dass sie seinen männlichen Stolz nicht verletzt hatte. Männer waren solch zerbrechliche Geschöpfe.

„Was denkst du denn?" Godric zog sie hoch und in seine Arme. Er drückte ihr einen trägen Kuss auf die Lippen und seine Finger gruben sich in ihren unteren Rücken, während er sie näher an seinen Körper zog.

„Ich vermute, das ist ein Ja."

Godric hielt seine Arme um ihre Taille und küsste ihren Hals, die Umarmung eher süß als sinnlich.

„Willst du wirklich angeln gehen, Liebling? Wir könnten die anderen aus dem Haus jagen und es ganz für uns allein haben." Er fuhr mit seiner Zunge an ihrem Ohr entlang.

Das Verlangen durchzuckte sie wie ein Blitzschlag. So sehr sie sich auch wünschte, sofort wieder in seinem Bett zu sein und sich mit ihm zu vereinen, so sehr fürchtete sie, er könnte ihrer überdrüssig werden. Sie wollte, dass er Zeit mit ihr außerhalb des Bettes verbrachte.

Sie musste dafür sorgen, dass er sie weiterhin begehrte, denn in dem Moment, in dem er ihrer überdrüssig wurde, würde ihr Herz zerbrechen, und sie müsste Penelope nehmen und gehen. Sie würde nie einen anderen Mann so wollen oder lieben wie Godric. Er hatte seinen Namen nicht nur auf ihren Körper gezeichnet, er hatte ihn auch in ihr Herz geritzt.

„Ich möchte angeln." Sie spielte mit den Falten seines Halstuches. Er ergriff ihre Hände und hob sie an seinen Mund, um sich zu küssen.

„Ich könnte dich umstimmen." Das satte Timbre seiner Stimme wärmte sie.

„Ich weiß, dass du das könntest, aber wir dürfen deine Freunde nicht vernachlässigen. Sie sind so nett, dir Gesellschaft zu leisten, während du mich gefangen hältst. Du solltest dich bei ihnen mit deiner Anwesenheit revanchieren, wenigstens tagsüber."

„Siehst du dich immer noch als meine Gefangene?", fragte Godric.

Sie dachte darüber nach. Sie fühlte sich immer noch durch die Situation gefangen, aber in den letzten Tagen hatte sie sich deutlich weniger eingesperrt gefühlt. Ja, Emily hatte sich wohler gefühlt...

„Nein. Aber wir müssen geselliger sein. Ich kann nicht den ganzen Tag mit dir im Bett verbringen." Ganz gleich, wie angenehm das auch sein mochte.

Godric lächelte und legte ihren Arm in seinen. „Du, meine Liebe, hast eine Entschlusskraft aus Stein und eine Zunge aus Silber." Er seufzte, als sie gingen, um sich wieder zu den anderen zu gesellen.

Cedric und Lucien trugen die Angelruten und Charles eine Kiste mit Ködern. Penelope saß geduldig zu Ashtons Füßen, ihre kleine schwarze Nase nach oben gerichtet, während sie von

Mann zu Mann schaute, wohl wissend, dass etwas im Gange war.

„Bereit?" Cedric machte keinen Versuch, seine jungenhafte Aufregung zu verbergen, während er sich das kastanienbraune Haar aus der Stirn strich. Seine braunen Augen leuchteten in der glühenden Erwartung ihrer kommenden Expedition.

„Ja, das sind wir." Emily wich von Godrics Seite, als sie zu Cedric und Lucien aufschloss.

⚜

„Hat sich Emily nach dem Frühstück zu dir in dein Arbeitszimmer gesellt?", fragte Ashton Godric, während sie Emily und die anderen beobachteten.

„Ja, und glaube es oder nicht, sie hat mir geholfen, meine Buchhaltung zu ordnen. Du weißt ja, wie schrecklich ich darin bin. Sie ist eine ausgezeichnete Mathematikerin. Sie hat meine Bücher auf Vordermann gebracht."

„Es scheint, dass sie immer noch Geheimnisse vor uns hat. Emily sagte mir, sie habe keinen Sinn fürs Geschäft."

„In der Tat", meinte Godric und nickte. „Es war eine kluge Wahl, heute Morgen Italienisch zu sprechen. Sie hat nichts von dem, was wir gesagt haben, verstanden. Sonst wäre sie sicher rot geworden."

„Ich habe es so gemeint, wie ich es gesagt habe. Du musst vorsichtig mit ihr sein. Sie ist zu jung, um Mutter zu werden."

„Ash, nicht heute, bitte. Ich habe genug von deinem Geschimpfe gehört. Kann ich mich nicht einfach an Emily erfreuen? Sie ist glücklich, ich bin glücklich, du solltest auch glücklich sein."

Als Ashtons ernster Blick nicht nachließ, fuhr Godric fort. „Egal, ob Emily ein Dutzend Babys bekommt, die an ihrer Schürze zerren, sie würde ihre gegebene Unschuld nie verlieren. Das ist etwas, das nicht einmal Zeit im Bett ihr nehmen kann, und ich bin froh darüber. Es macht jeden Moment kostbar." Es war das erste Mal, dass er solche Gefühle laut zugab, aber Ashton lächelte nur.

„Solange du den Wert dessen erkennst, was es ist, das Emily tatsächlich so kostbar macht, gibt es noch Hoffnung für dich." Ashtons blaue Augen waren heute grauer, erfüllt von Nachdenklichkeit und Sorge.

Godric klopfte seinem Freund auf die Schulter. „Ich werde ihr nichts Böses tun, Ash. Darauf hast du mein Wort."

„Ich bin froh, das zu hören. Solange du sie gut behandelst, werdet ihr beide glücklich sein."

„Vielleicht." Godric lernte Emily jeden Tag besser kennen, und obwohl sie durch und durch sanftmütig war, war ihre rebellische Ader weniger eine Ader als ein unglaublich tiefer Fluss, ein Fluss, der niemals austrocknen und seinen Lauf nicht ändern würde.

Die Wahrheit war, dass er nicht mehr ohne sie auskam. Mit ihr zusammen zu sein war, als hätte er das Recht zu atmen gewonnen. Er musste sie haben, vollkommen, solange er konnte.

❧

DER AUSFLUG WAR SEHR ANGENEHM GEWESEN. CEDRIC freute sich über ihren Barschfang und wollte noch länger draußen bleiben, aber als sich der Himmel über dem Herrenhaus verdunkelte, beschloss die Gruppe, zum Ufer zurückzukehren.

Lucien studierte die Wolken. „Ein schlimmer Wetterumschwung."

Emily betrachtete den Marquess. „Glaubst du, dass es heute Nacht stürmen wird?"

„Wir könnten den Regen gut gebrauchen, aber er wird die Straßen für jede Art von Reise unpassierbar machen."

Ein leises Donnergrollen wogte über die Wiese, als sie zum Herrenhaus zurückgingen. Das unheimliche Krachen ließ Godrics Magen flau werden. Tief in seinen Knochen spürte er, dass etwas nicht stimmte.

Simkins kam ihnen im Flur entgegen, sein Gesicht war angespannt. „Eure Lordschaft, Ihr habt einen Besucher."

„Einen Besucher?" Godric bedeutete Cedric und Lucien, Emily in den Salon zu führen. „Es wird nur eine Minute dauern."

Simkins bemühte sich, die Fassung zu bewahren. „Ja, Eure Lordschaft. Sie ist im Salon."

„Sie?"

„Es ist Miss Mirabeau, die Euch sprechen möchte."

Godric fluchte. Was zum Teufel hatte sie hier zu suchen? Er hatte ihr doch klargemacht, dass sie nie wieder über seine Türschwelle treten sollte.

Godric klopfte Simkins auf die Schulter. „Danke, Simkins. Ich werde mich darum kümmern."

Sie waren einmal ein Liebespaar gewesen, aber sie hatte ihn und die Art, wie er mit seinen Bediensteten umging, nicht verstanden. Er hatte unter ihrer schlechten Einstellung zu seinem Haushalt gelitten. Da sie aus einer Familie exilierter französischer Aristokraten stammte, hatte sie andere Vorstellungen von den Beziehungen zwischen den Gesellschaftsschichten. Godric betrachtete einige seiner Bediensteten wie eine erweiterte Familie, aber Evangeline hatte sich vehement gegen eine solche Nähe gewehrt. Die Erinnerung an ihren letzten Streit über ihre Behandlung von Simkins hinterließ einen bitteren Geschmack in seinem Mund.

Evangeline saß sittsam auf dem Sofa in der Nähe des Kamins, aber ihr zahmer Gesichtsausdruck täuschte ihn nicht im Geringsten. Sie liebte es, die Lady zu spielen, aber während ihrer gemeinsamen Zeit hatte Godric keine Lady gewollt.

„Miss Mirabeau, guten Abend." Sie stand auf und reichte ihm die Hand. Er ignorierte sie und verbeugte sich steif.

„Aber, Godric, wir sind doch Freunde. Du musst nicht so förmlich sein." Sie lachte, als wäre sie über seinen kalten Empfang amüsiert. Ihr französischer Akzent war weicher, wenn sie mit ihm sprach. Er hatte es geliebt, sie in der Hitze der Leidenschaft seinen Namen hauchen zu hören.

„Ich verzichte gern auf Formalitäten. In der Tat, halten wir es kurz. Du bist in meinem Haus nicht willkommen. Was machst du hier?" Er wollte, dass sie verschwand, und zwar sofort. Sie hatte kein Recht, hierherzukommen und sein Leben zu stören. Godric wollte vor allem nicht, dass Emily etwas über sie erfuhr.

Evangeline wandte sich von ihm ab, während sie ihren Fächer hervorholte und ihre wohlgeformten Hüften schwang. Ihr feuchtes lachsfarbenes Kleid enthüllte viel von ihrem Körper, aber der Anblick rührte ihn nicht.

Sie kramte einen Brief aus ihrer Tasche und reichte ihn Godric. Ihre Augen fuhren an seinem Körper auf und ab, während er las.

Er legte den Brief zurück in ihre Hände. „Ich habe diesen Brief nicht geschickt."

Sie blickte verwirrt drein, streckte die Hand aus und legte sie auf seinen Unterarm, „Aber... aber mon amour, das ist deine Handschrift. Nach all den Briefen, die du mir geschrieben hast, wie könnte ich sie da nicht erkennen? Erinnerst du dich nicht, wie du mir früher all die unanständigen Dinge erzählt hast, die du mit mir tun wolltest?" Sie schob ihre Brust vor, obwohl das kaum nötig war.

Der Gedanke, mit dieser Frau zu schlafen, hatte keinen Reiz mehr. „Diese Tage sind lange vorbei, und ich habe keinen Brief geschrieben, in dem ich dich gebeten hätte, hierherzukommen. Ich werde deine Kutsche vorbereiten lassen." Es musste ein neuer Plan sein, ihn zurückzugewinnen. Wahrscheinlich hatte sie ihn selbst geschrieben, um einen Grund zu schaffen, hierherzukommen und ihre Beziehung wieder aufleben zu lassen.

„Mon dieu. Ich habe meine Kutsche nicht mitgebracht. Ich bin mit einer gemieteten Kutsche gekommen. Sie ist gerade erst abgefahren, bevor der Sturm losging. Ich kann unmöglich zurückfahren.“

Godric öffnete seinen Mund und schloss ihn wieder. Was zum Teufel hatte sie vor?

„Außerdem habe ich meine Diener für ein paar Tage auf Urlaub geschickt. Es wäre unmöglich, geeigneten Ersatz zu finden, bevor sie zurückkehren.“

Er löste sich von ihr. Sie war ein schwarzer Fleck in seinem Leben, den er verzweifelt auslöschen wollte. „Du kannst die Nacht über bleiben und in deinem Gemach essen. Ich erwarte, dass du bis spätestens morgen Mittag abreist. Belästige weder mich noch meine Gäste.“

Sie klimperte mit den Wimpern. „Belästigen? Moi? Godric, seit wann bin ich lästig?“

Er verschränkte die Hände hinter dem Rücken, um der Versuchung zu widerstehen, diese verdammte Frau zu erwürgen. „Wann? Da war das eine Mal, als du Tee über meine gesamte Krawattenkollektion verschüttet hast, weil ich dir die Smaragdkette, die du haben wolltest, nicht kaufen wollte.“

„Ein Versehen, wie ich dir damals schon sagte.“

„Oder das andere Mal, als du verlangt hast, deine eigene Kutsche mit meinem Familienwappen darauf bestücken zu lassen.“

„Oui. Ich gebe zu, das war ein klein wenig anmaßend.“

„Und vergessen wir nicht den Grund, warum ich dich weggeschickt habe. Du hast verlangt, dass ich Simkins entlasse.“

Ihre Lippen formten einen Schmollmund. Darauf hatte sie nichts zu erwidern.

„Soll ich in meinem alten Gemach bleiben?“ Ihr hoffnungsvoller Tonfall ließ ihm einen Schauer über den Rücken laufen. Irgendetwas stimmte hier nicht, aber er konnte nicht genau sagen, was.

„Nein. Ich habe Freunde zu Besuch, wie du sicher schon erraten hast.“

„In der Tat. Ich habe vorhin Lord Lennox und Lord Lonsdale getroffen, als sie von ihrem qu'est-ce... que c'est... Angelausflug zurückkehrten.“ Sie schien dem Drang zu widerstehen, ihn auszulachen, weil er seine Ländereien auf so rustikale Weise genoss. Das war nichts Neues. „Sag mir nicht, dass du einen der Lords zwingst, in meinem hübschen kleinen Gemach zu schlafen?“

„Einen Gast.“

Evangeline hob neugierig eine Augenbraue. „Einen Gast?“

„Ja. Eine Freundin aus London. Sie bleibt eine Weile hier, bevor sie nach Schottland weiterreist.“

„Nun gut. Wenn du es mir nicht sagen willst und du offensichtlich keine Lust hast mich zu unterhalten, ist es deine eigene Schuld. Ich nehme an, ich sollte mich zurückziehen.“ Sie lächelte, als er sie aus dem Salon führte. Godric gab Mrs. Downing die Anweisung, sie und ihre Sachen in das Gemach am Ende des oberen Flurs zu bringen. Der Raum, der am weitesten von seinem und Emilys Gemächern entfernt lag.

Als Evangeline fort war, ging Godric in den Salon und fand Lucien, Cedric und Charles um einen Rosenholztisch herum vor, die Whist spielten. Emily lag zusammengekuschelt neben Ashton auf einer Couch und hörte ihm beim Lesen zu. Sie legte sich eine Hand vor den Mund, um ein Gähnen zu unterdrücken, und streichelte Penelope. Eifersucht schoss durch Godric. Er wollte derjenige sein, an den sie sich kuschelte, ihr eine Schulter zum Ruhen bot. Emily blickte auf, als Godric einen Schritt in den Raum machte.

Der Blick in ihren Augen ließ ihn dahinschmelzen. Er

genoss diesen einfachen, freudigen Ausdruck und sperrte ihn in den heiligsten Teil seines Herzens.

Sofort setzte sie Penelope ab, glitt von der Couch und kam zu ihm.

„Du hast dich um deinen unerwarteten Besucher gekümmert?", fragte Ashton, erhob sich und kam hinter Emily zu stehen. Sie schaute die beiden Männer neugierig an. Godric wusste, dass es sie umbringen musste, nicht nach Details zu fragen.

Er warf Ashton einen eindringlichen Blick zu. „Sie wird allein zu Abend essen. Sie weiß, dass sie bis morgen Mittag weg sein muss."

Wachsendes Unbehagen krampfte sich in seinem Inneren zusammen. Emily hob eine Augenbraue, und er seufzte.

„Miss Evangeline Mirabeau, eine frühere Bekannte von mir. Sie dachte fälschlicherweise, ich hätte sie hierher eingeladen."

Emily blinzelte schnell. Ihre violetten Augen verdunkelten sich mit einer unleserlichen Emotion. „Evangeline? Deine Geliebte ist hier?" Emilys Stimme kam etwas lauter und schärfer heraus, als ihr lieb war.

Godric zuckte zusammen. „Woher wusstest du, dass sie einst meine Geliebte war?"

Die anderen drei Männer drehten sich um und starrten sie an.

Emily zögerte, dann sagte sie: „Sieh dir an, in welcher Gesellschaft ich mich befinde. Es war nicht schwer zu erraten."

Godric umfasste ihr Kinn und neigte ihren Kopf zurück. *Ehemalige* Geliebte", gab er zu. „Sie ist hier nicht mehr willkommen."

Emily schlang ihre Finger um Godrics Handgelenk und suchte sein Gesicht nach der kleinsten Andeutung von Täuschung ab.

Er küsste sie auf die Stirn. „Vertrau mir, mein Schatz. Sie ist nichts für mich. Es gibt nur dich." Zu seinem Erstaunen meinte er es ernst. Für ihn gab es nur Emily. Nur ihr Lachen, ihr Lächeln, ihre sonnigen Tagträume und ihre unbändige Leidenschaft. Alles andere war belanglos, unwichtig.

Aber Emily entspannte sich nicht. Sie war unschuldig, aber sie war nicht ohne ihre natürlichen weiblichen Instinkte, zu verteidigen und zu schützen, was ihr gehörte. Godric gehörte, zumindest im Moment, ganz allein ihr. Wenn Miss Mirabeau beschloss, ihr den Krieg zu erklären, würde Emily sich als gefährliche Gegnerin erweisen. Die grimmige Entschlossenheit in ihrem Gesicht wärmte ihn. Er drückte sie noch fester an sich.

Ashton zog die Brauen zusammen „Du sagtest, sie dachte, du hättest sie eingeladen?"

„Ja. Sie zeigte mir einen Brief, den sie erhalten hatte. Es sah eindeutig wie meine Handschrift aus. Sie behauptete, jemand müsse ihr einen Streich gespielt haben."

Ashtons Stirnrunzeln vertiefte sich. „Vielleicht. Aber der Zeitpunkt könnte nicht verdächtiger sein. Wir sollten uns in Acht nehmen."

Charles nickte. „Ich stimme zu. Evangeline ist eine undankbare kleine..."

Lucien stampfte auf Charles' Fuß, um ihn zum Schweigen zu bringen.

„Wann gibt es Abendessen?", fragte Emily Godric, der sich immer noch an sie lehnte.

„In ein paar Stunden, denke ich. Warum?"

„Könnte ich ein Bad nehmen? Ich hatte heute Morgen noch keine Gelegenheit." Sie drückte seinen Arm.

Godrics Lippen verzogen sich zu einem Lächeln.

„Natürlich, tut mir leid, dass ich es vergessen habe. Komm mit mir." Er begleitete sie aus dem Salon und ließ vier Männer zurück, die weit mehr über ihr Privatleben wussten, als es sich gehörte. Aber nichts an der Liga war angemessen, und so sollte es auch sein.

EMILY HATTE SICH NACH DEM SCHRECK ÜBER EVANGELINES unerwartete Ankunft beruhigt, bevor sie die Treppe erreichten, aber ihre Erleichterung war nur von kurzer Dauer. Eine Tür am anderen Ende des Flurs öffnete sich. Godrics Arm spannt sich unter ihrer Hand an.

„Ah, bonsoir, Godric!", rief die attraktivste Frau, die Emily je gesehen hatte und schritt den Flur herunter. Sie strahlte förmlich in ihrem lachsfarbenen Kleid, den großen Brüsten und den breiten Hüften. Blonde Locken tanzten in perfekten Proportionen ihren Rücken hinunter.

Emilys Brust spannte sich. Sie hatte erwartet, dass Godric sich eine hinreißende Frau zur Geliebten genommen hatte, aber diese Aphrodite in natura zu sehen, war zu viel des Guten. Im Vergleich dazu war sie jung und unerfahren. Sie könnte es nie mit Evangeline aufnehmen, ihren lüsternen Blick oder den Schwung ihrer Hüften nachahmen. Zu Emilys Beschämung wurde ihr klar, dass sie keine Konkurrenz war. Wenn Godric eine richtige Frau wollte, konnte er Evangeline ohne weiteres zurückgewinnen.

Godric runzelte die Stirn, denn ihm war die ganze Vorstellung sichtlich unangenehm. „Geh sofort in dein Gemach zurück." Der scharfe Ton in seiner Stimme ließ beide Frauen zurückschrecken.

„Aber, Godric...", sagte Evangeline in einem gehauchten, beschwingten französischen Akzent.

Emily war dankbar, dass sie mit dieser Frau keine Höflichkeiten austauschen musste. Am liebsten hätte sie sie aus dem nächstgelegenen Fenster geworfen, am besten eines mit Blick auf einen stacheligen Rosenbusch. Das würde ihren perfekten Teint angemessen verunstalten.

Evangeline legte ihm eine gut manikürte Hand auf den Arm.

„Ich wollte gerade etwas Unterhaltung suchen. Godric, bist du sicher, dass du dich mir nicht anschließen willst?"

Godric legte seinen anderen Arm um Emily. „Ich habe noch etwas zu erledigen. Meine anderen Gäste sind im Salon. Ich schlage vor, du suchst ihre Gesellschaft." In diesen Worten schwang ein Befehl mit. Ein Befehl, den Evangeline ignorierte.

„Du würdest mich doch nicht diesen Wölfen zum Fraß vorwerfen, die du Freunde nennst?"

Emily knurrte fast. „Wölfe? Diese vier Männer da unten sind einige der großzügigsten und wohltätigsten Männer in ganz England. Wagt es nicht, sie zu beleidigen." Emily hielt ihre Rede mit solcher Bosheit, dass sie hoffte, Evangeline würde auf der Stelle verwelken. Stattdessen lachte sie.

„Ich scherze." Das Funkeln in ihren Augen täuschte über ihre Worte hinweg. Sie wandte sich erneut an Godric. „Wo hast du nur so ein charmant-naives Geschöpf gefunden, Godric? Kinder können so süß sein, wenn sie Dinge missverstehen."

Kinder? Groll zerfetzte Emilys Inneres. Hätte Godric nicht dagestanden, hätte sie vielleicht etwas wahrhaft Kindisches getan... wie der Frau die Haare auszureißen, Locke für Locke.

Godric bewahrte Emily vor einer weiteren Peinlichkeit. „Du musst uns entschuldigen." Es fühlte sich eher wie ein feiger Rückzug an, als wie ein Rettungsversuch.

Allein in der Sicherheit ihres Gemachs löste sich Emily von ihm.

„Warum hast du mich nicht verteidigt? Warum hast du nicht... irgendetwas getan?" Emily kämpfte gegen den Drang an, ihn anzuschreien. Seine Untätigkeit fühlte sich wie ein Verrat an.

Godric saß auf der Bettkante, während sie auf und ab ging. „Ich wollte dich mehr als alles andere in meine Arme nehmen und dich besinnungslos küssen, dir beweisen, dass du meine Frau bist."

Emilys Blut erhitzte sich bei dem Gedanken. „Warum hast du es dann nicht getan?"

Godric schien verwirrt. „Weil sie sehr eifersüchtig sein kann und wenn sie es ist, kommen Menschen zu Schaden, meine Liebe."

„Willst du damit sagen, dass du mich beschützen wolltest?" Das war amüsant, da es von dem Mann kam, der ihren Ruf zerstört hatte.

Godrics Lippen zuckten, aber er fuhr fort. „Ich will nicht, dass sie zum Magistrat geht und ihm erzählt, dass ich dich heimlich festgehalten habe. Nicht bevor ich deinen Onkel noch einmal besucht habe. Das könnte uns Blankenship erneut auf den Hals hetzen."

„Sicherlich weiß sie nicht, warum ich hier bin."

„Im Moment nicht, aber sie ist schlau und könnte es erraten. Es wäre das Beste für dich, wenn du ihr aus dem Wege gingst."

Sie wusste, dass es riskant war, die Wahrheit über ihre Gefühle anzusprechen, aber sie tat es trotzdem. „Godric, ich sorge mich nicht mehr um meinen Ruf. Ich sorge mich um dich."

Godric schlang seine Arme um ihre Taille. Emily gab sich ihm hin und lehnte sich an ihn. Er küsste ihren Hals sanft und neckend.

„Meinst du das ernst?" Sein warmer Atem wirbelte ihr Haar auf.

„Ja. Es ist mir egal, was sie über mich denkt."

Er wirbelte sie in seinen Armen herum und lehnte sich nach unten, wobei er seine Stirn an ihre lehnte. „Nein, kleine Füchsin, ich will wissen, ob du Gefühle für mich hast."

„Natürlich liegt mir etwas an dir." Emilys Wangen erhitzten sich. Sie hatte es schon einmal zugegeben, als sie halb schlief, aber in diesem Moment war es anders. Sie war nicht von

Leidenschaft geblendet. Es war ihr Herz, das offen lag und darauf wartete, dass er ihre Liebe erwiderte.

Godrics legte ihr seine Hände auf ihren unteren Rücken und drückte sie fester an sich. Er küsste ihren Mundwinkel, dann ihre Nasenspitze, dann ihr Kinn.

„Liebst du mich, Emily?" Er drückte sie fester an sich. Das Vergnügen seiner Berührung ließ sie vor Verlangen schwindelig werden.

„Ich..."

„Beantworte meine Frage." Es war ein sinnliches Grollen, kein Befehl.

Emily zitterte. „Ja. Ja, ich liebe dich!"

Süße Belustigung zeigte sich in Godrics smaragdgrünen Augen. Er war ein Zauberer, der ihr Herz mit Liebeszaubern belegte und ihre Seele mit honigsüßen Küssen und geflüsterten Träumen erfüllte.

Er hob ihr Kinn an und fixierte sie mit einem Blick. „Dann sorge dich nicht. Solange du mich liebst, brauchst du dir keine Sorgen um eine andere Frau zu machen. Verstehst du das?"

„Ich verstehe." Aber das tat sie nicht. Er hatte nicht erwidert, dass er sie liebte, aber er hatte versprochen, ihr treu zu sein, solange sie ihn liebte... Was in aller Welt sollte das bedeuten? Konnte sie dem Wort eines solchen Wüstlings trauen?

Godric ließ sie los und ging zur Tür. „Ich schicke Libba hoch, um dein Bad vorzubereiten."

„Godric..." Emily hätte nichts sagen sollen. Sie hatte sich auf eine Enttäuschung eingestellt. Er hielt inne, die Hand auf der Türklinke ruhend und sah sie erneut an.

„Liebst du mich?" Herrgott, sie klang Mitleid erregend.

Der süße, zufriedene Ausdruck, der so angenehm auf seinem Gesicht geruht hatte, verblasste. „Emily..." Ihr Name entkam seinen Lippen in einem herzzerreißenden Seufzer. „Für mich ist das keine leichte Frage."

Ich darf nicht weinen... Ich werde nicht weinen. Sie versuchte, sich daran zu erinnern, dass dies der Mann war, der sie gefangen genommen und verführt hatte. Sie musste sich auf diese dunkleren Erinnerungen konzentrieren, sonst würde der Schmerz in ihrem Herzen ihr sicher den Atem abschnüren.

„Du verlangst eine Antwort von mir, kannst die Frage aber selbst nicht beantworten?" Als er nicht antwortete, presste sie sich an seine Brust und küsste ihn. Emily krallte ihre Finger in seine Krawatte und zog ihn herunter, damit sie seinen Mund besser erreichen konnte.

Sie drückte ihn gegen die Tür und eroberte seinen erschrockenen Mund. Es tat weh, dass er sie nicht liebte, aber sie konnte nicht anders, als ihn zu lieben. Komme, was wolle, sie liebte Godric St. Laurent aufrichtig und innig.

Emily beendete den Kuss und wandte sich ab, um Abstand zwischen sie zu bringen. Die Dielen knarrten, als er einen Schritt auf sie zu machte, aber sich nicht weiter wagte. Emily neigte den Kopf, ihre Augen auf einen Punkt auf dem Boden fixiert, und wartete darauf, dass er etwas sagte oder tat.

„Ich... ich mag dich, sehr sogar." Und dann schritt er aus dem Raum und nahm ihr Herz mit sich. Sie wusste mit schmerzlicher Gewissheit, dass sie es nie wieder zurückbekommen würde.

❧ 16 ❧

Das Abendessen war eine weitaus formellere
Angelegenheit als alle anderen seit Emilys Entführung. Vor Evangelines Ankunft war jeglicher Anstand
und jede Förmlichkeit verbannt worden, wenn es um die fünf
Lords ging. Jetzt beachteten sie jedoch jedes einzelne Detail der
Etikette, auch wenn Evangeline nicht anwesend war. Libba
hatte Emily erzählt, dass Godric seiner ehemaligen Geliebten
befohlen hatte, ihre Mahlzeiten in ihrem Gemach einzunehmen. Dies war Emily zumindest ein kleiner Trost, da sie wusste,
dass Godric ihr nicht erlauben würde, mit ihnen zu speisen.

Er saß am Kopfende des Tisches, Emily direkt zu seiner
Rechten. Der Rest der Männer saß gemäß dem Rang ihrer Titel
zu beiden Seiten des Tisches. In angemessener Garderobe
trugen alle Gentlemen schwarze Kniebundhosen und gut
geschnittene schwarze Jacken. Emily trug ein eisblaues Seidenkleid, das mit einer Lage aus silbernem Netzstoff überzogen
war. Blasse Sterne waren auf ihre passenden Pantoffeln gestickt
und Perlen zogen sich wie gefrorene Tautropfen durch ihr Haar.
Sie konnte nicht glauben, was Libba geschaffen hatte. Sie hatte
noch nie so schön ausgesehen, sich noch nie so schön gefühlt.

Der Schmetterlingskamm passte perfekt zu den Perlen in ihrem Haar. Godrics Augen hatten anerkennend aufgeblitzt, als er gekommen war, um sie zum Abendessen zu begleiten. Ein stolzes Lächeln hatte seine Miene erhellt, was Emily ebenfalls zum Lächeln brachte.

Die Konversation rund um den Tisch war lebhaft, als sie gebratenen Fasan und Karpfen aßen. Das feinste Porzellan wurde verwendet und die beste Flasche Bordeaux füllte ihre Gläser.

Emily hatte Godric und Charles als Tischpartner. Godric sagte wenig und seine Augen verweilten nur kurz auf ihr, bevor er erneut die anderen Gäste beobachtete.

Charles hingegen war in seinem Element, als er Emily mit humorvollen Geschichten über seine Abenteuer verwöhnte. Er setzte seine Gabel ab und griff nach einem Weinglas. „Hast du schon die Gärten von Vauxhall besucht?"

„Noch nicht. Meine Ausfahrt wurde jäh unterbrochen. Du hast vielleicht schon davon gehört." Sie hob eine sardonische Braue.

„Nun, ich werde dich hinbringen, meine Liebe. Es ist ein toller Anblick! Feuerwerk, Galas, und sie haben den besten Punsch, den man sich vorstellen kann."

Ein leises Glucksen unterbrach Charles' Schwärmerei. Godric spießte ein Stück Fasan auf. „Nichts auf der Welt könnte mich davon überzeugen, dich mit Emily allein in diese Gärten gehen zu lassen. Vergiss nicht, dass ich das letzte Mal dabei war, als du zu viel Punsch getrunken hast."

„Du verdirbst mir den Spaß." Charles lächelte, aber eine unterschwellige Schärfe erfüllte seine Worte. Eine Herausforderung. „Emily würde sich prächtig mit mir amüsieren. Nicht wahr, Emily?"

„Das kann ich mir vorstellen, Charles, vorausgesetzt, du benimmst dich wie ein Gentleman."

„Für dich würde ich mich bemühen, der perfekte Gentleman zu sein. Vielleicht gelingt es mir sogar."

Emily errötete und versuchte, das Thema zu wechseln. „Du schmeichelst mir, Charles. Nun erzähl mir doch mal, was passiert ist, als du zu viel Punsch getrunken hast?"

Godric antwortete ihr. „Ich glaube, Charles hat in dieser Nacht mehr als eine enttäuschte junge Lady in der Illusion zurückgelassen, dass sie bald mit einem Earl verheiratet sein würde."

Charles stellte sein Weinglas ab. „Es ist nicht meine Schuld, dass ich übermäßig romantisch werde, wenn ich ein bisschen beschwipst bin. Jede Frau sieht hübscher aus, schmeckt süßer, und selbst die gefürchtete Aussicht auf Heirat klingt nicht mehr so schrecklich wie sonst, wenn ich etwas getrunken habe."

Godric lachte. „Ich würde gern eine Frau kennenlernen, die es auch nur einen Tag aushält mit dir verheiratet zu sein."

Charles ahmte theatralisch nach, wie ihm ein Dolch ins Herz gestochen wurde. „Das hat wehgetan, Godric!" Er stöhnte und täuschte seinen Tod vor.

Emily biss sich auf die Unterlippe, um sich ein Kichern zu verkneifen. „Du hast noch nie genug Zuneigung für eine Frau empfunden, um sie heiraten zu wollen?"

Charles richtete sich auf und sagte: „Ich bin ein aktiver Mann, meine Liebe. Ich brauche eine Frau, die mit dem schnellen Tempo meines Lebens mithalten kann, und bisher ist mir noch nie eine solche Frau begegnet. Ich würde nur dann eine Frau heiraten, wenn sie verstehen könnte, dass ich in Wahrheit nicht sesshaft werden kann."

„Ich werde eine Frau für dich finden, Charles", versprach Emily. Nur für einen kurzen Moment hatte sie Melancholie in seinem Ausdruck gesehen, was sie überraschte.

„Ich danke dir, Emily, aber ich würde dich viel lieber vor deinem abscheulichen Duke retten." Charles nickte mit dem Kopf in Godrics Richtung.

Unter dem Deckmantel des Tisches legte Godric seine rechte Hand auf Emilys Knie. Die Hitze seiner großen Handfläche wärmte ihre Haut durch die dünne Seide ihres Kleides hindurch, aber seine Hand tätschelte lediglich ihr Knie, bevor sie wieder verschwand. Es kostete sie all ihre Selbstbeherrschung, einen Seufzer zu unterdrücken, als sie seiner Liebkosung und der Wärme seiner Berührung beraubt wurde.

Nach dem Essen zog sich die Gesellschaft in den Salon zurück, wo die Männer sich Gläser mit Portwein einschenkten. Als sie bereit war, sich zurückziehen, entschuldigte Emily sich und überließ den Männern das Trinken.

Emily hatte die Treppe erreicht, als ein Flüstern von Seide auf Holz sie in ihren Schritten innehalten ließ.

Evangeline trat aus den Schatten hinter der Treppe auf sie zu. „Sagt mir, wie findet Ihr Euren Aufenthalt hier? Behandelt Euch Euer Entführer gut?"

Emily, unvorbereitet auf diese Bemerkung, erbleichte. „Wie bitte?"

„Schaut nicht so überrascht. Ich weiß, dass Godric und seine Freunde Euch entführt haben."

Emily erholte sich schnell. „Ich habe keine Ahnung, wovon Ihr redet."

„Ihr seid keine gute Lügnerin, Miss Parr." Evangeline lächelte und Emily wusste, dass sich die Angst in ihrer Brust in ihren Zügen widerspiegelte.

„Ich bin aus freiem Willen hier."

„Natürlich. Zweifellos genießt Ihr die Wärme von Godrics Bett. Ihr wärt nicht die Erste. Er liebt es, unschuldige kleine Geschöpfe wie Euch zu verführen. Es kitzelt seinen Stolz, versteht Ihr?" Evangelines Worte gruben sich unter Emilys Haut.

„Ihr irrt Euch in ihm", sagte Emily, aber die Worte fühlten sich falsch und ungewiss auf ihrer Zunge an.

„Darf ich Euch einen Rat geben, Miss Parr? Geht fort von

hier und kehrt nach London zurück. Godric wird Euch nur Euer zartes kleines Herz brechen oder Euch schwanger im Stich lassen. Selbst wenn ihm etwas an Euch läge... ich fürchte, das würde Monsieur Blankenship nicht davon abhalten, Euch zu verfolgen. Er ist ein sehr engagierter Mann."

„Was?" Wie konnte Evangeline von Blankenship wissen?

Evangeline zögerte, und der erste Anflug von echter Rührung machte sich auf ihren Zügen bemerkbar. „Ich will ehrlich zu Euch sein. Ich glaube, es würde uns beiden besser passen. Monsieur Blankenship kam in mein Haus. Er erzählte mir von Eurer Entführung. Ich spürte sofort, dass er... ich habe das Wort vergessen..." Ein winziges Fältchen trübte ihre glatte Stirn.

„Verrückt?", ergänzte Emily.

„Oui. Er ist genauso verrückt wie Robespierre. Er hat mich dafür bezahlt, hierherzukommen und Informationen über Euch zu sammeln. Er hat mehr Macht als Ihr Euch vorstellen könnt. Konsequenzen spielen für ihn keine Rolle, er will nur das bekommen, was er begehrt. Aber das wisst Ihr bereits."

„Ja", gab Emily zu.

„Was Ihr nicht wisst, ist, dass er Männer angeheuert hat, um Euch zurückzuholen. Söldner, wie ich hörte. Es sind die niederträchtigsten, übelsten Männer. Männer, die mit Freuden Godric und seine Freunde ermorden würden, wenn sie versuchen, Euch zu beschützen."

Emily spürte, wie ihr das Blut aus dem Gesicht wich. „Woher wisst Ihr das?"

„Monsieur Blankenship hat mit seinem Plan geprahlt. Ich möchte kein Blutvergießen sehen. Es ist abscheulich, und auch ich möchte nicht, dass Godric oder seine Gefährten zu Schaden kommen. Ihr müsst diesen Ort verlassen und Monsieur Blankenship davon überzeugen, dass Ihr freiwillig gegangen seid, oder ich bin mir sicher, dass er Godric und den anderen etwas antun wird." Evangeline zupfte an einem ihrer weißen Seidenärmel, aber die Hände der Frau zitterten leicht. Sie sagte die Wahrheit.

„Er… nein… ich kann nicht gehen, selbst wenn ich es wollte", sagte Emily, mehr zu sich selbst als zu Evangeline. Sie wusste, dass sie aufgrund ihrer Liebe zu Godric und dank seiner eisernen Hand niemals ihre Freiheit erlangen würde. Es wäre unmöglich.

„Es ist keine leichte Entscheidung, das verstehe ich. Ihr seid ein Spielball im Spiel großer Männer. Auch wenn ich es nur ungern zugebe, im Moment bin ich es ebenso. Schachfiguren werden immer geopfert. Bauern. Es ist nicht fair, aber das ist unser Los, n'est pas? Wenn Ihr nicht geht, wird Godric sterben."

Evangeline hatte recht. Godric würde umgebracht werden, wenn er versuchte, sie zu beschützen. Welche Wahl hatte sie? Sie war eine Marionette.

„Die Sache mit den Bauern ist jedoch…", sagte Emily fast zu sich selbst, „…wenn sie das andere Ende des Brettes erreichen, werden sie zu einer Königin."

Ein Lächeln huschte über Evangelines Lippen. „Ihr spielt Schach. Très bien. Monsieur Blankenship erwartet, dass Ihr sofort zu ihm kommt, und obwohl es mir nicht zusteht, das zu sagen, denke ich, Ihr solltet nicht zu ihm gehen. Ich möchte, dass Ihr aus Godrics Leben verschwindet, aber ich möchte nicht, dass Ihr in die Hände eines Verrückten fallt. Findet jemanden, der Euch aufnimmt. Ihr seid ein schönes Mädchen, und ich glaube, Ihr seid nicht dumm. Ihr könnt leicht einen Beschützer finden." Wieder hielt sie inne, als sei sie in Erinnerungen versunken. „So habe ich überlebt. Ich gehe sozusagen immer noch über das Brett, in der Hoffnung eines Tages zur Königin zu werden."

Emily war sich nicht sicher, wie sie reagieren sollte. Sie nahm Ratschläge von Godrics ehemaliger Geliebten entgegen und stellte fest, dass sie diese Frau widerwillig bewunderte. „Dank... danke, Miss Mirabeau", stotterte sie.

Evangeline nickte und ließ sie allein.

Emily konnte nicht zulassen, dass Godric oder die anderen verletzt wurden, was bedeutete, dass sie sofort gehen musste. Aber zuerst musste sie Jonathan Helprin finden. Jonathan fuhr den Karren nach Blackbriar, um Vorräte zu holen, so viel wusste sie. Jonathans offene Freundlichkeit gegenüber Godrics Freunden war unangemessen, auf gewisse Weise sogar rebellisch. Es war diese Andeutung von Rebellion, auf die sie ihre Hoffnungen setzte. Wenn sie Jonathan überzeugen könnte, ihr bei der Flucht zu helfen, hätte sie um Godrics willen vielleicht eine Chance.

Sie drehte sich um und lief direkt in Godrics Butler hinein. „Simkins!"

Er verbeugte sich und trat einen Schritt zurück. „Ich bitte tausendmal um Verzeihung, Miss Parr. Ich habe nicht erwartet, dass jemand den Salon so früh verlässt."

„Eine Entschuldigung ist nicht nötig, Simkins! Der Fehler liegt bei mir. Wissen Sie, wo Mr. Helprin ist?"

Die weißen Brauen des Butlers schnellten überrascht in die Höhe. „Der Kammerdiener Seiner Lordschaft?"

Emily nickte. „Ja."

„Ich glaube, er ist in den Räumen der Dienerschaft." Er wirkte misstrauisch. „Hat er Euer Missfallen erregt?"

„Nein. Ich wollte ihn nur kurz sprechen." Wenn Simkins ihr nicht vertraute, würde sich ihr Fluchtplan in wenigen Minuten in Luft auflösen.

„Nun denn, gute Nacht, Miss Parr." Simkins lächelte, verbeugte sich, schlüpfte dann in den Salon und ließ sie allein in der Halle zurück.

Emily eilte zur Treppe der Bediensteten. Nachdem sie von einem Diener eine Wegbeschreibung erhalten hatte, fand sie Jonathans Zimmer und stieß die Tür auf. Er saß auf der Kante seines Bettes. Sein weißes Hemd war halb aufgeknöpft, und in seinem Schoß ruhte einer von Godrics feinen hessischen Stiefeln, den er gerade polierte.

Er blickte überrascht auf. Seine grünen Augen verengten sich, als er sie erblickte. Einen Moment lang bereute Emily die Entscheidung, ihn um Hilfe zu bitten. Sie hatte nicht vergessen, wie er sie über seine Schulter geworfen und zu Godric zurückgebracht hatte, als sie aus dem Arbeitszimmerfenster gestiegen war.

Er stellte den Stiefel ab und stand auf. „Ihr solltet nicht allein hier sein, Miss Parr. Ich bin verpflichtet, Euch zu Seiner Lordschaft zurückzubringen."

„Nein, warte! Ich muss mit dir sprechen...", sagte sie energisch, aber ihr Ton wurde unsicher. Ihr Herz setzte einen Schlag aus, als Jonathan auf sie zuging. Hatte sie sich geirrt, als sie glaubte, ihm vertrauen zu können, ihn überreden zu können, ihr zu helfen?

„Mit mir? Was hat eine anständige junge Lady zu einem Kammerdiener zu sagen?" Er schenkte ihr dasselbe vernichtende Halblächeln, das Godric so oft aufblitzen ließ. Er legte einen Arm um ihren Körper und schwang die Tür zu seinem Zimmer hinter ihr ins Schloss. Jetzt saß sie in der Falle, in mehr als einer Hinsicht. Sie holte tief Luft und zwang sich, sich daran zu erinnern, dass dieser Mann Godric liebte, und es war genau diese Loyalität, von der sie hoffte, dass sie Godrics Leben retten würde.

„Ich brauche deine Hilfe." Ihr wurde klar, dass sie ihm, wenn sie so mit Jonathan allein sprach, einen falschen Eindruck von ihr vermitteln könnte. Aber es war zu spät, jetzt einen Rückzieher zu machen. Er lehnte sich bereits leicht zu ihr hin. Er sah sogar aus wie Godric. Auch wenn es ihr nicht gelungen war, Godric dazu zu bringen, über Jonathan zu sprechen, war sie nicht dumm. Sie wusste, dass sie verwandt waren. Er behauptete, keine Geschwister zu haben, und er sprach nie von

Cousins, also blieben nur wenige Möglichkeiten. Wer war Jonathan?

„Ich würde Euch gern helfen." Er hob seine andere Hand und fuhr damit über ihren nackten Arm. Eine Gänsehaut folgte dieser langsamen, verbotenen Liebkosung. Gott, wenn er nicht Godrics Verwandter war, dann war sie keine Frau. Sie schlug seine Hand weg.

Emily lenkte seine Aufmerksamkeit auf das, was gerade am wichtigsten war. „Kannst du mich morgen nach Blackbriar bringen? Ich muss fliehen. Ich werde als Magd gekleidet sein, und du musst mich im Karren mitnehmen, mehr nicht."

„Bittet Ihr mich, meinen Herrn zu hintergehen?" Anstatt empört auszusehen, wie sie es erwartet hatte, besaß der blonde Teufel die Frechheit zu grinsen.

Emily atmete beruhigend durch. „Soweit ich weiß, hat er dir nie verboten, mich nach Blackbriar zu bringen, oder? Wenn es sein muss, kann ich mich im Dorf verstecken, damit du ehrlich sagen kannst, dass du mich nicht zurückbringen konntest."

Jonathan beäugte sie kritisch. „Nun gut, Miss Parr. Aber zuerst müsst Ihr mir sagen, warum Ihr geht. Ich habe gesehen, wie Ihr Seine Lordschaft anseht. Ich kann mir nicht vorstellen, warum Ihr weglaufen wollt."

Emily holte tief Luft und betete, dass sie das Richtige tat. „Ich muss gehen, um sein Leben zu retten."

Jonathans Brauen hoben sich. „Was?"

„Es ist Blankenship. Der Mann, der mit dem Magistrat hergekommen ist. Er plant, Godric und jeden anderen zu töten, der ihm im Weg steht, um an mich heranzukommen. Wenn ich gehe, hat er keinen Grund mehr, jemandem hier etwas anzutun."

Misstrauen verengte die Augen des Dieners. „Woher wisst Ihr das?"

„Von Godrics Geliebter, Evangeline. Sie hat mich gewarnt und mir gesagt, was passieren würde, wenn ich nicht gehe. Blankenship ist wütend. Er hat bereits Männer für diesen Auftrag angeheuert.“

„Ihr meint es ernst, nicht wahr? Seine Lordschaft ist wirklich in Gefahr?“

Emily nickte. „Ich kann nicht riskieren, dass ihm etwas zustößt.“

„Habt Ihr daran gedacht, ihm zu sagen, was Evangeline Euch erzählt hat?“

„Natürlich habe ich das. Aber du kennst den Mann. Glaubst du, er würde bei einer solchen Bedrohung tatenlos zusehen? Egal, wie gefährlich es ist?“

Der Diener dachte über ihre Worte nach. „Nein, der verdammte Narr würde seine Freunde zusammentrommeln und losstürmen, um sich umbringen zu lassen.“

Emilys Schultern sanken herab. „Du verstehst also, warum ich gehen muss. Er darf die Wahrheit nie erfahren, sonst wird er etwas Törichtes, wenn auch Edles tun.“

„Euch ist klar, dass das ein extrem schlechter Plan ist. Der Mann hat ein Temperament, das selbst Engel vor Angst erbeben lässt. Er wird nicht glücklich sein, wenn Ihr geht.“

Sie brauchte Jonathans Warnung nicht, sie kannte das Risiko, das sie einging. „Ich habe keine andere Wahl. Entweder verletzte ich seine Gefühle oder er stirbt.“

Jonathan überlegte einen langen Moment. „Nun gut. Ich bringe Euch ins Dorf, wenn Ihr meinem Preis zustimmt.“ Sie war gegen die Tür gepresst, unfähig zu entkommen. Sein warmer Atem strich über ihr Gesicht.

Sie hob ihr Kinn ein wenig an, in der Hoffnung, dass es ihre Entschlossenheit stärken würde. „Welcher Preis wäre dies?“

„Hm...“ Er musterte sie, suchte nach etwas, das sie nicht erkannte. „Das entscheide ich später. Seit bereit, morgen in der Frühe abzureisen.“ Er schob sie sanft in den Gang hinaus.

Eilig lief sie die Dienstbotentreppe hinauf, dann zur Haupttreppe, während sie auf ihr Schlafgemach im zweiten Stock zusteuerte und hineineilte.

„Da bist du ja, kleine Füchsin! Ich habe schon darauf gewartet, dass du auftauchst." Godrics Stimme ließ sie zusammenzucken. „Dachtest du, du könntest dich vor mir davonschleichen?" Godric gluckste und seine Hände umschlossen ihre Taille.

Die Spannung in ihrem Körper löste sich, als ihr klar wurde, dass er ihr Gespräch mit Jonathan nicht mitgehört hatte.

„Nein, natürlich nicht. Ich musste nur mein Haar in Ordnung bringen, ein paar Nadeln fühlten sich locker an." Sie hob eine Hand zu ihrem Haar, als wollte sie zeigen, dass sie die Sache in Ordnung gebracht hatte.

Der räuberische Blick, den er ihr zuwarf, ließ sie innerlich schmerzen. „Das glaube ich dir nicht, meine Liebe. Ich dachte, wir hätten uns geeinigt."

Es irritierte sie, dass er ihr nicht glaubte, selbst wenn sie gelogen hatte. „Das haben wir. Lass mich gehen, Godric."

„Na, na, ich musste den ganzen Abend den Gentleman spielen, aber ich bin nicht in der Lage, mich noch eine Minute länger wie ein verdammter Heiliger zu benehmen." Seine Hände an ihrer Taille wanderten an ihrem Rücken hinunter und glitten weiter nach unten über die Wölbung ihres Pos. Er presste sich fest an sie und zog sie dichter an sich.

Emily keuchte.

Godric drückte sie mit dem Rücken gegen die Tür. Die Sehnen seiner muskulösen Arme waren straff unter ihren Händen gespannt, als sie versuchte, ihn wegzustoßen. Sie musste bei klarem Verstand bleiben, wenn sie morgen fliehen wollte, aber das war fast unmöglich, wenn er sich so an sie presste.

Godric schob einen Oberschenkel zwischen ihre Beine und der Druck entflammte ihre Lust. Emilys Kopf fiel zurück und sie bot ihm ihre Kehle dar. Er ließ seinen Mund von ihrem Kiefer hinunter zu ihrer Schulter gleiten.

Emily hatte kaum Zeit, sich vorzubereiten, bevor er ihr die Kontrolle raubte und ihren Verstand und ihr Herz mit einem leidenschaftlichen Kuss überfiel. Sie entfernten sich von der Tür und er drehte sie so, dass ihre Kniekehlen gegen das Bett stießen und sie nach hinten kippte, Godric obenauf. Mit einem leisen Lachen küsste er ihre Wange und rollte sich auf den Rücken, bis sie auf seiner Brust lag. Er blickte zu ihr auf, seine Augen waren warm, seine Finger sanft, als er ihre Wirbelsäule in beruhigenden Strichen nachzeichnete.

„Was soll dieser Blick, Liebling? Du scheinst besorgt zu sein." Er lachte und bewegte seinen Kopf nach oben, um zärtlich an ihrem Schlüsselbein zu knabbern.

Er faszinierte sie. In der einen Minute feurig und besitzergreifend, in der nächsten zärtlich und herzzerreißend süß. Emilys Herz blutete. Würde dies der letzte Moment sein, den sie mit ihm haben konnte? Wenn sie morgen fliehen würde, wäre es so.

Tränen stachen ihr in die Augen, und sie biss sich auf die Unterlippe, in der Hoffnung, dass der Schmerz von der stechenden Wunde in ihrer Brust ablenken würde. Momente wie diesen würde es nie wieder geben.

„Nicht weinen... bitte nicht weinen. Wir werden es langsam angehen. Ich wollte dich nicht erschrecken." Godric setzte sich auf und hielt sie auf seinem Schoß, sodass sie rittlings auf ihm saß. Seine Daumen wischten ihre Tränen weg, und er linderte den Schmerz mit federleichten Küssen auf ihre Wangen, ihre Nasenspitze und ihre Stirn.

Schließlich drückte er sie an sich, und Emily gab sich ihm hin und vergrub ihr Gesicht zwischen seinem Hals und seiner Schulter. Sie verharrte einen Moment lang in seinen Armen, denn die bloße Berührung reichte aus, um sie zu beruhigen.

Trotz ihrer Tränen und Traurigkeit, sehnte sie sich verzweifelt nach ihm und biss ihn sanft. Er stöhnte auf, als sie mit der Zunge über die Stelle fuhr, in die sie zuvor gebissen hatte.

„Du kleiner Kobold!" Er lachte, umfasste ihr Kinn und hob ihr Gesicht zu seinem. „Du weißt, dass ich mich dafür revanchieren werde." Er berührte ihre Brust, und als ihre Brustwarze unter seiner Hand hart wurde, zwickte er hinein. „Soll ich hier anfangen? Oder...", er ließ seine Hand an ihrer Seite hinunter über ihren Oberschenkel und auf ihren Po gleiten, „...hier vielleicht?" Er verstärkte seinen Halt um ihren Hintern, und Emily zuckte zusammen, als das Verlangen zwischen ihren Schenkeln aufflammte.

Emily hob ihre Augen zu seinen, die ihn herausfordernd ansahen. „Ich glaube, Ihr redet nur, Euer Lordschaft."

„Ach wirklich, ja?" Er knurrte und rollte sie unter sich. Anstatt ihr das Kleid auszuziehen, drehte er sie auf den Bauch, schnappte sich ein Kissen in der Nähe ihres Kopfes und hob ihre Hüften an, um das Kissen unter ihrem Becken zu platzieren. Zitternd sah Emily über ihre Schulter, verwirrt darüber, was er vorhatte. Er kniete sich zwischen ihre gespreizten Beine und öffnete seine Hose. Das verruchte Lächeln, das er ihr zuwarf, als er sie dabei erwischte, wie sie ihn ansah, ließ ihr neue Schauer über den Rücken laufen.

Godric schob seine Handflächen an ihren Knien entlang unter ihr Kleid und zog es nach oben, bis sie nackt vor ihm lag. Er streichelte ihren Po und seine Finger wanderten nach unten, bis sie ihr Geschlecht erreichten.

„Du bist so feucht, Liebling. Du machst mich verrückt. Ich kann keine Sekunde mehr warten." Er platzierte sein Glied an ihrem Eingang und stieß in sie hinein, eine Hand neben ihrer Schulter auf dem Bett abgestützt.

Sie stießen einen gemeinsamen Schrei der Glückseligkeit aus, als sie sich miteinander verbanden. Teilweise Vergnügen, ein Hauch von Schmerz, als er aus ihr herausglitt und erneut tief in sie eindrang. Emily schrie vor Ekstase auf. Godric fuhr fort, zog die Kuppe seiner Erregung an ihren inneren Wänden entlang, traf einen Punkt tief in ihr, der sie vor Leidenschaft fast besinnungslos machte. Verzweiflung durchfuhr sie. Sie brauchte ihn, mehr als sie seinen Körper brauchte. Diese Vereinigung von Körpern und Seelen könnte ihr letztes Mal sein. Panik zwang ein Schluchzen aus ihrer Kehle, doch die Lust raubte ihr den Atem.

„Em... oh, Em. Liebes... ich liebe es, wie du dich anfühlst... drück deine Hüften zurück... JA!" Godrics hektisches Keuchen und seine rauen Lobeshymnen brachten ihr Herz und ihre Seele zum Überfluten. Sie erreichte keuchend ihren Höhepunkt und zersprang innerlich in tausend Stücke, während ihre inneren Muskeln in fest umklammert hielten.

Sie war sich seines widerhallenden Schreis und seines schweren Gewichts auf ihrem Rücken nur vage bewusst. Sein keuchender Atem an ihrem Hals war eine sinnliche Belohnung ihrer gemeinsamen Mühen.

Nach ein paar Augenblicken erholte er sich wieder und sein Atem wurde kontrollierter, als er auf die Seite fiel. Er griff nach ihr und Emily schmiegte ihren Körper an seinen, vielleicht zum letzten Mal. Tränen lasteten auf ihren Wangen, aber Godric sah sie nicht. Seine Augen waren geschlossen, dunkle Wimpern bedeckten seine Wangen.

„Ich liebe dich. Egal, was passiert. Ich liebe dich", flüsterte sie. Er rührte sich nicht.

Sie küsste seine Brust, wo sie seinen Herzschlag am stärksten spürte. Wenn er sie gehört hatte, wollte sie nicht, dass er etwas erwiderte. Wenn er sie nicht liebte, würde die Realität sie verletzen. Wenn er es sagte, würde es sie umbringen.

GODRIC HIELT EMILY LOCKER AN SICH GEDRÜCKT. EINES ihrer nackten Beine spannte sich über seinen Bauch, und er legte eine besitzergreifende Hand auf die weiche Haut ihres Oberschenkels. Ihr Kopf ruhte auf seiner Brust und ihre schwachen Atemzüge verrieten ihren tiefen Schlafzustand. Er hatte sie heute Nacht erschöpft, denn sie musste sich noch an seinen unersättlichen Appetit gewöhnen. Sie war kühner geworden, aber sie liebte immer noch mit dieser wollüstigen Unschuld.

Es wäre eine Lüge, seine Freude über den Enthusiasmus und die Kühnheit in ihren Reaktionen zu leugnen. Sie liebte ihn, er hatte es sie einmal im Schlaf sagen hören. Und heute hatte sie es ohne den Einfluss der Leidenschaft gesagt. Sie hatte es nicht zurückgenommen, und darüber war er froh.

Noch nie hatte jemand behauptet, ihn zu lieben. Keine Frau, außer seiner Mutter, hatte es je gesagt. Er wurde von Simkins und der Liga geliebt, aber Emily war anders. Er hatte immer angenommen, dass die Liebe einer Frau eine Last wäre, aber das war sie nicht. Ihre Zuneigung und Loyalität stärkten ihn. Sie kannte ihn so, wie er war, aber sie liebte ihn trotzdem, liebte ihn genug, um ihren Ruf als wertlos hinzunehmen, aber es war Godric wichtig. Der Gedanke, dass irgendjemand schlecht über Emily sprechen könnte, drehte ihm den Magen um.

Er würde alles tun, was nötig war, um ihre Ehre zu schützen, selbst wenn das bedeutete, sie aufzugeben. Er hatte ihr gesagt, sie könne bleiben, solange sie ihn liebte, aber die Wahrheit war, dass sie ihn niemals verlassen konnte. Es gab nur noch eine Möglichkeit für sie.

Die Heirat. Er musste Emily heiraten, um ihren Ruf zu retten. Im Gegenzug würde sie das Leben haben, das sie sich wünschte, und er würde alles dafür geben, sie glücklich zu sehen.

Im hellen Licht des Tages wusste er, dass die Ehe mit Emily eine schreckliche Idee war. Sein Ruf in der Gesellschaft war alles andere als unbefleckt, und obwohl es ihm nie etwas ausgemacht hatte, würde es sich auf sie auswirken. Würde sie jemals als Frau eines Dukes akzeptiert oder einfach nur als verherrlichte Mätresse angesehen werden? Nachts konnte er jedoch nicht umhin, sich zu fragen, wie glücklich sie wohl werden würden.

Er erlaubte sich, sich ein ganzes Leben voller Nächte vorzustellen, in denen Emily ihren warmen Körper um den seinen schlang und ihr Haar wie bernsteinfarbener Weizen über sein Kissen floss. In seinen Träumen würde sie immer da sein, seine schlaue kleine Füchsin. In ein paar Jahren würden Babys in Wiegen die leeren, von Geistern heimgesuchten Ecken seines Lebens füllen, und er würde eine Familie haben, die er nie erwartet hatte. Er würde Emily einen Stall voller Pferde kaufen, tausend Hunde... was immer sie wollte.

Emily schmiegte sich an ihn und rührte sich leicht. Godric zog die Decke über sie, um sie warmzuhalten. Erst als sie schlief, konnte er sie genießen. Die vollen Brüste, die sie jetzt an seine Brust presste und die glatten, muskulösen Schenkel und Waden. Ihre Beine umklammerten seine Hüften fest, wann immer er sie bestieg. Sie war süß... und authentisch. Nichts im Vergleich zu der gemeißelten Perfektion von Evangeline, die es nie mochte, wenn ein Haar fehl am Platz oder ein Kleid zerknittert war. Sie lebte nicht wirklich, nicht wie Emily. Er bewunderte die Art, wie sie das Leben in vollen Zügen genoss.

Seine Hand glitt hinauf zu der Stelle zwischen ihren Schenkeln. Er ließ einen Finger in sie gleiten und sie regte sich erneut. Godric lächelte und spielte sanft mit ihr. Sie gab diesen bezaubernden Laut der hilflosen Lust von sich. Es kostete ihn all seine Willenskraft, damit aufzuhören, sie zu necken und sich selbst zu quälen. Sie brauchte ihren Schlaf nach dem Tag, den sie erlebt hatte.

Emily kuschelte sich an seine Brust und rieb sich an ihm, als sie wieder zur Ruhe kam. Godric bemerkte wie richtig dieser Moment sich anfühlte, erschreckend richtig. Alles, was er je gekannt hatte, hatte sich geändert, als er die bewusstlose junge Frau in jener ersten Nacht auf ihr Bett gelegt hatte. Wie konnte es sein, dass sie erst vor weniger als einer Woche in sein Leben getreten war? Was würde passieren, wenn sie gezwungen war, ihre Situation zu akzeptieren? Er wollte nicht darüber nachdenken. Seine Brust spannte sich an und seine Fäuste ballten sich.

Die Entführung von Emily Parr hatte nicht nur ihn verändert. Der Bund der Liga verkörperte die harte Liebe der Männer zueinander, aber wenn es um Emily ging, waren sie alle hilflos. Ashton bewunderte Emilys reine Seele, Charles ihre Verspieltheit, Cedric ihre Liebe zur Natur, Lucien ihre Klugheit, und Godric... er liebte alles an ihr.

Der Gedanke schockierte ihn. Wenn er alles an einer Person lieben konnte, bedeutete das nicht, dass er dann die Person an sich liebte? Diese Frage quälte ihn.

Er fuhr mit einer Hand durch Emilys Haar und wickelte eine seidene Locke um seine Finger. Niemals in all seinen Jahren hätte er erwartet, dass ein Wesen, das so anders war als er, ihn so glücklich machen würde. Er lebte dafür, sie lächeln zu sehen, sie zum Lachen zu bringen, sie zu küssen. Er wollte den ganzen Tag mit ihr lesen, sie die ganze Nacht lang lieben. Jede kitzlige Stelle an ihrem Körper finden und jeden Ort, der sie stöhnen und seufzen ließ. Er wollte ein Leben mit ihr aufbauen, aber das war nicht möglich.

„Godric?“ Emilys Stimme unterbrach sein Grübeln. Er hatte nicht bemerkt, dass sie wach war.

„Es tut mir leid, Liebling, habe ich dich geweckt?“

„Ich habe einen leichten Schlaf.“ Sie hob den Kopf ein wenig, ihre violetten Augen blass und silbrig im Mondlicht. „Darf ich dich etwas fragen?“

Godric bekämpfte den Drang zu lächeln. „Oh, ich denke schon.“

„Ashton hat deinen Vater erwähnt und wie er...“

Godrics Lächeln verblasste. „Wie er mich diszipliniert hat?“

„Ja.“

„Was willst du wissen?“ Sein Ton war schärfer, als es ihm lieb war. Der Schmerz der alten Wunde stach noch immer.

Emily legte eine Hand auf seine Brust, direkt über sein Herz. „Es tut mir leid, dass er dich verletzt hat."

„Das ist keine Frage."

Sie runzelte die Stirn. „Nein, vermutlich nicht, aber... aber ich wünschte, er hätte dir nicht wehgetan. Ich weiß nicht, wie jemand dir je wehtun könnte." Sie drückte ihre Lippen auf seine Brust, in einem verlockenden Kuss. Sie war so rein in ihrer Zuneigung, in ihrer Zärtlichkeit, dass Godrics Kehle sich zusammenzog. Er wusste nicht, wie er ihr sagen sollte, dass ihre Worte ihm alles bedeuteten.

Stattdessen schlang er seine Arme um ihre Taille und zog sie einige Zentimeter nach oben, zu seinem Mund. Ihre Lippen öffneten sich. Ihre Fingerspitzen streichelten seinen Kiefer und sie seufzte zufrieden.

„Ich habe doch noch eine Frage", sagte sie schließlich. „Eine richtige."

Das schlaue Funkeln in ihren Augen amüsierte ihn. „Also gut, meine Liebe."

„Als du und die anderen mich entführt habt, woher wusstest du, dass ich noch in der Kutsche war? Ich dachte, ich hätte dich mit dem falschen Boden des Sitzes getäuscht..." Sie legte ihre Handflächen flach auf seine Brust und drückte sich ein wenig nach oben, was ihm einen angenehmen Blick auf ihre Brüste gewährte.

„Du hast mich ganz schön hereingelegt. Ashton jedoch bemerkte ein Stück Stoff deines Abendkleides, das herauslugte. Er hat sich einen Plan ausgedacht und wir haben auf dich gewartet." Godric grinste, als die Erinnerung an diese Nacht ihn überflutete, das Adrenalin, der schiere Rausch, sie zu jagen, mit ihr zu kämpfen, sie gefangen zu nehmen...

Emily runzelte die Stirn. „Und was wäre gewesen, wenn ich nicht aus der Kutsche gestiegen wäre? Ich wäre vielleicht erstickt."

„Ich wage zu behaupten, dass der Sitz nicht luftdicht ist." Godric versuchte, seine Hüften zu heben, aber Emily rutschte aus seiner Reichweite.

„Musstest du wirklich Laudanum benutzen? Das war verachtenswert." Sie zog eine Grimasse, die irgendwie dem Knurren eines Welpen ähnelte.

„Wir haben es auf Ashtons Empfehlung hin benutzt. Wir waren besorgt, dass du um Hilfe schreien könntest."

„Warum habt ihr mich nicht einfach geknebelt?"

„Und dich den ganzen Weg über in meinem Schoß zappeln lassen? Du hättest fallen und dich verletzen können."

„Dein Schoß?" Ihre Augen waren warm, aber sie rümpfte ihre Nase vor Bestürzung. „Du hast mich getragen?"

Godric zupfte an einer Locke ihres Haares und wickelte sie um seinen Finger. „Natürlich. Sobald ich ein Auge auf dich geworfen hatte, weigerte ich mich, einem anderen Mann die Verantwortung für dich zu überlassen. Ich wollte dich ganz für mich allein, was, das kann ich dir versichern, ein ziemlicher Kampf war. Ich musste fast eine Stunde lang Charles' Murren ertragen. Er ist ein furchtbar schlechter Verlierer." Godric gluckste.

Emily verdaute das alles schweigend.

„Hattest du vor, mich zu verführen, bevor du mich gesehen hast?"

Das war eine brisante Frage und Godric beschloss, dass die Wahrheit das Beste war.

„Ich hatte nur vor, dich zu ruinieren, indem ich dich hierherbrachte, ich hatte nicht wirklich vor, dich physisch... zu ruinieren. Ich habe nie an Verführung gedacht, bis ich dich auf genau dieses Bett gelegt habe. Du warst so schmutzig und staubig von deinem Fluchtversuchen, aber als ich dich absetzte... war ich hingerissen... ich musste dich berühren... also tat ich es."

„Du hast es getan?"

„Nur eine unschuldige Berührung. Ich hielt dein Gesicht in meinen Händen. Deine Wangen waren voller Schmutz und ich rieb ihn weg. Es kostete mich all meine Selbstbeherrschung, dich nicht zu küssen. Da wusste ich, dass du mich verzaubert hattest."

❧

EMILY WAR ÜBERRASCHT, ANGENEHM ÜBERRASCHT. SIE erinnerte sich an wenig aus dieser ersten Nacht, aber sie hatte eine vage Erinnerung daran, dass ein gutaussehender Prinz ihr Gesicht gestreichelt und sie fast geküsst hatte. Ein fantasievoller, märchenhafter Traum.

Emily rutschte von Godric herunter und kuschelte sich in die Wärme seiner Umarmung. Während sie das Bett mit ihm teilte, wurde ihr klar, wie einsam sie morgen sein würde. Es würde keine Guten-Morgen-Küsse mehr geben, keine ruhigen Nachmittage in seinem Arbeitszimmer. Es würde keinen warmen männlichen Körper mehr geben, an den sie sich nachts kuscheln konnte, während sich die Schatten über ihrem Bett in die Länge zogen.

Ihre Liebe zu ihm brannte mit jeder Stunde, die sie mit ihm verbrachte, heißer und heller, aber diese Liebe würde ihn umbringen, wenn sie nicht ginge. Blankenships Männer würden kommen und es würde auf allen Seiten Blutvergießen geben.

Sie erwog, ihm die Wahrheit zu sagen, ihm zu erzählen, was Evangeline gesagt hatte, aber sie konnte es nicht. Er und die anderen Lords waren stolz und stur. Sie würden schwören, sie zu verteidigen und jemand würde verletzt oder getötet werden. Emily wollte nicht, dass ihr Blut an ihren Händen klebte. Sie waren ihre Familie geworden. Sie musste gehen. Vielleicht konnte sie Blankenship einen Brief schicken, wenn sie Blackbriar erreichte, ihm sagen, dass sie geflohen war und er kein Glück damit haben würde, sie auf dem Essex-Anwesen zu suchen. Sie konnte nur hoffen, dass ihr Plan aufgehen würde und sie alle in Sicherheit wären.

Godrics Hand strich sanft über ihr Haar. Die Berührung war so wohltuend und beruhigend, dass sie kaum wachbleiben konnte. Sie brauchte noch einen Moment länger.

„Godric...“

„Hm?“ Seine Antwort ließ ihren Körper in einem sanften Grollen vibrieren.

„Ich danke dir.“

„Was habe ich denn getan?“

„Du hast mir einen Teil des Lebens gezeigt, den ich sonst vielleicht verpasst hätte.“

Der Rücken seiner Fingerknöchel strich über ihre Wange. „Wenn es eine Chance für dich war, meine Liebe, dann war es mein Glück, dass ich sie ergriffen habe.“

Ihre Augen brannten. Sie konnte nicht weinen, nicht in diesem Moment.

„Ich weiß, ich sollte es nicht sagen, da es unseren Moment ruiniert... aber ich liebe dich.“ Vielleicht würde sie ihn nie wiedersehen und sie wollte wissen, ob sie mutig genug war, es ihm zu sagen, ein letztes Mal.

„Du könntest nie etwas ruinieren, Liebling.“

Godric hob ihren Kopf zu seinem und ließ seinen Mund auf den ihren sinken. Es spielte keine Rolle, wie er sie küsste, keusch oder lüstern, sie erwachte bei seiner Berührung zum Leben. Ihre Zunge tanzte zwischen seinen Lippen. Er stöhnte leise und vergrub seine Hand in ihrem Haar. Seine Fingerspitzen massierten ihre Kopfhaut und Emilys Hände glitten an seiner Brust entlang, genossen die heiße Haut unter ihren Fingerspitzen.

„Liebe mich“, flehte sie zwischen tiefen, leidenschaftlichen Küssen.

„Wie du wünschst.“

Sie waren Evangeline Mirabeau los, lange bevor das Frühstück überhaupt angerichtet worden war. Jemand hatte für ihre frühe Abreise gesorgt und der Rest der Anwesenden wusste nicht, wer es gewesen war. Anscheinend hatte sie ihre Rolle gespielt und sich klugerweise entschieden, zu gehen, damit sie nicht noch anwesend war, wenn Blankenships Männer eintrafen. Die Erleichterung unter den Lords war spürbar. Das Frühstück wurde zu einer fröhlichen Angelegenheit und trotz Emilys Plänen, abzureisen, nutzte sie diese letzten Stunden mit ihren Freunden. Denn sie waren genau das. Sie würde Ashton vermissen, der die anderen bemutterte. Sie würde Luciens Versuche vermissen, sich hinter seiner Zeitung zu verstecken, während er die anderen ärgerte. Sie würde nie wieder mit Cedric fischen oder jagen gehen, oder Charles' haarsträubenden Geschichten lauschen.

Und Godric... Sie würde das Leben mit ihm vermissen, aber sie hatte keine Wahl.

„Toast, Emily?" Charles bot ihr einen Teller mit Toast an und unterbrach damit ihre düsteren Gedanken.

„Oh, danke, Charles", sagte sie.

„Gern geschehen." Der Earl zwinkerte und als sie sich eine Scheibe Toast genommen hatte, reichte er den Teller über ihren Kopf hinweg an Ashton weiter.

„Was habt ihr für heute geplant?", fragte Ashton in die Runde.

Charles balancierte prekär auf den beiden hinteren Beinen seines Stuhls. „Ich muss noch einige Briefe beantworten."

„Oh? Du beantwortest tatsächlich deine Briefe, ja?", kommentierte Lucien hinter seiner Zeitung hervor.

„Natürlich tue ich das. Nur weil ich die Briefe deiner Mutter nie beantworte, heißt das nicht, dass ich andere nicht beantworte."

Lucien faltete seine Zeitung zusammen und warf Charles einen strengen Blick zu. „Meine Mutter schreibt dir Briefe und du beantwortest sie nicht?"

„Moment mal", mischte sich Cedric ein. „Lucien, deine Mutter schreibt an Charles?"

Luciens finsterer Gesichtsausdruck brachte Cedric zum Lachen.

„Erzähl weiter, Charles. Was schreibt sie dir?", drängte Godric.

„Es ist von privater Natur."

„Bei dir bleibt nie etwas privat, Charles, also kannst du es uns genauso gut gleich sagen." Ashtons Lippen verzogen sich in einem schwachen Anflug eines Lächelns.

Charles sah finster drein. „Ihr wollt es wissen? Na schön. Luciens Mutter ist davon überzeugt, dass ich der perfekte Ehemann für Lysandra wäre."

„Meine Schwester!" Lucien verschluckte sich. „Gott im Himmel, Mann, du solltest besser nie auf diese Briefe antworten, oder, so wahr mir Gott helfe..."

„Ruhig! Lysandra ist nicht mein Typ, das weißt du genau." Charles sah die Anwesenden am Tisch der Reihenfolge nach an. „Außerdem haben wir unsere Regeln, nicht wahr?"

„Regeln?" Emily schüttelte verwirrt den Kopf.

Ashton sah zu ihr hinüber. „Sogar die sogenannte Liga der Schurken hat Regeln, meine Liebe."

Sie hatten Regeln? Der Gedanke brachte sie zum Lachen.

„Selbst Schurken müssen irgendwo eine Grenze ziehen", fügte er hinzu.

„Und in diesem Fall darf kein Mitglied der Liga die Schwester eines anderen Mitglieds verführen", erinnerte Lucien.

Charles nickte. „Regel Nummer acht, um genau zu sein."

„Ich frage mich immer noch, warum ihr euch *die Liga* nennt", sagte Emily und kicherte. Sie hatte den Namen natürlich schon oft gehört, geflüstert unter den Matronen der Gesellschaft, oft gefolgt von entsetzten Blicken.

Godric grinste wölfisch. „Dieser kuriose Name wurde uns tatsächlich von der *Quizzing Glass Gazette* in der Kolumne der Lady Society aufgedrängt. Sie erfreut die Gesellschaft mit Geschichten über unsere Heldentaten, oder was sie glauben, was wir getan haben. Sie übertreiben ziemlich oft, aber wir fanden, dass der Name zutreffend ist. Wir haben ihn klugerweise angenommen und benutzen ihn jetzt, mit viel Vergnügen, wie ich hinzufügen möchte."

„Er hat einen ziemlich charmanten Klang", bemerkte Emily.

Ashton lenkte das Gespräch erneut auf die Ereignisse des Tages. „Charles schreibt also Briefe. Was ist mit dir, Cedric?"

„Ich dachte, ich mache einen Ausritt."

Emily richtete sich in ihrem Stuhl auf. Vielleicht konnte sie noch eine Runde drehen, bevor sie ihren letzten Fluchtplan in die Tat umsetzen musste. Eine letzte gute Erinnerung...

„Und was ist mit dir, Lucien?"

„Ich muss mich um eine kleine Angelegenheit in London kümmern. Ich sollte bei Einbruch der Nacht zurück sein."

Emily entging der Blick, den er in Richtung Godric warf nicht. Sie bezweifelte, dass er sich dessen bewusst war.

„Vielleicht sollte ich dich begleiten?", schlug Ashton vor.

„Mir würde die Gesellschaft nichts ausmachen."

Es war, als würden sie in Rätseln sprechen. Emily fragte sich, was die beiden Männer wohl vorhatten.

Als das Frühstück beendet war, folgte Emily Cedric aus dem Salon, begierig darauf, ihm beim Reiten zuzusehen. Aber Godric ergriff den Saum ihres Kleides und zog sie abrupt zu sich heran.

Er knabberte spielerisch an ihrem Hals und fragte: „Und wohin gehst du?"

Emily seufzte und beobachtete Cedrics Rücken. „Ich dachte, ich könnte Cedric beim Reiten zusehen." Godric schlang seine Arme von hinten um ihre Taille. Seine Lippen streiften ihr rechtes Ohr und er knabberte an ihrem Ohrläppchen. Sie unterdrückte ein kleines Stöhnen.

„Wir könnten hier bleiben..." Jedes Wort versprach große Leidenschaft.

Es war so schwer zu widerstehen, aber der zweite Seufzer, der ihr entkam, war einer der Niederlage und Godric bemerkte es.

„Ist alles in Ordnung, meine Liebe?" Er streichelte ihr Kinn mit dem Daumen. Die Wahrheit lag ihr auf der Zunge, aber sie biss sie zurück.

Er studierte sie schweigend. „Vermisst du das Reiten wirklich so sehr?"

Emilys Miene hellte sich ein wenig auf. „Das tue ich, oh, das tue ich."

„Ich würde dich reiten lassen...", er hielt inne, als ihre Augen voller Hoffnung aufleuchteten. „Wenn du mit mir reitest."

„Oh, Godric, ich danke dir!" Sie warf ihre Arme um seinen Hals und bedeckte seine Lippen mit Küssen.

Cedric war gerade aus den Ställen getrabt, als sie ihn einholten. Die gescheckte graue Stute, die er ritt, war eifrig darauf bedacht zu galoppieren, ebenso wie ihr Reiter.

Cedric rief ihnen im Vorbeigehen zu. „Soll ich auf euch warten?"

„Würde es dir etwas ausmachen?", fragte Emily.

Godric ging hinein, um seinen Wallach zu holen, während Emily wartete.

Cedric blickte auf sie herab. „Emily, wenn du nach London zurückkehrst, darf ich dich meinen Schwestern vorstellen? Horatia und Audrey würden dich vergöttern."

„Das würde mir sehr gefallen. Ich kenne so wenige Leute in der Gesellschaft. Wir hatten hauptsächlich Verbindungen zu den Adligen auf dem Land."

„Keine Sorge, Kätzchen. Meine Schwestern sind zum größten Teil besonnene Geschöpfe. Ich denke, du würdest Horatia besonders mögen. Sie ist dir sehr ähnlich." Cedric grinste, als ob er sich an einen privaten Scherz erinnerte. „Audrey... ist ein kleiner Schlingel. Immer wegen der einen oder anderen Sache in Schwierigkeiten."

„Lieben sie die freie Natur so wie du?"

Cedric nickte. „Horatia liebt das Reiten fast so sehr wie ich. Audrey liebt die frische Luft, obwohl sie keine Pferde mag. Sie wurde von einem ziemlich übel gelaunten Pony gebissen, als sie acht war. Seitdem hat sie dieser Gattung nicht mehr verziehen, die Ärmste."

Emily streichelte die anthrazitfarbene Mähne seiner Stute. „Mein Vater hat immer gesagt, dass Ponys einen Hang zum Beißen haben, also hatte ich das Glück, nie dem Temperament eines Ponys ausgesetzt zu sein. Bei Pferden war das etwas anderes. Er hatte ein Paar Vollblüter, auf denen er mir das Reiten beibrachte."

„Dein Vater war ein kluger Mann." Cedric griff nach unten, um der Stute liebevoll den Hals zu kraulen.

In diesem Moment kam Godric heraus, seinen prächtigen schwarzen Wallach im Schlepptau. Eine Hand ruhte auf dem Hals des Pferdes, die andere hielt die baumelnden Zügel.

„Hältst du ihn für mich, Cedric?" Godric reichte ihm die Zügel. Godric packte Emily an der Taille und hob sie in den Sattel, dann schwang er sich hinter ihr hoch. Er schlang einen Arm um ihre Taille und zog sie zurück zwischen seine Beine.

Sie trabten von den Ställen weg, Cedric ein paar Schritte voraus. Die Pferde nahmen einen gleichmäßigen Rhythmus auf.

Sie ritten eine Stunde lang, bevor Godric entschied, dass die Gefahr, dass sie in den Sturm gerieten, zu groß war. Emily richtete ihre Aufmerksamkeit auf den Himmel, über den immer noch Sturmwolken hinwegfegten. In der Nacht zuvor war kein einziger Tropfen Regen gefallen, aber der köstliche, saubere Duft eines Gewitters erfüllte nun die Luft mit einem Hauch von Gefahr. Emily protestierte nicht dagegen, ihren Ausritt zu beenden. Sie würde bald wieder im Herrenhaus sein müssen, um sich um ihre Vorbereitungen zu kümmern.

Charles gesellte sich eine Stunde später zu Godric, Cedric und Emily, um ein leichtes Mittagessen einzunehmen, aber Emily konnte kaum etwas essen. Ihr Magen knurrte unruhig und sie sagte kaum etwas.

„Fühlst du dich nicht gut?" Godric legte den Rücken seiner Hand auf ihre Stirn.

Emily schloss die Augen und genoss die Wärme seiner Hand. Das würde das letzte Mal sein, dass er sie berührte. Schmerz erfüllte ihr Herz und riss es entzwei. So würde sie ihn in Erinnerung behalten, sanft und besorgt. Ein zärtlicher Schurke, der sein Herz vor ihr verbarg, aus Angst, sie zu verletzen. Aber sie war es, die am meisten leiden würde. Wenigstens liebte er sie nicht. Es würde ihm also leichter fallen, ihre Abreise zu akzeptieren.

„Du fühlst dich ein wenig zu kalt an." Besorgnis verdunkelte seinen Tonfall.

„Ich fürchte, ich bin etwas angeschlagen." Es war die beste Gelegenheit, sich zu entschuldigen.

Godric begann, sich von seinem Stuhl zu erheben. „Soll ich nach einem Arzt schicken?"

„Nein! Nein, mach dir keine Umstände, bitte. Ich glaube, ich werde ein Nickerchen machen. Danach wird es mir wieder besser gehen." Emily erhob sich von ihrem Stuhl, legte eine Hand auf Godrics Schulter und drückte sie sanft.

„Ich komme dann in ein paar Stunden nach dir sehen, Liebling." Godric küsste ihre Hand, die auf seiner Schulter ruhte. Ihr Herz blutete in dem Wissen, dass dies ihr letzter Kuss war. Es konnte nicht der Letzte sein... Nicht etwas so Belangloses und Keusches wie ein Kuss auf ihre Hand...

Emily beugte sich vor und fing seinen Mund ein. Sie konnte nicht atmen... konnte nicht denken. Es gab nur diesen letzten, ewigen und doch flüchtigen Kuss. Es war ihre letzte Erinnerung, eine, die ihr den Rest eines einsamen Lebens reichen sollte.

Ich lasse dich gehen, weil ich dich liebe und es der einzige Weg ist, dich zu retten. Sie flehte im Stillen und von ganzem Herzen, dass er es verstehen würde. Es spaltete ihr fast das Herz, als ihr Kuss ihm ein Lächeln auf die Lippen zauberte und er mit einer Hand über ihre Wange strich, bevor sie ging.

Was würde er denken, wenn er in ihr Gemach kam und sie fort war? Würde er sich fragen, warum sie ihn im Stich gelassen hatte? Würde ihr Weggehen schlimmer sein als die Gewalt, die Godric durch seinen Vater erfahren hatte?

Eines Tages würde er es verstehen. Sie würde einen Weg finden, ihm die Wahrheit zu sagen, wenn es sicher für ihn war. Aber selbst dann bezweifelte sie, dass er ihr verzeihen würde. Bis zu diesem Tag würde sie innerlich langsam an einem blutenden Herzen sterben.

Mit einer Stärke, von der sie nicht gewusst hatte, dass sie sie besaß, hob sie ihr Kinn und verließ den Speisesaal mit Anmut.

In ihrem Gemach angekommen, lehnte sie sich mit dem Rücken gegen die Tür. Ihre Brust hob sich, als sie ein leises

Schluchzen herunterschluckte. Ihre ganze Welt schrumpfte in diesem einen Moment des Verlustes zusammen. Ihre Kehle schnürte sich zu und sie hatte Mühe, zu schlucken.

Sie sank an der Tür hinunter und zog ihre Beine unter ihr Kinn, während ihr die Tränen über das Gesicht liefen. Sie war so dumm gewesen, sich zu verlieben, aber sie würde diesen Fehler nie wieder machen. Ihr Herz würde sich verhärten und sie würde allein weiterleben, ohne Godric und ohne Liebe. Das musste sie einfach.

Noch Jahre später würde sie irgendwo auf der Welt sein und sich an diesen letzten Tag erinnern, an diese letzte Stunde, in der sie ihre erste und einzige Liebe verlor. Die Erinnerung würde über sie hereinbrechen wie ein Dieb in der Nacht und einen rohen Schmerz in ihrer Brust hinterlassen, genauso frisch wie am heutigen Tag. Tränen bildeten salzige Spuren auf ihren Wangen und bahnten sich ihren Weg wie mächtige Flüsse durch den Stein.

Sie tat das Richtige. Wenn sie ging, würde Blankenship keinen Grund mehr haben, den anderen etwas anzutun. Es war wichtiger als all ihre Tränen. Ihr Entschluss stärkte sie. Sie erinnerte sich an etwas, das ihr Vater immer gesagt hatte. *„Die Angst ist nur so stark wie deine Schwäche.“*

Ihre Entscheidung war klar... sie war immer klar gewesen. Tief in ihrem Inneren hatte sie immer gewusst, dass sie irgendwann gehen musste. Je eher sie es akzeptieren konnte, desto eher konnte sie weiterziehen.

Als sie keine Tränen mehr zu vergießen hatte, bezwang sie ihre Trauer und rief Libba in ihre Gemächer.

Während sie auf das Dienstmädchen wartete, schrieb sie einen Brief an Godric. Sie konnte es sich nicht leisten, ihm die Wahrheit zu sagen, aber sie musste etwas sagen.

Als Libba ankam, war sie von Emilys tränenüberströmtem Gesicht schockiert. Bevor das Dienstmädchen ein Wort sagen konnte, nahm Emily sie ins Vertrauen.

„Der Mann, den du vor einer Weile mit dem Magistrat gesehen hast, wird zurückkommen... mit bewaffneten Männern. Zu viele von ihnen. Sie werden jeden verletzen, der sich ihnen in den Weg stellt. Ich muss gehen. Das Leben Seiner Lordschaft hängt davon ab. Du musst mir vertrauen. Ich muss mir deine Kleidung leihen. Ich fahre mit Jonathan nach Blackbriar.“

Zu Emilys Überraschung protestierte das Dienstmädchen nicht. Sie schenkte ihr nur ein verständnisvolles Nicken. „Als dieser Mann mich in Eurem Gemach sah, dachte er einen Moment lang, ich sei Ihr. Ich weiß, wie er Euch ansieht, Miss.“ Libba vergrub die Hände in ihren Röcken. „Ich werde mein anderes Kleid holen.“

„Wenn ich weg bin, stopfe ein paar Kissen in mein Bett. Lass es so aussehen, als würde ich schlafen. Sobald sie merken, dass ich es nicht bin, sag ihnen, du hättest mich über die Wiesen gehen sehen. Das verschafft mir vielleicht etwas Zeit. Was immer du tust, sag ihnen nicht, dass ich mit Jonathan weggefahren bin. Versprich es mir, Libba. Godrics Leben hängt von deinem Schweigen ab.“

„Ich verspreche es. Aber... Miss... Ihr wollt doch hierbleiben, oder?“

Obwohl sie dachte, sie hätte ihre Tränen aufgebraucht, entkam ihr ein trockener Schluchzer.

„Manche Menschen sind nicht dazu bestimmt, das zu bekommen, was sie wollen, Libba.“

LUCIEN UND ASHTON HOCKTEN UNTER EINEM OFFENEN Fenster eines Stadthauses in der Bloomsbury Street, gleich außerhalb von Mayfair. Die beiden Männer tauschten einen besorgten Blick aus, als sie ein Gespräch belauschten, das im Salon gleich hinter dem Fenster geführt wurde.

Sie waren eine Stunde zuvor in London angekommen und

direkt zu Evangelines Stadthaus gefahren, in der Absicht, mit ihr zu sprechen. Sie war abgereist, aber das Küchenmädchen nebenan erzählte Lucien, in welche Richtung sie sie hatte gehen sehen, nachdem er ihre Lippen mit einem nicht allzu unschuldigen Kuss und ein paar gut platzierten Liebkosungen gelockert hatte. Das arme Mädchen wollte ihm danach alles erzählen, wenn er nur versprach, zu bleiben und sie zu unterhalten. Nur Ashtons höfliches Husten erinnerte ihn an ihren Auftrag.

Der gefälschte Brief, den Evangeline ihnen gezeigt hatte, deutete darauf hin, dass sie keine hilflose Schachfigur war, sondern ein aktiver Teilnehmer in diesem Spiel der Täuschung. Und es war zwingend notwendig, dass sie den Drahtzieher fanden, um Emily zu schützen.

Lucien argumentierte, dass Emilys Anwesenheit in Godrics Herrenhaus nicht die Ursache für Evangelines Erscheinen gewesen war, aber wie immer sah nur Ashton das große Ganze. Er glaubte nicht an Zufälle und er wusste, Evangelines Erscheinen hatte wenig mit Zufall zu tun.

Als sie Evangelines Kutsche bis zu dieser Adresse verfolgten, fand Ashton seinen Verdacht bestätigt. In dem Moment, in dem sie in eine Querstraße einbogen, erblasste Lucien und wurde dann scharlachrot vor Wut. „Ich weiß, wo sie hingegangen ist", knurrte er. „Blankenship wohnt nicht weit von hier."

Sie schlichen die Seitenstraße hinunter und hockten sich unter Blankenships Wohnzimmerfenster.

„Miss Mirabeau, so schnell wieder in London?", drang Blankenships Stimme in die Gasse.

Ashton hob seinen Kopf ein paar Zentimeter über die Fensterbank und erkannte Evangeline und Blankenship. Sie stand ihm gegenüber und ihre Augen weiteten sich, als sie ihn sah. Sein Atem stockte und er befürchtete, sie würde seine Anwesenheit verraten.

Das tat sie aber nicht. Ihr Blick wanderte zurück zu Blankenship, als ob nichts geschehen wäre.

„Ich wurde in weniger als einem Tag hinausgeworfen, Monsieur! Aber da Ihr mich bezahlt habt, habe ich Euch die Informationen gebracht, die Ihr sucht."

„Und?"

Ein kurzer Moment der Stille erfüllte die Luft.

„Euer verlorenes Lamm ist auf dem Anwesen, wie Ihr es vermutet habt. Ich habe sie getroffen. Elle est très jolie! Das habt Ihr mir nicht gesagt, Monsieur."

„Ist das wichtig?", fragte Blankenship unhöflich.

„Pour moi, natürlich. Essex ist zu sehr an ihr interessiert. Er beobachtet jeden ihrer Schritte."

Blankenships Stimme wurde leiser. „Ist sie unberührt?"

Evangeline gluckste. „Nein, Monsieur. Ich glaube, Seine Lordschaft hat schon längst die Früchte dieses Weinstocks gepflückt. Sie ist hoffnungslos in ihn verliebt."

„Ihre Liebe spielt für mich keine Rolle. Die Liebe einer Mätresse ist wertlos."

Luciens Mund verzog sich zu einem schmalen Strich und Ashtons Fäuste ballten sich, aber beide beherrschten ihr Temperament.

„Nun gut. Hier ist eine Bonuszahlung, wie vereinbart, Miss Mirabeau. Ich werde mich ab jetzt selbst um die Angelegenheit kümmern." Blankenship schritt außer Sichtweite.

Evangeline begegnete Ashtons Blick und gab ihm den kleinsten Hinweis auf ihr Stillschweigen, bevor sie erneut sprach.

„Ihr solltet wissen, Monsieur Blankenship, dass ich das Lämmchen überredet habe, zu gehen. Ich habe ihr gesagt, dass Ihr Godric und seine Freunde töten werdet, wenn sie nicht nach London zurückkehrt."

„Warum, zum Teufel, habt Ihr das getan? Das Letzte, was ich brauche, ist, dass sie gewarnt werden."

„Ich wollte Euch nur die Mühe ersparen, sie mit Gewalt zurückzuholen, wie Ihr es geplant hattet." Ihre Stimme war voller Aufrichtigkeit, aber Ashton wusste, dass er diesen Tonfall nicht für bare Münze nehmen sollte. Sie sprach zu laut, als dass die Worte nur für Blankenship bestimmt gewesen wären.

„Ihr wisst nichts von meinen Plänen. Trotzdem habt Ihr mir vielleicht einige Mühe erspart, wenn sie gehorcht", brummte Blankenship, als sei er zufrieden. Seine Stimme hatte einen grausamen Ton angenommen.

„Ich habe keinen Zweifel, dass sie es tun wird, Monsieur. Ganz und gar nicht."

Als die Lautstärke des Gesprächs nachließ, überquerten die beiden die Straße und riefen eine Kutsche, um so schnell wie möglich zurück zu Luciens Stadthaus zu gelangen.

„Wir müssen sofort zu Godric zurückkehren", sagte Lucien.

„Ich stimme zu. Emily wird einen weiteren Versuch unternehmen und ich vermute, dass es ihr diesmal gelingen wird. Godric wird keinen weiteren Versuch dulden. Er wird wütend sein."

„Ich weiß, und ich würde es vorziehen, wenn wir dort ankommen, bevor er sie bestraft."

Ashton blickte ihm ernst in die Augen, wandte seinen Blick aber schnell ab. „Du glaubst, er würde ihr etwas antun?"

„Ihr etwas antun? Nein, aber sein Temperament... Wir alle wissen doch, wie sehr er damit kämpft. Ich mache mir Sorgen, was er zu ihr sagen wird. Sie kennt ihn nicht so wie wir. Worte können tiefer treffen als jeder Schlag, und er wird Dinge sagen, die er nicht so meint, um sein Herz zu schützen."

„Tun wir das nicht alle?"

Lucien zog eine Pistole aus der Innenseite seiner Jacke.

„Derselbe alte Lucien", sagte Ashton und lachte.

Lucien grinste. „Alte Gewohnheiten lassen sich nur schwer ablegen."

Ashton lachte. Alte Gewohnheiten in der Tat...

„Meinst du, wir kommen rechtzeitig zurück, um Emily aufzuhalten?"

Ashton senkte den Kopf. „Im Moment mache ich mir mehr Sorgen um Blankenships Männer, wer auch immer sie sind, und was auch immer sie vorhaben." Er beobachtete Lucien, der seine Pistole überprüfte. „Bald werden wir vielleicht alle eine tragen müssen, alter Freund. Ich war noch nie ein religiöser Mensch, aber ich glaube, nun ist die Zeit zum Beten gekommen."

❧

EMILY VERBRACHTE IHRE LETZTEN STUNDEN DAMIT, IHRE wenigen Habseligkeiten in der kleinen Stofftasche zu sammeln, die Libba unter ihrem Bett versteckt hatte. Darin verstaut waren ihr Schmetterlingskamm und ihre Bürste, ihr Nachtkleid und Ersatzkleidung, in die sie sich kleiden konnte, sobald sie Libbas Uniform auszog. Der schwierigste Teil würde Penelope sein. Sie konnte das Hündchen nicht zurücklassen. Libba würde den Hund holen und sie zum Wagen bringen. Bald würde sie Emilys einzige Begleiterin sein.

Libba kehrte zurück und half Emily in das Ersatzkleid des Dienstmädchens. Emily verstaute ihre kleine Tasche mit den Habseligkeiten in ihren Armen, während Libba die weiße Kappe über ihrem Haar befestigte. Wenn sie den Kopf gesenkt behielt, könnte sie vielleicht entkommen.

Libba spähte zur Tür hinaus und winkte Emily dann zu, dass der Flur frei war. Es war niemand zu sehen. Die obere Halle des Herrenhauses war still. Sie ging zügig, den Kopf geneigt, die Ohren auf das kleinste Geräusch gespitzt.

Im Salon hörte sie Cedric und Godric lachen, wusste aber nicht, worüber. Sie verweilte für eine kurze, schmerzhafte Sekunde.

Auf Wiedersehen, meine Schurken. Meine Freunde.

Sie schlüpfte die Dienstbotentreppe hinunter und durch eine Tür, die zu den Ställen führte. Der Drang, noch einmal zurückzublicken, war stark, aber sie widerstand. Sie würde nur Erinnerungen mitnehmen. In kalten Nächten würde sie sich an diese glückseligen Momente erinnern und sich hier wiederfinden, und sei es nur in ihren Träumen.

Jonathan saß ungeduldig auf dem Sitz des Wagens, seine Miene war finster. Er runzelte die Stirn, als er sie sah, als hätte er gehofft, sie würde nicht kommen. Er hob die Hand, um ihr zu signalisieren, dass sie sich beeilen sollte. Ein Korb stand neben ihm, in dem eine schläfrige Penelope lag.

„Was ist mit ihr?" Emily zischte, als sie neben ihn auf den Sitz kletterte.

„Nichts. Als Libba sie heruntergebracht hat, habe ich sie mit erwärmter Milch gefüttert. Das wird sie ruhig halten, bis wir das Dorf erreichen."

Emily entspannte sich, aber der Welpe war mehr als nur schläfrig. „Nur warme Milch?"

„Nun ja, vielleicht noch eine Prise von etwas Stärkerem, damit sie nicht wegläuft. Not macht erfinderisch, wie man so schön sagt."

Das wusste Emily nur zu gut.

Jonathan schlug die langen Zügel gegen den Rücken des Zugpferdes und der Wagen setzte sich ruckartig in Bewegung. Als sie die Straße erreichten, atmete Emily erleichtert auf, aber sie war auch ein wenig traurig.

Auf nach Blackbriar...

Regen prasselte auf Emilys Gesicht und durchnässte ihre Kleidung. Sie verfluchte sich dafür, dass sie keinen Kapuzenmantel aus Wolle mitgebracht hatte.

„Wie weit ist es noch?" Der berauschende Geruch von nassem Gras und Wolle umgab sie. Sie fröstelte und ihre Haut wurde durch den Regen kälter als je zuvor.

„Nicht mehr weit", sagte Jonathan. „Wir müssen uns ein

Zimmer im Gasthaus nehmen. Bei diesem Wetter kann man nicht reisen und ich kann heute Nacht nicht zurückkehren. Das Essen könnte verderben." Sein schöner Mund verzog sich zu einer unangenehmen Grimasse.

Sie zitterte wieder. „Ich nehme an, du hast recht."

Jonathan legte seinen Arm um ihre Schultern, um sie näher an sich zu ziehen. Er war genauso nass, aber viel wärmer.

„Da-danke." Ihre Zähne klapperten, als ein knochentiefer Schauer über ihren Rücken rollte.

„Nicht der Rede wert, Miss Parr." Sein Blick war auf die Straße gerichtet, nicht auf sie.

Emily entspannte sich ein wenig und Penelope regte sich unter Emilys schwarzen Röcken. Sie ließ eine Hand in die Nähe des Hundes sinken und der Welpe leckte ihr ängstlich die Finger ab.

„Alles ist gut, mein Schatz", murmelte sie.

Den Rest des Weges verbrachten sie schweigend. Die Fahrt zum Dorf kostete viel Zeit, da die Straße um Godrics Ländereien und den See herumführte.

Das Dorf selbst schien fast menschenleer zu sein. Der Wagen knarrte und ächzte, als er über die rauen, unebenen Steine der Hauptstraße fuhr und wurde nur durch das Grollen des Sturms übertönt. Jonathan lenkte das Pferd zur großen Scheune neben einem Gasthaus namens *The Pickerel*.

„Bringt Penelope hinein. Wartet in der Nähe des Tresens auf mich." Jonathan wartete nicht auf ihre Antwort.

Sie nahm den Jagdhund und ihren Stoffbeutel und ging durch den Regen in das Gasthaus. Auf den Tischen brannten Öllampen und mehrere Dorfbewohner kauerten um den großen Kamin, um sich die Hände zu wärmen. Alle drehten ihre Köpfe, als sie eintrat. Eine mollige Frau, die die Theke mit einem Tuch abwischte, lächelte, aber als sie sie sah, durchnässt und zitternd, sah sie sofort besorgt aus.

„Du armes Lämmchen!" Sie eilte um den Ausschank herum, um einen besseren Blick auf sie zu erhaschen.

„Darf ich hier warten?" Ihre Zähne klapperten so heftig, dass ihr Kiefer schmerzte.

„Natürlich, Liebes!" Die Frau nahm ein frisches Handtuch und trocknete Penelope ab. „Warst du die ganze Zeit ohne einen richtigen Mantel im Sturm unterwegs? Hier, ich helfe dir."

„Da... danke."

Jonathan kam herein und schüttelte sein sandfarbenes Haar.

„Jonny, lieber Junge!", begrüßte ihn die Frau.

Jonathan hob die Hand, um sie zu begrüßen. „Lucy, du bist jedes Mal hübscher, wenn ich dich sehe."

Die Frau mittleren Alters errötete. „Oh, sei still, du Halunke." Sie klopfte ihm auf die Schulter.

„Könnten wir ein Zimmer haben, Lucy?" Jonathan neigte den Kopf in Emilys Richtung.

„Ah, sie gehört also zu dir, ja?"

„Es ist nicht so, wie du denkst, Lucy."

„Das ist es nie, mein Lieber. Aber es ist doch immer so." Lucy zwinkerte, sagte aber nichts weiter. Sie schnappte sich einen Schlüsselbund von einem Nagel an der Wand, dann führte sie die beiden eine schmale Treppe hinauf und einen Flur mit vier Zimmern hinunter. Sie wählte das letzte Zimmer auf der rechten Seite und öffnete es für sie. Darin befand sich ein schmales Bett, ein kleiner Tisch und eine Schüssel mit Wasser, neben der ein paar Handtücher platziert waren.

Emily setzte Penelope und ihre Taschen ab, während Jonathan sich seinen tropfenden Mantel vom Leib riss.

„Ich werde etwas Suppe für euch beide hochschicken", erklärte Lucy und ließ sie allein.

Emily stand einen Moment lang unschlüssig da, kalt und nass, und beobachtete Jonathan misstrauisch. „Sollen wir uns etwa ein Zimmer teilen?"

Der gut aussehende Teufel lachte nur. „Das ist Teil meines Preises... und ein Zimmer ist billiger als zwei."

„Aber du hast mir nie deinen Preis genannt."

Jonathan, der sie immer noch nicht ansah, riss sich sein weißes Hemd vom Leib und hängte es über die Lehne des einzelnen Stuhls neben dem Tisch, um es trocknen zu lassen. Angespannte goldene Muskeln zeichneten sich auf seiner breiten Brust ab. Obwohl Godric etwas größer war, wirkten Jonathans Muskeln stärker. Vermutlich von der jahrelangen Arbeit auf dem Anwesen. Trotzdem fiel ihr erneut die Ähnlichkeit auf.

Er minimierte die Distanz zwischen ihnen und nahm ihr wortlos die alberne weiße Kappe vom Kopf. Ihr Haar fiel in einem Strudel aus nassen Locken herunter.

„Besser." Er streckte die Hand aus, um sie zu berühren.

Emily wich einen Schritt zurück.

„Was tust du da?"

„Meinen Preis, Miss Parr. Ich kassiere ihn ein." Jonathans grüne Augen brannten.

Emily geriet fast in Panik, doch ein Klopfen unterbrach sie. Jonathan öffnete und nahm Lucy die beiden Schüsseln mit Suppe ab, bevor er ihr die Tür vor der Nase zuschlug.

„Setzt Euch und esst, dann besprechen wir die Bezahlung."

Es schien, dass ihre Befürchtungen über die Art der Bezahlung nicht unbegründet waren. Die Suppe wärmte sie beträchtlich, aber der nasse Kittel hielt die Kälte nicht davon, sie bis auf die Knochen zu durchdringen. *Ich sollte mich umziehen*, dachte Emily, aber sie wollte sich nicht mit Jonathan im selben Raum ausziehen. Sie ließ Penelope ihre Schüssel auslecken und die Kruste von ihrem Brot fressen. Die ganze Zeit über beobachtete Jonathan sie.

„Jonathan, darf ich dir eine etwas merkwürdige Frage stellen?"

Jonathan nickte.

„Bist du mit Godric verwandt?"

Seine Suppe spritzte über den Tisch. Er erstarrte, dann wischte er sich vorsichtig mit einer Serviette über den Mund. „Wie kommt Ihr darauf?"

„Bist du es?", drängte sie.

„Natürlich nicht."

Emily setzte ihren Löffel ab. „Es tut mir leid, falls ich dich beleidigt habe. Es ist nur so, dass... nun ja, du siehst ihm so ähnlich. Du verhältst dich sogar wie er."

Als sie ihr Gesicht hob, trafen sich ihr Blicke.

Jonathan stützte die Ellenbogen auf den Tisch und legte sein Kinn in die Hände. „Ich nehme es Euch nicht übel, Ihr habt mich nur überrascht. Das hat noch nie jemand gesagt." Er hielt inne, die Augen ruhten auf ihrem Gesicht, doch sein Ausdruck war nicht zu lesen. Nach einem Moment schob er seinen Stuhl zurück und ließ ihn gegen den Holzboden krachen. Anstatt sich ihr zu nähern, schritt er davon, wobei die geschmeidige Anmut seiner Bewegungen der seines Herrn in nichts nachstand.

Als er sich umdrehte, fiel ihr sein Profil auf, der langgliedrige, muskulöse Körper eines Mannes, der im Dienst gearbeitet hatte, aber er hatte dennoch etwas Raffiniertes an sich. Der halben Gesellschaft fehlten diese angeborenen, wohlerzogenen Gesichtszüge und Manieren, die bei Jonathan so selbstverständlich waren. Irgendetwas in seiner Art unterschied ihn von den anderen Bediensteten.

„Du bist ihm so ähnlich", flüsterte sie halb. „Die Art, wie du dich bewegst, wie du redest."

„Ich nehme an, das liegt daran, dass ich mit dem Wunsch aufgewachsen bin, so zu sein wie er. Ich bin in seinem Haus geboren und aufgewachsen. Meine Mutter war das Dienstmädchen seiner Mutter. Ich bin ihm immer gefolgt, als ich ein Junge war. Er ist acht Jahre älter als ich."

Könnte es so einfach sein? Sie nahm an, es könnte so sein,

und sie kam sich wie eine Idiotin vor, weil sie etwas anderes dachte. Sie waren nicht verwandt. Er spiegelte das Verhalten seines Herrn wider, so wie jeder Mann es tun würde, wenn er jemanden bewunderte. Aber ihre Instinkte sagten ihr etwas anderes. Sie musste einfach sicher sein...

„Hatte deine Mutter grüne Augen?"

„Nein."

„Und dein Vater?"

„Ich habe ihn nie gekannt." Eine Antwort, die nicht wirklich eine Antwort war. Er war Godric so ähnlich. Es war an der Zeit, das Thema zu wechseln.

„Was wirst du tun, wenn ich weg bin? Wirst du zum Herrenhaus zurückkehren?"

Jonathans schürzte für einen Moment seine Lippen. „Vorausgesetzt, Seine Lordschaft hat nicht herausgefunden, dass ich es war, der Euch geholfen hat, dann ja, ich werde dorthin zurückkehren."

„Libba hat versprochen, niemandem zu verraten, wie ich entkommen bin. Ich bin überzeugt, dass es sicher für dich ist."

Jonathan lachte, der Klang war voll, dunkel und gefährlich. „Macht Ihr Euch Sorgen um mich?"

„Ich bin um uns alle besorgt. Blankenship ist kein Mann, den man auf die leichte Schulter nehmen sollte." Sie stand auf und sah sich in dem kleinen Raum um. „Dürfte ich etwas Privatsphäre haben, um mich umzuziehen?" Es war wahrscheinlich sicherer, sich nicht in seiner Gegenwart auszuziehen, aber ihre nasse Kleidung lag schwer und kalt auf ihrer Haut.

„Das wird nicht nötig sein, Miss Parr. Ich bin Euch gern behilflich." Er ging auf sie zu.

Emily wich zurück und prallte mit dem Rücken an die hölzerne Wand. „Komm nicht noch näher."

„Ich weiß, dass dies ein Spiel ist, Miss Parr. Es ist nicht das erste Mal, dass ich für eine Frau eine Rolle spiele. Genau wie die letzte Mätresse Seiner Lordschaft versucht Ihr, Euch hin und wieder mit einem jüngeren Mann zu amüsieren. Evangeline tat gern so, als hätten die Revolutionäre sie gefangen genommen. Aber Ihr braucht keine ausgeklügelte List, um mich zu haben. Ich weiß, dass Godric nicht wirklich in Gefahr ist." Er griff nach den Knöpfen an der Vorderseite ihres Kleides. Sie war sich plötzlich der Größe seiner Hände, der Breite seiner Schultern und der Kraft seines muskulösen Körpers sehr bewusst.

Emily fletschte die Zähne wie ein in die Enge getriebenes wildes Tier. Wenn sie gegen ihn kämpfen musste, würde sie es tun. „Lass mich los."

„Ruhig... Beruhigt Euch, Miss Parr. Es wird ein Vergnügen sein, das versichere ich Euch. Ich weiß, dass Ihr mich deshalb gebeten habt, Euch zu helfen. Es ist offensichtlich, dass Ihr hier seid, um mit mir zusammen zu sein. Es hat sich noch nie jemand beschwert... und es wird uns danach sehr, sehr warm sein." Seine Stimme triefte nur so vor Eifer.

Emily, erschöpft und verzweifelt, schlug nach seinen Händen und versuchte, ihn wegzuschieben.

„Ich sage dir, dass dein Herr in Gefahr ist und dass ich fliehe, um sein Leben zu retten, und du nimmst an, dass das Teil einer ausgeklügelten List ist, damit ich dich ins Bett bekomme? Hast du einen so dicken Schädel, dass die Logik ihn nicht durchdringt?" Obwohl sie gehofft hatte, eine bittere Tirade hervorzubringen, schaffte sie es nur, ein sehr undamenhaftes Niesen auszustoßen. Ihr Kopf schmerzte plötzlich ohne Maßen.

Draußen war das Geräusch von Pferden zu hören, die durch den Regen ritten.

„Horcht!", keuchte er. „Es sind Blankenships Männer. Wir sind umzingelt! Es ist nur eine Frage der Zeit, bis sie uns erwischen. Wir sollten diesen einen kurzen Moment ausnutzen, solange wir können."

„Das ist kein Spiel, Mr. Helprin!"

Emily schwankte, als ein Schwindelgefühl sie überkam. Ihre Hände fielen auf seine Schultern, als sie darum kämpfte, aufrecht stehenzubleiben.

Jonathan hob sie vom Boden und trug sie zum Bett. „Schließt einfach die Augen. Ich bin sicher, dass ich mich genauso anfühlen werde wie mein Herr."

Emily mühte sich, ihre Muskeln anzuspannen, als sie darum kämpfte, Jonathan auf respektablem Abstand zu halten.

„Runter von mir, du dummer Trottel! Ich kann nicht glauben, dass du so ein verblödeter Mistkerl bist! Ich will dich nicht!" Er ignorierte ihren Protest und sie nieste erneut.

Jonathan platzierte sie auf dem schmalen Bett und drückte seine Hüften zwischen ihre Schenkel.

„Das hat Evangeline auch gesagt, aber dann hat sie mich geküsst und fast in ihr Bett gezerrt. Sie sagte, dass sie gern Spielchen spielt... dass die meisten Frauen das tun. Ihr könnt nicht viel anders sein, Miss Parr."

Er ließ seinen Mund über ihren gleiten.

Ich schwöre, wenn ich die Gelegenheit dazu bekomme, werde ich ihm direkt in seine Männlichkeit treten, dachte sie. Emily schlug ihm mit der Faust gegen die Brust, aber sie war so müde und ihr Kopf war von einem Nebel erfüllt, der ihr Angst machte. Tränen traten ihr in ihre Augen.

Jonathan bewegte seinen Mund zu ihrem Hals und in der Sekunde, in der ihre Lippen frei waren, entkam Emilys Kehle ein kleiner kläglicher Schluchzer.

Jonathan erstarrte, als sie erneut schluchzte. Er zog sich erschrocken zurück.

„Mein Gott. Ihr wollt mich wirklich nicht." Der Ausdruck blanken Entsetzens auf seinem Gesicht erleichterte sie. Er schien völlig schockiert über sein Handeln zu sein.

Emily erschlaffte in seinen Armen, schaffte aber ein schwaches Nicken und nieste dann erneut.

„Es tut mir so leid, Miss Parr, ich dachte... es ist egal was ich dachte. Habe... ich Euch wehgetan?" Er ließ von ihr ab und lehnte sich zurück. Emily rollte sich auf die Seite, weg von ihm und brach in Tränen aus. Jonathan tätschelte ihr unbeholfen den Rücken. Er konnte nicht verstehen, wie ihr das Herz aus der Seele gerissen wurde, wie ihre Essenz in tausend Stücke zerbrach. Sie weinte um das Leben, das sie zurückgelassen hatte, um die Liebe, die sie nie wieder erfahren würde.

„Na, na. Alles wird gut werden", versuchte er sie zu trösten.

Ihre Tränen versiegten und sie schluckte nur ein- oder zweimal, bebend. „Ich... ich glaube, mir geht es nicht gut...", begann sie zu sagen, aber ein raues Klopfen an der Tür schnitt ihr das Wort ab.

„Wir sind beschäftigt!"

Das Klopfen verwandelte sich in ein wütendes Pochen. Jonathan erhob sich grummelnd, immer noch ohne Hemd, als er sich zur Tür begab.

Als er die Tür öffnete, herrschte für ganze zwei Sekunden absolute Stille, bevor jemand brüllte und Jonathan hastig eine Erklärung abgeben wollte. Eine Faust flog durch die Türöffnung und traf Jonathan direkt am Kiefer.

⚜ 18 ⚜

odric ließ Cedric allein im Salon zurück, um nach
Emily zu sehen. Sie sah ausgesprochen blass aus und
er war besorgt.

Ich werde ihr vorlesen! Das wird ihr gefallen.

Sein Eifer überraschte ihn, denn die Versuchung, seine Freunde allein zu lassen, um sie aufzusuchen, war groß. Aber wahrscheinlich brauchte sie etwas Zeit für sich, das war bei Frauen oftmals so. Sie waren immerhin ziemlich geheimnisvolle Wesen. Das zu wissen, ließ ihn sie nicht weniger vermissen. Er schnappte sich ein Buch aus seinem Arbeitszimmer und eilte die Treppe hinauf.

Auf dem Weg zu ihrem Gemach kam er an einem Raum vorbei, den er seit Jahren nicht mehr betreten hatte. Seltsam gereizt, öffnete er die Tür. Die Kinderstube war ein reizender Raum, in Nachmittagsschatten getränkt und mit seinen buttergelben Wänden, die mit verschiedenen gemalten Szenen geschmückt waren, wirkte er warm. Sein Vater hatte die Szenen einen Monat vor Godrics Geburt gemalt.

Er erinnerte sich daran, wie sein Vater auf eine mächtige Fregatte zeigte, deren Kanonen auf ein Piratenschiff schossen, und wie seine tiefe Stimme gegrollt hatte, als er von uralten Geschichten sprach.

Godrics Blick blieb an einer anderen Szene haften. Sie zeigte ein Baby in einem Korb, das in einem Dickicht aus Schilf genestelt war, während eine ägyptische Frau sich hinkniete, um ihren Fund zu untersuchen. Es war die Geschichte von Moses... die Lieblingsgeschichte seiner Mutter. Ein verlorenes Kind, geliebt von zwei Müttern.

Seine Kehle schnürte sich zu, als er sich der leeren Krippe näherte. Die verblichenen Decken waren perfekt gefaltet, aber Staub sammelte sich an den glatten Rändern des Kinderbettes. Er fuhr mit einer Fingerspitze über das weiße Holz und bewunderte die Handwerkskunst. Die Geister seiner Eltern waren in diesem Raum so lebendig, wie schon lange nicht mehr. Auch wenn sein Vater länger gelebt hatte als seine Mutter, hatte Godric immer das Gefühl, dass sein Vater mit ihr gestorben war, zumindest innerlich.

Die Erinnerungen waren bittersüß. Es war schrecklich, wie sein Vater sich verändert hatte, nachdem er sie verloren hatte. Der Mann, dessen begabte Hände so lebhafte Träume geschaffen hatten, hatte seine Fäuste genutzt, um sein einziges Kind zu verprügeln.

Kein Kind sollte jemals zwischen dem Wunsch, dass sein Vater starb, und der Angst, tatsächlich verlassen zu werden, wählen müssen. Sein halbes Leben lang hielt ihn dieser Albtraum in einer bröckelnden Beziehung zu seinem einzigen überlebenden Elternteil gefangen.

Godric fragte sich, ob er den sanften Zauber jener frühen Tage wiedererlangen könnte, als seine Mutter noch gelebt und die Augen seines Vaters fröhlich geleuchtet hatten. Würden diese heiligen Stunden der Liebe und Geborgenheit zurückkehren? Es schien unmöglich.

Er konnte das karge Elend der Tage nach dem Tod seiner Mutter nicht auslöschen. Er starrte aus dem Fenster der

Kinderstube und wartete darauf, dass sein Vater das ferne Grab verließ. Mit der stillen Geduld eines verängstigten Kindes hatte er jede Nacht an der Tür seines Vaters verweilt und auf Beteuerungen gehofft, dass alles gut werden würde. Eine Umarmung, ein Lächeln, irgendein Zeichen der Zuneigung, irgendein Zeichen, dass er nicht vergessen war. Ein paar Monate später war die Gleichgültigkeit seines Vaters in Gewalt umgeschlagen.

Dann hatte Godric sich nur noch verstecken und so tun wollen, als hätte er nie existiert. Es war einfach gewesen, wie ein Geist in diesem einsamen Herrenhaus zu leben.

Ein Bild blitzte in seinem Kopf auf und spaltete die dunklen Erinnerungen mit ihrem Lichtstrahl, der den Raum erhellte. Eine Lady mit kastanienbraunem Haar lugte über den Rand des Kinderbettes und lächelte. Ihre violetten Augen waren weit vor Staunen über das Wunder ihres Babys. Ein Wunder, das sie gemeinsam zum Leben erweckt hatten.

Die Vorstellung verblasste. Emily und ein Kind. Ein Traum, den er vielleicht noch wahr werden lassen würde. Er befingerte die weiche Baumwolle der Babydecke, hungrig nach der Realität des Kindes, von dem er träumte. Er würde es lieben, ob Junge oder Mädchen, es hegen und pflegen und es zur Perfektion erziehen, genau wie seine Mutter es gewollt hatte. Die Frau, die er liebte. Ja, die er liebte.

Er war in Emily verliebt.

Die Erkenntnis schockierte ihn nicht so sehr, wie er es erwartet hatte. Vielmehr wuchs seine Liebe, so wie alle Samen wuchsen, langsam, gepflanzt in jener dunklen Nacht, als er sie zum ersten Mal in seinen Armen gehalten hatte. Emilys Lachen, ihr Lächeln, ihre Träume und sanften Berührungen hatten sie genährt, bis die Liebe sein Herz wie eine Fülle von reichem Efeu bedeckte. All die Jahre war er davon überzeugt gewesen, dass jemanden zu lieben, ihn verletzlich machen würde. Was für ein Narr er doch gewesen war.

Liebe stärkte einen Menschen. Sie stärkte sein Herz, bis er

jeden Feind besiegen konnte, jede Not überleben und jeden Traum verwirklichen konnte.

Godric legte die Babydecke zurück und verließ die Kinderstube, mit einem Ausdruck der Freude auf seinem Gesicht. Er würde es Emily sofort sagen. Ihr seine Liebe gestehen und verlangen, dass sie blieb und ihn heiratete, egal was für einen Skandal er auch heraufbeschwören würde. Er musste sie haben, musste den Rest seines Lebens am Altar ihrer Liebe verbringen und die Frau anbeten, die ihn gelehrt hatte, auf sich selbst und sein Herz zu vertrauen.

Er klopfte mit den Fingerknöcheln leicht an ihre Tür. Es war halb vier Uhr nachmittags. Sicherlich hatte sie seit dem Mittagessen geschlafen oder sich zumindest ausgeruht. Er klopfte lauter, als niemand antwortete. Godric runzelte die Stirn, legte seine Hand auf den Türknauf und drehte ihn. Emilys Tür schwang auf und gab den Blick auf ein abgedunkeltes Gemach mit zugezogenen Vorhängen frei. Sie sah aus, als wäre sie tief in ihre Decken vergraben. „Emily? Geht es dir gut?" Immer noch keine Antwort. „Ich dachte, ich könnte dir vorlesen..." Er eilte zu ihrem Bett und zerrte die Decke zurück. Seine Lippen öffneten sich und er rief lauter. „Emily?"

Der Anblick, der ihn erwartete, ließ sein Blut gefrieren.

Jemand, wahrscheinlich Emily, hatte Kissen unter der Decke aufgereiht, um die Anwesenheit eines Körpers zu imitieren. Sie hatte ein weißes Stück Papier an das Kissen geheftet. Er hob es mit gefühllosen Fingern auf und spürte nicht einmal den Stich der Stecknadel, als sie in seinen Daumen stach. Godric blinzelte, entfaltete das Papier und las ihren Brief.

GODRIC,

es tut mir leid, dass ich so gegangen bin, aber es gab keinen anderen Weg. Du musst mir glauben. Wir sind zwei verschiedene Menschen,

*unsere Leben liegen Welten auseinander. Ich liebe dich, aber ich kann
nicht bei dir bleiben. Es tut mir so leid.*

EMILY WAR FORT.

Anstatt den Brief in seiner Faust zu zerknüllen, legte er ihn
auf das Kissen. Es war das Letzte, was er von ihr hatte... das
Letzte, was sie in seiner Welt berührt hatte. Er konnte es nicht
ertragen, es zu zerstören, und war zu schwach, um die schmerzhafte Erinnerung zu entfernen.

Er stolperte, schwankte, als die Realität ihn einholte.

„Oh, Gott... Emily!" Sie konnte nicht fort sein... Sie konnte
ihn nicht verlassen haben...

Kalte Wut verschlang ihn in eisigen Flammen und bot ihm
Stärke, wo die Liebe ihn schwach gemacht hatte.

Nie wieder.

„Cedric, Charles!", brüllte er und Zorn stieg in ihm auf. Er
zermalmte die Verzweiflung, die sein Herz geschwärzt hatte,
und es gab ihm ein Ziel.

Godric rannte aus dem Gemach und fand seine Freunde, die
ihm auf der Treppe entgegenkamen.

„Was? Was ist passiert?", fragte Cedric.

„Hat jemand Emily gesehen?" Er zitterte vor Wut und, seltsamerweise, vor Angst.

Charles schüttelte den Kopf. „Nein..."

„Ich habe auch Penelope schon länger nicht gesehen", fügte
Cedric hinzu. „Du glaubst doch nicht..."

Godric knurrte. „Findet Simkins und Mrs. Downing! Sie
sollen die Dienerschaft das Anwesen von oben bis unten durchsuchen lassen. Charles, du durchsuchst die Ställe und den
Garten. Cedric, du wirst mit mir die Wiesen absuchen. Wir
nehmen Pferde und reiten auch um den See herum."

Charles hob eine Augenbraue. „Und wenn wir sie finden?"

„Zähmt sie mit allen Mitteln. Cedric, nimm das Laudanum mit."

Charles sträubte sich. „Aber sie hasst..."

„Ich weiß. Es war ein Fehler, ihr auch nur einen Funken Freiheit zu gewähren."

Godric blickte finster drein und keiner der beiden Männer wagte es, ihm zu widersprechen, nicht so lange seine Augen wie die Feuer der Hölle brannten.

Zehn Minuten später galoppierten Godric und Cedric unter einem sich bedrohlich verdunkelnden Himmel über die Wiesen des Anwesens. Cedric hielt weit vor der Mauer inne und wollte sie zu Fuß erklimmen, aber Godric grub seine Fersen in die Flanken seines Pferdes. Er sprang über die Mauer und wendete sein Pferd abrupt nach links, wie er es bei Emily gesehen hatte. Es ersparte ihm ein weiteres unangenehmes Eintauchen in den See.

Er wartete nicht auf Cedric.

Er suchte den Boden nach Spuren ab.

Nichts... Es war, als hätte sie sich in Luft aufgelöst.

Cedric betrachtete die Wiesen. „Glaubst du, sie hat das schon länger geplant?"

„Ja. Ich glaube, sie hat auf diesen Moment gewartet, um mich in falscher Sicherheit zu wiegen."

„Dann hat sie uns alle getäuscht." Cedrics Stimme verfinsterte sich vor Enttäuschung.

„Was nun?"

Godric fuhr sich mit einer Hand durchs Haar. „Wohin sollte sie gehen?"

Cedric zuckte mit den Schultern. „Sie könnte überall sein. Sie muss einen ziemlichen Vorsprung haben."

„Nein, sie wird nicht weit kommen, während der Sturm aufzieht. Wir werden sie finden, egal wie lange es dauert. Ich werde sie aufspüren."

Cedrics Stimme war ruhig. „Vielleicht solltest du sie gehen lassen."

„Sie gehen lassen?"

Ein Muskel in Cedrics Kiefer zuckte, aber er wich nicht zurück. „Wir beide wissen, dass es nicht gesund ist, sich an Dinge zu klammern, die man nicht verdient. Vielleicht ist es besser so."

„Es ist mir egal, was besser wäre!", brüllte Godric. „Sie gehört mir." Er konnte nicht ohne sie sein. Sie war in sein Herz, in seine Seele eingeprägt. Sie hatte gesagt, dass sie ihn liebte. Er würde sie nicht fortgehen lassen.

Als sie zum Herrenhaus zurückkehrten, erschien Charles in der Tür. Besorgnis flackerte über seine Miene.

„Keine Spur von ihr?"

Cedric runzelte die Stirn. „Nein. Sie war nicht in den Gärten, nehme ich an?"

Charles schüttelte den Kopf. „Nein. In den Ställen auch nicht, und die Pferde sind alle da."

Sie kehrten ins Haus zurück und halfen den Dienern, Raum für Raum zu durchsuchen. Der Regen peitschte an die Fenster und Blitze durchzogen den Himmel mit weißen, feurigen Schlieren. Die Standuhr in der Diele zeigte halb fünf. Eine weitere kostbare Stunde war verstrichen.

Godric stand auf dem Treppenabsatz und blickte missmutig aus dem hohen Fenster auf die Wiese und den See.

„Warum hast du mich verlassen?" Seine Stimme zitterte. Hätte er nicht solche Herzschmerzen gehabt, hätte er gelacht. Der Duke of Essex hatte sein Herz gefunden, nur damit es kurze Zeit später gebrochen wurde.

Es war unendlich schmerzhafter, sie zu verlieren, als jeder Schlag seines Vaters es gewesen war.

Seine liebste, süße, unschuldige Emily hatte ihn betrogen. Sie war nicht anders als Evangeline. Dennoch würde er sie hierher zurückschleppen und so lange einsperren, wie er wollte.

Die Gesellschaft und das Gesetz sollten verdammt sein. Sie hatte seinen Stolz verletzt, sein Herz verwundet. Dafür würde sie teuer bezahlen.

„Eure Lordschaft?" Mrs. Downing durchbrach Godrics dunkle Gedanken.

Er drehte sich um und sah seine Haushälterin am Fuße der Treppe stehen. Eines der Dienstmädchen kauerte hinter ihr und wich Godrics Blick aus. „Was?"

„Diese junge Dame hat Informationen, die Miss Parr betreffen." Mrs. Downing wich zur Seite und setzte das Mädchen Godrics Zorn aus.

Godric stieg die Stufen hinunter und packte das Mädchen an den Schultern. „Sprich, Mädchen!"

Das Dienstmädchen warf einen verstohlenen Blick in Richtung der Haushälterin, in der Hoffnung, Hilfe zu bekommen.

Godric schüttelte sie. „Sprich jetzt, oder du wirst woanders eine Beschäftigung finden müssen."

„Sss... Sie ist mit Jonathan Helprin ins Dorf Blackbriar gefahren. Sie trug meinen Kittel. Sie sagte, Euer Leben sei in Gefahr..."

Godric ließ sie los. „Schweig!" Er drehte sich zu den anderen um und suchte nach seinem Butler. „Simkins! Die Stallknechte sollen drei Pferde bereithalten. Charles! Cedric!"

Sie traten aus den Räumen, die sie durchsucht hatten.

Godric schritt zur Tür. „Sie ist nach Blackbriar gegangen. Wir brechen sofort auf. Wenn wir schnell reiten, können wir in einer Stunde dort sein." Godric schwang sich in den Sattel. „Ich bin dir wieder auf der Spur, kleine Füchsin." Er würde Emily Parr ein letztes Mal fangen, dann sie würde ihm nie wieder entkommen.

Jonathan stolperte rückwärts, eine Hand auf seinen Kiefer gepresst, als Godric in den Raum stürmte.

Emily kletterte vom Bett und realisierte, wie die Situation auf Godric wirken musste. Sie in ihrer Unterwäsche, weinend, und Jonathan nur halb bekleidet.

„Was hast du mit ihr gemacht? Du Mistkerl!" Godric warf sich auf Jonathan.

Jonathan hob die Hände. „Nichts! Ich habe nichts getan, ich schwöre es!"

Godric schlug noch einmal zu, und es war vorbei.

Jonathan sackte bewusstlos zu Boden.

Penelope knurrte Godric an und stürzte sich auf seine Hessenstiefel, während er auf Emily zutrat. Die kleine Hündin war entschlossen, ihre Herrin zu beschützen.

Cedric und Charles stürmten in den Raum. Erleichterung erhellte ihre Gesichter. „Emily, Gott sei Dank haben wir dich gefunden!", sagte Cedric.

„Warte draußen, und nimm diesen dreckigen Hund mit. Und Penelope auch." Cedric schnappte sich den Welpen, während Charles den Kammerdiener hinauszerrte.

Godric schlug die Tür hinter ihnen zu, drehte den Schlüssel im Schloss und stellte sich ihr gegenüber. Wasser strömte an seiner Kleidung herunter, und sein dunkles Haar kräuselte sich im Nacken.

Die Welt hörte auf, um sie herum zu existieren. Sterne blinzelten im fernen Kosmos, Wind und Regen verblassten zu Nebel. Aus der Düsternis schien Godric wie ihr Leuchtturm, ihr Schutz vor den Stürmen des Lebens.

Emily wurde klar, dass sie nie ohne ihn auskommen, ihn nie wieder verlassen könnte. Ohne ihn wäre sie zu einem Schatten ihres wahren Selbst verblasst. Es hatte schon begonnen, bevor er sie gefunden hatte.

Emily unterdrückte ein Schluchzen.

Aber sie hatte ihn im Stich gelassen. Trotz ihrer Gründe, der

Liebe, die sie antrieb, der Hoffnung, die sie in sich trug, würde er ihr nicht verzeihen. Vielleicht nie. Der Schmerz in seinen Augen sagte ihr, was ihr Fortgehen ihn gekostet hatte.

Alles, was sie tun musste, war ihm zu erklären, was vorgefallen war. Er würde ihr zuhören und ihr vielleicht, wenn sie Glück hatte, verzeihen. Es würde es müssen, sobald er verstand, was Evangeline ihr mitgeteilt hatte.

Godric zog seinen Mantel und sein Hemd aus und atmete langsam und tief ein, während er auf sie zukam. Emilys Herz schlug schneller. Sie sah die animalische Lust in seinen Augen und sie wusste, dass ihr eigener Blick den seinen erwiderte.

Ohne zu überlegen, stürzte Emily sich auf ihn, drückte sich eng an ihn und schlang die Arme um seinen Hals. Aber er erwiderte ihre Umarmung nicht. Seine Arme hingen schlaff an seinen Seiten. Er war angespannt, starr und so unfassbar kalt.

„Godric, ich bin so froh, dass du hier bist, aber...“ Godric löste ihre Arme um seinen Hals und drückte sie entschlossen von sich weg. Die Entfernung zwischen ihnen war wie ein riesiger Ozean, dunkel und bodenlos. Sie musste alles erklären. Es gab keine andere Möglichkeit. „Du hättest nicht kommen sollen. Ich kann dich so nicht beschützen.“

„Schweig.“

Wie ein Kaninchen, das dem Blick einer Schlange ausgeliefert war, stand Emily wie hypnotisiert da, unfähig, sich zu bewegen. Er drückte sie mit dem Rücken an die Wand und hielt ihre Schultern mit seinen großen Händen fest.

„Du hast mich verlassen. Du hast mich angelogen.“

„Hör mir zu! Ich musste es tun.“

„Du hast mich im Stich gelassen. So viel zu deiner Liebe.“ Seine Stimme war rau. Er spannte seinen Kiefer an.

„Du verstehst nicht, Blankenship wollte...“

Er fing ihr Kinn mit einer Hand ein und eroberte ihren Mund mit seinem. Er nahm alles, was sie gab. Er ließ ihr keine Zeit zum Atmen oder Nachdenken. Emily unterwarf sich. Der harte Kuss wurde weich und tief. Seine Berührung war voller Zärtlichkeit, als er über ihren Körper streichelte. Er hatte ihr verziehen, sonst wäre er nun nicht so zärtlich.

Ihre Brüste wurden schwer. Sie sehnte sich nach seiner Berührung und der seidenen Hitze seines Mundes. Alles, von dem sie geschworen hatte, dass sie ohne es leben konnte, kam zu ihr zurück. Sie konnte ihn genauso wenig verlassen, wie der Mond die Sonne. Er würde sie zurücknehmen und ihr verzeihen, dass sie ihm das Herz gebrochen hatte. Es war da in seinem Kuss, dieses süße Gefühl, nach dem sie sich sehnte.

„Godric, bitte... ich brauche dich." Ihr Flehen war ein schmerzhaftes Flüstern an seinem Hals.

Sein Atem ging stoßweise, als er nach seiner Hose griff, um sich zu befreien. Er schob eine Hand zwischen ihre Beine, erkundete die Feuchtigkeit, die sich dort für ihn sammelte, und versenkte zwei Finger tief zwischen ihren Falten. Emily stöhnte auf. Er verwöhnte sie mit seiner Hand und jedes Mal, wenn sie versuchte, ihre Augen zu schließen, verlangte er, dass sie ihn ansah. Und sie tat es. Sein Gesicht war dunkel und von Schatten erfüllt.

„Du hast mich verlassen. Dein Gemach war leer. Hast du eine Ahnung, was du mir angetan hast?", knurrte er. „Du gehörst mir. Verstehst du das? Ich werde dich niemals gehenlassen. Niemals."

Endlich, als Emily vor Verlangen fast in die Knie ging, griff er nach ihrem linken Schenkel und schlang ihn um seine Hüfte. Er lag schwer an ihrem Eingang, seine Eichel kaum in ihr. Für eine angespannte Sekunde vermischten sich ihre Atemzüge, ihre Blicke trafen sich, und dann drang er mit einem Stoß in sie ein. Emily schrie auf. Ihr Kopf fiel nach hinten gegen die Wand, und Godric krallte seine freie Hand in ihr Haar im Nacken und hielt sie still. Die Finger seiner anderen Hand bohrten sich in die Haut ihres Oberschenkels, als er sie gegen die Wand drückte und in sie hineinstieß. Er küsste sie erneut, nahm ihre Lippen im Sturm, ein erobernder Krieger.

Emily akzeptierte alles, bewegte ihre Hüften in seinem Rhythmus, sehnte sich nach dieser neuen Wildheit, die er ihr bot. Ihre eigenen Hände kratzten über seinen Rücken, kennzeichneten ihn. Wellen der Lust rollten durch ihren Körper, als sie sich ihrem Höhepunkt näherte.

Emily strich ihm mit einer Hand durch die Haare. Godric löste seine Lippen von ihren, um sein Gesicht in ihrem Hals zu vergraben. Er stieß härter in sie hinein und seine Stöße ließen sie über den Rand der Glückseligkeit taumeln. Karmesinrote Spiralen dunkler Verzückung blitzten vor ihren Augen auf. Sie flüsterte seinen Namen wie ein Mitternachtsgebet und wurde in seinen Armen schwach. Mit einem Aufschrei männlicher Befriedigung kam er und ergoss seinen Samen tief in ihr.

Nach Luft schnappend, sackte er gegen sie und hielt sie beide aufrecht an die Wand gestützt. Emily schloss schließlich die Augen, streichelte sein Haar, glättete die dunklen, seidigen Strähnen an seinen Schläfen und hielt ihn in ihren Armen.

„Gott, ich bin so ein verdammter Narr." Er wich vor ihr zurück. Emilys Knie gaben nach und sie stützte sich an der Wand ab.

„Was meinst du damit?" Sein Tonfall beunruhigte sie und die Angst nagte an ihr. Er hielt sie nicht fest, küsste sie nicht. Das war nicht die Wiedervereinigung, die sie sich vorgestellt hatte. Panik durchströmte sie und ihre Sicht verschwamm vor Tränen.

Godric murmelte immer noch, sah sie aber nicht an, während er seine Kleidung richtete. „Du liebst mich nicht. Das hast du nie." Das selbstironische Lachen, das folgte, jagte ihr einen Schauer über den Rücken. „Wenn man jemanden liebt, lässt man ihn nicht im Stich. Man tut ihm nicht weh."

„Ich habe dich nicht im Stich gelassen, Godric, aber ich musste gehen. Es tut mir so leid wegen des Briefs, den ich..." Er brachte sie mit einer Handbewegung zum Schweigen, bevor er ihr die Kleidung vor die Füße warf.

„Aber du bist in Gefahr!"

Godric ignorierte sie. „Zieh dich an. Wir müssen sofort nach Hause zurückkehren."

„Aber warum?" Emily erstarrte, ihr Kleid bis zu ihren zitternden Waden gehoben. Grauen erfüllte sie auf eine unheimliche Weise, als würde sie im Dunkeln die Treppe hinaufsteigen und hinfallen, denn die Stufe, die sie erwartete, war verschwunden. Sie hatte das Gefühl zu fallen.

„Ich glaube, dein Onkel und ich sind uns endlich einmal einig. Du wirst nicht mehr gebraucht und es ist an der Zeit, dass ich dich zu ihm zurückbringe."

Eine Ohrfeige hätte weniger wehgetan.

Ich werde nicht mehr gebraucht?

Seine Zuneigung war nur eine vorübergehende Spielerei gewesen, die auf nichts als Lust beruhte, genau wie sie befürchtet hatte. Jetzt würde er sie im Gegenzug zerstören, indem er sie zurück zu ihrem Onkel und der Ehe brachte, die ihren Untergang besiegeln würde.

Sie blinzelte und stellte benommen fest, dass Godric einen silbernen Flachmann in der Hand hielt, zweifellos gefüllt mit dem Laudanum, das sie so sehr hasste. Der Tag konnte nicht mehr schlimmer werden, dessen war sie sich sicher.

„Das wird nicht nötig sein, ich verspreche, friedlich zu sein." Sie stolperte. Donner grollte über dem Gasthaus und Blitze zuckten vor den Fenstern, ein Spiegelbild des Aufruhrs in ihrem Herzen.

Godric musterte sie, bevor er den Flachmann wegsteckte. „Nun gut, obwohl mir deine Versprechen wenig bedeuten."

Sie kleidete sich fertig an, schob hastig alle Knöpfe in die falschen Schlitze, aber das war egal. Nichts spielte mehr eine Rolle. Sie hatte ihn verloren. Was sie für Vergebung gehalten hatte, war lediglich ein letzter Abschied gewesen. Durch ihre eigene Dummheit hatten sie seine Zuneigung verloren und musste nun mit den Konsequenzen leben.

Eine ungewohnte Verzweiflung hielt sie in ihrem Griff. Ihre Brust wurde enger und ihr Atem kam stetig langsamer. Schwarze Punkte trübten ihre Sicht. Sie machte einen wackeligen Schritt auf Godric zu, aber die Bewegung ließ ihre Sicht verschwimmen. Emily kippte nach vorne, als die Dunkelheit sich senkte und der Boden sich schnell näherte.

❧

GODRIC FING EMILY AUF, EINE SEKUNDE BEVOR SIE AUF DEM Boden aufschlug. Er drückte sie an seine Brust, genoss das Gefühl, sie in seinen Armen zu halten, und schalt sich dann selbst.

Ihre Flucht hatte ihre Absichten gut genug bewiesen. Ihre geflüsterten Worte der Liebe waren nichts weiter als Lügen, eine clevere List, um seine Wachsamkeit zu verringern.

Er griff nach Emilys kleiner Stofftasche, die sie neben der Tür abgestellt hatte. Ihr Kopf ruckte zur Seite und stieß gegen seine Brust. Herrgott nochmal, war er ein Narr.

Und er war ein noch größerer Narr, weil er gedroht hatte, sie zurückzubringen. Er wusste, was für ein Leben sie dort erwartete. Eine Heirat mit Blankenship, ein Leben voller Elend. Er wollte, dass sie das verdiente, nach dem, was sie ihm angetan hatte, aber Rache schien ihm am fernsten zu liegen.

Emily musste verschwinden. Das war alles. Wenn sie bliebe, würde er etwas tun, was er bereuen würde... wie etwa sie anzuflehen, ihn zu lieben. Er würde seine Kindheit noch einmal durchleben, Liebe suchen, obwohl er wusste, dass sie nie kommen würde. Der Selbsthass, der ihn umgab, wurde mit jedem Schritt größer, als er schließlich die Tür öffnete und in die Halle hinausging.

Cedric und Charles warteten auf sie. Cedric hielt den

zappelnden Welpen und Charles hielt Jonathan Helprin, der zwar kraftlos, aber immerhin bei Bewusstsein war. Alle drei Männer sahen Emily mit tiefer Sorge an.

„Ist sie...", begann Charles.

„Es geht ihr gut. Sie ist nur ohnmächtig geworden." Auf Jonathans Kiefer hatte sich bereits ein böser Bluterguss gebildet.

„Eure Lordschaft, ich schwöre, dass ihr nichts passiert ist."

„Ich kümmere mich um dich, wenn wir zum Herrenhaus zurückgekehrt sind." Wenn er jetzt versuchte, mit dem Mann zu reden, würde Godric ihn erwürgen.

Seine Freunde folgten ihm, als er Emily die Treppe des Gasthauses hinuntertrug, vorbei an den schockierten Gästen und zurück in den Regen, wo Cedric sie hielt, bis Godric sein Pferd bestiegen hatte. Sobald Emily zurück in seinen Armen war, entspannte er sich, aber nur genug, um den Heimweg anzutreten.

Als die Nacht hereinbrach, ritten sie zurück zum Herrenhaus, während der donnernde Himmel ihre Rückkehr ankündigte.

Als sie ankamen, nahm Simkins Jonathan und Penelope in seine Obhut, um sich um sie zu kümmern. Charles und Cedric folgten Godric hinauf in sein Schlafgemach, wo er Emily ablegte. Er zog ihr das nasse Kleid und ihre Unterwäsche aus, nachdem die anderen beiden Männer auf den Korridor hinausgegangen waren. Er zog seine Decke zurück und legte sie in sein Bett, dann rief er seine Freunde zurück in den Raum.

„Kontrolliere die Fenster, Cedric. Charles, du schließt die Nebentür ab." Sie beeilten sich beide, dies zu tun, zweifellos aus Angst vor seiner dunklen Stimmung. Godric beugte sich über Emily und zog die Decken fester um sie, bis zu ihrem Kinn. Sanft strich er die weichen, feuchten Locken ihres Haares zurück, dann gab er seinen Freunden ein Zeichen, mit ihm zu gehen. Zeit, sich mit einem weiteren Verräter zu befassen.

Sie kehrten in den Salon zurück, wo Simkins und Jonathan warteten.

Godric wandte sich an seinen Butler. „Simkins, schicke jemanden, der in meinem Schlafgemach ein Feuer anzündet. Aber nicht Libba." Simkins verbeugte sich und verschwand.

Charles bewegte sich auf die Tür zu. „Sollen wir... äh... auch gehen?"

„Bleib. Du musst mich vielleicht davon abhalten, diesen Bastard zu töten", sagte Godric, während sein Blick auf Jonathan gerichtet war. „Aber streng dich nicht zu sehr an."

Jonathan stand trotzig auf. „Es ist nichts passiert, Eure Lordschaft. Sie hat mich um Hilfe gebeten. Ich habe sie ihr gewährt. Wir haben den Raum im Gasthaus nur genommen, um dem Regen zu entgehen."

„Du lügst!" Godrics Finger gruben sich in seine Handflächen, als er die Fäuste ballte. „Sie war halb nackt, genau wie du!"

Jonathan schob den Stuhl zwischen ihnen beiseite. „Ihr wollt mich töten? Dann tötet mich! Wenn Ihr glaubt, dass Ihr es könnt."

Cedric und Charles traten jeweils einen Schritt vor, bereit, einzugreifen.

„So sei es!" Godric stürzte sich auf ihn, packte ihn am Hemdkragen und schüttelte ihn.

„Lasst ihn sofort los!"

Godric und Jonathan blieben stehen und drehten sich um, schockiert darüber, wer es wagen würde, Godric auf diese Weise anzusprechen. Simkins stand in der offenen Tür, als wäre er der Herr des Hauses. Als er ihre Aufmerksamkeit hatte, beruhigte er sich und fügte hinzu: „Eure Lordschaft."

Godric fasste sich wieder. „Misch dich nicht ein. Es ist eine Frage der Ehre."

Simkins zog eine Pistole unter seinem Mantel hervor und richtete den Lauf auf Godrics Brust.

„Ihr werdet Euch von Eurem Halbbruder fernhalten, Eure Lordschaft", sagte Simkins mit erstaunlich ruhiger Stimme.

„Bruder?", wiederholte Godric und ließ Jonathans Hemd los.

Simkins senkte die Pistole. „Ich habe Eurem Vater geschworen, dass ihm kein Leid geschehen wird. Das bringt mich in eine schwierige Lage. Natürlich werde ich danach meinen Rücktritt einreichen, aber ich bin fest entschlossen, Jonathan zu schützen."

Jonathan warf Godric einen scharfen Blick zu, als er die Nachricht verarbeitete. „Ich bin sein... was?"

Godric war nicht annähernd so überrascht. Seit Emily es erwähnt hatte, hatte er halb geahnt, dass es mehr über die Vergangenheit seines Dieners zu wissen gab, als ihm lieb war. Er hatte sich sogar mit dem Gedanken angefreundet, aber das war vor den Ereignissen des heutigen Abends gewesen. Heute Abend war ein schlechter Zeitpunkt, um neue Familienmitglieder willkommen zu heißen. Im Moment wollte er Jonathan tot sehen.

„Das ist mir egal. Und wenn er der König von England ist! Wenn er meiner Emily etwas angetan hat..."

„Dann werden wir uns um dieses Problem kümmern, aber nur, wenn Miss Parr Eure Überzeugung bestätigt, dass er ihr tatsächlich etwas angetan hat."

Godric stöhnte, seine Schultern sackten herab und er presste sich die Handballen so fest in die Augen, dass er Sterne sah. Im Moment fühlte er sich nicht einmal wie der Herr seines eigenen Hauses. Nicht, während sein Butler eine Pistole auf ihn richtete.

„Wie kann es sein... dass wir Brüder sind?", verlangte Jonathan zu erfahren.

Simkins ließ die Pistole sinken, steckte sie aber nicht weg. „Der verstorbene Duke suchte Trost in den Armen deiner Mutter. Er sorgte sich um sie, so wie er sich um dich sorgte. Als er erkrankte, schwor ich, mich um dich zu kümmern, so wie ich es bei Seiner Lordschaft getan habe.“

„Also bin ich wirklich...“

„Ein Bastard“, ergänzte Godric.

„Nein. Jonathan ist ein legitimer Sohn des ehemaligen Duke of Essex. Er heiratete seine Mutter heimlich, zehn Monate bevor Jonathan geboren wurde. Seine Geburt wurde im Kirchenbuch unter dem Namen Eures Vaters eingetragen, Eure Lordschaft.“

„Wenn ich kein Bastard bin, warum wurde ich dann nicht an seiner Seite aufgezogen?“ Jonathan deutete mit einem Finger in Godrics Richtung.

Tiefe Furchen waren an den Rändern von Simkins Augen zu sehen. „Der ehemalige Duke hat mir auf dem Sterbebett befohlen, Godric solle ein Einzelkind bleiben. Er wollte nicht, dass die Wahrheit über dein Erbe bekannt wird, es sei denn, Godric würde ohne einen Erben sterben.“

„Warum sollte er das tun?“ Jonathans Wut begann, Godrics noch zu übertreffen. „Warum sollte er mir mein Recht als Sohn eines Dukes nehmen?“

„Dein Vater hat erkannt, dass er Godric furchtbar grausam behandelt hatte und dass das Eingeständnis, dass er eine andere Liebe gefunden hat, diese Angelegenheit nur noch schlimmer machen würde. Er fürchtete, Godric würde eifersüchtig auf dich sein.“

Godric konnte es nicht fassen. Dieser dumme Mann! Godric hätte lieber einen Bruder gehabt, als jahrelang einsam zu sein. Dass sein Vater eine Bedienstete geliebt hatte, machte keinen Unterschied, aber dass er seinen Bruder all die Jahre verleugnet hatte, schon.

Jonathan blickte zu seinem Bruder, unsicher, was er sagen sollte. „Nun denn... Wie geht es also weiter?“

Godric runzelte die Stirn. „Du bist immer noch ein Bastard.“

„Wenn Ihr glaubt, dass ich jemals wieder Eure Stiefel polieren werde, irrt Ihr Euch gewaltig. Ich bin kein Bastard und Ihr könnt mich nicht wie einen behandeln."

„So habe ich es nicht gemeint, du Schwachkopf. Du bist ein Bastard, weil du meine Emily angefasst hast!"

„*Eure* Emily? Was für eine Hingabe müsst Ihr dem Mädchen eingeflößt haben. Das arme Ding weinte sich die Augen aus, als sie zu mir kam."

Charles seufzte und lehnte sich gegen den Kaminsims. „Ah, brüderliche Liebe. Erinnert mich an zu Hause."

Cedric unterdrückte ein Lachen. „Für dich vielleicht. Hast du nicht deinen eigenen Bruder wegen einer Frau zu einem Duell herausgefordert?"

„Ja, so ein Pech. Mutter fand uns dabei im Garten. Diese Frau kann immer noch eine Rute schwingen und einen erwachsenen Mann zum Weinen bringen."

„Nun, Jonathan hat sicherlich das St. Laurent'sche Temperament, was, Godric?"

Wie oft hatte Godric es bedauert, ein Einzelkind zu sein? Aber nun war er mit einem Bruder gesegnet, oder eher verflucht worden, genau wie der Rest der Liga.

Godric und Jonathan tauschten mörderische Blicke aus, doch ein plötzlicher Tumult vor dem Haus lenkte ihre Aufmerksamkeit anderen Dingen zu.

„Godric!", rief jemand.

Lucien und Ashton stürmten in den Salon und stießen in ihrer Eile Simkins aus dem Weg. Die Pistole fiel aus seiner Hand und schlug auf dem Boden auf, wodurch sie ausgelöst wurde und eine Vase zerbrach, die keine drei Meter von Godric entfernt stand.

Es dauerte einen Moment, bis sich die Panik, die alle in ihren Bann schlug, gelegt hatte und alle zur Normalität zurückkehrten. Wenn man diesen Tag überhaupt als normal bezeichnen konnte.

„Godric!", rief Lucien, als er den Butler und die Waffe auf dem Boden bemerkte. „Warum hatte Simkins eine Waffe in der Hand?"

Charles winkte mit einer Hand ab, damit die Neuankömmlinge es sich bequem machten. „Mein lieber Lucien, es ist ganz typisch für dich, ein Gespräch an der langweiligsten Stelle zu beginnen."

Ashton sah zwischen Godric und Jonathan hin und her. „Was? Langweilig?"

Godric warf Jonathan einen spitzen Blick zu. „Ashton, Lucien...dies ist mein Halbbruder Jonathan."

Lucien sah mehr als nur ein wenig verwirrt aus. „Halbbruder?"

Ashton überprüfte seine Taschenuhr. „Aber wir waren doch nur einen Tag lang fort..."

Cedric verschränkte die Arme vor der Brust. „Lektionen über Jonathans Abstammung können warten. Also, was ist mit euch beiden passiert?"

Ashton sagte: „Es ist uns gelungen, Evangeline in London zu verfolgen. Blankenship hat sie angeheuert, Godric. Sie ist hierhergekommen, um uns auszuspionieren, um sicherzugehen, dass du Emily tatsächlich bei dir hast."

Ihren Namen zu hören, riss Godrics Blick von seinem Bruder zu Ashton.

„Was? Sie war Blankenships Marionette?" Godric blinzelte schockiert. Das würde alles erklären. Ihre seltsame Geschichte, das Auftauchen in seinem Haus mit einem gefälschten Brief. Dieser gerissene Bastard.

Ashton nickte. „Nicht ganz. Man kann von ihr halten, was man will, aber ich denke, wir alle wissen, dass diese Frau niemandes Marionette ist. Evangeline hat Blankenship gesagt, dass sie Emily überzeugt hat, zu fliehen, sonst würden Blankenships Männer auftauchen und uns alle töten, um an sie heranzukommen. Emily muss aufgehalten werden, bevor sie etwas Dummes tut."

Godric verstummte beklommen. „Zu spät..."

Herrgott, er hatte das Schlimmste getan, was möglich war. Er hatte sie für das Vorhaben bestraft, ihn retten zu wollen. Er hatte sich für ihre Hingabe revanchiert, indem er sie wieder einmal in sein Schlafgemach gesperrt hatte. Wenn nicht schon ein Teil der Hölle für ihn reserviert war, hatte er sich gerade für ein ganzes Reich qualifiziert.

Das Blut wich aus Luciens Gesicht. „Was meinst du damit?"

„Sie hat es mit der Hilfe meines Bruders bis nach Blackbriar geschafft. Wir sind gerade erst zurückgekehrt."

Ashton runzelte die Stirn. „Und Emily?"

„Ist oben."

„Gut, sie soll herunterkommen. Wir müssen besprechen, was wir wegen Blankenship tun wollen."

„Das ist nicht möglich", antwortete Cedric. „Er hat sie oben etwas... indisponiert zurückgelassen."

„Oh, Gott", rief Lucien aus.

Ashton kniff sich in den Nasenrücken. „Godric, hör mir zu. Sie ist nur gegangen, um dich zu beschützen. Sie weiß nicht, wie gut du dich selbst verteidigen kannst. Sie hat es getan, weil sie dich liebt und es nicht ertragen kann, falls du ihr zuliebe verletzt wirst."

Charles und Cedric tauschten grimmige Blicke aus. Jonathans Gesicht erblasste und er versäumte es, Godrics Blick zu erwidern.

„Es ist zu spät, nicht wahr?", fragte Ashton.

Godric nickte und drehte ihnen den Rücken zu. „Ich habe sie auf eine Weise verletzt, die sie mir nie verzeihen wird." Wenn er Verrat nicht verzeihen konnte, wie sollte es ihr dann möglich sein? Zu wissen, dass sie für immer verloren war, weil er unüberlegt gehandelt und sich von seinem Temperament hatte leiten lassen, machte den Schmerz über ihren Verlust nur noch schlimmer.

„Entschuldigt mich." Er verließ den Raum und niemand wagte es, ihn aufzuhalten.

❦

GODRIC HATTE SICH IN SEINEM ARBEITSZIMMER verbarrikadiert und es lag an den anderen, Emilys Pflege und Schutz zu übernehmen.

Sie fanden sie in Godrics Bett.

Emily bewegte sich leicht, schlief aber noch. Sie alle waren genauso schuldig, Emily ruiniert und verletzt zu haben, wie Godric es war. Doch das würde sich ändern.

Ashton wandte sich an Lucien. „Sorge dafür, dass frische Unterbekleidung für sie bereitliegt, wenn sie aufwacht."

Lucien nickte und ging, um ihre Kleidung zu suchen.

Ashton ließ sich auf die Bettkante sinken und beugte sich hinunter, um seine Lippen auf Emilys Stirn zu drücken. Sie fühlte sich fiebrig unter seinem Kuss an. Wenn sie krank wurde... nein, solche Gedanken durfte er nicht haben.

Er strich ihr das Haar aus der Stirn. „Schlaf, liebe Emily."

Lucien kehrte zurück und nahm auf einem Stuhl nahe dem Fußende des Bettes Platz. Das nahe Feuer knisterte und funkelte in der Dunkelheit.

Die Liga war zu weit gegangen, um ihren Stolz und ihre Lust zu befriedigen.

❦

EMILY RÜHRTE SICH, IHR ATEM GING FLACH.

Es kam ihr vor, als ob schwere Felsen auf ihrer Brust lagen. Es wurde immer schwieriger, ihre Lungen mit Luft zu füllen.

Panik durchströmte sie und ließ ihren Körper erbeben.

Glassplitter schienen sich in ihrem Rachen festzusetzen, als sie versuchte zu schlucken. Sie musste husten, aber sie hatte keine Kraft. Das Raspeln ihres Atems klang wie ein Todesröcheln.

„Emily!", erklang die Stimme eines Mannes tief, heiser und knirschend in ihren Ohren. Sie zuckte zusammen, als sie versuchte, erneut zu schlucken und stieß schließlich ein schwaches Husten aus.

„Emily?" Die Stimme war ihr vertraut, eine warme Hand lag auf ihrer Stirn.

Wo bin ich nur?

Empfindungen krochen zu ihr zurück, das weiche Gleiten der Bettlaken unter ihrer nackten Haut, der Duft von Sandelholz. Männer waren in der Nähe. Wer war es? Obwohl sie sie nicht sehen konnte, spürte sie das pulsierende Flackern einer Kerze in der Nähe.

„Schnell, Charles, das Wasser." *Cedric*, erinnerte sie sich schließlich. Sie war auf Godrics Anwesen, in seinem Bett. Wieder einmal eine Gefangene der Liga der Schurken.

„Go...dric..."

Cedric gebot ihr Einhalt, dann hob er ein Glas Wasser an ihre rissigen Lippen. Sie trank, das kühle Wasser war wie Balsam für ihre ausgedörrte Kehle. Ihre Augenlider öffneten sich endlich. Sie war in Godrics Gemach, aber nur Cedric und Charles lehnten über ihr. Sie zitterte und rieb sich die nackten Arme.

Sie war nackt.

Emily keuchte, es war ein furchtbar krankes Geräusch.

„Na, na, Liebes, du bist in Sicherheit", sagte Charles. Weder er noch Cedric schienen sich für ihren entblößten Zustand zu interessieren. Sie schluckte, was immer noch schmerzhaft war.

„Wie?"

„Wie was?" Die Männer tauschten einen verwirrten Blick aus.

„Wie..." Aber sie konnte nicht zu Ende sprechen.

Cedric nahm Charles das Glas ab und füllte es aus einem Krug nach. „Wir haben dich vor zwei Tagen aus dem Gasthaus in Blackbriar zurückgebracht, Kätzchen. Du bist sehr krank gewesen."

Er hielt Emily das Glas hin. Sie griff danach, aber ihre Arme zitterten. Charles nahm es und setzte sich auf das Bett, bevor er es ihr wieder an die Lippen hielt. Sie leerte das Glas.

„Zwei... Tage?"

Charles nickte und strich ihr zärtlich eine verirrte Haarsträhne hinters Ohr. „Ich sollte dich zu Tode kitzeln für all deine Dummheiten."

Dunkle Flecken unter seinen grauen Augen verrieten seinen Mangel an Schlaf. Charles hatte immer wie der Unreifste gewirkt, obwohl ihn nur ein Jahr von Godric und Cedric trennte. Aber ein zerfurchter, müder Ausdruck lag nun auf dem jugendlichen Antlitz des Earls. Sie griff nach oben und berührte seine Wange. Charles schloss die Augen, aber ein Muskel zuckte in seinem starken Kiefer. Er ergriff ihre Hand, küsste sie und legte sie zurück unter die Decke, wo es warm war.

Sie blickte zu Cedric auf. Auch er schien krank vor Sorge. Er hatte dunkle Ringe unter seinen braunen Augen und lehnte sich über sie.

„Die anderen?"

„Ashton und Lucien ruhen sich aus. Wir haben Schichten eingeteilt, um bei dir zu wachen."

„Und... Godric?" Das war es, was sie wirklich zu wissen wünschte. Wo war er? Sie brauchte ihn.

„Er..." Cedric hielt inne, als würde er seine Worte sorgfältig auswählen, „...ist im Moment nicht er selbst."

„Geht es ihm nicht gut?"

Wussten die anderen, was im Gasthaus geschehen war? Wussten sie, wie sie ihn verraten hatte? Sie erinnerte sich an den erstickten Laut, den er von sich gegeben hatte, als sie versucht hatte, ihn zu beruhigen. Ein entsetzliches Geräusch.

Sie hatte ihm nur versichern wollen, dass sie ihn liebte, dass sie ihn nur verlassen hatte, um ihn zu schützen. Aber er hatte ihr nicht die Chance dazu gegeben.

Dieser... Idiot. Sie war nicht traurig, sie war wütend auf ihn. Sie hatte sich nur erklären wollen, aber er hatte ihr keine Gelegenheit dazu gegeben. Emily wollte ihn ohrfeigen, dann küssen und dann wieder ohrfeigen. Dieser verdammte Narr.

„Bringt mich zu ihm."

Cedric legte ihr eine Handfläche auf die Schulter. „Er ist nicht in Form, Kätzchen. Er ist..."

„Das ist mir egal! Bringt mich zu ihm." Sie brachte nur ein Flüstern zustande, dem sie einen eindringlichen Blick folgen ließ.

Cedric sprang auf. „Ich werde nachsehen, ob er präsentabel ist."

Charles nickte, zog eine Pistole aus seinem Hosenbund und setzte sich mit dem Gesicht zur Tür zurück aufs Bett.

„Eine Pistole? Er ist... er ist doch nicht verrückt geworden, oder?" Sie griff nach der Pistole, aber Charles zog sie aus ihrer Reichweite.

Charles schenkte ihr ein verschmitztes Grinsen. „Diese Kugeln sind nicht für Godric, Emily. Lucien und Ashton sind Evangeline Mirabeau nach London gefolgt. Sie haben erfahren, dass Blankenship sie angeheuert hat, um dich zu finden. Und sie haben erfahren, was er mit uns vorhat. Daher die Waffen."

„Godric weiß, warum ich gegangen bin?"

Charles nickte. „Er hat es erst erfahren, nachdem wir zum Herrenhaus zurückgekehrt waren. Lucien und Ashton waren sozusagen ein bisschen zu spät zur Party gekommen. Godric hat ein paar harte Tage hinter sich. Er hat dich verloren, hat versucht, seinen Bruder zu töten, und nun tut er nichts anderes, als in seinem Arbeitszimmer zu trinken. Nur Simkins hat die Erlaubnis, ihn zu sehen, ohne dass ihm etwas an den Kopf geworfen wird. Die Bibel, die er mir an den Kopf geworfen hat,

hat mich fast umgehauen.“ Charles gluckste. „Versteh mich nicht falsch, Emily, ich habe die Ironie sehr genossen. Es hat mich an diese eine Lady erinnert, die ein Fläschchen mit Weihwasser nach mir geworfen hat, in der Erwartung, dass ich in Flammen aufgehe.“

„Fairerweise muss man zugeben, dass du ein bisschen geraucht hast“, sagte Ashton.

Charles spottete. „Es war Winter und das Wasser war warm.“

Emily versuchte zu lächeln, aber sie musste sich auf das wichtigere Detail konzentrieren.

„Bruder?“

„Oh, natürlich. Ich nehme an, du hast eine Menge des Feuerwerks verpasst. Godric versuchte, Jonathan zu erdrosseln. Simkins richtete eine Waffe auf Godric und sagte, er dürfe seinen Halbbruder nicht töten. Es stellte sich heraus, dass Jonathan der Sohn des verstorbenen Dukes und dem Dienstmädchen von Godrics Mutter ist.“

Emily musste lächeln. Sie hatte sich also doch nicht in Jonathan geirrt. „Ich wusste es.“

Charles kraulte sie liebevoll unter dem Kinn. „Keiner von uns hat es erkannt.“

„Ihr kennt ihn schon zu lange und habt euch einfach an ihn gewöhnt, nehme ich an.“

Cedric trat zurück in das Gemach, den Blick zu Boden gerichtet, als könne er durch die Decke sehen. „Es ist, wie ich befürchtet habe. Er ist völlig betrunken. Glaub mir, Kätzchen, so willst du ihn nicht sehen.“

„Doch, das will ich, und das werde ich.“ Sie bemühte sich, aufzustehen, erinnerte sich aber daran, dass sie nackt war, und klammerte das Laken an ihre Brust. „Den Morgenmantel, bitte.“ Cedric zögerte, aber Emilys Blick ließ ihn sofort Godrics roten Samtmantel holen. Emily musterte Cedric und Charles und wog ab, wem sie wohl mehr zutraute, seine Hände bei sich zu behalten. Keiner von beiden war eine gute Wahl, aber einer war mit Sicherheit schlimmer. Sie entschied sich für Cedric.

„Du wirst mir helfen."

„Ähem", sagte Cedric zu Charles, der nach draußen ging und verärgert wartete.

Cedric wandte seinen Blick ab, als er die Decke zurückzog und dann Emilys Arme in die Ärmel des Morgenmantels schob. Sie wickelte ihn eng um sich und band die Kordel an ihrer Taille fest, bevor sie aus dem Bett stieg. So schmutzig sie sich auch fühlte, das Wichtigste war, Godric zu sehen. Sie konnte später baden. Emily holte tief Luft und versuchte, aufzustehen.

Sie schwankte, aber Cedric zog sie in seine Arme. „Ich werde dir helfen, Kätzchen."

Sie mussten einen merkwürdigen Anblick abgegeben haben, Emily in ihrem übergroßen Bademantel, barfuß und an Cedric gelehnt, der sie stützte. Zum Glück sah sie niemand außer Simkins, der vor der Tür zu Godrics Arbeitszimmer stand.

Die Augen des Butlers weiteten sich. „Lord Sheridan, sie sollte im Bett sein!"

Emily hob eine Hand und zeigte auf die Tür zum Arbeitszimmer.

„Öffne sie."

Simkins schüttelte den Kopf. „Ich fürchte, er ist nicht in der Lage, jemanden zu empfangen."

„Das ist mir egal", knurrte Emily.

„Nun gut, Miss Parr, aber ich werde eingreifen, wenn er die Fassung verliert." Simkins fummelte an seinem Schlüsselbund herum.

„Ja, er könnte vielleicht noch eine weitere Vase erschießen", sagte Charles.

„Was?" Emily schnappte nach Luft.

„Es war eine hässliche Vase. Eine, die seine Mutter immer gehasst hat. Sie wird nicht vermisst werden", versicherte Simkins.

Godric rief von der anderen Seite der Tür. „Simkins, ich sagte, du sollst mich in Ruhe lassen!"

„Schweig, St. Laurent." Cedrics Stimme hallte von den Wänden wider. „Emily ist hier. Benimm dich, hörst du?"

Simkins öffnete die Tür und Cedric trat ein, Emily an sich gelehnt. Godric stand im hinteren Teil des Arbeitszimmers, mit dem Rücken zum Fenster. Der Nachthimmel war tiefschwarz und nur eine Kerze erhellte den Raum.

„Hilf mir zur Couch", sagte Emily. „Dann lass uns allein."

„Ich bleibe, Emily."

Sie streichelte sein Gesicht, wie sie es bei Charles getan hatte. „Danke, Cedric, aber ich komme schon zurecht."

Er beugte sich vor und küsste sie auf den Kopf, bevor er sich zurückzog. Simkins schloss die Tür von außen.

Es folgte ein quälender Moment der Stille. Godric am Fenster, sie auf der Couch, beide still wie Statuen. Konnte sie ihm begreiflich machen, dass sie ihn nicht verraten hatte?

„Godric", hauchte sie.

Langsam drehte er sich um und sah sie an. Ihr dunkler Prinz mit Schatten unter seinen gequälten, smaragdgrünen Augen und verworrenem Haar, als hätte er seine Finger immer wieder darin vergraben. Wie war es dazu gekommen?

Emily erkannte diese tödliche Ruhe vor dem Sturm, aber sie glaubte, dass es eher die Ruhe danach war, die sich oft als schlimmer erwies. Es war, als würden jahrhundertealte Bäume aus dem Boden gerissen werden. In ihrer Vorstellung lagen Vögel tot auf dem Boden, nachdem sie durch mächtige Winde hin und her geschleudert worden waren. Überall gab es Zerstörung. Als sie Godrics gequälte Augen betrachtete, erkannte sie dieselbe Verwüstung.

Eine unbekannte Kraft ließ ihre Stimme ruhig klingen. „Komm zu mir."

Er gehorchte, sein Gang schleppend, bis er vor ihr stand und auf sie herabblickte. Seine langen dunklen Wimpern liebkosten seine Wangen, als er für einen kurzen Moment die Augen schloss. Seine rechte Hand war das, was sie am ehesten erreichen konnte. Sie ergriff sein Handgelenk, hob es an, bis sie seine Handfläche erfasste und sie an ihre Lippen führte. Sie küsste die Innenseite seiner Hand und ließ ihn ihre Zärtlichkeit spüren.

Ich liebe dich.

Godrics Beine knickten ein. Plötzlich war er auf den Knien, vergrub seinen Kopf in ihrem Schoß und schlang die Arme um sie, als er sich an sie klammerte. Emily beugte sich über ihn, küsste sein Haar, streichelte seine Schultern, während er von heftigen, leisen Schluchzern geschüttelt wurde. Er drückte sie fest an sich, als ob er befürchtete, sie würde sich in seinen Armen in Luft auflösen. Sie spürte das Zittern seines nachlassenden Kummers, als er schließlich den Kopf hob.

„Emily...“

Sie legte einen Finger an seine Lippen und schüttelte den Kopf.

„Ich vergebe dir.“ Sie fand die Kraft zu lächeln, verzog liebevoll ihre Lippen, aber das ließ ihn nur zusammenzucken. Seine Miene war die eines gefallenen Engels. Aber er war ihr Engel.

„Ich kann mir nicht verzeihen...“ Er wandte sich von ihr ab.

Emily packte sein Kinn, zwang ihn, sie anzusehen und eroberte seine Lippen mit einem heftigen Kuss.

„Ihr seid ein Narr, Eure Lordschaft“, sagte sie, dann eroberte sie erneut seinen Mund und nahm ihn in Besitz. Er hatte kaum Zeit, ihren Kuss zu erwidern, bevor sie ihn losließ. Godric legte eine zitternde Hand an seinen Mund, erschrocken, als er seine geschwollenen, gestraften Lippen spürte.

„Ich lerne gerade deine Art zu küssen.“ Emily lächelte ihn an... es war ein verruchtes Lächeln. Der Kuss hatte ihr irgendwie Leben eingehaucht.

Godric erhob sich langsam von seinen Knien und gesellte sich zu ihr auf die Couch. Er beugte sich vor, um sie zu küssen.

Emily machte sich darauf gefasst, dass er den hitzigen Kuss, den sie ihm gegeben hatte, erwidern würde, Feuer durch noch mehr Feuer bekämpfen würde.

Aber sie wurde überrascht.

❧

GODRIC KÜSSTE SIE ANFANGS NUR LEICHT, DER DRUCK SEINER Lippen war so schwach auf ihren, dass man es kaum spüren konnte. Es war ein Traum von einem Kuss. Aber dann vertiefte er ihn. Seine Zunge glitt zwischen ihre Lippen, mit unendlicher Zärtlichkeit, als ihre Lippen einen langsamen, uralten Tanz begannen. Emotionen erfüllten diesen Kuss. Godric wollte ihr alles sagen, was er fühlte... Erleichterung, Freude, Schuldgefühle, Leidenschaft, Sorge.

Emily Parr musste eine Art Engel sein. Keine sterbliche Frau konnte einem Mann solche Sünden verzeihen. Er hatte ihr Vertrauen missbraucht und sie wie ein Barbar gegen eine Wand gelehnt genommen. Er hatte gedroht, sie zu ihrem Onkel zurückzubringen und sie in eine unglückliche Ehe mit einem Mann zu stürzen, den sie verachtete. Er hatte sie so erschreckt, dass sie in Ohnmacht gefallen und zwei Tage lang bewusstlos gewesen war.

Fühle mich, Liebling! Fühle mich. Sei dir sicher, dass ich dich liebe. Diesmal begrüßte er die Worte, die ihm durch den Kopf schossen. Es musste Liebe sein. Nichts konnte eine Seele so zerrütten, wie die Person zu verletzen, die man liebte. Wie gerne hätte er die Worte gesagt, aber es fühlte sich falsch an, denn er hatte nichts getan, um es zu beweisen. Nein. Er würde ihr nicht sagen, dass er sie liebte, bis er es beweisen konnte. Er hatte zu tief in die Flasche geschaut und war nicht in der Lage, die richtigen Worte zu finden. Aber sie verdiente es, mit den hübschesten Worten umworben zu werden. *Ich bin ein verdammter Narr.*

Als sich ihre Lippen voneinander lösten, waren Emilys Augen immer noch geschlossen. Godric fuhr mit einer Fingerspitze ihren Nasenrücken entlang und sie öffnete die Augen, um ihn anzusehen.

„Lass mich dich wieder nach oben bringen, damit du dich ausruhen kannst." Er stand auf und schlang gerade seine Arme um ihren Körper, als er bemerkte, dass sie unter dem Morgenmantel nackt war. Er musste lachen.

„Hast du darunter nichts an?" Emily errötete, und dieser Anblick erleichterte ihn. Ihr Gesicht war zu blass gewesen. „Nach allem, was ich dir angetan habe, belohnst du mich weiter", neckte er, während er die Art und Weise bewunderte, wie sich der Samt an ihre Kurven schmiegte. Emily warf ihm einen spöttischen Blick zu und er grinste, drückte seine Stirn gegen ihre und blickte ihr tief in die violetten Augen.

„Versprichst du, nie wieder zu fliehen?"

„Ich bin nicht geflohen. Ich habe dein Leben gerettet. Und du bist immer noch nicht in Sicherheit. Wir müssen reden..."

„In Ordnung, mein Liebling. Wenn es dir besser geht, werden wir reden." Er küsste sie auf die Wange und öffnete dann die Tür zum Arbeitszimmer.

Charles, Cedric und Simkins drängten sich um die Tür, die Gesichter dicht an den Rahmen gepresst, in der Absicht zu lauschen.

Von den dreien schaffte es nur Simkins, eine würdevolle Haltung zu bewahren.

„Wir haben den Korridor aus Sicherheitsgründen überwacht, Eure Lordschaft", erklärte er.

„Sicherheit? Ich nehme an, diese Teppiche sehen sehr verdächtig aus, Simkins. Gute Idee, am besten beobachtet ihr auch die Gemälde und Statuen. Sie könnten mit unseren Feinden unter einer Decke stecken." Godric verbarg ein Lächeln. „Wenn ihr uns nun entschuldigen würdet. Ich bringe Emily zurück ins Bett, damit sie sich ausruhen kann." Die drei

Männer sahen ihm beim Gehen zu und fragten sich zweifellos, was um alles in der Welt geschehen war, um den Sturm seines berühmten Temperaments zu beruhigen.

Oben angekommen, setzte Godric Emily auf seinem Bett ab und begann, sich zu dem leeren Stuhl in der Nähe zu bewegen. Emily ergriff seinen Arm und hielt ihn fest.

„Bleib." Ihre freie Hand tätschelte das Bett. Godric setzte sich auf die Bettkante, beugte sich vor, zog seine Stiefel aus und drehte sich zu ihr. Emily kuschelte sich tief in die Bettdecke.

Godric nahm ihr Gesicht in seine Hände. „Emily... wegen dem, was in dem Gasthaus geschehen ist..."

„Ja?"

„Das hätte nie passieren dürfen. Es wird nie wieder geschehen." Er drückte seine Lippen auf die ihren.

„Versprich das nicht. Es war jenseits von allem, was ich je erlebt habe. Natürlich dachte ich damals, du hättest mir verziehen und hättest mich schrecklich vermisst."

„Dir verzeihen? Emily, ich war nicht sonderlich sanft zu dir. Warum hasst du mich nicht?" Ängstliche Verwirrung trübte seine grünen Augen.

„Ich könnte dich niemals hassen. Godric, ich liebe dich. Habe ich es dir nicht oft genug gesagt, damit du mir glaubst? Was deine Rohheit angeht... ich habe es genossen. Jetzt bleib. Schlaf mit mir." Ihre Aussage war ein Befehl. „Cedric sagte, dass du bisher keine Ruhe gefunden hast."

Godric wollte schreien und lachen zugleich. Wenn das das Ausmaß ihres Temperaments war, dann war sie wirklich ein Engel. Er zog sie in seine Arme, vergrub sein Gesicht in ihrer Halsbeuge und küsste die empfindliche Stelle direkt hinter ihrem Ohr, bis sich ihr Atem beschleunigte.

„Ich habe dich nicht verdient, mein Schatz."

„Gewiss nicht. Zum Glück für dich scheine ich jedoch eine Vorliebe für Schurken entwickelt zu haben." Sie fuhr mit den Fingern durch sein Haar und kitzelte ihn im Nacken.

„Schurken?“ Er neckte mit der Zunge ihren Hals, was ihr ein leises Stöhnen entlockte. „Du meinst mehr als einen?“

„Ich habe mit fünf von euch unter einem Dach gelebt. Es genügt zu sagen, dass ich eure kleine Liga ziemlich...“ Sie hielt inne, als er an ihrer Haut knabberte und sie errötete vor Hitze.

„Ja?“, fragte er.

„Worüber haben wir gesprochen?“ Eine seiner Hände glitt unter den Morgenmantel und streichelte ihre Brust, liebkoste die rosa Knospe, die sich unter seinen Fingerspitzen aufstellte.

„Ich glaube, wir haben über das Schlafen gesprochen“, murmelte er gegen ihre Lippen, bevor er seine Zunge in ihren Mund schob, kaum in der Lage, selbst klar zu denken.

„Schlafen?“

„Schlafen... ja...“ Er hatte sich in den letzten zwei Tagen kaum ausruhen, geschweige denn schlafen können. Aber nun holte ihn die Müdigkeit langsam ein. Godric holte langsam und tief Luft, sein Körper entspannte sich, aber sein Herz und seine Seele tanzten und freuten sich. Emily war wieder da, wo sie hingehörte... bei ihm. Er konnte sich ausruhen. Sie war in Sicherheit.

„Emily“, flüsterte er an ihrem Hals.

„Ja?“

„Ich bin nicht wie mein Vater. Ich habe sein Temperament, aber ich bin nicht wie er.“

„Godric. Als du wütend warst, hast du mit mir geschlafen. Das macht dich nicht zu deinem Vater.“ Emilys Augen funkelten, als sie mit einer Fingerspitze durch sein offenes Hemd fuhr und seine nackte Brust streifte. Godric stöhnte und wünschte, diese Fingerspitze würde weiter nach unten wandern.

„Können wir über Jonathan reden?“

„Über meinen Bruder? Ich wünschte, ich könnte ihn töten. Aber das kann ich nicht“, sagte er und stöhnte. „Er ist ein St. Laurent.“ Godrics Worte zerstreuten sich, als er gegen sein

Verlangen ankämpfte. Sie musste sich ausruhen, nicht mit ihm schlafen.

„Er ist dir sehr ähnlich."

„Oh? Inwiefern?" Godrics Hand wanderte zu ihrem Rücken und streichelte sie unter dem Samtmantel.

„Er ist ein sturer, grünäugiger Schelm, der annimmt, dass jede Frau ihn insgeheim will und nur davon überzeugt werden muss." Sie kicherte und drehte ihren Körper so, dass sie auf dem Rücken lag.

Ein Lächeln entwich seinen Lippen und er beugte sich hinunter, um Emily erneut zu küssen. „Du hast recht, dieser Teufel ähnelt mir wirklich sehr."

„Du musst dich ausruhen."

„Das musst du auch, Liebling." Er zog sie fest in seine Arme.

Einen Moment lang waren sie beide still. Godric holte tief Luft. „Versprich mir, dass du hier sein wirst, wenn ich aufwache." Er strich ihr das Haar aus dem Gesicht. „Ich weiß, dass du es sein wirst, aber ich muss es hören." Emily sah ihn grollend an und ihre Stirn legte sich auf eine liebenswerte Art in Falten.

„Ich verspreche, ich werde hier sein. Godric, es tut mir so leid, dass ich fortgegangen bin. Ich kann mir nicht vorstellen, wie sehr es dich verletzt haben muss." Sie fuhr mit einer Fingerspitze an seinem Kiefer entlang und zeichnete die Konturen seines Gesichts nach.

Er lehnte sich zurück und fuhr sich mit der Hand über die Augen, um die Erinnerungen zu vertreiben. „Ich konnte nicht denken, konnte nicht atmen. Ich dachte, ich würde sterben, Emily. Herrgott, du hast keine Ahnung, wie das ist." Seine Augen waren die eines Jungen, der Jahre des Missbrauchs erlebt hatte. „Ich schwor mir, dass nach meinem Vater niemand mehr die Macht haben würde, mir wehzutun."

„Als ich merkte, dass ich gehen musste... kehrte ich zunächst zurück in mein Gemach und brach zusammen." Emily kämpfte darum, ihre zitternde Stimme unter Kontrolle zu bringen. „Ich wollte nichts mehr, als zurück in den Salon zu rennen und in deine Arme zu fallen. Aber ich musste dich beschützen. Ich würde alles tun, um dich zu beschützen." Sie beugte sich vor, um ihm einen Kuss auf die Stirn zu hauchen, bevor sie sich zurücklehnte und ihren Kopf auf seine Brust legte. „Ich werde morgen früh hier sein. Ich verspreche es."

Erleichterung erfüllte ihn. Sie war seine Welt, sein Ein und Alles.

„Gute Nacht, Godric." Emilys Stimme war schläfrig und sanft. Die Intimität dieses Moments war perfekt. Das Leben hätte ihm alles andere rauben können, aber solange er Emily hatte, konnte er überleben.

„Gute Nacht, mein Liebling." Er schlief ein, seine Lippen auf ihr Haar gepresst. Die Schuldgefühle waren noch da, aber Emily, seine engelsgleiche, liebenswerte Emily, hatte seinen Selbsthass ausgelöscht.

Wie hatte er nur all die Jahre ohne sie leben können?

19

Ashton wachte am nächsten Morgen mit einem schrecklichen Stechen im Nacken auf. Er war auf einem Stuhl vor Godrics Tür eingeschlafen. Er gähnte und rieb sich die verspannten Muskeln im Nacken. Was für eine Nacht.

Ashton wagte einen Blick in Godrics Gemach und fand seinen Freund an Emily gekuschelt vor, als ob die beiden sich nie wieder trennen würden.

Er schloss die Tür und kehrte zu seinem Stuhl zurück. *Godric, du wirst sie heiraten. Es gibt keinen anderen Weg, sie zu beschützen und deinen Verstand zu bewahren.*

Niemand hatte ihn geweckt, um die Wache wie geplant zu wechseln. Aber anstatt Wut in sich aufsteigen zu fühlen, lächelte er nur.

Wie seltsam war es doch, dass ein Akt der Entführung, der aus Godrics verletztem Stolz heraus geboren worden war, so enden würde? Godric war hoffnungslos verliebt in eine einzigartige junge Lady, die ihm in nichts nachstand.

Simkins kam die Treppe herauf und trug ein Teetablett, was

bedeutete, dass er wohl ein privates Gespräch mit Ashton führen wollte, ohne dass die anderen Diener es mitbekamen.

„Hättet Ihr gern eine Tasse Tee, Lord Lennox?", fragte Simkins.

„Ja, danke." Er nahm die angebotene Tasse mit dampfendem Tee. „Wie spät ist es, Simkins?"

„Es ist kurz nach neun Uhr morgens."

Ashton fuhr sich mit der Hand über das Kinn, wo blasse Stoppeln eines Zwei-Tage-Barts bereits seinen Kiefer beschatteten. „Neun, sagst du? Herrgott… wir haben zu lange geschlafen." Er nahm einen Schluck Tee. „Ist sonst noch jemand wach?"

Simkins lächelte. „Nein, Mylord, Ihr seid der Erste. Das ganze Haus ist ziemlich erschöpft von den Ereignissen der letzten Tage. Ich habe die Dienerschaft heute Morgen bis halb neun ausschlafen lassen. Ich hoffe, Seine Lordschaft hat nichts dagegen."

Ashton zuckte mit dem Kopf in Richtung der geschlossenen Tür des Gemachs. „Das wird er sicher nicht. Er hat im Moment andere Dinge, mit denen er sich beschäftigen muss."

Der Butler wurde ernst. „Darf ich offen mit Euch sprechen, Mylord? Ich möchte Euch um einen Gefallen bitten."

„Sprich, Simkins", sagte Ashton, ohne zu zögern.

„Es ist viel geschehen in den letzten Tagen. Seine Lordschaft hat vieles ertragen müssen" sagte Simkins leise. „Er braucht Stabilität in seinem Leben."

„Stabilität?" Ashton nahm einen weiteren Schluck. Die heiße Flüssigkeit fühlte sich gut an, als sie seine Kehle hinunterrann. „Ich nehme an, du hast einen Vorschlag?"

„Ich hoffe… das heißt, ich wünsche mir, dass Ihr Seiner Lordschaft vorschlagt, dass er Miss Parr gegenüber das Richtige tut und sie heiratet. Es wäre nicht gut, wenn *ich* einen solchen Vorschlag vorbringen würde."

„Weil du wegen der Sache mit der Pistole deinen Rücktritt vorbringen musstest.“

„Oh, nein, Mylord. Seine Lordschaft verbot mir, seine Anstellung zu verlassen, bis ich die scheußliche Vase bezahlt habe, die ich zerbrochen habe. Dann hat er so viel getrunken, dass er vergaß, dass ich überhaupt gekündigt habe. Nein, obwohl ich getan habe, was ich konnte, um die Bedürfnisse Seiner Lordschaft zu befriedigen, fürchte ich, wenn es um Herzensangelegenheiten geht, war meine Ausbildung mangelhaft. Ihr seid in dieser Sache die bessere Wahl.“

Ashton stellte seine Tasse ab. „Darf ich dich etwas fragen, Simkins? Warum glaubst du, dass er sie heiraten sollte?“

Simkins stand aufrecht und königlich da, immer noch das Tablett haltend. „Ich habe Seine Lordschaft in seinem ganzen Leben noch nie so besorgt um eine andere Seele gesehen, außer vielleicht um Euch und Eure Freunde. Aber das ist eine Liebe, die er kennt und versteht. Kameradschaft, wenn Ihr so wollt. Bei Miss Parr erkennt er vielleicht nicht, dass seine Leidenschaften von einer tieferen Sehnsucht angetrieben werden. Vielleicht könnt Ihr ihm helfen, das zu erkennen.“

Die Worte des Butlers, die Bedeutung, die er seinen Pflichten gegenüber Godric und der Familie St. Laurent beigemessen hatte, rührten Ashton tief.

„Sei beruhigt, Simkins. Ich bin ganz deiner Meinung. Ich werde mit den anderen sprechen und wir werden diese Angelegenheit regeln.“

„Ich danke Euch, Mylord. Es tröstet mich zu wissen, dass er seine Freunde gut gewählt hat.“ Simkins senkte den Kopf und zog sich mit seinem Teetablett in den Händen zurück.

Ashton trank seinen Tee in der Stille des leeren Flurs und dachte über ihr anderes Problem nach. Die Bedrohung durch Blankenship war ihm nicht aus dem Kopf gegangen. Es war unklug, auf Godrics Anwesen zu bleiben, während Blankenship plante, Emily zurückzuholen.

Der Mann war tollkühner als Ashton erwartet hatte. Hatte er tatsächlich Schläger angeheuert, um das Anwesen des Dukes anzugreifen? Es musste ein Bluff sein, aber Blankenship war zu fast allem fähig. Er hatte mehr als einen Rivalen auf völlig legale Weise durch finanzielle Katastrophen vernichtet. Doch in diesen Fällen war es nur um Geldangelegenheiten gegangen. Da eine Frau im Spiel war, konnte Ashton nicht anders, als zu befürchten, dass Blankenship zu gewalttätigeren Maßnahmen greifen würde. Wenn das der Fall war, durfte Ashton ihn nicht unterschätzen.

Vielleicht war es die beste Lösung, Emily dort zu verstecken, wo niemand sie erwarten würde. In London. Sie könnten sie von Wohnsitz zu Wohnsitz bringen, da die Mitglieder der Liga mehrere besaßen. Es würde für Blankenship unmöglich sein, sie zu finden.

In der Zwischenzeit mussten sie Godric davon überzeugen, dass er Emily heiraten musste. Wenn er das täte, hätte Blankenship keinen Anspruch mehr auf sie. Emily wäre sicher. Denn aus einer skandalösen Entführung war in den Augen der Gesellschaft ein romantisches Durchbrennen geworden. Eine Tür öffnete sich am Ende des Flurs und ein verschlafener Cedric trat heraus, Hemd und Hose zerknittert, als hätte er darin geschlafen. Er gähnte und erblickte Ashton.

„Wie läuft es mit dem Wachdienst?"

Ashton gluckste. „Unerträglich langweilig. Ich hatte viel mehr Unterhaltung erwartet, aber die Turteltauben haben sich keinen Zentimeter bewegt. Godric bekommt allerdings endlich etwas Ruhe."

Cedric stieß einen Seufzer aus. „Gott sei Dank."

„Cedric, sind deine Schwestern in deinem Haus in London?"

„Ja, sie sind schon seit zwei Wochen dort." Cedric musterte Ashton. „Warum?"

„Hättest du etwas dagegen, wenn wir Emily nach London bringen und sie in deinem Haus verstecken? Wenn deine

Schwestern dabei sind, könnten sie für eine verwirrende Szene sorgen, falls Blankenships Männer dort auftauchen."

Cedrics braune Augen verengten sich. „Bittest du mich etwa, meine Schwestern als Köder zu benutzen?"

Ashton hob die Hände. „Nein! Aber ich denke, dass Blankenship nicht erwarten wird, dass wir Emily nach London bringen. Dort könnte sie unbemerkt bleiben. In der Zwischenzeit werden wir uns in den anderen Residenzen rund um London verteilen und Blankenships Männer verwirren, bis..." Ashton hielt inne und zögerte, seine Pläne vollständig zu offenbaren.

„Bis?"

„Bis wir Godric überzeugen können, Emily zu heiraten."

Cedric schwieg einen Moment lang. „Denkst du, das wird er tun?"

„Ich glaube, er muss es tun. Er sorgt sich um sie. Sie liebt ihn. Es kann keine andere Antwort auf unser Problem geben."

Cedric runzelte die Stirn. „Er ist derjenige, der immer darauf bestanden hat, dass die Ehe eine Torheit ist. Was, wenn er nicht einverstanden ist?"

Ashton hob das Kinn. „Dann ist er ein Narr. Aber Emily muss beschützt werden. Wenn Godric sie nicht heiraten will, dann werde ich es tun. Sie wird frei sein, so zu leben und zu lieben, wie sie es will, und ich auch. Es ist kein ungewöhnliches Arrangement, solange beide Parteien Diskretion walten lassen. Aber sie braucht den Schutz der Ehe." Er konnte die Gier in Blankenships Augen nicht vergessen, diese monströse Kälte, die er ausgestrahlt hatte, als er Raum für Raum nach dem Mädchen durchsucht hatte. „Andernfalls wird Blankenship ihre Schritte bis zum Tag ihres Todes verfolgen."

„Du kannst meinen Namen auf die Liste der Heiratsoptionen setzen. Wir können sie zwischen uns wählen lassen, sollte Godric sich weigern."

Das überraschte Ashton. Er dachte, er wäre der Einzige, der bereit wäre, die Ehe für Emily zu ertragen, aber wie es schien, hatte er sich geirrt. „Und was ist mit Anne Chessley? Wenn Emily sich für dich entscheidet, könntest du Anne niemals zu deiner Mätresse machen – nicht, wenn du mit ihrer Freundin verheiratet bist."

Cedrics Gesicht verwandelte sich in einen solchen Zustand der Verzweiflung, dass Ashton seine Tasse beiseite stellte und sich besorgt von seinem Stuhl erhob.

„Vielleicht nicht, aber ich würde Anne aufgeben, wenn Emily sich für mich entscheiden würde. Für meine Sünden in dieser Angelegenheit stehe ich in ihrer Schuld. Ich würde alles in meiner Macht Stehende tun, um sie zu beschützen."

„Hoffen wir, dass Emily niemanden außer Godric wählen muss."

❧

GODRIC HÖRTE JEDES WORT, DASS VOR SEINER TÜR gesprochen wurde. Er hatte sich damit begnügt, Emily an sich geschmiegt zu spüren, aber beim Klang von Simkins Stimme zwang er sich aufzustehen. Er hielt an der Tür inne und belauschte das Gespräch zwischen seinem Butler und später seinen Freunden, bewegt von ihren Ansichten und gerührt von der Aufrichtigkeit ihrer Wünsche.

Doch ihre Erklärungen waren nicht nötig gewesen. Godric hatte am Abend zuvor beschlossen, dass er Emily heiraten würde. Sobald sie London erreichten, würde er sofort mit den Hochzeitsplänen beginnen. Aber um Emilys Sicherheit zu gewährleisten, würde die Zeremonie bald stattfinden müssen.

Mit einem aufgeregten Lächeln wusch er sich am Waschbecken das Gesicht, bevor er sich für das Frühstück umzog.

Er richtete sein Halstuch im Spiegel, als Emily sich rührte. Er bewegte sich zum Bett, beugte sich hinunter und küsste sie auf die Stirn. „Bleib noch ein bisschen im Bett, Liebling. Ich gehe hinunter zum Frühstück."

Sie seufzte, schob sich tiefer unter die Decke und driftete zurück in den Schlaf.

Einen Moment lang genoss er einfach nur ihren Anblick. Bald würden sie ein Leben lang zusammen sein und zum ersten Mal in Godrics Leben freute er sich auf den Gedanken, eine Frau zu haben, bis dass der Tod sie scheiden würde.

Wäre Albert Parr nicht von so geringer Moral gewesen, hätte Godric Emily nie kennengelernt, hätte nie verstanden, wie es war, einen Menschen so zu lieben.

Aus einem unwiderstehlichen Impuls heraus beugte er sich vor, um Emilys Lippen zu küssen. Ihr Mund öffnete sich schläfrig unter seinem und er kostete die Süße ihrer Lippen. Eine Ewigkeit würde nicht genug Zeit sein. Er würde sich immer nach ihr sehnen, nach allem, was sie verkörperte, mit Körper und Seele.

❧

DIE LIGA DER SCHURKEN VERSAMMELTE SICH AN DIESEM Morgen im Speisesaal, um die bevorstehende Reise nach London zu besprechen, während Emily schlief.

Godric nippte an seinem Kaffee. „Sobald wir London erreichen...", er hielt inne und genoss die angespannten Blicke seiner Gefährten. „Nun, ich habe beschlossen, dass Emily und ich heiraten werden."

Im Speisesaal herrschte mehrere Sekunden lang Schweigen, bevor Ashton und Cedric in offensichtlicher Erleichterung ausatmeten.

„Ich hatte schon befürchtet, dass ich dich überreden muss, sie zu heiraten. Ich werde gerne eine Heiratslizenz für euch besorgen."

Godric nickte. „Ja. Sorg dafür, dass wir alles Nötige haben, um eine schnelle Zeremonie zu arrangieren." Er wandte sich an den Marquess. „Lucien, es liegt an dir, Blankenship auf eine falsche Fährte zu führen, damit er nicht versucht, sich einzumischen."

Lucien grinste zustimmend.

Charles rutschte in seinem Sitz nach vorne. „Und ich?"

„Du wirst mit Cedric zusammen als Emilys Beschützer fungieren. Du darfst sie nie aus den Augen lassen, es sei denn, einer von uns ist bei ihr."

Charles hatte sich immer als beschützender Ritter gesehen, aber nun würde er offiziell diese Rolle übernehmen.

Cedric warf Penelope, die an seinen Füßen saß und mit dem Schwanz hin und her wedelte, ein Stück Brotrinde zu. „Weißt du, Godric, du könntest Emily einfach nach Gretna Green bringen. Das würde dir den Ärger ersparen, Parr zur Rede stellen zu müssen. Wer weiß, vielleicht warnt er Blankenship und durchkreuzt damit deine Pläne."

Godric runzelte die Stirn. Das war nicht die Hochzeit, die sie verdiente. Er wollte nicht, dass seine zukünftige Duchess of Essex von einem weiteren Skandal gezeichnet war. Nein. Er würde sich mit Parr treffen und mit ihm sprechen. Er würde den unglücklichen Mann dazu bringen, ihn zur Trauung in die Kirche zu begleiten. Gefesselt und geknebelt, wenn es sein musste.

„Ich bin der Duke of Essex und renne nicht mit eingezogenem Schwanz davon. Wir werden Blankenship vermeiden, soweit es möglich ist, und wenn nicht, wird man sich um ihn kümmern."

Alle am Tisch nickten zustimmend.

„Ashton, kannst du die Zeremonie in der St. Georgs-Kirche am Hanover Square arrangieren?" Das war der letzte Schrei in London. Es war eine schöne Kirche, bekannt für ihren beeindruckenden Portikus, der von sechs hohen korinthischen Säulen getragen wurde, und einen hohen Turm direkt hinter dem Portikus. Sie lag nahe genug an den verschiedenen Residenzen der Liga, dass sich die Reise nicht als riskant erweisen würde.

Ashton grinste. „Ich denke das kann ich tun. Ich habe einen gewissen Einfluss auf den Bischof. Er schuldet mir einen Gefallen seit dem Vorfall im letzten Jahr, während Michaelis, wisst ihr." Die anderen Männer lachten mit ihm, da sie wussten, in welche Schwierigkeiten der Bischof sich gebracht hatte.

„Wann hast du vor, es Emily zu sagen?", fragte Lucien.

„Erst, wenn all unsere Pläne feststehen und sie in Cedrics Stadthaus untergebracht ist. Ich möchte, dass sie sich wohl und sicher fühlt, wenn ich ihr einen Antrag mache. Sie hat in den letzten Tagen zu viel durchgemacht und ein überstürzter Antrag wird sie nicht glücklich machen."

Plötzlich öffnete sich die Tür zum Salon und Jonathan trat ein. Ein unbeholfenes Zögern trübte seine Schritte. Er hatte sich noch nie getraut, Godric oder die anderen zu unterbrechen.

Godric beobachtete ihn schweigend und war gespannt, was er tun würde.

Jonathan räusperte sich, „Ich weiß, dass wir beide noch nicht über unsere neue Situation... als... Brüder gesprochen haben, Eure Lordschaft, aber..."

„Wenn du mein Bruder bist, dann kannst du aufhören, mich mit Eure Lordschaft anzusprechen. Also, was willst du?"

„Ich möchte mit dir nach London gehen und Emily helfen."

Die neu gefundenen Brüder starrten sich einen Moment lang an, bevor Godric sagte: „Nun gut. Sie wird schon bald deine Schwägerin sein. Du solltest bei all dem ein gewisses Mitspracherecht haben. Du wirst Cedric und Charles begleiten. Drei sind besser als zwei, um Emily zu schützen."

Godric lächelte nicht, aber sein Ton war ruhig und anerkennend. Wenn Emily ihm verzeihen konnte, dann konnte er sicher auch seinem Bruder verzeihen.

Jonathan entspannte sich sichtlich. Offensichtlich hatte er mit einem Streit gerechnet.

„Setz dich und iss." Godric gestikulierte in Richtung des feinen Frühstücks.

Jonathan errötete, füllte aber tapfer einen Teller und wählte einen Platz neben Ashton, der lächelte und herzlich nickte.

„Kannst du gut mit einer Pistole umgehen, Jonathan?", fragte Charles.

„Eher mit einem Steinschlossgewehr, aber ja." Jonathan schluckte einen Bissen seines mit Marmelade bestrichenen Toasts hinunter.

„Ausgezeichnet. Wir werden ein gutes Team abgeben, wir drei", meinte Cedric.

„Um wie viel Uhr sollen wir aufbrechen?", fragte Jonathan.

„Gegen Mittag, hoffentlich. Emily braucht so viel Ruhe, wie wir ihr gönnen können. Die Kutschfahrt wird unangenehm genug sein, so krank wie sie ist."

„Nun, ich nehme an, der Rest von uns sollte bis dahin gepackt haben und bereit sein." Ashton erhob sich von seinem Stuhl mit der sanften, aber bestimmten Aufforderung in seinem Ton, dass die anderen es ihm gleichtun sollten.

Sie ließen Godric und Jonathan allein. Das war der Grund, warum er seine Freunde liebte. Sie folgten seinem Urteil und akzeptierten Jonathan. Sie hatten ihn bisher immer freundlich behandelt, denn der Diener eines Mannes war schließlich heilig, aber nun war er einer von ihnen.

„Hast du genug gegessen?", fragte Godric nach ein paar Minuten. Jonathan warf einen flüchtigen Blick auf seinen leeren Teller und nickte. „Gut. Kommst du bitte mit mir in mein Arbeitszimmer?"

Godrics Arbeitszimmer war nach seiner selbst auferlegten Verbannung immer noch ein wenig unaufgeräumt. Aber Simkins hatte die Tabletts mit dem unberührten Essen und das zerbrochene Glas entfernt und alle Bücher, die Godric in seiner

Wut aus den Regalen gerissen hatte, zurückgestellt. Godric setzte sich und gab Jonathan ein Zeichen, es ihm gleichzutun. Jonathan lehnte sich in einen der Stühle zurück, die Godrics Schreibtisch gegenüberstanden.

„Es gibt einige Dinge zwischen uns zu klären." Godric beugte sich ein paar Zentimeter vor. „Ich möchte, dass du deine Sachen aus deinem derzeitigen Quartier holst, sobald die Sache mit Emily geklärt ist."

Jonathans Blick fiel zu Boden. „Ich verstehe, Eure Lordschaft. Ich habe meine Beherrschung verloren und Miss Parr in Gefahr gebracht. Ich möchte mich jedoch bei der jungen Lady entschuldigen, bevor ich gehe."

Godric fiel auf, wie geblendet er gewesen war. Er hatte nicht einen Moment lang geahnt, dass sie einen gemeinsamen Vater hatten. Er fragte sich, was er noch alles übersehen hatte, weil er einfach nicht hingesehen hatte.

„Jonathan, ich zwinge dich nicht, das Landgut zu verlassen. Ich wollte nur, dass du einen Raum im oberen Stockwerk wählst, ein Gemach, das deinem neuen Stand in diesem Haushalt angemessener ist."

„Meinem neuen Stand?"

„Ja. Wir sind Brüder, durch Blut und vor dem Gesetz. Wenn du glaubst, dass ich dich verdrängen würde, irrst du dich. Es sei denn natürlich, du möchtest gehen. Ich würde nicht darauf bestehen, dass du bleibst. Aber ich würde mich freuen, wenn du es tätest."

Jonathans Gesicht errötete. „Ihr hättet wirklich nichts dagegen, wenn ich hierbliebe, Eure Lordschaft?"

„Ich habe es immer gehasst, ein Einzelkind zu sein. Wir sind Brüder und das ist alles, was für mich zählt. Selbst in meiner Wut bezweifelte ich, dass ich dich hätte töten können, als Simkins es mir sagte. Ich hätte dich vielleicht ein wenig gewürgt, aber mehr auch nicht."

„Eure Lordschaft." Jonathan ließ den Blick erneut sinken.

„Ich möchte die Dinge zwischen uns nicht noch unangenehmer machen, Eure... Godric. Aber wie geht es nun weiter? Ich bin seit fast sechs Jahren dein Kammerdiener und seit meiner Geburt ein Diener. Was wird nun passieren?"

„Amüsiere dich. Du hast fast so viel gelernt wie ich. Du hast die richtigen Manieren und nun ist es an der Zeit, sie anzuwenden. Du musst nur den Kopf heben, nicht auf den Boden sehen, andere Kleidung tragen und natürlich tanzen lernen. Ich ziehe es in Erwägung, dir eine von Vaters unverpachteten Ländereien zu überlassen. Ich lege es treuhänderisch an. Es wird eine einfache Verantwortung sein. Sobald du bereit bist, dich niederzulassen und zu heiraten, werde ich es dir übergeben."

Jonathan blinzelte, seine Augen wurden rund wie Unterteller. „Mein eigenes Anwesen?"

„Als zweiter Sohn würde es dir zustehen. Ich wage zu behaupten, dass du hart genug dafür gearbeitet hast."

Jonathans Augen begannen zu glänzen, was dafür sorgte, dass Godric sich unbehaglich fühlte.

„Verdammt, Jon, lächle um Himmels willen. Kein Grund, sich in eine Gießkanne zu verwandeln", sagte er, in der Hoffnung, die Stimmung seines Bruders zu heben.

Jonathan fuhr sich mit dem Handballen über die Augen, blinzelte schnell und nickte.

„Als ich ein Kind war, habe ich dich immer beneidet, Godric. Aber Simkins hat mir erzählt, wie das Leben für dich war. Ich war in der Obhut meiner Mutter in Sicherheit, aber Simkins ließ mich nie vergessen, was du ertragen musstest. Ich dachte, er tat es, um Eifersucht zu vermeiden."

Godrics Augen verdunkelten sich, als er sich auf einen Punkt an der Wand konzentrierte. Er konnte noch hören, wie sein Vater sagte: *„Ich brauche einen Grund, um einen Diener zu schlagen, aber nicht, um meinen eigenen Sohn zu schlagen."* Es gab nur einen Bastard in ihrer Familie und das war eindeutig nicht Jonathan.

„Ich glaube, was ich sagen will, ist, ich wünschte, ich hätte deine Last teilen können. Ich hasse es zu wissen, dass du das allein durchlitten hast.“

Godric lehnte sich in seinem Stuhl zurück und begann zu lächeln, wirklich zu lächeln.

„Hättest du Interesse, dich mir und den anderen Lords einmal im Monat in unserem Club, Berkleys, in London anzuschließen?“

„Sie hätten nichts dagegen, wenn ich mich euch anschließe?“ Jonathan war schon oft dort gewesen, nicht als ein Mitglied, sondern als sein Kammerdiener.

„Sie haben dich immer gemocht, und Blut ist Blut. Ich möchte, dass du unserer Liga beitrittst. Was denkst du?“

„Auf jeden Fall. Gerne.“

❧

Emily klammerte sich nervös an Godrics Seite, als sie Cedrics Stadthaus betraten. Seine Schwestern, Miss Sheridan und Miss Audrey, waren drinnen. Es war seltsam, aber sie wollte einen guten Eindruck machen.

Cedric erblickte seine Schwestern. „Da seid ihr ja! Kommt her und begrüßt Emily.“

Die Ältere, Horatia, war größer, mit eher klassischen Zügen, einem langen Hals und scharfen Wangenknochen, was Emily an einen Schwan erinnerte. Obwohl sie kleiner war, war Audrey genauso hübsch, ihr Gesicht war runder und kindlicher, aber nicht so, dass es die Intelligenz in ihren Augen verbarg.

„Emily, das ist meine Schwester, Horatia. Horatia, das ist Miss Emily Parr. Und das ist Audrey.“ Cedric knuffte seine jüngste Schwester unter dem Kinn.

Horatia schenkte ihm ein warmes Lächeln. „Ich bin erfreut, Euch kennenzulernen, Miss Parr.“

Emily löste ihren Griff um Godrics Arm und lächelte zurück. „Bitte nennt mich Emily."

„Dann müssen Ihr mich Horatia nennen."

„Du hast ein wunderschönes Zuhause, Horatia." Emily betrachtete die weitläufigen Marmorböden und die vergoldeten Möbel in der Halle.

„Oh, Horatia, erlaube mir, dir meinen Halbbruder Jonathan St. Laurent vorzustellen." Godric stieß Jonathan nach vorne, um sich für seine Vorstellung zu verbeugen.

„Sicherlich scherzt Ihr, wir beide kennen Euren Kammerdiener, Mr. Helprin. Schämt Euch für einen so schwachen Versuch eines Scherzes, Eure Lordschaft." Horatia trat nervös von einem Fuß auf den anderen.

„Es ist eine lange und schmutzige Geschichte, Miss Sheridan, aber ich versichere Euch, sie ist wahr. Er ist mein Bruder."

„Es ist mir ein Vergnügen, Miss Sheridan." Jonathan beugte sich über Horatias ausgestreckte Hand und strich mit den Lippen über ihre Finger. Sie errötete.

Neben Jonathan verengte Lucien seine Augen. Emily sah zwischen Lucien und Horatia hin und her. War das Eifersucht, die in seinen Augen flackerte?

Cedric schlug vor, dass sie in den Salon gehen sollten, aber Horatia fixierte ihren Bruder mit einem finsteren Blick. „Cedric, du und die anderen Gentlemen müsst euch erst einmal frisch machen. Die Hälfte von euch riecht wie die Pferde."

„Du hast dich noch nie an dem Geruch gestört", entgegnete Cedric.

Horatia hob eine Augenbraue. „Du hast noch nie so viele Gäste mitgebracht. Hier riecht es wie in einem Stall. Emily darf bleiben, sie ist eindeutig in einer Kutsche gefahren."

Emily genoss es, zuzusehen, wie die Funken zwischen Bruder und Schwester flogen, aber schließlich schaltete sich Ashton ein. „Sie hat recht, Cedric. Wir sind heute schon zu lange geritten, um die Ladies den Gerüchen des Landes auszusetzen.“

„Als ob London besser riechen würde“, grummelte Cedric und führte die anderen nach oben. Die Frauen begaben sich in den Salon, um sich für kurze Zeit zurückzuziehen und den Männern Freiraum zu geben.

Audrey und Horatia umringten Emily und bestürmten sie mit Fragen. Es dauerte nicht lange, bis sie die ganze Wahrheit über Emilys Entführung erfahren hatten. Sie wussten sogar über die intimeren Vorgänge zwischen ihr und Godric Bescheid.

Rosige Röte erblühte auf Audreys Wangen, als sie schüchtern fragte: „Ist es wahr, dass Godric... dich kompromittiert hat?“ Es schien, dass die Reichweite des Klatsches die der Lady Society-Kolumne überstieg, aber sie schworen, zu schweigen.

Audrey holte tief Luft. „Wie war es?“

Horatia kniff ihrer Schwester in den Arm. „Audrey!“

Audrey rümpfte die Nase. „Das ist eine berechtigte Frage. Cedric erzählt uns nie etwas. Wir müssen es doch von irgendjemandem lernen.“

Emilys Wangen röteten sich, aber sie beschloss, offen zu sein. „Es ist schwer zu beschreiben. Im ersten Moment ist es erschreckend, als würde man gleich sterben, aber das tut man nicht. Ich bezweifle, dass ich mit einem anderen Mann als Godric hätte zusammen sein können. Du musst dem Mann, mit dem du zusammen bist, vertrauen. Andernfalls glaube ich nicht, dass man sich sicher genug fühlen kann, um...“ Emily brach ab.

„Sterben?“, fragte Horatia atemlos.

„Ja. Nun, ich sollte wirklich nicht darüber sprechen. Ich klinge wie ein lockeres Frauenzimmer.“

Audrey lenkte das Gespräch in einen sichereren Hafen. „Du wirst also hier bei uns bleiben?“

„Ich denke schon. Diese verflixten Männer waren alle sehr wortkarg, was ihre Pläne betraf, sogar Jonathan. Auf der

Kutschfahrt hierher haben sie kaum ein Wort gesagt und sie haben mich gezwungen, Penelope zurückzulassen."

„Den Jagdhund, den Cedric dir gekauft hat?"

Emilys Lächeln wurde schwächer. „Ja, das arme Ding. Sie hat gebellt und Jonathan gebissen, als sie sie weggebracht haben. Ich hoffe, ich kann bald zu ihr zurückkehren. Simkins muss es furchtbar schwer haben, die Teppiche sauber zu halten."

Horatia beugte sich vor und legte eine schlanke, elegante Hand auf Emilys. „Nun, keine Sorge. Hier gibt es viele Tiere. Wir haben zwei alte Katzen, die sich irgendwo im oberen Stockwerk verstecken." Sie kicherte. „Mittens und Muff."

„Mittens und Muff?"

Horatias Lippen zuckten. „So hat Audrey sie genannt. Sie war erst zehn Jahre alt und bekam die beiden zu Weihnachten. Sie bekam neue Fäustlinge und ein Paar Ohrenwärmer von Cedric."

Audrey hob ihr Kinn und blickte sie von oben herab an. „Ich war ein Kind, Horatia! Du lässt mich so fade klingen!"

Emily tätschelte Audreys Hand. „Ich finde, es sind entzückende Namen."

Horatia grinste. „Während du hier bist, werden wir dich gut unterhalten. Du wirst keine Zeit dazu haben, Penelope zu vermissen."

Emily bezweifelte das nicht.

❦

DIE GENTLEMEN, FRISCH UMGEZOGEN UND WEITAUS geselliger als zuvor, betraten den Salon, kurz nachdem die Frauen ihr Gespräch beendet hatten. Sogar Jonathan, obwohl eher schüchtern, beteiligte sich aktiv an der gesellschaftlichen Zusammenkunft und schien sich zu amüsieren, als er und Charles Audrey in ein Gespräch verwickelten.

Nur zwei Personen schienen nicht ganz bei der Sache zu sein. Lucien und, seltsamerweise, Horatia. Lucien stand in einer Ecke des Raums in Cedrics und Ashtons Nähe, aber sein Blick glitt immer wieder zu Horatia zurück, die ihr Bestes tat, ihn zu ignorieren.

Zuerst nahm Emily an, dass Lucien ein amouröses Interesse an Horatia hatte, aber seine kalten, gebieterischen Blicke ließen Horatia beschämt erröten. Irgendetwas war zwischen ihnen vorgefallen und Emily konnte nicht erahnen, was. Bevor sie jedoch weiter darüber nachdenken konnte, stahl sich Godric von hinten an sie heran.

„Darf ich mit dir unter vier Augen sprechen?", flüsterte er ihr ins Ohr. Er legte seine Hand auf ihren unteren Rücken und sie schlichen sich unbemerkt aus dem Raum. Godric führte sie in das Gesellschaftszimmer, das ein paar Türen weiter lag.

„Emily, wir werden morgen heiraten." Godric verkündete dies ohne eine romantische Vorrede, als wäre es ein Vertrag, der an dieser Stelle nur noch ihren Handschlag erforderte. Emily starrte ihn an. Erwartete er wirklich, dass sie einfach Ja sagte? Sie liebte ihn, aber sie würde nicht einfach zustimmen, nur weil er es so bestimmt hatte. Es war genau diese befehlende, dominante Haltung, die sie hasste, ob sie nun von ihrem Onkel, Blankenship oder Godric kam.

„Nein."

„Wunderb... wie?" Godric packte sie an den Schultern und ragte drohend über ihr auf, seine Präsenz dominanter denn je. „Was soll das heißen, Nein?"

„Nein. Ich werde dich nicht heiraten." Für ihr Herz machte diese Entscheidung wenig Sinn, aber rein logisch konnte sie nicht einfach zustimmen, weil er es beschlossen hatte. Er musste ihr die Wahl lassen, Nein zu sagen.

„Aber du liebst mich, Emily. Was willst du denn noch?"

Emily holte tief Luft. „Godric, hast du denn überhaupt nichts über mich gelernt, seit wir uns kennengelernt haben? Ich brauche meine Freiheit, die Möglichkeit, mein Leben selbst zu bestimmen. Ich kann nicht zustimmen, dich zu heiraten, nur weil du es verfügst."

„Es geht nicht um deine Freiheit, es geht um deine Sicherheit."

Emily wandte den Blick ab. „Ich verstehe, dass du so denkst. Aber eines sollst du wissen. Ich muss dich nicht heiraten. Ich könnte einen willigen Bräutigam finden, der den Skandal, den du verursacht hast, ignorieren und mich zur Frau nehmen würde. Ich würde lieber einen verzweifelten Glücksjäger heiraten als dich, wenn es die einzige Möglichkeit wäre, mein Leben selbst zu bestimmen." Es tat ihr in der Seele weh, das zu sagen, aber sie meinte es ernst. Die Aussicht, einen Mann zu heiraten, den sie liebte und von dem sie wusste, dass er sie nicht liebte, nur weil er versuchte, etwas Nobles zu tun, hatte etwas Schreckliches an sich. Es würde nur ins Unglück führen. Das konnte sie nicht zulassen.

„Du willst mich wirklich nicht heiraten?" Er zuckte zurück, als hätten ihre Worte ihn wie ein Schwert getroffen. Sein Griff lockerte sich, und dann ließ er sie los und trennte die Verbindung zwischen ihnen. Der Verlust seiner Berührung ließ sie erstarren.

„Es ist keine Frage des Wollens. Ich möchte dich heiraten, wirklich, aber ich werde es nicht tun, nicht um den Preis meiner Freiheit."

Godric wandte sich von ihr ab, ein Muskel zuckte in seinem Kiefer.

„Und du glaubst, irgendein Glücksjäger würde dir diese Freiheit gewähren?"

„Du willst, dass ich nach deinen Bedingungen lebe, nach deiner Laune. Jeder Mann, für den ich mich entscheide, wird zustimmen müssen, dass er mir die Freiheit gewährt, um mein Leben so zu leben, wie ich es mir wünsche, nachdem wir verheiratet sind. Was würdest du wählen?"

Emily legte ihm von hinten eine Hand auf die Schulter. Er zuckte zusammen und wich zurück, drehte sich wieder um, um ihr ins Gesicht zu sehen.

„Warum würdest du mir diesen großen Schmerz zufügen? Warum?", fragte er, die Stimme voller Emotionen, die Augen glühend.

„Weil..." Emilys Kehle schnürte sich zusammen. Sie brannte vor Schmerz über diese schrecklichen Worte, aber sie waren wahr. „Weil du meiner überdrüssig werden wirst und ich den Gedanken nicht ertragen kann, dich zu verlieren. Wenn ich dich nicht heirate, werde ich dich auch nie verlieren."

„Aber du musst mich heiraten! Du bist nicht sicher, wenn du nicht durch die Ehe an mich gebunden bist." Es dauerte nur wenige Augenblicke, bis er von der Wut zum Feilschen überging.

„Eben. Du willst mich nur heiraten, um meine Sicherheit zu gewährleisten. Du bist ein wahrer Gentleman in allen Belangen, Godric, aber ich kann nicht zulassen, dass du darunter leidest, dich an mich zu binden, wenn es uns beide in der Zukunft unglücklich machen wird."

„Wir würden glücklich miteinander sein..."

„Eine Zeit lang. Aber das ist nicht genug. Ich muss geliebt werden. Ich könnte es ertragen, mit einem Mann verheiratet zu sein, der mich nicht liebt, wenn ich ihn nicht lieben würde. Aber ich liebe dich und es würde mir das Herz brechen, meine Liebe nicht erwidert zu wissen." Emily konnte nicht glauben, dass sie sich so tapfer gehalten hatte. Dass sie nicht vor Kummer zusammengebrochen war.

„Aber Emily... ich liebe dich."

Emily schloss die Augen und wünschte, sie könnten für immer in der Vergangenheit leben. Ihn nun zu verlieren, obwohl er nie ihr gehörte, könnte ihr das Herz aus dem Leib reißen.

„Du glaubst, du liebst mich, aber das tust du nicht. Ich will mein Leben nicht unter diesen Umständen leben. Es ist eine Illusion."

Ihre Worte entfachten sein Temperament. „Meine Liebe zu dir ist keine Illusion!" Seine jadefarbenen Augen flackerten und Godrics dunkle Seite kam zum Vorschein.

Emily wich zurück. Ihr Puls raste. „Ich denke, wir sollten das später besprechen, wenn du nicht so aufgebracht bist."

„Aufgebracht? Welchen Grund sollte ich denn haben, verärgert zu sein?" Godrics Stimme erhob sich scharf. „Die Frau, die ich liebe, glaubt mir nicht und will mich nicht heiraten!"

Emily zuckte zusammen und hoffte, dass die anderen ihn nicht schreien hörten.

„Hör mir zu, Emily. Du wirst meine Frau werden, oder du wirst die eines anderen, aber du wirst verheiratet sein. Cedric und Ashton haben beide angeboten, dich zu heiraten. Ist es das, was du willst?" Er packte sie an den Schultern und zog sie ruckartig an sich heran.

Emilys Atem blieb ihr in der Kehle stecken, denn sein Gesicht war nur Zentimeter von ihrem entfernt.

„Du sprichst, als wäre ich ein Stück Vieh, mit dem man handeln kann. Ich werde auch sie nicht heiraten. Hast du das verstanden?" Sie versuchte, sich von ihm zurückzuziehen. So sehr sie ihn auch liebte, sich danach sehnte, Ja zu sagen, ihr Herz wollte es nicht zulassen. Sie hätte vielleicht den Rest ihres Lebens als seine Geliebte überlebt, aber nicht als seine Ehefrau. Aber sie konnte ihn nicht in eine Lage bringen, in der er eines Tages ihr Gelübde verraten oder schlimmer noch, ein ‚Arrangement' aushandeln würde, wie es viele Männer seines Standes taten.

Godric ergriff ihr Kinn, zwang sie, ihm in die Augen zu sehen und knurrte tief in seiner Kehle. „Emily, ich habe keine Geduld für diese..."

Sie stampfte mit dem Fuß auf seinen Stiefel. „Ich habe keine Geduld für dich!"

„Ich habe geschworen, dich niemals gehen zu lassen, und das werde ich auch nicht. Du gehörst zu mir." Godric grub eine Hand in ihr Haar und presste seinen Mund auf den ihren. Sie ballte ihre Hände und hieb sie gegen seine Brust.

„Und wenn du meiner überdrüssig wirst? Wenn du jemand anderen begehrst? Dann werde ich an unser kaltes, leeres Ehebett gefesselt sein. Wirst du mich dann bestrafen? Wirst du mir mein Erbe aus den Händen reißen und es verschenken?" Sie wusste, dass sie zu weit gegangen war. Godrics Augen glitzerten vor Wut, vor Schmerz und einer gefährlichen Lust, die sie nur einmal zuvor gespürt hatte.

Er presste seine Lippen auf die ihren. Sein Kuss war verletzend, feurig, hungrig und strafend. Seine Wildheit ließ Emily in seine Umarmung sinken. Er schlang einen Arm um ihre Taille, während er ihre Sinne überfiel. Seine Lippen stahlen ihr den Atem und raubten ihr den Verstand. Es war genau so, wie jeder ihrer Küsse sein sollte, voller Feuer und Licht. Ein Kuss, der ihre Seelen zersplitterte und die Stücke mit denen des anderen verschmolz, bis ihre Herzen wie ein einziges, mächtiges Herz schlugen.

Als er sie schließlich losließ, taumelte sie einen Schritt zurück, und er griff nach ihr, um sie zu beruhigen.

„Nein! Fass mich nicht an. Ich kann nicht denken, wenn du es tust." Emily riss sich von ihm los und rannte zur Tür. Sie stieß mit Charles zusammen, der gemeinsam mit Jonathan und Cedric draußen herumlungerte.

Charles packte Emilys Handgelenke und hielt sie trotz ihrer verzweifelten Bemühungen fest. „Ist alles in Ordnung?"

Godric erschien in der Tür. „Nein, das ist es nicht! Bringt sie nach oben und sperrt sie in ein Gemach. Sie braucht Zeit, um sich zu beruhigen."

„Ich?", rief Emily zurück. „*Du* bist derjenige, der..."

„Charles, bring sie sofort nach oben!"

Charles griff nach Emily. Sie wehrte sich, ohne sich darum

zu kümmern, ob sie sich zum Gespött der Leute machte. Charles schnaubte irritiert, dann bückte er sich und hievte sie über seine Schulter. „Das kommt mir bekannt vor", sagte er.

Emily ballte ihre Hände zu Fäusten und schlug ihm auf den Rücken, aber sein muskulöser Körper schien unempfindlich. „Lass mich sofort runter. Ich habe genug davon!"

Horatia trat einen Schritt vor. „Wirklich, Charles! Lass sie sofort herunter! Ich lasse nicht zu, dass meine Gäste auf diese Weise behandelt werden!"

„Tut mir leid, ich habe meine Befehle", sagte Charles knapp, aber nicht unfreundlich, und ging die Treppe hinauf, während Cedric und Jonathan ihm folgten.

Horatia blickte finster drein und wollte ihnen hinterherlaufen, aber eine eiserne Hand schloss sich um ihr Handgelenk und zog sie von der Treppe zurück.

Es war Lucien.

„Misch dich nicht ein, Horatia. Du hast schon genug getan." Seine Warnung trug einen Unterton der Vergangenheit in sich, eine Erinnerung daran, dass sie sich oft in Dinge eingemischt hatte, wo sie es nicht hätte tun sollen.

Godric knurrte, stapfte den Flur entlang zu einem anderen Raum und schlug die Tür hinter sich zu. Einen Moment später stolperte er wieder heraus, wobei ein Besen hinter ihm auf den Boden fiel.

„Wer hat den Schrank da platziert?", donnerte er, betrat den nächsten Raum und schlug die Tür erneut zu.

20

Jim Tanner verweilte in der Gasse, die von der Curzon Street abzweigte und wartete ab. In seiner Handfläche lag eine Klinge, die er in der Tasche seines langen schwarzen Mantels aufbewahrte – bereit, sie in das Fleisch dieser aufgeblasenen Lords auf der anderen Straßenseite zu versenken, wenn sie seine Mission behinderten.

Bald, versprach er sich.

Sein Auftraggeber hatte ihn gedrängt, zu warten und sich das Mädchen zu schnappen, wenn sie hilflos war. Der Befehl war nicht aus dem Bedürfnis heraus erteilt worden, Gewalt zu verhindern, sondern um Tanner Zeit zu geben, wegzukommen, bevor der Alarm ausgelöst wurde. Ein Blutvergießen würde seine Fluchtstrategie behindern.

Blankenship war ein Narr, dass er nichts weiter wollte als diese junge Frau. Das Haus, auf das er nun starrte, war wahrscheinlich mit teuren Gegenständen gefüllt, für die er in der Shoe Lane oder in Saffron Hill einen guten Preis erzielen konnte. Die Neureichen kauften nur zu gern aristokratische Gegenstände, die der Gesellschaft vorgaukelten, sie seien nicht die Nachkommen von Menschen aus der Unter- oder Mittelschicht.

Er war nur zu begierig gewesen, das Parr-Mädchen von Essex zu entführen, als Blankenship seinem saftigen Preis zugestimmt hatte. Er wusste, was dem Mädchen bevorstand, aber das war nicht seine Sorge. Dies war ein Auftrag, nichts weiter.

Tanners weitreichende Verbindungen erstreckten sich von den Abwasserkanälen bis zu den Häusern der Macht, von Dienern bis zu Nachtwächtern und Abräumern. Es hatte sich fast sofort herumgesprochen, als Essex und seine Freunde in London angekommen waren. Die Kutsche war direkt in die Curzon Street gefahren, wo Viscount Sheridan wohnte, und das Parr-Mädchen hatte das Haus seit ihrer Ankunft nicht mehr verlassen.

Von seinem Platz in der Gasse aus hatte er durch eines der Fenster beobachtet, wie sich das Parr-Mädchen mit Essex stritt. Da er keine Worte hören konnte, las er ihre Körpersprache und es war klar genug, dass sich zwischen den Liebenden Ärger anbahnte.

Der Abend ging in die Nacht über und Schatten legten sich über die Curzon Street. Tanner betrachtete den Nachthimmel, aber die Wolken hatten den Mond verdunkelt.

Er spuckte in der Dunkelheit der Gasse auf den Boden. Welche Frau fünfhundert Pfund wert war, wusste Tanner nicht. Der alte Mann hätte sich das Geld sparen und eine Edelhure kaufen sollen. Aber nein, sein Arbeitgeber wollte ein unschuldiges, untrainiertes Lamm, das die ganze Nacht schreiend vor Schmerzen verbringen würde, während Blankenship sie vergewaltigte. Schade. Aber auch das war nicht seine Sache.

Er fuhr sich mit der Hand durch die Haare und sah finster drein. Wie sollte er das Mädchen aus dem Haus bekommen, wenn all diese Männer jeden ihrer Schritte beobachteten? Schmuck, Gemälde, er hatte sogar einmal einen wertvollen King-Charles-Spaniel gestohlen. Aber eine Frau? Mit einem halben Dutzend Wächtern um sie herum? Knifflig, aber nicht unmöglich.

Tanner duckte sich zurück in die Gasse, als er einen Lakaien erblickte, der die Seitentür des Stadthauses verließ, um einen Eimer mit schmutzigem Wasser in einen Abfluss zu leeren. Der Diener ging zurück ins Haus.

Tanner trat aus dem Schatten, drehte den Griff seiner Klinge und ließ sie auf den Kopf des Lakaien krachen.

Der Mann sackte zusammen und der Eimer krachte auf den Marmorboden, direkt in der Türöffnung. Tanner packte den bewusstlosen Mann an den Armen und zerrte ihn hinter einen Tisch in dem kleinen Eingangsbereich.

Da das Haus dunkel war, schliefen die meisten anderen Bediensteten sicherlich bereits.

Tanner streifte dem Mann den Mantel und die Hose ab und zog sie sich über. Das musste genug sein, um im Haus keinen Verdacht zu erregen, wenn man ihn aus der Ferne sah. Er trat über den Körper des Dieners und ließ den Mann am Leben. Er tötete keine Diener. Auch sie litten unter der Knechtschaft durch die Reichen.

Während er sich durch das üppig geschmückte Stadthaus bewegte, verdüsterte sich seine Stimmung weiter. Ein dunkler Teil von ihm wäre froh gewesen, jedem Adligen in diesem Haus die Kehle aufzuschlitzen, wenn er nur dafür bezahlt worden wäre.

Er hörte Stimmen über sich und duckte sich unter der Haupttreppe hindurch.

„Ist sie endlich eingeschlafen, Cedric?", fragte ein Mann.

„Sie hat sich in den Schlaf geweint, das arme Ding. Ich wusste nicht, dass Frauen so tränenreich sind. Ich dachte, sie würde noch die oberen Räume überfluten."

„Willigt sie immer noch nicht ein, Godric zu heiraten?"

„Nein. Sie will weder ihn noch sonst jemanden haben."

„Verdammter Mist. Ist sie verrückt?"

„Verlange nicht von mir, dass ich dir erkläre, wie der weibliche Verstand funktioniert, Jonathan."

Der erste Mann seufzte. „Wo ist Charles?"

„Er ist gegangen, um ein paar Stunden Schlaf zu bekommen. Warum ruhst du dich nicht auch aus? Es war für uns alle ein langer Tag."

„Es würde dir nichts ausmachen? Was ist mit Blankenship?"

„Morgen führen wir seine Lakaien durch ganz London, während die Turteltäubchen zur Vernunft finden."

Tanner grinste. Guter Plan. Schade, dass es schon zu spät war.

Er hörte nur noch ein paar Schritte, die sich entfernten, und eine Tür, die sich mit einem Klicken öffnete und dann wieder schloss. Tanner wartete ein paar Minuten und verharrte an Ort und Stelle, bis sich der zweite Mann entfernte. Schließlich kramte er in seiner Manteltasche nach einer Münze. Er schnippte den Schilling von sich weg, in den Korridor. Er klirrte laut über den Marmor und rollte von der Treppe weg. Der Boden über ihm knarrte und er hörte ein Grunzen, als der verbliebene Wächter der Lady seine Position wieder einnahm.

Tanner fluchte lautlos und suchte nach einer weiteren Münze. Er warf sie weiter hinaus und das Klirren hallte weiter entfernt. Es gab ein Echo.

Jemand erhob sich und kam die Treppe herunter, Stufe für Stufe.

Tanner wartete in den Schatten. Der Wächter hatte gerade erst das Ende der Treppe erreicht, als Tanner sich auf den Mann stürzte.

Aber sein Widersacher hatte schnelle Reflexe. Er drehte sich, als Tanner angriff.

Blut spritzte, als Tanners Klinge über den Arm des Mannes glitt.

Bevor der Mann schreien konnte, rammte ihm Tanner den

Ellenbogen ins Gesicht. Blut tropfte über sein Gesicht, als er zurücktaumelte, fiel und sich nicht mehr bewegte.

Tanner erwog, ihn zu erledigen, aber er durfte keine Zeit verlieren. Er brauchte das Mädchen.

Leichtfüßig sprintete er die Treppe hinauf und stieß die unbewachte Tür auf.

Eine junge Frau lag zusammengerollt auf dem Bett, die Knie unter ihr Kinn gezogen. Die Vorhänge des Fensters waren weit geöffnet, sodass eine blasse Decke aus Mondlicht ihre schlafende Gestalt bedeckte. Ihr Haar lag lose und aufgefächert auf ihrem Kissen. Tanner war kein Mann, der jemals an den Himmel oder Engel dachte, aber dieses süße Geschöpf war wunderschön. Kein Wunder, dass der alte Narr sie so sehr wollte.

Er dachte an seine Lacy und daran, wie es gewesen war, bevor sie von seinem Herrn genommen worden war. Eine ewige Sekunde lang war Tanner versucht, das Mädchen zu nehmen und sie für sich zu behalten. Er stellte sich vor, dass sie dankbar sein würde, vor zwei schrecklichen Schicksalen gerettet zu werden. Würde sie genauso fühlen, wie seine Lacy es getan hatte? Aber nein. Das war nur eine Fantasie. Er brauchte das Geld, das sie ihm einbringen würde. Mehr als jede Illusion von Liebe.

Tanner schüttelte den Gedanken ab, als er sich zu dem schlafenden Mädchen hinüberstahl. Er steckte sein blutiges Messer ein, bevor er sich hinunterbeugte und das Mädchen in seine Arme schloss.

Sie wälzte sich unruhig hin und her und murmelte vor sich hin. „Nicht mehr... bitte... nicht mehr.“

Tanner atmete erleichtert auf, als ihre Träume sie nicht weckten. Er wollte nicht, dass sie schrie oder kämpfte. Wenn sie den ganzen Weg bis zu seiner Kutsche schlief, wäre sie sein bislang leichtester Auftrag. Viel einfacher als der Spaniel, dessen Zahnabdrücke immer noch in seinen Stiefeln zu sehen waren.

Er ging die Treppe hinunter, trat den bewusstlosen Mann, den er angegriffen hatte, ein letztes Mal und ging durch die Tür hinaus, durch die er gekommen war. Draußen angekommen, winkte er seine gemietete Kutsche heran. Das Mädchen begann zu erwachen, als die Kutsche laut rumpelnd auf sie zukam. Tanner sagte dem Kutscher, wohin er fahren sollte, während dieser abstieg und die Kutschentür öffnete. Sie wachte schließlich auf, als Tanner das Mädchen auf den Sitz ihm gegenüber fallen ließ.

Sie keuchte und drängte sich in die Ecke, um so viel Abstand wie möglich zwischen sie zu bringen. „Wer seid Ihr?"

Er zog seine Klinge aus der Tasche, beugte sich vor und richtete sie auf ihre Brust. Ihre hübschen kleinen Augen starrten auf die Spitze der Klinge, die noch immer purpurrot gesprenkelt war. „Ich würde sagen, ich bin Euer schlimmster Albtraum, aber wenn man bedenkt, zu wem ich Euch bringe... dann wäre das nicht ganz wahr."

Er erwartete, dass das Mädchen weinen, um ihre Freiheit betteln, verhandeln würde. Aber sie tat es nicht. Langsam kämmte sie sich mit den Fingern durch die verfilzten Haare, richtete ihr Kleid und nahm einen Blick voller Anmut und Würde an.

„Dann musst du einer von Blankenships Schlägern sein."

„Schläger, Madame? Ich bin kein niederer Halsabschneider."

Die Frau zuckte mit den Schultern. „Du bist nicht anders als die anderen, denen ich begegnet bin."

Tanner war von ihrem Tonfall verunsichert. Sie wirkte unbeteiligt, als wäre eine Entführung etwas Alltägliches. Solche Selbstbeherrschung. Er wusste nicht, ob er beeindruckt sein oder sich Sorgen um ihre geistige Gesundheit machen sollte, denn diese Frau war eindeutig verrückt.

Emily konzentrierte sich auf langsame, gleichmäßige Atemzüge. Sie würde nicht schreien, solange sie ruhig blieb.

Sie weigerte sich, darüber nachzudenken, wie dieser Mann sie gefunden hatte, oder wen er dabei verletzt haben könnte. Wenn sie es wüsste, würde sie sich in ihrem Schrecken verlieren, und Blankenship würde gewinnen. Sie zwang sich, den Mann zu studieren, seine dunklen Augen, sein ungekämmtes braunes Haar, die Kleidung und das Grinsen, das in seine Züge geätzt war.

Er schien um die dreißig Jahre alt zu sein und strahlte die Schärfe eines Veteranen aus, der einen messerscharfen Verstand besaß. Dieser Mann war ein Profi und er war gefährlich.

Die Angst drohte sie zu verschlingen, aber im Gegensatz zu ihrer ersten Entführung hatte sie nun ein besseres Gespür dafür, wie sie mit der Situation umgehen sollte. Nach ihrer Begegnung mit Evangeline glaubte sie, die Zuversicht der anderen Frau nachahmen, und sich möglicherweise aus dieser Gefahr herauswinden zu können. Es war eine Chance, wenn auch nur eine kleine, die sie ergreifen musste.

„Bezahlt er dich gut?", fragte sie.

Der Mann nickte. „Fünfhundert Pfund, um Euch auf seiner Türschwelle abzuliefern."

Emily täuschte Überraschung vor. „Nur fünfhundert? Dem letzten Mann, den er angeheuert hat, hat er das Doppelte geboten." Die Lüge fiel ihr leicht, während sie versuchte, Evangelines herrischen Tonfall nachzuahmen, wenn auch ohne den französischen Akzent.

„Von wem sprecht Ihr? Er hat nie einen anderen erwähnt."

„Natürlich hat er das nicht. Er hat diesen Mann getötet, um die Bezahlung zu vermeiden." Emily zupfte in der Nähe ihrer Knie an ihrem Kleid, als ob die Worte sie nichts angingen.

„Ihr lügt!"

„Lügen?" Sie begegnete seinem Blick mit Unschuld. „Warum in aller Welt sollte ich lügen? Du wirst mich trotzdem ausliefern. Ich dachte nur, ich sollte dich warnen. Er hat überall Blut verteilt, mein bestes Musselin-Kleid ruiniert, und es hat einfach ewig gedauert, bis der Mann gestorben ist. Ich möchte nur nicht noch einmal Zeuge einer derartigen Situation werden. Es ist beunruhigend und verdirbt mir den Appetit." Emilys Stimme klang fast schnippisch, als ob sie mit beunruhigender Häufigkeit grausame Morde erlebt hätte.

Es war sinnlos, von diesem Mann zu erwarten, dass er sie gehen ließ, aber wenn er und Blankenship sich stritten, dann hatte sie vielleicht eine Chance zu entkommen.

Der Rest der Kutschfahrt verlief schweigend. Der Mann musterte Emily und sie begegnete seinem Blick. Der stille Kampf des Willens endete, als die Kutsche Blankenships Stadthaus erreichte. Er packte sie grob am Arm und zerrte sie mit einer solchen Heftigkeit aus der Kutsche, dass sie stolperte und gegen seine Brust fiel. Sie hatte offensichtlich einen Nerv getroffen.

Blankenships alter Butler öffnete die Tür, nachdem ihr Entführer für gefühlte fünf Minuten lang heftig geklopft hatte. Er zog Emily in die Halle und rief nach Blankenship.

Der Butler stieß einen schweren Seufzer aus und ging.

Blankenship erschien am oberen Ende der Treppe, gekleidet und wach trotz der späten Stunde. Seine glänzenden Augen ruhten auf Emilys Gesicht und glitten dann an ihrem Körper hinunter. Seine ganze Ausstrahlung, von den Augen bis zu seiner aufrechten Haltung, zeigte eine Bösartigkeit, die Emily erschreckte. Es fühlte sich an, als ob tausend Käfer über ihre Haut krabbelten.

„Gut gemacht, Mr. Tanner, gut gemacht. Mussten Sie jemanden umbringen, um an sie heranzukommen?" Blankenship kam nicht die Treppe hinunter. Er wartete oben auf sie, wie ein hoher und mächtiger Sultan, dessen Haremsdame vor ihm kroch.

Emilys Nägel gruben sich schmerzhaft in ihre Handflächen.

Etwas in ihr begann zu brennen. Sie war es leid, der Gnade anderer ausgeliefert zu sein, besonders der eines Mannes, der ihr etwas Böses wollte. Heute Abend würde sie kämpfen. Er würde es bereuen, sie je angesehen zu haben.

„Möglicherweise einen. Ich war in Eile, aber Mord war nicht meine Aufgabe."

Tanners Antwort ließ ihr Herz stocken. Möglicherweise einen? Wen? Lieber Gott... ihre Sicht verschwamm, und sie kämpfte darum, aufrecht stehen zu bleiben.

„Ein Jammer, aber es stimmt. Mord bringt seine eigenen Komplikationen mit sich." Blankenship lächelte Emily an. „Bring sie zu mir hoch." Das Lächeln dauerte an, als ihr Entführer sie die Treppe hinaufzerrte.

„Auf die Knie, Mädchen", bellte Blankenship.

Emily blinzelte und hob ihr Kinn.

Tanner packte sie von hinten an den Schultern und drückte sie nach unten. Sie fiel auf ihre Knie. Blankenships Augen verfinsterten sich.

„Meine Güte, Miss Parr. Ihr gefallt mir sehr gut auf den Knien." Blankenship griff nach unten und streichelte mit den Fingerspitzen über ihr Haar. „Vielleicht sollten wir den heutigen Abend so beginnen?"

Emily wollte ihre Wut verbergen, aber es gelang ihr nicht.

Er riss ihr Kinn hoch. „So trotzig. Ich sehe das Feuer in Euch. Ich werde es genießen, diese Aufsässigkeit aus Eurem schreienden Körper zu prügeln. Eure Mutter konnte ich nicht haben, aber Euch werde ich haben."

„Meine Mutter?", würgte sie hervor. Was hatte ihre Mutter mit dieser Sache zu tun?

„Ich nehme an, Ihr wisst es nicht", sinnierte er. „Ich hätte sie fast geheiratet, aber sie hat sich für diesen Narren entschieden, den Ihr Vater nennt. Sie hat mir das Herz gebrochen und so habe ich ihr Geschäft zerstört. Ich habe sie auf tausend kleine Arten verletzt, aber niemals genug." Er musterte sie weiter, während er sprach, als genieße er es, endlich seine Pläne zu enthüllen.

„Ihr habt meine Eltern ruiniert?" Sie erinnerte sich an die stets knappen Finanzen und die geflüsterten Gespräche zwischen ihren Eltern. Blankenship hatte das verursacht.

„Nicht nur sie. Auch Euren Onkel, natürlich. Es war der einzige Weg, um an Euch heranzukommen."

Schaler Zigarrenrauch und Brandy gingen von ihm aus, zusätzlich zu den anderen unangenehmen Gerüchen. Seine Finger gruben sich tief in ihr Gesicht, seine Nägel hinterließen Abdrücke. Die ganze Zeit, all der Herzschmerz, den sie erlitten hatte... ihre Eltern waren auf dieses Schiff gestiegen, um nach Amerika zu fahren und zu versuchen, ihre Rederei wieder aufzubauen, und waren dabei umgekommen. Blankenship hatte ihre Eltern umgebracht. Wenn sie in diesem Moment eine Waffe gehabt hätte, hätte sie dem Mann direkt zwischen die Augen geschossen.

„Weiß mein Onkel, dass Ihr mich entführt habt?", fragte sie mit zusammengebissenen Zähnen.

„Er spielt keine Rolle mehr. Ihr gehört mir, so wie er es mit mir vereinbart hat, und soweit es mich betrifft, sind seine Schulden nun beglichen." Blankenship drehte ihr Gesicht zur Seite, als würde er ihr Profil bewundern, während er mit Tanner sprach. „Haben Sie jemals etwas so köstlich Unschuldiges gesehen? Sehen Sie sich diese Lippen an."

„Ja, Sir, sie sieht anständig aus. Aber ich will jetzt mein Geld haben, wenn es Euch recht ist, und mich auf den Weg machen." Tanners Augen folgten jeder Bewegung des anderen Mannes, als würde er ihm nicht trauen. Das war gut.

Blankenship ließ Emilys Gesicht los und richtete seine Wut auf Tanner. „Alles zu seiner Zeit. Die Banken öffnen nicht vor morgen früh."

„Bezahlt mich, oder ich nehme sie an mich." Tanner legte eine Hand um Emilys rechtes Handgelenk und zog sie mit einem Ruck auf die Beine, gerade als Blankenship eine Hand um ihre Kehle schlang. Beide Männer zerrten an ihr. Schmerz schoss durch Emilys Körper und ihre Sicht verschwamm erneut. Schwarze Flecken tanzten vor ihren Augen.

„Du wagst es, mir zu drohen?" Blankenship schleuderte Emily mit überraschender Kraft weg. Sie stolperte und krachte dann gegen eine Wand.

Sterne explodierten hinter ihren Augenlidern. Die Szene verschwamm, als sie versuchte, wieder zu Atem zu kommen. Die beiden Männer kämpften miteinander. Emily versuchte, wegzukriechen, aber Tanner packte sie im Nacken und stellte sie erneut zwischen ihn und Blankenship. Er zog seine Klinge heraus und drückte ihr die Spitze gegen die Kehle. „Noch ein Schritt und ich beende ihr Leben."

Blankenship machte einen weiteren Schritt. Emily zuckte zusammen und unterdrückte einen Schrei, als die Klinge tiefer eindrang. „Seid still", flüsterte Tanner in ihr Ohr.

„Sie ist mir nicht wichtig! Du willst sie? Dann nimm sie."

„Fünfhundert Pfund für etwas, das unwichtig ist? Ich nehme an, das könnte stimmen... wenn Ihr nie vorgehabt hattet, zu bezahlen." Tanner wich einen Schritt von Emily zurück, dann schob er sie vorwärts auf Blankenship zu. Blankenship verpasste ihr mit peitschenartiger Wucht einen Schlag auf die Wange und sie fiel zu Boden und wich gerade noch rechtzeitig aus, als die beiden Männer aufeinander zustürzten. Tanners Klinge fiel während des Handgemenges zu Boden, als die Männer mit den Fäusten aufeinander einschlugen. Emily sammelte ihre Kräfte und biss die Tränen zurück, als ihre Finger sich um den abgenutzten Holzgriff der Klinge krümmten und sie hastig auf die Beine kam.

„Was glaubt Ihr, wo Ihr hingeht?" Blankenship wirbelte auf sie zu und wich nur knapp einem Schlag von Tanner aus.

Emily handelte, ohne nachzudenken und schwang das Messer nach ihm, wobei die Klinge quer über seine Brust schnitt. Er brüllte auf wie ein verwundeter Bär, stürzte sich auf sie, riss ihr die Klinge aus den Händen und stieß sie mit dem Feuer des Teufels in seinen Augen in ihre Brust. Tanner brüllte vor Wut und trat Blankenship von hinten. „Ich habe sie nicht zu Euch gebracht, damit Ihr sie in Stücke schneiden könnt! Unsere Abmachung ist beendet!"

Emily taumelte, schockiert von dem Schmerz, als sich die Welt drehte und sie den Halt verlor. Sie schrie in Panik, als sie rückwärts die Treppe hinunterstolperte. Sie stürzte und rollte die Treppe hinunter, bis sie mit einem dumpfen Aufprall auf dem kalten Marmor am Boden aufkam.

❧

GODRIC TRAT AUS CEDRICS ARBEITSZIMMER, KURZ NACHDEM die Uhr Mitternacht geschlagen hatte. Sein Temperament hatte sich endlich abgekühlt, und er war bereit, mit Emily zu sprechen. Sie traute ihm nicht zu, dass er sie nicht kontrollieren würde. Nur die Bedenken um ihre Sicherheit hatten ihn dazu veranlasst, Maßnahmen zu ergreifen, die er unter normalen Umständen nie ergriffen hätte. Nun, da er das verstand, konnte er es ihr erklären, damit sie es aus seiner Sicht sehen konnte. Sie war eine kleine Närrin, seine geliebte kleine Närrin, weil sie dachte, er würde sie nicht lieben. Godric hatte vor, die nächsten Stunden in ihrem Bett zu verbringen und ihr zu beweisen, wie töricht ihre Befürchtungen waren.

Im schummrigen Licht, das von der Straße hereinkam, erblickte er einen zusammengesunkenen Körper am Fuße der Treppe. Er erstarrte. War jemand gestürzt? Cedric. Sein Herz setzte einen schmerzhaften Schlag aus. Der Körper seines Freundes war blutverschmiert. Cedric stöhnte und bewegte sich ein paar Zentimeter. Godric lief hinüber und half seinem Freund auf. Cedrics Nase war blutig und an seinem Arm klaffte eine tiefe Wunde.

„Was ist passiert?“

„Ich wurde angegriffen!“ Cedric deutete mit einer zittrigen Hand in Richtung von Emilys Gemach. Die Tür stand weit offen.

„Hilfe! Jemand muss helfen!“, schrie Godric.

Ashton und Jonathan waren die ersten, die mit gezogenen Pistolen eintrafen.

„Hol einen Arzt, Ash. Emily ist entführt worden.“ Godric stürmte aus dem Haupteingang und auf die Straße, gefolgt von Jonathan. Ein einsamer Laternenanzünder ritt gerade zur Straßenlaterne, die ihnen am nächsten war.

Godric rannte auf ihn zu, packte das Bein des Mannes und zerrte ihn zu Boden. Er griff nach dem Sattel und zog sich auf das Pferd des Mannes.

„Sieh zu, dass er entschädigt wird, Jonathan“, rief Godric seinem Bruder zu, während er in die Nacht ritt, direkt zu Blankenships Haus. Er war noch nie so dankbar dafür, dass er Lucien und Ashton gefragt hatte, wo dieser abscheuliche Mann wohnte.

Er stieß seine Fersen in die Flanken des Pferdes und trieb es an, so schnell wie möglich zu reiten. Es war ihm egal, ob das Tier später lahmen würde oder ein Hufeisen verlor, nur Emily zählte. Wie hatte er sie nur allein lassen können? Gott, er konnte es sich nicht erlauben, daran zu denken, dass sie verletzt sein könnte, oder schlimmer.

Als er Blankenships Stadthaus erreichte, sprang Godric vom Pferd und trat durch die offene Tür, nur um über einen entsetzlichen Anblick zu stolpern.

Es sah Blankenship, am oberen Ende der Treppe, der Emily ein Messer in die Brust stieß.

Ein Mann nahm den Kampf mit Blankenship auf, aber Godric konnte nur hilflos zusehen, wie Emily zurücktaumelte, auf der Treppe den Halt verlor und...

Godric konnte nicht atmen, konnte nicht schreien. Der

Schrecken lähmte ihn, als seine Emily blutend die Treppe hinunterstürzte. Sie bewegte sich nicht. Das Blut sickerte aus ihrem Körper und sammelte sich langsam um sie herum auf dem Boden.

Der Bedienstete hatte die Oberhand verloren, abgelenkt durch Godric in der offenen Tür. Er schrie etwas von ihrer Abmachung und stürzte sich mit bloßen Händen auf Blankenship, aber Blankenship hatte immer noch die Klinge. Mit einer schnellen Bewegung seines Handgelenks schnitt er dem Mann die Kehle durch. Dieser sank auf die Knie, Blut spritzte über die Vorderseite seines Hemdes und Mantels.

Godric fand die Fähigkeit wieder, sich zu bewegen und kniete neben Emily nieder, wobei sein eigener Körper so heftig zitterte, dass er nicht mehr stehen konnte. Er sackte neben ihr zusammen, bevor er die Kraft aufbrachte, sie auf den Rücken zu drehen.

Seine zitternden Finger strichen über ihre Wangen. „Emily, Liebling, bitte mach die Augen auf", klagte er. „Meine letzten Worte an dich waren grausam und kalt. Ich wünschte bei Gott, ich könnte sie zurücknehmen." Sein Inneres pochte, brodelte, drohte zu explodieren. Godric musste weiterreden, sonst würde er vor Kummer verrückt werden. „Warum hast du nicht geglaubt, dass ich dich liebe? Du hast mich verändert, Emily. Als ich mit dir zusammen war, wollte ich nicht nur ein besserer Mann sein. Ich war ein besserer Mensch, weil du in meinem Leben warst. Wie soll ich es nur ohne dich aushalten?"

Als seine Liebste nicht antwortete, vergrub er sein Gesicht in der weichen Kurve ihres Halses und atmete den blumigen Duft ihres schimmernden Haares ein. Godric, der Duke of Essex, weinte. Er weinte um Emily, um die Kinder, die sie nie haben würden, um die Orte, an die er sie nie mitnehmen würde. Und er weinte um den Schmerz seines eigenen brechenden Herzens.

„Nein! Verdammt, nein!" Ein Schrei unterbrach seine Trauer,

der Klang ein schreckliches Keifen, das an seine Ohren drang. Es drang tief aus seiner Kehle, dann verblasste es und wurde von röchelnden Atemzügen ersetzt.

Er küsste ihre Lippen, erwartete den kupfernen Geschmack von Blut, aber sie war unerträglich süß, als ob sie nur schliefe.

„Ist sie tot?", hallte Blankenships näselnde Stimme die Treppe herunter.

Godrics Augen brannten vor Tränen, die ihm über das Gesicht liefen, während er mit zittrigen Händen Emilys Haare aus ihrem Gesicht strich.

Als er sprach, war seine Stimme kaum noch ein Flüstern. „Ihr habt mir das Einzige auf dieser Welt genommen, das ich wirklich geliebt habe." Die Leere in ihm wuchs zu einem dumpfen, schwarzen Dröhnen an. Erinnerungen blitzten vor seinem geistigen Auge auf, glitzernde Splitter kurzweiliger Freude durchdrangen die anschwellende Dunkelheit. Emilys Lachen, ihre leuchtenden Augen, forschende Hände, geflüsterte Träume und atemlose Worte der Liebe.

Nie wieder würde er ihre süße Stimme vernehmen.

Flammen verzehrten ihn, schlugen ihn in ihren Bann.

Er ließ Emily los und stellte sich an den Fuß der Treppe, um Blankenship ins Gesicht zu sehen, dann ging er langsam Stufe für Stufe hinauf.

„All diese Arbeit und ich habe nicht einmal mit ihr geschlafen!", zischte Blankenship, als er zurückwich. „Ihr wart ein Narr, mir zu nehmen, was mir gehört. Sie ist tot, weil Ihr sie entführt habt." Blankenship trat weiter in den Flur zu einem kleinen Beistelltisch. Er zerrte krampfhaft am Griff der obersten Schublade.

„Sie gehörte nie Euch." Blankenship würde sterben. So einfach war das. Sein Kummer überwog die Vernunft und betäubte ihn. Godric konnte an nichts anderes als an Rache denken.

Etwas glitzerte silbern und erregte seine Aufmerksamkeit.

Ein Messer lag am Rande der obersten Treppenstufe, die Klinge schimmerte rot vor Blut. Godric griff danach, nur um das Geräusch einer gespannten Pistole zu hören.

Godric fand sich am anderen Ende einer geladenen Waffe wieder. Aber in den käferschwarzen Augen dahinter spiegelte sich eine tiefgreifende Angst wider.

Blankenship hatte es geschafft, eine Waffe aus der Schublade des Beistelltisches zu holen.

„Denkt nicht einmal daran.“

Godric knurrte und stürmte los, als die Pistole abgefeuert wurde. Ihre Körper prallten gegen das Geländer. Blankenship schlug um sich, als die Pistole auf den Teppich zwischen ihnen fiel. Godric schlang eine Hand um den Hals des Mannes, während Blankenship sich an seine Brust krallte.

Das schwere Gewicht des Mannes brachte ihre ineinander verworrenen Körper aus dem Gleichgewicht, und Godric kämpfte darum, sich zu befreien, als sie beide zu fallen begannen, doch es war zu spät.

Sie stürzten die Treppe hinunter und schlugen aufeinander ein, bis Godric am Fuße der Treppe auf Blankenship landete. Das Messer stecke in dessen Brust.

Keuchend nach Atem ringend, schauten sich beide Männer in die Augen. Hass traf für einen kurzen Moment lang auf Hass, bevor das Funkeln in Blankenships Augen verblasste und der Dunkelheit wich. Godric löste seinen Griff um das Messer und rollte sich vom Körper des toten Mannes.

Lucien und Ashton standen in der Tür, ihre Gesichter waren aschfahl.

„Mein Gott“, hauchte Lucien.

„Sie ist tot.“ Godrics Tonfall klang hohl.

Ashtons Hand flog zu seinem Herzen. Lucien wandte den Blick ab.

Emily lag ausgestreckt auf dem Marmorboden, die blassblauen Pantoffeln blutverschmiert. Ihre schlaffe, anmutige Hand lag auf dem Boden neben Godric.

Ashton beugte sich hinunter, um Godrics Schulter zu berühren, als Emilys Zeigefinger gegen den Marmorboden zuckte. Es musste ein Todeskrampf sein. Aber... ihre Finger begannen sich weiter zu krümmen, zu einer Faust. „Godric, sieh nur!"

Godric, der durch die Tränen, die seine Augen trübten, nichts sehen konnte, versuchte, zu seiner Liebsten aufzublicken. Emilys lange Wimpern flatterten gegen ihre Wangen.

„Sie ist am Leben!", würgte Godric in einer Mischung aus Entsetzen und Erleichterung hervor. Sie war noch am Leben! „Schnell, sieh dir ihre Wunde an." Lucien kniete sich neben Emilys Kopf, untersuchte die Wunde sorgfältig und seufzte erleichtert auf.

„Es ist eine Fleischwunde. Es wurden keine lebenswichtigen Organe verletzt." Lucien riss einen der Ärmel seines Hemdes ab. Mit Godrics Hilfe verbanden sie die Wunde so fest sie konnten. „Wenn wir sie zu einem Arzt bringen, könnte sie überleben."

„Ist es sicher, sie zu bewegen?", fragte Godric Lucien.

„Ich glaube schon."

Godric hob Emily vorsichtig in seine Arme und die drei Männer gingen auf die Straße hinaus. In diesem Moment traf Jonathan mit dem Constable und einigen Polizisten der Bow Street ein. Ashton blieb zurück, um alles zu erklären, während Lucien und Godric Emily zurück in Cedrics Haus brachten, um den Arzt aufzusuchen und zu beten, dass sie überlebte.

❦

DER HIMMEL. ES WAR WARM UND HELL HIER. LEISES Gemurmel einer tiefen männlichen Stimme drang an ihre Ohren... nein, die Stimme las ihr vor. Sie erkannte Ilias von

Homer auf Griechisch. Sie versuchte, den Mund zu öffnen, aber nichts rührte sich.

Ich will dich sehen, wer immer du bist.

Hatte sie noch einen Körper?

Sie brachte ein kleines, ersticktes Wimmern hervor. Die Stimme hielt inne, dann sprach sie weiter, jetzt eifriger.

„Emily." Die Stimme klang wie Godrics, aber das machte Sinn. Der Himmel war dort, wo er war. Sie versuchte wieder zu sprechen, brachte aber nur ein weiteres erbärmliches Wimmern hervor.

„Ruhig. Ruh dich aus, mein Liebling. Du hast so viel durchgemacht." Eine große Hand umklammerte ihre. Ihr Griff war warm, stark und perfekt.

Lippen strichen über ihre Stirn und hinterließen eine Spur von zartem Feuer. Sie zwang ihre Augen, sich zu öffnen. Obwohl Godrics Gesicht blass war und sein Haar schlaff herabhing, war er immer noch alles, was sie sich gewünscht, ja ersehnt hatte. Liebe. Sein Anblick. Das war himmlisch.

Emilys lange Wimpern zuckten, als sie seine Hand drückte. Sie schenkte ihm ein schwaches Lächeln. Godric würgte ein Schluchzen zurück, geisterhafte Reflexionen ihres eigenen Schmerzes schimmerten in seinen Augen.

„Was ist passiert?" Sie kämpfte darum, sich aufzusetzen. Der Schmerz strahlte in jeden Winkel ihres Seins, aber es bewies ihr, dass sie am Leben war.

„Du erinnerst dich nicht?" Er drückte ihre Hand. Godric setzte sich auf die Kante ihres Bettes.

„Treppen. Ich erinnere mich an Treppen."

Godrics Augen schlossen sich kurz.

„Du bist gefallen."

Emily drückte erneut seine Hand, unfähig, mehr zu tun. „Und danach?"

Godric sah sie an und strich ihr eine lose Haarsträhne hinters Ohr.

„Blankenship hat den anderen Mann getötet und dann habe ich Blankenship getötet."

Emily atmete erleichtert auf, nur um dann vor Schmerz zusammenzuzucken. Sie war für immer von dem dunklen Gespenst Blankenships befreit.

„Wurde noch jemand verletzt?"

„Cedric hat eine gebrochene Nase und eine Wunde am Arm, aber das wird schon wieder. Er ist mehr darüber verärgert, dass er den nächsten Monat weder reiten noch jagen kann", erklärte Godric und schmunzelte.

Emilys Schultern sackten erleichtert zusammen. Sie hatte gar nicht bemerkt, dass sie so angespannt war.

„Emily, ich habe meinen Anwalt beauftragt, die Sache mit deinem Erbe zu prüfen. Es besteht die Möglichkeit, dass es einen Weg gibt, das Erbe deines Vaters ohne Heirat zu bekommen, wenn du dich an den Treuhänder wendest."

Emily biss sich auf die Unterlippe. Was hatte das zu bedeuten? Wollte er, dass sie frei war, oder dass er sich nicht an sie binden musste? In der Dunkelheit ihres Schmerzes, nachdem sie gefallen war, hatte sie geglaubt, ihn sprechen zu hören... seine Liebeserklärung zu hören. War das nicht mehr als der Traum einer sterbenden Frau gewesen?

Godric begann erneut zu sprechen. Unsicher. „Emily, ich weiß, du willst mich nicht heiraten. Ich weiß das. Aber ich kann nicht einen Tag länger ohne dich leben. Alles, worum ich dich bitte, ist, dass ich mit dir kommen darf, wohin du auch gehst und was du auch tust. Wir können die Welt bereisen. Was immer du willst, es wird dein sein. Ich wünsche mir nur, bei dir zu sein." Godric rückte näher und hielt ihre Hände fest umklammert. „Ich kann dich nicht verlieren. Nicht noch einmal."

„Du würdest deinen Titel aufgeben?", fragte sie.

„Emily, für dich würde ich meine Seele aufgeben."

„Und wenn ich dein Herz will?"

„Es ist bereits gestohlen worden. Du, meine Liebe, bist der bessere Entführer von uns beiden.“

GODRIC ÖFFNETE DIE TÜR IHRES GEMACHS UND SAH draußen fünf Stühle in einem Halbkreis aufgestellt, besetzt von seinen Freunden und seinem Bruder. Sie strafften sich, als er in den Flur hinaustrat.

„Wie geht es ihr?“, fragte Charles.

Godric schloss die Tür hinter sich. „Sie ist für ein paar Minuten aufgewacht, aber sie schläft schon wieder. Ash, kannst du den Bischof ausfindig machen?“ Seine Worte ließen die Stimmung der Männer von Erleichterung auf Besorgnis umschlagen, bevor er fortfuhr. „Und finde heraus, ob wir doch noch eine Zeremonie in St. George's arrangieren können. Sie hat eingewilligt, mich zu heiraten!“

Seine Freunde und sein Bruder sprangen alle von ihren Stühlen auf, schrien und jubelten und klopften ihm auf den Rücken. Vor einem Monat wäre eine Heirat noch wie ein Todesurteil gewesen, aber das war die beste Nachricht, die sie je bekommen hatten. Emily Parr würde nun ein Teil ihres Lebens sein und kein Mensch würde sie aufhalten können.

Horatia trat mit einem Tablett mit Essen auf den Flur. Keiner von ihnen hatte bisher gegessen oder geschlafen. „Ihr weckt selbst die Toten mit eurem Krach“, tadelte sie mit einem missbilligenden Blick.

„Glückwunsch. Ich wusste, du würdest der Erste sein, dem man die Beinfesseln anlegt!“, scherzte Charles.

Was für ein Narr er doch gewesen war. Die Liebe hatte ihn gefunden, ihn gerettet, und er würde sie nie wieder loslassen.

„Steht nicht einfach so herum, Gentlemen!“, fuhr Horatia die Männer an, die sich um sie herum tummelten. „Wir haben eine Hochzeit zu planen! Ashton, du wirst dich um die Kirche und den Bischof kümmern. Ich kümmere mich um Emilys Hochzeitskleid. Charles und Lucien, ihr beide müsst alle Familienmitglieder informieren. Ich möchte, das St. George mit unseren Lieben gefüllt ist. Jonathan, du solltest Penelope holen, da Emily sie furchtbar vermisst. Cedric, du sorgst dafür, dass Emilys Onkel seine Zustimmung zur Heirat gibt. Wenn er sich gut verhält, kannst du ihn sogar einladen." Horatia scheuchte die Männer von der Tür weg, damit sie Emily nicht weckten.

Cedric sah verwirrt aus, als sie gingen. „Seit wann hat sie das Sagen?"

Als sie weg waren, kehrte Godric an Emilys Seite zurück und nahm ihre Hand in seine.

Er rieb sich die Augen und blickte auf seine schlafende Geliebte hinunter. Er erinnerte sich an die junge Frau auf seinem Bett, mit einem Schmutzfleck auf Nase und Wangen, an die klatschnasse Amazone am Ufer des Sees, die ihm Leben einhauchte, an die Frau, die mit Worten kämpfte wie ein Schwertkämpfer und doch in seinen Armen schmolz, und an den Engel, der ihm verzieh und versprach, ihn immer zu lieben.

Welche Wendung des Schicksals hatte ihn in jener Nacht dazu gebracht, Emily Parr zu entführen?

Er würde nie erfahren, wie groß sein Glück war, sie entführt zu haben, diese Frau, die ihn im Handumdrehen ebenfalls gefangen nahm. Er wusste nur, dass er sie nie wieder gehen lassen würde.

EPILOG

Lucien saß am Tisch in Cedrics Esszimmer und las die Morgenzeitung. Cedric fütterte Penelope mit Essensresten. Das Esszimmer war groß für ein Londoner Haus, möbliert mit Stühlen aus Walnussholz und einem Tisch, allesamt mit vergoldeten Schnörkeln versehen. Lucien sah zu Ashton und Charles hinüber, die sich in der Nähe des großen, verglasten Holzfensters mit Blick auf die Gärten unterhielten.

Die Lords amüsierten sich, nachdem sie Godric und Emily erfolgreich in die Flitterwochen verabschiedet hatten und sich nun in Cedrics Stadthaus von den Abenteuern der letzten Wochen erholten.

„Nun, Lucien? Irgendetwas Interessantes?", fragte Ashton, während er sich setzte und Charles allein ließ, der gedankenverloren aus dem Fenster starrte.

„Es ist ein interessanter Artikel in den Gesellschaftsseiten."

„Nicht schon wieder etwas von Lady Society, oder?", fragte Cedric und gluckste. Penelope bellte ihn laut an. Er griff nach ihr, hob sie in seine Arme und setzte den Jagdhund auf seinen Schoß. Sie war nicht länger ein Welpe.

Alle werden eines Tages erwachsen, dachte Lucien bei sich.

„Liest du es uns nun vor oder nicht?", fragte Charles vom Fenster aus.

„Miss Emily Parr hat am Sonntag in St. George am Hanover Square den Duke of Essex geheiratet. Die Braut und der Bräutigam werden bald auf einem der Handelsschiffe von Baron Lennox in die Flitterwochen abreisen. Es scheint, der ewige Junggeselle hat die Fesseln der Ehe endlich angenommen."

„Das ist alles?", fragte Ashton laut.

Lucien faltete die Zeitung und legte sie auf dem Tisch ab. „Nun, Lady Society hat die Hälfte der Kolumne damit verbracht, Emilys Hochzeitskleid zu beschreiben und die verschiedenen Gäste, die wir in letzter Minute noch auftreiben konnten, um die Kirche zu füllen. Nicht, dass es eine Herausforderung gewesen wäre."

Er blickte durch die großen Fenster in die Gärten hinaus, wo Cedrics Schwestern auf einer Bank saßen, die Köpfe gesenkt, während sie sprachen. Als verheiratete Lady würde Emily als Anstandsdame infrage kommen, was nur noch mehr Ärger für Cedric bedeutete. Er würde auf Horatia und Audrey aufpassen müssen, besonders auf Letztere. Sie steckte oft in Schwierigkeiten, auch wenn sie sie nicht aktiv suchte. Nicht wie Horatia. Nein, sie benahm sich immer perfekt, und das ärgerte ihn maßlos.

Charles grinste Lucien an. „Ich glaube, das ist der erste positive Artikel über uns in der Kolumne der Lady Society. Warte, bis meine Mutter es liest. Sie wird aus dem nächstgelegenen Fenster nach Anzeichen der vier apokalyptischen Reiter Ausschau halten."

„Wo wir gerade von der Apokalypse sprechen", begann Ashton. Lucien erkannte an seinem Tonfall, dass sich Ärger anbahnte. „Ich habe von einer meiner Quellen gehört, dass Hugo Waverly aus Frankreich zurückgekehrt ist."

Charles' Lächeln verblasste.

Lucien setzte sich aufrecht hin. „Was zum Teufel hat er hier zu suchen? Ich dachte, wir hätten ihn für immer vertrieben."

Ashton runzelte die Stirn. „Er ist schon seit ein paar Wochen hier, heißt es. Es scheint, als hätte er unsere Drohungen nicht ernst genommen oder es wäre ihm egal. Ich empfehle jedem von uns, auf der Hut zu sein, bis wir die Wahrheit herausfinden können. Ich bezweifle, dass sich seine Motive geändert haben. Er hat geschworen, jeden Einzelnen von uns zu töten. Man kann nur hoffen, dass er seine Meinung geändert hat."

„Aber was kann er sich dabei denken? Es ist eine Sache, uns als junge Männer anzugreifen, als wir unsere Stärke nicht kannten. Aber jetzt?" Cedric streichelte Penelope, während er sprach, aber der Hund knurrte, als ob er seine Anspannung spürte.

Lucien dachte an alles, was er zu verlieren hatte, falls Hugo Waverly zuschlug. Eine Person kam ihm dabei besonders in den Sinn. Wenn er sie verlor, würde er sich selbst verlieren. Nein, die Zeit für Spielchen war vorbei. Es war Zeit, sich auf den Krieg vorzubereiten.

Die Liga der Schurken würde sich und die, die sie liebten, vor Waverlys fatalen Plänen schützen müssen.

❧

EMILY HATTE SCHON IMMER SONNENAUFGÄNGE GEMOCHT. SIE nahm an, dass die Symbolik der Wiedergeburt sie inspirierte. Aber nun, als sie das mandarinenfarbene Glühen der untergehenden Sonne bewunderte, bemerkte sie die violetten Schattierungen, die an den Rändern verblassten. Sie lehnte sich an die Reling des Decks, das polierte Holz glatt unter ihren Händen, und fühlte sich ein wenig nervös vor ihrer ersten Nacht mit ihrem Ehemann. Sie waren in ihren Flitterwochen. Das war natürlich Unsinn, sie und Godric hatten schon viel durchgestanden und sie hatte keinen Grund, nervös zu sein.

Ein Paar starker Arme legten sich um ihre Taille und ein fester Körper drückte sich gegen ihren Rücken.

Godric küsste ihre Schläfe und dann ihre Wange. „Da bist du ja, Liebes."

„Godric?", fragte sie, als ihre Lippen an ihrem Hals entlang tanzten.

„Ja, mein Schatz?"

„Bist du froh, dass du mich geheiratet hast?" Sie lehnte sich an ihn und kostete seine Stärke aus. Nachdem sie so lange stark und tapfer gewesen war, war sie dankbar, dass er ihr Kraft gab, wenn sie sie brauchte. Sie würden sich gegenseitig unterstützen, wie es Menschen, die einander liebten, stets tun sollten.

„Glücklich? Ich könnte nie glücklicher sein als an dem Tag, als du mit mir in der Kirche standest. Es war der Beginn unseres Abenteuers." Seine Umarmung wurde fester und er hielt sie sicher in seinen Armen.

„Mich zu heiraten ist ein Abenteuer?"

Godric drehte Emily zu sich um. Er umfasste ihre Wangen mit seinen Händen und beugte sich vor, um seine Stirn im goldenen Licht der untergehenden Sonne an die ihre zu legen. Jede Berührung, jeder Blick, den sie miteinander teilten, war wie eine Heimkehr. In ihm fand sie ihr Leben, ihren Atem, ihre Seele. Sie gehörte auf eine Weise zu ihm, die sie nie für möglich gehalten hatte. Emily griff nach seinen Handgelenken und verlor sich in seinen Augen.

Mit unendlicher Zärtlichkeit trafen seine Lippen die ihren. Ihr Kuss erweckte ihre Seele zu neuem Leben. Der Funke der Leidenschaft, der so oft zwischen ihnen gebrannt hatte, war nicht mehr. Das blendende Licht, das nur die Liebe bringen konnte, hatte ihn ersetzt und verbrannte sie mit seiner Intensität. Ihre Lippen verschmolzen zu einem feurigen Kuss und ihre rasenden Herzschläge vereinten sich. Sie waren eins. Als sie sich schließlich voneinander lösten, lächelte Godric.

„Dich zu lieben ist das Abenteuer meines Lebens", sagte er. „Und es hat gerade erst begonnen."

VIELEN DANK, DASS SIE „TEUFLISCHE PLÄNE" GELESEN haben! Bitte blättern Sie um, um das erste Kapitel des zweiten Buches der Reihe zu beginnen. Wenn sie mehr über Lucien und Horatia erfahren wollen, lesen Sie „Eine teuflische Verführung".

EINE TEUFLISCHE VERFÜHRUNG

KAPITEL 1

Zweite Regel der Liga

Man darf niemals die Schwester eines anderen Mitglieds verführen. Sollte diese Regel gebrochen werden, hat das Mitglied, dessen Schwester verführt wurde, das Recht, Genugtuung zu verlangen.

Auszug aus *The Quizzing Glass Gazette*, 30. September 1820, Die Kolumne der Lady Society:

Die Lady Society hat diese Woche ein Auge auf einen der berüchtigtsten Liebhaber Londons geworfen, den Marquess of Rochester. Als Mitglied der berüchtigten Liga der Schurken wird der Marquess von den Ladies der Gesellschaft als feuriger Teufel gehandelt, der hinter verschlossenen Türen schockierende Freuden vermitteln kann.

Der Lady Society ist zu Ohren gekommen, dass keine Lady Rochesters sein Interesse lange für sich beanspruchen konnte. Sehnt er sich vielleicht insgeheim nach einer Frau aus gutem Hause und mit gesundem Menschenverstand?

Die Lady Society würde gerne die Antwort auf diese faszinierende Frage erfahren. Vielleicht gibt sich Rochester dem Liebesspiel hin, um die Schmerzen der unerwiderten Liebe zu einer geheimnisvollen Frau zu lindern. Sollte man eine Vermutung wagen, welche unglückliche, oder vielleicht glückliche Maid das Herz unseres dunklen Marquess gestohlen hat?

London, Dezember 1820

Sie wird noch meinen Tod bedeuten.

„Lucien! Du hörst mir gar nicht zu, oder? Ich brauche dringend einen neuen Kammerdiener und du schwafelst nur herum, anstatt Vorschläge zu machen. Ich wage zu behaupten, dass du inzwischen genug anständige Mäntel und Handschuhe hast.“

Lucien Russell, der Marquess of Rochester, blickte zu seinem Freund Charles. Sie gingen die Bond Street hinunter und Lucien bewachte eine bestimmte Lady, ohne dass sie es wusste. Charles hingegen genoss einfach die Gelegenheit, einen Ausflug zu machen. Die Straße war erstaunlich belebt so früh am Tage und bei so schlechtem, winterlichem Wetter.

„Gib es zu“, drängte Charles.

Lucien kämpfte darum, sich auf seinen Freund zu konzentrieren. „Wie bitte?“

Der Earl of Lonsdale warf ihm einen strengen Blick zu, der in Anbetracht der Tatsache, dass seine übliche Art eher jovial war, ein wenig beunruhigend wirkte.

„Wo sind nur deine Gedanken? Du bist schon den ganzen Morgen über nicht ganz richtig im Kopf.“

Lucien murrte. Er hatte nicht die Absicht, sich zu rechtfertigen. Seine Gedanken waren sündige Gedanken, die ihn geradewegs zu einem feurigen Platz in der Hölle führen würden, vorausgesetzt, dieser war nicht bereits für ihn reserviert. Und das alles nur wegen einer Frau. Horatia Sheridan.

Sie befand sich auf halber Höhe der Bond Street auf der gegenüberliegenden Straßenseite, ein Leuchtfeuer der Schönheit, das sich von den Frauen um sie herum abhob. Ein in das Livree der Sheridans gekleideter Diener folgte ihr eifrig mit einer großen Schachtel im Arm. Ein neues Kleid, wenn Lucien eine Vermutung anstellen müsste. Sie sollte nicht auf den schneebedeckten Gehwegen herumgehen, nicht mit den vorbeirumpelnden Kutschen, die überall schlammigen Matsch aufwirbelten. Es frustrierte ihn, dass sie eine Erkältung riskierte, um einkaufen zu gehen. Aber es frustrierte ihn noch mehr, dass er so besorgt darüber war.

„Ich weiß, du hältst mich an den meisten Tagen für einen Vollidioten, aber..."

„Nur an den meisten?" Lucien konnte sich den verbalen Seitenhieb nicht verkneifen.

Charles grinste. „Wie ich schon sagte, ist es ein bisschen offensichtlich, dass unser gemütlicher Spaziergang nur ein Vorwand ist. Mir ist aufgefallen, dass wir mehrmals angehalten haben, was dem Verhaltensmuster einer gewissen Lady aus unserem Bekanntenkreis auf der anderen Straßenseite entspricht."

Charles war also doch aufmerksam gewesen. Lucien hätte nicht überrascht sein sollen. Er hatte nicht sein Bestes getan, um sein Interesse an Horatia Sheridan zu verbergen. Es war zu schwer, gegen die natürliche Anziehungskraft zwischen ihnen anzukämpfen, wann immer sie in der Nähe war. Sie war zwanzig Jahre alt, doch sie bewegte sich mit der natürlichen Anmut einer reifen und gebildeten Königin. Nicht viele Frauen schafften dieses Kunststück. Schon seit er sie kannte, war sie so gewesen.

Er war ein junger Mann in seinen Zwanzigern gewesen, als er sie kennenlernte, und sie war gerade einmal vierzehn gewesen. Sie war wie eine kleine Schwester für ihn, anfangs. Schon damals war sie ihm geistig und emotional reifer vorgekommen als die meisten Frauen in ihren späteren Jahren. Ihre Augen hatten etwas an sich. Ihre rehbraunen Tiefen schlugen einen

Mann in ihren Bann. Dann ihre Intelligenz. Und in den letzten Monaten war die Anziehungskraft nur noch stärker geworden.

„Du solltest besser aufhören zu starren", sagte Charles leise. „Die Leute fangen an, es zu bemerken."

„Sie sollte bei dem Wetter nicht draußen sein. Ihr Bruder würde einen Anfall bekommen." Lucien zog seine Lederhandschuhe weiter hoch, in der Hoffnung, die anhaltenden Auswirkungen des kalten Windes zu vertreiben, der zwischen Mantelärmel und Handschuhe glitt.

Charles brach in ein Lachen aus, eines, das laut genug war, um die Aufmerksamkeit der Schaulustigen in der Nähe auf sich zu ziehen. „Cedric liebt sie und die kleine Audrey, aber wir beide wissen, dass das die beiden nicht davon abhält, das zu tun, was sie wollen."

Darin steckte viel zu viel Wahrheit. Lucien und Charles kannten Cedric, den Viscount Sheridan, seit vielen Jahren und hatten sich in einer dunklen Nacht an der Universität kennengelernt. Die Erinnerung daran, wie er, Charles, Cedric und zwei andere, Godric und Ashton, sich zum ersten Mal getroffen hatten, beunruhigte ihn immer noch. Dennoch hatte das, was geschehen war, ein unzerstörbares Band zwischen den fünf Männern geschmiedet. Später nannte man sie in London, zumindest in den Gesellschaftsseiten, die Liga der Schurken.

Die Liga. Wie amüsant das alles war... bis auf eine Sache. In der Nacht, in der sie ihre Allianz gründeten, wurde jeder der fünf Männer vom Teufel persönlich gezeichnet. Ein Mann namens Hugo Waverly, ein Kommilitone in Cambridge, hatte ihnen Rache geschworen.

Und manchmal fragte sich Lucien, ob sie es nicht verdient hatten.

Lucien schüttelte die schweren Gedanken ab. Sein Blick wurde von Horatia förmlich angezogen, die innehielt, um ein Schaufenster zu bewundern, in dem eine Reihe von Pupen auf Ständern ausgestellt waren. Ihr geplagter Diener stand neben ihr und jonglierte die Schachtel in seinen Händen. Er nickte zustimmend, als Horatia auf eine bestimmte Haube wies. Lucien war versucht, hinüberzugehen und mit ihr zu sprechen, sie vielleicht in eine Gasse zu locken, um nur einen Moment mit ihr allein zu sein. Selbst wenn er nur mit ihr sprechen würde, fürchtete er, dass die Intimität dieses Gesprächs ihm eine Kugel durchs Herz einbringen würde, wenn ihr Bruder es jemals herausfinden würde.

Charles war ein paar Meter vorausgegangen, blieb aber stehen und drehte sich um, um einen Schneehaufen auf die Straße zu treten. „Wenn du vorhast, den Tag so zu verbringen, dann betrachte mich als entschuldigt. Ich könnte in diesem Moment in Jacksons Salon sein, oder noch besser, die Gunst der feinen Ladies im Midnight Garden genießen."

Lucien wusste, dass er Charles verärgert hatte, als er ihn bat, heute mitzukommen, aber seit er heute Morgen aufgestanden war, hatte er ein merkwürdiges Gefühl, dass ihm eine Gänsehaut verursachte. Seit Hugo Waverly nach London zurückgekehrt war, hatte er ein Auge auf Cedrics Schwestern geworfen, insbesondere auf Horatia. Waverly hatte eine Art, Kollateralschäden zu verursachen, und Lucien würde alles tun, um diese unschuldigen Ladies zu beschützen. Aber sie durfte nicht wissen, dass er über sie wachte. Er hatte die letzten sechs Jahre damit verbracht, äußerlich kalt zu wirken. Er hatte gebetet, dass sie aufhören würde, ihn auf ihre süße, liebevolle Art anzustarren, aber er hatte kein Glück gehabt.

Es war grausam von ihm, ja, aber wenn er nicht etwas Abstand geschaffen hätte, hätte er sie auf den Rücken geworfen und unter sich begraben. Dafür war sie eine zu gute Frau, und er war viel zu verrucht, um ihrer würdig zu sein. Wie ein Dämon, der sich in einen Engel verliebt hatte. Er sehnte sich nach ihr, wie er sich nie nach anderen Frauen gesehnt hatte, aber er konnte sie nie haben.

Der Grund dafür war einfach. Sein öffentlicher Ruf wurde

dem wahren Ausmaß seiner Ausschweifungen nicht gerecht. Ein Mann wie er konnte und sollte nie mit einer Frau wie Horatia zusammen sein. Sie war schön, intelligent und stark, und er würde sie mit nur einer Nacht in seinen Armen verderben.

In der gehobenen Gesellschaft gab es Skandale und dann gab es große Skandale. Für eine bestimmte Klasse von Frauen konnte es genügen, mit dem falschen Mann am falschen Ort gesehen zu werden, um ihren Ruf zu ruinieren und ihre Aussichten auf eine gute Heirat zu schädigen. Diese schönen Geschöpfe verdienten nichts anderes als das höchste Maß an Höflichkeit und Anstand.

Für die anderen, die Witwen, die sich immer noch nach Liebe sehnten, die kein Interesse an Ehemännern hatten, aber von Zeit zu Zeit Gesellschaft suchten, und für die seltene, reizende Sorte Frau, die sowohl den Reichtum als auch die Position besaß, um es sich leisten zu können, sich nicht darum zu scheren, was die Gesellschaft dachte, gab es Lucien. Er verführte sie alle, lehrte sie, sich ihren tiefsten Wünschen und Bedürfnissen zu öffnen und Befriedigung zu suchen. Nicht ein einziges Mal hatte sich eine Frau beschwert oder war unzufrieden gewesen, nachdem er ihr Bett verlassen hatte. Aber es gab nur ein Bett, das er jetzt suchte, und es war eines, in das er niemals eingeladen werden würde.

Er sah sich um und bemerkte eine vertraute Kutsche unter den anderen Wagen auf der Straße. Ein Großteil des Verkehrs auf der Straße bewegte sich gleichmäßig und schneller als die Menschen zu Fuß, nicht aber diese Kutsche. Es war nichts Ungewöhnliches an ihr. Der Kutscher war wie alle anderen mit einem Schal bedeckt, um die Kälte abzuhalten, doch jedes Mal, wenn er und Charles eine Straße überquert hatten, hatte die Kutsche sie beschattet.

„Charles, glaubst du, wir werden verfolgt?"

Charles bürstete etwas Schnee von seinen Ärmeln. „Was? Warum in aller Welt?"

„Ich weiß es nicht. Diese Kutsche. Sie folgt uns schon seit einiger Zeit."

„Lucien, wir sind in einem beliebten Teil von London. Zweifellos ist jemand beim Einkaufen und befiehlt der Kutsche, in der Nähe zu bleiben."

„Hm", war alles, was er sagte, bevor er seine Aufmerksamkeit wieder Horatia und ihrem Diener zuwandte. Einer ihrer Handschuhe fiel aus ihrem Mantel auf den Boden und blieb sowohl von ihr als auch von ihrem Diener unbemerkt. Lucien überlegte kurz, ob er sich einmischen und sie darauf aufmerksam machen sollte, dass er und Charles ihr gefolgt waren. Als sie weiterging und ihren Handschuh zurückließ, traf er eine Entscheidung.

Lucien holte seinen Freund ein, der noch vor ihm auf der Straße ging. „Ich will dich nicht aufhalten. Aber Horatia hat einen Handschuh verloren und ich möchte ihn ihr gerne zurückgeben."

„Du bist sehr ritterlich, was? Geh nur, ich möchte hier einen Moment innehalten." Er deutete auf einen Buchladen.

„Sehr gut. Lass es mich wissen, wenn du so weit bist."

Lucien schlängelte sich durch den Verkehr auf der Straße und war auf halbem Weg über die Straße, als das Pandämonium losbrach.

Die Bond Street wurde auf den Kopf gestellt, als Schreie durch die Luft hallten. Die Kutsche, die ihn beschattet hatte, raste die Straße hinunter in Luciens Richtung. Doch anstatt zu versuchen, das Gespann zu stoppen, trieb der Kutscher die Pferde mit seiner Peitsche an, direkt auf Lucien zu.

Er war schon zu weit über die Straße, um umzukehren. Er musste sich in Sicherheit bringen und andere aus dem Weg schaffen. Horatia! Sie könnte zertrampelt werden, wenn er sie nicht sofort in Sicherheit brachte. Luciens Herz schlug ihm bis zum Hals, während er rannte. Der Kutscher peitschte die Pferde erneut an, als ob er Luciens Entschlossenheit zur Flucht spürte.

„Horatia!", brüllte Lucien aus vollem Halse. „Aus dem Weg!"

Das würde er nie vergessen. Wie sich ihr verwirrter Gesichtsausdruck in ungetrübte Freude über seinen Anblick verwandelte und dann in Entsetzen, als sie erkannte, dass der Zweispanner direkt auf sie zusteuerte.

Lucien überquerte die Straße, kurz bevor die Pferde ihn erreichten. Er ergriff Horatia um die Taille und warf sie in einer Gasse zwischen den Geschäften zu Boden. Die Räder des Wagens schnitten durch den Schnee und den Schneematsch, nur Zentimeter von seinen Stiefeln entfernt, und durchnässten sie mit eisigem Wasser.

Einen Moment lang konnte Lucien sich nicht bewegen. Sie war am Leben. Er hatte es geschafft. Der Zweispanner hatte keinen von ihnen überfahren...

Dann schien sein Körper zu realisieren, dass er eine Frau unter sich hatte. Eine Frau mit den schönsten Kurven, die Gott je geschaffen hatte, um einen Mann zu verführen. Ihre Haube saß schief und enthüllte lange, glänzende Locken aus vollem, kastanienbraunem Haar. Ihre dunklen Augen, so unschuldig, blickten ihn verwundert an.

„Mylord...", murmelte sie ganz benommen. Ihre behand-schuhten Hände ruhten auf seiner Brust und hielten ihn in Schach. Er spürte das Zittern ihrer Hände bis in seine Knochen, und sein Körper reagierte mit Interesse.

„Was zum Teufel ist passiert?", rief Charles und stürzte in die Gasse, seine grauen Augen leuchteten vor Wut. „Hast du gesehen, wer die Kutsche gefahren hat?" Charles hielt inne und nahm die Szene vor ihm mit einem Lächeln auf. „Horatia, Liebes, wie geht es dir?" Charles hatte sich in seinem Leben noch nie um Titel oder Anstand gekümmert. Genauso wenig wie Lucien, was das betraf. Daher überraschte es Lucien nicht, dass sein Freund Horatia so behandelte.

„Oh, Charles!", rief sie aus. Sie schien erst in diesem Moment zu begreifen, dass sie auf dem Rücken in einer Gasse in der Nähe der Bond Street lag, mit einer Straße voller neugieriger Leute, die hereinschauten und Lucien auf ihr liegen sahen.

Lucien biss die Zähne zusammen. *Oh, Charles!* hatte sie gesagt, aber Lucien sprach sie stets mit Mylord an. Es zerrte an seinen Nerven, dass sie nicht auch ihm diese Intimität anbot. Aber es war seine eigene verdammte Schuld. Bei jeder Gelegenheit stieß er sie weg, nur um sich selbst davon abzuhalten, sie in die nächste Nische zu zerren und zu küssen. Irgendetwas an ihr schien ihn in den barbarischsten Zustand zu versetzen, der möglich war. Er dachte an nichts anderes als daran, wie sie schmecken würde, wie sie stöhnen und seufzen würde, wenn er sie nur in die Finger bekäme.

„Lucien...", stammelte Horatia. Sein Name auf ihren Lippen war erotischer als das befriedigte Stöhnen einer Geliebten. „Was in aller Welt ist gerade passiert?"

„Ich fürchte, jemand hat gerade versucht, mich zu überfahren und du warst unglücklicherweise im Weg", erklärte er, beunruhigt durch den benommenen Ausdruck, der ihre dunklen Augen erfüllte.

„Ich denke, Lucien, du solltest vielleicht von dem Mädchen heruntersteigen, sie läuft schon blau an", neckte ihn Charles. „Außerdem, wenn du noch länger auf ihr liegenbleibst, werden die Leute bestimmt reden. Du willst doch nicht ihr Ehemann werden, nur weil du ihr das Leben gerettet hast, oder?"

Horatia wurde rot, und Lucien war sich nicht sicher, ob es am Mangel an Luft lag oder daran, dass sie in einer so kompromittierenden Position auf einer öffentlichen Straße unter ihm lag. Er rollte sich von ihr herunter und kam auf die Beine. Charles reichte Lucien seinen Hut und er setzte ihn wieder auf.

Mit einer Hand bürstete er den Schnee von seiner Kleidung, während er Horatia die andere Hand anbot.

Ihr Zögern traf ihn wie ein Schlag. Schließlich legte sich ihre behandschuhte Hand in seine, und er half ihr auf, zog dabei aber so heftig, dass sie in seine Arme stolperte. Er konnte nicht widerstehen, zur ihr herabzulächeln.

Wenn er sich nur ein paar Zentimeter nach unten beugte, konnte er sie küssen, ihre Lippen kosten... Einen Moment lang verlor er sich in dem Traum, wie sie wohl schmecken würde. Sie starrte zu ihm auf, ohne zu blinzeln, mit diesen verdammt schönen Augen, die sich erwärmten, bis sie vor lauter Verlangen glühten. Es wäre so einfach, sie...

„Ähem." Der Diener hielt ihr eine Schachtel mit einem höchst mitleidigen Gesichtsausdruck hin. „Mylady...", krächzte er, als er ihr das Paket zeigte. Es war völlig durchnässt, genau wie Horatia und Lucien es nun waren.

Sie befreite sich aus Luciens Armen. „Oh, je!"

Der Bann, den er über sie verhängt hatte, war gebrochen, als sie herbeieilte und dem Bediensteten die Schachtel abnahm. „Oh, nein. Herrje." Tränen glitzerten in ihren Augen, als sie sich zu ihm umdrehte.

„Mein Kleid. Es ist ruiniert."

Tränen wegen eines Kleides? Das Verhalten passte eher zu ihrer jüngeren Schwester Audrey. Die liebenswerte Kleine war besessen von Mode. Horatia hingegen war schon immer ruhiger und eher akademisch veranlagt gewesen.

„Kannst du nicht ein anderes kaufen?", fragte Charles.

„Nein... Ich kann Cedric nicht bitten, noch mehr auszugeben, als er es ohnehin schon getan hat."

Ah, da war sie. Die Horatia, die er kannte, war sparsam bis zum Letzen. Cedric war so reich wie Krösus, aber Horatia würde sich niemals von ihm verwöhnen lassen.

„Oh...", erwiderte Charles, ein wenig verwirrt. Er war ein Geizkragen, das war kein Geheimnis.

Lucien nahm dem Diener die Schachtel ab und beäugte sie kritisch.

„Es könnte noch zu retten sein. Wir begleiten dich nach Hause und dann kann dein Dienstmädchen sich darum zu kümmern.“

Horatia blickte unsicher zwischen Charles und Lucien hin und her. „Ich mache euch doch keine Umstände? Peter und ich können auch allein nach Hause gehen, nicht wahr, Peter?“ Sie warf ihrem Diener einen entschlossenen Blick zu, der hastig nickte.

„Wir kommen schon zurecht, Mylords.“

„Unsinn“, entgegnete Lucien. „Du hast einen Schock erlitten und bist klatschnass. Wir eskortieren dich nach Hause. Ende der Diskussion.“ Er umfasste mit einer Hand ihren Ellenbogen und schob Peter das Paket in die Hände.

Sie mussten ein seltsames Schauspiel abgegeben haben. Lucien und Charles flankierten die durchnässte Horatia wie Wachen, und ihr Diener folgte dicht dahinter mit einer durchnässten Schachtel in den Händen.

Lucien ignorierte die neugierigen Blicke und genoss einfach die Erleichterung, Horatia ohne einen weiteren lebensbedrohlichen Zwischenfall nach Hause bringen zu können.

Als sie das Haus der Sheridans erreichten, schob Horatia ihren durchnässten Mantel von den Schultern und entschuldigte sich, während sie mit der Schachtel die Treppe hinauf flüchtete. Lucien verweilte in der Halle, beobachtete das Flattern ihrer nassen Röcke und wünschte, er könnte ihr in ihre Gemächer folgen und in das heiße Wasser des Bades schlüpfen, das sie zweifellos nehmen würde. Der Gedanke an Horatia, nackt in einem Bad, war nur ein klein bisschen weniger verlockend als der Traum, den er in der Nacht zuvor von ihr gehabt hatte. Sie verfolgte seine Gedanken in letzter Zeit nur zu oft.

„Sollen wir auf Cedric warten?“, fragte Charles und trat zu ihm an den Fuß der Treppe.

„Ist er nicht hier?"

Charles schüttelte den Kopf. „Der Butler sagte, er suche nach Horatia."

Er ist auf der Suche nach seiner Schwester? Wozu in aller Welt?

„Wir sollten warten", schlug Lucien vor. „Komm, nehmen wir uns einen Brandy."

Sein Freund grinste. „Das ist eher die Aktivität, die ich im Sinn hatte, als wir heute Morgen aufgebrochen sind."

Sie folgten einem Bediensteten in das Morgenzimmer, um auf Cedrics Rückkehr zu warten.

Charles ließ sich in einem großen Brokatsessel nieder und legte den Knöchel eines Beins über das Knie seines anderen. „Lucien, glaubst du, Horatia geht es gut?"

„Ich nehme es an..."

„Angesichts ihrer Vergangenheit, meine ich", erklärte Charles. „Mit ihren Eltern und dem Kutschenunfall. Du warst dabei. Meinst du, das bringt die Erinnerungen zurück?"

Lucien erschauderte. Es war der Tag, an dem Cedric seine Eltern verloren hatte. Sie waren in der Stadt unterwegs gewesen, als zwei Männer beschlossen hatten, mit ihren Kutschen durch die Straßen zu rasen. Horatia, damals erst vierzehn, hatte mit ihren Eltern in der Kutsche gesessen. Der Unfall war furchtbar gewesen. Wiehernde Pferde mit gebrochenen Beinen. Menschen, die zu nah an dem Unfall gewesen waren, waren durch das Wrack verletzt worden. Ein junger Mann war tot, ein anderer schwer verletzt. Cedrics und Horatias Eltern hatten den Aufprall der Kutsche nicht überlebt, als sie sich überschlagen hatte.

Horatia war mit den Leichen ihrer Eltern in der Kutsche eingeklemmt gewesen, unfähig, auszusteigen, benommen von dem Schock. Sie hatte nicht einmal um Hilfe geschrien. Als Lucien den Ort des Geschehens erreicht hatte, war er an der Seite der Kutsche hochgeklettert und hatte die Tür geöffnet. Er hatte ihren Namen gerufen und sie hatte voller Angst in den

Augen zu ihm aufgesehen. Er hatte sie aus der Kutsche und in seine Arme gezogen. Sein Magen kribbelte bei der Erinnerung daran, wie ihr Körper heftig an seinem gezittert hatte.

„Sie ist stark. Sie wird das schon meistern." Luciens Worte waren mehr dazu da, sich selbst zu versichern, dass alles in Ordnung war, als Charles. Er musste glauben, dass sie nach dem heutigen Morgen nicht allzu verstört sein würde.

Der Gedanke, dass sie verzweifelt war, hinterließ ein hohles Gefühl in seiner Brust. Trotz seiner Absicht, sie so weit wie möglich zu ignorieren und so zu tun, als würde sie nicht existieren, hatte sie in den letzten Monaten jeden seiner wachen Gedanken in Beschlag genommen. Er wusste genau, wem er die Schuld dafür geben konnte. Der Duchess of Essex, ehemals Miss Emily Parr.

Sein Freund Godric, der Duke of Essex, hatte Miss Parr im letzten Herbst entführt. Der Plan war allerdings nach hinten losgegangen, und Godric hatte sich vor ein paar Monaten plötzlich vor dem Traualtar wiedergefunden.

Lucien ertappte sich dabei, wie er lächelte, was ihn eigentlich hätte ärgern müssen, da er den heiligen Stand der Ehe mehr fürchtete als den Tod. Aber er wollte verdammt sein, wenn er nicht ein kleines bisschen eifersüchtig auf Godrics unbeschwertes Glück mit Emily war. Die beiden waren vom Wesen her recht gegensätzlich, und doch war es eine Ehe aus Liebe gewesen.

Die Ereignisse nach der Entführung hatten Lucien wieder in die Welt von Horatia geworfen. All die Mühe, die er sich gemacht hatte, um Dinnerpartys und Bällen taktvoll auszuweichen, war umsonst gewesen. Die Liga war so vernarrt in Emily, dass keiner von ihnen widerstehen konnte zu kommen, wenn sie nach ihnen rief. Cedric nannte es den Schoßhund-Effekt. Sie waren von gefährlichen Wüstlingen der schlimmsten Sorte in der Gegenwart der Duchess of Essex zu perfekt erzogenen Gentlemen geworden. Wären Emily und Horatia nicht so enge

Freundinnen geworden, hätte Lucien sie vielleicht leichter meiden können.

Dass Horatia im Alter von zwanzig Jahren noch unverheiratet war, überraschte ihn. Wie kam es, dass kein anderer Mann mit einem Geschöpf mit diesen rehbraunen Augen und solchen Kurven ins Bett wollte? Oder einen ganzen Tag damit verbrachte, Scherze zu planen, nur um ein einziges, echtes Lachen von ihren weichen Lippen zu hören? Doch wie er Cedric kannte, gab es wahrscheinlich einige junge Böcke in der gehobenen Gesellschaft, die bei dem Gedanken, ihn um Erlaubnis zu bitten, seiner Schwester den Hof zu machen, Angst bekamen.

Lucien hatte versucht, seinen Durst nach Horatia zwischen den Schenkeln anderer Frauen zu stillen, aber es hatte keinen Zweck. Erst in der letzten Nacht hatte er versucht, mit einer Frau ins Bett zu gehen und festgestellt, dass er nicht erregt genug war, um es zu tun. Wenn sich das herumgesprochen hätte, wäre er zum Gespött geworden. Die Ironie, dass sein Ruf als Wüstling durch eine unschuldige Frau beschädigt wurde, war ihm nicht entgangen. In diesem Moment fürchtete er sich vor der Ankunft seines Freundes, wenn er an den Traum dachte, den er in der Nacht zuvor gehabt hatte.

Horatia war jedes Fitzelchens ihrer Kleidung entledigt worden, alles zu seinen Füßen gelegt, die Knöchel und Handgelenke mit roter Seide an die Pfosten seines Bettes gefesselt. Schweiß rann über ihre Haut, als er ihren Körper hinauffuhr, um ihre perfekten Brustwarzen zu liebkosen. Sie wölbte sich ihm entgegen, rieb ihr Geschlecht an ihm und versengte ihn mit der verruchten Hitze ihrer Erregung. Er schob seine Zunge in ihren Mund, um sie zu schmecken und umfasste ihren üppigen Hintern, um sie für einen kräftigen Stoß anzuheben. Der Traum hatte sich plötzlich in Nebel aufgelöst und hatte ihn mit einer Erektion zurückgelassen, die hart genug war, um ein Loch in die Wand zu hämmern.

Es wäre ein Wunder, wenn er seine Gesichtszüge schulen und seine Schuldgefühle vor Cedric verbergen könnte, nachdem er davon geträumt hatte, solche Dinge mit der Schwester seines Freundes zu tun.

Lucien warf einen Blick auf die Uhr auf dem Kaminsims. Es war jetzt fast Mittag. Cedric hätte schon längst zurück sein müssen.

Das kribbelnde Gefühl unter seiner Haut beunruhigte ihn. Er hatte dieses Gefühl schon einmal gehabt, kurz bevor ein Sturm aufgezogen war. Die Sorge erfüllte ihn und drehte ihm den Magen um, bis er kaum noch atmen konnte. Dunkle Wolken zogen am Horizont auf.

Charles runzelte die Stirn und lehnte sich in seinem Stuhl nach vorne, Sorge umspielte seine Mundwinkel. „Fühlst du dich nicht gut?"

Ein tiefer Atemzug. Zwei. Das eiserne Grauen in seiner Brust ließ nach. „Es ging mir schon mal besser, glaube ich. Ich habe nur..." Lucien zögerte.

Charles griff nach der Karaffe mit dem Brandy und schenkte Lucien ein weiteres Glas ein. „Was ist los?"

Lucien öffnete den Mund, aber die Tür krachte auf und Cedric erfüllte den Eingang wie ein Racheengel oder ein Dämon. Er schritt herein, ein Stück Pergament in der einen Hand haltend, die Knöchel weiß, während er in der anderen seinen silbernen Gehstock mit dem Löwenkopf umklammerte.

„Was ist los, Cedric?"

Cedrics Wut war nur allzu offensichtlich. „Dieser Bastard!"

Es herrschte einen Moment lang Schweigen, als Lucien einen besorgten Blick mit Charles austauschte.

Charles stand auf und ging hinüber zu der Zigarrenkiste auf dem Beistelltisch an der gegenüberliegenden Wand. „Du musst schon etwas genauer sein. Es gibt hier eine Menge Bastarde." Er hielt sich die Zigarre unter die Nase. „Einige sind sogar in diesem Raum."

Lucien erhob sich und schritt zum Fenster mit Blick auf die Straßenfront. Vor ihm entfaltete sich eine komische Szene. Ein übertrieben gekleideter Dandy, der mit einem Monokel herumtänzelte und die Kleider verschiedener Ladies untersuchte, die an ihm vorbeigingen. Der Mann schien Luciens Blick auf sich zu spüren und hob den Kopf. Ein kalter Schauer lief Lucien den Rücken hinunter. Irgendetwas an dem Mann und seinen leblosen, kalten Augen ließ Luciens Nerven zum Leben erwachen und verunsicherte ihn. Hatte er den Mann schon einmal gesehen? Ein Gefühl der Vorahnung durchfuhr ihn und er richtete sich zu seiner vollen Größe auf. Der Mann wandte sich ab und verschwand durch eine Tür ein paar Häuser weiter gegenüber von Cedrics Stadthaus.

Lucien zwang seine Aufmerksamkeit zurück zu seinen Freunden. „Also, wer ist dieser Bastard?"

Cedric warf sich in einen rotgoldbroschierten Stuhl und klopfte mit der Spitze seines Stocks auf seinen rechten Stiefel. „Was denkst du?"

Lucien erstarrte. „Waverly."

Cedric nickte.

„Das ist doch nichts Neues. Jemand hat versucht, Lucien in der Bond Street zu überfahren. Horatia war zufällig in der Nähe. Glücklicherweise hat Lucien sie aus der Gefahrenzone gebracht", klärte Charles Cedric über den Vorfall vom Morgen auf, der kein Wort sprach, während er zuhörte. Sie alle wussten, wozu Waverly fähig war. Was vielleicht noch beunruhigender war, war dessen völliger Mangel an Ehre. Er hatte keine Skrupel, seine Feinde aus dem Hinterhalt anzugreifen oder, wie es schien, ihre Angehörigen.

Lucien verschränkte die Arme vor der Brust und lehnte sich an die Wand gegenüber von Cedric. Neben der Wut seines Freundes überzogen auch Sorgenfalten sein Gesicht.

„Geht es meiner Schwester gut?", fragte er.

Lucien nickte. „Es geht ihr so gut, wie man es erwarten

kann. Ich konnte sie aus dem Weg schaffen, aber sie ist furchtbar durcheinander." Zum Glück war nur das Kleid durch Waverlys Schurkerei zu Schaden gekommen. Er unterdrückte den Drang, den Unhold zu finden und ihn mit bloßen Händen zu erdrosseln. Lucien wusste, dass es Horatia nicht gefallen würde, wenn er einen Mann in ihrem Namen ermordete. Seine Leidenschaften neigten dazu, ihn mehr zu beherrschen, als sie es sollten.

Ungeachtet der Tatsache, dass sie nicht ihm gehörte, konnte er sie zumindest in Sicherheit bringen. Horatia musste um jeden Preis beschützt werden.

„Cedric", unterbrach Charles Luciens Gedanken. „Warum bist du losgezogen, um Horatia zu suchen?"

Cedrics Gesicht verfinsterte sich erneut. „Ich war auf dem Weg, um Ashton und Godric bei Tattersalls zu treffen, als einer meiner Diener diesen Brief unter dem Türklopfer festgeklemmt fand."

Er hielt den Fetzen Pergament in der Hand.

Zitternd nahm Lucien das Papier und las. Charles stand hinter ihm und beugte sich vor, um über seine Schulter zu lesen. Die Notiz war auf dickem, teurem Papier geschrieben worden. Eine schwarze, krakelige Handschrift, die ihm unbekannt war und eindeutig nicht von Waverly stammte, überzog die Oberfläche des Zettels mit unheimlicher Gewissheit.

Lucien las die Worte laut vor, sodass Charles sie hören konnte. „Kutschenunfälle sind eine schreckliche Sache, nicht wahr?"

Lucien reichte den Zettel an Cedric, der ihn einsteckte. „Das sieht nicht wie Waverlys Handschrift aus. Sind wir sicher, dass er es ist?"

Cedric zuckte mit den Schultern. „Wer sonst würde es wagen, mich an ein so schreckliches Ereignis zu erinnern?"

„Wenn es die Vergangenheit ist, auf die er sich bezieht...", sagte Lucien, „...dann war der Zeitpunkt des Kutschenzwischenfalls heute Morgen vielleicht beabsichtigt."

Charles drehte sich herum und warf sich finster in einen Sessel. „Er hat uns schon früher gedroht, aber es ist nichts daraus geworden. Was hat sich geändert?" Die Augen des Earls schimmerten wie Quecksilber, hell und voller Feuer.

„Als ob ich das wüsste." Cedric streichelte den silbernen Löwenkopf seines Stocks. „Er hat die letzten Jahre im Ausland verbracht. Nun ist er wohl zurückgekehrt und belästigt uns erneut mit seinen Drohungen."

Lucien fragte sich, ob sein Körper irgendwie wusste, dass etwas in Gang gesetzt wurde. Er konnte fast spüren, wie die Zeit verrann, aber es war verdammt schwer zu wissen, wie er diejenigen schützen sollte, die er liebte, wenn er nicht sehen konnte, aus welcher Richtung die Bedrohung kommen würde.

Cedric erhob sich und rieb sich mit einer Hand das Gesicht. „Abgesehen von den schlechten Nachrichten möchte ich euch beide heute Abend zum Essen einladen. Mir ist klar, dass es recht kurzfristig ist, aber Audrey will unbedingt die ganze Liga sehen." Er blickte hoffnungsvoll zwischen seinen Freunden hin und her.

Charles grinste. „Du weißt doch, dass ich deine Schwestern immer gerne sehe!"

Cedric wölbte eine Braue. „Ich hoffe, du bist nicht *zu* eifrig, sie zu sehen."

Es war ein verdammtes Ärgernis. Jede Faser seines Wesens verlangte von Lucien, dass er die zweite Regel der Liga brach. Er wollte nicht, dass seine Lust ihn in eine Situation führte, in der er Cedric im Morgengrauen auf einem Feld gegenüberstand oder etwas ähnlich Lächerliches. Im Falle einer anderen Frau hätte er einfach mit ihr geschlafen und so weitergemacht wie eh und je. Mit Horatia war das unmöglich. Allein der Gedanke an sie erhitzte sein Blut und schickte einen pochenden Schmerz direkt in seine Lenden. Er bewegte sich unbehaglich und rückte seine Reithose zurecht.

„Was ist mit dir, Lucien?" Cedric starrte ihn eindringlich an. „Wage es nicht, mir irgendwelche Ausreden zu liefern."

Lucien hatte Cedric schon vor langer Zeit gesagt, dass er sich in Horatias Nähe nicht wohlfühlte. Er hatte gesagt, es läge daran, dass sie einen Verlobungsantrag ruiniert hatte, den er einer Erbin Jahre zuvor gemacht hatte. Aber das war nur eine Halbwahrheit, wenn überhaupt. Horatia war dabei gewesen und der Antrag war in die Hose gegangen, als sie einen Eimer Wasser über den Kopf seiner Zukünftigen schüttete. Aber sein Bedürfnis, Horatia zu meiden, hatte alles damit zu tun, dass er sie ins nächstbeste Bett bringen wollte und... Er schüttelte den Kopf, um sich von solchen Gedanken zu befreien.

Er begann zu protestieren. „Cedric, du weißt doch, dass ich..."

„Komm schon. Du hast doch keine Angst vor meinen Schwestern, oder?"

Verdammt. Diesmal kam er da nicht mehr heraus. „Gut, ich werde da sein."

„Wunderbar! Ich erwarte dich um sieben!", erklärte Cedric zufrieden.

„Ja, wunderbar", wiederholte Lucien dumpf. Wie sollte er das nur überleben?

ÜBER DEN AUTOR

Lauren Smith ist tagsüber eine amerikanische Anwältin. Bei Nacht schreibt die Autorin abenteuerliche Liebesgeschichten im Lichte ihrer Smartphone-Taschenlampe. Sie wusste, dass sie dazu bestimmt war, eine Romanautorin zu sein, als sie versuchte, den gesamten Titanic-Film neu zu schreiben, nur um Jack vor dem Ertrinken zu bewahren. Sich mit ihren Lesern zu verbinden, indem Sie emotional bewegende, realistische und sexy Romanzen schreibt – egal in welchem Zeitraum diese spielen – ist ihre Leidenschaft. Lauren hat mehrere Preise in verschiedenen Romantik-Subgenres gewonnen.

Um mit Lauren in Verbindung zu treten, besuchen Sie sie unter:
www.laurensmithbooks.com
lauren@laurensmithbooks.com

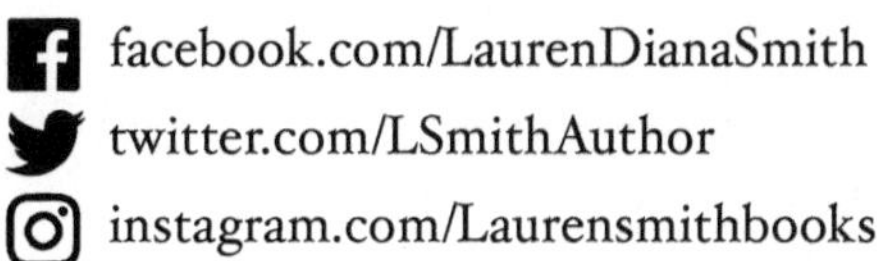

www.ingramcontent.com/pod-product-compliance
Lightning Source LLC
Chambersburg PA
CBHW050949210726
48287CB00004B/1201